# 太平广记

## 二

### 卷四八至卷九二

〔宋〕李昉 等 编

高光 王小克 主编

中华书局

# 目录

## 第二册

太平广记

# 卷第四十八
## 神仙四十八

李吉甫　　李　绅　　白乐天　　轩辕先生　　李　元
韦卿材

### 李吉甫

李太师吉甫在淮南，州境广疫。李公不饮酒，不听乐。会有制使至，不得已而张筵，忧惨见色。宴合，谓诸客曰："弊境疾厉，亡殁相踵，诸贤杰有何术可以见救？"下坐有一秀才起应曰："某近离楚州，有王炼师，自云从太白山来，济拔江淮疾病。休粮服气，神骨甚清。得力者已众。"李公大喜，延于上坐，复问之。便令作书，并手札，遣人马往迎。旬日至，馆于州宅。称弟子以祈之。王生曰："相公但令于市内多聚龟壳、大镬、巨瓯，病者悉集，无虑不瘥。"李公遽遣备之。既得，王生往，令浓煎。重者恣饮之，轻者稍减，既汗皆愈。李公喜，既与之金帛，不受。不食，寡言。唯从事故山南节帅相国王公起，王坐见，

## 李吉甫

李吉甫太师在淮南的时候,州府境内瘟疫流行。李太师不喝酒,不听音乐。恰巧有皇帝派的使者到来,迫不得已摆设酒宴,但他脸色忧虑凄惨。宴会开始后,李太师对各位客人说:"我们这个地方疫病流行得很厉害,死的人一个接一个,各位贤人能士有什么法术可以相救?"坐在下首有个秀才起身回答说:"我最近刚离开楚州,那里有一个王炼师,他自称是从太白山来的,帮助江淮地区的百姓扫除疾病。他不吃粮食,吐纳养生,神仙气质清新脱俗。现在得益的人已经很多了。"李太师听了很高兴,把秀才请到上座,又仔细地向他询问情况。之后就让秀才写封书信,加上自己的亲笔信,派遣人马前去迎接。过了十天,王炼师就请到了,住在州城驿馆里。李太师自称弟子,向他祈求。王炼师说:"相公只要让人在街市中多聚集龟壳、大锅、大盆,把病人都集中来,就不用忧虑病治不好。"李太师急忙派人准备。准备完了,王炼师前去,让煎浓汤药。病重的人尽量喝,病轻的人稍减少一些,出了汗,都痊愈了。李太师很高兴,就给王炼师金帛财物,但是他不接受。王炼师不吃东西,也很少说话。只有李太师的下属,原来的山南节帅相国王起,王炼师在座席间看见他时,

必坐笑以语，若旧相识。李公因令王公邀至宅宿，问其所欲，一言便行。深夜从容曰："判官有仙骨，学道必白日上升，如何？"王公无言。良久曰："此是尘俗态萦缚耳，若住人世，官职无不得者。"王公请以兄事之。又曰："本师为在白鹿，与判官亦当家。能与某同往一候谒否？"意复持疑，曰："仙公何名？"曰："师不敢言。"索笔书"鹤"字。王生从此不知所诣，王公果富贵。出《逸史》。

## 李 绅

　　故淮海节度使李绅，少时与二友同止华阴西山舍。一夕，林叟有赛神者来邀，适有头疢之疾，不往。二友赴焉。夜分雷雨甚，绅入止深室。忽闻堂前有人祈恳之声，徐起窥帘，乃见一老叟，眉须皓然，坐东床上，青童一人，执香炉，拱立于后。绅讶之，心知其异人也，具衫履出拜之。父曰："年小识我乎？"曰："小子未尝拜睹。"老父曰："我是唐若山也。亦闻吾名乎？"曰："尝于仙籍见之。"老父曰："吾处北海久矣，今夕南海群仙会罗浮山，将往焉。及此，遇华山龙斗，散雨满空。吾服药者，不欲令沾服，故憩此耳。子非李绅乎？"对曰："某姓李，不名绅。"叟曰："子合名绅字公垂，在籍矣。能随我一游罗浮乎？"绅曰："平生之愿也。"老父喜。

　　有顷，风雨霁，青童告可行。叟乃袖出一简，若筋形。纵捵之，长丈余；横捵之，阔数尺；缘卷底坳，宛若舟形。

一定会跟他笑语相对,像旧相识一样。李太师就让王起邀请王炼师到家里住,问他想要什么,一句就行。深夜王炼师从容地说:"你有仙骨,学习道术必定会白日升仙,怎么样?"王起不说话。过了好久王炼师说:"这是受尘世俗态缠绕束缚罢了,如果留在人世,官职没有不能得到的。"王起请求以兄长的礼节事奉他。王炼师又说:"我的师父现在白鹿山,和你也是本家。能和我同去拜见吗? 王起还是很犹豫,说:"仙公叫什么名字?"王炼师说:"不敢说师父的名字。"取笔写了一个"鹤"字。从此就不知王炼师到什么地方去了,王起果然富贵了。出自《逸史》。

## 李　绅

　　原淮海节度使李绅,年轻时和两个朋友同住在华阴西山的客舍里。一天晚上,山林中有个祭祀神灵的老人来邀请他们,李绅正犯头晕病,就没有去。两个朋友去了。半夜雷鸣电闪,雨下得非常大,李绅就搬进里面的屋子住。忽然听见堂前有祈祷恳求的声音,李绅慢慢起来,掀开帘子偷看,却看见一个老头儿,眉毛胡须雪白,坐在东面的床上,一个道童,手里拿着香炉,恭敬地站在老头儿后面。李绅很惊奇,心里明白他不是一般人,就穿好衣服和鞋,出来拜见他。那个老人说:"年轻人,认识我吗?"李绅说:"晚辈未曾拜见过您。"老人说:"我是唐若山。你听说过我的名字吗?"李绅说:"曾在神仙名籍中见过您的名字。"老人说:"我在北海居住很长时间了,今天晚上南海群仙在罗浮山集会,我要去。走到这里,遇到华山的龙争斗,散了满天的雨。我是个服食丹药的人,不想让雨水浸湿了衣服,所以在这儿休息休息。你不是李绅吗?"李绅说:"我姓李,但不叫李绅。"老人说:"你应当叫李绅,字公垂,已经在仙籍名册上了。能跟随我到罗浮山一游吗?"李绅说:"这是我平生的愿望。"老人很高兴。

　　过了一会儿,风雨停止天气放晴,道童告诉老人可以走了。老人就从袖中拿出一个竹简,形状像笏板。往长拽它,长了一丈多;往宽拽它,宽了几尺;边缘卷起,底部下洼,好像船的形状。

父登居其前,令绅居其中,青童坐其后。叟戒绅曰:"速闭目,慎勿偷视。"绅则闭目,但觉风涛汹涌,似泛江海,逡巡舟止。叟曰:"开视可也。"已在一山前,楼殿参差,蔼若天外,箫管之声,寥亮云中。端雅士十余人喜迎叟,指绅曰:"何人也?"叟曰:"李绅耳。"群士曰:"异哉!公垂果能来。人世凡浊,苦海非浅,自非名系仙录,何路得来?"叟令绅遍拜之。群士曰:"子能我从乎?"绅曰:"绅未立家,不获辞,恐若黄初平贻忧于兄弟。"未言间,群士已知:"子念归,不当入此居也。子虽仙录有名,而俗尘尚重,此生犹沉幻界耳。美名崇官,外皆得之,守正修静,来生既冠,遂居此矣。勉之,勉之!"绅复遍拜叟归。辞讫,遂合目。有一物若驴状,近身乘之,又觉走于风涛之上。顷之,闷甚思见,其才开目,以堕地而失所乘者。仰视星汉,近五更矣,似在华山北。徐行数里,逢旅舍,乃罗浮店也。去所止二十余里,缓步而归。明日,二友与仆夫方奔访觅之,相逢大喜。问所往,诈云:"夜独居,偶为妖狐所惑,随造其居。将曙,悟而归耳。"自是改名绅,字公垂。果登甲科翰苑,历任郡守,兼将相之重。出《续玄怪录》。

## 白乐天

唐会昌元年,李师稷中丞为浙东观察使。有商客遭

老人上去坐在它的前面,让李绅坐在中间,道童坐在后面。老人告诫李绅说:"快闭上眼睛,千万不要偷看。"李绅就闭上眼睛,只觉得风声呼啸,波涛汹涌,好像在海上走似的,不一会儿船停了。老人说:"可以睁开眼睛看了。"李绅一看,已经在一座山前了,这里楼台宫殿错落有致,云气缭绕,好像天外,箫管乐曲的声音,响彻云间。有十几个端庄文雅的士人高兴地迎接老人,指着李绅说:"这位是什么人?"老人说:"是李绅。"众位士人说:"神奇啊!公垂果然能来。人世上凡俗污浊,苦海不浅,如果不是名列仙籍,怎么能到这里来?"老人让李绅逐个拜见他们。他们说:"你能跟随我们去吗?"李绅说:"我没有家室,不用告别,但恐怕像黄初平那样让兄弟们担忧。"说话间,众位士人已经知道了他的心意,对他说:"你想回去,就不应当到这里居住。你虽然在仙籍上有名字,但凡俗尘心还重,这一生还要沉浮于幻界。美名高官,这些身外的东西都能得到,要恪守正道,内心安静,来生到二十岁,就居住在这儿。努力,努力!"李绅又逐个拜谢诸位士人和老人,准备回去。告辞完,就合上眼睛。有一物样子像驴,李绅靠近它的身边,骑上它,又觉得像走在风浪中。一会儿,感到很闷,想看一看,他的眼睛才睁开,就已经掉到了地上而丢掉了所骑的东西。李绅仰视星辰,接近五更天了,好像是在华山北面。慢慢地走了几里,遇到一个旅馆,是罗浮店。离他居住的地方还有二十多里,他就迈着缓慢的步子往回走。第二天,他的两个朋友和仆人正在四处寻找他,相逢之后很高兴。朋友问他到什么地方去了,他欺骗他们说:"夜里独居,忽然被妖狐迷惑,跟着到它的居所去了。快要天亮了,醒悟过来,就回来了。"他从这以后改名李绅,字公垂。果然荣登进士甲科,任职于翰林院,历任郡守,兼有将帅、宰相的重任。出自《续玄怪录》。

## 白乐天

唐会昌元年,李师稷中丞任浙东观察使。有个商客遭遇

风飘荡，不知所止。月余，至一大山，瑞云奇花，白鹤异树，尽非人间所睹。山侧有人迎问曰："安得至此？"具言之。令维舟上岸，云："须谒天师。"遂引至一处，若大寺观，通一道入。道士须眉悉白，侍卫数十。坐大殿上，与语曰："汝中国人，兹地有缘方得一到，此蓬莱山也。既至，莫要看否？"遣左右引于宫内游观。玉台翠树，光彩夺目。院宇数十，皆有名号。至一院，扃锁甚严，因窥之，众花满庭，堂有裀褥，焚香阶下。客问之，答曰："此是白乐天院。乐天在中国未来耳。"乃潜记之，遂别之归。旬日至越，具白廉使，李公尽录以报白公。先是，白公平生唯修上坐业，及览李公所报，乃自为诗二首，以记其事，及答李浙东云："近有人从海上回，海山深处见楼台。中有仙笼开一室，皆言此待乐天来。"又曰："吾学空门不学仙，恐君此语是虚传。海山不是吾归处，归即应归兜率天。"然白公脱屣烟埃，投弃轩冕，与夫昧昧者固不同也，安知非谪仙哉！ 出《逸史》。

## 轩辕先生

罗浮先生轩辕集，年过数百，颜色不衰。立于床前，则发垂至地；坐于暗室，则目光可长数尺。每采药于深岩峻谷，则有毒龙猛虎护卫。或民家具斋饭邀之，虽一日百处，无不分体而至。若与人饮，即袖出一壶，才容三二升，纵宾客满座，而倾之弥日不竭。或人命饮，则百斗不醉。

暴风，船随风飘荡，不知道会停在哪里。一个多月后，到了一座大山，那里有奇花异树，祥云白鹤，都不是在人间所能看到的。山旁边有人迎着问他说："你怎么到这儿来的？"商客就把经过全说了。山里人让商客拴好船上岸，还说："需要谒见天师。"于是他领着商客到一个地方，好像是一个大寺观，通过一条道进去。里面有一个道士，胡须眉毛全白了，侍卫有几十人。道士坐在大殿上，对商客说："你是中土人，这地方和你有缘才能够到此一游，这里是蓬莱山。既然来到这里，要不要看一看？"道士派身边的人领着商客在宫内游览参观。这里有玉宫翠树，光彩夺目。里面院落几十处，每处都有名字。来到一座院子，门户锁得很严，就从缝隙往里看，庭院里长满各种花草，正屋里有垫子和褥子，台阶下焚着香。商客问这是什么地方，回答说："这是白乐天院。白乐天在中土还没有来。"于是商客秘密记下，便告别回去。过了十天到越州，商客把所见所闻都告诉给观察使，李公全都记录下来，报告给白公。先前，白公平生只修行佛教中的上座部，等到看了李公所报的事，就自己作诗二首，来记录这件事，并答复李观察使，诗的意思是："近有人从海上回，海山深处见楼台。中有仙笼开一室，皆言此待乐天来。"又一诗云："吾学空门不学仙，恐君此语是虚传。海山不是吾归处，归即应归兜率天。"然而白公对尘世无所顾恋，抛弃官位爵禄在所不惜，和那些愚昧的人根本不同，怎么知道他不是贬谪的神仙呢？ 出自《逸史》。

## 轩辕先生

　　罗浮先生轩辕集，已经几百岁了，但容貌并不衰老。他立在床前，头发就下垂到地；坐在暗室里，目光就能射出几尺。他经常在深山峻岭中采药，总有毒龙猛虎护卫他。有时百姓家准备斋饭邀请他，虽然一天有百处之多，但他都能分身前往。如果和别人喝酒，他就从袖子中取出一个小壶，才能装二三升酒，即使宾客满座，用它来倒酒也整天倒不完。有人让他喝酒，喝一百斗也不醉。

夜则垂发于盆中,其酒沥沥而出,曲糵之香,辄无减耗。与猎人同群,有非朋游者,俄而见十数,仪貌无所间别。或飞朱篆于空中,则可屇千里。病者以布巾拭之,无不应手而愈。

唐宣宗召入内廷,遇之甚厚。因问曰:"长生之道可致乎?"集曰:"辍声色,去滋味,哀乐如一,德施无偏,自然与天地合德,日月齐明,致尧舜禹汤之道;而长生久视之术,何足难哉!"又问先生道孰愈于张果。曰:"臣不知其他,但少于果耳。"及退,上遣嫔御取金盆覆白鹊以尝之。而集方休于所舍,忽谓其中贵人曰:"皇帝安能更令老夫射覆乎?"中贵皆不谕其言。于时宣宗召令速至,而才及玉阶,谓曰:"盆下白鹊,宜早放之。"宣宗笑曰:"先生早已知矣!"座于御榻前,宣宗命宫中人传汤茶。

有笑集貌古布素者,而缜发朱唇;年始二八,须臾变成老妪,鸡皮鲐背,鬓发如丝,于宣宗前涕泗交下。宣宗知宫人之过,遂令谢先生,而貌复故。宣宗因话京师无豆蔻、荔枝花。俄顷二花皆连叶,各近百数,鲜明芳洁,如才折下。更尝赐柑子,曰:"臣山下者有味逾于此。"宣宗曰:"朕无得矣!"集遂取御前碧玉瓯,以宝盘覆之。俄而彻盘,即柑子至矣,芬馥满殿,其状甚大。宣宗食之,叹其甘美无匹。更问曰:"朕得几年作天子?"即把笔书曰:"四十年。"

夜里就把头发下垂到盆中，那些酒就顺着头发滴进盆里，酒曲的香味，丝毫不减。有时他和猎人聚集在一起，同游的人中有的不是朋友，一会儿看见十几个轩辕先生，仪表容貌没有什么区别。有时他向空中扔出一道用朱笔写的篆符，就可以飞到千里之外。用布巾擦拭病人，没有不应手就好的。

　　唐宣宗把轩辕先生请进宫内，礼遇很优厚。唐宣宗问他说："长生之道可以实现吗？"轩辕集说："废止歌舞和女色，去掉食物的滋味，对待哀和乐像一件事，施舍恩惠不偏不倚，自然能和天地同德，和日月齐明，实现尧、舜、禹、汤的治道；而长生不老之术，还有什么难的呢？"唐宣宗又问轩辕先生的道术与张果老相比，谁能胜过谁。轩辕先生说："我不知道其他人，只知道我不如张果老。"等轩辕先生退下之后，皇上又派宫女拿来金盆遮盖住白鹊来试验轩辕先生。当时轩辕集正在他住的地方休息，忽然对那里的太监说："皇帝怎么能再让老夫猜物呢？"那些太监都不明白他的话是什么意思。这时唐宣宗下诏让轩辕集快去，轩辕集才到玉阶前就对宣宗说："盆下是白鹊，应该早点放了它。"唐宣宗笑着说："先生早已知道了！"轩辕集坐在皇帝榻前，唐宣宗命令宫女进茶。

　　有宫女笑话轩辕集容貌衰老，衣着朴素，转眼之间他就头发乌黑，嘴唇红润；而那个年方二八的宫女一下子就变成了老太婆，皮肤粗糙，像鸡皮和鲐鱼背那样满是皱纹，鬓发稀疏，在唐宣宗面前涕泪交流。唐宣宗知道这是宫女的错，于是让她向轩辕先生道歉，她的面貌就又恢复原样了。唐宣宗又说京师没有豆蔻和荔枝花。一会儿，这两种花都带着叶子，花各近百朵，新鲜芬芳像才折下来的一样，出现在宣宗面前。又曾赏赐柑子，轩辕先生对唐宣宗说："我山下的柑子味道超过这个。"唐宣宗说："我没有吃到呀！"轩辕集于是取来皇帝面前的碧玉瓯，用宝盘盖上它。一会儿撤去宝盘，柑子就有了，香气芬芳充满大殿，个头儿很大。唐宣宗吃了，赞叹它甘甜味美，没有什么能比得上。唐宣宗又问道："我能当几年天子？"轩辕先生拿过笔写道："四十年。"

但"十"字跳脚。宣宗笑曰:"朕安敢望四十年乎?"及晏驾,乃十四年也。初辞归山,自长安至江陵,于布囊中探金钱以施贫者,约数十万。中使从之,莫知其故,忽然亡其所在,使臣惶恐不自安。后数日,南海奏先生归罗浮山矣。出《杜阳篇》。

## 李　元

李元谏议,尝隐于嵩山茅舍。冬寒,当户炽火。有老人戴大帽子,直入炙脚。良久问李公曰:"颇能同去否? 知君有志。"因自言:"某秦时阉人,避祸得道。"乃去帽,须髯伟甚。曰:"此皆山中所长也。"李公思之良久,乃答曰:"家事未了,更数日得否?"老人揭然而起曰:"公意如此!"遂出门径去。李公牵衣愧谢,不可暂止。明日寻访,悉无其迹。出《逸史》。

## 韦卿材

卢元公奉道,暇日与宾友话言,必及神仙之事。云:某有表弟韦卿材。大和中,选授江淮县宰,赴任出京日,亲朋相送。离灞浐时,已曛暮矣。行一二十里外,觉道路渐异,非常日经过之处。既望其中,有灯烛荧煌之状,林木葱蒨,似非人间。顷之,有谒于马前者,如州县候吏,问韦曰:"自何至此? 此非俗世。"俄顷,复有一人至,谓前谒者曰:"既至矣,则须速报上公。"韦问曰:"上公何品秩也?"吏亦不对,

但"十"字最后往上挑了一下。唐宣宗笑着说:"我怎么敢奢望四十年呢?"等到唐宣宗驾崩,是十四年。轩辕先生最初告辞归山,从长安到江陵,从布囊中拿出金钱施舍给贫困的人,约有几十万钱。护送他的使者跟着他,不知道是什么原因,忽然就找不到他了,使者惶恐不安。过了几天,南海奏报轩辕先生已经返回罗浮山了。出自《杜阳篇》。

## 李　元

谏议大夫李元,曾经隐居在嵩山的茅屋里。因为冬天寒冷,他对着门生起旺火。有一个老人戴着大帽子,直接走进来烤脚。过了好长时间,老人问李元说:"能和我一起离开这里吗? 知道你有志向。"于是老人自己介绍说:"我是秦时的宦官,因为避祸获得了道术。"于是他摘去帽子,须发十分奇伟漂亮。老人又说:"这些须发都是在山中长出来的。"李元想了很久,这才回答说:"我的家事还没了,再过几天可以吗?"老人奋然而起说:"原来你的意思是这样!"于是出门径直走了。李元拉着老人的衣服羞愧地道歉,但也不能让老人停下来。第二天,李元去寻找老人,已经没有一点他的踪迹了。出自《逸史》。

## 韦卿材

卢元公信奉道教,空闲之日和朋友谈论,必定涉及有关神仙的事情。他说:我有一个表弟叫韦卿材。太和年间,他通过选官,到江淮一带当县令,赴任出京那天,亲戚朋友都来相送。离开灞河、浐河一带时,已经是黄昏了。走了一二十里,觉得道路逐渐有些异常,不是往常日子经过的地方。再向前望,有灯光闪耀的样子,林木青翠茂盛,好像不是人间。不久,有一个人在马前拜见,像州县里负责迎送宾客的官吏,他问韦卿材说:"从什么地方来? 这儿不是人世间。"不一会儿,又有一个人来到,对先前那个拜见的人说:"既然来到这儿了,就需要赶快报告给上公。"韦卿材问他们说:"上公是什么品级呀?"官吏也不回答,

却走而去。逡巡，遽声连呼曰："上公屈。"韦下马，趋走入门。则峻宇雕墙，重廊复阁，侍卫严肃，拟于王侯。见一人年可四十岁，平上帻，衣素服，遥谓韦曰："上阶。"韦拜而上。命坐，慰劳久之，亦无肴酒汤果之设。徐谓韦曰："某因世乱，百家相纠，窜避于此，众推为长，强谓之上公。尔来数百年，亦无号令约束，但任之自然而已。公得至此，尘俗之幸也。不可久留，当宜速去。"命取绢十匹赠之。韦出门上马，却寻旧路，回望亦无所见矣。半夜胧月，信足而行。至明，则已在官路。逆旅暂歇，询之于人，且无能知者。取绢视之，光白可鉴。韦遂裹却入京，诣亲友，具述其事，因以绢分遗亲爱。韦云："约其处，乃在骊山蓝田之间，盖地仙也。"出《尚书故实》。

就转身离去了。不一会儿,官吏大声连续呼喊说:"上公有请。"韦卿材下了马,小步快走进了门。只见高大的房屋,雕有花纹的墙壁,一层一层的楼阁,曲径回廊,侍卫森严肃穆,极似王侯。看见一个人,年龄约有四十岁,戴着平顶头巾,穿着素衣,在远处对韦卿材说:"上到台阶上来。"韦卿材叩拜而上。上公请他坐下,慰劳了很长时间,也没有佳肴美酒、茶水果品之类的摆设。上公慢慢地对韦卿材说:"我因为世道混乱,和许多人家聚在一起,逃避到这里,众人推举我为首领,硬叫我上公。这几百年来,也没有号令约束,仅仅是任其自然罢了。您能够到这儿,是凡尘俗子的荣幸。这里不可以久留,应当快一点离开。"上公命人拿来十匹绢赠送给韦卿材。韦卿材出门上马,去寻找旧路,回过头来看,再也看不到所见的一切了。半夜,月光明亮,韦卿材就让马随便走。到天明,就已经在大路上了。他在旅馆中暂时休息,向别人询问昨天所见的事,没有人知道。取出绢来看,光亮洁白,可以照影。韦卿材于是包裹着绢回到京城,到亲友家去,详细述说了他遇到的事,顺便把绢赠给自己亲近的人。韦卿材说:"估计那个地方,是在骊山和蓝田之间,大概是地仙吧。"<sub>出自《尚书故实》</sub>。

# 卷第四十九
## 神仙四十九

潘尊师　　李贺　　张及甫　　郑册　　陈惠虚
温京兆

### 潘尊师

嵩山道士潘尊师名法正,盖高道者也。唐开元中,谓弟子司马炼师曰:"陶弘景为嵩山伯,于今百年矣。顷自上帝求替,帝令举所知以代。弘景举余,文籍已定,吾行不得久住人间矣。"不数日,乃尸解而去。其后登封县嵩阳观西,有龙湫,居人张迪者,以阴器于湫上洗濯,俄为人所摄。行可数里,至一甲第,门前悉是群龙。入门十余步,有大厅事,见法正当厅而坐,手持朱笔理书,问迪曰:"汝是观侧人,亦识我否?"曰:"识,是潘尊师。"法正问迪:"何以污群龙室?"迪载拜谢罪。又问:"汝识司马道士否?"迪曰:"识之。"法正云:"今放汝还。"遂持几上白羽扇,谓迪曰:"为我寄司马道士,何不来而恋世间乐耶?"使人送迪出水上,迪见其尸卧在岸上,心恶之,奄然如梦,遂活。司马道士见羽扇,悲涕曰:"此吾师平素所执,亡时以置棺中。今君持来,

## 潘尊师

嵩山道士潘尊师,名叫法正,是个道术高超的人。唐开元年间,潘尊师对弟子司马炼师说:"陶弘景是嵩山的神,到现在一百年了。不久前自己向上帝请求派别人替换他,上帝让他推荐他知道的合适的人来代替。陶弘景推荐了我,文书已经定下来了,我将不能久住人间了。"不几天,他就脱离形骸仙去了。后来在登封县嵩阳观西边,瀑布之下有座深潭,附近有个居民张迪,因为在潭中洗生殖器,一下子被人捉去。走了约几里,到一处豪门大宅,门前有一群龙。进门十多步,有一个大厅堂,看见法正在厅上坐着,手拿红笔整理文书,问张迪说:"你是嵩阳观附近的人,认识我吗?"张迪说:"认识,是潘尊师。"法正问张迪说:"你为什么玷污群龙的府宅?"张迪再三揖拜表示谢罪。法正又问张迪:"你认识司马道士吗?"张迪说:"认识他。"法正说:"现在放你回去。"于是拿起几上的白羽扇,对张迪说:"替我送给司马道士,问他为什么不来,却留恋人间的欢乐?"法正派人把张迪送出水面,张迪看见自己的尸体卧在岸上,心里很厌恶,迷迷糊糊像做梦一样,于是就活了。司马道士看见羽扇,悲痛流泪说:"这是师父平常拿的,死的时候把它放在棺材里了。现在你把它拿来,

明吾师见在不虚也。"乃深入山,数年而卒。 出《广异记》。

## 李 贺

陇西李贺字长吉,唐郑王之孙。稚而能文,尤善乐府词句,意新语丽。当时工于词者,莫敢与贺齿,由是名闻天下。以父名晋肃,子故不得举进士。卒于太常官,年二十四。其先夫人郑氏,念其子深,及贺卒,夫人哀不自解。一夕梦贺来,如平生时,白夫人曰:"某幸得为夫人子,而夫人念某且深,故从小奉亲命,能诗书,为文章。所以然者,非止求一位而自饰也,且欲大门族,上报夫人恩。岂期一日死,不得奉晨夕之养,得非天哉!然某虽死,非死也,乃上帝命。"夫人讯其事。贺曰:"上帝神仙之居也,近者迁都于月圃,构新宫,命曰'白瑶'。以某荣于词,故召某与文士数辈,共为《新宫记》。帝又作凝虚殿,使某辈纂乐章。今为神仙中人,甚乐,愿夫人无以为念。"既而告去。夫人寤,甚异其梦。自是哀少解。 出《宣室志》。

## 张及甫

唐元和中,青州属县有张及甫、陈幼霞同居为学。一夜俱梦至一处,见道士数人,令及甫等书碑,题云:"苍龙溪主欧阳某撰《太皇真诀》。"字作篆文,稍异于常。及甫等记得四句云云:"昔乘鱼车,今履瑞云。躅空仰途,绮错轮囷。"后题云:"五云书阁吏陈幼霞、张及甫。"至晓,二人共言,悉同。 出《逸史》。

证明师父现在还在，不是虚假的。"于是司马道士进入深山，几年后就死了。出自《广异记》。

## 李 贺

陇西李贺字长吉，是唐朝郑王的孙子。李贺小时候就能写文章，尤其擅长作乐府诗词，内容新颖，语言华丽。当时善于写诗词的人，没有敢和李贺相比的，因此李贺闻名天下。因为他父亲名叫晋肃，因此儿子不能考举进士。他死于太常寺的官位上，年仅二十四岁。他的母亲郑氏，非常惦念儿子，等到李贺死了，母亲非常悲伤，自己不能排解。一天晚上，她梦见李贺来了，像活着的时候一样，他告诉母亲说："我很幸运能成为您的儿子，您十分疼爱我，所以我从小遵从父母之命，读诗书，作文章。我之所以这样，不只是为求得一个官位来自我修饰，还是为了光耀门庭，报答母亲的养育之恩。怎料忽然有一天死去，不能再侍奉双亲，晨夕供养，岂不是天命吗？但是我虽然死了，其实不是死，而是上帝的命令。"母亲问是怎么回事。李贺说："上帝神仙的住处，最近迁都到月圆，建造新的宫殿，命名'白瑶'。因为我诗词写得好，所以上帝召见我和几位文士，共同作《新宫记》。上帝又造凝虚殿，派我们编纂大型乐曲。现在我是神仙中人，很快乐，希望母亲不要惦念我。"说完就告辞离开了。母亲醒过来，很奇怪她做的梦。从这以后，悲伤渐渐排解。出自《宣室志》。

## 张及甫

唐朝元和年间，青州某属县有张及甫和陈幼霞二人住在一起学习。一天夜里他们都梦见到了一个地方，看见有道士几人，让他们两个写碑文，题道："苍龙溪主欧阳某撰《太皇真诀》。"字是篆文，稍微有些不同于平常。他们两个人记得有这样四句："过去乘坐鱼车，现在脚踩祥云。走在空中抬头看路，罗绮交错屈曲盘绕。"后边题道："五云书阁吏陈幼霞、张及甫。"到早晨，二人共同说起此事，全都相同。出自《逸史》。

## 郑 册

温州刺史郑册,好黄老之术,常密为之。因疾,自见女仙三百余人,云:"迎公。"乃命设馔,焚香礼拜。又邀兄冉,同于空中礼拜。少顷,命烛五炬引。兄冉与左右人皆无所见。明日天明,又阳官来催曰:"员外禄运见终,今请速登驾。"又命酒果祭之。云:"员外受职,六月朔视事,至午时当奉迎。"先是,公与天台道士金柔为方外之友。至其日食时,造省公。公说前事,即与柔共入净堂中礼拜。又云:"受牒身一道。"公空中引手接之,又自开封,以右手点笔空押之,自书六字,谓使者曰:"以有前约,的不逾时。"便言时至,揖金柔向按,不令闭却四门。又催家人阿鹿下饭。先令作蒸饼,犹热,唯六七楪脯及酒而已。遣兄冉出外,家人排床七只,云:"六押衙来迎矣。"公命坐,如再三辞让之状。公跪拜再三,便低头不起。家人走报兄冉及室人。少时而逝,形体柔软,颜色不改。按《真诰》云,其有阴德及好道信仙者,此例品格盖多。睹郑公潜化之迹,虚无之位,其昭昭乎!出《原化记》。

## 陈惠虚

陈惠虚者,江东人也。为僧,居天台国清寺。曾与同侣游山,戏过石桥。水峻苔滑,悬流万仞,下不见底。众皆股栗不行,惠虚独超然而过。径上石壁,至夕不回,群侣皆舍去。

## 郑　册

温州刺史郑册，喜好黄老之术，经常秘密地研习。一次他得病了，自己看见有三百多位女仙，都说："迎接郑公。"郑册就命令摆设食物，焚香大礼参拜。又邀请他的兄长郑冉，一同向空中大礼参拜。过了一会儿，又令人点燃五个火把引路。兄长郑冉和其他人都什么也没看见。第二天天亮了，郑册又看见阳间的使者来催促说："员外的禄命已经没有了，现在请快启程。"郑册又命令用酒和果品祭祀。使者又说："员外受职，六月初一就职理事，到那天午时会来恭迎。"在这之前，郑册和天台山道士金柔是世外的朋友。到那天吃饭的时候，金柔到郑册那儿去看他。郑册说了这件事，之后就和金柔一起进入净堂中大礼参拜。又听见空中有声音说："授予凭证公文一道。"郑册伸出手去向空中接，又自己打开公文，用右手拿笔蘸墨在空中签字画押，自己写了六个字，对使者说："因为有前约，我保准不会超过时辰。"说完就称时辰到了，他请金柔向着几案而坐，不让关闭四门。又催家人阿鹿做饭。先前让做的蒸饼还是热的，阿鹿就只准备了六七碟干肉和酒而已。他让兄长郑冉到外面去，让家人摆七张床，并说："六押衙来迎接了。"郑册让他们坐下，他们好像再三推让的样子。郑册再三跪拜，之后就低下头去再不抬起来了。家人跑去报告他兄长郑冉和他妻子。郑册不长时间就死了，但身体柔软，脸色不改。按照《真诰》上说，那些积了阴德和好道信仙的人，这类情况很多。看郑册飞升成仙的形迹，臻于虚无之道的境界，那不是非常明显吗？ 出自《原化记》。

## 陈惠虚

陈惠虚是江东人。他出家做僧人，居住在天台山国清寺。曾经和同伴游山，嬉闹着过石桥。水流湍急，苔藓湿滑，水从万仞高向下流，深不见底。众人看见都吓得大腿打颤，没人敢走，只有惠虚很轻松地就过去了。他径直上了石壁，到晚上也没有回来，那些同伴只好舍弃他离去了。

　　惠虚至石壁外，微有小径，稍稍平阔，遂及宫阙。花卉万丛，不可目识。台阁连云十里许。见其门题额曰"会真府"，左门额曰"金庭宫"，右额曰"桐柏"，三门相向鼎峙，皆有金楼玉窗，高百丈。入其右内之西，又一高楼，黄门，题曰"右弼宫"。周顾数千间，屈曲相通，瑶阶玉陛，流渠激水，处处华丽，殆欲忘归，而了无人迹。又入一院，见青童五六人，相顾笑语而去。再三问之，应曰："汝问张老。"须臾回顾，见一叟挟杖持花而来。讶曰："汝凡俗人，何忽至此？"惠虚曰："常闻过石桥即有罗汉寺，人世时闻钟声，故来寻访。千僧幸会，得至此境。不知罗汉何在？"张老曰："此真仙之福庭，天帝之下府，号曰'金庭不死之乡'，养真之灵境，周回百六十里，神仙右弼桐柏上真王君主之。列仙三千人，仙王力士，天童玉女，各万人，为小都会之所。太上一年三降此宫，校定天下学道之人功行品第。神仙所都，非罗汉之所也。王君者，周灵王之子，瑶丘先生之弟子，位为上真矣。"惠虚曰："神仙可学之否？"张老曰："积功累德，肉身升天，在于立志坚久耳。汝得见此福庭，亦是有可学之望也。"又问曰："学仙以何门而入？"张老曰："内以保神炼气，外以服饵丹华，变化为仙，神丹之力也。汝不可久住。上真适游东海，骑卫若还，恐有咨责。"因引之使出门，行十余步，已在国清矣。

　　惠虚自此慕道，好丹石，虽衣弊履穿，不以为陋。闻有炉火方术之士，不远而诣之。丹石所费，固亦多矣。晚居

陈惠虚到石壁外,发现有条不太明显的小路,稍微平坦宽阔,于是顺着这条路来到宫阙前。那里花卉众多,看得眼花缭乱。楼台殿阁连绵不断,约有十多里。陈惠虚看见那门上题写的牌匾叫"会真府",左门的牌匾叫"金庭宫",右门的牌匾叫"桐柏",三门相向如鼎足并峙,都有金楼玉窗,高百丈。进入右门,门内西边,又有一座高楼,黄色的门,题写的牌匾叫"右弼宫"。向周围看了看,有房子几千间,全都盘曲相连,台阶都是由玉石砌成的,水道里清流激湍,处处都很华丽,几乎让人流连忘返,但是没有一点人的踪迹。又进了一座院子,看见五六个仙童,仙童见了他,边笑边说就离开了。陈惠虚再三问他们,他们回答说:"你去问张老。"一会儿陈惠虚回头来看,看见一个老头儿拄着拐杖拿着花走过来。老人惊讶地说:"你是凡间俗人,怎么忽然到这里来了?"陈惠虚说:"常听说过了石桥就有罗汉寺,在人世时能听到这里的钟声,所以来寻访。我有幸与众多僧侣相聚游山,才能够到这儿来。不知罗汉在什么地方?"张老说:"这地方是真仙的住所,天帝的下方府第,号称'金庭不死之乡',是修性养真的好地方,回环一百六十里,神仙右弼桐柏上真王君主宰这地方。这里有诸仙三千人,仙王力士、童男玉女,各有万人,是仙界的一个小都会。太上一年中三次降临此宫,考核确定全天下学道的人功德品行的等级。这里是神仙的住所,不是罗汉的住所。王君,是周灵王的儿子,瑶丘先生的弟子,仙位是上真。"陈惠虚说:"神仙可以学吗?"张老说:"积累功德,肉身升天,在于志向坚定持久罢了。你能够见到这福地,也是有可以学的希望的。"陈惠虚又问:"学仙从什么地方入门?"张老说:"内靠保神炼气,外靠服食丹药,变化成仙,是神丹的力量。你不可以在此久留。上真恰好游东海,如果他的车骑卫队回来,恐怕要询问责备的。"说完就领着他让他出门,走了十多步,已经在国清寺了。

　　陈惠虚从此开始敬慕道术,喜好丹药,即使衣服损坏,鞋也破漏,也不把这看做丑。只要听说有擅长采药炼丹的道士,就不怕路远,到他那儿去。丹药的费用,那也就多了。他晚年居住在

终南山捧日寺。年渐衰老，其心愈切，寝疾月余，羸惫且甚。一旦暴雨后，有老叟负药囊入寺，大呼曰："卖大还丹！"绕廊数回。众僧皆笑之，乃指病僧惠虚之门，谓老叟曰："此叟颇好还丹，售之可也。"老叟欣然诣之。惠虚曰："还丹知是灵药，一剂几钱？"叟曰："随力可致耳。"惠虚曰："老病，沉困床枕余月。昨僧次到，自行不得，托邻僧代斋，得赚钱少许，可致药否？"叟取其钱，而留药数丸，教其所服之法。惠虚便吞之。老叟乃去。众僧相率来问，言已买得还丹，吞服之矣。顷间，久疾都愈，遥止众僧曰："勿前，觉有臭，吾疾愈矣，但要新衣一两事耳。"跳身起床，势若飞跃，众惊叹之。有新衣与之者，取而着焉。忽飞殿上，从容久之，挥手相别，冉冉升天而去。时大中十二年戊寅岁。是年归桐柏观，与道流话得道之由。云："今在桐柏宫中卖药老叟，将是张老耳。"言讫隐去。出《仙传拾遗》。

## 温京兆

温璋，唐咸通壬辰尹正天府。性黩货，敢杀。人亦畏其严残，不犯，由是治有能名。旧制，京兆尹之出，静通衢，闭里门，有笑其前道者，立杖杀之。是秋，温公出自天街，将南抵五门，呵喝风生。有黄冠老而且伛，弊衣曳杖，将横绝其间。驺人呵不能止。温公命捽来，笞背二十，振袖而去，

终南山捧日寺。年龄渐大身体也衰老了，他的心情更迫切了，得病卧床一个多月，瘦弱疲惫得更厉害了。一天暴雨之后，有一个老头儿背着药囊到寺里来，大声呼叫说："卖大还丹！"绕着廊屋转了几圈。众和尚都笑他，就指着有病的和尚陈惠虚的门，对老头儿说："这个老头儿很喜欢还丹，可以卖给他。"卖药老头儿高兴地到陈惠虚那里去。陈惠虚说："我知道还丹是好药，一剂多少钱？"老头儿说："随你的能力办就可以得到。"陈惠虚说："我年老多病，在床上困了一个多月。昨天有和尚到这里来，我自己行动不得，托邻近的和尚代行法事，得到一点施舍钱，可以买到药吗？"老头儿拿了他的钱，就留下了几丸药，教给他服用的方法。陈惠虚就把药吞服了。老头儿这才离开。众和尚相继来问，陈惠虚说已经买了还丹，把它吞服下去了。一会儿，很长时间的病都好了，陈惠虚远远地阻止众和尚说："不要往前来，我觉得有臭味，我的病好了，只要一两件新衣服。"说完跳身起床，架势好像飞跃，众和尚都惊讶赞叹。有给他新衣服的，他拿过来穿上。忽然飞到大殿上，徘徊了很久，挥手向众和尚告别，冉冉升天离开。当时是大中十二年戊寅年。这年他回桐柏观，和道士述说得道的缘由。还说："现在桐柏宫中卖药的老头儿，就是张老。"说完就隐去了。出自《仙传拾遗》。

## 温京兆

温璋，唐朝咸通壬辰年任正天府府尹。他贪污财物，敢于杀人。人们也畏惧他的严厉残酷，不敢犯罪，因此他获得了治理有才能的名声。旧的制度规定，京兆尹外出时，街道上要戒严，要关闭里巷的门，如果有在他前进的道路上喧哗大笑的人，立即用棍棒打死。这年秋天，温公从京城街道上走出来，要到南面的城门去，一路上衙役大声呵斥着开道，威风凛凛。有一个道士，年老驼背，穿着破衣服，拖拉着拐杖，要从他们中间横穿过去。驾马车的侍从大声喝斥他，也不能阻止。温公命令手下人把这老道士揪来，往背上打了二十竹板，老道士却挥挥衣袖走了，

若无苦者。温异之,呼老街吏,令潜而觇之,有何言。复命黄冠扣之,既而迹之。迨暮过兰陵里,南入小巷,中有衡门,止处也。吏随入关,有黄冠数人出谒甚谨,且曰:"真君何迟也?"答曰:"为凶人所辱。可具汤水。"黄冠前引,双鬟青童从而入,吏亦随之。过数门,堂宇华丽,修竹夹道,拟王公之甲第。未及庭,真君顾曰:"何得有俗物气?"黄冠争出索之。吏无所隐,乃为所录。见真君,吏叩头拜伏,具述温意。真君盛怒曰:"酷吏不知祸将覆族,死且将至,犹敢肆毒于人,罪在无赦!"叱街吏令去。吏拜谢了,趋出,遂走诣府,请见温。时则深夜矣,温闻吏至,惊起,于便室召之,吏悉陈所见。温大嗟惋。

明日将暮,召吏引之。街鼓既绝,温微服,与吏同诣黄冠所居。至明,吏款扉。应门者问谁,曰:"京兆温尚书来谒真君。"既辟重闱,吏先入拜,仍白曰:"京兆尹温璋。"温趋入拜。真君踞坐堂上,戴远游冠,衣九霞之衣,色貌甚峻。温伏而叙曰:"某任惣浩穰,权唯震肃,若稍畏懦,则损威声。昨日不谓凌迫大仙,自贻罪戾,故来首服,幸赐矜哀。"真君责曰:"君忍杀立名,专利不厌,祸将行及,犹逞凶威。"温拜首求哀者数四,而真君终蓄怒不许。少顷,

好像没有一点痛苦。温公感到很奇怪，就呼唤来一位老巡街吏，让他偷偷地侦察，看老道士说什么。又命巡街吏头上戴道士的黄帝冠，然后跟着他。到日落时，走过兰陵里，向南入小巷，中间有一道门，这是老道士居住的地方。巡街吏跟着进了门，有几个道士出来，很恭敬地拜见老道士，并且说："真君怎么来晚了呢？"真君回答说："被凶恶的人侮辱了。可以准备一些热水。"道士在前引路，梳着两个环形发髻的道童也跟在老道士后面进去，巡街吏也跟了进去。过了几道门，里面屋宇十分华丽，修长的青竹种在路两旁，仿佛王公大臣的住宅。还没走到庭院，真君回过头来说："怎么会有俗物的气味？"道士们竞相出来搜寻。巡街吏没有地方隐藏，就被他们逮住了。见到真君，巡街吏叩头跪拜，一五一十地说了温璋的意思。真君大怒说："这个残暴的官吏，不知道祸患将要使他的家族覆灭，他的死期马上就要到了，还敢放肆地毒害人，罪在不赦！"真君大声呵斥巡街吏，让他离开。巡街吏拜谢完了，小步快走退出了门，就跑到正天府去，请求见温公。当时已经是深夜了，温公听说巡街吏回来了，急忙起了床，在便室召见了他，巡街吏详尽地叙述了他所见到的一切。温公嗟叹惋惜不已。

　　第二天将要天黑时，温公找来巡街吏引路。街上的更鼓声已经没有了，温公穿着平民的衣服，和巡街吏一起到老道士居住的地方去。天亮时，巡街吏叩门。应门的人问是谁，巡街吏回答说："京兆尹温尚书来拜见真君。"打开层层小门后，巡街吏先进去拜见，又禀报真君说："京兆尹温璋求见。"温公小步快走进去拜见。真君倨傲地坐在大堂上，戴着远游冠，穿着九霞衣，脸上的表情很严峻。温公伏在地上陈述道："我的责任十分重大，行使权力时要用威猛之政使风气肃然，如果稍有恐惧怯懦，就会损害声威。昨天没想到凌辱得罪了大仙，给自己留下罪过，所以来此自首承当罪责，希望能得到怜悯，给予同情。"真君斥责说："你凭残忍杀戮树立名声，专谋私利从不满足，大祸将要临头，还逞凶威。"温公再三叩头哀求，然而真君始终是满含怒气不答应。不一会儿，

有黄冠自东序来,拱立于真君侧,乃跪启曰:"尹虽得罪,亦天子亚卿。况真君洞其职所统,宜少降礼。"言讫,真君令黄冠揖温升堂,别设小榻,令坐。命酒数行,而真君怒色不解。黄冠复答曰:"尹之忤犯,弘宥诚难;然则真君变服尘游,俗士焉识?白龙鱼服,见困豫且。审思之。"真君悄然,良久曰:"恕尔家族。此间亦非淹久之所。"温遂起,于庭中拜谢而去,与街吏疾行至府,动晓钟矣。虽语亲近,亦秘不令言。明年同昌主薨,懿皇伤念不已,忿药石之不征也。医韩宗绍等四家诏府穷竟,将诛之。而温鬻狱缓刑,纳宗绍等金带及余货,凡数千万。事觉,饮鸩而死。出《三水小牍》。

有一个道士从东屋来，拱手站在真君的旁边，又跪下启奏说："正天府府尹虽然获罪，也是天子身边的高官。何况真君洞府还是在他的管辖之内，应当稍微降低身份，给予礼遇。"说完，真君让道士揖请温公上大堂，另外设置一个小坐榻，让他坐。命令斟酒几巡，但真君的怒气仍未缓解。道士又对真君说："正天府府尹的忤逆冒犯之罪，想宽恕实在很难；然而真君变换服装在尘世中游览，凡俗之人怎么能认识？从前白龙下清泠之渊而化为鱼，尚且被渔人豫且射中眼睛，遭受困苦。请您慎重思考。"真君悄然思索，过了好久说："饶恕你的家族。这里也不是你长久停留的地方。"温公于是起身，在庭院中拜谢真君后就离开了，和巡街吏急速回到府衙，这时天亮的钟声已经响了。温公虽然告诉了亲近之人，但也让他们保守秘密不许说。第二年同昌公主去世，懿宗皇帝感伤怀念不已，怨恨给公主吃的药不起作用。御医韩宗绍等四家，诏令正天府追究到底，将要杀他们。但是温璋收受贿赂断案不公放宽了刑罚，他接受韩宗绍等人的金带和其它贿赂，总共有几千万。此事被发觉，温璋喝毒酒死了。出自《三水小牍》。

# 卷第五十

## 神仙五十

嵩岳嫁女　　裴　航

### 嵩岳嫁女

三礼田璆者,甚有文,通熟群书,与其友邓韶博学相类。皆以人昧,不能彰其明。家于洛阳。元和癸巳岁,中秋望夕,携觞晚出建春门,期望月于韶别墅。行二三里,遇韶,亦携觞自东来。驻马道周,未决所适。有二书生乘骢,复出建春门。揖璆、韶曰:"二君子挈榼,得非求今夕望月地乎? 某弊庄,水竹台榭,名闻洛下,东南去此三二里,傥能迂辔,冀展倾盖之分耳。"璆、韶甚惬所望,乃从而往。问其姓氏,多他语对。

行数里,桂轮已升。至一车门,始入甚荒凉,又行数百步,有异香迎前而来,则豁然真境矣。泉瀑交流,松桂夹道;奇花异草,照烛如昼;好鸟腾翥,风和月莹。璆、韶请疾马飞觞。书生曰:"足下榼中,厥味何如?"璆、韶曰:"乾和五酘,虽上清醍醐,计不加此味也。"书生曰:"某有

## 嵩岳嫁女

考中过三礼科的田璆很有文采,他通晓熟悉各种典籍,与他的朋友邓韶一样学识渊博。但都因为人不张扬,不能把优点显示出来。他们都住在洛阳。元和癸巳年中秋节的晚上,田璆携带酒具,从建春门出来,准备到邓韶的别墅赏月。走了二三里,遇到了邓韶,邓韶也带着酒具从东边走来。两个人在道边停下马,还没有决定往哪里去。这时有两个书生骑着青白杂色的马,也从建春门出来。他们与田璆、邓韶行礼,说:"二位带着酒具,莫非是要寻找今晚赏月的地方吗?我有个庄园,水竹楼阁在洛阳一带是出名的,往东南走离这儿二三里,倘能调转马头,很希望能一叙初次相逢的情分。"田璆、邓韶对二位书生的邀请很满意,就跟着他们前往。问他们的姓名,总被他们用别的话叉开。

走了几里地,月亮已经升起来。他们来到一座供车马出入的门,刚进去时觉得很荒凉,又走了几百步,就有一阵异香迎面而来,真是一下子到了仙境了。这里泉水瀑布交汇,松树桂树夹道;奇花异草,照耀如同白昼;俊鸟腾飞,风和月明。田璆、邓韶请求打马快走以便传杯痛饮。书生问道:"您的酒器中,酒的味道怎么样?"田璆、邓韶回答说:"我们带的是乾和五酘酒,即便是上清界的醍醐,估计也不比这种酒的味道好。"书生说:"我有

瑞露之酒，酿于百花之中，不知与足下五酘熟愈耳。"谓小童曰："折烛夜一花，倾与二君子尝。"其花四出而深红，圆如小瓶，径三寸余，绿叶形类杯，触之有余韵。小童折花至，于竹叶中凡飞数巡。其味甘香，不可比状。饮讫，又东南行。数里至一门，书生揖二客下马，觞以烛夜花中之余，赏诸从者，饮一杯，皆大醉，各止于户外。乃引客入，则有鸾鹤数十，腾舞来迎。步而前，花转繁，酒味尤美。其百花皆芳香，压枝于路傍。凡历池馆堂榭，率皆陈设盘筵，若有所待，但不留璆、韶坐。璆、韶饮多，行又甚倦，请暂憩盘筵。书生曰："坐以何难？但不利于君耳。"璆、韶诘其由。曰："今夕中天群仙，会于兹岳，籍君神魄，不杂腥膻。请以知礼导升降。此皆诸仙位坐，不宜尘触耳。"

言讫，见直北花烛亘天，箫韶沸空，驻云母双车于金堤之上，设水晶方盘于瑶幄之内。群仙方奏《霓裳羽衣曲》。书生前进，命璆、韶拜夫人。夫人褰帷笑曰："下域之人，而能知礼，然服食之气，犹然射人，不可近他贵婿。可各赐薰髓酒一杯。"璆、韶饮讫，觉肌肤温润，稍异常人，呼吸皆异香气。夫人问左右："谁人召来？"曰："卫符卿、李八百。"夫人曰："便令此二童接待。"于是二童引璆、韶于神仙之后纵目。璆问曰："相者谁？"曰："刘纲。""侍者谁？"曰："茅盈。""东邻女弹筝击筑者谁？"曰："麻姑、谢自然。""幄中坐者谁？"曰："西王母。"

瑞露酒,在百花之中酿成,不知与您的五酘酒哪个更好。"书生于是对小童说:"折一支烛夜花,倒给二位公子尝尝。"烛夜花每枝四朵,深红色,花形圆如小瓶,直径三寸多,绿叶形似酒杯,触碰它还能发出动听的声响。小童把花折来,在竹叶中传饮了数巡。它的味道又甜又香,不可比拟形容。喝完了,又往东南走。过了几里来到一个门前,书生揖请二位客人下马,又用酒杯装上了烛夜花中剩下的瑞露酒,赏给随从每人一杯,都喝得大醉,各自停步于门外。于是领着二位客人入内,只见几十只鸾鸟仙鹤,腾舞着来迎接。迈步向前走,花更多了,酒味更美了。那里的百花都散发着芳香,把花枝压得低垂于路旁。凡是经过的池苑馆舍、亭台楼阁,全都摆设着宴席,好像在等待什么人,只是不留田璆、邓韶去坐。田璆、邓韶喝多了,走得又很疲倦,请求坐在宴席间暂时小憩。书生说:"坐一坐又有何难?只不过对二位不利罢了。"田璆、邓韶询问其中缘故。书生说:"今天晚上,天上群仙要在这座山上聚会,想借二位的神魂,但群仙不能与凡夫俗体同坐。因为二位熟知礼仪,请二位来引导升降。这都是群仙的座位,尘世中人不宜触碰啊。"

说完,就看见正北方向花烛漫天,仙乐喧天,在金堤之上停驻着云母双车,在玉帐之内摆设着水晶方盘。群仙正演奏着《霓裳羽衣曲》。书生向前走,命田璆、邓韶给夫人行礼。夫人掀开帷帐笑着说:"下界的人,却能懂得礼仪,然而衣服食物的气味,还是这样熏人,不可让他们靠近其他宾客。可以各赏他们薰髓酒一杯。"田璆、邓韶喝完薰髓酒,觉得肌肤温润,与平常人大有不同,呼吸都有异香。夫人问身边侍者:"是谁把他们召来的?"回答说:"是卫符卿和李八百。"夫人说:"那就令这两个童子接待他们。"于是二童把田璆、邓韶领到群仙身后纵目观望。田璆问童子说:"主持仪式的人是谁?"童子回答说:"刘纲。"田璆又问:"充当侍者的是谁?"回答说:"茅盈。"又问:"东边弹筝击筑的女子是谁?"回答说:"麻姑、谢自然。"又问:"帷帐之中坐着的人是谁?"回答说:"西王母。"

　　俄有一人驾鹤而来，王母曰："久望。"有玉女问曰："礼生来未？"于是引璆、韶进，立于碧玉堂下左。刘君笑曰："适缘莲花峰士奏章，事须决遣。尚多未来客，何言久望乎？"王母曰："奏章事者，有何所为？"曰："浮梁县令求延年矣。以其人因贿赂履官，以苛虐为政，生情于案牍，忠恕之道蔑闻，唯锥于货财，巧为之计更作，自贻覆悚，以促余龄。但以莲花峰叟，狗从于人，奏章甚恳，特纡死限，量延五年。"璆问："刘君谁？"曰："汉朝天子。"续有一人，驾黄龙，戴黄旗，道以笙歌，从以嫔嫡，及瑶幄而下。王母复问："李君来何迟？"曰："为敕龙神设水旱之计，作弥淮蔡，以歼妖逆。"汉主曰："奈百姓何？"曰："上帝亦有此问，予一表断其惑矣。"曰："可得闻乎？"曰："不能悉记，略举大纲耳。其表云：'某县某，克构丕华，德洽兆庶，临履深薄，匪敢怠荒。不劳师车，平中夏巴蜀之孽；不费天府，扫东吴上党之妖。九有已见其廓清，一方尚屯其氛裖。伏以虺蜴肆毒，痛于淮蔡，豺狼尚猜其口喙，蝼蚁犹固其封疆。若遣时丰人安，是稔群丑；但使年饿疠作，必摇人心。如此倒戈而攻，可以席卷。祸三州之逆党，所损至微；安六合之疾氓，其利则厚。伏请神龙施水，厉鬼行灾，由此天诛，以资战力。"汉主曰："表至嘉，弟既允许，可矣前贺诛锄矣。"书生谓璆、韶："此开元天宝太平之主也。"

　　未顷，闻箫韶自空而来，执绛节者前唱言："穆天子来，奏乐！"群仙皆起，王母避位拜迎，二主降阶，入幄环坐而饮。

不一会儿有一人驾鹤而来，王母说："盼很久了。"有玉女问道："司礼官来没来？"于是领田璆、邓韶进去，站在碧玉堂下的左边。刘君笑着说："刚才因莲花峰士奏章的缘故，事情必须决断处置。还有许多客人没来，怎么说等很久呢？"王母说："奏章言事的人想要干什么？"刘君说："浮梁县令祈求延长寿命。因为他靠贿赂当官，施政苛暴，审理案件徇私情，没有忠恕之道，唯独在财产上拼命钻营，巧取豪夺的办法层出不穷，自己给自己留下覆灭的结果，因而折损他的余寿。但因莲花峰叟偏私此人，奏章写得很恳切，特请宽限其死期，酌情延长五年。"田璆问："刘君是谁？"童子说："是汉朝天子。"又有一个人，驾着黄龙，带着黄旗，以笙歌为前导，以嫔妃为后队，到玉帐而下。王母又问道："李君怎么来迟了？"李君说："因为下令让龙神安排水旱的计划，兴雨漫灌淮蔡地区，以歼灭妖逆。"汉帝说："百姓怎么办？"李君说："上帝也有这个疑问，我用一道表章就解决他的疑惑了。"汉帝说："可以说给我听听吗？"李君说："不能全部记住，只略举大纲吧。表章大意是：'某县某呈：陛下能够完成辉煌伟大的事业，德政通及千万百姓，每日如临深渊如履薄冰，不敢怠慢荒废。不必劳动雨师之车，平定中原、巴蜀的妖孽；不用耗费国库钱财，扫荡东吴、上党的妖寇。海内已被廓清，只有一方还处在不祥的氛围中。我认为是蜥蜴肆意放毒，让淮蔡地区百姓受苦，豺狼在吃东西时尚且有所顾忌，蝼蚁尚且巩固其巢穴。如果让岁时丰收人心安定，这就养肥了群丑；只要庄稼欠收灾害发生，一定使人心摇动。如此必生内乱，顺势而攻，就可以席卷消灭他们。祸及三州的逆党，所受的损害很小；安定天下疾苦的百姓，所得的利益很大。请龙神施水，厉鬼降灾，通过这上天的惩罚，来增加战力。"汉帝说："表章很好，既已允许，可以提前祝贺诛除妖孽了。"书生告诉田璆、邓韶："这个人就是开元、天宝时的太平天子。"

　　不久，听到仙乐从空中传来，手持红色符节的人上前大声说："穆天子来了，奏乐！"群仙都站起来了，王母也离开座位拜迎，两个皇帝也走下台阶出迎，然后一起入帐中环坐而饮。

王母曰:"何不拉取老轩辕来?"曰:"他今夕主张月宫之宴,非不勤请耳。"王母又曰:"瑶池一别后,陵谷几迁移,向来观洛阳东城,已丘墟矣。定鼎门西路,忽焉复新市朝云。名利如旧,可以悲叹耳!"穆王把酒,请王母歌。以珊瑚钩击盘而歌曰:"劝君酒,为君悲。"且吟曰:"自从频见市朝改,无复瑶池晏乐心。"王母持杯,穆天子歌曰:"奉君酒,休叹市朝非。早知无复瑶池兴,悔驾骅骝草草归。"歌竟,与王母话瑶池旧事。乃重歌一章云:"八马回乘汗漫风,犹思往事憩昭宫。晏移南圃情方洽,乐奏钧天曲未终。斜汉露凝残月冷,流霞杯泛曙光红。昆仑回首不知处,疑是酒酣魂梦中。"王母酬穆天子歌曰:"一曲笙歌瑶水滨,曾留逸足驻征轮。人间甲子周千岁,灵境杯觞初一巡。玉兔银河终不夜,奇花好树镇长春。悄知碧海饶词句,歌向俗流疑误人。"

酒至汉武帝,王母又歌曰:"珠露金风下界秋,汉家陵树冷翛翛。当时不得仙桃力,寻作浮尘飘陇头。"汉主上王母酒曰:"五十余年四海清,自亲丹灶得长生。若言尽是仙桃力,看取神仙簿上名。"帝把酒曰:"吾闻丁令威能歌。"命左右召来。令威至,帝又遣子晋吹笙以和。歌曰:"月照骊山露泣花,似悲仙帝早升遐。至今犹有长生鹿,时绕温泉望翠华。"帝持杯久之。王母曰:"应须召叶静能来,唱一曲当时事。"静能续至,跪献帝酒,复歌曰:"幽蓟烟尘别九重,贵妃汤殿罢歌钟。中宵扈从无全仗,大驾苍黄发六龙。妆匣尚留金翡翠,暖池犹浸玉芙蓉。荆榛一闭朝元路,唯有悲风吹晚松。"歌竟,帝凄惨良久,诸仙亦惨然。于是黄龙持杯,亦于车前再拜祝曰:"上清神女,玉京仙郎。乐此今夕,和鸣凤凰。凤凰和鸣,将翱将翔。与天齐休,庆流无央。"仙郎即以鲛绡五千匹,海人文锦三千端,琉璃琥珀器

王母说："为何不把老轩辕拉来？"穆天子说："他今天晚上主持月宫的宴会，不是不勤请他啊。"王母又说："瑶池一别之后，丘陵山谷几经变迁，刚才来时观看洛阳东城，已变成土丘废墟了。定鼎门西边的街道，转眼间又变为新的街市与朝堂了。而人们追逐名利的思想还像旧时一样，真是可悲可叹啊！"穆王把酒，请王母唱歌。王母就用珊瑚钩敲击玉盘而唱道："劝君酒，为君悲。"又吟唱道："自从频见市朝改，无复瑶池晏乐心。"王母拿着酒杯，穆天子唱道："奉君酒，休叹市朝非。早知无复瑶池兴，悔驾骅骝草草归。"唱完以后，穆天子与王母谈论起瑶池会时的旧事。于是又重新歌唱一段："八马回乘汗漫风，犹思往事憩昭宫。晏移南圃情方洽，乐奏钧天曲未终。斜汉露凝残月冷，流霞杯泛曙光红。昆仑回首不知处，疑是酒酣魂梦中。"王母酬答穆天子唱道："一曲笙歌瑶水滨，曾留逸足驻征轮。人间甲子周千岁，灵境杯觞初一巡。玉兔银河终不夜，奇花好树镇长春。悄知碧海饶词句，歌向俗流疑误人。"

轮到给汉武帝敬酒，王母又唱道："珠露金风下界秋，汉家陵树冷飕飕。当时不得仙桃力，寻作浮尘飘陇头。"汉武帝给西王母敬酒说："五十余年四海清，自亲丹灶得长生。若言尽是仙桃力，看取神仙簿上名。"汉武帝拿着酒又说："我听说丁令威能唱歌。"于是命左右之人去把他召来。丁令威来到，汉武帝又让子晋吹笙来伴奏。丁令威唱道："月照骊山露泣花，似悲仙帝早升遐。至今犹有长生鹿，时绕温泉望翠华。"汉武帝持杯良久。西王母说："应该把叶静能召来，让他唱一曲时下的事。"随后叶静能来到，跪着给唐玄宗敬酒，又唱道："幽蓟烟尘别九重，贵妃汤殿罢歌钟。中宵扈从无全仗，大驾苍黄发六龙。妆匣尚留金翡翠，暖池犹浸玉芙蓉。荆榛一闭朝元路，唯有悲风吹晚松。"歌唱完了，唐玄宗悲伤凄凉良久，诸仙也觉得悲伤。于是黄龙持杯，也在车前拜了又拜致祝词说："上清神女，玉京仙郎。乐此今夕，和鸣凤凰。凤凰和鸣，将翱将翔。与天齐休，庆流无央。"仙郎就把鲛人所织薄绢五千匹，海人所献织锦三千端，琉璃琥珀器

一百床，明月骊珠各十斛，赠奏乐仙女。乃有四鹤立于车前，载仙郎并相者侍者，兼有宝花台。

俄进法膳，凡数十味，亦霑及璆、韶，璆、韶饮。有仙女捧玉箱，托红笺笔砚而至，请催妆诗。于是刘纲诗曰："玉为质兮花为颜，蝉为鬓兮云为鬟。何劳傅粉兮施渥丹，早出娉婷兮缥缈间。"于是茅盈诗云："水晶帐开银烛明，风摇珠珮连云清。休匀红粉饰花态，早驾双鸾朝玉京。"巢父诗曰："三星在天银河回，人间曙色东方来。玉苗琼蕊亦宜夜，莫使一花冲晓开。"诗既入，内有环珮声。即有玉女数十，引仙郎入帐，召璆、韶行礼。

礼毕，二书生复引璆、韶辞夫人。夫人曰："非无至宝可以相赠，但尔力不任挈耳。"各赐延寿酒一杯，曰："可增人间半甲子。"复命卫符卿等引还人间，无使归途寂寞。于是二童引璆、韶而去，折花倾酒，步步惜别。卫君谓璆、韶曰："夫人白日上升，骖鸾驾鹤，在积习而已。未有积德累仁，抱才蕴学，卒不享爵禄者。吾未之信。倘吾子尘牢可逾，俗桎可脱，自今十五年后，待子于三十六峰，愿珍重自爱。"复出来时车门，握手告别。

别讫，行四五步，杳失所在，唯有嵩山，嵯峨倚天。得樵径而归。及还家，已岁余。室人招魂葬于北邙之原，坟草宿矣。于是璆、韶捐弃家室，同入少室山，今不知所在。

出《纂异记》。

一百床，明月骊珠各十斛，赠送给奏乐的仙女。于是就有四只仙鹤立于车前，载着仙郎和司礼官、侍者，还有宝花台。

一会儿，进献御膳，共有几十道美味佳肴，连田璞、邓韶也沾了光，他们二人也和众仙人一同饮了酒。这时有仙女捧着玉箱，托着红纸笺和笔砚而来，请众仙人写催妆诗。于是刘纲作诗道："玉为质兮花为颜，蝉为鬓兮云为鬟。何劳傅粉兮施渥丹，早出娉婷兮缥缈间。"茅盈又作诗道："水晶帐开银烛明，风摇珠珮连云清。休匀红粉饰花态，早驾双鸾朝玉京。"巢父又作诗道："三星在天银河回，人间曙色东方来。玉苗琼蕊亦宜夜，莫使一花冲晓开。"这些诗送进帷账以后，就听里面有佩玉响动的声音。于是就有几十位玉女引领仙郎进入帷帐中，并召田璞、邓韶去执行礼仪。

礼仪完毕，两个书生又领着田璞、邓韶向西王母辞行。西王母说："不是没有好的宝物可以赠送给你们，只不过你们没有力气带走罢了。"于是各赏他们延寿酒一杯，说："可以增加人间三十年的寿命。"又命卫符卿等领着他俩回人间，不让他们归途寂寞。于是两个童子领着田璞、邓韶离去，一路上二童又折烛夜花给他俩倒瑞露酒，每走一步都恋恋不舍。卫符卿对田璞、邓韶说："夫人白昼升仙，乘鸾驾鹤，在于长期养性积德罢了。没有积累仁德而又胸有才学，却始终不能享受爵禄的人。我不相信这样的事。倘若你们能够跳出尘缘的牢笼，能够解脱世俗的桎梏，从现在开始十五年后，我在三十六峰等你们，希望你们珍重自爱。"又从来时走车马的门出来，双方握手告别。

分别以后，才走了四五步，仙童就踪迹皆无，唯有嵩山高耸倚天。他们找到一条砍柴人走出的小路，沿路回来。等回到家里，已过去一年多了。家里人以为他们死了，为他们招魂下葬在北邙山的原野中，坟上的草已经长出新的了。于是田璞、邓韶就抛弃家室，一同进入少室山，如今不知在哪里。出自《纂异记》。

## 裴 航

唐长庆中，有裴航秀才，因下第游于鄂渚，谒故旧友人崔相国。值相国赠钱二十万，远挈归于京，因佣巨舟，载于湘汉。

同载有樊夫人，乃国色也。言词问接，帷帐昵洽。航虽亲切，无计道达而会面焉。因赂侍妾袅烟，而求达诗一章曰："同为胡越犹怀想，况遇天仙隔锦屏。倘若玉京朝会去，愿随鸾鹤入青云。"诗往，久而无答。航数诘袅烟，烟曰："娘子见诗若不闻，如何？"航无计，因在道求名酝珍果而献之。夫人乃使袅烟召航相识。及褰帷，而玉莹光寒，花明丽景，云低鬟鬓，月淡修眉，举止烟霞外人，肯与尘俗为偶？航再拜揖，睇眙良久之。夫人曰："妾有夫在汉南，将欲弃官而幽栖岩谷，召某一诀耳。深哀草扰，虑不及期，岂更有情留盼他人？的不然耶？但喜与郎君同舟共济，无以谐谑为意耳。"航曰："不敢。"饮讫而归。操比冰霜，不可干冒。夫人后使袅烟持诗一章曰："一饮琼浆百感生，玄霜捣尽见云英。蓝桥便是神仙窟，何必崎岖上玉清。"航览之，空愧佩而已，然亦不能洞达诗之旨趣。后更不复见，但使袅烟达寒暄而已。

遂抵襄汉，与使婢挈妆奁，不告辞而去，人不能知其所造。航遍求访之，灭迹匿形，竟无踪兆，遂饰妆归辇下。经蓝桥驿侧近，因渴甚，遂下道求浆而饮。见茅屋三四间，低而复隘，有老妪缉麻苎。航揖之求浆，妪咄曰："云英擎一瓯浆来，郎君要饮。"航讶之，忆樊夫人诗有"云英"之句，

# 裴　航

　　唐朝长庆年间,有个秀才叫裴航,因科举考试不中到鄂渚去闲游,拜访老朋友崔相国。恰逢崔相国赠送他二十万钱,需要长途携带回到京城,他就雇了一条大船在湘汉间运输。

　　同船有一个樊夫人,是国色天香的美人。言词问答,隔着帷帐都觉亲近融洽。裴航虽感亲切,但没有办法表达心意与她会面。于是他就贿赂樊夫人的侍女袅烟,求她送达一首诗:"同为胡越犹怀想,况遇天仙隔锦屏。倘若玉京朝会去,愿随鸾鹤入青云。"诗送去之后,很久没有得到答复。裴航多次询问袅烟,袅烟说:"娘子看了诗如同没看,怎么办?"裴航没有办法,于是在道途中搜求名酒珍果去送给她。樊夫人这才让袅烟去召裴航相见。掀开帷帐之后,眼前的樊夫人好似晶莹的美玉光彩照人,又像一朵鲜艳的花让周围的景色一下子靓丽起来,她乌云似的鬟髻低垂,修眉如新月淡扫,举止就像尘世之外的仙人,怎肯与尘俗之人为偶?裴航拜了又拜,惊呆看了很久。樊夫人说:"我有丈夫在汉南,将要弃官幽居深山,召我去诀别。深以此纷乱为哀,担心不能按期赶到,哪里还有心情留意顾盼他人?难道不是这样吗?只是很高兴与郎君同舟而行,请不要有轻慢戏谑之心。"裴航说:"不敢。"在那里喝了杯酒就回来了。他知道樊夫人操守如冰霜,不可冒昧求亲。后来,樊夫人让袅烟把一首诗送给裴航,诗中说:"一饮琼浆百感生,玄霜捣尽见云英。蓝桥便是神仙窟,何必崎岖上玉清。"裴航看了这首诗,空怀感愧而已,然而也不能把诗的意思全部理解透彻。后来也没有再见面,只是让袅烟表达问候而已。

　　船抵达襄汉后,樊夫人与婢女带着梳妆盒,没和裴航告辞就走了,没人知道她的去向。裴航到处寻访,可樊夫人隐迹匿形,毫无踪影,裴航只得整治行装回京。经过蓝桥驿附近,因为很渴,就下道找水喝。见三四间茅屋,低而狭窄,有个老妇人在搓麻绳。裴航向她行礼讨浆水,老妇人大声喊道:"云英,拿一碗浆水来,郎君要喝。"裴航很惊讶,回想起樊夫人诗中有"云英"的句子,

深不自会。俄于苇箔之下，出双玉手捧瓷。航接饮之，真玉液也，但觉异香氤郁，透于户外。因还瓯，遽揭箔，睹一女子，露裛琼英，春融雪彩，脸欺腻玉，鬓若浓云。娇而掩面蔽身，虽红兰之隐幽谷，不足比其芳丽也。航惊怛，植足而不能去。因白妪曰："某仆马甚饥，愿憩于此，当厚答谢，幸无见阻。"妪曰："任郎君自便。"且遂饭仆秣马。良久谓妪曰："向睹小娘子，艳丽惊人，姿容擢世，所以踌蹰而不能适，愿纳厚礼而娶之，可乎？"妪曰："渠已许嫁一人，但时未就耳。我今老病，只有此女孙，昨有神仙，遗灵丹一刀圭，但须玉杵臼捣之百日，方可就吞，当得后天而老。君约取此女者，得玉杵臼，吾当与之也。其余金帛，吾无用处耳。"航拜谢曰："愿以百日为期，必携杵臼而至，更无他许人。"妪曰："然。"航恨恨而去。

及至京国，殊不以举事为意，但于坊曲闹市喧衢，而高声访其玉杵臼，曾无影响。或遇朋友，若不相识，众言为狂人。数月余日，或遇一货玉老翁曰："近得虢州药铺卞老书，云有玉杵臼货之，郎君恳求如此，此君吾当为书导达。"航愧荷珍重，果获杵臼。卞老曰："非二百缗不可得。"航乃泻囊，兼货仆货马，方及其数。

遂步骤独挈而抵蓝桥。昔日妪大笑曰："有如是信士乎？吾岂爱惜女子，而不酬其劳哉！"女亦微笑曰："虽然，更为吾捣药百日，方议姻好。"妪于襟带间解药，航即捣之，

但心中还是不能领会。不一会儿，从苇帘的下面伸出一双白玉般的手，捧着一个瓷碗。裴航接过碗来喝，那是真正的琼浆玉液，只觉得异香浓郁，透到门外。裴航借还瓷碗的机会，突然揭开苇帘，看见一个女子，像露珠裹着的美玉，像春风融化了的雪花，脸胜润玉，鬓如浓云。娇滴滴地掩面遮身，即使兰草隐于幽谷，也不能和她的美丽芳容相比。裴航惊呆了，脚像扎了根似的不能走开。于是他对老妇人说："我的仆人和马都饿了，希望在此休息，定当重重答谢，望您不要拒绝我们。"老妇人说："任从郎君自便。"就给他的仆人吃饭，并喂了马。过了很久，裴航对老妇人说："刚才看见的小娘子，艳丽得使人吃惊，姿容超过当世之人，我所以徘徊不能离去，就是希望纳厚礼而娶她，可以吗？"老妇人说："她已应许嫁给一个人，只是时候没到罢了。我现在年老多病，只有这个孙女，昨天有个神仙，送给我一刀圭灵丹，但需用玉杵臼捣一百天，方能吞服，然后就能长生不老。你要娶这个女孩的条件，就是找到那玉杵臼，我一定把她嫁给你。其余金帛财物，我没有用处。"裴航拜谢说："我愿意以百日为期限，一定带着杵臼到来，再不要应许别人。"老妇人说："好的。"裴航非常遗憾地离去了。

等到了京城，裴航一点也不把科举的事放在心上，只是到坊间巷里、喧闹的街市去，高声打听那玉杵臼，竟没有一点消息。有时遇到朋友，好像不认识似的，大家都说他疯了。几个月后的一天，他偶然遇到一个卖玉的老头，老头说："最近我接到了虢州药铺卞老的信，说有玉杵臼要卖掉，郎君恳切寻求到这种程度，我当写信给他传达你的意思。"裴航感愧不已，最终找到了杵臼。卞老说："没有二百缗钱就不能得到杵臼。"裴航倾囊而出，加上卖仆人卖马的钱，才凑足那个数目。

于是他独自步行带着杵臼回到蓝桥驿。昔日那个老妇人大笑着说："有如此讲信用的人吗？我怎能爱惜孙女而不酬谢他的功劳呢？"女子也微笑说："虽然这样，还要为我捣药百日，才能商议婚事。"老妇人把药从衣带间解下来，裴航就开始捣药，

昼为而夜息，夜则妪收药臼于内室。航又闻捣药声，因窥之，有玉兔持杵臼，而雪光辉室，可鉴毫芒，于是航之意愈坚。如此日足，妪持而吞之曰："吾当入洞而告姻戚，为裴郎具帐帏。"遂挈女入山，谓航曰："但少留此。"逡巡车马仆隶，迎航而往。别见一大第连云，珠扉晃日，内有帐幄屏帏，珠翠珍玩，莫不臻至，愈如贵戚家焉。仙童侍女，引航入帐就礼讫，航拜妪，悲泣感荷。妪曰："裴郎自是清冷裴真人子孙，业当出世，不足深愧老妪也！"及引见诸宾，多神仙中人也。后有仙女，鬟髻霓衣，云是妻之姊耳。航拜讫，女曰："裴郎不相识耶？"航曰："昔非姻好，不醒拜侍。"女曰："不忆鄂渚同舟回而抵襄汉乎？"航深惊惕，恳悃陈谢。后问左右，曰："是小娘子之姊云翘夫人，刘纲仙君之妻也。已是高真，为玉皇之女史。"妪遂遣航将妻入玉峰洞中，琼楼殊室而居之。饵以绛雪琼英之丹，体性清虚，毛发绀绿，神化自在，超为上仙。

至太和中，友人卢颢，遇之于蓝桥驿之西，因说得道之事。遂赠蓝田美玉十斤，紫府云丹一粒，叙语永日，使达书于亲爱。卢颢稽颡曰："兄既得道，如何乞一言而教授？"航曰："老子曰：'虚其心，实其腹。'今之人，心愈实，何由得道之理？"卢子憬然，而语之曰："心多妄想，腹漏精溢，即虚实可知矣。凡人自有不死之术，还丹之方，但子未便可教。异日言之。"卢子知不可请，但终宴而去。后世人莫有遇者。出《传奇》。

白天干活晚上休息,到晚上老妇人就把药和杵臼收归内室。裴航又听到捣药的声音,就去偷看,看到有只玉兔拿着杵臼,雪白的光芒照耀满室,可以照见毫毛,于是裴航的意志更加坚定。就这样日子够了,老妇人拿药吞了,说:"我要进洞去告诉亲戚,为裴郎准备帷帐。"就带着女子进了山,又对裴航说:"你先待在这儿。"过了一会儿,有车马仆从到来,迎接裴航前往。又看到一个很大的府第连接云端,镶珠的门扉在日光下闪动,里面有帷帐屏风,珠翠珍玩,没有一件不尽善尽美,超过贵戚之家。仙童侍女领着裴航入帐行礼之后,裴航向老妇人下拜,感激涕零。老妇人说:"裴郎本来是清冷裴真人的子孙,本应当超脱人世,不当对老妇深谢啊!"又带他拜见诸位宾客,多半是神仙中人。后有一个仙女,梳着环髻穿着霓裳,说是他妻子的姐姐。裴航拜完,仙女说:"裴郎不认识我了吗?"裴航说:"从前不是姻亲,想不起来在哪儿拜识过。"仙女说:"不记得从鄂渚同船回到襄汉了吗?"裴航十分惊讶,诚恳地表示了敬意。后来问左右的人,回答说:"这是小娘子的姐姐云翘夫人,仙君刘纲的妻子。现在已经是真仙,担任玉皇大帝的女官。"老妇人就让裴航领妻子进入玉峰洞中,到琼楼殊室去居住。以绛雪琼英之丹为食,身体洁净清爽,毛发深青透红,从此神化自在,超升为上仙。

到了太和年间,裴航的友人卢颢在蓝桥驿的西边遇到他,说起得道之事。裴航就赠给卢颢蓝田美玉十斤、紫府云丹一粒,叙话一整天,让卢颢到他亲友那里去送信。卢颢磕着头说:"老兄已经得道,可否求您说一句话教我?"裴航说:"老子说:'虚其心,实其腹。'现在的人,心越来越实,怎能得道呢?"卢颢不明白,裴航就告诉他说:"心多妄想,腹中精气外溢,就可以了解虚实之道了。人各自都有不死之术,灵药之方,只是还不能教您。将来再说吧。"卢颢知道不可能请求到,一起宴饮过后就离去了。后世的人没有再遇见裴航的。出自《传奇》。

# 卷第五十一
## 神仙五十一

侯道华　　宜君王老　　陈　师　　陈　金

## 侯道华

河中永乐县道净院,居蒲中之胜境,道士寓居,有以十数。唐文宗时,道士邓太玄炼丹于药院中。药成,疑功未究,留贮院内,人共掌之。太玄死,门徒周悟仙主院事。时有蒲人侯道华,事悟仙以供给使。诸道士皆奴畜之,洒扫隶役,无所不为,而道华愈欣然。又常好子史,手不释卷,一览必诵之于口。众或问之要此何为,答曰:"天上无愚懵仙人。"咸大笑之。蒲中多大枣,天下人传,岁中不过一二无核者,道华比三年辄得啖之。一旦,道华执斧,科古松枝垂且尽,如削,院中人无喻其意。明日昧爽,众晨起,道华房中亡所见。古松下施案,致一杯水,仍脱双履案前,道华衣挂松上。院中视之,中留一首诗云:"帖里大还丹,多年色不移。前宵盗吃却,今日碧空飞。惭愧深珍重,珍重邓天师。他年炼得药,留着与内芝。吾师知此术,速炼莫为迟。三清专相待,大罗的有期。"下列细字,称:"去年七月一日,蒙韩君赐姓李名内芝,配住上清善进院。"以次十数言。

## 侯道华

　　河中府永乐县道净院，是蒲州一带景色优美的地方，有十几个道士住在那里。唐文宗时，道士邓太玄在药院中炼丹。丹药炼成，疑心功力还不够，就把药留在院内贮存起来，由道士共同掌管。邓太玄死后，他的弟子周悟仙主持院中事务。当时有个蒲州人侯道华侍奉周悟仙而供差使。众道士都像役使奴仆似的役使他，洒水扫地等各种杂役，没有什么不让他干，而道华却更加高兴。道华平常又喜好子、史诸书，手不释卷，看过一遍定能背诵出来。道士中有人问他看这些书干什么，他回答说："天上没有愚昧糊涂的仙人。"众人都嘲笑他。蒲州一带大枣多，天下人传说，每年不过有一两颗无核的，道华连续三年回回吃到。一天早晨，道华拿着斧子，把古松树枝砍落将尽，如刀削，院中人不明白他的意图。第二天黎明，众道士起来，道华房中没有见到人。发现古松树下放着一张桌子，还有一杯水，还有一双鞋脱在桌子前面，道华的衣服挂在松树上。在院中查看，还留有一首诗："帖里大还丹，多年色不移。前宵盗吃却，今日碧空飞。惭愧深珍重，珍重邓天师。他年炼得药，留着与内芝。吾师知此术，速炼莫为迟。三清专相待，大罗的有期。"下面还写着小字，称："去年七月一日，承蒙韩君赐姓李，起名内芝，派住在上清善进院。"以下还有十几个字。

时唐大中五年五月二十一日，院中人方验道华窃太玄药仙去，因相率白节度使、尚书郑公光。按视踪迹不诬，即以其事闻奏。诏赏绢五百匹，并赐御衣，修饰廊殿，赐名升仙院。出《宣室志》。

## 宜君王老

王老，坊州宜君县人也。居于村墅，颇好道爱客，务行阴德为意，其妻亦同心不倦。一旦有蓝缕道士造其门，王老与其妻俱延礼之。居月余，间日与王老言谈杯酌，甚相欢狎。俄患遍身恶疮，王老乃求医药看疗，益加勤切，而疮日甚。逮将逾年，道士谓王老曰："此疮不烦以凡药相疗，但得数斛酒浸之，自愈。"于是王老为之精洁酿酒，及熟，道士言："以大瓮盛酒，吾自加药浸之。"遂入瓮，三日方出，须发俱黑，面颜复少年，肌若凝脂。王老阖家视之惊异。道士谓王老曰："此酒可饮，能令人飞上天。"王老信之。

初，瓮酒五斛余，及窥，二三斗存耳，清冷香美异常。时方打麦，王老与妻子并打麦人共饮，皆大醉。道士亦饮，云："可上天去否？"王老愿随师所适。于是祥风忽起，彩云如蒸，屋舍草树，全家人物鸡犬，一时飞去。空中犹闻打麦声，数村人共观望惊叹。唯猫弃而不去。

风定，其佣打麦二人，乃遗在别村树下。后亦不食，皆得长年。宜君县西三十里，有升仙村存焉。出《续仙传》。

当时是唐朝大中五年五月二十一日，院中人这才检查出侯道华偷吃了邓太玄的丹药而仙去，于是一起向节度使、尚书郑光禀报。郑光派人查看现场，发现踪迹不假，就把这件事奏报皇帝。皇帝下诏赏绢五百匹，并赐御衣，修整装饰道院的廊殿，赐名升仙院。出自《宣室志》。

## 宜君王老

王老是坊州宜君县人。住在乡村，很敬慕道术，也很好客，把积累阴德作为宗旨，他的妻子也与他心意相同而坚持不懈。一天，有个穿着破烂衣衫的道士登门拜访，王老和他的妻子都很礼貌地招待这个道士。道士住了一个多月，闲暇的日子就和王老谈天饮酒，十分亲近。不久，道士遍体长了恶疮。王老就求医买药给他治疗，更加殷勤恳切，然而道士的恶疮却一天比一天严重。等到将近一年，道士对王老说："这种疮不能用普通的药治疗，只要弄到几斛酒浸泡它，自然会好。"于是王老为他精心酿酒，到酒酿好时，道士说："用大瓮盛酒，我自己加药浸疮。"道士就进了大瓮，三天才出来，胡子和头发全都变黑，容颜又变为少年，肌肤像凝固的油脂一般细嫩。王老全家看到道士后都感到惊讶。道士对王老说："这酒可以喝，能让人飞上天。"王老相信了他的话。

当初，瓮中酒有五斛多，等到再去看，只剩二三斗了，酒味清香甘美异常。当时正打麦子，王老与妻子，连同打麦子的人一起喝，都喝得大醉。道士也喝了，又问："愿意上天去吗？"王老表示愿意随道士而去。于是忽起祥风，彩云蒸腾，房屋、草木、全家人、器物、鸡犬，同时飞去。空中还能听到打麦声，几个村的人都观望惊叹。只有猫被遗弃没有飞去。

风停了，那雇来打麦子的两个人，被遗留在别的村子的树下。这两人后来也不再进食，都得到长生。宜君县西三十里，至今还有升仙村。出自《续仙传》。

## 陈　师

豫章逆旅梅氏，颇济惠行旅。僧道投止，皆不求直。恒有一道士，衣服蓝缕，来止其家，梅厚待之。一日谓梅曰："吾明日当设斋，从君求新瓷碗二十事，及七箸。君亦宜来会，可于天宝洞前访陈师也。"梅许之，道士持碗渡江而去。梅翌日诣洞前，问其村人，莫知其处。久之将回，偶得一小径，甚明净。试寻之，果见一院。有青童应门，问之，乃陈之居也。入见道士，衣冠华楚，延与之坐。命具食，顷之，食至，乃熟蒸一婴儿，梅惧不食。良久又进食，乃蒸一犬子，梅亦不食。道士叹息，命取昨所得碗赠客。视之，乃金碗也。谓梅曰："子善人也，然不得仙。千岁人参枸杞，皆不肯食，乃分也。"谢而遣之。比不复见矣。出《稽神录》。

## 陈　金

陈金者，少为军士，隶江西节度使刘信。围虔州，金私与其徒五人发一大冢。开棺，见一白髯老人，面如生，通身白罗衣，衣皆如新。开棺即有白气冲天，墓中有非常香气。金独视棺盖上有物如粉，微作硫黄气。金素闻棺中硫黄为药，即以衣襟掬取怀归。墓中无他珍宝，即共掩塞之而出。既至营中，营中人皆惊云："今日那得有香气？"金知硫黄之异，且辄汲水服之，至尽。城平，入舍僧寺，偶与寺僧言之，僧曰："此城中富人之远祖也，子孙相传，

## 陈　师

豫章有家旅舍的主人姓梅,特别周济照顾过往旅客。和尚道士投宿,都不要钱。经常有一个道士,穿着破旧衣服,来他家投宿,梅老板总是丰厚地招待他。有一天这个道士对梅老板说:"我明天要设斋会,向您借二十只新瓷碗和七双筷子。您也该来参加聚会,可在天宝洞前打听陈师。"梅老板答应了,道士拿着碗渡江而去。梅老板第二天到了洞前,问当地村里人,没有人知道陈师在哪儿。他很久没找到,打算回去,偶然发现一条小路,很亮堂洁净。试着寻访陈师,果然见到一座院落。有个青衣童子应门,梅老板问他,原来这就是陈师的居所。进去见一道士,衣帽华贵整洁,他请梅老板进来坐下。道士命人准备吃的,一会儿,吃的东西拿来了,竟是一个蒸熟了的婴儿,梅老板恐惧不敢吃。过了很久又端进食物,竟是一个蒸熟的狗崽子,梅老板也不吃。道士叹息,命人拿来昨天所得的碗送给梅老板。一看,竟是金碗。道士对梅老板说:"您是善人啊,然而不能成仙。千年的人参枸杞都不肯吃,是命中注定啊。"道士向梅老板致谢后就让他走了。从此,再没有见过面。出自《稽神录》。

## 陈　金

陈金年轻时当过军士,隶属于江西节度使刘信。围困虔州时,陈金私自与五个同伴掘开一座大坟。打开棺材,看见一个白胡子老头,面色如生,全身穿着白色丝绸衣服,衣服都像新的似的。他们打开棺材时就有白气冲天,墓中还有不同寻常的香气。陈金独自看见棺材盖上有粉状物,微微发出硫黄的气味。陈金过去就听说棺材中的硫黄是药,就捧着把它放在衣襟中揣了回来。墓中没有别的珍宝,他们就把棺材盖上,把掘开处堵塞好后离去。回到军营后,营中的人都惊讶地说:"今天哪里来的香气?"陈金知道是硫黄所致,天亮时就打水把硫黄粉喝了,喝尽为止。虔州城攻下后,陈金入城住在佛寺,偶然与寺僧说起这事,寺僧说:"这墓中人是城中一个富人的前代祖先,子孙相传,

其祖好道,有异人教饵硫黄。云数尽当死,死后三百年,墓当开,即解化之期也,今正三百年矣。"即相与复视之,棺中空,唯衣尚存,如蝉蜕之状。金自是无病,今为清海军小将,年七十余矣,形体枯瘦,轻健如故。出《稽神录》。

他们的祖先喜好道术，有异人传授他吃硫黄。他说寿数已尽就会死去，死后三百年，墓会被打开，那时就是他解脱升仙之时，现在正好三百年了。"他们就一起再去看那座坟，发现棺中已空，只有衣服还在，好像蝉脱皮的样子。陈金从此无病，现在是清海军的低级军官，七十多岁了，虽形体枯瘦，但轻捷健朗如故。出自《稽神录》。

# 卷第五十二
## 神仙五十二

陈复休　　殷天祥　　闾丘子　　张　卓

### 陈复休

陈复休者，号陈七子。贞元中，来居褒城，耕农樵采，与常无异。如五十许人，多变化之术。褒人有好事少年，承奉之者五六人，常为设酒食，以求学其术，勤勤不已。复休约之曰："我出西郊，行及我者，授以术。"复休徐行，群少年奔走追之，终不能及，遂止，无得其术者。后入市，众复奉之不已。复休与出郊外，坐大树下，语道未竟，忽然暴卒，须臾臭败。众皆惊走，莫敢回视。自此诸少年不敢干之。常狂醉市中，褒帅李谠怒而系于狱中，欲加其罪。桎梏甚严，忽不食而死，寻即臭烂，虫蛆流出。弃之郊外，旋亦还家，复在市中。谠时加礼异，为筑室于褒城江之南岸，遗与甚多，略无受者。

河东柳公仲郢、相国周墀、燕国公高骈拥旄三州，皆威望严重，而深加礼敬，书币相属，复休亦无所受。唯鹤氅布裘，受而贮之，亦未尝衣着也。昌明令胡仿，常师事之，

## 陈复休

陈复休,号陈七子。贞元年间,他来到襄城居住,耕地打柴,与平常人没什么不同。他像五十多岁的人,有很多变化的法术。襄城有喜欢多事的少年,奉承讨好陈复休的有五六人,他们常常为陈复休安排酒食,以求学到他的法术,总是很殷勤。陈复休与他们约定说:"我出西郊,走路能赶上我的人,我就把法术教给他。"陈复休慢慢走,这群少年奔跑着追赶他,始终没能赶上,就停止了,所以没有学到他法术的人。后来陈复休来到街市,众人又不停地讨好他。陈复休与他们一起走到郊外,坐在大树下,谈论道术还没完,突然死去,一会儿就发臭腐坏了。大家都吓跑了,没有人敢回去看他。从此众位少年都不敢求他。他曾在街市中喝得大醉,襄帅李谠生气地把他关押在狱中,想要治他的罪。他被刑具锁得很严密,忽然不吃东西而死去,不久就臭烂了,虫蛆直往外爬。他被弃于郊外,但不久又回到家里,又在街市中。于是李谠时时以特殊礼节相待,为他在襄城江南岸修筑房屋,送给他很多东西,但他一点也不收受。

河东柳仲郢、相国周墀、燕国公高骈统领三州,都有很高威望,对他十分礼敬,不断写信送礼,他也是什么都不接受。只留下道袍和布袍,却存放起来,不曾穿着。昌明县令胡仿常以师礼事奉他,

将赴任,留钱五千,为复休市酒。笑而不取曰:"吾金玉甚多,恨不能用耳。"以锄授仿,使之劚地,不二三寸,金玉钱货,随劚而出。曰:"人间之物,固若是矣,但世人赋分有定,不合多取。若吾用之,岂有限约乎?"仿之昌明,复休祖之于仙流江上。指砂中,令仿取酒器。仿攫砂数寸,得器皿五六事。饮酒毕,复埋砂中。又戏曰:"吾于砂中尝藏果子,今亦应在。"又令取之,皆得。蜀相燕公使人致书至褒城所居延召,复休同日离褒城,使人经旬方达,复休当日已至成都,而又有一复休与使者偕行,未尝相舍。燕公诘于使者,益奇待之。常于巴南太守筵中为酒妓所侮,复休笑视其面,须臾妓者髯长数尺。泣诉于守,为祈谢,复休咒酒一杯,使饮之,良久如旧。又有药一丸,投水中,沉浮旋转,任人指呼,变化隐显。其类极多,不可备载。

中和五年,大驾还京,复休亦至阙下。田晋公军容问其京国几年安宁,曰:"二十。"果自问后二十日,再幸陈仓。后于道中寄诗与田晋公曰:"夜坐空庭月色微,一树寒梅发两枝。"及驾至梁洋,邠帅朱玫立襄王监国,"寒梅两枝"验矣。自是卫驾诣都,多在西县、三泉、褒斜以来屯驻。

复休之术,素为人所传。俄为人钉其手于柱上,寻有人救而拔之,竟亦无患。岁余,卒于家,葬于江南山下。数月,好事者掘其墓,无复所有。见复休在长安。驾驻华州,复休亦至兴德府矣。出《仙传拾遗》。

将要上任时,留下五千钱,为陈复休买酒。陈复休笑而不取,他说:"我的金玉钱财很多,遗憾的是不能用罢了。"他把锄头交给胡仿让他刨地,不到二三寸,金玉钱财就随着锄头刨出。他说:"人间的东西,本来就像这样遍地都有,只是世人天赋资质有定数,不该多取。如果我想用这些钱财,难道还有限度吗?"胡仿去昌明,陈复休在仙流江上为他饯行。陈复休手指沙中,让胡仿去取酒器。胡仿抓沙有几寸深,找到五六件器皿。喝完酒,又把器皿埋在沙中。陈复休又戏谑地说:"我曾经在沙中藏着果子,现在应当还在。"又让胡仿取果子,都找到了。蜀相燕公派人送书信到褒城住所召请陈复休,陈复休和使者同一天离开褒城,使者十多天以后才到,陈复休当天就到了成都,而又有一个陈复休与使者一起走,不曾离去。燕公盘问使者,更加以奇人对待陈复休。陈复休曾在巴南太守宴席中被酒妓所侮辱,他笑着看酒妓的脸,不一会儿,酒妓的脸上就长出数尺长的胡子。酒妓向太守哭诉,太守替酒妓道歉求情,陈复休拿来一杯酒念了咒语,让酒妓喝下去,一会儿酒妓就颜面如旧了。他还有一丸药,投到水中,沉浮旋转,任凭人们指挥呼叫,或隐或显随意变化。类似的法术极多,不能全记载下来。

中和五年,皇帝回京,陈复休也来到京城。晋公田军容使问他京城有几年安宁,他说:"二十。"果然问话后的二十天,皇帝再次出逃陈仓。后来在半路上,陈复休给田晋公寄诗说:"夜坐空庭月色微,一树寒梅发两枝。"等皇帝到梁州、洋州一带,邠帅朱玫拥立襄王监军国事,"寒梅两枝"应验了。此后田晋公护卫皇帝回京城,多在西县、三泉、褒斜一带驻扎。

陈复休的法术,一向为人所传说。后来他被人把手钉在柱子上,马上就有人把钉子拔掉救他,竟没有伤痕。一年以后,他死在家里,葬于江南岸的山下。过了几个月,好事的人掘开他的墓,发现什么也没有。有人看见陈复休在长安。皇帝在华州时,陈复休也到兴德府了。出自《仙传拾遗》。

## 殷天祥

殷七七，名天祥，又名道筌，尝自称七七，俗多呼之，不知何所人也。游行天下，人言久见之，不测其年寿。面光白，若四十许人，到处或易其姓名不定。

曾于泾州卖药，时灵台蕃汉，疫疠俱甚，得药者入口即愈，皆谓之神圣，得钱却施于人。又尝醉于城市间。周宝旧于长安识之，寻为泾原节度，延之礼重，慕其道术房中之事。及宝移镇浙西，数年后，七七忽到，复卖药。宝闻之惊喜，召之，师敬益甚。每日醉歌曰："弹琴碧玉调，药炼白朱砂。解酝顷刻酒，能开非时花。"宝常试之，悉有验。复求种瓜钓鱼，若葛仙翁也。

鹤林寺杜鹃，高丈余，每春末花烂漫。寺僧相传言：贞元中，有外国僧自天台来，盂中以药养其根来种之，自后构饰，花院镽闭。时或窥见三女子，红裳艳丽，共游树下。人有辄采花折枝者，必为所祟，俗传女子花神也。是以人共宝惜，故繁盛异于常花。其花欲开，探报分数，节使宾僚官属，继日赏玩。其后一城士女，四方之人，无不载酒乐游纵。连春入夏，自旦及昏，闾里之间，殆于废业。宝一日谓七七曰："鹤林之花，天下奇绝。常闻能开非时花，此花可开否？"七七曰："可也。"宝曰："今重九将近，能副此日乎？"七七乃前二日往鹤林宿焉。中夜，女子来谓七七曰："道者欲开此花耶？"七七乃问女子何人，深夜到此，女子曰："妾为上玄所命，下司此花。然此花在人间已逾百年，

# 殷天祥

殷七七，名叫天祥，又名道荃，曾自称七七，当时人多叫他七七，不知他是哪里人。他漫游天下，有人说很久前见过他，估计不出他的年龄。他面色光鲜白皙，好像四十多岁的人，每到一处常更换姓名而不固定。

他曾经在泾州卖药，当时灵台县外族人与汉人间瘟疫盛行，得到他药的人，药入口病就好，因此人们都认为他很神圣，他得到钱却又施舍给别人。他又曾经在街市间喝醉酒。周宝过去在长安就认识他，不久周宝当了泾原节度使，以重礼邀请他，想学到他的节欲养生之术。等到周宝奉调镇守浙西，几年后，殷七七忽然来到，还是卖药。周宝听说殷七七来到又惊又喜，召他前去，以师礼尊敬得更加隆重。殷七七每天醉了就唱道："弹琴碧玉调，药炼白朱砂。解酝顷刻酒，能开非时花。"周宝常试验他的法术，都很灵验。周宝又求他传授种瓜钓鱼之术，像葛仙翁那样。

鹤林寺的杜鹃树，高一丈多，每到春末，花开得很多很灿烂。寺里和尚相互传说：贞元年间，有个外国和尚从天台山来，钵盂中用药养着杜鹃花根来种，此后和尚们对花设计修饰，并将花院上锁紧闭。当时有人窥见三个女子，身穿红色衣裙十分艳丽，一起在树下漫步。有擅自采花折枝的人，一定会被作祟致祸，人们传说那三个红衣女子是花神。所以人们都像爱惜宝贝一样爱惜这杜鹃，因此其繁盛超过普通花卉。杜鹃花要开时，周宝派人报告花开的数量，节度使衙门中的宾客、幕僚和官属，就连日观赏。其后全城男女以及四方之人，无不携带酒乐纵情游览。从春至夏，从早到晚，里巷之间，几乎荒废正业。有一天，周宝对殷七七说："鹤林寺的杜鹃花，天下奇绝。常听说您能使不到时令的花开，这花能开吗？"殷七七说："可以。"周宝说："现在九月初九将近，能在这一天开吗？"殷七七就提前两天前往鹤林寺，住在那里。半夜，红衣女子来对殷七七说："道长要让这杜鹃花开吗？"殷七七就问女子是什么人，为什么深夜到这里来，女子说："我奉上天之命，下界管理此花。然而此花在人间已超过百年，

非久即归阆苑去。今与道者共开之，非道者无以感妾。"于是女子瞥然不见。来日晨起，寺僧忽讶花渐折蕊。及九日，烂漫如春。乃以闻，宝与一城士庶惊异之，游赏复如春间。数日，花俄不见，亦无落花在地。

后七七偶到官僚家，适值宾会次，主与宾趋而迎奉之。有佐酒倡优，甚轻侮之。七七乃白主人："欲以二栗为令，可乎？"咸喜，谓必有戏术，资于欢笑。乃以栗巡行，接者皆闻异香惊叹，唯佐酒笑七七者二人，作石缀于鼻，掣拽不落，但言秽气不可堪。二人共起狂舞，花钿委地，相次悲啼，粉黛交下。及优伶辈一时乱舞，鼓乐皆自作声，颇合节奏，曲止而舞不已。一席之人，笑皆绝倒。久之，主人祈谢于七七。有顷，石自鼻落，复为栗，嗅之异香，及花钿粉黛悉如旧，略无所损，咸敬事之。

又七七酌水为酒，削木为脯，使人退行，指船即驻，呼鸟自坠，唾鱼即活。撮土画地，状山川形势；折茅聚蚁，变成城市。人有曾经行处，见之历历皆似，但少狭耳。凡诸术不可胜纪。

后二十年，薛朗、刘浩乱。宝南奔杭州，而宝总戎为政，刑杀无辜。前上饶牧陈全裕经其境，构之以祸，尽赤其族。宝八十三，筋力尤壮，女妓百数，尽得七七之术。后为无辜及全裕作厉，一旦忽殂。七七，刘浩军变之时，甘露寺

不久就要回阆苑去。今天和道长一起使它开花，若不是道长，没有谁能让我这样做。"于是女子一瞬间就不见了。来日早晨起来，寺里的和尚们一下子被花蕊初绽惊呆了。到初九那天，花开得灿烂如春。于是把这件事报告了周宝，周宝与全城官民都感到惊异，游赏又如春天时。几天以后，花一下子都不见了，也没有花落在地上。

后来殷七七偶然到一官员家，正赶上会聚宾客，主人和客人都跑出来迎接他。有劝酒的歌妓，对殷七七很轻视侮慢。殷七七就对主人说："想要用两个栗子作为酒令，可以吗?"大家都很高兴，认为一定有好玩的法术，来增添欢乐。于是大家用栗子传巡，接到栗子的人都闻到异香而惊叹，唯有讥笑殷七七的两个劝酒歌妓，接到栗子后，栗子变作石子粘在鼻子上，拉扯不掉，只说有臭气味不可忍受。两个人一同起来狂舞，花钿首饰掉落一地，相继哀伤啼哭，脸上的脂粉纷纷淌下来。正当歌妓们一时乱舞，鼓乐都自动发声，还很合乎节奏，曲子终了而舞仍旧不停。整个席间的人都笑得前仰后合。过了一会儿，主人向殷七七道歉祈求。又过一会儿，石子从歌妓鼻子上掉落，又变为栗子，闻起来有奇异的香味，至于花钿首饰和脂粉又全都恢复原样，毫无缺损，大家全都恭恭敬敬地对待他。

殷七七又倒水为酒，削木为肉，让人退着走，指船船就停，呼鸟鸟自坠，唾鱼鱼就活。聚起一堆土在地上画，描绘出山川形势；折一根茅草聚集蚂蚁，就变为城市。人们有曾经去过的地方，见到殷七七的画，觉得历历在目全都很像，只不过稍微狭小一点罢了。他的各种法术不可胜记。

此后二十年，薛朗、刘浩作乱。周宝向南逃到杭州，而周宝用管军队的办法处理政务，杀死很多无罪的人。前上饶县令陈全裕经过周宝辖区，周宝就罗织罪名陷害他，把他整个家族全部杀光。周宝八十三岁时，筋骨还很健壮，有歌妓上百，他把殷七七的法术全学到了。后来因为无辜而死的人以及陈全裕的作祟，有一天周宝突然死了。殷七七在刘浩军变的时候，在甘露寺

为众推落北崖，谓坠江死矣。其后人见在江西十余年卖药，入蜀，莫知所之。鹤林，犯兵火焚寺，树失根株，信归阆苑矣。出《续仙传》。

## 闾丘子

有荥阳郑又玄，名家子也。居长安中，自小与邻舍闾丘氏子，偕读书于师氏。又玄性骄，率以门望清贵，而闾丘氏寒贱者，往往戏而骂之曰："闾丘氏非吾类也，而我偕学于师氏，我虽不语，汝宁不愧于心乎？"闾丘子嘿然有惭色。后数岁，闾丘子病死。

及十年，又玄以明经上第，其后调补参军于唐安郡。既至官，郡守命假尉唐兴。有同舍仇生者，大贾之子，年始冠，其家资产万计。日与又玄会，又玄累受其金钱赂遗，常与宴游。然仇生非士族，未尝以礼貌接之。尝一日，又玄置酒高会，而仇生不得预。及酒阑，有谓又玄者曰："仇生与子同舍会宴，而仇生不得预，岂非有罪乎？"又玄惭，即召仇生。生至，又玄以卮饮之，生辞不能引满，固谢。又玄怒骂曰："汝市井之民，徒知锥刀尔，何为僭居官秩邪？且吾与汝为伍，实汝之幸，又何敢辞酒乎？"因振衣起，仇生羞且甚，俯而退，遂弃官闭门，不与人往来，经数月病卒。

明年，郑罢官，侨居濠阳郡佛寺。郑常好黄老之道。时有吴道士者，以道艺闻，庐于蜀门山。又玄高其风，即驱而就谒，愿为门弟子。吴道士曰："子既慕神仙，当且居山林，无为汲汲于尘俗间。"又玄喜谢曰："先生真有道者，某愿为隶于左右，其可乎？"道士许而留之。凡十五年，

被众人推落北崖，以为他掉到江中死了。后来有人看见他在江西卖药十余年，入蜀后，没有人知道他到哪里去了。鹤林寺遭遇战火被烧掉，杜鹃树也失去了根株，真回阆苑了。出自《续仙传》。

# 闾丘子

有个荥阳人叫郑又玄，是名门子弟。他住在长安城中，从小和邻居闾丘氏的儿子一起跟随老师读书。又玄性情骄纵，大概因为自己门第高贵，而闾丘氏贫寒低贱的缘故，常常戏弄辱骂闾丘子说："闾丘氏不是我的同类，而我和你一起跟老师学习，我即便不说，你难道心里不惭愧吗？"闾丘子默不作声，面有愧色。几年后，闾丘子病死。

过了十年，郑又玄明经科及第，之后调到唐安郡补为参军。到任以后，郡守命他代理唐兴县尉。有个仇生与他同屋而住，是大商人的儿子，年纪刚够二十，他家的资产数以万计。他每天与又玄见面，又玄多次接受他赠送的金钱财物，常与他聚饮出游。然而仇生不是士族子弟，所以又玄也不曾对他以礼相待。曾有一天，又玄设酒席聚会宾朋，而仇生没得到邀请。等酒喝尽兴，有人对又玄说："仇生和您一起住一起宴会，而仇生没能参与这次聚会，难道你没有过失吗？"又玄觉得惭愧，就去召仇生。仇生来了，又玄用大杯斟酒给仇生喝，仇生推辞说不能全饮，再三辞谢。又玄发怒骂道："你是个市井之民，只知追逐小利罢了，为什么超越本分担任官职呢？况且，我和你为伍，实在是你的幸运，又怎么敢辞酒呢？"于是甩衣而起，仇生十分羞愧，低着头退出去，就辞去官职关起门来，不与人往来，过几个月就病死了。

第二年，郑又玄罢了官，在濮阳郡的佛寺寄居。又玄平素喜好黄老之道。当时有个吴道士，凭道术出名，住在蜀门山。又玄认为吴道士风格高尚，就跑去拜见，希望做吴道士的弟子。吴道士说："你既然敬慕神仙，应当居住在山林里，不要在尘世之中追名逐利了。"又玄高兴地拜谢说："先生真是有道之人，我愿意在您左右侍奉，可以吗？"道士答应了，就把他留下来。过了十五年，

又玄志稍惰。吴道士曰:"子不能固其心,徒为居山林中,无补矣。"又玄即辞去,宴游濛阳郡久之。

其后东入长安,次褒城,舍逆旅氏,遇一童儿十余岁,貌甚秀。又玄与之语,其辨慧千转万化,又玄自谓不能及。已而谓又玄曰:"我与君故人有年矣,君省之乎?"又玄曰:"忘矣。"童儿曰:"吾尝生间丘氏之门,居长安中,与子偕学于师氏,子以我寒贱,且曰'非吾类也'。后又为仇氏子,尉于唐兴,与子同舍。子受我金钱略遗甚多,然子未尝以礼貌遇我,骂我市井之民。何吾子骄傲之甚邪!"又玄惊,因再拜谢曰:"诚吾之罪也。然子非圣人,安得知三生事乎?"童儿曰:"我太清真人。上帝以汝有道气,故生我于人间,与汝为友,将授真仙之诀,而汝以性骄傲,终不能得其道。吁,可悲乎!"言讫,忽亡所见。又玄既寤其事,甚惭恚,竟以忧卒。 出《宣室志》。

## 张 卓

张卓者,蜀人,唐开元中明经及第,归蜀觐省。唯有一驴,衣与书悉背在上,不暇乘,但驱而行。取便路,自斜谷中。数日,将至洋州,驴忽然奔掷入深箐中,寻之不得。天将暮,又无人家,欲宿林下,且惧狼虎。是夜月明,约行数十里,得大路。更三二里,见大宅,朱门西开。天既明,有山童自宅中出,卓问求水。童归,逡巡见一人,朱冠高履,曳杖而出。卓趋而拜之,大仙曰:"观子尘中之人,何为至此?"卓具陈之。仙曰:"有缘耳!"乃命坐,赐杯水,

又玄学道的志向渐渐松懈下来。吴道士说:"你不能坚定学道之心,白白地住在山林之中,没有什么帮助了。"又玄就告辞离去,在濠阳郡宴饮游乐了很久。

后来他向东去往长安,途经襄城,住在旅馆里,遇到一个十多岁的小孩,相貌很清秀。又玄跟小孩说话,那个小孩言辞机敏,脑筋千变万化,又玄认为自己不能赶上他。不久,小孩对又玄说:"我和您是多年的老朋友了,您记得我吗?"又玄说:"忘了。"小孩说:"我曾经生于同丘氏门中,住在长安,与您一起跟老师学习,您因为我贫寒低贱,还说'不是我的同类'。后来,我又做了仇氏的儿子,您在唐兴县当县尉,我与您同屋而住。您接受我金钱财物很多,然而不曾以礼貌待我,骂我是市井之民。为什么您骄傲得如此过分呢?"又玄很惊讶,于是拜了两拜道歉说:"这实在是我的罪过啊。然而您不是圣人,哪能知道三辈子的事情呢?"小孩说:"我是太清真人。上帝因为你有道气,因此派我降生到人间,与你做朋友,将要传授你真仙的诀窍,但是你因为性情骄傲,最终也不能学得其道。唉,可悲呀!"说完,小孩忽然不见了。又玄明白了那些事以后,十分惭愧悔恨,最终忧郁而死。出自《宣室志》。

## 张 卓

张卓是蜀地人,唐开元年间以明经科及第,回蜀探亲。他只有一头驴,衣服和书籍都放在驴背上,没有办法骑驴,只得赶着走。他取近道,从斜谷中走。走了几天,将要到洋州,驴忽然狂奔进入竹林深处,找不到了。天色将晚,又没有人家,张卓想睡在林子里,又怕虎狼。这天夜晚月光明亮,大约走了几十里,找到了大路。再走三二里,看见一个大宅院,朱漆大门朝西开。天亮后,有个童子从大宅出来,张卓就去讨水喝。童子回去,一会儿看见一个人,戴着红色帽子,穿着高靴,拄着拐杖出来。张卓快步上前向他行礼,大仙说:"我看你是尘世中人,为什么到这里来?"张卓就都向他说了。大仙说:"有缘啊!"就让他坐下,给他一杯水,

香滑清冷，身觉轻健。又设美馔讫，就西院沐浴，以衣一箱衣之。仙曰："子骨未成就，分当留此。某有一女，兼欲聘之。"卓起拜谢，是夕成礼。

数日，卓忽思家。仙人与卓二朱符、二黑符："一黑符可置于头，入人家能隐形；一黑符可置左臂，千里之内，引手取之；一朱符可置舌上，有不可却者，开口示之；一朱符可置左足，即能蹑地脉及拒非常。然勿恃灵符，自颠狂耳！"

卓至京师，见一大宅，人马骈阗，穷极华盛。卓入之，经数门，至厅事，见铺陈罗列，宾客满堂。又于帐内妆饰一女，年可十五六。卓领之，潜于中门。闻一宅切切之声云："相公失小娘子。"具事闻奏，敕罗叶二师就宅寻之。叶公踏步叩齿，喷水化成一条黑气，直至卓前，见一少年执女衣襟。右座一见怒极，令前擒之。卓因举臂，如抵墙壁，终不能近。遽以狗马血泼之，又以刀剑击刺之。卓乃开口，锋刃断折。续又敕使宣云，断颈进上。卓闻而惧，因脱左鞋，伸足推之。右座及罗叶二师暨敕使皆仰仆焉。叶公曰："向来入门，见非常之气，及其开口，果有太乙使者。相公但获爱女，何苦相害？"卓因纵女。上使卫兵送归旧山。仙人曳杖途中曰："张郎不听吾语，遽遭罗网也。"侍卫兵士尚随之，仙人以拄杖画地，化为大江，波涛浩淼，阔三二里。妻以霞帔搭于水上，须臾化一飞桥，在半天之上。仙人前行，

这水香滑清凉，张卓喝了，觉得身体轻健。又摆设美食让他吃，吃完后，到西院去沐浴，拿一箱衣服让他穿。大仙说："你的仙骨没有成，应当留在这里。我有个女儿，打算把她许给你。"张卓起身拜谢，这天晚上就完婚了。

过了几天，张卓忽然想家了。仙人给张卓两道朱符、两道黑符："一道黑符可以贴到头上，进入人家能够隐形；另一道黑符可以贴在左臂上，千里以内的东西，可以伸手把它取来；一道朱符可以放在舌头上，如果有不能打退的人，就张开口给他看；另一道朱符可贴在左脚上，就能缩地脉并抵御不同寻常的东西。但是不要依仗灵符，自己就胡作非为呀！"

张卓来到京城，看见一个大宅院，门前人马聚集，十分热闹繁华。张卓进入大宅，经过好几道门，到了厅堂，看见堂上铺陈摆设十分华丽，还有满堂宾客。又在帐子里看到一个盛装打扮的女子，年纪十五六岁。张卓就领着她，藏在中门内。这时，听见整个宅子都在紧张地小声说："相公丢失了小娘子。"相公把这件事奏报皇帝，皇帝下令让罗公远、叶法善二位天师到宅中寻找。叶天师踏着罡步斗、叩齿祝告，喷水化成一道黑气，直至张卓面前，看见一个年轻人拉着女子的衣襟。相公一见十分愤怒，命人上前捉拿他。张卓就举起手臂，捉他的人好像被墙壁隔挡，始终不能靠近他。人们急忙用狗马的血去泼他，又用刀剑去击刺他。张卓就张开口，刀锋剑刃被折断。接着皇帝又命使者传宣旨意，说要将人头进献皇上。张卓听到就害怕了，于是脱下左脚上的鞋，伸出脚去踹他们。相公以及罗、叶二位天师，连同宣诏的使者，都仰面倒在地上。叶天师说："刚才来时我一进门，就见到一股不同寻常之气，等到你张开口，果然有太乙真人的使者。相公只要找到爱女，何必苦苦相害？"张卓就放开女子。皇上派卫兵把他送回家乡。仙人拖着拐杖在途中说："张郎不听我的话，马上就身陷罗网了。"侍卫们还跟着张卓，仙人就用拐杖在地上一画，变成一条大江，波涛浩淼，有二三里地宽。张卓的妻子把霞帔搭在水上，片刻之间，就变成一座飞桥，悬在半空。仙人在前边走，

卓次之，妻又次之，三人登桥而过。随步旋收，但见苍山四合，削壁万重，人皆遥礼。归奏玄宗，俄发使就山祭醮之。因呼为隔仙山，在洋州西六十里，至今存焉。出《会昌解颐录》。

张卓在中间,他的妻子在后面,三个人登桥而过。空中的飞桥随着他们脚步走过之处马上就收回,只见苍莽群山从四处围合,万重峭壁如刀削一般,人们都远远地给他们行礼。侍卫回去奏报唐玄宗,唐玄宗便派遣使者到山里祭祀他们。于是人们把这座山叫作隔仙山,在洋州西六十里,现在还在那里。出自《会昌解颐录》。

# 卷第五十三
## 神仙五十三

麒麟客　　　王法进　　　维杨十友　　　金可记　　　杨真伯

### 麒麟客

　　麒麟客者，南阳张茂实客佣仆也。茂实家于华山下，唐大中初，偶游洛中，假仆于南市，得一人焉。其名曰王夐，年可四十余，佣作之直月五百。勤干无私，出于深诚，苟有可为，不待指使。茂实器之，易其名曰大历，将倍其直，固辞，其家益怜之。居五年，计酬直尽，一旦辞茂实曰："夐本居山，家业不薄。适与厄会，须佣作以禳之，固非无资而卖力者。今厄尽矣，请从此辞。"茂实不测其言，不敢留，听之去。日暮，入白茂实曰："感君恩宥，深欲奉报。夐家去此甚近，其中景趣，亦甚可观，能相逐一游乎？"茂实喜曰："何幸，然不欲令家人知，潜一游可乎？"夐曰："甚易。"于是截竹杖长数尺，其上书符，授茂实曰："君杖此入室，称腹痛，左右人悉令取药。去后，潜置竹于衾中，抽身出来可也。"茂实从之。夐喜曰："君真可游吾居者也！"

## 麒麟客

　　麟麒客，是南阳张茂实雇来的仆人。茂实家住在华山脚下，唐朝大中初年，一次他出游到洛阳，在南市雇仆人，找到一个人。他名叫王夐，年纪四十多岁，受雇干活的工钱是每月五百钱。这个人勤劳干练没有私心，异常忠诚，如果有可做的事，不等主人指使就干了。茂实很器重他，给他改名叫大历，打算加倍给他工钱，而王夐却坚决推辞，因此茂实全家更加怜爱他。过了五年，估算酬劳相抵已尽，有一天王夐向茂实告辞说："我本来住在山里，有不少家产。正赶上碰到厄运，必须受雇干活来消灾，本不是无钱出卖力气的人。现在厄运已尽，请允许我就此告辞。"茂实猜不透他的话，不敢留他，就听凭他离去。天晚了，王夐又进去告诉茂实说："感谢你对我的恩德，很想报答你。我家离这里很近，其中景色也很可一观，能跟我去游玩一次吗？"茂实高兴地说："多么幸运啊，可是我不想让家里人知道，悄悄地游一趟，可以吗？"王夐说："这很容易。"于是截了一支几尺长的竹杖，竹杖上画了符，交给茂实，说："你拄着它进到屋里，假称肚子疼，让身边的人全去取药。他们走后，悄悄地把竹杖放在被子中，脱身出来就行了。"茂实听从他的指教。王夐高兴地说："你真是可以到我的住处一游的人啊！"

相与南行一里余,有黄头执青麒麟一,赤文虎二,候于道左。茂实惊欲回避,复曰:"无苦,但前行。"既到前,复乘麒麟,茂实与黄头各乘一虎。茂实惧不敢近,曰:"复相随,请不须畏。且此物人间之极俊者,但试乘之。"遂凭而上,稳不可言。于是从之上仙掌峰。越壑凌山,举意而过,殊不觉峻险。如到三更,计数百里矣。下一山,物众鲜媚,松石可爱,楼台宫观,非世间所有。将及门,引者揖曰:"阿郎来!"紫衣吏数百人,罗拜道侧。既入,青衣数十人,容色皆殊,衣服鲜华,不可名状,各执乐器引拜。遂于中堂宴食毕,且命茂实坐。复入更衣,返坐,衣裳冠冕,仪貌堂堂然,实真仙之风度也。其窗户阶闼,屏帏茵褥之盛,固非人世所有,歌鸾舞凤,及诸声乐,皆所未闻。情意高逸,不复思人寰之事,欢极。

主人曰:"此乃仙居,非世人所到。以君宿缘,合一到此,故有逃厄之遇。仙俗路殊,尘静难杂,君宜归修其心,三五劫后,当复相见。复比者尘缘将尽,上界有名,得遇太清真人,召入小有洞中,示以九天之乐,复令下指生死海波,且曰:'乐虽难求,苦亦易遣。如为山者,掬土增高,不掬则止,穿则陷。夫升高者,不上难而下易乎?'自是修习,经六七劫,乃证此身,回视委骸,积如山岳。四大海水,半是吾宿世父母妻子别泣之泪。然念念修之,倏已一世。形骸虽远,此不忘修致,其功即亦非远。亦时有心远气清,一言而悟者。勉之!"遗金百镒,为营身之助。复乘麒麟,

二人一起向南走了一里多路，有个仙童牵着一只青麒麟、两只红色花纹的老虎，在道旁等候。茂实害怕想要躲开，王夐说："不要害怕，只管前行。"到跟前以后，王夐骑上麒麟，茂实与仙童各骑一只老虎。茂实害怕不敢靠近，王夐说："我跟着你，请不必害怕。而且这东西在人间是极出众的，只管试着骑它。"茂实就靠着老虎跨上去，说不出的稳当。于是跟随王夐上了仙掌峰。越沟壑登高山，很随意就过去了，一点也不觉得险峻。大约到了三更天，估计走了几百里了。走下一座山，周围景物鲜明妩媚，松树石头令人喜爱，楼台宫观，不是人世间所能有的。将到门前，引导的人拱手行礼说："主人回来啦！"几百个穿紫衣的小吏在道边环绕下拜。进去以后，又有侍女几十人，姿色都不一般，衣服鲜艳华贵，无法形容，各拿着乐器拜见。就在中堂设宴，吃完饭，又让茂实坐着。王夐进内室更衣，回来后，他衣裳冠冕整齐，仪表堂堂，实在是仙人的风度。那里门窗台阶、屏帷垫褥的华美，不是人世所能有的，歌鸾舞凤及各种音乐，都闻所未闻。茂实内心高雅脱俗，不再去想人间的事，欢乐至极。

主人说："这就是仙人居住的地方，不是凡人所能到的。凭您前世因缘，应当到这里一次，所以才有我逃避厄运与您相遇的事。但仙界与俗世道路不同，尘世中人和静修之人难以混杂，您应当回去修养慕道之心，三五劫之后，当再相见。我近来尘缘将尽，天界有我的名字，得遇太清真人，召我进入小有洞中，以九天之乐指示我，又令我到人间指定生死波澜，并告诉我说：'欢乐虽然难以寻求，痛苦也容易打发。像堆山似的，捧土山就增高，不捧山就停止增高，挖它就会深陷。登高的人，不是向上难向下容易吗？'从此我开始修行，经过六七劫，于是参悟此身，回头去看看遗留的形骸，堆积如山。四大海水，有一半是我前世父母、妻子、儿女离别悲泣的眼泪。然而我一心一意修道，转眼已经一世。虽已脱去形骸，依然不忘专心修道，这样离成功就不会远。也时而有心远气清，一句话而悟道的感受。你努力吧！"王夐送给茂实黄金百镒，作为修身的资助。又让茂实乘着麒麟，

令黄头执之,复步送到家。家人方环泣。茂实投金于井中,复抽去竹杖,令茂实潜卧衾中。复曰:"我当至蓬莱谒大仙伯。明旦莲花峰上,有彩云东去,我之乘也。"遂揖而去。

茂实忽呻吟,众惊而问之,茂实绐之曰:"初腹痛时,忽若有人见召,遂奄然耳,不知其多少时也。"家人曰:"取药既回,呼之不应,已七日矣,唯心头尚暖,故未敛也。"明日望之,莲花峰上果有彩云。遂弃官游名山。后归,出井中金与眷属,再出游山,后不知所在也。出《续玄怪录》。

## 王法进

王法进者,剑州临津人也。幼而好道,家近古观,虽无道士居之,其嬉戏未尝轻侮于像设也。十余岁,有女冠自剑州历外邑,过其家,父母以其慕道,托女冠以保护之。与授《正一延生小箓》,名曰法进。而专勤香火,斋戒护持,亦茹柏绝粒,时有感降。时三川饥俭,斛斗翔贵,死者十五六,多采野葛山芋以充饥。忽三青童降于其庭,谓法进曰:"上帝以汝凤禀仙骨,归心精诚,不忘于道,敕我迎汝受事于上京也。"不觉腾空,径达大帝之所。命以玉杯霞浆赐之。徐谓曰:"人处三才之大,体天地之和,得人形,生中土,甚不易也。天运四时之气,地禀五行之秀,生五谷百果,以养于人。而人不知天地养育之恩,轻弃五谷,厌舍丝麻,使耕农之夫,纺绩之妇,身勤而不得饱,力竭而不御寒,徒施甚劳,曾无爱惜者,斯固神明所责,天地不佑矣。近者地司岳渎所奏,以世人厌掷五谷,不贵衣食之本。我已敕太华之府,收五谷之神,所种不成,下民饥饿,因示罚责,

令仙童牵引,王夐步行送他回家。家人正围着他哭泣。茂实把金子投到井中,王夐抽去竹杖,让茂实悄悄躺进被子中。王夐说:"我要去蓬莱拜见大仙伯。明天早晨莲花峰上有彩云东去,就是我乘的。"于是行礼而去。

茂实忽然呻吟,大家惊异地问他,茂实骗他们说:"我刚肚子疼时,忽然好像有人召我,就奄奄一息了,不知道多长时间了。"家人说:"我取药回来以后,叫你你不答应,已经七天了,只是心头还温暖,所以没有装殓。"第二天,张茂实去观望,莲花峰上果然有彩云。他于是弃官游历名山。后来回家,把井中的金子取出给了亲属,再出去游山,后来就不知道他在哪里了。出自《续玄怪录》。

## 王法进

王法进是剑州临津人。幼年就慕道,他家靠近古观,虽没有道士住在那里,他玩耍时也不曾对神像轻视侮慢。十多岁时,有个女道士从剑州游历外县,经过他家,父母因他慕道,托女道士保护他。女道士授给他《正一延生小箓》,给他起名叫法进。他专心供奉香火,斋戒护持此经,也只吃柏树叶不吃饭,不时有感应降临。当时三川地区闹饥荒,粮价飞涨,死的人占十分之五六,许多人采集野葛和山芋来充饥。忽然有三个仙童降临到他家院子里,对法进说:"上帝因为你早有仙骨,皈依之心精诚,不忘修道,命我们接你到上京任职。"法进不知不觉飞腾到空中,直达大帝面前。大帝命人把玉杯霞浆赏给他喝。慢慢对他说:"人处于天地人三才中最大的一方,体现天地之和谐,获得人形,生于中土,是很不容易的。天催动四时的气候,地承受五行的灵秀,生长五谷百果,来养育人。然而人不知天地养育之恩,轻易抛弃五谷和丝麻,使种地的农夫,纺织的妇女,身体勤劳而不能吃饱,力量用尽而不能御寒,白白地劳作,竟无人爱惜,这本来是神明要责罚的,天地也不保佑了。近来地神、山神、河神奏报,认为世人厌弃五谷,不重视衣食之本。我已令太华之府,收回五谷之神,让所种不收,下民挨饿,以示责罚,

以惩其心。然旋奉太上慈旨,以大道好生,务先救物。虽天地神明责之,愚民不知其过所自,固无忏请首原之路。汝当为上宫侍童,入侍天府,今且令汝下归于世,告喻下民,使其悔罪,宝爱农桑,此亦汝之阴功也。"命侍女以《灵宝清斋告谢天地仪》一轴付之,使传行于世。曰:"令世人相率于幽山高静之所,致斋悔谢,一年再为之,则宿罪可除,谷父蚕母之神,为致丰衍矣。龙虎之年,复当召汝。"即今清斋天公告谢之法是也。法进以天宝十一年壬辰,遂复升天。出《仙传拾遗》。

## 维杨十友

维杨十友者,皆家产粗丰,守分知足,不干禄位,不贪货财,慕玄知道者也。相约为友,若兄弟焉。时海内大安,民人胥悦,遂以酒食为娱,自乐其志。始于一家,周于十室,率以为常。

忽有一老叟,衣服滓弊,气貌赢弱,似贫窭不足之士也。亦着麻衣,预十人末,以造其会。众既适情,亦皆悯之,不加斥逐。醉饱自去,莫知所之。一旦言于众曰:"余力困之士也,幸众人许陪坐末,不以为责。今十人置宴,皆得预之。席既周毕,亦愿力为一会,以答厚恩。约以他日,愿得同往。"

至期,十友如其言,相率以待。凌晨,贫叟果至,相引徐步,诣东塘郊外,不觉为远。草莽中苫屋两三间,倾侧欲摧,引入其下。有丐者数辈在焉,皆是蓬发鹑衣,形状秽陋。叟至,丐者相顾而起,墙立以俟其命。叟令扫除舍下,陈列蓬蓀,布以菅席,相邀环坐。

来惩戒人们的思想。然而不久奉太上慈旨,认为大道爱惜生灵,务必先救人。虽然天地神明责罚他们,但愚民不知他们的过错从何而来,当然没有忏悔请罪以求免于惩罚的可能。你当入上宫作侍童,入天府侍奉,现在暂且命你下界回到人世,告诉下民,使他们悔罪,保护爱惜农桑,这也是你积的阴德。"又命侍女把《灵宝清斋告谢天地仪》一轴交给他,使他传行于世。又说:"令世人都到深山高远清静之处,设斋悔过谢罪,一年做两次,那么旧罪可除,谷父蚕母这些神,就会为他们带来丰收了。龙年或虎年,我当再召你。"如今清心斋戒以向天公告谢的做法就是这样来的。法进于天宝十一年壬辰年终于再次升天。出自《仙传拾遗》。

## 维杨十友

　　维杨十友,都是家产比较丰厚,安分知足,不求官禄,不贪钱财,仰慕清静知道道义的人。他们互为朋友,像兄弟一样。当时天下太平,百姓安居乐业,他们就以酒食为乐,自己为自己的志趣而高兴。从一家开始,遍及十家,已成习惯。

　　一天忽然有一个老头,衣服又脏又破,看上去很瘦弱,好像是个贫寒不丰足的人。他也穿着麻布衣,跟在十人后面,来到他们聚会的地方。大家既然心情舒畅,也都怜悯这个老头,就没有赶他走。老头吃饱喝足就自己走了,没有人知道他到哪里去。一天,他向大家说:"我是个穷困潦倒的人,幸而大家允许我在末座相陪,不责怪我。如今你们十人设宴,我都参与了。宴席已经轮流完毕,我也想尽力准备一次宴会,用来答谢你们的厚恩。改日相约,希望大家能一同前去。"

　　到约定那天,十友依老头所说,一起等待。凌晨,穷老头果然来了,领着他们慢慢走,来到东塘郊外,不觉得很远。荒野中有两三间茅屋,歪斜得要倒,老头就把他们领进茅屋。有几个乞丐在屋里,都披头散发穿着破衣服,样子肮脏丑陋。老头到了,乞丐们互相看了看就起来了,像墙似地站成一排等候吩咐。老头令他们打扫屋子,铺上柴草,展开草席,请大家围坐下来。

日既旰矣,咸有饥色。久之,各以醯盐竹箸,置于客前。逡巡,数辈共举一巨板如案,长四五尺,设于席中,以油衁幕之。十友相顾,谓必济饥,甚以为喜。既撤油衁,气燀燀然尚未可辨,久而视之,乃是蒸一童儿,可十数岁,已糜烂矣,耳目手足,半已堕落。叟揖让劝勉,使众就食,众深嫌之,多托以饫饱,亦有忿恚逃去,都无肯食者。叟纵意餐啖,似有盈味。食之不尽,即命诸丐擎去,令尽食之。因谓诸人曰:"此所食者,千岁人参也,颇甚难求,不可一遇。吾得此物,感诸公延遇之恩,聊欲相报。且食之者,白日升天,身为上仙。众既不食,其命也夫!"众惊异,悔谢未及。叟促问诸丐,令食讫即来。俄而丐者化为青童玉女,幡盖导从,与叟一时升天。十友刳心追求,更莫能见。出《神仙感遇传》。

## 金可记

金可记,新罗人也,宾贡进士。性沉静好道,不尚华侈,或服气炼形,自以为乐。博学强记,属文清丽。美姿容,举动言谈,迥有中华之风。俄擢第,于终南山子午谷葺居,怀隐逸之趣。手植奇花异果极多,常焚香静坐,若有思念。又诵《道德》及诸仙经不辍。后三年,思归本国,航海而去。复来,衣道服,却入终南。务行阴德,人有所求,初无阻拒,精勤为事,人不可偕也。唐大中十一年十二月,忽上表言:"臣奉玉皇诏,为英文台侍郎,明年二月二十五日当上升。"时宣宗极以为异,遣中使征入内,固辞不就。

天已经晚了，大家都有饥饿之色。过了很久，分别拿来醋、盐、竹筷，放到客人面前。一会儿，几个乞丐共同抬着一块像案子似的大木板，木板长四五尺，摆在草席中央，用一块油布盖着。十友互相看了看，以为里边的食物一定能解饿了，都非常高兴。油布拿掉以后，热气腾腾地还不能看清，定神良久一看，竟是一个蒸熟了的小孩，大约十多岁，已经稀烂了，耳目手足，一半已经脱落。老头揖让着请大家去吃，大家都很嫌弃，大都假装说已经饱了，也有人生气逃去，都不肯吃。老头就放开量大吃起来，好像还很回味的样子。老头没有全吃光，就让众乞丐拿走，让他们吃完。这时老头才对众人说："这次所吃的东西，是千年的人参啊，很难找到，遇到一次很不容易。我得到这个东西，感激众位的邀请相待之恩，姑且想用它作为报答。而且吃到它的人，能白日升天，成为上仙。大家既然不吃，大概是命运吧！"大家都很惊异，后悔道歉不及。老头催问乞丐们，让他们吃完就过来。不一会儿，乞丐们都变成了金童玉女，旗幡伞盖前导后从，与老头一起升天去了。十友挖空心思去追寻，再也没能见到老头。出自《神仙感遇传》。

## 金可记

金可记是新罗人，宾贡科进士。他性情沉静喜好道术，不慕奢华，有时呼吸吐纳、炼形养生，自己以此为乐。学问广博记忆力强，写文章风格清丽。他相貌也很美，举动言谈，很有中华之风。不久考中进士，到终南山子午谷盖茅屋居住，怀有隐退之志。他亲手栽植的奇花异果很多，常焚香静坐，若有所思。又诵读《道德经》及各种道教经典不停。三年后，他想回本国，就渡海而去。再回来后，穿着道士服，进入终南山。他致力于积累阴德，人们有求他之处，他向来不拒绝推阻，精心勤恳办事，别人不可同他相比。唐大中十一年十二月，他忽然上表章说："我奉玉皇诏旨，担任英文台侍郎，明年二月二十五日当升天。"当时唐宣宗觉得这事很奇异，派太监召他入宫，他坚决推辞不来。

又求玉皇诏辞，以为别仙所掌，不留人间。遂赐宫女四人，香药金彩，又遣中使二人，专伏侍者。可记独居静室，宫女中使，多不接近。每夜，闻室内常有客谈笑声，中使窥窃之，但见仙官仙女，各坐龙凤之上，俨然相对，复有侍卫非少。而宫女中使，不敢辄惊。二月二十五日，春景妍媚，花卉烂漫，果有五云唳鹤，翔鸾白鹄，笙箫金石，羽盖琼轮，幡幢满空。仙杖极众，升天而去。朝列士庶，观者填隘山谷，莫不瞻礼叹异。出《续仙传》。

## 杨真伯

弘农杨真伯，幼有文，性耽玩书史，以至忘寝食。父母不能禁止，时或夺其脂烛，匿其诗书，真伯颇以为患，遂逃过洪饶间，于精舍空院肄习半年余。中秋夜，习读次，可二更已来，忽有人扣学窗牖间，真伯淫于典籍不知也。俄然有人启扉而入，乃一双鬟青衣，言曰："女郎久栖幽隐，服气茹芝，多往来洞庭云水间。知君子近至此，又骨气清净，志操坚白，愿尽款曲。"真伯殊不应，青衣自反。三更后，闻户外珩璜环珮之声，异香芳馥，俄而青衣报女郎且至。年可二八，冠碧云凤翼冠，衣紫云霞日月衣，精光射人。逡巡就坐，真伯殊不顾问一言。久之，于真伯案取砚，青衣荐笺，女郎书札数行，怏然而去。真伯因起，乃视其所留诗曰："君子竟执逆，无由达诚素。明月海上山，秋风独归去。"其后亦不知女郎是何人也。岂非洞庭诸仙乎？观其诗思，岂人间之言欤？出《博异志》。

唐宣宗又向他要玉皇诏书，他说诏书被别的仙人所掌管，没留在人间。唐宣宗就赏给他四名宫女，以及香料彩缎，又派太监二人，专门服侍他。金可记独自住在静室里，宫女和太监，他多不接近。每天夜里，都听到室内有客人的谈笑声，太监就偷偷地去看，只见仙官仙女，各自坐在龙凤之上，整齐地相对而坐，还有不少侍卫。而宫女太监都不敢擅自惊动他们。二月二十五日，春光明媚景色艳丽，花卉灿烂盛开，果然有五彩祥云仙鹤啼鸣，鸾凤白鹄在飞翔，管箫钟磬在演奏，鸟羽华盖玉车轮，旗幡招展遮蔽天空。神仙的仪仗极多，迎接金可记升天而去。朝中大臣以及士民百姓，观看的人填满了山谷，没有人不瞻仰礼拜叹服惊异。出自《续仙传》。

## 杨真伯

弘农杨真伯，小时候就有文才，喜欢沉溺在经史典籍中，以致忘记睡觉和吃饭。父母也不能禁止他，有时把灯油蜡烛拿走，把书籍藏起来，真伯以此为忧，就跑到洪州、饶州一带，在没有人的学舍里学习了半年多。中秋之夜，真伯正在读书，大约二更已过，忽然有人敲他的窗户，但真伯沉迷书籍之中没有听到。一会儿有人推门而入，是一个梳着双环髻的婢女，她说："我家女主人长期住在幽深隐秘之地，吐纳养生，服食灵芝，常往来于洞庭云水之间。知道先生最近来到这里，风骨清洁，志节坚贞，愿尽一片殷勤的心意。"真伯丝毫不应，婢女就自己回去了。三更后，听到门外有各种玉佩碰撞的声音，闻到浓郁的异香。一会儿，婢女禀报说女主人将到。那女子年方二八，戴着碧云凤翼冠，穿着紫云霞日月衣，光彩照人。女子迟疑地坐下，真伯根本一句话也不问。过了很久，女子在真伯书案上取过砚台，婢女献上纸笺，女子写了几行诗，羞愧地离去。真伯站起来，才看到她所留下的诗："君子竟执逆，无由达诚素。明月海上山，秋风独归去。"后来一直也不知女子是什么人。她会是洞庭神仙吗？观看她诗句的意思，说的会是人间之事吗？出自《博异志》。

# 卷第五十四
## 神仙五十四

韩愈外甥　　刘　曙　　卢　钧　　薛　逢　　费冠卿
沈　彬

### 韩愈外甥

唐吏部侍郎韩愈外甥，忘其名姓，幼而落拓，不读书，好饮酒。弱冠，往洛下省骨肉，乃慕云水不归。仅二十年，杳绝音信。

元和中，忽归长安，知识阗茸，衣服滓弊，行止乖角。吏部以久不相见，容而恕之。一见之后，令于学院中与诸表话论，不近诗书，殊若土偶，唯与小臧赌博。或厩中醉卧三日五日，或出宿于外。吏部惧其犯禁陷法，时或勖之。暇日偶见，问其所长，云："善卓钱锅子。"试令为之，植一铁条尺余，百步内，卓三百六十钱，一一穿之，无差失者。书亦旋有词句，以资笑乐。又于五十步内，双钩草"天下太平"字，点画极工。又能于炉中累三十斤炭，支三日火，火势常炽，日满乃消。吏部甚奇之，问其修道，则玄机清话，该博真理，神仙中事，无不详究。因说小伎，云能染花，红者可使碧，或一朵具五色，

## 韩愈外甥

唐代吏部侍郎韩愈的外甥,忘了他的姓名。他小时候就放纵不羁,不读书,好饮酒。二十岁左右,去洛阳探望亲人,竟然羡慕修道生活而不回来。将近二十年,音信断绝一点消息也没有。

元和年间,他忽然回到长安,知识芜杂,衣服脏破,行为怪僻。韩愈因为很久没有见到他,就容忍宽恕他。见一面之后,让他在韩愈家里的学馆中和表兄弟们学习谈论。他不接触诗书,很像个泥塑人,只和小奴赌博。有时在马厩中醉卧三天五天,有时出去到外面住宿。韩愈怕他违犯禁令陷入法网,就时常勉励他。闲暇的日子偶然见到,问他擅长什么,他说善于穿铜钱串子。试着让他做这个游戏,他就把一根铁条插在地上,露出一尺多长,在百步以内,穿三百六十个铜钱,一个一个都穿过铁条,没有偏差失误的。写的文章也很快有了词句,以供笑谈取乐。还在五十步内,用双钩草书"天下太平"几个字,一点一画极有功力。又能在炉子中积累三十斤炭,持续烧三天,火势一直炽烈,日期满了才消失。韩愈认为他很出众,问他修道之事,他就明晰地讲解玄机,包罗广泛的真理。有关神仙的事情,他无不详究。谈到小的技巧,他说能染花,红的可以使它变绿,或一朵花具备五种颜色,

皆可致之。是年秋,与吏部后堂前染白牡丹一丛,云:"来春必作含棱碧色,内合有金含棱红间晕者,四面各合有一朵五色者。"自劚其根下置药,而后栽培之,俟春为验。无何潜去,不知所之。

是岁,上迎佛骨于凤翔,御楼观之,一城之人,忘业废食。吏部上表直谏,忤旨,出为潮州刺史。至商山,泥滑雪深,颇怀郁郁。忽见是甥迎马首而立。拜起劳问,扶镫接辔,意甚殷勤。至翌日雪霁,送至邓州,乃白吏部曰:"某师在此,不得远去,将入玄扈倚帝峰矣。"吏部惊异其言,问其师,即洪崖先生也。东园公方使柔金水玉,作九华丹,火候精微,难于暂舍。吏部加敬曰:"神仙可致乎?至道可求乎?"曰:"得之在心,失之亦心。校功铨善,黜陟之严,仿王禁也。某他日复当起居,请从此逝。"吏部为五十六字诗以别之曰:"一封朝奏九重天,夕贬潮阳路八千。本为圣朝除弊事,岂将衰朽惜残年?云横秦岭家何在?雪拥蓝关马不前。知汝远来应有意,好收吾骨瘴江边。"与诗讫,挥涕而别,行入林谷,其速如飞。

明年春,牡丹花开,数朵花色,一如其说。但每一叶花中,有楷书十四字曰:"云横秦岭家何处?雪拥蓝关马不前。"书势精能,人工所不及。非神仙得道,立见先知,何以及于此也?或云:其后吏部复见之,亦得其月华度世之道,而迹未显尔。 出《仙传拾遗》。

## 刘 瞻

刘瞻,音潜。小字宜哥,唐宰相瞻之兄也。瞻家

都能办到。这一年秋天，他在韩愈后堂前染了一丛白牡丹，说："来年春天一定变作绿色，花瓣翻卷着。里面会有金黄和红色间杂的，四面应该各有一朵五色的。"他自己把白牡丹根下掘开，放上药，而后栽培它，等到春天作验证。不久，他悄悄地走了，不知到哪里去了。

这一年，皇上到凤翔迎佛骨，御楼观看，全城的人都忘了正业，顾不得吃饭。韩愈上表章直言劝谏，触犯皇帝意见，被降职出京做潮州刺史。到了商山，道上泥滑雪深，他心情特别郁闷。忽然看见这个外甥迎着马头站着。他跪拜后起身慰问，扶着马镫，接过马缰，意态特别殷勤。到了第二天雪后天晴，送到邓州，他才告诉韩愈说："我的师父在这里，不能远去，将入玄境扈倚帝峰了。"韩愈听了他的话感到惊异，问起他的师父，原来就是洪崖先生。东园公正让他熔化金玉，炼九华丹，火候精微，难以暂时离开。韩愈更加敬佩地问："成为神仙可能吗？大道能够寻求吗？"他说："得到它在于心，失去它也在于心。积点功德称量善举，降职与提升，其严格的程度和皇法是相仿的。我将来再去问候起居，请允许我从此离去吧！"韩愈写了五十六个字的诗来与他告别，诗写道："一封朝奏九重天，夕贬潮阳路八千。本为圣朝除弊事，岂将衰朽惜残年？云横秦岭家何在？雪拥蓝关马不前。知汝远来应有意，好收吾骨瘴江边。"把诗给他以后，他们挥泪而别。他走进森林峡谷，速度快得像飞一样。

第二年春天，牡丹花开，数一数花的朵数以及花的颜色，完全像他所说的那样。只是每一叶花中，还有十四个楷书字："云横秦岭家何处？雪拥蓝关马不前。"字的笔势精能，为人工所不及。如果不是凭借仙术，立刻能察知未来，怎么能达到这种境界呢？有人说，那以后韩愈又见到了他的外甥，也得到了他的道家修炼之法，只是仙迹不够明显罢了。出自《仙传拾遗》。

## 刘　瞻

刘瞻，音潜。小名叫宜哥，是唐朝宰相刘瞻的哥哥。刘瞻家里

贫好道,尝有道士经其家,见瞻异之,乃问知道否,曰:"知之,某性饶俗气,业应未净,遽可强学邪?"道士曰:"能相师乎?"瞻曰:"何敢。"于是师事之。道士命瞻曰:"山栖求道,无必裹巾。"瞻遂丫髻布衣,随道士入罗浮山。

初,瞻与瞻俱读书为文,而瞻性唯高尚,瞻情慕荣达。瞻尝谓瞻曰:"鄙必不第,则逸于山野。尔得第,则劳于尘俗,竟不及于鄙也。然慎于富贵,四十年后,当验矣。"瞻曰:"神仙遐远难求,秦皇汉武,非不区区也。廊庙咫尺易致,马周、张嘉贞,可以继踵矣。"

自后瞻愈精思于道,乃隐于罗浮。瞻进士登科,屡历清显,及升辅相,颇著燮调之称。俄谪日南,行次广州朝台,泊舟江滨。忽有丫角布衣少年,冲暴雨而来,衣履不湿。云欲见瞻,左右皆讶,乃诘之。"但言宜哥来也。"以白,瞻问形状,具以对。瞻惊叹,乃迎入见之。瞻颜貌可二十来,瞻以幡然衰朽,方为逐臣,悲喜不胜,瞻复勉之曰:"与余为兄弟,手足所痛,曩日之言,今四十年矣。"瞻亦感叹,谓瞻曰:"可复修之否?"瞻曰:"身邀荣宠,职和阴阳,用心动静,能无损乎?自非茅家阿兄,已升天仙,讵能救尔?今唯来相别,非来相救也。"于是同舟行,别话平生隔阔之事。一夕,失瞻所在。今罗浮山中,时有见者。瞻遂南适,殁于贬所矣。出《续仙传》。

贫寒，而他喜欢道术。曾经有个道士经过他家，见到刘曙认为他与众不同，就问他知晓道家之术不。他说："知道。我的本性多俗气，罪孽可能未净，可以勉强学道吗？"道士说："能互相学习吗？"刘曙说："怎么敢。"于是像侍奉老师那样侍奉道士。道士命令刘曙说："到山上住着寻求道术，不必裹着头巾。"刘曙就将头发梳成丫髻，穿着粗布衣服，跟着道士进了罗浮山。

当初，刘曙与刘瞻都读书做文章，而刘曙性情只喜高尚，刘瞻性情却是美慕荣华发达。刘曙曾经对刘瞻说："我一定不能考中，会到山野隐逸。你科举考中，却在尘俗中劳碌，终究赶不上我。然而你在富贵时要谨慎，四十年以后，就能验证了。"刘瞻说："神仙遥远难以寻求，秦始皇和汉武帝不是也不得志？位列朝廷去做官如近在咫尺容易办到，像马周、张嘉贞，我可以跟上他们的脚步了。"

从那以后，刘曙在道术上更加精心思考，就到罗浮山隐居。刘瞻进士及第，屡次担任清高显赫的官职，直到升为宰相，很有为政的名气。后来他被贬到日南，途中停留在广州朝台，把船泊在江边。这时，忽然有个头梳丫角身穿布衣的年轻人冒着暴雨而来，而衣服和鞋子都没有湿。他说要见刘瞻，刘瞻手下的人都很惊讶，就盘问他。他告诉他们说："你们只说宜哥来了。"手下人把这话报告了刘瞻。刘瞻问那个人的形像状态，手下人详细地回答了。刘瞻又惊讶又感叹，就把刘曙迎接进去拜见他。刘曙从面貌看大约二十来岁，刘瞻却已是白发衰朽之年，正做被流放之臣。刘瞻悲喜不自胜，刘曙又劝勉他说："我和你是兄弟，手足所痛，往昔说的话，如今四十年了。"刘瞻也很感叹，就问刘曙说："我可以重新去修道吗？"刘曙说："你身邀荣宠，职掌调和阴阳，无论动和静都用心，怎么能够无所损呢？自然不会因为你家哥哥已升天仙就能救你。今天只来向你告别，不是来救你。"于是他们同船而行，另外谈一些平生相隔阔别的事情。一天晚上，刘曙突然不见了。现在罗浮山中，时而有人见到他。刘瞻向南而去，死在被贬的地方。出自《续仙传》。

## 卢　钧

唐相国卢公钧，进士射策为尚书郎，以疾出为均州刺史。到郡疾稍加，羸瘠，不耐见人，常于郡后山斋养性独处。左右接侍，亦皆远去，非公呼召，莫敢前也。

忽一人衣饰弊故，逾垣而入，云"姓王"。问其所自，云"山中来"。公笑而谓之曰："即王山人也，此来何以相教？"王曰："公之贵，位极人臣，而寿不永，灾运方深，由是有沉绵之疾，故相救耳。"山斋无水，公欲召人取汤茶之属，王止之，以腰巾蘸于井中，鲜丹一粒，捩腰巾之水以咽丹，与之约曰："此后五日，疾当愈矣，康愈倍常。后二年，当有大厄。勤立阴功，救人悯物为意，此时当再相遇，在夏之初也。"自是卢公疾愈，旬日平复。

明年解印还京，署盐铁判官。夏四月，于务本东门道左，忽见山人。寻至卢宅，喜而言曰："君今年第二限终，为灾极重也，以君为郡，去年雪冤狱，活三人之命，灾已息矣。今此月内，三五日小不康而已，固无忧也。"翌日，山人使二仆持钱十千，于狗脊坡分施贫病而已。自此复去，云："二十三年五月五日午时，可令一道士于万山顶相候。此时君节制汉土，当有月华相授，勿愆期也。"自是公扬历清切，便蕃贵盛。

后出镇汉南之明年，已二十三年矣，及期，命道士牛知微，五日午时登万山之顶。山人在焉，以金丹二，使知微吞之，谓曰："子有道气而寡阴功，未契道品，更宜勤修也。"以金丹十粒，令

# 卢 钧

唐朝丞相卢钧,由射策(主考者写出试题,写在简册上,分甲乙科,列置案上,应试者随意取答,主考者按题目难易和所答内容定优劣,上者为甲,次者为乙。)中进士而被授为尚书郎,带病出任均州刺史。他到郡以后病情加重,瘦得很厉害,不耐烦见人,常常在郡后山斋养性独居。他手下侍奉的人员也都离得远远的,不是卢公召呼,没有人敢到他面前。

忽然有一个人,穿着打扮又破又旧,从墙外跳进来,自己说姓王。卢钧问他从哪里来,他说从山中来。卢钧笑着对他说:"你就是王山人了,这次来用什么指教我呢?"王山人说:"您的禄位高,地位居于人臣的顶点,然而寿命不长,灾运正深,因此有久治不愈的疾病,所以来救你。"山斋没有水,卢钧想要唤人送汤茶之类,王山人阻止了他,用腰带到井中蘸水,拿出仙丹一粒,拧出腰带中的水,让卢钧把药咽下去,与卢钧约定说:"此后五天,病该好了,康健超过平常一倍。两年后,当有大厄运。你应勤立阴功,以救人悯物为念。那时当再相遇,时间在初夏。"从此卢钧病好了,十来天就康复了。

卢钧第二年解职回京,暂任盐铁判官。夏季四月,在务本东门道旁,忽然见到王山人。随即他到卢家,高兴地说:"您今年第二次寿限过去了。本来为灾很重,因为你治理均州,去年昭雪冤狱,救活三个人的性命,所以灾已平息了。现在这个月内,有三五天小病而已,当然不必忧虑了。"第二天,王山人让两个仆人拿着十千钱,到狗脊坡分发施舍给贫穷有病的人。从此又离去,说:"二十三年后五月五日午时,可令一个道士到万山顶上等我。这时你镇守汉中,当有月华交给你,不要误期呀!"从此卢钧步步高升,职近帝居,富贵极盛。

后来卢钧出镇汉南的第二年,已经是第二十三年了。到了约定的日期,卢钧就令道士牛知微在五日午时登上万山之顶。王山人已在那里,他拿二粒金丹叫牛知微吞服下去,对他说:"你有道气而缺少阴功,不合道品,应该勤修。"又拿十粒金丹让牛知微

授于公，曰："当享上寿，无忘修炼。世限既毕，伫还蓬宫耳！"与知微揖别，忽不复见。

其后知微年八十余，状貌常如三十许。卢公年九十，耳目聪明，气力不衰。既终之后，异香盈室矣。出《神仙感遇传》。

## 薛 逢

河东薛逢，咸通中为绵州刺史。岁余，梦入洞府，殽馔甚多而不睹人物，亦不敢飨之，乃出门。有人谓曰："此天仓也。"及明，话于宾友，或曰："州界有昌明县，有天仓洞，中自然饮食，往往游云水者得而食之。"即使道士孙灵讽与亲吏访焉。入洞可十许里，犹须执炬，十里外渐明朗。又三五里，豁然与人世无异。崖室极广，可容千人。其下平整，有石床罗列，上饮食名品极多，皆若新熟，软美甘香，灵讽拜而食之。又别开三五所，请以奉薛公为信。及赍出洞门，形状宛然，皆化为石矣。洞中左右，散面溲面，堆盐积豉，不知纪极。又行一二里，溪水迅急，既阔且深。隔溪见山川居第历历然，不敢渡而止。近岸砂中，有履迹往来，皆二三尺，才知有人行处。薛公闻之，叹异灵胜，而莫穷其所以也。

余按《舆地志》云：少室山有自然五谷甘果，神芝仙药。周太子晋学道上仙，有九十年资粮，留在山中。少室在嵩山西十七里，从东南上四十里，为下定思，又上十里为上定思，十里中有大石门，为中定思。自中定思西出，至崖头，下有石室，中有水，多白石英。室内有自然

给卢钧，说："能享长寿，不要忘记修炼。尘世期限完毕以后，等他回蓬莱仙宫吧！"王山人与牛知微作揖告别，忽然再也看不到他了。

这之后牛知微八十多岁，样子常像三十多岁。卢钧年纪九十岁了，耳不聋眼不花，气力没有衰退。他死了以后，奇异的香气充满了屋子。出自《神仙感遇传》。

## 薛　逢

河东人薛逢在咸通年间担任绵州刺史。一年以后，他梦见自己进入一个洞府，美味菜肴很多却看不到人。他也不敢吃，就走出洞门。有人对他说："这是天仓。"到天亮他向宾朋叙述梦境，有人说："绵州界内有个昌明县，昌明县有个天仓洞，洞中有自来就有的饮食，云游的人往往能够吃到它。"薛逢就派道士孙灵讽与他自己的心腹到那里去访察。进洞约有十余里，还必须拿着蜡烛，十里外渐渐明朗。又走了三五里，就亮亮堂堂与人世没有差异了。那里的崖室极其宽广，可以容纳上千人。崖室下面平整，罗列着石床，石床上饮食名品极多，都像刚刚做熟一般，软美甜香。孙灵讽行过礼就吃。又另外打开三五个地方，把洞中食物奉送给薛逢作为凭证。到拿出洞门时，那些食物的形状还像原来一样，但都变成石头了。洞中两旁，散放着面粉和泡过的面粉，堆积着食盐和豆子，不知道有多少。又走了一二里，溪水湍急，又宽又深。隔溪看见山川住宅都清清楚楚的。他们不敢渡溪，就停下来。靠近溪岸的沙子中，有来来往往鞋印的痕迹，鞋印都长二三尺，才知道这里也有人行走的地方。薛逢闻听这些情况，以为是灵胜而叹异，却没有办法穷究它为什么会是那样。

我查考《舆地志》记载：少室山有天然的五谷、甜果以及灵芝仙药。周太子晋向上仙学道，把九十年资粮留在山中。少室山在嵩山西十七里，从东南上四十里，是下定思，又上十里是上定思，十里当中有个大石门，是中定思。从中定思往西走，到崖头，下面有个石室，石室中有水，还有很多白石英。室内有原来就有

经书，自然饮食，与此无异。又天台山东有洞，入十余里，有居人市肆，多卖饮食。乾符中，有游僧入洞，经历市中，饥甚，闻食香，买蒸啖之。同行一僧，服气不食饭。行十余里，出洞门，已在青州牟平县，而食僧俄变为石。以此言之，王烈石髓，张华龙膏，得食之者，亦须累积阴功，天挺仙骨，然可上登仙品。若常人啖之，必化而为石矣。出《神仙感遇传》。

### 费冠卿

费冠卿，池州人也。进士擢第，将归故乡，别相国郑公余庆。公素与秋浦刘令友善，喜费之行，托以寓书焉。手札盈幅，缄以授费，戒之曰："刘令久在名场，所以不登甲乙之选者，以其褊率，不拘于时。舍科甲而就卑宦，可善遇之也。"费因请公略批行止书末，贵其因所慰荐，稍垂青眼。公然之，发函批数行，复缄如初。

费至秋浦，先投刺于刘。刘阅刺，委诸案上，略不顾盼。费悚立俟命，久而无报，疑其不可也，即以相国书授阍者。刘发缄览毕，慢骂曰："郑某老汉，用此书何为？"劈而弃之。费愈惧，排闼而入，趋拜于前，刘忽闵然顾之，揖坐与语。日暮矣，刘促令排店，费曰："日已昏黑，或得逆旅之舍，亦不及矣。乞于厅庑之下，席地一宵，明日徐诣店所。"即自解囊装，舒毡席于地。刘即拂衣而入，良久出曰："此非待宾之所，有阁子中。"既而闭门，镮系甚严。费莫知所以，据榻而息。是夕月明，于门窍中窥其外，悄然无声，

的经书和饮食之物，与天仓洞无异。还有天台山的东侧也有洞，进去十里，有居民、集市和店铺，店铺大多卖饮食。乾符年间，有云游和尚进入洞中，经过市中，饿得很，又闻到食物的香味，就买来吃了。同行的一个和尚，只是服气而不吃饭。他们又走了十几里，出了洞门，已在青州牟平县，而吃了东西的和尚不一会儿就变成了石头。根据这种情况来说，王烈的石髓、张华的龙膏，能够吃它的人，也必须是积累阴功，天挺仙骨，这样才能上登仙品。如果普通人吃了它，一定会变化成石头了。出自《神仙感遇传》。

## 费冠卿

费冠卿是池州人。他进士及第后要回故乡，临行向相国郑余庆告别。郑相国一向与秋浦县刘县令友好，费冠卿此行他很高兴，托费冠卿捎封信。他亲手写了满满一张纸，封上以后交给费冠卿，告诉费说："刘县令久在名场，之所以没有考中进士的原因，就是因为他偏激直率，不被时俗所容。他舍弃科甲而就任卑微的官职，你应该好好对待他。"费冠卿趁机请相国在信的末尾略批几句关于他的品行的话，以相国所荐这个因由为贵，对他能稍加照顾。相国认为可以，就打开信函批了几行，又加封如初。

费冠卿到了秋浦，先向刘县令投进名片，刘县令阅过名片就丢到桌子上，根本不回话。费冠卿在外悚立等候消息，很久也没有回复，他怀疑刘县令不许可，就把郑相国的书信交给守门人。刘县令打开信函看完，谩骂说："郑某老汉，用这封信干什么？"就把信扯碎扔掉了。费冠卿更加疑惧，就推开大门进去，快步向前施礼。刘县令忽然怜悯地看看他，作揖让他坐下说话。天色晚了，刘县令催他去找店房，费冠卿说："天已昏黑，或许来不及找到旅舍了。我请求在厅庑之下，在地上睡一夜，明天慢慢找旅店。"就自己解开行囊，把毡席打开铺在地上。刘县令当即拂衣而入，过了很久出来说："这里不是待客的地方，有个阁子可住。"然后关了门，锁闭很严。费冠卿不知这样做的原因，就靠在床上歇息。这天晚上月光明亮，费冠卿从门缝中往外探看，外面静悄悄地没有声息，

见刘令自执彗帚，扫除堂之内外。庭庑陛壁，靡不周悉。费异其事，危坐屏息，不寐而伺焉。

将及一更，忽有异香之气，郁烈殊常，非人世所有。良久，刘执版恭立于庭，似有所候。香气弥甚，即见云冠紫衣仙人，长八九尺，数十人拥从而至。刘再拜稽首，此仙人直诣堂中，刘立侍其侧。俄有筵席罗列，肴馔奇果，香闻阁下。费闻之，已觉气清神爽。须臾，奏乐饮酒，命刘令布席于地，亦侍饮焉。乐之音调，亦非人间之曲。仙人忽问刘曰："得郑某信否？"对曰："得信甚安。"顷之又问："得郑某书否？"对曰："费冠卿先辈自长安来，得书。"笑曰："费冠卿且喜及第也，今在此邪？"对曰："在。"仙人曰："吾未合与之相见，且与一杯酒。但向道早修行，即得相见矣。"即命刘酌酒一杯，送阁子中。费窥见刘自呷酒半杯，即以阶上盆中水投杯中，疑而未饮。仙人忽下阶，与徒从乘云而去。刘拜辞呜咽，仙人戒曰："尔见郑某，但令修行，即当相见也。"

既去，刘即诣阁中，见酒犹在，惊曰："此酒万劫不可一遇，何不饮也？"引而饮之，费力争，得一两呷，刘即与冠卿为修道之友，卜居九华山。以左拾遗征，竟不起。郑相国寻亦去世，刘、费颇秘其事，不知所降是何真仙也。出《神仙感遇传》。

只见刘县令亲自拿着扫帚簸箕，扫除大堂内外。庭院走廊台阶墙壁，他全都扫遍。费冠卿觉得这事奇异，就端坐着屏住呼吸，不睡觉等着。

快到一更天，忽然有奇异的香气，浓烈得不同平常，不是人世所有的。很久，看到刘县令拿着手板恭恭敬敬地站在院子里，好像在等待什么人。这时香气更浓烈了，就看见戴着云冠穿着紫衣的仙人，有八九尺高，由几十人簇拥跟随而来。刘县令拜了两拜又行稽首礼。这个仙人直到堂中，刘县令站在他身旁站着陪着。不一会儿，有筵席摆设出来，美味佳肴和奇异水果的香气一直传到阁下。费冠卿闻到香气，已经觉得神清气爽。一会儿，堂中又奏乐饮酒。仙人让刘县令在地上铺上席子，也陪着饮酒。乐曲的音调，也不是人间之曲。仙人忽然问刘县令说："接到郑某的信了吗？"刘县令回答说："接到信很安心。"过一会儿，仙人又问："接到郑某的信了吗？"刘县令回答说："费冠卿先辈从长安来，接到信了。"仙人笑着说："费冠卿且喜及第了，现在在这里吗？"刘县令回答说："在。"仙人说："我不该和他相见，且给他一杯酒。只要向往道术及早修行，就能相见了。"就让刘县令斟酒一杯，送到阁子中。费冠卿窥见刘县令自己把酒喝了半杯，立即拿台阶上盆子里的水倒进杯中，他就起疑心而没喝。仙人忽然下了台阶，与随从乘云而去。刘县令呜呜咽咽下拜辞别，仙人告诫他说："你见到郑某，只让他修行，就能相见了。"

仙人走后，刘县令就到阁子中，看到酒还在，吃惊地说："这种酒万劫（佛家称天地形成至毁灭为一劫）都不能遇到一次，为什么不喝呢？"就把酒拿过来喝。费冠卿尽力去争，喝到了一两口。刘县令就与费冠卿作了修道之友，居住在九华山。朝廷以左拾遗征召，他终究没有赴任。郑相国不久也去世了。刘、费二人对那些事很保密，人们不知道那次降临的是什么真仙。出自《神仙感遇传》。

## 沈　彬

吴兴沈彬，少而好道，及致仕归高安，恒以朝修服饵为事。尝游郁木洞观，忽闻空中乐声，仰视云际，见女仙数十，冉冉而下，径之观中，遍至像前焚香，良久乃去。彬匿室中不敢出。既去，入殿祝之，几案上皆有遗香。彬悉取置炉中。已而自悔曰："吾平生好道，今见神仙而不能礼谒，得仙香而不能食之，是其无分欤？"

初，彬恒诫其子云："吾所居堂中，正是吉地，即葬之。"及卒，如其言。掘地得自然砖圹，制作甚精，砖上皆作吴兴字。彬年八十余卒。

后豫章有渔人投生米于潭中捕鱼，不觉行远。忽入一石门，焕然、明朗，行数百步，见一白髯翁，谛视之，颇类于彬。谓渔人曰："此非尔所宜来，速出犹可。"渔人遽出登岸，云入水已三日矣。故老有知者云："此即西仙天宝洞之南门也。"出《稽神录》。

# 沈　彬

　　吴兴人沈彬，年轻的时候就喜欢道术。等到告老还乡回到高安，他总把朝修服食药饵当作大事。他曾经游历郁木洞观，忽然听到空中有乐曲声，仰视云端，看见几十位女仙冉冉而下，径直到观中，逐个到神像前焚香，很久才离去。沈彬藏在室内不敢出来。女仙走后，他进殿祷告，看到几案之上都有仙人遗留的香料制品。沈彬把它全部拿来放到香炉中。不久他自己后悔地说："我平生好道，今天见到了神仙却不能尽礼拜见，得到仙香却未能吃它，这是我没有缘分吗？"

　　当初，沈彬经常告诫他的儿子说："我所居住的堂中，正是吉地，我死之后就葬在这里。"等到他死后，他的儿子就按他说的去办。把地掘开发现一个原来就有的砖圹，制作很精美，砖上都刻有吴兴字。沈彬八十多岁逝世。

　　后来豫章有个打鱼的人，他把生米投到潭中捕鱼，不知不觉地走远了。忽然进入一个石门，光线明朗，走了几百步，看见一个白胡子老头。仔细看这个老头，很像沈彬。老头对打鱼的人说："这里不是你所应该来的地方，赶快出去还可以。"打鱼的人急忙奔出登上岸，别人说他入水已经三天了。过去有知道情况的老辈人说："这就是西仙天宝洞的南门啊。"出自《稽神录》。

# 卷第五十五
## 神仙五十五

寒山子　　轩辕弥明　　蔡少霞　　郑居中　　伊用昌

### 寒山子

　　寒山子者，不知其名氏。大历中，隐居天台翠屏山。其山深邃，当暑有雪，亦名寒岩，因自号寒山子。好为诗，每得一篇一句，辄题于树间石上。有好事者，随而录之，凡三百余首。多述山林幽隐之兴，或讥讽时态，能警励流俗。桐柏征君徐灵府，序而集之，分为三卷，行于人间。十余年忽不复见。

　　咸通十二年，毗陵道士李褐，性褊急，好凌侮人。忽有贫士诣褐乞食，褐不之与，加以叱责。贫者唯唯而去。数日，有白马从白衣者六七人诣褐，褐礼接之。因问褐曰："颇相记乎？"褐视其状貌，乃前之贫士也。逡巡欲谢之，惭未发言。忽语褐曰："子修道未知其门，而好凌人侮俗，何道可冀？子颇知有寒山子邪？"答曰："知。"曰："即吾是矣。吾始谓汝可教，今不可也。修生之道，除嗜去欲，啬神抱和，所以无累也；内抑其心，外检其身，所以无过也；先人后

## 寒山子

寒山子这个人,不知道他的名姓。大历年间他隐居在天台县翠屏山。那里山很深邃,正当暑天还有雪,因此也叫寒岩,隐居者于是自己起名叫寒山子。寒山子喜好作诗,每得一篇一句,就题写在树间石头上。有好事的人随即把它记录下来,共三百多首。诗歌多数是叙述他山林幽隐的雅兴,有的是讥讽世态,能警醒劝戒世俗之人。桐柏征君徐灵府把这些诗搜集起来并且作了序,分为三卷,流传于人间。十余年后,寒山子忽然不再出现。

咸通十二年,有个毗陵道士李褐,性情偏激急躁,喜好凌辱别人。忽然有个贫士拜见李褐讨吃的,李褐不给他,还加以叱责。贫士唯唯而去。几天以后,有人骑着白马、带着六七个白衣人来拜访李褐,李褐以礼接待他们。来客就问李褐:"还记得我吗?"李褐看看他的形体相貌,乃是前些天来过的贫士。他迟迟疑疑地想要向客人道歉,但心里惭愧没说出来。来客忽然对李褐说:"你修道还不知道它的门路,而又喜欢凌辱俗人,什么道能有指望?你知道有寒山子吗?"李褐说:"知道。"来客说:"就是我呀。我当初认为你可以传授,现在知道不可以了。修生之道,要除去嗜好和欲念,爱惜精神,持守中和,所以没有牵累之事;对内抑制自己的私心,在外检点自己本身,所以没有过错;先人后

己，知柔守谦，所以安身也；善推于人，不善归诸身，所以积德也；功不在大，立之无怠，过不在大，去而不贰，所以积功也。然后内行充而外丹至，可以冀道于仿佛耳。子之三毒未剪，以冠簪为饰，可谓虎豹之鞟而犬豕之质也。"出门乘马而去，竟不复见。出《仙传拾遗》。

## 轩辕弥明

轩辕弥明者，不知何许人。在衡湘间来往九十余年，善捕逐鬼物，能囚拘蛟螭虎豹，人莫知其寿。进士刘师服，常于湘南遇之。元和七年壬辰十二月四日，将自衡山游太白，还京师，与师服相值，师服招其止宿。

有校书郎侯喜，新有诗名，拥炉夜坐，与刘说诗。弥明在其侧，貌极丑，白鬓黑面，长颈而高结喉。中又作楚语，喜视之若无人。弥明忽掀衣张眉，指炉中古鼎谓喜曰："子云能诗，与我赋此乎？"师服以衡湘旧识，见其老貌，颇敬之，不知其有文也，闻此说大喜，即援笔而题其首两句曰："巧匠琢山骨，刳中事煎烹。"次传与喜。喜踊跃而缀其下曰："外苞干藓文，中有暗浪惊。"题讫吟之。弥明哑然笑曰："子诗如是而已乎？"即袖手竦肩，倚北墙坐，谓刘曰："吾不解世俗书，子为吾书之。"因高吟曰："龙头缩菌蠢，豕腹胀彭亨。"初不似经意，诗旨有似讥喜。二子相顾惭骇，然欲以多穷之，即赋两句以授喜曰："大若烈士胆，圆如戴马缨。"喜又成两句曰："在冷足自安，遭焚意弥贞。"弥明又令师服书曰："秋瓜未落蒂，冻芋强抽萌。"师服又吟曰："磨砻去圭角，浮润著光精。"

己,懂得柔和安守谦让,是用来安身的办法;好事推给别人,不好的事归于自身,是用来积德的办法;功不在大,立之不懈,过不在小,改掉它不迟疑,是用来积功的办法。这样做了以后,内心修行充实而外有丹药到来,很快就会得道。你的三毒没有翦除,虽然用冠簪作为装饰,可以说是虎狼之皮而猪狗之质。"来客出门乘马而去,从此没再见到他。出自《仙传拾遗》。

## 轩辕弥明

轩辕弥明,不知是哪里人。他在衡湘一带来来往往九十多年,善于捕捉驱逐鬼物,能够捉到囚禁蛟螭虎豹,没有人知道他的年龄。进士刘师服,常在湘南遇到他。元和七年壬辰十二月四日,他要从衡山去游太白,回京城时,与刘师服相遇,师服招他一起歇宿。

有个校书郎叫侯喜,刚有诗名。他夜里围着炉子坐着,与刘师服谈论诗。弥明在刘师服的身边,相貌极丑,白鬓角黑脸孔,脖子长而喉结又突出。当中弥明又说楚方言,侯喜把他看作没有这个人一样。弥明忽然掀起衣襟扬起眉毛,指着炉子中的古鼎对侯喜说:"你说能作诗,能和我一起吟咏这个吗?"刘师服因为他是衡湘旧相识,看他年老的样子,很尊重他,却不知道他有文学才能,听到这句话很高兴,就拿起笔来题写了诗的头两句:"巧匠琢山骨,剖中事煎烹。"按次序把笔传给侯喜。侯喜踊跃地在刘师服诗句下接着写道:"外苞干藓文,中有暗浪惊。"题写完了又把它吟诵一遍。弥明哑然失笑说:"你的诗如此而已吗?"就袖着手耸耸肩,倚着北墙坐着,对刘师服说:"我不明白世俗上的字,你替我写。"于是高声吟诵道:"龙头缩菌蠢,豕腹胀彭亨。"开始不像有意的,诗的意思有点像讥讽侯喜。两个人互相看了看,惭愧而又惊骇,然而又想靠多写来难倒他,就赋写两句又交给侯喜,写的是"大若烈士胆,圆如戴马缨"。侯喜又写成两句是"在冷足自安,遭焚意弥贞"。弥明又让师服替他写道:"秋瓜未落蒂,冻芋强抽萌。"师服又吟咏说:"磨礲去圭角,浮润著光精。"

讫,又授喜。喜思益苦,务欲压弥明,每营度欲出口吻,吟声益悲,操笔欲书,将下复止,亦竟不能奇,曰:"旁有双耳穿,上为孤髻撑。"吟竟,弥明曰:"时于蚯蚓窍,微作苍蝇声。"其不用意如初,所言益奇,不可附说,语皆侵二子。

夜将阑,二子起谢曰:"尊师非常人也,某等伏矣,愿为弟子,不敢更诗。"弥明奋曰:"不然。此章不可以不成也。"谓刘曰:"把笔把笔,吾与汝就之。"即又连唱曰:"何当出灰炱,无计离瓶罂。谬居鼎鼒间,长使水火争。形模妇女笑,度量儿童轻。徒尔坚贞性,不过升合盛。宁依暖热敝,不与寒凉并。忽罹翻溢愆,实负任使诚。陋质荷斟酌,狭中愧提擎。岂能煮仙药,但未污羊羹。区区徒自效,琐琐安足呈。难比俎豆用,不为手所撜。愿君勿嘲诮,此物方施行。"师服书讫,即使读之。毕,谓二子曰:"此皆不足与语,此宁为文耶?吾就子所能而作耳,非吾之所学于师而能者也。吾所能者,子皆不足以闻也,岂独文乎哉?吾闭口矣。"二子大惧,皆起立床下,拜曰:"不敢他有问也,愿一言而已,先生称'吾不解人间书',敢问解何书,请闻此而已。"累问不应,二子不自得,即退就坐。

弥明倚墙睡,鼻息如雷鸣,二子但恐失色,不敢喘息。斯须,曙鼓冬冬。二子亦困,遂坐睡。及觉惊顾,已失弥明所在。问童奴,曰:"天且明,道士起出门,若将便旋然,久不返,觅之已不见矣。"二子惊惋自责,因携诗诣昌黎韩愈,问此何人也。愈曰:"余闻有隐君子弥明,岂其人耶?"遂为石鼎联句序,行于代焉。出《仙传拾遗》。

写完,又交给侯喜。侯喜思索得更苦,一心要压倒弥明,每当思考着要说出,吟声就更悲,拿起笔来想写,将下笔又停下来,也到底没能写出奇句。写的是"旁有双耳穿,上为孤髻撑"。吟诵完毕,弥明吟道:"时于蚯蚓窍,微作苍蝇声。"他像开头那样不用意,但说出的诗更奇,不能曲解,语句都是讥讽两个文人的。

夜将深了,两个人起身辞谢说:"大师不是平常人,我们都服了,愿作您的弟子,不敢再写诗了。"弥明大声说:"不能这样。这首诗不能不写成。"对刘师服说:"拿笔拿笔,我给你完成它。"就又连声吟唱道:"何当出灰地,无计离瓶罂。谬居鼎鼐间,长使水火争。形模妇女笑,度量儿童轻。徒尔坚贞性,不过升合盛。宁依暖热敝,不与寒凉并。忽罹翻溢忿,实负任使诚。陋质荷斟酌,狭中愧提擎。岂能煮仙药,但未污羊羹。区区徒自效,琐琐安足呈。难比俎豆用,不为手所撜。愿君勿嘲诮,此物方施行。"师服写完,弥明就让他把诗读一遍。读完,弥明对二人说:"这都不值得跟你们说,这难道算做文章吗?我是就你所能而作罢了,不是我向师父学到而能做的。我能做到的,你们都不能听到,难道唯独写文章吗?我不说了。"二人自觉没趣,都起来到床下站着,下拜说:"我们不敢问别的,希望问一句就行了,先生声称'我不明白人间的书',冒昧相问您明白什么书,我们只想听听这个而已。"他们问了几次也没见弥明答应,二人不自在,就退回去坐下。

弥明倚着墙睡着了,鼾声如雷鸣。二人只是恐惧失色,不敢喘息。过了一会儿,听到更鼓咚咚报晓,两个人也困了,就坐着睡着了。等到醒来吃惊四顾,已不见弥明的踪影。问童奴,童奴说:"天快亮的时候,道士起来出了门,好像打算马上回来的样子,很久没回来,寻他他已经不见了。"两个人惊疑惋惜而又自责,就带着诗去拜见韩愈韩昌黎。他们问韩愈这是什么人,韩愈说:"我听说有个隐居的君子叫弥明,难道是那个人吗?"于是给石鼎写了联句序,在代州流传。出自《仙传拾遗》。

## 蔡少霞

蔡少霞者，陈留人也。性情恬和，幼而奉道。早岁明经得第，选蕲州参军。秩满，漂寓江浙间。久之，再授兖州泗水丞。遂于县东二十里买山筑室，为终焉之计。居处深僻，俯瞰龟蒙，水石云霞，境象殊胜。少霞世累早绝，尤谐夙尚。

偶一日沿溪独行，忽得美荫，因憩焉，神思昏然，不觉成寐。因为褐衣鹿帻之人梦中召去，随之远游，乃至城廓一所。碧天虚旷，瑞日曈昽，人俗洁净，卉木鲜茂。少霞举目移足，惶惑不宁，即被导之令前。经历门堂，深邃莫测，遥见玉人当轩独立，少霞遽修敬谒。玉人谓曰："悫子虔心，今宜领事。"少霞靡知所谓，复为鹿帻人引至东廊，止于石碑之侧。谓少霞曰："召君书此，贺遇良因。"少霞素不工书，即极辞让。鹿帻人曰："但按文而录，胡乃拒违。"

俄有二童，自北而来，一捧牙箱，内有两幅紫绢文书，一赍笔砚，即付少霞。凝神搦管，顷刻而毕，因览读之，已记于心矣。题云："苍龙溪新宫铭，紫阳真人山玄卿撰。良常西麓，源泽东泄。新宫宏宏，崇轩辚辚。雕珉盘础，镂檀栋桌。碧瓦鳞差，瑶瑎昉截。阁凝瑞霞，楼横祥霓。骀虞巡徼，昌明捧闑。珠树规连，玉泉矩泄。灵飚遰集，圣日俯晰。太上游诣，无极便阙。百神守护，诸真班列。仙翁鹄立，道师水洁。饮玉成浆，馔琼为屑。桂旗不动，兰幄互设。妙乐兢奏，流铃间发。天籁虚徐，风箫泠澈。凤歌谐律，鹤舞会节。三变《玄云》，九成《绛雪》。易迁徒语，童初讵说。"方更周视，

## 蔡少霞

　　蔡少霞是陈留县人。他性情恬静温和，幼年时候就信奉道教。他早年明经及第，选为蕲州参军。任职期满，就漂泊在江苏浙江一带。过了很久，再次授职为兖州泗水县丞。他就在县城东二十里买山盖房，做养老的打算。住处幽深偏僻，俯瞰龟蒙，水石云霞，环境景象很美。少霞在世上的牵累早就没有了，这种生活尤其符合他早年的心愿。

　　偶然有一天，他沿着溪水独自行走，忽然找到一处幽美的林荫，就在那里休息，神思昏然，不知不觉睡着了。于是被一个身穿褐衣头戴鹿皮头巾的人从梦中召去，随他远游，来到一座城廓。那里碧天虚旷，瑞日瞳眬，人俗洁净，花木鲜茂。少霞抬头迈步，惶恐迷惑心绪不宁，就被人领着让他往前走。经过大门殿堂，那里深邃莫测，远远地看见一个美人对着门独自站在那里，少霞马上恭恭敬敬地拜见。美人对他说："我哀怜你虔诚的心，今天应该让你知道点事。"少霞不知道她说的是什么，又被戴鹿皮头巾的人带到东边廊下，在一块石碑的旁边停下来。戴鹿皮巾的人对他说："召你来写这个碑文，庆贺遇到好缘分。"少霞一向不善于写字，就极力推辞谦让。戴鹿皮巾的人说："只是按照文章抄录，为什么竟然拒绝躲避？"

　　不一会儿，有两个小童从北而来，一个捧着牙箱，里边有两幅紫绢文书，一个捧着笔砚。两童把文书和笔砚交给少霞，少霞聚精会神握着笔管，顷刻就写完了，就此看看读读，已经记在心里了。题写的内容是："苍龙溪新宫铭，紫阳真人山玄卿撰。良常西麓，源泽东泄。新宫宏宏，崇轩辚辚。雕珉盘础，镂檀栋枭。碧瓦鳞差，瑶瑎防截。阁凝瑞霞，楼横祥霓。骈虞巡徼，昌明捧阒。朱树规连，玉泉矩泄。灵飚遝集，圣日俯晰。太上游诣，无极便阙。百神守护，诸真班列。仙翁鹄立，道师水洁。饮玉成浆，馔琼为屑。桂旗不动，兰幄互设。妙乐竞奏，流铃间发。天籁虚徐，风箫泠澈。凤歌谐律，鹤舞会节。三变《玄云》，九成《绛雪》。易迁徒语，童初诰说。"少霞正要再从头到尾看一遍，

遂为鹿帻人促之，忽遽而返，醒然遂寤。急命纸笔，登即纪录。

自是兖豫好奇之人，多诣少霞，谒访其事。有郑还古者，为立传焉。且少霞乃孝廉一叟耳，固知其不妄矣。出《集异记》。

## 郑居中

郑舍人居中，高雅之士，好道术。常遇张山人者，多同游处，人但呼为小张山人，亦不知其所能也。居襄汉间，除中书舍人，不就。开成二年春，往东洛嵩岳，携家僮三四人，与僧登历，无所不到，数月淹止。日晚至一处，林泉秀洁，爱甚忘返。会院僧不在，张烛爇火将宿，遣仆者求之，兼取笔，似欲为诗者。操笔之次，灯灭火尽。一僮在侧，闻郑公仆地之声。喉中气粗，有光如鸡子，绕颈而出。遽吹薪照之，已不救矣。纸上有四字云："香火愿毕。"毕字仅不成。后居山者及猎人时见之，衣服如游涉之状。当应是张生潜出言其终竟之日，郑公舍家以避耳，若此岂非达命者欤？出《逸史》。

## 伊用昌

熊皦补阙说：顷年，有伊用昌者，不知何许人也。其妻甚少，有殊色，音律女工之事，皆曲尽其妙。夫虽饥寒丐食，终无愧意。或有豪富子弟，以言笑戏调，常有不可犯之色。其夫能饮，多狂逸，时人皆呼为"伊风子"。

就被戴鹿皮头巾的人催促。于是他忽然一下子回来了，清清楚楚地就醒了。他急忙拿出纸笔，立刻记录下来。

从此，兖豫二州好奇的人，都来拜访少霞，询问此事。有个郑还古，为此立了传。况且蔡少霞乃是孝悌清廉的一个老年人，固然知道这件事不虚妄了。出自《集异记》。

## 郑居中

舍人郑居中是个高雅之士。他喜欢道术，平常遇到张山人，经常同他交游相处，人们只叫他为小张山人，也不知道他能做什么。他住在襄汉一带，授与他中书舍人的官职，他也不去就任。开成二年春，他前往东洛嵩山，带着三四个家僮，与和尚一起登山游历，没有不到的地方。几个月后才停下来，滞留在那里。有一天晚上，他来到一个地方，那里山林秀美泉水洁净，他很喜爱那里，因而忘了返回。正赶上院里的和尚不在，掌烛点火将要歇宿的时候，他派仆人去寻找和尚并去取笔，好像打算写诗似的。郑居中拿笔之时，灯灭了，火也灭了。一个僮仆在他旁边，听到郑公倒地的声音。他咽喉中气息很粗，有鸡子大的一束光亮，从他的脖子里环绕而出。僮仆急忙点燃薪柴去照看他，已经没法救了。纸上有四个字，写着："香火愿毕。""毕"字几乎没写成。后来在山里住的人及猎人有时见到他，身上的衣服像是出游跋涉的样子。应当是张生悄悄说出他性命终止的日期，郑公为此舍弃家业而躲避。如果是这样，郑居中岂不是达命的人吗？出自《逸史》。

## 伊用昌

补阙熊皦说，前几年，有个伊用昌，不知是哪里人。他的妻子很年轻，也很漂亮，音律和针线活这类事情，都能工尽其妙。她的丈夫虽然又饥又饿去讨饭，却始终没有愧意。有时候，有些富家子弟用言谈笑语调戏她，她常表现出不可侵犯的神色。她的丈夫能喝酒，经常发狂奔跑，当时的人都叫他"伊风子"。

多游江左庐陵、宜春等诸郡，出语轻忽，多为众所殴击。爱作《望江南》词，夫妻唱和。或宿于古寺废庙间，遇物即有所咏，其词皆有旨。熊只记得咏鼓词云："江南鼓，梭肚两头栾。钉着不知侵骨髓，打来只是没心肝。空腹被人漫。"余多不记。

江南有芒草，贫民采之织屦。缘地土卑湿，此草耐水，而贫民多着之。伊风子至茶陵县门，大题云："茶陵一道好长街，两畔栽柳不栽槐。夜后不闻更漏鼓，只听锤芒织草鞋。"时县官及胥吏大为不可，遭众人乱殴，逐出界。江南人呼轻薄之词为覆窠，其妻告曰："常言小处不要覆窠，而君须要覆窠之。譬如骑恶马，落马足穿镫，非理伤堕一等。君不用苦之。"如是夫妻俱有轻薄之态。

天祐癸酉年，夫妻至抚州南城县所，有村民毙一犊。夫妻丐得牛肉一二十斤，于乡校内烹炙，一夕俱食尽。至明，夫妻为肉所胀，俱死于乡校内。县镇吏民，以芦席裹尸，于县南路左百余步而瘗之。其镇将姓丁，是江西廉使刘公亲随。一年后得替归府，刘公已薨。忽一旦于北市棚下，见伊风子夫妻，唱《望江南》词乞钱。既相见甚喜，便叙旧事。执丁手上酒楼，三人共饮数斗。丁大醉而睡，伊风子遂索笔题酒楼壁云："此生生在此生先，何事从玄不复玄。已在淮南鸡犬后，而今便到玉皇前。"题毕，夫妻连臂高唱而出城，遂渡江至游帷观，题真君殿后，其衔云："定亿万兆恒沙军国主南方赤龙神王伊用昌。"词云："日日祥云瑞气连，应侬家作大神仙。笔头洒起风雷力，剑下驱驰造化权。更与戎夷添礼乐，永教胡虏绝烽烟。列仙功业只如此，直上三清第一天。"题罢，连臂入西山。时人皆见蹑虚而行，自此更不复出。

这个伊风子经常游历江东庐陵、宜春等郡,说出话来轻薄不注意,经常被众人殴打。他爱作《望江南》词,夫妻唱和。有时在古寺废庙里住宿,遇到东西就有所吟咏,那些词都有些意思。熊皦只记得咏鼓词是这样写的:"江南鼓,梭肚两头粜。钉着不知侵骨髓,打来只是没心肝。空腹被人谩。"其余的词大多不记得。

江南有一种芒草,贫民把它采来织草鞋。由于土地低湿,这种草耐水,因而贫民大多穿它。伊风子来到茶陵县大门,大笔一挥写道:"茶陵一道好长街,两畔栽柳不栽槐。夜后不闻更漏鼓,只听锤芒织草鞋。"当时县官及胥吏大为不满,伊风子遭到众人乱打,被逐出县界。江南人把轻薄之词叫做覆窠,他的妻子就告诉他说:"常说小地方不要覆窠(词),而你却一定要覆窠(词)之。譬如骑劣马,人落下马来,脚还穿在马镫里。与非理伤堕相等。您不必为此苦恼。"如此夫妻都表现出不屑之态。

天祐年间岁当癸酉,夫妻来到抚州南城县地界。有个村民杀死一头小牛,他们夫妻讨来牛肉一二十斤,在乡校内又煮又烤,一个晚上就吃光了。到天亮的时候,夫妻被牛肉所胀,都死在乡校内。县镇的官吏和百姓用芦席把他们的尸体裹上,埋在县城南边路旁一百多步的地方。那里镇守的将领姓丁,是江西廉使刘公的亲信随从。一年后得到替换回到廉使衙门时,刘公已死了。忽然有一天,姓丁的在北市棚子下看到了伊风子夫妻,正在唱《望江南》词讨钱。他们相见以后很高兴,便说起过去的事。伊风子拉着丁镇将的手上了酒楼,三个人一块饮了几斗酒。丁大醉而睡,伊风子就要来笔在酒楼墙壁上题诗:"此生生在此生先,何事从玄不复玄。已在淮南鸡犬后,而今便到玉皇前。"题写完毕,夫妻二人拉着手高唱着出了城,于是渡江到了游帷观,在真君殿后题字,头衔如下:"定亿万兆恒沙军国主南方赤龙神王伊用昌。"其词是:"日日祥云瑞气连,应侬家作大神仙。笔头洒起风雷力,剑下驱驰造化权。更与戎夷添礼乐,永教胡虏绝烽烟。列仙功业只如此,直上三清第一天。"题写完毕,夫妻俩又拉着手进入西山。当时人们都看见他们踏空而行,从此再也没有出现。

其丁将于酒楼上醉醒，怀内得紫金一十两。其金并送在淮海南城县。后人开其墓，只见芦席两领，裹烂牛肉十余觔，臭不可近，余更无别物。

熊言六七岁时，犹记识伊风子。或着道服，称伊尊师。熊尝于顶上患一痈疖，疼痛不可忍。伊尊师含三口水，噀其痈便溃，并不为患。至今尚有痕在。熊言亲睹其事，非谬说也。出《玉堂闲话》。

那个丁将在酒楼上从醉中醒来,在怀内摸到紫金一十两,他就把那些金子都送到淮海南城县。后人掘开他们夫妻的坟墓,只见到两领芦席包裹着十多斤烂牛肉,已发臭不可靠近,其余再也没有别的东西了。

　　熊皦说他六七岁的时候,还记得伊风子。他有时穿着道家服装,称作伊尊师。熊皦头顶上曾生了一块痈疖,疼痛得不能忍受。伊尊师含了三口水喷在患处,那个痈疖就溃落了,并不觉得痛苦。至今头上还有疤痕存在。熊皦说他亲眼见到了那些事,不是荒谬的传说。出自《玉堂闲话》。

# 卷第五十六
## 女仙一

西王母　　上元夫人　　云华夫人　　玄天二女

### 西王母

　　西王母者，九灵太妙龟山金母也，一号太虚九光龟台金母元君，乃西华之至妙，洞阴之极尊。在昔道气凝寂，湛体无为，将欲启迪玄功，化生万物。先以东华至真之气，化而生木公。木公生于碧海之上，芬灵之墟，以主阳和之气。理于东方，亦号曰东王公焉。又以西华至妙之气，化而生金母。金母生于神州伊川，厥姓侯氏，生而飞翔，以主元，毓神玄奥。于眇莽之中，分大道醇精之气，结气成形。与东王公共理二气，而育养天地，陶钧万物矣。柔顺之本，为极阴之元，位配西方，母养群品。天上天下，三界十方，女子之登仙者得道者，咸所隶焉。

　　所居宫阙，在龟山春山西那之都，昆仑之圃，阆风之苑。有城千里、玉楼十二，琼华之阙，光碧之堂，九层玄室，紫翠丹房。左带瑶池，右环翠水。其山之下，弱水九重，洪涛万丈。非飚车羽轮，不可到也。所谓玉阙暨天，绿台承霄。青琳之宇，朱紫之房，连琳彩帐，明月四朗。戴华胜，佩虎章。左侍仙女，右侍羽童。宝盖沓映，羽掺荫庭。轩砌之下，

## 西王母

　　西王母,就是九灵太妙龟山金母,还有一个号是太虚九光龟台金母元君。她是西华的至妙,洞阴的极尊。从前她道气沉寂,湛体无为。她将要启迪玄功,使万物滋生,就先用东华至真之气,变化而生木公。木公生于碧海之上芳灵的土山,以主管阳和之气。管理东方,也称为东王公。又用西华至妙之气,变化而生金母。金母在神州伊川诞生,她姓侯,生来就能飞翔,而主宰本源,养育玄奥神灵。在浩渺之中分出大道醇精之气,使气聚结成形。西王母与东王公共同调和二气,而育养天地造就万物。柔顺的根本也就是极阴的初始,位配西方,生养众类。天上天下,三界十方,凡女子登仙得道的人,都隶属西王母管辖。

　　她所居住的宫阙,在龟山春山西那之都,昆仑之圃,阆风之苑。有绵延千里之城、十二座玉楼,以及琼华之阙、光碧之堂、九层玄室和紫翠丹房。宫阙周围瑶池如带,翠水环绕。那座山下,弱水九重,洪涛万丈。如果不乘飇车羽轮,就不可能到达。这就是所说的玉阙直至上天,绿台承接霄汉。那青碧色的屋檐,朱紫色的房屋,连着青碧色的彩帐,明月照耀四方。戴着华美的首饰,佩着虎形徽章。左边站着仙女,右边站着羽童。众多宝饰车盖互相映照,仙女拿的羽扇遮住了庭院。殿堂前的台阶之下,

植以白环之树,丹刚之林。空青万条,瑶干千寻,无风而神籁自韵,琅琅然皆九奏八会之音也。神州在昆仑之东南,故《尔雅》云"西王母目下"是矣。

又云:王母蓬发,戴华胜。虎齿善啸者,此乃王母之使,金方白虎之神,非王母之真形也。元始天王授以方天元统龟山九光之箓,使制召万灵,统括真圣,监盟证信,总诸天之羽仪。天尊上圣,朝晏之会,考校之所,王母皆临诀焉。《上清宝经》、三洞玉书,凡有授度,咸所关预也。

黄帝讨蚩尤之暴,威所未禁,而蚩尤幻变多方,征风召雨,吹烟喷雾,师众大迷。帝归息太山之阿,昏然忧寝。王母遣使者,被玄狐之裘,以符授帝曰:"太一在前,天一在后,得之者胜,战则克矣。"符广三寸,长一尺,青莹如玉,丹血为文。佩符既毕,王母乃命一妇人,人首鸟身,谓帝曰:"我九天玄女也。"授帝以三宫五意阴阳之略、太一遁甲六壬步斗之术、阴符之机、灵宝五符五胜之文。遂克蚩尤于中冀,剪神农之后,诛榆罔于阪泉。天下大定,都于上谷之涿鹿。又数年,王母遣使白虎之神,乘白鹿,集于帝庭,授以地图。其后虞舜摄位,王母遣使授舜白玉环。舜即位,又授益地图,遂广黄帝之九州为十有二州。王母又遣使献舜白玉琯,吹之以和八风。《尚书帝验期》曰:"王母之国在西荒也。"

昔茅盈字叔申,王褒字子登,张道陵字辅汉,洎九圣七真,凡得道授书者,皆朝王母于昆陵之阙焉。时叔申、道陵侍太上道君,乘九盖之车,控飞虬之轨,越积石之峰,济弱流之津,浮白水,凌黑波,顾盼倏忽,诣王母于阙下。子登清斋三月,王母授以《琼华宝曜七晨素经》。茅君从西城王君诣白玉龟台,

种着白环树,形成丹刚之林。空中青枝万条,美玉般的树干高达千寻,无风而如神箫自然成韵,响亮的声音都是九奏八会之音。神州在昆仑的东南,所以《尔雅》上说:"西王母眼皮底下就是。"

又说:王母蓬松着头发,戴着华美的首饰。长着虎牙善于长啸的,这是王母的使者,西方白虎神,不是王母的真形。元始天王给她"方天元统龟山九光"的道家秘文,让她控制召集各种生灵,统领真人圣人,监督盟誓验证凭证,总管天下羽仪。天尊上圣,朝宴之会,考校之所,王母都能来去那里。《上清宝经》,三洞的道书,凡授教度引之事,全是她所关涉参与的范围。

黄帝征讨残暴的蚩尤,威力不能禁锢他,而且蚩尤又会多方变幻,征风召雨,吹烟喷雾,因而黄帝的军队大受迷惑。黄帝回到太山休息,迷迷糊糊、忧虑地躺着。王母派使者披着黑色狐皮大衣,把一张符交给黄帝说:"太一在前,天一在后,得到它的人就能胜利,作战就能打败敌人。"符宽三寸,长一尺,青光晶莹像玉一样,用丹血写的字。黄帝把符佩带好以后,王母就命一个人首鸟身的妇人对黄帝说:"我是九天玄女。"她把三宫五意阴阳之略、太一遁甲六壬步斗之术、阴符之机以及灵宝五符五胜之文全都传给黄帝。黄帝就在冀中战胜了蚩尤,剪除了神农之后,又在阪泉杀了榆罔。天下大定,在上谷的涿鹿建都。又过了几年,王母又派白虎神为使者,乘着白鹿,停留在黄帝的庭院中,授给他地图。其后虞舜代理国政,王母又派使者授给舜白玉环。舜即位,王母又给他增加地图,于是舜把黄帝时的九州扩大到十二州。王母又派使者献给舜白玉琯,吹它而和八风。《尚书帝验期》说:"王母之国在西方。"

从前有个叫茅盈的人,字叔申;王褒,字子登;张道陵,字辅汉,及九圣七真,凡是得道授书的,都到昆仑山宫阙去朝拜王母。当时叔申、道陵侍奉太上道君,乘着九盖之车,驾驭着无角龙,越过积石的山峰,渡过微微细流的河津,浮于白水,凌于黑波,转眼之间来到宫阙之下,拜见王母。王子登吃了三个月清斋,王母授给他《琼华宝曜七晨素经》。茅盈跟着西城王君来到白玉龟台,

朝谒王母,求长生之道,曰:"盈以不肖之躯,慕龙凤之年,欲以朝菌之脆,求积朔之期。"王母愍其勤志,告之曰:"吾昔师元始天王及皇天扶桑帝君,授我以玉佩金珰二景缠炼之道,上行太极,下造十方,溉月咀日入天门,名曰《玄真之经》。今以授尔,宜勤修焉。"因敕西城王君,一一解释以授焉。

又周穆王时,命八骏与七华之士,使造父为御,西登昆仑,而宾于王母。穆王持白珪重锦,以为王母寿,事具《周穆王传》。

至汉武帝元封元年七月七日夜,降于汉宫。语在《汉武帝传》内,此不复载焉。出《集仙录》。

## 上元夫人

上元夫人,道君弟子也。亦玄古已来得道,总统真籍,亚于龟台金母。所降之处,多使侍女相闻,已为宾侣焉。汉孝武皇帝好神仙之道,祷醮名山,以求灵应。元封元年辛未七月七日夜,二唱之后,西王母降于汉宫。帝迎拜稽首,侍立久之。王母呼帝令坐,食以天厨,筵宴粗悉,命驾将去。帝下席叩头,请留殷勤,王母复坐,乃命侍女郭密香邀夫人同宴于汉宫,语在《汉武帝传》中。

其后汉宣帝地节四年乙卯,咸阳茅盈字叔申,受黄金九锡之命,为东岳上卿司命真君太元真人。是时五帝君授册既毕,各升天而去。茅君之师乃总真王君,西灵王母与夫人降于句曲之山金坛之陵华阳天宫,以宴茅君焉。时茅君中君名固,字季伟,小君名衷,字思和。王母王君授以灵诀,亦受锡命紫素之册,固为定录君,衷为保命君,亦侍贞会。王君告二君曰:"夫人乃三天真皇之母,上元之高尊。统领十方玉女之籍,汝可自陈。"二君下席再拜,

朝拜西王母，求长生之道。他说："我以不肖的躯体，渴求龙凤之寿，想要凭借朝菌般脆弱的身体，求得长生之道。"王母可怜他为志向而努力，告诉他说："我从前的老师元始天王以及皇天扶桑帝君，把'玉佩金珰二景缠炼之道'传授给我，上行太极，下到十方，喝月嚼日入天门，名叫《玄真之经》。现在我把它传授给你，你应当勤修它。"于是命令西城王君，一一解释而传授给茅盈。

还有周穆王时，命八骏与七华之士，让造父当车夫，向西登上昆仑，而到王母那里作客。周穆王拿出白珪和重锦，用它给王母作寿礼。这事在《周穆王传》中有叙述。

到了汉武帝元封元年七月七日夜，王母又降于汉宫。此事记载在《汉武帝传》内，这里就不重复记载它了。出自《集仙录》。

## 上元夫人

上元夫人，是道君的弟子。她也是上古以来得道，总领真籍，仅次于龟台金母。她所降临之处，经常派使女去相告，自己到那里作客。汉孝武皇帝爱好神仙之道，到名山祭祀祈祷以求灵应。元封元年即辛未年七月七日夜里，二更之后，西王母降临到汉宫。汉武帝迎接拜见行了稽首礼，在王母身旁站了很久。王母唤汉武帝让他坐下，把天厨食品赏给他吃。筵席将尽，王母让备车打算离开。汉武帝离席叩头，诚恳地请她留下，王母又坐了下来。于是王母就命侍女郭密香邀请上元夫人共同宴饮于汉宫。这事记载在《汉武帝传》中。

其后，汉宣帝地节四年乙卯，咸阳有个叫茅盈的人，字叔申，受皇帝黄金九锡之命，作了东岳上卿、司命真君、太元真人。这时五位帝君授给文书完毕，各自升天而去。茅盈之师就是总真王君。西灵王母与夫人降临于句曲山金坛陵上的华阳天宫，来与茅盈聚会。当时茅盈的中君名固，字季伟，小君名衷，字思和。王母王君授给灵诀，也授予赐命紫素之册。茅固为定录君，茅衷为保命君，也在宴会上作陪。王君告诉二人说："夫人乃是三天真皇之母，上元的高尊。统领十方玉女的名籍，你们可以自己陈请。"二人离席拜了两拜，

求乞长生之要。夫人悯其勤志，命侍女宋辟非出紫锦之囊，开绿金之笈，以《三元流珠经》《丹景道精经》《隐地八术经》《太极缘景经》，凡四部，以授二君。王母复敕侍女李方明出丹琼之函，披云珠之笈，出《玉佩金珰经》《太霄隐书经》《洞飞二景内书》，传司命君。各授书毕，王母与夫人告去，千乘万骑，升还太空矣。出《汉武内传》。

## 云华夫人

云华夫人，王母第二十三女，太真王夫人之妹也。名瑶姬，受徊风混合万景炼神飞化之道。尝东海游还，过江上，有巫山焉，峰岩挺拔，林壑幽丽，巨石如坛，留连久之。时大禹理水，驻山下。大风卒至，崖振谷陨不可制。因与夫人相值，拜而求助。即敕侍女，授禹策召鬼神之书，因命其神狂章、虞余、黄魔、大翳、庚辰、童律等，助禹斫石疏波，决塞导厄，以循其流。禹拜而谢焉。

禹尝诣之崇巇之巅，顾盼之际，化而为石；或倏然飞腾，散为轻云，油然而止，聚为夕雨；或化游龙，或为翔鹤，千态万状，不可亲也。禹疑其狡狯怪诞，非真仙也，问诸童律。律曰："天地之本者道也，运道之用者圣也。圣之品次，真人仙人也。其有禀气成真，不修而得道者，木公、金母是也。盖二气之祖宗，阴阳之原本，仙真之主宰，造化之元光。云华夫人，金母之女也。昔师三元道君，受《上清宝经》，受书于紫清阙下，为云华上宫夫人。主领教童真之士，理在玉英之台，隐见变化，盖其常也。亦由凝气成真，与道合体，非寓胎禀化之形，是西华少阴之气也。且气之弥纶天地，

讨求长生不老的要诀。夫人被他们的殷勤之志所感动，就命侍女宋辟非拿出紫锦囊，打开绿金书箱，把《三元流珠经》《丹景道精经》《隐地八术经》《太极缘景经》共四部书，给了二人。王母又命侍女李方明拿出丹琼匣子，打开云珠书箱，拿出《玉佩金珰经》《太霄隐书经》《洞飞二景内书》，传给司命君。各授书完毕，王母与夫人告辞离去，带着千车万马，升天返回太空。出自《汉武内传》。

## 云华夫人

云华夫人是王母第二十三个女儿，太真王夫人的妹妹，名叫瑶姬。她接受的是"徊风混合万景炼神飞化"的道术。她曾经从东海云游归来，经过长江之上，岸上有座巫山，那里峰岩挺拔，林壑幽美，巨石如坛，她在那里滞留了很久。当时大禹治水，驻扎在山下。狂风突然刮来，崖谷震动，山石滚落不可控制。因为与夫人相遇，大禹就跪拜向她求助。夫人就令侍女把用符策召鬼神的书交给他，同时命令狂章、虞余、黄魔、大翳、庚辰、童律等神，帮助大禹凿开山石，疏通江水；把堵塞之处挖开，以顺通江流。禹下拜向她道谢。

大禹曾到崇山峻岭之巅去拜访她，夫人在转眼之间就能变成石头。或突然飞腾在空中散为轻云，油然而止，凝聚成夕雨。有时变成游龙，有时化为翔鹤，状态万千，不可亲近。禹怀疑她狡猾奸诈离奇古怪不是真仙，就向童律询问。童律说："天地的根本是道，运用道的人是圣。圣的品级，依次是真人、仙人。其中有承气成真不修行而得道的，木公、金母就是这样的人。原来是二气的祖宗、阴阳的原本、仙真的主宰、造化的元光。云华夫人是金母的女儿，她从前以三元道君为师，接受《上清宝经》，在紫清阙下接受宝书，封为云华上宫夫人。她主管教化童真之士，在玉英台理事。时隐时现而变化，原来是她的常态。她也是由气凝聚成的真人，与道合为一体，不是禀承凡胎肉体而化成之形，是西华少阴之气。而且气弥漫天空淹没大地，

经营动植,大包造化,细入毫发。在人为人,在物为物,岂止于云雨龙鹤,飞鸿腾凤哉?"禹然之,后往诣焉,忽见云楼玉台,瑶宫琼阙森然,既灵官侍卫,不可名识。狮子抱关,天马启涂,毒龙电兽,八威备轩,夫人宴坐于瑶台之上。

禹稽首问道,召禹使前而言曰:"夫圣匠肇兴,剖大混之一朴,发为亿万之体。发大蕴之一苞,散为无穷之物。故步三光而立乎晷景,封九域而制乎邦国,刻漏以分昼夜,寒暑以成岁纪,兑离以正方位,山川以分阴阳,城廓以聚民,器械以卫众,舆服以表贵贱,禾黍以备凶歉。凡此之制,上禀乎星辰,而取法乎神真,以养有形之物也。是故日月有幽明,生杀有寒暑,雷震有出入之期,风雨有动静之常。清气浮乎上,而浊众散于下。废兴之数,治乱之运,贤愚之质,善恶之性,刚柔之气,寿夭之命,贵贱之位,尊卑之叙,吉凶之感,穷达之期,此皆禀之于道,悬之于天,而圣人为纪也。性发乎天而命成乎人。立之者天,行之者道。道存则有,道去则非。道无物不可存也,非修不可致也。玄老有言:'致虚极,守静笃。'万物将自复,复谓归于道而常存也。道之用也,变化万端而不足其一,是故天参玄玄,地参混黄,人参道德。去此之外,非道也哉。长久之要者,天保其玄,地守其物,人养其气,所以全也。则我命在我,非天地杀之,鬼神害之,失道而自逝也。志乎哉,勤乎哉,子之功及于物矣,勤逮于民矣,善格乎天矣,而未闻至道之要也。吾昔于紫清之阙受书,宝而勤之,我师三元道君曰:'《上真内经》,天真所宝,封之金台,佩入太微。则云轮上往,神武抱关,振衣瑶房,遨宴希林,左招仙公,

谋划营造动物植物，广泛包罗自然，细到毫毛头发。与人一起她就变成人，与物一起她就变作物，哪止于云雨龙鹤飞雁腾凤呢？"大禹认为他说得对，后来去拜见她，突然现出云楼玉台，瑶宫琼阙森然，又有灵官侍卫，不可指称记识。狮子守着关隘，天马在道路上启行，毒龙电兽、八方之神乘轩，夫人安坐于瑶台之上。

禹行了稽首礼请教道术，夫人召禹来到面前，说："圣匠初兴，剖开广大混沌之一朴，发散为亿万之体。揭开蕴积广大之一苞，散布为无穷之物。又使日月星运行而确立时间，封九州之域而控制邦国，刻记漏壶而分昼夜，用寒暑来纪年，用兑离来正方位，用山川来分阴阳，用城廓来聚集百姓，用器械来保卫大众，用车马服饰来表示贵贱，用五谷来备荒年。所有这些制度，都是禀承于星辰，而取法于神仙其人，来养育有形之物啊。因此，日月有暗有明，生杀有寒有暑，雷震有开始和结束之期，风雨有动和静的规律。清气在上飘浮，而浊众散处于下。兴与废的气数，治与乱的命运，贤与愚的资质，善与恶的本性，刚与柔的气质，长寿与短命的命运，贵与贱的地位，尊与卑的次序，吉与凶的感应，不得志与得志的期限，这都禀承于道，掌握在天，而由圣人来管理它。本性出于上天，命运多在于人为。本性形成于天，而处世要合于道义。道义存在则可，违背道义则不可。道义无处不在，无物不存，但需要一定的修养之功，才能达到。玄天老人说过，致虚到极点，守静到至诚，万物将自行恢复。恢复指的是回归于道而常存。道的运用，变化万端而不够其一，所以天参悟玄玄，地参悟混黄，人参悟道德。除此之外，就不是道了。长久的要点是，天保护它的玄，地保护它的物，人保护他的气，这就是用来保全的办法。那么，我的命运在于我，不是天地杀我，鬼神害我，失去道就失去了自己。立志了，勤修了，您的功德达到物了，勤达到百姓了，善达到天了，然而没有听到至道的要诀。我从前在紫清之阙得到书，以之为宝而加以勤修，我的老师三元道君说，《上真内经》，是天真当作宝贝的东西，把它封存在金台。带它进入太微，就有云轮往上升，神武把关，在瑶房整饰衣装，去遨游希世之林，左招仙公，

右栖白山。而下晔太空，泛乎天津，则乘云骋龙，游此名山，则真人诣房，万人奉卫，山精伺迎。动有八景玉轮，静则宴处金堂。亦谓之太上玉佩金珰之妙文也。'汝将欲越巨海而无飚轮，渡飞砂而无云轩，陟厄涂而无所攀，涉泥波而无所乘，陆则困于远绝，水则惧于漂沦，将欲以导百谷而浚万川也，危乎悠哉！太上愍汝之至，亦将授以《灵宝真文》，陆策虎豹，水制蛟龙，断戬千邪，检驭群凶，以成汝之功也。其在乎阳明之天也。吾所授宝书，亦可以出入水火，啸叱幽冥，收束虎豹，呼召六丁，隐沦八地，颠倒五星，久视存身，与天相倾也。"因命侍女陵容华出丹玉之笈，开上清宝文以授，禹拜受而去，又得庚辰、虞余之助，遂能导波决川，以成其功，奠五岳，别九州，而天锡玄珪，以为紫庭真人。

　　其后楚大夫宋玉，以其事言于襄王，王不能访道要以求长生，筑台于高唐之馆，作阳台之宫以祀之，宋玉作《神仙赋》以寓情，荒淫秽芜。高真上仙，岂可诬而降之也？有祠在山下，世谓之大仙，隔岸有神女之石，即所化也。复有石天尊神女坛，侧有竹，垂之若彗。有槁叶飞物着坛上者，竹则因风扫之，终莹洁不为所污。楚人世祀焉。出《集仙录》。

### 玄天二女

　　燕昭王即位二年，广延国来献善舞者二人，一名旋波，一名提谟。并玉质凝肤，体轻气馥，绰约而窈窕，绝古无伦。或行无影迹，或积年不饥。昭王处以单绡华幄，饮以瑞珉之膏，

右卧白山，而向下斜视太空。在天河泛舟之后，就乘云跨龙游此名山，那么真人就登门拜访，万人都来侍奉护卫，山精也来伺候逢迎。动的时候有八景玉轮之车，静的时候就安处于金堂。这也称之为"太上玉佩金珰"之妙文。你将要越过大海而没有飚轮，要渡过飞沙而没有云轩，登险途而没有舆车，涉泥波而没有船可乘，在陆上就会困于远方绝地，在水中就恐怕会漂泊沉沦，将要疏导百谷万川，危难久长啊！太上很怜惜你，也将把《灵宝真文》传给你，在陆地驱逐虎豹，在水中制服蛟龙，斩断千邪，约束驾驭群凶，用以成就你的功业。它在于阳明之天。我所传授的宝书，也可以出入水火，震摄幽冥，收束虎豹，呼召六丁，使八地隐沦，使五星颠倒，看久了即可存身，与天相倾。"于是令侍女陵容华拿出丹玉书箱，打开它拿出上清宝文交给他。禹拜谢受书而去，又得到庚辰、虞余的帮助，能够疏导波涛掘开河川，而成就治水之功。他祭奠五岳，告别九州，于是上天赐给他玄圭，封他为紫庭真人。

那以后楚大夫宋玉把这件事说给襄王听。襄王不能访求道家之要诀而求得长生，就于高唐之馆筑坛台，作阳台之宫来祭祀她。宋玉作《神仙赋》来寄托心情，荒淫秽芜。得道成仙之人，怎么可以靠捏造事实而使她们降临呢？有个祠庙在山下，世人称之为大仙，隔岸有块神女石，就是云华夫人所化。还有石天尊神女坛，旁边有竹子，叶子垂下像扫帚一样。有枯叶飞物落在坛上，竹子就凭风扫掉它，因此神女坛始终光净不被落物所污。楚人世代祭祀她。出自《集仙录》。

## 玄天二女

燕昭王登上王位的第二年，广延国来进献两个善于跳舞的人，一个名叫旋波，一个名叫提谟。这两个人都细皮嫩肉，体态轻盈，气息芳香，姿态柔美而又贤淑美貌，风华绝代无与伦比。她们有时走路既无身影也无足迹，有时常年不饥。昭王用单薄的丝绸制成华丽的篷帐给她们住，拿似玉的美石之膏给她们喝，

饴以丹泉之粟。

王登崇霞台,乃召二人来侧。时香风欻起,徘徊翔舞,殆不自支。王以缨缕拂之,二人皆舞,容冶妖丽,靡于翔鸾,而歌声轻飏。乃使女伶代唱,其曲清响流韵,虽飘梁动尘,未足加焉。其舞一名《萦尘》,言其体轻,与尘相乱;次曰《集羽》,言其婉转,若羽毛之从风也;末曰《旋怀》,言其支体缅曼,若入怀袖也。乃设麟文之席,散华芜之香。香出波弋国,浸地则土石皆香;着朽木腐草,莫不蔚茂;以薰枯骨,则肌肉皆生。以屑铺地,厚四五尺,使二人舞其上,弥日无迹,体轻故也。时有白鸾孤翔,衔千茎稆,稆于空中自生花实,落地即生根叶,一岁百获,一茎满车,故曰盈车嘉稆。麟文者,错杂众宝以为席也,皆为云霞麟凤之状。昭王复以衣袖麾之,舞者皆止。昭王知为神异,处于崇霞之台,设枕席以寝宴,遣人以卫之。王好神仙之术,故玄天之女托形作二人。

昭王之末,莫知所在,或游于江汉,或在伊洛之滨,遍行天下,乍近乍远也。出《王子年拾遗》。

拿丹泉的粟米给她们吃。

昭王登上崇霞台，就召二人来陪伴。这时香风吹起，徘徊飞舞，她们几乎不能站稳。昭王用缨緌拂了一下，二女就都跳起舞来。她们容颜妖艳妩媚，华丽胜于飞鸾，而歌声轻飔。昭王就让女伶代唱，那个曲调清脆响亮，和谐的声音如潺潺流水，即使用绕梁惊尘来比拟，也不能算过分。她们的舞蹈，一个节目叫《萦尘》，指的是她们的体质轻，可与飞尘相混；其次叫作《集羽》，指的是她们的舞姿婉转，像羽毛随风飘动；最后一个舞蹈名叫《旋怀》，指的是她们的肢体细美，好像能搅入怀中装进袖内。昭王于是摆设麟文之席，散发华芜之香。这种香出自波弋国，滴落地上土石都会有香气；洒到朽木腐草之上，草木无不茂盛；用它来薰枯骨，肌肉就都生长出来。用碎末铺地，厚四五尺，让二人在上面跳舞，跳了一整天，地上也没有痕迹，这是因为她们体轻的缘故啊。这时有只白鸾孤飞，衔着千茎嘉禾。嘉禾在空中自动开花结果实，落到地上就生出根和叶子，一年收获百次，一根茎就装满一车，所以叫做"盈车嘉穗"。麟文，就是把众多宝贝错杂起来用它作成席，都形成云霞麟凤的形状。昭王又把衣袖挥动了一下，跳舞的人都停止下来。昭王知道两个女子是神异之人，就让她们住在崇霞台，安设枕席让她们睡觉宴乐，并派人守卫她们。昭王喜好神仙之术，所以玄天二女就化身为这二人。

昭王末年，没有人知道这两个女子在哪里。她们有时在江汉一带，有时在伊洛之滨，走遍了天下。有时走得近，有时走得远。出自《王子年拾遗记》。

# 卷第五十七
## 女仙二

太真夫人　　萼绿华

## 太真夫人

太真夫人,王母之小女也。年可十六七,名婉,字罗敷,遂事玄都太真王。有子为三天太上府司直,主总纠天曹之违错,比地上之卿佐。年少好游逸,委官废事,有司奏劾,以不亲局察,降主事东岳,退真王之编,司鬼神之师,五百年一代其职。夫人因来视之,励其使修守政事,以补其过。过临淄县,小吏和君贤,为贼所伤,殆死。夫人见愍,问之,君贤以实对。夫人曰:"汝所伤乃重刃关于肺腑,五脏泄漏,血凝绛府,气激伤外,此将死之厄也,不可复生,如何?"君贤知是神人,扣头求哀,夫人于肘后筒中,出药一丸,大如小豆,即令服之。登时而愈,血绝创合,无复惨痛。君贤再拜跪曰:"家财不足,不知何以奉答恩施,唯当自展驽力,以报所受耳。"夫人曰:"汝必欲谢我,亦可随去否?"君贤乃易姓名,自号马明生,随夫人执役。

夫人还入东岳岱宗山峭壁石室之中,上下悬绝,重

## 太真夫人

太真夫人是王母的小女儿,年纪大约十六七岁,名叫婉,字罗敷,嫁给玄都太真王。她有个儿子,是三天太上府的司直,主管天曹违错的总纠察,类似地上的卿佐。司直年少喜好游乐,托付的官员荒废政事,有司上奏章弹劾他,因为不亲自视理政事,把他降职到东岳任主事,退出真王的编制,掌管鬼神之师,五百年替换一次职务。夫人因此来看他,鼓励他勤奋治理政事,来弥补他的过失。经过临淄县,有个小吏叫和君贤,被贼伤害,将要死了。夫人见到了可怜他,就问他,君贤按实回答。夫人说:"你受的伤是重刃刺到肺腑,五脏泄漏,心脏的血凝固了,气又激于伤外。这是将死的灾难啊,不可能复生了,怎么办呢?"君贤知道她是神仙,就叩头哀求,夫人就从肘后竹筒中拿出一丸药,像小豆粒那么大,让他把药丸吞服下去。和君贤立刻就痊愈了,血不流了,伤口也合上了,也不再有惨痛的感觉。君贤拜了两拜跪下说:"我的家财不够,不知道该用什么来报答您所施给我的恩情,只有用自己的驽钝之力,来报答受到的好处了。"夫人说:"你一定要感谢我的话,可以随我去吗?"君贤就改名换姓,自称马明生,跟随夫人接受差遣。

夫人回到东岳岱宗山峭壁上的石室之中,上下隔绝,在重重

岩深隐,去地千余丈。石室中有金床玉几,珍物奇玮,人迹所不能至。明生初但欲学授金创方,既见神仙来往,及知有不死之道,旦夕供给扫洒,不敢懈倦。夫人亦以鬼怪虎狼及眩惑众变试之,明生神情澄正,终不恐惧。又使明生他行别宿,因以好女戏调亲接之,明生心坚静固,无邪念。夫人他行去,十日五日一还,或一月二十日,辄见有仙人宾客,乘龙骥、驾虎豹往来,或有拜谒者,真仙弥日盈坐。客到,辄令明生出外别室中。或立致精细厨食,殽果香酒奇浆,不可名目。或呼坐,与之同饮食。又闻空中有琴瑟之音,歌声宛妙。夫人亦时自弹琴,有一弦而五音并奏,高朗响激,闻于数里,众鸟皆聚集于岫室之间,徘徊飞翔,驱之不去。殆天人之乐,自然之妙也。夫人栖止,常与明生同石室中而异榻,幽寂之所唯二人。或行去,亦不道所往,但见常有一白龙来迎,夫人即着云光绣袍,乘龙而去。袍上专是明月珠缀衣领,带玉佩,戴金华太玄之冠,亦不见有从者。既还,龙即自去。所居石室玉床之上,有紫锦被褥,紫罗帐。帐中服玩,瑰金函玉,玄黄罗列,非世所有,不能一一知其名也。有两卷素书,题曰《九天太上道经》。明生亦不敢发视其文,唯供洒扫,守岩室而已。

如此五年,愈加勤肃。夫人叹而谓之曰:"汝真可教,必能得道者也。以子俗人,而不淫不慢,恭仰灵气,终莫之废。虽欲求死,焉可得乎?"因以姓氏本末告之曰:"我久在人间,今奉天皇命,又按太上召,不复得停,

岩石深处隐居。这里离地面一千多丈，石室中有金床玉几和奇瑰的珍宝，人迹不能到达这个地方。马明生最初只想学习金创药方。见到神仙来往之后，才知道有不死的道术，就起早贪黑劳作洒扫，不敢松懈倦怠。夫人也用鬼神虎狼以及使人眩晕迷惑的众多变化试探他。明生神情清正，始终不害怕。夫人又让明生另找地方住宿，借此以美女调戏亲近他。明生心坚意固静默待之，没有邪念。夫人到别处去，十天或五天回来一次，有时一个月或二十天回来一次。明生往往看到有仙人宾客，乘着龙骒、驾着虎豹来来往往，有时还有来拜见的人，真仙整日满坐。客人一到，夫人就让明生出去到外边别的屋子中。或者立刻弄来精细饮食、菜肴、鲜果、香酒、奇浆，都不能说出它们的名称来。有时也唤他坐下，跟他们一起同饮同食。又听到空中有琴瑟的声音，歌声婉转绝妙。夫人有时也自己弹琴，有一根弦而能同时奏出五个音，声音高朗音响激越，传出几里，众鸟都聚集到洞室之间，徘徊飞翔，驱之不去。大概夫人的乐趣，是自然之妙吧。夫人歇宿时，常与明生住在同一间石室中，而睡在不同的床上。幽暗寂静的地方，只有他们两个人。有时，夫人远行而去，也不告诉明生她去哪里，只见有一条白龙来迎接。夫人就穿上云光绣袍，乘龙而去。袍子上是明月珠点缀衣领，身上带着玉佩，头上戴着金华太玄冠，也不见有跟随的人。回来以后，龙就自己飞走。所住石室的玉床之上，有紫色锦缎的被褥、紫色的绫罗帐子。帐中服饰和观赏物，珍奇的金成匣的玉，五光十色地摆着，都不是人世所有，也不能一一知道它们的名称。还有两卷白绢写成的书，题名叫《九天太上道经》，明生也不敢打开看那经文，只任洒扫之职，看守石室而已。

如此五年，明生更加勤劳恭敬。夫人赞叹地对他说："你真可教，是个一定能够得道的人。你以一个俗人而能没有淫欲不懈怠，恭敬景仰灵气始终不放弃。这样的话，即使想要求死，怎么能办得到呢？"于是她把自己的姓氏本末告诉明生，说："我长久在人间，现在奉天皇的命令，又按照太上之召，不能再停留在此了，

念汝专谨,故以相语,欲教汝长生之方,延年之术。而我所受服以太和自然龙胎之醴,适可授三天真人,不可以教始学,固非汝所得闻,纵或闻之,亦不能用以持身也。有安期先生烧金液丹法,其方秘要,立可得用,是元君太乙之道,白日升天者矣。明日安期当来,吾将以汝付嘱焉,汝相随稍久,其术必传。"

明日安期先生果至,乘驳骒,着朱衣远游冠,带玉佩及虎头般革囊,视之年可二十许,洁白严整,从可六七仙人,皆执节奉卫。见夫人拜揖甚敬,自称下官。须臾设酒果厨膳,饮宴半日许。安期自说:"昔与夫人游安息国西海际,食枣异美,此间枣殊不及也。忆此未久,已二千年矣。"夫人云:"吾昔与君共食一枣,乃不尽。此间小枣,那可比耶?"安期曰:"下官先日往九河,见司阴与西汉夫人共游,见问以阳九百六之期,圣主受命之劫,下官答以幼稚,未识运厄之纪,别当谘太真王夫人。今既赐坐,愿请此数。"夫人曰:"期运漫汗,非君所能卒知。夫天地有大阳九大百六,小阳九小百六。天厄谓之阳九,地亏谓之百六。此二灾是天地之否泰阴阳,九地之孛蚀也。大期九千九百年,小期三千三十年。而此运所钟,圣人所不能禳。今大厄犹未,然唐世是小阳九之始,计讫来甲申岁,百六将会矣。尔时道德方隆,凶恶顿肆。圣君受命,乃在壬辰,无复千年,亦寻至也。西汉夫人俱已经见,所以相问,当是相试耳。然复是司阴君所局。夫阳九者,天旱海消而陆自憔。百六者,海竭而陵自填。四海水减,沧溟成山,连城之鲸,万丈之鲛,不达期运之度,唯叩天而索水,词讼纷纭,布于上府。三天烦于省察,司命亦疲于按对。九河之口,是赤水之所冲,

念你专心谨慎,所以把这话告诉你,想要教给你长生不老的方法、延长寿命的道术。而我接受的方术,是饮用太和自然龙胎醴,才可以授为三天真人。此法不可用来教初学的人,当然不是你所能够听到的。即使听到,也不能用它来养身。有个安期先生有烧金液丹法,那个法术的要旨,可以立即拿来运用,这是元君太乙之道,白日升天的法术。明天安期该当来,我将把你托付给他。你跟随他稍久,他的法术一定会传给你。"

第二天,安期先生果然到来。他乘着驳骒,穿着朱红衣服,戴着远游冠,腰挂玉佩以及虎头般革囊。看他的年龄大约二十多岁,洁白庄重,大约有六七个仙人随着他,都拿着符节奉卫着。安期先生看见夫人,下拜作揖很是恭敬,自称"下官"。不一会儿,摆上酒果饭菜,饮宴半日有余。安期自己说:"从前与夫人游安息国西海边,吃的枣味道很美,这里的枣差太多。回想此事在不久前,但已经两千年了。"夫人说:"我从前与您共同吃一个枣,竟然吃不完。这里的小枣,哪能比呢?"安期说:"下官前些天去九河,见到司阴与西汉夫人共游。他们拿阳九百六之期问我,又问我圣主受命的劫数。下官回复说因幼稚不知道运厄的年代,该另外向太真王夫人请教。今天夫人既然赐坐,愿请教这些运数。"夫人说:"期运广泛,不是您仓猝之间能够知道的。天地有大阳九大百六,小阳九小百六。天灾叫做阳九,地亏叫做百六。这两灾是天地使阴阳由顺变逆,九地受到损害。大期九千九百年,小期三千三十年,而此运正当,圣人也不能消除灾殃。如今大灾还没有,然而唐代是小阳九的开始,计算将来甲申年,百六将逢了。这时道德正兴盛,凶恶停止放纵。圣君受命,就在壬辰,不用再到千年,也不久就到了。西汉夫人全部已经见到,所以问你,该当是试试你罢了。然而这是司阴君所管。阳九,天旱海消而陆地自行枯干。百六,海尽而山陵自增,四海之水减少,沧海变成高山。连城的鲸鱼、万丈的蛟龙、不通机运的限度,只有叩头请天而讨水。诉讼纷纭,遍布于天府。三天对省察感到心烦,司命也对按验核对感到疲倦。九河之口,是赤水所冲,

其深难测,今已渐枯。入气蒸于山泽,流沙尘于原口。于是四海俱会,群龙鼓舞,尔乃须甲申之年,将飞洪倒流。今水毋上天门而告期,积石开万泉而通路,飞阴风以挠苍生,注玄流以布遐迩,洋溢在数年之中,漫衍终九载之暮。既得道之真,体灵合妙,至其时也,但当腾虚空而盼山陂,游浮岳而视广川,乘玄鸿以凑州城,御虬辇而迈景云耳。咄嗟之间,忽焉便适,可以翔身娱目,岂足经意乎?当今日且论酒事,何用此为也?”

因指明生向安期曰:“此子有心向慕,殆可教训。昔遇因缘,遂来见随。虽质秒未灵,而淫欲已消。今未可授玄和太真之道,且欲令就君受金液丹方。君可得尔,便宜将去。夫流俗之人,心肺单危,经胃内薄,血津疲赢,肝臂不注其眼,唇口不辨其机。盖大慈而不合夫人欲,奔走而不及灵飞,适宜慰抚,以成其志。不可试以仙变八威也,切勿刻令其失正矣。”安期曰:“诺。但恐道浅术薄,不足以训授耳。下官昔受此方于汉成丈人,此则先师之成法,实不敢仓卒而传,要当令在二千年之内,必使其窥天路矣。下官往与女郎俱会玄丘,观九陔之礚礚,望弱水而东流,赐酗玄碧之香酒,不觉高卑而咏,同当开尊笈灵箓,偶见玉胎琼膏之方,服之刀圭,立登云天,解形万变,上为真皇。此术径妙,盖约于金液之华,又速于霜雪九转之锋。今非敢有讥,舍近而从远,弃径而追烦,实思闻神方之品第,愿知真仙之高尊。苟卑降有时,非所宜论,琼腴之方,必是侍者未可得用邪?”

夫人曰:“君未知乎?此是天皇之灵方,乃天真所宜用,非俗流下尸所能窥窬也。仙方凡有九品,一名太和自然龙胎之醴,二名玉胎琼液之膏,三名飞丹紫华流精,

它的深度难以测量，如今已经渐渐干枯。入气在山泽蒸腾，流沙在原口成尘。于是四海都会合起来，群龙鼓舞，这就要等甲申年到来，届时将飞洪倒流。现在水毋上天门去告求期限，积石开万泉来通路，飞阴风而阻挠苍生，灌下玄流而遍布远近，洋溢在数年之中，长流到九载之后。得到道家真传之后，肉体与灵性合妙。到那时，只当在虚空腾云而望山坡，漫游五岳而视广宽山川，乘天鸿而趋州城，驾虹辇而追赶浮云。咄嗟之间，不知不觉就到了，可以展身娱目，哪里值得经心呢？当今之日姑且谈说酒事，说这些干什么？"

夫人于是指着马明生对安期说："这个人有心向慕，大概可以教诲。从前遇到一个因由，就来跟随着我。虽然本质不洁没有灵性，但淫欲已经消除。现在不可传授玄和太真之道，我打算让他跟您学习金液丹方。您同意这样做，便宜把他带去。流俗之人，心肺单危，经胃内薄，血液疲弱，肝臂不入其眼，唇口不辨其机。大概是太慈悲不合乎人欲，奔走而不如灵飞，适宜抚慰，以完成他的志向。不可用仙变八咸试他，切勿太苛刻令他失其正道。"安期说："好吧。只恐怕我的道术浅薄，不够用来教诲传授。下官从前从汉成丈人那里接受此方，这就是先师的成法，实在不敢仓猝传授。应当让他在两千年之内，一定窥见天路。下官往日与女郎在玄丘相会，观九陔的大石头，望弱水向东流，赐给玄碧醑香之酒，不觉高低而吟咏。一起打开尊笈灵箓，偶然看到玉胎琼膏之方，用刀圭盛取服用，立刻登上云天，解脱形体而千变万化，上天做真皇。此术直达妙境，大概比金液之华简要，又比霜雪九转之锋快速。今天不是我有所讥讽，舍近而从远，弃简而追烦，实在想听听神方的品级次第，希望知道真仙的高尚尊贵。如果下降有时，不宜议论，那琼腴之方，一定是炼者不可能得到使用吗？"

夫人说："您不知道吗？这是天皇的灵方，乃是天神所适宜使用的，不是俗流下尸所能觊觎的。仙方共有九个品级，一品名叫太和自然龙胎之醴，二品名叫玉胎琼液之膏，三品名叫飞丹紫华流精，

四名朱光云碧之腴,五名九种红华神丹,六名太清金液之华,七名九转霜雪之丹,八名九鼎云英,九名云光石流飞丹,此皆九转之次第也。得仙者亦有九品,第一上仙,号天九真王;第二次仙,号三天真王;第三号太上真人;第四号飞天真人;第五号灵仙;第六号真人;第七号灵人;第八号飞仙;第九号仙人。此九仙之品第也,各有差降,不可超学。彼知金液,已为过矣,至于玉皇之所饵,非浅学所宜闻。君虽得道,而久在世上,嚣浊染于正气,尘垢鼓于三一,犹未可登三天而朝太上,迈扶桑而谒太真。玉胎之方,尚未可谕,何况下才,而令闻其篇目耶?"

安期有惭色,退席曰:"下官实不知灵药之妙,品殊乃尔,信骇听矣。"因自陈曰:"下官曾闻女郎有《九天太真道经》,清虚镜无,鉴朗玄冥,诚非下才可得仰瞻,然受遇弥久,接引每重,不自省量,希乞教训,不审其书可得见乎?如暂睹眄太真,则鱼目易质矣。"夫人哂尔而笑,良久曰:"太上道殊,真府遐邈,将非下才可得交关。君但当弘今之功,无代非分之劳矣。我正尔暂北到玄洲,东诣方丈,漱龙胎于玄都之宫,试玉女于众仙之堂。天事靡盬,将俟事暇,相示以《太上真经》也。君能勤正一于太清,役恒华而命四渎,然后寻我于三天之丘,见索于钟山王屋,则真书可得而授焉。如其不然,无为屈逸骏而步沧津,损舟楫而济溟海矣。如向所论阳九百六,应期辄降,夫安危无专,否泰有对,超然远鉴,怅怀感慨。亢极之灾,可避而不可禳。明期运所钟,圣主不能知,是以伯阳弃周,关令悟其国弊。天人之事,彰于品物。君何为杳杳久为地仙乎?孰若先觉以高飞,

四品名叫朱光云碧之腴，五品名叫九种红华神丹，六品名叫太清金液之华，七品名叫九转霜雪之丹，八品名叫九鼎云英，九品名叫云光石流飞丹，这都是九转的次第。得仙之人也有九品，第一上仙，号称天九真王；第二次仙，号称三天真王；第三号称太上真人；第四号称飞天真人；第五号称灵仙；第六号称真人；第七号称灵人；第八号称飞仙；第九号称仙人。这是九仙的品级次第。品级之间各有差降，不可越品来学。他知道金液，已经是过分了。至于玉皇吃的丹药，不是浅学之人所应该听到的。您虽然得道，但长久在人世上，喧闹的浊尘污染了正气，尘垢振动了三一，尚且不可登上三天而朝拜太上，越过扶桑而拜见太真。玉胎之方尚且不可知道，何况低下之才，却想让他听到那些篇目吗？"

安期有惭愧的神色，就离席说："下官实在不了解灵药之妙，品级差别如此，的确骇人听闻。"趁便自己陈请说："下官曾经听说女郎有《九天太真道经》，清虚镜无，照亮天地，实在不是下愚之才可以得到瞻仰的。然而受您接待很久，交往很深，我不自量力，乞请教诲，不知道那书可以让我见到吗？如果暂看一下太真经，那么鱼目就变珍珠了。"夫人微微而笑，很久才说："太上的道不同，真府遥远，将不是下品之才可以得到的。您只应当弘扬现在的功德，不要非分地代劳了。我正要暂时向北到玄洲去，向东拜访方丈山，到玄都宫漱龙胎，到众仙堂试玉女。天上的事不停，要等到事情办完有闲暇，再把《太上真经》拿给你看吧。您能够对太清勤正专一，使唤恒华山而使江、淮、河、济听命，然后到三天之丘寻我，到钟山王屋山找我，真书就可以得到传授了。如果不是这样，就不要枉屈逸骏而渡沧河，损失舟楫而过大海了。如刚才所谈阳九百六，到期就令降临，安与危不会专于其一，凶与吉也有对应，超然远鉴，怅怀感慨。极大的灾祸，可以躲避而不可以消除。明白了期运所当之时，圣主不能使人知，因此伯阳弃周，关令醒悟他的国家将败。天人的事情，在品物上显示出来。您为什么昏昏然长久做地仙呢？哪如先觉而高飞，

超风尘而自洁，避甲申于玄涂，并真灵而齐列乎？言为尔尽，君将勖之。"安期长跪曰："今日受教，辄奉修焉。"

夫人语明生曰："吾不得复停，汝随此君去，勿忧念也，我亦时当往视汝。"因以五言诗二篇赠之，可以相勖。明生流涕而辞，乃随安期负笈入女几山，夫人乘龙而去。后明生随师周游青城庐潜，凡二十年，乃受金液之方，炼而升天。出《神仙传》。

## 萼绿华

萼绿华者，女仙也。年可二十许，上下青衣，颜色绝整。以晋穆帝昇平三年己未十一月十日夜降于羊权家。自云是南山人，不知何仙也。自此一月辄六过其家。权字道学，即晋简文黄门郎羊欣祖也。权及欣，皆潜修道要，耽玄味真。绿华云："我本姓杨。"又云是九嶷山中得道罗郁也，宿命时，曾为其师母毒杀乳妇玄洲。以先罪未灭，故暂谪降臭浊，以偿其过。赠权诗一篇，并火浣布手巾一，金玉条脱各一枚。条脱似指环而大，异常精好。谓权曰："慎无泄我下降之事，泄之则彼此获罪。"因曰："修道之士，视锦绣如弊帛，视爵位如过客，视金玉如砾石。无思无虑，无事无为。行人所不能行，学人所不能学，勤人所不能勤，得人所不能得，何者？世人行嗜欲，我行介独；世人行俗务，我学恬淡；世人勤声利，我勤内行；世人得老死，我得长生。故我行之已九百岁矣。"授权尸解药，亦隐景化形而去，今在湘东山中。出《真诰》。

跳出风尘而自洁,到玄途避开甲申年,与真人并列呢?话为你说尽了,您勉力而为吧。"安期跪直身子说:"今天受到教诲,就遵奉修行。"

夫人告诉马明生说:"我不能再停留了,你随此君去,不要忧虑思念,我也会抽时间去看你。"就把两篇五言诗赠给他,使他可以以此相勉。明生流着泪告辞,他随着安期先生背着书箱进了女几山,夫人乘龙离开。后来马明生随着师父周游青城山、庐山、潜山,总共二十年,就得到了金液之方,修炼而升天。出自《神仙传》。

## 萼绿华

萼绿华是个女仙,年纪大约二十岁,穿着一套青衣,颜色很整齐。在晋穆帝昇平三年己未十一月十日夜里,她降临到羊权的家中。她自己说是南山人,羊权不知她是什么仙。自从这次以后,她一个月内就到羊权家六次。羊权字道学,就是晋简文帝时黄门郎羊欣的祖先。羊权及羊欣都潜心修炼道家精要,沉溺于玄真修仙之学。绿华说:"我本来姓杨。"又说是九嶷山中得道的罗郁,前世的时候,曾经为她的师母毒死乳妇玄洲。因为前罪没有消除,所以暂时贬降到下界,来补偿她的过错。她赠给羊权诗一篇,还有一条火浣布的手巾、金玉手镯各一枚。手镯似指环而比指环大,异常精美。她对羊权说:"千万不要泄露我下凡的事,泄露了彼此就都得获罪。"又趁便说:"修道的人,把锦绣看得像破布一样,把爵位看得和过客一样,把金玉看得与沙石一样。不思不想,没有事情也不干什么。做的是人所不能做的事,学的是人所不能学的东西,努力的是人所不能努力的方面,得到的是人所不能得到的好处。为什么呢?世上的人做嗜欲的事,我做孤独寡欲的事;世人忙于俗务,我学的是恬静淡泊;世人努力追求的是声名利禄,我努力的是内心修行;世人得到的是衰老死亡,我得到的是长生不老。所以我修行已经九百年了。"她传授给羊权尸解的药,羊权也隐藏身体幻化而去,如今在湘东的大山之中。出自《真诰》。

太平广记 890

# 卷第五十八
## 女仙三

魏夫人

### 魏夫人

　　魏夫人者,任城人也。晋司徒剧阳文康公舒之女,名华存,字贤安。幼而好道,静默恭谨。读庄老三传五经百氏,无不该览。志慕神仙,味真耽玄,欲求冲举。常服胡麻散茯苓丸,吐纳气液,摄生夷静。亲戚往来,一无关见,常欲别居闲处,父母不许。年二十四,强适太保掾南阳刘文,字幼彦。生二子,长曰璞,次曰瑕。幼彦后为修武令。夫人心期幽灵,精诚弥笃。二子粗立,乃离隔宇室,斋于别寝。

　　将逾三月,忽有太极真人安度明、东华大神、方诸青童、扶桑碧阿阳谷神王、景林真人、小有仙女、清虚真人王褒来降。褒谓夫人曰:"闻子密纬真气,注心三清,勤苦至矣。扶桑大帝君敕我授子神真之道。"青童君曰:"清虚天王即汝之师也。"度明曰:"子苦心求道,道今来矣。"景林真人曰:"虚皇鉴尔勤感,太极已注子之仙名于玉札矣,子其勖哉!"青童君又曰:"子不更闻《上道内法晨景玉经》者,仙道无缘得成。后日当会旸涤山中,尔谨密之。"

## 魏夫人

　　魏夫人是任城人，是晋朝司徒剧阳文康公魏舒的女儿，名叫华存，字贤安。她幼年时就好道，性情沉静恭谨。读《老子》《庄子》以及三传五经百家著作，无不贯通。她内心向慕神仙，沉溺于玄真修仙之道，想要求得飞升。常常服食胡麻散、茯苓丸，吐纳气液，保养身体平和安静。亲戚往来，她全都不见，时常想到一处僻静的场所另外居住，但父母不答应。她二十四岁那年，父母勉强把她嫁给太保掾南阳的刘文。刘文字幼彦。他们生下两个儿子，长子叫刘璞，次子叫刘瑕。刘幼彦后来做了修武县令。夫人心期于幽灵，精诚更加深厚。两个儿子刚立事，她就隔离开屋室，在另外的寝室里进行斋戒。

　　快过了三个月，忽然有太极真人安度明、东华大神、方诸青童、扶桑碧阿阳谷神王、景林真人、小有仙女、清虚真人王褒降临。王褒对夫人说："听说你密修真气，专心于三清，勤苦到极点了。扶桑大帝君令我传你神真之道。"青童君说："清虚天王就是你的老师。"度明说："你苦心求道，道今天来了。"景林真人说："虚皇鉴于你辛苦勤奋，太极已经把你的仙名登记在玉札上了。你勉力做吧！"青童君又说："你不再了解《上道内法晨景玉经》的话，仙道就无缘成功。后天当在旸谷山中相会，你谨守这个秘密。"

　　王君乃命侍女华散条、李明兑等，便披云蕴，开玉笈，出《太上宝文》《八素隐书》《大洞真经》《灵书八道》《紫度炎光》《石精金马》《神真虎文》《高仙羽玄》等经，凡三十一卷。即手授夫人焉。王君因告曰："我昔于此学道，遇南极夫人、西城王君，授我宝经三十一卷，行之以成真人，位为小有洞天仙王。令所授者即南极元君、西城王君之本文也。此山洞台，乃清虚之别宫耳。"

　　于是王君起立北向，执书而祝曰："太上三元，九星高真，虚微入道，上清玉晨，褒为太帝所敕，使教于魏华存。是月丹良，吉日戊申，谨按宝书《神金虎文》《大洞真经》《八素玉篇》合三十一卷，是褒昔精思于阳明西山，受真人太师紫元夫人书也。华存当谨按明法，以成至真，诵修虚道，长为飞仙。有泄我书，族及一门，身为下鬼，塞诸河源，九天有命，敢告华存。"祝毕，王君又曰："我受秘诀于紫元君，言听教于师云，此篇当传诸真人，不但我得而已，子今获之，太帝命焉。此书自我当七人得之，以白玉为简，青玉为字，至华存则为四矣。"

　　于是景林又授夫人《黄庭内景经》，令昼夜存念。读之万遍后，乃能洞观鬼神，安适六府，调和三魂五脏，主华色，反婴孩，乃不死之道也。于是四真吟唱，各命玉女弹琴击钟吹箫，合节而发歌。歌毕，王君乃解摘经中所修之节度，及宝经之指归，行事之口诀诸要备讫，徐乃别去。是时太极真人命北寒玉女宋联涓弹九气之璈，青童命东华玉女烟景珠击西盈之钟，旸谷神王命神林玉女贾屈廷吹凤嗉之箫，青虚真人命飞玄玉女鲜于虚拊九合玉节，太极真人发排空之歌，青童吟太霞之曲，神王讽晨启文章，清虚咏驾飚之词。既散后，诸真元君，日夕来降，虽幼彦隔壁，寂然莫如。

王君就命侍女华散条、李明兑等,拉开云蕴打开玉箱,拿出《太上宝文》《八素隐书》《大洞真经》《灵书八道》《紫度炎光》《石精金马》《神真虎文》《高仙羽玄》等经,共三十一卷,亲手交给夫人。王君趁此告诉她说:"我从前在这里学道,遇见南极夫人、西城王君,交给我宝经三十一卷,按它修行而成为真人,职位是小有洞天仙王。令我所传授的经文就是南极元君、西城王君的原文。这座山的洞台,乃是清虚的别宫。"

于是王君起立面向北,拿着书祈祷说:"太上三元、九星高真、虚微入道、上清玉晨,我被太帝所命,使我教授魏华存。这个月很好,吉日在戊申,谨按宝书《神金虎文》《大洞真经》《八素玉篇》共三十一卷,这是我从前在阳明西山精心思考、接受真人太师紫元夫人的书。华存应当谨按明法,以成为至真,诵修虚道,长做飞仙。如泄露我书,满门族灭,身为下鬼,把他堵塞到河的源头。九天有令,敢告华存。"祈祷完毕,王君又说:"我从紫元君那里接受秘诀,从老师那里听到教诲说,此篇该当把它传给真人,不只我得到而已。你今天获得它,是大帝的命令。此书从我开始应当七个人得到它。此书以白玉为简,青玉为字,到华存就是四个人了。"

于是景林又交给夫人《黄庭内景经》,令夫人昼夜诵念。把它读过万遍以后,就能洞察鬼神,使六腑安适,调和三魂五脏,主宰美丽的容色,返回婴孩那样,乃是不死的法术。于是四位真人吟唱,各命玉女弹琴击钟吹箫,合着节拍而歌唱。歌唱完毕,王君就解释指明经中所修的控制办法,以及宝经的内容、行事的口诀等诸要点,详细讲完以后,才慢慢地告别离去。这时太极真人命北寒玉女宋联涓弹奏九气之璈,青童命东华玉女烟景珠敲击西盈之钟,旸谷神王命神林玉女贾屈庭吹风唉之箫,青虚真人命飞玄玉女鲜于虚拍九合玉节。太极真人唱排空之歌,青童吟太霞之曲,神王诵晨启之章,清虚咏驾飚之词。散去以后,各位真人、元君白天晚上都降临她家。幼彦虽然住在隔壁,却静悄悄地什么也不知道。

其后幼彦物故，值天下荒乱，夫人抚养内外，旁救穷乏。亦为真仙默示其兆，知中原将乱，携二子渡江。璞为庾亮司马，又为温太真司马，后至安成太守。瑕为陶太尉侃从事中郎将。夫人自洛邑达江南，盗寇之中，凡所过处，神明保佑，常果元吉。二子位既成立，夫人因得冥心斋静，累感真灵，修真之益，与日俱进。凡住世八十三年，以晋成帝咸和九年，岁在甲午，王君复与青童、东华君来降，授夫人成药二剂，一曰迁神白骑神散，一曰石精金光化形灵丸。使顿服之，称疾不行。凡七日，太乙玄仙遣飚车来迎，夫人乃托剑化形而去，径入阳洛山中。明日，青童君、太极四真人、清虚王君令夫人清斋五百日，读《大洞真经》，并分别真经要秘，道陵天师又授《明威章奏》《存祝吏兵符篆之诀》。众真各摽至训，三日而去。道陵所以遍教委曲者，以夫人在世当为女官祭酒，领职理民故也。

夫人诵经万遍，积十六年，颜如少女，于是龟山九虚太真金母、金阙圣君、南极元君共迎夫人白日升天，北诣上清宫玉阙之下。太微帝君、中央黄老君、三素高元君、太上玉晨太道君、太素三元君、扶桑太帝君、金阙后圣君各令使者致命，授天人玉札金文，位为紫虚元君，领上真司命南岳夫人，比秩仙公，使治天台大霍山洞台中，主下训奉道，教授当为仙者，男曰真人，女曰元君。夫人受锡事毕，王母及金阙圣君、南极元君各去。使夫人于王屋小有天中，更斋戒二月毕，九微元君、龟山王母、三元夫人众诸真仙并降于小有清虚上。四奏，各命侍女陈钧成之曲，九灵合节，八音灵际，王母击节而歌，三元夫人弹云璈而答歌，余真各歌。须臾，司命神仙诸隶属及南岳迎官并至，虎旍龙辇，激耀百里中。王母诸真，乃共与夫人东南而行，

之后幼彦死了。正值天下荒乱，夫人除了抚养全家内外，还救助贫乏的穷人。又因为真仙暗示给她征兆，夫人知道中原将乱，就带领二子渡过长江。刘璞做庾亮的司马，又任温太真的司马，后来做到安成太守。刘瑕做太尉陶侃的从事中郎将。夫人从洛阳到江南，在盗贼之中，凡所经过之处，都有神明保佑，常常能大吉。两个儿子地位已经成就，夫人因而能专心斋戒静修，累次有真灵感应；修行真道的好处，也与日俱增。夫人在世八十三年，在晋成帝咸和九年，岁在甲午那年，王君又与青童、东华君降临，交给夫人两剂成药，一种叫迁神白骑神散，一种叫石精金光化形灵丸。让她一次都喝下去，称病不走。七天后，太乙玄仙派飚车来迎接，夫人就以剑为假托化形而去，直入阳洛山中。第二天，青童君、太极四真人、清虚王君令夫人清斋五百天，读《大洞真经》，同时分辨真经的精义。道陵天师又传授给她《明威章奏》《存祝吏兵符箓之诀》。众真人各自标注至训，三天后才离去。道陵天师之所以遍教她事情的底细和原委，是因为夫人在世应当做女官祭酒，领职治理百姓的缘故。

夫人诵经万遍，累计十六年，容颜像少女一样，于是龟山九虚太真全母、金阙圣君、南极元君一同迎接夫人白日升天，向北到上清宫玉阙之下。太微帝君、中央黄老君、三素高元君、太上玉晨太道君、太素三元君、扶桑太帝君、金阙后圣君各自令使者传达命令，授给夫人天人玉札金文，进位为紫虚元君，领上真司命南岳夫人之职，品级比照仙公，使她以天台大霍山洞台中为治所，主管下训奉道，教授应当成仙的人。男的叫做真人，女的叫做元君。夫人受敕封完毕，王母及金阙圣君、南极元君各自离去。让夫人在王屋小有天中再斋戒两个月完毕，九微元君、龟山王母、三元夫人众位真仙同时降临在小有天清虚之上。乐曲奏响四次，众真仙各命侍女展示钧成之曲，九灵合拍，八音灵际，王母打着拍子唱歌，三元夫人弹着云璈答歌，其余真仙也各自唱了歌。不一会儿，司命神仙的众隶属以及南岳迎接的官员同时来到。龙旗龙辇，光彩鲜明照耀百里之中。王母等众真人就与夫人一起向东南而行，

俱诣天台霍山台，又便道过句由金坛茅叔申，宴会二日二夕，共适于霍山。夫人安驾玉宇，然后各别。

初，王君告夫人曰："学者当去疾除病。"因授甘草谷仙方，夫人服之。夫人能隶书小有王君并传，事甚详悉，又述《黄庭内景注》，叙青精䭀饭方。后屡降茅山。子璞后至侍中，夫人令璞传法于司徒琅邪王舍人杨羲、护军长史许穆、穆子玉斧，并皆升仙。陶贞白真诰所呼南真，即夫人也。以晋兴宁三年乙丑，降杨家，谓杨君曰："修道之士，不欲见血肉，见虽避之，不如不见。"又云："向过东海中，波声如雷。"又云："裴清灵真人锦囊中有宝神经，昔从紫微夫人所受，吾亦有是西宫定本，即是玄圃北坛西瑶之上台，天真珍文尽藏其中也。"因授书云："若夫仰掷云轮，总辔太空，手携宵烟，足陟玉庭。身升帝阙，披宝噏青，论九玄之逸度，沉万椿之长生，真言玄朗，高谭玉清。今则回灵尘埃，训我弟子，周目五浊，劳神臭腥。子所营者道，研咏者妙。道妙既得，吾子加之，虑斯荡散，念且慎之。"仍云："河东桐柏山之西头，适崩二百余丈，吾昨与茅叔申诣清虚宫，授真仙之籍，得失之事。顿落四十七人，复上者三人耳。固当洗心虚迈，勤注理尽，心殚意竭，如履冰火，久久如此，仙道亦不隐矣。但在庄敬丹到，而绝淫色之念也。若抱淫欲之心，行上真之道者，清宫所落，皆此辈也。岂止落名生籍，方将被考于三官也。勉之慎之！宗道者贵无邪，栖真者安恬愉，至寂非引顺之主，淡然非教授之匠，故当困烦以领无耳。为道者精则可矣，有精而不勤，能而不专，无益也。要在齐心消豁，秽念疾开，可以数看东山，勤

一起到天台霍山台，又顺便在途中拜访句由金坛茅叔申，举行了两天两夜宴会，共同前往霍山。夫人平安抵达玉室之后，众真人各自离去。

当初，王君告诉夫人说："学道的人应当除去疾病。"于是传给她甘草谷仙方，夫人服食了。夫人能用隶书写小有王君及传，记事很详细全面，又记述了《黄庭内景经》的注释，叙述了青精饭方。后来她屡次降临茅山。她的儿子刘璞后来官至侍中，夫人命刘璞把法术传给司徒琅琊王的舍人杨羲、护军长史许穆。许穆的儿子许玉斧，也都同时升仙。陶贞白的真诰中所称的南真，就是魏夫人。在晋朝兴宁三年乙丑，夫人降临杨家，对杨君说："修道的人不想见到血肉，见到了虽然避开它，也不如不见。"又说："刚才经过东海中，听到波声如雷。"又说："裴清灵真人的锦囊中有《宝神经》，是他从前从紫微夫人那里接受的，我也有这书的西宫定本，就在玄圃北坛西瑶的上台，天真珍文全部收藏在其中。"于是授给杨君书说："至于那仰掷云轮，驰马于太空，手拿宵烟，足登王庭；身升帝宫，披宝衣吸青云，论九玄的逸变，沉万椿的长生，真言玄朗，高谭玉清，如今则回灵于尘世，训导我的弟子，环视五浊，劳神于腥臭。你所谋求的是道，所研咏的是妙。道和妙得到之后，你的道行就增加了，忧虑就荡散了，意念将慎重了。"又说："河东桐柏山的西头，刚才崩塌二百多丈，我昨天与茅叔申去清虚宫，传真仙的名籍和得失的事情。一下子掉下去四十七个人，上来的仅三个人。本来应当洗涤心胸，追求虚静，用心穷理，殚精竭虑，像履冰蹈火那样，长久如此，仙道就不隐晦了。只在庄敬丹到，就断绝色欲的念头。如果抱着淫欲的想法，去修行上真之道，清宫掉落下去的，都是这一类人。那只是从生籍中除名，将被三官考究。努力谨慎去做吧！以道为宗的人贵在没有邪念，成为真仙的人安于恬静愉快。静寂到极点并非引导和顺的主旨，淡然也不是教授的造诣，所以应当用困烦来引领虚无。学道的人心诚就可以了，有诚心而不努力，有能力而不专一，这也是无益的。要在客心消除，杂念速散，可以数看东山，勤

望三秀，差复益耳。言者性命之全败，信者得失之关籥。张良三期，可谓笃道而明心矣。"又曰："得道去世，或显或隐。托体遗迹者，道之隐也。昔有再酳琼液而叩棺，一服刀圭而尸烂。鹿皮公吞玉华而流虫出户；贾季子咽金液而臭闻百里；黄帝火九鼎于荆山，尚有乔岭之墓；李玉服云散以潜升，犹头足异处；墨狄饮虹丹以没水；甯生服石脑而赴火；务光翦薤以入清冷之泉；柏成纳气而肠胃三腐。如此之比，不可胜纪。微乎得道，趣舍之迹，固无常矣。

"保命君曰：'所谓尸解者，假形而示死，非真死也。'南真曰：'人死必视其形，如生人者，尸解也。足不青、皮不皱者，亦尸解也。目不落光，无异生人者，尸解也。发尽落而失形骨者，尸解也。白日尸解，自是仙矣。若非尸解之例，死经太阴，暂过三官者，肉脱脉散，血沉灰烂，而五脏自生，骨如玉，七魄营侍，三魂守宅者，或三十年、二十年、十年、三年，当血肉再生，复质成形，必胜于昔日未死之容者，此名炼形。太阴易貌，三官之仙也。'天帝云'太阴炼身形，胜服九转丹。形容端且严，面色似灵云。上登太极阙，受书为真人'是也。若暂游太阴者，太一守尸，三魂营骨，七魄侍肉，胎灵录气，皆数满再生而飞天。其用他药尸解，非是灵丸者，即不得返故乡，三官执之也。其死而更生者，未殓而失其尸，有形皮存而无者，有衣结不解，衣存而形去者，有发脱而形飞者，有头断已死，乃从一旁出者，皆尸解也。白日解者为上，夜半解者为下，向晚向暮去者，为地下主者。此得道之差降也。夫人之修道，或灾逼祸生，形坏气亡者，似由多言而守一，多端而期苟免也。是以层巢颓枝而坠落，百胜失于一败，惜乎！通仙之才，安可为二竖子而

望三秀,尚还有益。说的人性命的保全与死亡,是信的人得失的关键。张良三次约定日期,可以说是诚心于道而表明心意了。"又说:"得道离开人世,有的明显有的隐蔽。假托肉体留下痕迹的人,这是隐蔽得道。从前有人喝两次琼液就进了棺材,服一剂药就成了烂尸。鹿皮公吞服玉华就有蛆虫从体内流出;贾季子咽下金液而尸臭传到百里;黄帝在荆山火烧九鼎之躯,尚有乔岭之墓;李玉服食云散而悄悄成仙,还头足异处;墨狄喝了虹丹而投水;宵生服石脑而赴火;务光蓟薤跳进清冷之泉;柏成纳气而肠胃腐烂三次。如此之类,多得记不下来。隐秘地得道,舍弃的迹象,本来没有固定。

"保命君说:'所谓尸解,就是假作死的形象给人看,不是真死。'南真说:'人死了一定要看看他的形体,像活人一样的,就是尸解。足不青、皮不皱的,也是尸解。目光不落,与生人无异的,是尸解。头发脱落而形体飞了的,是尸解。白天尸解,自然是成仙了。如果不是尸解之例,死后经过太阴暂过三官的,肉落脉散,血沉灰烂,而五脏自然地生长,骨头像玉,七魄守侍,三魂守墓的,有的三十年、二十年、十年、三年,当血肉再生,恢复原来形体,一定胜过从前未死时的容颜,这就叫做炼形。经过太阴改换面貌,就是三官之仙。'天帝说'太阴炼身形,胜服九转丹。形容端且严,面色似灵云。上登太极阙,受书为真人',说的就是这种情形。如果是暂游太阴的,就由太一守尸,三魂造骨,七魄生肉,胎灵制气,都会数满重生而飞天。那些用其他药尸解,不是吃灵丸的,就不能返回故乡,三官会捉拿他。那些死了又活过来的,没有殡殓而失其尸体,有形皮存在而又没了,有衣扣没解、衣在而形去了的,有头发脱落而形体飞了的,有头断已死、而人又从别处出现的,这都是尸解。白天尸解的为上;半夜尸解的为下;傍晚仙去的,为地下主宰者。这是得道的差异。人们修行道术,有的灾逼祸生、形体破坏气息没有了的,似乎由于多言而固执,多事而期望佼幸啊。因此,正如在秃枝上垒层巢而掉落下来,百胜毁于一败,可惜呀!通仙之才,怎么可以被两个童子就

致毙耶？智以无涯伤性，心以欲恶荡真，岂若守根静中，栖研三神，弥贯万物，而洞玄镜寂，混然与泥丸为一，而内外均福也。真人归心于一，任于永信。心归则正，神和信顺，利真之兆，自然之感，无假两际也。若外见察观之气，内有愠结之哂，有如此者，我见其败，未见其立。地下主者，乃下道之文官。地下鬼师，乃下道之武官。文解一百四年一进，武解倍之。世人勤心于嗜欲，兼味于清正，华目以随世。畏死而希仙者，皆多武解，尸之最下也。"

夫人与众真吟诗曰："玄感妙象外，和声自相招。灵云郁紫晨，兰风扇绿轺。上真宴琼台，邀为地仙标。所期贵远迈，故能秀颖翘。玩彼八素翰，道成初不辽。人事胡可预，使尔形气消。"夫人既游江南，遂于抚州并山立静室，又于临汝水西置坛宇。岁久芜梗，踪迹殆平。有女道士黄灵徽，年迈八十，貌若婴孺，号为花姑，特加修饰，累有灵应。夫人亦寓梦以示之，后亦升天。玄宗敕道士蔡伟编入《后仙传》。大历三年戊申，鲁国公颜真卿重加修葺，立碑以纪其事焉。出《集仙录》及《本传》。

弄死了呢？智因为没有边际而伤性，心因为好恶而荡真，哪如保守根本静下心来，投身于研究三神，全部贯通万物，而洞察玄寂，与泥丸混然合为一体，而内外都获得好处。真人把心思归于一处，保持永久诚信。心归则正，神和信顺，这是利真的征兆，自然的感应。不要两边虚假。如果外现察观之气，而内心又有喜怒郁结，有这种情形的，我预见他一定失败，看不到他成功。地下的主宰者，乃是下品得道者中的文官。地下鬼师，乃是下品得道者中的武官。文解一百零四年一进，武解时间是文解的一倍。世人忙于嗜好欲望，又想清朗平正，于是眼花缭乱随世沉浮。怕死而希望成仙的人，多数都是武解，这是尸解中最下等的了。”

夫人与众真人吟诗说：“玄感妙象外，和声自相招。灵云郁紫晨，兰凤扇绿辂。上真宴琼台，邈为地仙标。所期贵远迈，故能秀颖翘。玩彼八素翰，道成初不辽。人事胡可预，使尔形气消。”夫人游江南之后，就在抚州并山设立静室，又在临汝水西设置坛宇。后来年久荒芜，踪迹几乎消失了。有个女道士叫黄灵徽，年纪过八十，但貌似婴孩，道号叫做花姑。她特意把魏夫人的静室、坛宇加以修饰，累次都有灵验。魏夫人也借梦境指示她，后来她也升了天。唐玄宗命道士蔡伟把她编入《后仙传》。大历三年戊申，鲁国公颜真卿把魏夫人修道处重新加以修缮，立碑来纪念其事。出自《集仙录》及《本传》。

# 卷第五十九
## 女仙四

### 明星玉女

明星玉女者,居华山。服玉浆,白日升天。山顶石龟,其广数亩,高三仞。其侧有梯磴,远皆见。玉女祠前有五石臼,号曰玉女洗头盆。其中水色,碧绿澄澈,雨不加溢,旱不减耗。祠内有玉石马一匹焉。出《集仙录》。

### 昌　容

昌容者,商王女也,修道于常山,食蓬藟根二百余年,颜如二十许。能致紫草,鬻与染工,得钱以与贫病者,往来城市,世世见之。远近之人,奉事者千余家,竟不知其所修之道。常行日中,不见其影。或云:"昌容能炼形者也。"忽冲天而去。出《女仙传》。

## 明星玉女

明星玉女住在华山,她服食玉浆而白日升天。山顶上有个石龟,有几亩地那么大的范围,高二丈四。石龟的侧面有梯磴,从远处都能看见。玉女祠的前面有五个石臼,称作玉女洗头盆。石臼中水色碧绿,也很清澈,下雨时不增多溢出,天旱时也不减少。祠内有一匹玉石马。<small>出自《集仙录》。</small>

## 昌　容

昌容是商王的女儿。她在常山修道,吃了二百多年蓬蔂根,容颜还像二十多岁似的。她能弄到紫草卖给染工,得到钱就送给贫穷有病的人,往来城市买东西,几代人都见到过她。远近的人敬奉她的有一千多家,人们竟然不知道她所修之道。她常在日光下行走,人们却看不见她有影子。有人说:"昌容是能炼形的神仙。"后来,她忽然冲天而去。<small>出自《女仙传》。</small>

## 园客妻

园客妻,神女也。园客者,济阴人也,美姿貌而良,邑人多欲以女妻之,客终不娶。常种五色香草,积数十年,服食其实。忽有五色蛾集香草上,客收而荐之以布,生华蚕焉。至蚕出时,有一女自来助客养蚕,亦以香草饲之。蚕壮,得茧百三十枚。茧大如瓮,每一茧,缫六七日乃尽。缫讫,此女与园客俱去。济阴今有华蚕祠焉。出《女仙传》。

## 太玄女

太玄女,姓颛,名和,少丧父。或相其母子,皆曰不寿。恻然以为忧。常曰:"人之处世,一失不可复生。况闻寿限之促,非修道不可以延生也。"遂行访明师,洗心求道,得王子之术。行之累年,遂能入水不濡。盛雪寒时,单衣冰上,而颜色不变,身体温暖,可至积日。又能徙官府宫殿城市屋宅于他处,视之无异,指之即失其所在。门户楱柜有关钥者,指之即开,指山山摧,指树树拆,更指之,即复如故。将弟子行山间,日暮,以杖叩石,即开门户。入其中,屋宇床褥帏帐,廪供酒食如常。虽行万里,所在常尔。能令小物忽大如屋,大物忽小如毫芒。或吐火张天,嘘之即灭。又能坐炎火之中,衣履不燃。须臾之间,或化老翁,或为小儿,或为车马,无所不为。行三十六术甚效,起死回生,救人无数。不知其何所服食,亦无得其术者。颜色益少,鬓发如鸦,忽白日升天而去。出《女仙传》。

## 园客妻

园客的妻子是个神女。园客是济阴县人，相貌漂亮人又好，县里很多人想把女儿给他做妻子，园客始终不娶。他经常种五色香草，一直种了几十年，吃的是香草的果实。一天，忽然有五色蛾落在香草上。园客就把五色蛾收集起来，又用布给五色蛾垫上。五色蛾就在布垫上生出华蚕。到蚕出生后，有一个女子自己来帮助园客养蚕，也用香草饲养它。蚕长大后，收获了一百三十枚蚕茧。蚕茧像瓮那么大，每一个蚕茧缫丝六七天才抽完。缫丝完后，这个女子与园客一起走了。济阴县如今还有华蚕祠。

*出自《女仙传》。*

## 太玄女

太玄女姓颛名和，小时候就失去了父亲。有人给她们母女相面，都说她不能长寿。她悲悲切切地因为这事而发愁。她常说："人活在世上，一旦死去就不能复生。何况听说寿限短促，不修行不能长生啊。"于是她就走访明师，洗心求道，学到了王子之术。修行了几年，就能进到水中而不沾湿。下大雪寒冷时，她穿着单衣站在冰上而脸色不变，身体温暖，可以坚持好几天。她还能把官府、宫殿、城市、屋宅移到别处，看起来与原来无异，用手一指就又都消失了。门户箱柜有锁头的，她用手一指就开。指山山崩，指树树倒，再指一指，就又恢复如旧。领着弟子在山里走，日落的时候，她用手杖敲一敲石头，石头就打开门户。进到里面，屋舍床褥帏帐、贮存的粮米酒食像平常的一样。即使行走万里，所到之处总是这样。她还能让小的东西忽然间变得像房子那么大，让大的东西忽然间变得像细毛和芒刺那么小。有时吐出火来弥漫天空，吹一口气它就灭了。她还能坐在烈火之中，而衣服不燃烧。能在一会儿工夫，或变成老翁，或变成小孩，或变成车马，没有什么东西不能变。她施行三十六样法术都很灵，起死回生，救人无数。但人们不知道她服食了什么东西，也没有学到她的法术的人。她的容颜越来越年轻，鬓发乌黑。有一天，她忽然白日升天而去。*出自《女仙传》。*

## 西河少女

西河少女者，神仙伯山甫外甥也。山甫，雍州人，入华山学道，精思服食，时还乡里省亲族。二百余年，容状益少。入人家，即知其家先世已来善恶功过，有如目击。又知将来吉凶，言无不效。见其外甥女年少多病，与之药。女服药时，年已七十，稍稍还少，色如婴儿。汉遣使行经西河，于城东见一女子，笞一老翁。头白如雪，跪而受杖。使者怪而问之，女子答曰："此是妾儿也。昔妾舅伯山甫得神仙之道，隐居华山中。愍妾多病，以神药授妾，渐复少壮。今此儿，妾令服药不肯，致此衰老，行不及妾，妾恚之，故因杖耳。"使者问女及儿年各几许，女子答云："妾年一百三十岁，儿年七十一矣。"此女亦入华山而去。出《女仙传》。

## 梁玉清

《东方朔内传》云：秦并六国，太白星窃织女侍儿梁玉清、卫承庄，逃入卫城少仙洞，四十六日不出。天帝怒，命五岳搜捕焉。太白归位，卫承庄逃焉。梁玉清有子名休，玉清谪于北斗下，常舂。其子乃配于河伯，骖乘行雨。子休每至少仙洞，耻其母淫奔之所，辄回驭，故此地常少雨焉。出《独异志》。

## 江 妃

郑交甫常游汉江，见二女，皆丽服华装，佩两明珠，大如鸡卵。交甫见而悦之，不知其神人也。谓其仆曰："我欲下请其佩。"仆曰："此间之人，皆习于辞，不得恐罹悔焉。"

## 西河少女

西河少女是神仙伯山甫的外甥女。伯山甫是雍州人。他进入华山修道，精心思道服食仙药，有时回到家乡故里探望亲戚族人。二百多年了，伯山甫的容貌状态越来越年轻。他走进别人家里，就知道那家先代以来的善恶功过，就像亲眼见到一般。还知道将来的吉凶，他说的话无不灵验。看他的外甥女自年少时多病，就给她药吃。他的外甥女服药时，已经七十岁了，吃药后渐渐返回少年，脸色像婴儿的一样。汉朝派使者行经西河，在城东看到一个女子正打一个老翁。这个老翁头白如雪，跪在地上接受杖打。使者觉得奇怪就问那女子，女子回答说："这是我的儿子。从前，我的舅舅伯山甫得了神仙之道，隐居在华山中。他可怜我多病，就拿神药给我，我吃了药就渐渐恢复少壮。如今这个儿子，我让他服药他不肯，以致这般衰老，走路追不上我。我生他的气，所以就杖打他。"使者问女子和儿子年龄各是多少，女子回答说："我一百三十岁，儿子七十一岁。"这个女子也入华山而去。出自《女仙传》。

## 梁玉清

《东方朔内传》记载，秦始皇吞并六国的时候，太白星把织女的侍女梁玉清和卫承庄拐走，逃进卫城的少仙洞，四十六天不出来。天帝大怒，命令五岳之神搜捕他们。太白星被抓回去，卫承庄逃跑了。梁玉清有个儿子名叫休。玉清被贬到北斗下，常年舂米。梁玉清的儿子就分配给河伯，驾车行雨。梁玉清的儿子休每次到少仙洞，就因为那里是他母亲淫奔的地方而觉得羞耻，就把雨车赶回，所以这个地方常年少雨。出自《独异志》。

## 江　妃

郑交甫曾经在汉江游玩时见到两个女子，她们都穿着华丽的服装，佩戴着两个像鸡蛋那么大的明珠。交甫看到了很喜欢，不知道她们是神仙，就对他的仆人说："我想要下去讨求她们佩戴的珠子。"仆人说："这里的人都善于辞令，得不到，恐怕还会沮丧后悔。"

交甫不听，遂下与之言曰："二女劳矣。"二女答曰："客子有劳，妾何劳之有？"交甫曰："橘是橙也，我盛之以笥。令附汉水，将流而下。我遵其旁挛之，知吾为不逊也。愿请子佩。"二女曰："橘是橙也，盛之以莒。令附汉水，将流而下。我遵其旁，卷其芝而茹之。"手解佩以与交甫，交甫受而怀之。即趋而去，行数十步，视怀空无珠，二女忽不见。《诗》云："汉有游女，不可求思。"言其以礼自防，人莫敢犯，况神仙之变化乎？ 出《列仙传》。

## 毛　女

毛女，字玉姜，在华阴山中。山客猎师，世世见之。形体生毛，自言秦始皇宫人也。秦亡，流亡入山，道士教食松叶，遂不饥寒，身轻如此。至西汉时，已百七十余年矣。 出《列仙传》。

## 秦宫人

汉成帝时，猎者于终南山中见一人，无衣服，身生黑毛。猎人欲取之，而其人逾坑越谷，有如飞腾，不可追及。于是乃密伺其所在，合围而得之。问之，言："我本秦之宫人，闻关东贼至，秦王出降，宫室烧燔，惊走入山。饥无所餐，当饿死。有一老翁，教我食松叶松实。当时苦涩，后稍便之，遂不饥渴，冬不寒，夏不热。"计此女定是秦王子婴宫人，至成帝时，一百许岁。猎人将归，以谷食之。初时闻谷臭，呕吐，累日乃安。如是一年许，身毛稍脱落，转老而死。向使不为人所得，便成仙人也。 出《抱朴子》。

交甫不听,就下去跟她们说:"两位女子辛苦了。"二女回答说:"旅居异地的人辛苦,我们有什么辛苦?"交甫说:"橘子就是橙子,我用方筐盛着它,令它浮在汉水上,将顺流而下。我沿着它的旁边提取它,知道我是不辞让的。想请求您佩戴的东西。"二女说:"橘子是橙子,用圆筐盛之,令它浮在汉水上,顺流而下。我在它的旁边,卷其芝而吃之。"亲手解下佩珠把它交给了交甫,交甫接过珠子就揣在怀中。交甫快步离开以后,走了几十步,看到怀中已空,明珠没有了,二女也忽然不见了。《诗经》上说:"汉有游女,不可求思。"说的是她们以礼自防,没有人敢冒犯,何况是神仙变化的呢? 出自《列仙传》。

## 毛 女

毛女叫玉姜,住在华阴山中。进山之客和猎师,一代代人都见过她。她遍体生毛,自己说是秦始皇的宫女。秦朝灭亡时她逃亡进山,道士教给她吃松树叶,于是感觉不到饥寒,身体如此轻巧。到西汉时,已经一百七十多年了。出自《列仙传》。

## 秦宫人

汉成帝时,打猎的人在终南山中见到一个人。这个人没有衣服,身上生着黑毛。猎人想要抓住她,而那个人跳过坑越过山谷,像飞腾一般,不能追到。于是猎人就在暗中窥伺她所在之处,合围抓到了她。问她,她说:"我本来是秦朝的宫女,听说函谷关以东的贼兵来到,秦王出城投降,宫室被烧,就逃跑进了山。饿了没有东西吃,要饿死了,有一个老翁教我吃松叶松果。当时吃后觉得苦涩,后来渐渐适应了,就不饥渴了。冬天不觉得冷,夏天不觉得热。"估计这个女子一定是秦王子婴的宫女,到汉成帝时她已经一百多岁了。猎人把她领回去,拿五谷给她吃。开始时她闻到谷子觉得臭而呕吐,过了些日子就适应了。如此一年多,女子身上的毛渐渐脱落,转眼她变老而死。先前假使不被人所获,她就成为仙人了。出自《抱朴子》。

## 钩翼夫人

钩翼夫人,齐人也,姓赵,少好清净。病卧六年,右手卷,饮食少。汉武帝时,望气者云东北有贵人气,推而得之。召到,姿色甚伟,武帝发其手而得玉钩,手得展。幸之,生昭帝。武帝寻害之,殡尸不冷而香。一月后,昭帝即位,更葬之,棺空,但有丝履,故名其宫曰钩翼,后避讳改为弋。出《列仙传》。

## 南阳公主

汉南阳公主,出降王咸。属王莽秉政,公主夙慕空虚,崇尚至道。每追文景之为理世,又知武帝之世,累降神仙,谓咸曰:"国危世乱,非女子可以扶持。但当自保恬和,退身修道,稍远嚣竞,必可延生。若碌碌随时进退,恐不可免于支离之苦,奔迫之患也。"咸曰眷恋世禄,未从其言。公主遂于华山结庐,栖止岁余。精思苦切,真灵感应,遂舍庐室而去。人或见之,徐徐绝壑,乘云气冉冉而去。咸入山追之,越巨壑,升层巅,涕泗追望,漠然无迹。忽于岭上见遗朱履一双,前而取之,已化为石。因谓为公主峰,潘安仁为记,行于世。出《集仙录》。

## 程伟妻

汉期门郎程伟妻,得道者也。能通神变化,伟不甚异之。伟当从驾出行,而服饰不备,甚以为忧。妻曰:"止阙衣耳,何愁之甚耶?"即致两匹缣,忽然自至。伟亦好黄白之术,炼时即不成。

## 钩翼夫人

钩翼夫人是齐人，姓赵。她小时候就喜好清净。她有病卧床六年，右手卷曲，饮食也少。汉武帝时，望气的人说东北方有贵人气，经推算而找到她，召她进了宫。她的姿色很美，汉武帝扒开她的右手而得到一枚玉钩，手能伸开了。汉武帝宠幸了她，生下昭帝。武帝不久杀害了她，殡殓时，她的尸体不冷而香。一个月后，昭帝即位，为她改葬。棺中已空，只有一双丝鞋，所以给她的宫命名为"钩翼"，后来避讳改为"弋"。出自《列仙传》。

## 南阳公主

汉朝的南阳公主下嫁给王咸。王咸的族人王莽掌管政务。公主早就仰慕空虚，崇尚至道。她常常追念文帝、景帝治理的盛世，又知道武帝那一代屡有神仙降临，就对王咸说："国家危机，时代混乱，不是女子可以扶持的。只应自保安然平和，退身修道，与喧闹纷争稍远，一定可以延年。如果平庸无能地随着时势进退，恐怕不能免除流离之苦和奔波之患。"王咸说他尽力为朝廷俸禄勤劳，没有听从她的话。公主就在华山盖了草房，住了一年多。由于她精思苦修，真灵感应，终于舍弃屋室而去。有的人看到她在绝壁上慢慢地乘着云气冉冉而去。王咸入山去追她。他越过大沟，登上一层层山巅，涕泪交流地追望，但四处寂静无声，也无公主的踪迹。他忽然在岭上见到公主遗留的一双红鞋，就上前去取它，红鞋已经变成石头了。于是称那里为公主峰。潘安仁为此事写了传记，流传在世上。出自《集仙录》。

## 程伟妻

汉代期门郎程伟的妻子是个得道的人。她能通神变化，程伟也不觉得太稀奇。有一次，程伟要跟着皇帝出行，但服饰没有准备，他很为此事忧愁。他的妻子说："只不过缺少衣服而已，为何如此犯愁呢？"就弄来两匹双丝细绢，这两匹绢是忽然自己来的。程伟也喜好烧炼丹药点化金银的法术，炼时没有成功。

妻乃出囊中药少许,以器盛水银,投药而煎之,须臾成银矣。伟欲从之受方,终不能得,云伟骨相不应得。逼之不已,妻遂蹶然而死,尸解而去。出《集仙录》。

## 梁　母

梁母者,盱眙人也,寡居无子,舍逆旅于平原亭。客来投憩,咸若还家。客还钱多少,未尝有言。客住经月,亦无所厌。自家衣食之外,所得施诸贫寒。常有少年住经日,举动异常,临去曰:"我东海小童也。"母亦不知小童何人也。宋元徽四年丙辰,马耳山道士徐道盛暂至蒙阴,于蜂城西遇一青牛车,车自行。见一童呼为徐道士前,道盛行进,去车三步许止。又见二童子,年并十二三许,齐着黄衣,绛裹头上髻,容服端整,世所无也。车中人遣一童子传语曰:"我平原客舍梁母也,今被太上召还,应过蓬莱寻子乔。经太山考召,意欲相见,果得子来。灵辔飘飘,岗崄巇津驿有限,日程三千,侍对在近,我心忧劳,便当乘烟三清,此三子见送到玄都国。汝为我谢东方诸清信士女,太平在近,十有余一,好相开度,过此忧危。"举手谢云:"太平相见。"驰车腾逝,极目乃没。道盛还逆旅访之,正梁母度世日相见也。出《集仙录》。

## 董永妻

董永父亡,无以葬,乃自卖为奴。主知其贤,与钱千万遣之。永行三年丧毕,欲还诣主,供其奴职。道逢一妇人

他的妻子就从囊中拿出一点点药,用容器盛装水银,把药投进去煎熬,不一会儿就变成银子了。程伟想要跟她学习这个法术,始终没能办到。他的妻子说,从程伟的骨相看,他不应该得到点金术。程伟不停地逼迫她,她就忽然死了,尸解而去。出自《集仙录》。

## 梁　母

　　梁母是盱眙人,她寡居没有儿子,在平原亭开了个客店。客人来投宿休息,全像回到家里一样。客人给钱多少,她从不说什么。客人住几个月,她也没有什么厌烦的表示。挣到的钱,除了自家衣食之外,都施舍给贫寒的人。曾有个年轻人在这里住了几天。这个年轻人举动异常,临走时说:"我是东海小童。"梁母也不知道小童是什么人。宋元徽四年丙辰日,马耳山道士徐道盛临时到蒙阴去,在蜂城西遇见一辆青牛拉的车,牛车自己往前走。这时只见一个小童召呼徐道士上前,徐道盛就往前走,离车三步左右站住了。又看到两个童子,年龄都在十二三岁左右,都穿着黄色衣服,用大红色的布帛裹着头上发髻,容貌端庄,服饰整齐,是世上所没有的。车里的人派一个小童传话说:"我是平原客舍的梁母,如今被太上道君召回,应当经过蓬莱寻访子乔。经泰山考召,想要相见,果然你来了。灵辔飘飘,山脊上艰险崎岖,渡口和驿站有限,每日行程三千。陪同尊长回答应对就在近日,我的心里很忧伤。就应当乘烟霞上三清,这三个童子现在送我到玄都国。你替我向东方各位清信士女辞谢。太平就在近期,十一年后,好度引你,度过这个危难之忧。"梁母又举手告辞说:"太平时再相见。"就驱车腾飞而去,极力望去已不见了。徐道盛回到平原旅舍打听梁母,正是在梁母脱离尘世的那天见到她的。出自《集仙录》。

## 董永妻

　　董永的父亲死了,他没有钱安葬父亲,就自己卖身为奴。主人知道他品德好,给他一千万钱打发他走了。董永行三年丧礼守孝完毕,想回到主人那里奉行他的奴仆职责。他在路上遇到一个女子,

曰:"愿为子妻。"遂与之俱。主谓永曰:"以钱丐君矣。"永曰:"蒙君之恩,父丧收藏,永虽小人,必欲服勤致力,以报厚德。"主曰:"妇人何能?"永曰:"能织。"主曰:"必尔者,但令君妇为我织缣百匹。"于是永妻为主人家织,十日而百匹具焉。 出《搜神记》。

## 酒　母

酒母,阙下酒妇。遇师呼于老者,不知何许人也,年五十余,云已数百岁。酒妇异之,每加礼敬。忽来谓妇曰:"急装束,与汝共应中陵王去。"是夜果有异人来,持二茅狗,一与于老,一与酒妇,俱令骑之,乃龙也。相随上华阴山上,常大呼云:"于老、酒母在此。" 出《女仙传》。

## 女　几

女几者,陈市上酒妇也,作酒常美。仙人过其家饮酒,即以《素书》五卷质酒钱。几开视之,乃仙方养性长生之术也。几私写其要诀,依而修之。三年,颜色更少,如二十许人。数岁,质酒仙人复来,笑谓之曰:"盗道无师,有翅不飞。"女几随仙人去,居山历年,人常见之。其后不知所适,今所居即女几山也。 出《女仙传》。

这个女子对他说:"我愿意做您的妻子。"这个女子就与董永一起来到主人家。主人说:"我把钱给了你。"董永说:"我承蒙您的恩德,父亲死了使他的尸骨得到收藏,我董永即使是小人,也一定要承担劳役尽我之力,用来报答您的厚德。"主人问:"这个女子能做什么?"董永说:"能纺织。"主人说:"你一定要这样做的话,只要让你的妻子给我织一百匹双丝细绢就行了。"于是董永的妻子就给主人家织布,十天就把一百匹双丝细绢全部织成了。出自《搜神记》。

## 酒　母

　　酒母是都城里卖酒的女子。她遇到一个叫于老的师父,不知是哪里人。这个于老五十多岁,他自己说已经几百岁了。卖酒的女子觉得他是个奇人,常常对他加礼恭敬。有一天,于老忽然来对女子说:"赶快妆扮一下,我和你一起接应中陵王去。"这天晚上果然有异人到来。那个人牵着两只茅狗,一只给了于老,一只给了卖酒的女子,让他们都骑上。这两只茅狗原来是龙。他们就随着那个异人上了华阴山。之后山上常常有人大声呼喊着说:"于老、酒母在此。"出自《女仙传》。

## 女　几

　　女几是陈市上造酒的女子,她造的酒很是美味。有一次,仙人路过她家饮酒,就用《素书》五卷抵押酒钱。女几打开书一看,原来是仙方养性长生的法术。她就偷偷地把书中的要诀写下来,依照它修炼。三年时间,女几的容颜更年轻了,像二十岁左右的人。几年后,抵押酒钱的那个仙人又来了,他笑着对女几说:"偷来的道没有老师,有翅膀也不能飞。"女几就跟着仙人走了,在山上住了许多年。人们常常见到她。后来不知道她到哪里去了。如今她居住过的山就是女几山。出自《女仙传》。

# 卷第六十
## 女仙五

麻　姑　　玄俗妻　　阳都女　　孙夫人　　樊夫人
东陵圣母　　郝　姑　　张玉兰

### 麻　姑

汉孝桓帝时，神仙王远，字方平，降于蔡经家。将至一时顷，闻金鼓箫管人马之声。及举家皆见，王方平戴远游冠，着朱衣，虎头鞶囊，五色之绶，带剑，少须，黄色，中形人也。乘羽车，驾五龙，龙各异色，麾节幡旗，前后导从，威仪奕奕，如大将军。鼓吹皆乘麟，从天而下，悬集于庭，从官皆长丈余，不从道行。既至，从官皆隐，不知所在，唯见方平，与经父母兄弟相见。独坐久之，即令人相访。经家亦不知麻姑何人也。言曰："王方平敬报姑，余久不在人间，今集在此，想姑能暂来语乎？"有顷，使者还。不见其使，但闻其语云："麻姑再拜，不见忽已五百余年。尊卑有叙，修敬无阶，烦信来，承在彼。登山颠倒，而先受命，当按行蓬莱，今便暂往。如是当还，还便亲觐，愿来即去。"如此两时间，麻姑至矣。来时亦先闻人马箫鼓声。既至，从官半于方平。

## 麻 姑

汉孝桓帝时，有位字方平的神仙王远，降临到蔡经家。还有
一会儿快到的时候，听到金鼓、箫管、人马的声音，蔡经及全家人
都看见王远戴着远游冠，穿着红色衣服，腰挂虎头鞶囊，佩着五
色绶带，带着剑，胡须少而黄，是个中等身形的人。他乘着有羽
毛的车，驾着五条龙，龙的颜色各异，旗幡招展，前导后从，威仪
鲜明，像个大将军。吹鼓手都乘坐麒麟，他们从天而下，在蔡经
家的院子上空悬空聚集。跟从的官员都一丈多高，不从道上走。
到了以后，跟从的官员都隐去，不知在哪，只见到王远与蔡经的
父母兄弟相见。王远独坐很久，就令人去拜访麻姑，蔡经家里的
人也不知麻姑是什么人。王远教使者说："王方平敬告麻姑，我
很久不在人间，今天在此停留，想必麻姑能暂来叙话吗？"过了
一会儿，使者回来了。人们看不见使者，只听他报告说："麻姑
再拜。一晃已经五百多年没有见面了，但尊卑有序，敬奉没有机
会，麻烦你派使者来我这里。我先已受命，要巡查蓬莱，现在就
暂去。如此当回还，回来后就亲自去拜见。"如此两个时辰，麻姑
来了。来时人们也是先听到人马箫鼓的声音。到达以后，看到
她的随从官员比王远的少一半。

麻姑至，蔡经亦举家见之。是好女子，年十八九许，于顶中作髻，余发垂至腰。其衣有文章，而非锦绮，光彩耀目，不可名状。入拜方平，方平为之起立。坐定，召进行厨，皆金盘玉杯，肴膳多是诸花果，而香气达于内外。擘脯行之，如柏灵，云是麟脯也。麻姑自说云："接待以来，已见东海三为桑田。向到蓬莱，水又浅于往者会时略半也，岂将复还为陵陆乎？"方平笑曰："圣人皆言海中复扬尘也。"

姑欲见蔡经母及妇侄，时弟妇新产数十日，麻姑望见乃知之，曰："噫！且止勿前。"即求少许米，得米便撒之掷地，视其米，皆成真珠矣。方平笑曰："姑故年少，吾老矣，了不喜复作此狡狯变化也。"方平语经家人曰："吾欲赐汝辈酒。此酒乃出天厨，其味醇醲，非世人所宜饮，饮之或能烂肠。今当以水和之，汝辈勿怪也。"乃以一升酒，合水一斗搅之，赐经家饮一升许。良久酒尽，方平语左右曰："不足远取也，以千钱与余杭姥相闻，求其沽酒。"须臾信还，得一油囊酒，五斗许。信传余杭姥答言："恐地上酒不中尊饮耳。"

又麻姑鸟爪，蔡经见之，心中念言："背大痒时，得此爪以爬背，当佳。"方平已知经心中所念，即使人牵经鞭之。谓曰："麻姑神人也，汝何思谓爪可以爬背耶？"但见鞭着经背，亦不见有人持鞭者。方平告经曰："吾鞭不可妄得也。"

是日，又以一符传授蔡经邻人陈尉，能檄召鬼魔，救人治疾。蔡经亦得解蜕之道，如蜕蝉耳，经常从王君

麻姑到时,蔡经全家也都看到了。她是个美貌女子,年纪在十八九岁左右,在头顶当中梳了一个发髻,其余的头发都垂到腰际。她的衣服有花纹,却不是锦缎,光彩耀眼,不可用语言形容。麻姑进去拜见王远,王远也为她起立。坐下以后,王远召人端进饮食。都是金盘玉杯,饭菜多半是各种花果,香气传到室内外。切开干肉传给大家吃,大家觉得这干肉像是炙烤过的貊脯,仙人说是麒麟脯。麻姑说道:"我从认识您以来,已经看到东海三次变为桑田。刚才到蓬莱,海水又比往昔聚会时浅了几乎一半。难道将要再变作山陵陆地吗?"王远笑着说:"圣人都说海中又要尘土飞扬了。"

麻姑想要见一见蔡经的母亲和妻子、侄女。当时蔡经的弟妇刚生孩子几十天,麻姑望见就知道了,她说:"唉!暂且停步不必前来。"麻姑就要了一点点米,接到米就把它撒掷到地上,一看那些米,全变成珍珠了。王远笑着说:"麻姑依旧年轻,我老了,一点也不喜欢再做这种狡猾欺诈的变化了。"王远告诉蔡经的家人说:"我想要赏给你们这些人酒喝。这种酒乃是天厨酿出,它的味道醇醲,不适宜世人饮用,喝了它或许烂肠。今天得用水调和它,你们不要责怪。"就拿一升酒兑入一斗水搅拌了以后,赐给蔡经家人每人喝了一升左右。过了很久,酒喝光了,王远告诉左右的人说:"不值得到远处去取。拿一千个大钱给余杭姥,告诉她求她打酒。"不一会儿,使者回来了,买到一油囊酒,有五斗左右。信使转述余杭姥的答话说:"只恐怕地上的酒不适合您喝。"

另外,麻姑的鸟爪被蔡经看到了,他就在心里默念说:"脊背很痒时,能得此爪来抓痒,该很舒服。"王远已经知道蔡经心中想什么,就派人把蔡经拉走,用鞭子抽打他并对他说:"麻姑是神人,你怎么能想麻姑的爪可以抓痒呢?"只见鞭子落在蔡经的背上,也不见有拿鞭子的人。王远告诉蔡经说:"我的鞭打也不是随便可以得到的。"

这一天,王远又把一张符传授给蔡经的邻人陈尉。这张符能檄召鬼魔,救人治病。蔡经也获得了解蜕之道,像蝉蜕般常跟随王君

游山海。或暂归家，王君亦有书与陈尉，多是篆文，或真书字，廓落而大，陈尉世世宝之。宴毕，方平、麻姑命驾升天而去，箫鼓道从如初焉。出《神仙传》。

## 玄俗妻

河间王女者，玄俗妻也。玄俗得神仙之道，住河间已数百年。乡人言常见之，日中无影。唯饵巴豆云母，亦卖之于都市，七丸一钱，可愈百病。河间王有病，买服之，下蛇十余头。问其药意，答言："王之所以病，乃六世余殃所致，非王所招也。王尝放乳鹿，即麟母也。仁心感天，固当遇我耳。"王家老舍人云："尝见父母说，玄俗日中无影。"王召而视之，果验。王女幼绝荤血，洁净好道，王以此女妻之。居数年，与女俱入常山，时有见者。出《女仙传》。

## 阳都女

阳都女，阳都市酒家女也。生有异相，眉连，耳细长。众以为异，疑其天人也。时有黑山仙人犊子者，邺人也。常居黑山，采松子茯苓饵之，已数百年，莫知其姓名。常乘犊，时人号为犊子。时壮时老，时丑时美。来往阳都，酒家女悦之，遂相奉侍。一旦女随犊子出取桃，一宿而返，得桃甚多，连叶甘美，异于常桃。邑人俟其去时，既出门，二人共牵犊耳而走，其速如飞，人不能追。如是且还，复在市中数十年，夫妇俱去。后有见在潘山之下，冬卖桃枣焉。出《墉城集仙录》。

游山海。有时偶尔回家，王君也有信捎给陈尉。书信大多是篆文，有的是楷书字，字写得松散而且大。陈尉家里世世代代把它当作宝贝。那次宴会完毕，王远、麻姑命车驾升天而去，箫鼓导从像当初来时一样。出自《神仙传》。

## 玄俗妻

　　河间王的女儿是玄俗的妻子。玄俗获得神仙之道，住在河间已经几百年了。乡人说常常见到他，在太阳底下没有影子。他只吃巴豆云母，也到都市去卖它，七九药一钱，可以治愈百病。河间王有病，买他的药吃了，打下十多条蛇。河间王问他用药意图，他回答说："大王有病的原因，乃是六世余殃造成的，不是大王招来的。大王曾经释放一头哺乳期的母鹿，这母鹿就是麒麟之母。你的仁慈之心感动了天，本来应当遇到我。"王家一个老舍人说："我曾听父母说过，玄俗在日光中没有影子。"河间王就把玄俗召来，一看果然如此。河间王的女儿小时候就断了荤腥，清净好道。河间王就把这个女儿嫁给了玄俗。住了几年后，玄俗与河间王的女儿一起进了常山，时而有人看到他们。出自《女仙传》。

## 阳都女

　　阳都女是阳都市中卖酒人家的女儿。她生得有异相：两眉相连，耳朵细长。众人觉得她的长相奇异，疑心她是神人。当时有个叫做犊子的黑山仙人，是邺地人。他常住在黑山，采松子、茯苓吃，已经几百年了，没有人知道他的姓名。因为他经常骑着牛犊，当时的人称他为犊子。这个犊子有时强壮有时衰老，有时丑陋有时漂亮。他来往阳都，酒家女喜欢他，就奉侍他。有一天，酒家女随着犊子外出去取桃，过了一夜回来，带来很多桃，连叶子都很甜美，与普通的桃不同。县里的人等着她出去的时候去看，看到出门以后两个人共同牵着牛的耳朵走，快得像飞似的，人们不能追上。如此之后又回来，又在市中住了几十年，后来夫妻一起走了。此后有人在潘山之下看到他们，冬天在那里卖桃卖枣。出自《墉城集仙录》。

## 孙夫人

孙夫人，三天法师张道陵之妻也。同隐龙虎山，修三元默朝之道积年，累有感应。时天师得黄帝龙虎中丹之术，丹成服之，能分形散影，坐在立亡。天师自鄱阳入嵩高山，得隐书制命之术，能策召鬼神。时海内纷扰，在位多危。又大道凋丧，不足以拯危佐世。年五十方修道，及丹成，又二十余年。既术用精妙，遂入蜀，游诸名山，率身行教。夫人栖真江表，道化甚行。以汉桓帝永嘉元年乙酉到蜀，居阳平化，炼金液还丹。依太乙元君所授黄帝之法，积年丹成，变形飞化，无所不能。以桓帝永寿二年丙申九月九日，与天师于阆中云台化白日升天，位至上真东岳夫人。

子衡，字灵真，继志修炼，世号嗣师，以灵帝光和二年，岁在己未，正月二十三日，于阳平化白日升天。孙鲁，字公期，世号嗣师，当汉祚陵夷，中土纷乱，为梁益二州牧、镇南将军，理于汉中。魏祖行灵帝之命，就加爵秩。旋以刘璋失蜀，蜀先主举兵，公期托化归真，隐影而去。

初，夫人居化中，远近钦奉，礼谒如市。遂于山趾化一泉，使礼奉之人，以其水盥沐，然后方诣道静，号曰解秽水，至今在焉。山有三重，以象三境。其前有白阳池，即太上老君游宴之所，后有登真洞，与青城、峨眉、青衣山、西玄山洞府相通，故为二十四化之首也。出《女仙传》。

## 樊夫人

樊夫人者，刘纲妻也。纲仕为上虞令，有道术，能檄召鬼神，禁制变化之事。亦潜修密证，人莫能知。为理尚清静

## 孙夫人

孙夫人是三天法师张道陵的妻子。他们夫妻共同隐居在龙虎山，修行三元默朝之道多年，屡有感应。当时张天师得到了黄帝的龙虎中丹之术，丹炼成后吃了，能够分形散影，坐在那立时无影。天师从鄱阳进入嵩高山，得到隐书《制命之术》，能用拐杖召来鬼神。当时国内纷扰，当官的危机很多。又加上大道沦丧，不能拯救危难帮助世人。张天师年已五十才去修行道术，等到丹炼成了，又过去二十多年。法术运用精妙以后，他就入蜀游历各名山，以身示法教授学徒。夫人住在江东修真养性，道化很是流行于世。她在汉桓帝永嘉元年乙酉来到蜀地，在阳平化居住，炼金液还丹。她依照太乙元君所传授黄帝的方法，过了几年丹炼成了，变形飞化无所不能。在桓帝永寿二年丙申九月九日，她与天师在阆中的云台成仙，白日升天，位至上真东岳夫人。

他们的儿子张衡，字灵真，继承他们的志向修炼，世人称他为嗣师。在灵帝光和二年，岁在己未，正月二十三日，于阳平成仙，白日升天。他们的孙子张鲁，字公期，世人称他为嗣师。正当汉朝国运衰颓，中原纷乱，他担任梁州、益州两州长官、镇南将军，在汉中理政。曹操发布灵帝的命令，又给他加爵进秩。不久，因为刘璋丢失了蜀，刘备起兵，张鲁托形死亡归真，隐影而去。

当初，夫人居于化中，远近之人都恭敬信奉她，礼拜的人像赶集市一般。夫人就在山脚下点化一泉，使以礼敬奉她的人，用此泉水洗浴后才去入道静修。那处泉水称作解秽水，至今还在那里。山有三层，以象征三境。山前有白阳池，就是太上老君游宴之处。山后有登真洞，与青城山、峨眉山、青衣山、西玄山洞府相通，所以成为二十四化之首。出自《女仙传》。

## 樊夫人

樊夫人是刘纲的妻子。刘纲做官时任虞县令。他身有道术，能传檄召唤鬼神，也会禁制变化一类事。他也是悄悄地修行、秘密地学成的，没有人知道这件事。刘纲办理政事崇尚清静

简易,而政令宣行,民受其惠,无水旱疫毒鸷暴之伤,岁岁大丰。暇日,常与夫人较其术用。俱坐堂上,纲作火烧客碓屋,从东起,夫人禁之即灭。庭中两株桃,夫妻各咒一株,使相斗击。良久,纲所咒者不如,数走出篱外。纲唾盘中,即成鲤鱼。夫人唾盘中成獭,食鱼。纲与夫人入四明山,路阻虎,纲禁之,虎伏不敢动,适欲往,虎即灭之。夫人径前,虎即面向地,不敢仰视,夫人以绳系虎于床脚下。纲每共试术,事事不胜。将升天,县厅侧先有大皂荚树,纲升树数丈,方能飞举。夫人平坐,冉冉如云气之升,同升天而去。

后至唐贞元中,湘潭有一媪,不云姓字,但称湘媪。常居止人舍,十有余载矣。常以丹篆文字救疾于闾里,莫不响应。乡人敬之,为结构华屋数间而奉媪。媪曰:“不然,但土木其宇,是所愿也。”媪鬤翠如云,肥洁如雪。策杖曳履,日可数百里。

忽遇里人女,名曰逍遥。年二八,艳美,携筐采菊。遇媪瞪视,足不能移。媪目之曰:“汝乃爱我,而同之所止否?”逍遥欣然掷筐,敛衽称弟子,从媪归室。父母奔追及,以杖击之,叱而返舍。逍遥操益坚,窃索自缢,亲党敦喻其父母,请纵之。度不可制,遂舍之。复诣媪,但帚尘易水,焚香读道经而已。后月余,媪白乡人曰:“某暂之罗浮,扃其户,慎勿开也。”乡人问逍遥何之,曰:“前往。”如是三稔,人但于户外窥见,小松迸笋而丛生阶砌。及媪归,

简易,而政令发布施行,老百姓就受到他的恩惠,没有水旱、疫毒、猛兽伤害,年年大丰收。闲暇的日子,他常与夫人较量他们的法术效用。他们一起坐在堂上,刘纲作火烧磨房,火从东起,夫人禁咒火就灭了。院子中有两株桃树,夫妻各自念动咒语催动,使两棵树互相斗击。过了很久,刘纲驱动的树失败了,几步走出篱笆外。刘纲向盘子中唾一口唾沫,就变成了鲤鱼。夫人向盘子中唾一口唾沫,变成了水獭,去吃鱼。刘纲与夫人进入四明山,路被虎堵住。刘纲禁咒它,虎就趴着不敢动;刚要走,虎就要吃掉他。夫人径直往前走,虎就面向地,不敢仰视。夫人用绳索把虎拴在床脚下。刘纲每次和夫人共同试法术,总是不能取胜。将要腾空乘云而行,县衙正厅旁边从前有棵大皂荚树,刘纲升上树几丈高,才能飞起来。夫人平静地坐着,冉冉如云气升起,同刘纲一起升天而去。

后来到了唐朝贞元年间,湘潭县有个老太太,不说姓名,只称湘媪。她平常在别人家的房舍居住,已十多年了。她常常用丹砂写篆字在同里治病救人,没有不灵验的。乡人敬重她,给她盖了几间华美的房屋奉养她。老太太说:"不要这样,只要有个土木房屋即可,这就是我的愿望。"老太太鬓发如云,身体肥洁如雪。她拄着拐杖跐着鞋,每天可走几百里。

忽然有一天,湘媪遇见一个乡下女子,名叫逍遥。她十六岁,长得很美艳,正拿着筐采菊花。她遇到这个老太太就瞪着眼睛看,双脚不动。老太太看着她说:"你要是喜欢我,愿意同我一起到我住的地方吗?"逍遥高兴得把筐扔了,给老太太行礼自称弟子,跟老太太回家了。她的父母奔跑着追上她,用棒子打她,吆喝着把她领回家。逍遥的志向更加坚定,她就偷了一根绳子上吊。亲戚乡邻诚恳地开导她的父母,请求他们让逍遥愿意干什么就干什么。逍遥的父母思量不能制止她,就放了她。逍遥又到老太太那里去了,只是扫地打水烧香读道经而已。一个多月后,老太太告诉乡人说:"我暂时到罗浮山去,把门锁上了,你们千万不要打开。"乡人问逍遥将要到哪去,老太太说:"前去。"如此三年,人们只从门外看见老太太房舍阶下、墙边小松竹笋丛生。等到老太太回来,

召乡人同开锁,见逍遥憒坐于室,貌若平日,唯蒲履为竹稍串于栋宇间。媪遂以杖叩地曰:"吾至,汝可觉。"逍遥如寐醒,方起,将欲拜,忽遗左足,如刖于地。媪遽令无动,拾足勘膝,噀之以水,乃如故。乡人大骇,敬之如神,相率数百里皆归之。

媪貌甚闲暇,不喜人之多相识。忽告乡人曰:"吾欲往洞庭救百余人性命,谁有心为我设船一只?一两日可同观之。"有里人张拱家富,请具舟楫,自驾而送之。欲至洞庭前一日,有大风涛,蹙一巨舟,没于君山岛上而碎。载数十家,近百余人,然不至损,未有舟楫来救,各星居于岛上。忽有一白鼋,长丈余,游于沙上。数十人拦之挝杀,分食其肉。明日,有城如雪,围绕岛上,人家莫能辨。其城渐窄狭束,岛上人忙怖号叫,囊橐皆为齑粉,束其人为簇。其广不三数丈,又不可攀援,势已紧急。岳阳之人,亦遥睹雪城,莫能晓也。时媪舟已至岸,媪遂登岛,攘剑步罡,噀水飞剑而刺之,白城一声如霹雳,城遂崩。乃一大白鼋,长十余丈,蜿蜒而毙,剑立其胸。遂救百余人之性命,不然,顷刻即拘束为血肉矣。岛上之人,感号泣礼谢。

命拱之舟返湘潭,拱不忍便去。忽有道士与媪相遇曰:"樊姑尔许时何处来?"甚相慰悦。拱诘之,道士曰:"刘纲真君之妻,樊夫人也。"后人方知媪即樊夫人也。拱遂归湘潭。后媪与逍遥一时返真。出《女仙传》。

她召集乡人一同开锁，就看见逍遥在室内迷迷糊糊地坐着，容貌像平时一样，只有草鞋被竹梢串到房梁上。老太太就用拐杖敲敲地，说："我回来了，你可以醒了。"逍遥像睡觉醒来，刚起身要下拜，忽然她的左脚掉了，像被砍落在地上。老太太急忙令逍遥不要动，她捡起脚对正膝盖安上，用水喷喷它，就像之前一样。乡人大吃一惊，像敬神似的敬畏她，人们接连不断地从几百里外来拜服她。

　　老太太的神情很闲适，不喜欢认识很多人。有一天，老太太忽然告诉乡人说："我要前往洞庭湖去救一百多人的性命，谁有心意为我准备一只船？一两天后可以共同去观看。"有个叫张拱的人家里很富裕，他请求准备船只，自己驾船去送她。要到洞庭湖的前一天，有大风大浪拍击一只大船，船沉没在君山岛上碎裂了。船上载着的几十家、一百多人却没有损伤，但也没有船来救，他们各自散居在岛上。忽然有一条扬子鳄，有一丈多长，游到沙滩上。几十个人拦住它把它打死，把它的肉分着吃了。第二天，有像雪似的一座白城围绕在岛上，人们没有谁能辨识。那座城逐渐变窄把人夹住，岛上的人恐怖地哭叫，行装都碎为粉末，那些人也都被捆成一簇。那里面不到几丈宽，又不能攀援，形势已经危急了。岳阳城里的人也远远望见雪城，但没有人能明白这是怎么回事。这时老太太的船已经到岸，老太太就登上君山岛，举起剑踏着罡步，喷一口法水飞快出剑去刺它。白城发出如霹雳般的一声，城就崩塌了。原来是一只大扬子鳄，长十多丈，蜿蜒而死，剑立在它的胸上。这样救了一百多人的性命。否则，顷刻之间这些人就被拘束成为血肉了。岛上的人都放声哭泣着向老太太行礼道谢。

　　老太太命张拱的船返回湘潭，张拱不忍马上离开。这时忽然有个道士与老太太相遇，这个道士说："樊姑这些时何处来？"他们都很感慰喜悦。张拱讯问道士，道士说："这位老太太就是刘纲真君的妻子樊夫人。"人们才知道湘媪就是樊夫人。张拱就回到了湘潭。后来老太太与逍遥同时返回仙境。出自《女仙传》。

## 东陵圣母

东陵圣母，广陵海陵人也，适杜氏，师刘纲学道，能易形变化，隐见无方。杜不信道，常怒之。圣母理疾救人，或有所诣，杜恚之愈甚，讼之官，云："圣母奸妖，不理家务。"官收圣母付狱。顷之，已从狱窗中飞去，众望见之，转高入云中，留所着履一双在窗下。于是远近立庙祠之，民所奉事，祷之立效。常有一青鸟在祭所，人有失物者，乞问所在，青鸟即飞集盗物人之上。路不拾遗，岁月稍久，亦不复尔。至今海陵县中不得为奸盗之事。大者即风波没溺，虎狼杀之，小者即复病也。出《女仙传》。

## 郝　姑

郝姑祠在莫州莫县西北四十五里。俗传云，郝姑字女君，本太原人，后居此邑。魏青龙年中，与邻女十人，于沤湅泄水边挑蔬。忽有三青衣童子，至女君前云："东海公娶女君为妇。"言讫，敷茵褥于水上，行坐往来，有若陆地。其青衣童子便在侍侧，沿流而下。邻女走告之，家人往看，莫能得也。女君遥语云："幸得为水仙，愿勿忧怖。"仍言每至四月，送刀鱼为信。自古至今，每年四月内，多有刀鱼上来。乡人每到四月祈祷，州县长吏若谒此祠，先拜然后得入。于祠前忽生青石一所，纵横可三尺余，高二尺余，有旧题云："此是姑夫上马石。"至今存焉。出《莫州图经》。

## 东陵圣母

东陵圣母是广陵府海陵县人。她嫁给一个姓杜的,拜刘纲为师学道。她能够易形变化,时隐时现没有定准。她的丈夫不信道,常常因此生她的气。圣母治病救人,有时前往有病的人家。她的丈夫更加气愤,把她告到官府,理由是:"圣母是邪恶伪诈的妖人,不理家务。"官府就把圣母抓起来投进监狱。过了没多久,圣母已经从监狱的天窗中飞出去。众人望见她越来越高直入云中,只留下所穿的一双鞋在窗下。于是远近的人盖庙宇祭祀她,老百姓求告的事,向她祷告立刻见效。经常有一只青色的鸟落在祭祀的地方,有人丢失了东西,向它乞问在哪里,青鸟就飞去落在偷东西那个人的头上。因此那里路不拾遗。时间久了,也就不再这样了。至今海陵县人不做奸盗之事。如果做了,罪过大的不是被风浪吞没淹死,就是被虎狼吃掉,罪过小的就一再生病。出自《女仙传》。

## 郝　姑

郝姑祠在莫州莫县西北四十五里处。民间传说,郝姑小字女君,本来是太原人,后来住在这个县。魏青龙年间,郝姑与邻女十人,在沤浍泄水边挑菜。忽然有三个青衣童子来到女君面前,说:"东海公娶女君为媳妇。"说完,就把垫子、褥子铺在水上,在上面或行或坐来来往往,就像在陆地上一般。那青衣童子就在女君旁边陪着,沿流而下。邻女跑回去告诉女君的家里,她家里人前去察看,没能找到她。女仙远远地告诉家人说:"我有幸能够成为水仙,希望你们不要担忧害怕。"还说每到四月,就送刀鱼作为凭证。从古到今,每年四月里多有刀鱼上来。乡人每到四月就去向她祈祷。州县官吏如果到她的祠里去,要先行拜见之礼然后才能进去。在郝姑祠前不知何时出现一块青石,长宽约三尺多,高二尺多,上面有旧题词"此是姑夫上马石"。石头至今还在那里。出自《莫州图经》。

## 张玉兰

张玉兰者，天师之孙，灵真之女也。幼而洁素，不茹荤血。年十七岁，梦赤光自天而下，光中金字篆文，缭绕数十尺，随光入其口中，觉不自安，因遂有孕。母氏责之，终不言所梦，唯侍婢知之。一旦谓侍婢曰："吾不能忍耻而生，死而剖腹，以明我心。"其夕无疾而终。侍婢以白其事，母不欲违，冀雪其疑。忽有一物如莲花，自罅其腹而出。开其中，得素金书本际经十卷。素长二丈许，幅六七寸，文明甚妙，将非人功。玉兰死旬月，常有异香。乃传写其经而葬玉兰。百余日，大风雷雨，天地晦暝，失经，其玉兰所在坟圹自开，棺盖飞在巨木之上，视之，空棺而已。今墓在，益州温江县女郎观是也。三月九日是玉兰飞升之日，至今乡里常设斋祭之。灵真即天师之子，名衡，号曰嗣师。自汉灵帝光和二年己未正月二十三日，于阳平化白日升天。玉兰产经得道，当在灵真上升之后，三国纷兢之时也。出《传仙录》。

## 张玉兰

张玉兰是天师的孙女、灵真的女儿。她小时候就喜欢洁素，不吃荤血。十七岁那年，她梦见红光从天而降，红光中有金字篆文，缭绕几十尺，随着红光进入她的口中。玉兰自己觉得不安，于是就有了身孕。母亲责问她，她始终没说梦中事，这事唯有她的丫环知道。有一天，她对丫环说："我不能忍受耻辱而活着，死后就剖我腹来表明我的心。"那天晚上，玉兰无病而死。丫环把这事告诉了玉兰的母亲，母亲不想违背她的遗嘱，也希望洗雪心中之疑。这时，忽然有一个东西像莲花似的，自己从玉兰腹中破腹而出。打开那件东西，得到白绢金字写的《本际经》十卷。白色生绢长二丈左右，幅宽六七寸，文字鲜明美妙，不是人工写成。玉兰死后不久，经常有异香。于是家人传写那些经书，又安葬了玉兰。一百多天过去了，有一天忽然刮起大风，响起炸雷，下起大雨，天昏地暗。《本际经》不见了，玉兰所在的坟圹自己打开，棺盖飞在大树之上。人们一看，只是一具空棺而已。如今墓在益州，就是温江县女郎观。三月九日是玉兰升天的日子，至今乡里的人还常常设斋祭祀她。灵真就是天师的儿子，名叫张衡，人称他为嗣师。他于汉灵帝光和二年己未正月二十三日，在阳平化白日升天。玉兰产出经书而得道，应当在灵真飞升之后、三国纷争之时。出自《传仙录》。

# 卷第六十一
## 女仙六

王妙想　　成公智琼　　庞　女　　褒　女　　李真多
班　孟　　天台二女

### 王妙想

　　王妙想，苍梧女道士也。辟谷服气，住黄庭观边之水傍。朝谒精诚，想念丹府，由是感通。每至月旦，常有光景云物之异，重嶂幽壑，人所罕到。妙想未尝言之于人。如是岁余，朔旦忽有音乐，遥在半空，虚徐不下，稍久散去。又岁余，忽有灵香郁烈，祥云满庭，天乐之音，震动林壑，光烛坛殿，如十日之明。空中作金碧之色，烜燏乱眼，不可相视。须臾，千乘万骑，悬空而下，皆乘麒麟凤凰、龙鹤天马。人物仪卫数千，人皆长丈余，持戈戟兵杖，旌幡幢盖。良久，乃鹤盖凤车，导九龙之辇，下降坛前。有一人羽衣宝冠，佩剑曳履，升殿而坐。身有五色光赫然，群仙拥从亦数百人。

　　妙想即往视谒。大仙谓妙想曰："吾乃帝舜耳。昔劳厌万国，养道此山。每欲诱教后进，使世人知道无不可教授者。且大道在于内，不在于外；道在身，不在他人。玄经

## 王妙想

王妙想是苍梧女道士。她不吃五谷,驾驭气息,住在黄庭观旁的水边。她精诚朝拜,想念丹府,因此有所感通。每到月初一,常有奇异的光影云物和重嶂幽谷出现,人很少到那样的地方,妙想也不曾把她见到的情景告诉别人。如此一年多,有一个月初一的那天,忽然有音乐在遥远的半空中,虚幻轻漫而不消散,时间稍长才散去。又过了一年多,忽然有灵香浓郁而又强烈,祥云弥满庭院,天乐的声音震动山林深谷,光照坛殿,像十个太阳那么明亮,空中呈现金碧的颜色,令人眼花缭乱不敢看。不一会儿,千乘万骑从悬空下来,都骑着麒麟、凤凰以及龙鹤、天马。仪仗队和护卫的有几千人,人都一丈多高,拿着戈戟兵杖,飘扬着旗幡伞盖。过了很久,才有鹤盖凤车引导着九龙辇车,下降到坛前。有一个人穿着羽衣,戴着宝冠,佩着剑,拖着鞋,升殿坐下。他的身上赫然有五色光芒,簇拥随从的群仙也有几百人。

妙想就前去拜见。大仙对妙想说:"我是舜帝。从前因理国劳倦,在这座山养生修道,总想诱导教化后进之人,使世人知道没有不可教化的人。而且大道在于内不在于外,道在自身不在他人。玄经

所谓修之于身，其德乃真，此盖修之自己，证仙成真，非他人所能致也。吾睹地司奏，汝于此山三十余岁，始终如一，守道不邪，存念贞神，遵禀玄戒，汝亦至矣。若无所成证，此乃道之弃人也。玄经云：'常善救物，而无弃物。'道之布惠周普，念物物皆欲成之，人人皆欲度之。但是世人福果单微，道气浮浅，不能精专于道，既有所修，又不勤久，道气未应，而已中怠，是人自弃道，非道之弃人也。汝精诚一至，将以百生千生。望于所诚，不怠不退，深可悲愍。

"吾昔遇太上老君，示以《道德真经》，理国理身，度人行教，此亦可以亘天地、塞坤坤、通九天、贯万物，为行化之要、修证之本，不可譬论而言也。吾常铭之于心，布之于物，弘化济俗，不敢斯须辄有怠替。至今禀奉师匠，终劫之宝也。但世俗浮诈迷妄者多，嗤谦光之人，以为懦怯；轻退身之道，以为迂劣；笑绝圣弃智之旨，以为荒唐；鄙绝仁弃义之词，以为劲捷。此盖迷俗之不知也。玄圣之意，将欲还淳复朴，崇道黜邪。斜径既除，至道自显；淳朴已立，浇兢自祛。此则裁制之义无所施，兼爱之慈无所措，昭灼之圣无所用，机谲之智无所行。天下混然，归乎大顺，此玄圣之大旨也。奈何世俗浮伪，人奔奢巧，帝王不得以静理，则万绪交驰矣；道化不得以坦行，则百家纷竞矣。故曰：人之自迷，其日固久。若洗心洁己，独善其身，能以至道为师资，长生为归趣，亦难得其人也。吾以汝修学勤笃，暂来省视。尔天骨宿禀，复何疑乎？汝必得之也。

"吾昔于民间，年尚冲幼，忽感太上大道君降于曲室之中，教以修身之道，理国之要，使吾瞑目安坐，冉冉乘空，

所说的修之于身，他的道德才具备，这指的是修道在于自己，证仙成真不是他人所能办到的。我看了地司的奏章，你在此山三十多年，始终如一，守道不邪，心思贞神，遵承道戒，你也心诚到极点了。如果不能证仙成真，这就是天道弃人了。《玄经》上说，常做善事，救助万物，便没有弃物。天道周全普遍地布下恩惠，是考虑到每个物都想使它成就，每个人都想把他度引。只是世人福果单微，道气浮浅，不能精专于道。既有修行，又不勤奋持久，道气没有灵应，而自己心中已倦怠，这是人自己弃道，不是道弃人啊。你精诚一到，将会生出百千的灵应。你寄希望于所忠诚之道，不倦怠不退缩，很值得同情。

"我从前遇到太上老君，他把《道德真经》拿给我看，此书治国治身，度引别人施行教化，也可以用来联结天地、堵塞窟窿、沟通九天、贯穿万物，作为施行教化的要旨、修仙证果的根本，不可以晓譬劝喻。我常常把它铭记在心，传布于物，弘扬道义，救助世俗，不敢片刻松懈倦怠；至今禀承师训，当作终劫之宝。但世俗中浮诈迷妄的人多，他们讥笑谦和的人，认为他怯懦；轻视退身之道，认为它迂劣；嘲笑绝圣弃智的宗旨，认为这荒唐；鄙视绝仁弃义的言词，把它当作劲捷。这是因为被俗念所迷却不知道啊。玄圣的心意，将要恢复淳朴，尊崇玄道，斥逐邪恶。邪恶除去以后，至道自然显现；淳朴确立以后，浮薄纷争的风气自然消退。这样就使约束的旨意没有地方施行，兼爱的慈心无处放矢，昭灼的圣明无处施用，诡诈的智谋无处行使。天下混然一体趋奔归于大顺，这就是玄圣的最大愿望。可惜世俗肤浅伪诈，人们趋奔于奢侈和奇巧，帝王不能安心治国，就会各种头绪纷至沓来；道化不能顺利施行，就会百家纷争。所以说人们自我迷惑，其时日本来很久了。像那种清除杂念、独善其身，能以至道作师表、以长生为最终志趣的人，很难找到了。我因为你修学道术，辛勤诚恳，姑且前来察看。你的仙骨早就具备了，还迟疑什么呢？你一定能得道。

"我从前在民间，年纪还小，忽然感应太上道君降临到我的小屋之中，教给我修身之道，治国的策略，让我闭目安坐，冉冉升空，

至南方之国曰扬州。上直牛斗，下瞰淮泽，入十龙之门，泛昭回之河，瓠瓜之津，得水源号方山，四面各阔千里。中有玉城瑶阙，云九疑之山。山有九峰，峰有一水，九江分流其下，以注六合，周而复始，溯上于此，以灌天河，故九水源出此山也。上下流注，周于四海，使我导九州、开八域，而归功此山。山有三宫，一名天帝宫，二名紫微宫，三名清源宫。吾以历数既往，归理此山，上居紫微，下镇于此。常以久视无为之道，分命仙官，下教于人。夫诸天上圣，高真大仙，愍劫历不常，代运流转，阴阳倚伏，生死推迁。俄尔之间，人及阳九百六之会，孜孜下教，以救于人，愈切于世人之求道也。世人求道，若存若亡，系念存心，百万中无一人勤久者。天真悯俗，常在人间，隐景化形，随方开悟，而千万人中无一人可教者。古有言曰：'修道如初，得道有余。'多是初勤中惰，前功并弃耳。道岂负于人哉？汝布宣我意，广令开晓也。

"此山九峰者，皆有宫室，命真官主之。其下有宝玉五金、灵芝神草、三天所镇之药、太上所藏之经，或在石室洞台、云崖嵌谷。故亦有灵司主掌，巨虬猛兽，螣蛇毒龙，以为备卫。一曰长安峰，二曰万年峰，三曰宗正峰，四曰大理峰，五曰天宝峰，六曰广得峰，七曰宜春峰，八曰宜城峰，九曰行化峰。下有宫阙，各为理所。九水者，一曰银花水，二曰复淑水，三曰巢水，四曰许泉，五曰归水，六曰沙水，七曰金花水，八曰永安水，九曰晋水。此九水支流四海，周灌无穷。山中异兽珍禽，无所不有，无毒螫鸷玃之物，可以度世，可以养生，可以修道，可以

到了南方之国扬州。向上直达斗宿和牛宿,向下俯瞰淮泽。进入十龙门,渡过昭回河、瓠瓜津,找到水源叫作方山,四面各宽千里,当中有玉城瑶宫,这里叫九疑山。山有九座山峰,每峰有一条河,九江分别流于其下,而注入六合;周而复始,逆流而上到这里,用来浇灌天河。所以九水从此山发源流出,上下流淌灌注,遍及四海,使我导九州、开八域而归功此山。山里有三座宫,第一宫名叫天帝宫,第二宫名叫紫微宫,第三宫名叫清源宫。我根据历数前去以后,回来治理此山,在上住在紫微宫,向下镇守在这里。我常以久视无为之道,分别派遣仙官到下界去教化人。那诸天的上圣、高真、大仙,因为劫历不常、代运流转、阴阳倚伏、生死推移而产生怜悯之心。转眼之间,人就到了阳九百六的期限。勤勤恳恳地下世行教以救人,更加对世人求道感到迫切。世人求道之心若有若无,系念存想在心的,百万人当中没有一人能长久勤修的。天上真仙怜悯俗人,常在人间隐影化形,随处使人开化觉悟,而千万人当中没有一个可教的人。古来有句话说:'修道如初,得道有余。'多数人是起始勤恳,中途怠惰,前功尽弃了。难道是道对不起人吗?你传播宣扬我的意见,广泛地让人们明白。

"此山九峰都有宫室,命真官主管它们。下面有宝玉五金、灵芝神草、三天所保护的仙药以及太上老君所收藏的经文。有的在石室洞台,有的在云崖峭谷。所以也有灵司主管,并让巨虬猛兽、螣蛇毒龙防备护卫。九座山峰,第一峰叫作长安峰,第二峰叫作万年峰,第三峰叫作宗正峰,第四峰叫作大理峰,第五峰叫作天宝峰,第六峰叫作广得峰,第七峰叫作宜春峰,第八峰叫作宜城峰,第九峰叫作行化峰。峰下有宫阙,各自作为治所。九道水,第一水叫作银花水,第二水叫作复淑水,第三水叫作巢水,第四水叫作许泉,第五水叫作归水,第六水叫作沙水,第七水叫作金花水,第八水叫作永安水,第九水叫作晋水。这九水支脉流向四海,周围灌溉无穷。山中珍禽异兽无所不有,没有毒螫鸷玃之物。可以在此度世,可以在此养生,可以在此修炼道术,可以

登真也。汝居山以来，未尝游览四表，拂衣尘外，遐眺空碧，俯睨岑峦，固不可得而知也。吾为汝导之，得不勉之、修之！仡驾景策空，然后倒景而研其本末也。"

于是命侍臣，以《道德》二经及驻景灵丸授之而去。如是一年或三五降于黄庭观。十年后，妙想白日升天。兹山以舜修道之所，故曰道州营道县。出《集仙录》。

## 成公智琼

魏济北郡从事掾弦超，字义起。以嘉平中夕独宿，梦有神女来从之，自称天上玉女，东郡人，姓成公，字智琼，早失父母。上帝哀其孤苦，令得下嫁。超当其梦也，精爽感悟，美其非常人之容，觉而钦想。如此三四夕。

一旦显然来，驾辎軿车，从八婢。服罗绮之衣，姿颜容色，状若飞仙。自言年七十，视之如十五六。车上有壶榼，清白琉璃，饮啖奇异，馔具醴酒，与超共饮食。谓超曰："我天上玉女，见遣下嫁，故来从君。盖宿时感运，宜为夫妇，不能有益，亦不能为损。然常可得驾轻车肥马，饮食常可得远味异膳，缯素可得充用不乏。然我神人，不能为君生子，亦无妒忌之性，不害君婚姻之义。"遂为夫妇。赠诗一篇曰："飘摇浮勃逢，敖曹云石滋。芝英不须润，至德与时期。神仙岂虚降？应运来相之。纳我荣五族，逆我致祸灾。"此其诗之大较，其文二百余言，不能悉举。又著《易》七卷，

在此成仙。你住在山上以来，不曾游览山的四外，脱离于尘世之外，远眺碧空，俯视山峦，本来不可能知道这些。我为你指点它，你能不勉力修行吗？我等待你能在空中驾驭形体，然后反过来研究它的本末了。"

于是命侍臣把《道德》二经以及驻影灵丸传给妙想后离去。此后一年或三五年，舜帝就降临黄庭观一次。十年后，妙想白日升天。这座山因为是舜修道的地方，所以叫作道州营道县。出自《集仙录》。

## 成公智琼

魏时，济北郡从事掾弦超，字义起，在嘉平年间有一天晚上独宿，梦见有个神女来侍从他。神女自称是天上玉女，东郡人，姓成公，字智琼，早年失去父母。上帝因为她孤苦无依而哀怜她，令她下界嫁人。弦超在做这个梦的时候，精神爽快，有所感悟，觉得神女的姿容不是平常人所能有的那么美，醒来的时候就怀着敬意想念她。一连三个晚上都是如此。

有一天，智琼真真切切地来了。她驾着上有帷盖四周有帷幕的车子，随从着八个婢女，穿着罗绮制作的衣服，容颜姿色像飞仙一样。她自己说七十岁了，可是看起来就像十五六岁。车上有盛放酒的用清白琉璃制成的壶或榼，有各种吃的喝的等奇异食品，还有餐具和美酒。来到以后，她就与弦超共饮共食。她对弦超说："我是天上的玉女，被遣下嫁，所以来依从您。原因是前世时与您感运相通，应该做夫妇。我对您虽然不能有益，也不会造成损害。但能使您经常能够驾轻车乘肥马，饮食经常可以得到远方的风味和奇异的食品，丝绸锦缎足够使用而不缺乏。然而我是神人，不能给您生孩子，也没有妒忌的性情，不妨害您的婚姻之事。"于是他们结为夫妇。智琼赠给弦超一首诗："飘摇浮勃逢，敖曹云石滋。芝英不须润，至德与时期。神仙岂虚降？应运来相之。纳我荣五族，逆我致祸灾。"这是那首诗的大意。全文二百多字，不能全部写出。智琼又著阐发《易经》的书七卷，

有卦有象，以象为属。故其文言，既有义理，又可以占吉凶，犹杨子之《太玄》，薛氏之《中经》也。超皆能通其旨意，用之占候。经七八年，父母为超取妇之后，分日而燕，分夕而寝。夜来晨去，倏忽若飞，唯超见之，他人不见也。每超当有行来，智琼已严驾于门。百里不移两时，千里不过半日。

超后为济北王门下掾。文钦作乱，魏明帝东征，诸王见移于邺宫，宫属亦随监国西徙。邺下狭窄，四吏共一小屋。超独卧，智琼常得往来。同室之人，颇疑非常。智琼止能隐其形，不能藏其声；且芬香之气，达于室宇，遂为伴吏所疑。后超尝使至京师，空手入市。智琼给其五匣弱绯、五端细贮，采色光泽，非邺市所有。同房吏问意状，超性疏辞拙，遂具言之。吏以白监国，委曲问之，亦恐天下有此妖幻，不答责也。后夕归，玉女已求去，曰："我神仙人也，虽与君交，不愿人知。而君性疏漏，我今本末已露，不复与君通接。积年交结，恩义不轻，一旦分别，岂不怅恨？势不得不尔，各自努力矣。"呼侍御下酒啖，发篋，取织成裙衫两裆遗超，又赠诗一首，把臂告辞，涕零溜漓，肃然升车，去若飞流。超忧感积日，殆至委顿。

去后积五年，超奉郡使至洛，到济北鱼山下，陌上西行。遥望曲道头，有一马车，似智琼。驱驰前至，视之果是，遂披帷相见，悲喜交至，授绥同乘至洛，

有卦有象,以象为从属。所以从其文意来看,既有义理,又可以占卜吉凶,如同杨雄的《太玄经》和薛氏的《中经》。弦超对它的意旨都能通晓,就运用它来占卜。经过七八年,弦超的父亲给弦超娶妻之后,他们就天天宴饮作乐,天天一起就寝。智琼夜间来早晨离开,迅捷如飞,只有弦超能看见她,别人都看不见她。每当弦超要远行时,智琼就已经把车马行装安排得整整齐齐等在门前,走百里路不超过两个时辰,走千里路不超过半天。

弦超后来做了济北王的门下掾。那时文钦作乱,魏明帝东征,诸王被迁移到邺宫,各王宫的属吏也随着监国的王爷西迁。邺下狭窄,四个吏员同居一间小屋。弦超独卧时,智琼经常能够往来,同室的人都怀疑弦超不正常。智琼只能把自己的身形隐匿起来,但是不能把声音也藏起来;而且芳香的气味,弥满屋室,于是被同室相伴的吏员所怀疑。后来弦超曾经被派到京师去,他空手进入集市。智琼给他五匣弱红颜料、五块做褥子的麻布,这些东西的色彩光泽,都不是邺城集市所有的。同房吏盘问他这是怎么回事,弦超性格粗疏,不善言辞,就详详细细地向他们说了。同室小吏把这些情况向监国王爷报告了,监国向他讯问了事情的底细和原委,也恐怕天下有这种妖幻,就没有责怪他。后来,弦超晚上回来,玉女自己请求离去,她说:"我是神仙,虽然与您结交,却不愿让别人知道。而您的性格粗而不细,我今天底细已经暴露,不能再与您通情接触了。多年交往,恩义不轻,一旦分别,哪能不悲伤遗憾?但情势不得不这样,我们各自努力吧!"智琼唤侍御的人摆下酒饭,又打开柳条箱子,拿出织成的两件裙衫留给弦超。又赠诗一首,握着弦超的手臂告辞。她眼泪流淌下来,然后表情严肃地登上车,像飞逝的流水一般离去了。弦超多少天来忧伤感念,几乎到了萎靡不振的地步。

智琼去后五年,弦超奉郡里的差使到洛阳去。他走到济北鱼山下,在小路上向西走,远远地望见曲折的小路旁有一辆马车,像是智琼的车。他就打马向前,到跟前一看果然是智琼,就掀起帷布相见。两个人悲喜交加,智琼让他上车拉住绳索,同车到洛阳。

克复旧好。至太康中犹在，但不日月往来。三月三日，五月五日，七月七日，九月九日，月旦十五。每来，来辄经宿而去。

张茂先为之赋《神女》，其序曰："世之言神仙者多矣，然未之或验。如弦氏之归，则近信而有征者。甘露中，河济间往来京师者，颇说其事，闻之常以鬼魅之妖耳。及游东土，论者洋洋，异人同辞，犹以流俗小人好传浮伪之事，直谓讹谣，未遑考核。会见济北刘长史，其人明察清信之士也。亲见义起，受其所言，读其文章，见其衣服赠遗之物，自非义起凡下陋才所能构合也。又推问左右知识之者，云：'当神女之来，咸闻香薰之气、言语之声。'此即非义起淫惑梦想明矣。又人见义起强甚，雨行大泽中而不沾濡，益怪之。鬼魅之近人也，无不羸病损瘦。今义起平安无恙，而与神人饮燕寝处，纵情兼欲，岂不异哉！"出《集仙录》。

## 庞　女

庞女者，幼而不食，常慕清虚，每云："我当升天，不愿住世。"父母以为戏言耳。因行经东武山下，忽见神仙飞空而来，自南向北，将逾千里。女即端立，不敢前进。仙人亦至山顶不散，即便化出金城玉楼、璃宫珠殿，弥满山顶。有一人自山而下，身光五色，来至女前，召女升宫阙之内。众仙罗列，仪仗肃然。谓曰："汝有骨箓，当为上真。太上命我授汝以《灵宝赤书》五篇真文，按而行之，飞升有期矣。

他们又重修旧好，到太康年间还在。但是他们并不天天往来，只在三月三日、五月五日、七月七日、九月九日和每月初一、十五见面。智琼每次来，往往过一夜后离开。

张茂先为她写了《神女赋》，赋的序文说："世上谈论神仙的人很多，然而没有得到验证。如弦超之妻的到来，就是近于事实而有验证的例子。甘露年间，河、济一带往来京城的人都传说这件事，听到的人常常认为智琼是鬼魅一类的妖孽。等到游历东方，谈论的人滔滔不绝，不同的人说的却都一样。还有人认为流俗小人好传虚浮伪诈之事，径直说是讹传的谣言，没经考核。等到会见济北刘长史，这个人是个明察清信之士，他亲眼见过弦超，听弦超亲口说过，读过智琼的文章，见过那些衣服等智琼赠送的物件。这些自然不是弦超这种平凡低下、才疏学浅的人所能编造的。又推究查问左右知道这件事的人，他们说当神女来时，全都闻到了薰香的气味，听到了言语之声。这就明显地证明不是弦超因为梦想而造成的淫惑了。又有人见到弦超很强壮，在雨中行经大泽而不沾湿，就更加觉得奇怪。鬼魅接近人，无不使人身体羸弱、生病受损而消瘦。如今弦超平安无恙，而与神人饮宴同寝相处，纵情恣欲，难道不奇异吗？"出自《集仙录》。

## 庞 女

庞女小时候就不吃东西。她总是仰慕清虚之道，经常说："我应当升天，不愿意住在人世。"她的父母把这话当作戏言而已。有一次她出行经过东武山下，忽然看到神仙从空中飞腾而来，从南向北，超过千里。庞女就端端正正地站着，不敢再往前走。仙人也到了山顶，他们并不散去，随即变幻出金城玉阙、璃宫珠殿，遍布山顶。有一个人从山上下来。这个人身上发出五色光芒，他来到庞女跟前，招呼她进入宫阙之内。宫阙里边众多仙人罗列着，仪仗整齐。仙人对庞女说："你有仙骨，还登记在册，应当成为天上神仙。太上老君命我传授给你《灵宝赤书》五篇真文，你按照它修行，飞升仙境就指日可期了。

昔阿丘曾皇妃皆奉行于此,证位高真,可不勤耶?"既受真文,群仙亦隐。十年之后,白日升天。其所遇天真处东武山者,即今庚除化也。其后,道士张方亦居此山,于石室中栖止。常有赤虎来往室外,方不为惧,亦得道升天。庞女一本作逄字。出《集仙录》。

### 褒 女

褒女者,汉中人也。褒君之后,因以为姓。居汉、沔二水之间。幼而好道,冲静无营。既笄,浣纱于沔水上,云雨晦冥,若有所感而孕。父母责之,忧患而疾。临终谓其母曰:"死后见葬,愿以牛车载送西山之上。"言讫而终。父母置之车中,未及驾牛,其车自行,逾沔、汉二水,横流而渡,直上沔口平元山顶。平元即沔口化也。家人追之,但见五云如盖,天乐骇空,幢节导从,见女升天而去。及视车中,空棺而已。邑人立祠祭之,水旱祈祷俱验。今沔口山顶有双辙迹犹存。其后,陈世安亦于此山得道,白日升天。出《集仙录》。

### 李真多

李真多,神仙李脱妹也。脱居蜀金堂山龙桥峰下修道,蜀人历代见之。约其往来八百余年,因号曰李八百焉。初以周穆王时,居来广汉栖玄山,合九华丹成,云游五岳十洞。二百余年,于海上遇飞阳君,授水木之道,还归此山,炼药成。又去数百年,或隐或显,游于市朝,又登龙桥峰,作九鼎金丹,丹成已八百年。三于此山学道,故世人号此

从前阿丘曾皇妃都是遵奉这些宝书符箓进行修行,得以证位高真。你既然想飞升成仙,能不勤修苦炼吗?"庞女接受真文后,群仙也都隐去。十年之后,庞女白日升天。她遇到真人的地方东武山,就是现在的庚除化这个地方。后来有个道士张方也住在这座山中。他在石室中歇宿,常常有红毛老虎在室外来来往往。张方没有被老虎吓倒,也得道升天。在别的版本中,"庞"字写成"逢"字。出自《集仙录》。

## 褒 女

褒女是汉中人,因为是褒君的后代,就以褒为姓。她住在汉水、沔水二水之间。她小时候就好道,淡泊清静,无所谋求。到了盘发插箅的年龄后,她常在沔水上浣纱。有一天,忽然天地昏暗,云集雨落,褒女似有所感而怀了孕。她的父母责怪她,她忧愁痛苦而生了病。临终时她对父母说:"我死后安葬的时候,希望你们用牛车把我送到西山上。"说完就死了。她的父母把她的尸体装到车上,还没有来得及套上牛,那辆车就自己走了,越过汉水和沔水,横流而渡,径直登上了沔口平元山顶。平元山就是沔口化。家里的人追车时,只见五彩祥云如车盖,天乐惊空,旌旗仪仗前导后从,眼见褒女升天而去。等到再看车中,只剩空棺而已。乡里人建立祠庙祭祀她,水灾旱灾时向她祈祷,都有灵验。现在沔口山顶上车辙的痕迹还存在。其后张世安也在这座山得道,白日升天。出自《集仙录》。

## 李真多

李真多是神仙李脱的妹妹。李脱在西蜀金堂山龙桥峰下修道,历代蜀人都见到过他。大约他往来八百多年了,因此称他为李八百。当初在周穆王时,他来到广汉栖玄山上居住,炼制九华丹成功以后,云游五岳十洞两百多年。他在海上遇到飞阳君,教给他水木之道,又回归此山;药炼成以后,又离去几百年。他有时隐形,有时现行,游历于市朝之中。又登上龙桥峰,制作九鼎金丹。丹炼成已经过去八百年了。他三次在此山修道,所以世人称此

山为三学山,亦号为贤山,盖因八百为号。丹成试之,抹于崖石上,顽石化玉,光彩莹润。试药处于今犹在。人或凿崖取之,即风雷为变。

真多随兄修道,居绵竹中,今有真多古迹犹在。或来往浮山之侧,今号真多化,即古浮山化也。亦如地肺得水而浮,真多幼挺仙姿,耽尚玄理。八百授其朝元默贞之要,行之数百年,状如二十许人耳,神气庄肃,风骨英伟,异于弱女之态。人或见之,不敢正视。其后,太上老君与玄古三师降而度之,授以飞升之道,先于八百白日升天。化侧有潭,其水常赤,乃古之神仙炼丹砂之泉。浮山亦名万安山,上有二师井,饮之愈疾。今以真多之名,故为真多化也。八百又于什邡仙居山,三月八日白日升天。出《集仙录》。

### 班 孟

班孟者,不知何许人也,或云女子也。能飞行经日,又能坐空虚中与人语,又能入地中,初去时没足至胸,渐入,但余冠帻,良久而尽没不见。以指刺地,即成井可吸。吹人屋上瓦,瓦飞入人家间。桑果数千株,孟皆拔聚之成一,积如山。如此十余日,吹之各还其故处如常。又能含墨一口中,舒纸着前,嚼墨喷之,皆成文字,竟纸,各有意义。服酒丹,年四百岁更少,入大治山中。出《神仙传》。

山为三学山,也称为贤山,大概是因为李八百而取的名。丹炼成了要试一试它,李八百就把丹药抹在崖石上。顽石变成了美玉,光彩晶莹润洁。试药处至今还存在。有的人凿崖取玉,则风雷为之变色。

李真多随着哥哥修炼道术,住在绵竹山中。现在真多的古迹还在。她有时往来于浮山之侧,现在称作真多化,就是古代的浮山化,有如地肺到了水面就上浮。李真多小时候就有仙姿,沉迷崇尚玄理。李八百教给她朝元默贞的要诀,她修行了几百年,样子就像二十岁左右的人。她神情端庄,气概严肃,风骨英武雄伟,不同于弱女之态。人们有时见到她,都不敢正眼去看。其后太上老君与玄古三师降临度引她,教给她飞升之道,她就先于李八百而白日升天。真多化的旁边有个潭,那里的水总是红色的,是古代的神仙炼丹砂的泉源。浮山又名万安山,山上有二师井,饮井水可以治愈疾病。现在用真多的名字,所以称为真多化。李八百又到什邡仙居山修炼,三月八日白日升天。出自《集仙录》。

## 班 孟

班孟,不知是哪里人,有人说她是女子。她能在空中飞几天,又能坐在虚空之中与人说话,还能钻入地下。刚进去时,从脚开始埋没,一直到胸部埋没,都是渐渐地进入地下,只剩帽子头巾没有进去。过了很久就全部没入而不见了。她用手指刺地,就能变成井,可以汲水。吹人家屋子上的瓦,瓦就飞入人家家里。几千棵桑果树,班孟全部把它们抓出来聚拢成一堆,堆积得像山似的。这样放着十几天了,她吹一口气,这几千棵桑果树就各自回到原来的地方,像平常时一样。她又能在口中含一口墨,把纸放在面前舒展开,嚼墨一喷,都成为文字,写满了纸,文章各有其意义。她服食酒和丹药,年纪四百岁反而更年轻了。后来她进入大冶山中。出自《神仙传》。

## 天台二女

刘晨、阮肇，入天台采药，远不得返，经十三日饥。遥望山上有桃树子熟，遂跻险援葛至其下，啖数枚，饥止体充。欲下山，以杯取水，见芜菁叶流下，甚鲜妍。复有一杯流下，有胡麻饭焉。乃相谓曰："此近人矣。"遂渡山。出一大溪，溪边有二女子，色甚美，见二人持杯，便笑曰："刘、阮二郎捉向杯来。"刘、阮惊。二女遂忻然如旧相识，曰："来何晚耶？"因邀还家。南东二壁各有绛罗帐，帐角悬铃，上有金银交错。各有数侍婢使令。其馔有胡麻饭、山羊脯、牛肉，甚美。食毕行酒。俄有群女持桃子，笑曰："贺汝婿来。"酒酣作乐。夜后各就一帐宿，婉态殊绝。至十日求还，苦留半年，气候草木，常是春时，百鸟啼鸣，更怀乡，归思甚苦。女遂相送，指示还路。乡邑零落，已十世矣。出《神仙记》。

## 天台二女

　　刘晨和阮肇进入天台山去采药，因为路远不能回家，已经饿了十三天了。他们远远地望见山上有棵桃树上的桃子熟了，就涉险抓着葛藤到了桃树底下。他们吃了几个桃子，觉得不饿了，身体充实了，想要下山。用杯取水时，看见有芜菁叶流下来，很鲜艳。又有一个杯子流下来，里面还有胡麻饭。于是两人互相安慰说："这里离人家近了。"就越过山。出现一条大溪，溪边有两个女子，姿色很美。她们看见二人拿着杯子，就笑着说："刘、阮二位郎君拿回刚才的杯子来了。"刘晨、阮肇都很惊讶。两个女郎就高高兴兴地如旧相识一般，跟他们说："怎么来晚了呢？"便邀请刘晨、阮肇跟她们回家。南边、东边两壁各有大红色的罗织床帐，帐角上悬着金铃，上面有用金银雕嵌的纵横交错的花纹图案。两个女郎各有几个侍奉的婢女使唤。吃的东西有胡麻饭、山羊脯、牛肉，味道很美。吃完饭又喝酒。忽然有一群女子拿着桃子，笑着说："祝贺你们女婿到来！"酒喝到尽兴时就奏乐。晚上，刘晨与阮肇各到一个女郎的床帐里去睡觉，女郎娇婉的情态特别美妙。住了十天，两人请求回家，二女又苦苦留他们住了半年。从气候、草木情形看，当是春天的时节。百鸟啼鸣，使他们更怀乡思，思归更苦。女郎就送他们，指点回去的道路让他们看清。他们回乡以后，看到乡邑已经零落，才知道已经过了十代了。

出自《神仙记》。

# 卷第六十二
## 女仙七

### 鲁妙典

鲁妙典者，九嶷山女官也。生即敏慧高洁，不食荤饮酒。十余岁，即谓其母曰："旦夕闻食物臭浊，往往鼻脑疼痛，愿求不食。"举家怜之。复知服气饵药之法。居十年，常悒悒不乐。因谓母曰："人之上寿，不过百二十年，哀乐日以相害；况女子之身，岂可复埋没贞性，混于凡俗乎？"有麓床道士过之，授以《大洞黄庭经》，谓曰："《黄庭经》，扶桑大帝君宫中金书，诵咏万遍者，得为神仙；但在劳心不倦耳。《经》云：'咏之万遍升三天，千灾已消百病痊。不惮虎狼之凶残，亦已却老年永延。'居山独处，咏之一遍，如与十人为侣，辄无怖畏。何者？此经召集身中诸神，澄正神气。神气正则外邪不能干，诸神集则怖畏不能及。若形全神集，气正心清，则彻见千里之外，纤毫无隐矣。

## 鲁妙典

鲁妙典是九嶷山的女仙官。她生来就聪明敏捷,气质高雅,喜欢洁净,不吃荤腥不喝酒。十多岁时,她就对母亲说:"我从早到晚闻到食物的气味就觉得臭浊,往往鼻子脑袋都疼痛,希望不要让我吃饭。"全家人对她都很怜惜。后来她又学会炼气服药的法术。就这样过了十年,她常常闷闷不乐,就对她母亲说:"人的最高寿命不过一百二十岁,喜怒哀乐每天都来伤害它。又何况是女子之身,哪能再埋没贞性,混同于凡夫俗子呢?"有个麓床道士拜访她,把《大洞黄庭外》传授给她,对她说:"《黄庭经》是扶桑大帝君宫中的金书,诵读一万遍的人,能够成为神仙;只在于劳心不倦而已。经书上说,把它读上万遍,就可以升上三天,千灾已消百病痊愈,不怕虎狼凶狠残暴,又已经推迟衰老,寿命永延。住在山上独自修炼,把它读上一遍,如同与十个人为伴,就没有恐怖畏惧。什么原因呢? 这是道经把你身中的众神召集起来,澄清端正了神气。神气端正了,外部的邪恶就不能干扰你;众神集中了,恐怖就不能到达你的身边。如果形全神集、气正心清,就可以清楚地看见千里之外的东西,连纤细的毫毛也不能隐匿了。

所患人不能知，知之而不能修，修之而不能精，精之而不能久。中道而丧，自弃前功，不惟有玄科之责，亦将流荡生死，苦报无穷也。"妙典奉戒受《经》，入九嶷山，岩栖静默。累有魔试，而贞介不挠。积十余年，有神人语之曰："此山大舜所理，天地之总司、九州之宗主也。古有高道之士，作三处麓床，可以栖庇风雨，宅形念贞。岁月即久，旋皆朽败。今为制之，可以遂性宴息也。"又十年，真仙下降，授以灵药，白日升天。

初，妙典居山，峰上无水。神人化一石盆，大三尺，长四尺，盆中常自然有水，用之不竭。又有大铁臼，亦神人所送，不知何用，今并在上。仙坛石上，宛然有仙人履迹；及古镜一面，大三尺；钟一口，形如偃月。皆神人送来，并妙典升天所留之物，今在无为观。出《集仙录》。

### 谌　母

婴母者，姓谌氏，字曰婴，不知何许人也。西晋之时，丹阳郡黄堂观居焉，潜修至道。时人自童幼逮衰老见之，颜状无改，众号为婴母。

因入吴市，见一童子，年可十四五。前拜于母云："合为母儿。"母曰："年少自何而来？拜吾为母，既非其类，不合大道。"童子乃去。月余，又吴市逢有三岁孩子，悲啼呼叫。候遇谌母，执母衣裾曰："我母何来？"母哀而收育之，逾于所生。既长，明颖孝敬，异于常人。冠岁以来，风神挺迈，

所担心的是人不能够懂得，懂得了而不能修炼，修炼了而不能精通，精通了而不能长久。半途而废，自己抛弃前功，不仅将遭到玄法的责罚，也将使生命流荡，痛苦的报应无穷。"妙典遵奉玄戒接受了经书，就进入九嶷山，在山洞里居住，静修默炼。屡次有妖魔前来试探，而妙典道念坚贞，不为所挠。这样生活了十多年，有个神人告诉她说："这座山系大舜管辖，是天地的总司、九州的宗主。古时候有个道高之人，制作了三处竹床，可以歇宿遮避风雨，保护形体，坚定道念。岁月长久竹床也都朽烂破碎了。现在我给你制作它，可以遂心歇息。"又过了十年，真仙降临下来，交给她灵药，她就白日升天了。

当初，妙典到山上去住，山峰顶上没有水。神仙就点化一个石头盆。这石盆大三尺，长四尺，盆中常常自然有水，用之不竭。又有一个大铁臼，也是神仙送给她的，不知有什么用。如今这两件东西都在山峰上。仙坛的石头上，清清楚楚地有仙人的鞋印；还有一面古镜，大三尺；有一口钟，形状像仰卧的月牙。这些都是神仙送来的。上述神品与妙典升天所留之物，如今在无为观。

出自《集仙录》。

## 谌　母

婴母姓谌，字婴，不知道是哪里人。西晋的时候，她在丹阳郡黄堂观居住。当时的人自从幼年、壮年一直到衰老都见到她，而她的容颜、状态却没有改变。众人称她为婴母。

有一次，她进吴市买东西，见到一个小孩，年龄大约十四五岁。这个小孩走到谌母面前下拜，说："我应当作您的儿子。"谌母说："少年从什么地方来？你拜我为母亲，我们不是同类，不合乎大道。"那个小孩就走了。一个多月以后，谌母又在吴市遇到了一个三岁孩子。这个小孩儿又呼又叫，哭得很悲伤。他突然遇到谌母，就拉住谌母的衣襟说："我母亲从哪来？"谌母可怜他，就收养并抚育他，超过对自己的亲生儿子。这个小孩长大以后，既聪明又孝敬，与平常人不同。他成年以后，风度神情极其豪迈。

所居常有异云气，光景仿佛，时说蓬莱阆苑之事。母异之，谓曰："吾与汝暂此相因，汝以何为号也？"子曰："昔蒙天真盟授灵章，锡以名品，约为孝道明王，今宜称而呼之矣。"遂告母修真之诀曰："每须高处玄台，疏绝异党，修闲丘皋，饵顺阳和，静夷玄圃，委鉴前非。无英公子、黄老玉书、大洞真经、豁落七元、太上隐玄之道可致。晏息以流霞之障，睽眄乎文昌之台，得此道者，九凤齐唱，天籁骇虚，竦身御节，入景浮空，龙车虎旗，游遍八方矣。母宜宝之。"一旦，孝道明王漠然隐去，母密修道法，积数十年，人莫知也。

其后吴猛、许逊自高阳南游，诣母，请传所得之道，因盟而授之。孝道之法，遂行江表。闲日每告二子曰："世云昔为逊师，今玉皇玄谱之中，猛为御史，而逊为高明大使，总领仙籍五品已迁。又所主十二辰，配十二国之分野。逊领玄枵之野，于辰为子；猛统星纪之邦，于辰为丑。许当居吴之上，以从仙阶之等降也。"

又数年，有云龙之驾，千乘万骑，来迎谌母，白日升天。今洪州高安县东四十里，有黄堂坛静，即许君立祠朝拜圣母之所。其升天事迹，在丹阳郡中，后避唐宣宗庙讳，钟陵祠号为谌母。其孝道之法，与灵宝小异，豫章人世世行之。
出《墉城集仙录》。

## 盱　母
盱母者，豫章人也。外混世俗，而内修真要。常云："我千年之前，曾居西山，世累稍息，当归真于彼。"其子名烈，字道微。

他居住的地方常常有特殊的云气，只是光影不真切。他还常说些蓬莱阆苑的事情。谌母感到很奇异，就对他说："我和你暂时在这里互相依靠，你用什么作为称号呢？"那个孩子说："从前承蒙天真让我盟誓，传授给我灵章，赐给我名号品级，称我为孝道明王，如今应当用这个名号称呼我。"于是告诉谌母修真的诀窍说："总须处于高高的玄台之上，与不同道的人疏远断绝关系，在山中静修，吸食灵气，追求玄圃的宁静，明辨以前的错误并引以为鉴。这样，无英公子、黄老《玉书》、大洞《真经》、豁落七元、太上隐玄之道就可以得到。晚上睡觉用流霞作屏障，眷顾着文昌之台。获得这种道的人，能让九凤齐唱，天籁骇虚，筝身主管季节，隐身浮于长空，驾龙车擎虎旗而通游八方了。您应该珍惜它。"有一天，孝道明王无声无息地隐身而去，谌母秘密地按道法修行，坚持了几十年，没有人知道这件事。

其后吴猛、许逊从高阳向南云游，拜访了谌母，请谌母把所得之道传给他们。于是谌母在盟誓之后就传给了他们，孝道之行便在江东传播开来。谌母闲暇的时候经常告诉两个人说："世云从前是许逊的老师，现在玉皇的玄谱中，吴猛为御史，而许逊为高明大使，总领仙籍在五品以下的。又主管十二时辰，分配十二国的分野。许逊分领玄枵之野，以辰宿为子；吴猛统领星纪之邦，以辰宿为丑。许逊应当位居吴猛之上，以顺应仙阶的等级差别。"

又过了几年，有云龙车驾、千乘万骑来迎谌母，谌母遂白日升天。如今洪州高安县东四十里，有座黄堂坛静，就是许逊立祠朝拜圣母的地方。她升天的事迹，在丹阳郡中流传。后来为了避唐宣宗的庙讳，钟陵祠称为谌母祠。她的孝道之法与灵宝略有差异，豫章的人世世代代修行它。出自《墉城集仙录》。

## 盱　母

盱母是豫章人。她在外表上同世俗之人一样，而内心里却在修习玄真要诀。她常说："我一千年前曾住在西山，世上的牵累逐渐消失，应该在那里回归真境。"她的儿子叫盱烈，字道微。

少丧父，事母以孝闻。家贫，而营侍甘旨，未尝有阙，乡里推之。

西晋武帝时，同郡吴猛、许逊，精修通感，道化宣行。居洪崖山，筑坛立静。猛既去世，逊即以宝符真箓，拯俗救民，远近宗之。逊仕□州为记室，后每朔望还家朝拜。人或见其乘龙，往来径速，如咫尺耳。盱君淳笃忠厚，逊委用之，即与母结草于逊宅东北八十余步，旦夕侍奉，谨愿恭肃，未尝有怠。母常于山下采撷花果，以奉许君。君惜其诚志，常欲拯度之。元康二年壬子八月十五日，太上命玉真上公崔文子、太玄真乡瑕丘仲，册命征拜许君为九州都仙大使高明主者，白日升天。许谓道微及母曰："我承太帝之命，不得久留。汝可后随仙辇，期于异日。"母子悲不自胜，再拜告请，愿侍云辇。君许之，即赐灵药服之，躬禀真诀，于是午时从许君升天。今坛井存焉。乡人不敢华缮，盖盱君母子俭约故也。世号为盱母井焉。出《集仙录》。

## 杜兰香

杜兰香者，有渔父于湘江洞庭之岸，闻儿啼声，四顾无人，惟三岁女子在岸侧，渔父怜而举之。十余岁，天姿奇伟，灵颜姝莹，迨天人也。忽有青童灵人自空而下，来集其家，携女而去。临升天，谓其父曰："我仙女杜兰香也，有过谪于人间。玄期有限，今去矣。"自后时亦还家。其后于洞

道微小时候失去了父亲，奉侍母亲以孝顺出名。他家里贫穷，然而他置办的侍奉母亲的香甜食品，从不曾有过短缺。乡里之人很推重他。

西晋武帝时，与她同郡的吴猛、许逊精诚修炼，感动上天，道化盛行。他们住在洪崖山，筑造玄坛，设立静室。吴猛去世之后，许逊就用宝符、真箓拯救世俗的百姓，远近的人都很尊崇他。许逊官任某州的记室。后来每当初一和十五，他便回家朝拜。有人看见他乘着龙，往来飞速，像近在咫尺一般。盱君淳朴忠厚，许逊雇用他，他就与母亲一起在许逊宅院东北八十余步的地方居住以报恩。从早到晚侍奉着许逊，谨慎诚实，谦恭肃穆，不曾有过倦怠。盱母还常在山下采摘花果，来供奉许逊。许逊怜惜她心志诚恳，常常想拯救度引她。元康二年壬子八月十五日，太上老君命玉真上公崔文子、太玄乡瑕丘仲，凭册书征召许君，拜他为九州都仙大使高明主者，白日升天。许逊对道微及盱母说："我奉太帝的命令，不能久留。你们可以随仙舆之后，期待将来成仙。"母子二人悲伤得不能自禁，他们拜了两拜哀告请求，愿侍奉于许逊的云辇左右。许逊答应了他们母子的请求，就赐给他们灵药让他们服下，亲自传授真诀，于是他们母子在午时跟着许逊升天而去。如今坛井还在，乡人不敢修缮得太华丽，大概是盱君母子俭朴的缘故。世人称坛井为盱母井。出自《集仙录》。

## 杜兰香

杜兰香的故事，是有个打鱼的人在湘江洞庭的岸边，听见小孩啼哭的声音，四下看没有发现其他人，只有个三岁小女孩在岸边。打鱼的人很可怜这个小孩，就把她抱走了。小女孩长到十多岁时，天姿奇伟，容颜艳丽，光彩照人，赶上仙女了。有一天，突然有个青童灵人从空中下来，降临到她的家里，带着小女孩离去。就要升天的时候，小女孩对她的养父说："我是仙女杜兰香，因为犯了错误被贬到人间。天上的日期是有严格限制的，今天我就要回去了。"自从升天以后，有时她也回家。这之后，她又在洞

庭包山降张硕家，盖修道者也。兰香降之三年，授以举形飞化之道，硕亦得仙。初降时，留玉简、玉唾盂、红火浣布，以为登真之信焉。又一夕，命侍女赍黄麟羽帔、绛履玄冠、鹤氅之服、丹玉珮挥剑以授于硕，曰："此上仙之所服，非洞天之所有也。"不知张硕仙官定何班品。渔父亦老，因益少，往往不食。亦学道江湖，不知所之。出《墉城集仙录》。

## 白水素女

谢端，晋安侯官人也。少丧父母，无有亲属，为邻人所养。至年十七八，恭谨自守，不履非法，始出作居。未有妻，乡人共愍念之，规为娶妇，未得。端夜卧早起，躬耕力作，不舍昼夜。后于邑下得一大螺，如三升壶。以为异物，取以归，贮瓮中畜之。十数日，端每早至野，还，见其户中有饭饮汤火，如有人为者。端谓是邻人为之惠也。数日如此，端便往谢邻人。邻人皆曰："吾初不为是，何见谢也？"端又以为邻人不喻其意，然数尔不止。后更实问，邻人笑曰："卿以自取妇，密着室中炊爨，而言吾为人炊耶！"端默然心疑，不知其故。后方以鸡初鸣出去，平早潜归，于篱外窃窥其家，见一少女从瓮中出，至灶下燃火。端便入门，径造瓮所视螺，但见壳。仍到灶下问之曰："新妇从何所来，

庭包山降临到张硕的家中,因为张硕也是个修道的人。杜兰香降临张硕家三年后,教给张硕举形飞化的道术,张硕也得以成仙。杜兰香刚降临张家的时候,留下玉简、玉唾盂、红火浣布,用这些仙器仙物作为她成仙的证据。又有一天晚上,杜兰香命侍女拿着黄麟羽毛的帔肩、大红色的鞋、黑色的帽子、鹤羽的大氅和饰有丹玉珰佩的宝剑送给张硕,说:"这都是上仙穿戴的东西,不是人间洞天所有之物。"不知道张硕成仙后仙官定为什么班次、什么品级。打鱼的人也老了,因为杜兰香的缘故他越来越年轻了,往往不吃东西。他也学道于江湖,后来不知到哪儿去了。

出自《墉城集仙录》。

## 白水素女

　　谢端是晋安侯官人。他小时候就父母双亡,又没有亲属,被邻人抚养。到十七八岁的时候,他恭顺谨慎持守节操,不涉足非法的事,开始自己出去谋生。他没有妻子,乡人们都可怜他谋划给他娶媳妇,却一直没有找到。谢端晚睡早起,种田十分卖力,不分昼夜地劳作。后来,他在城下发现一个大螺,像三升的壶那么大。他觉得是个稀奇的东西,就把它拿回家去,放到瓮中养着。一连十几天,谢端每天起来到野外种田,回来的时候,就看见自己家中有吃的有喝的有汤有水,好像是有人特意给他做的。谢端以为这是邻人帮他做的好事。几天都是这样,谢端就去向邻人道谢。邻人都说:"我们当初帮你不是为了这个,何必感谢我们呢?"谢端又觉得邻人不明白他的意思,然而有人总是这样做个不停。后来谢端就把实话告诉他们,问他们是谁帮他做的。邻人笑着说:"你自己已经娶了媳妇,藏在屋里给你做饭,怎么反而说我们给你做的饭?"谢端没话可说,心里怀疑,却不知其中缘故。后来他在鸡刚叫的时候出去,天亮时悄悄地回来,在篱笆外偷偷地窥视自己的家。他看见一个年轻女子从瓮中出来,到灶下去点火。谢端就进了门,直奔放瓮的地方去看那个大田螺,却只看见田螺的壳。他就又到灶下问那个女子说:"你从什么地方来?

而相为炊?"女人惶惑,欲还瓮中,不能得,答曰:"我天汉中白水素女也。天帝哀卿少孤,恭慎自守,故使我权相为守舍炊烹。十年之中,使卿居富,得妇自当还去。而卿无故窃相同掩,吾形已见,不宜复留,当相委去。虽尔后自当少差,勤于田作,渔采治生。留此壳去,以贮米谷,常可不乏。"端请留,终不肯。时天忽风雨,翕然而去。端为立神座,时节祭祀,居常饶足,不致大富耳。于是乡人以女妻端。端后仕至令长云。今道中素女是也。出《搜神记》。

## 蔡女仙

蔡女仙者,襄阳人也。幼而巧慧,善刺绣,邻里称之。忽有老父诣其门,请绣凤,眼毕功之日,自当指点。既而绣成,五彩光焕。老父观之,指视安眼。俄而功毕,双凤腾跃飞舞。老父与仙女各乘一凤,升天而去。时降于襄阳南山林木之上,时人名为凤林山。后于其地置凤林关,南山侧有凤台。敕于其宅置静贞观,有女仙真像存焉。云晋时人也。出《仙传拾遗》。

## 蓬 球

贝丘西有玉女山。传云,晋太始中,北海蓬球,字伯坚,入山伐木,忽觉异香,遂溯风寻至北山。廓然宫殿盘

为什么给我做饭呢?"那个女子很惶惑,想要回到瓮中去,却没能回去,只好回答说:"我是天河中的白水素女。天帝可怜你年少孤单,能以恭敬谨顺的态度洁身自好,坚持操守,所以派我暂且给你看守房舍,做饭做菜;十年之内,使你家中富裕。等你找到媳妇时,我自当回去。而你无故偷着看我,把我挡住,我的身形已经暴露,不宜再留下,你应当放我回去。虽然你今后自己做饭情况稍差一些,但你勤于耕田劳作,打渔采药,可以维持生活。我这个壳给你留下,用它贮存米谷,可以常年不缺粮食。"谢端请她留下,她始终不肯。这时,天上忽然刮起风,下起雨,白水素女忽然身形一收就离去了。谢端为她立了神位,逢年过节祭祀她。他家里常常丰足,只不过不致大富而已。于是乡人便把女儿嫁给谢端。谢端后来做了官,官至县令、郡守。现在道教中的素女就是白水素女。出自《搜神记》。

## 蔡女仙

蔡女仙是襄阳人。她小时候就心灵手巧,善长刺绣,邻里之人都夸奖她。有一天,忽然有个老头到她家拜访,请她绣凤,约定凤凰的眼睛完工的那天,老头自己来指点。不久,凤凰绣成了,五彩缤纷,光芒闪耀。老头前来观看她绣的凤凰,指点她给凤凰安上眼睛。不一会儿,绣工完毕,一双凤凰腾跃飞舞。老头就与女仙各乘一只凤凰,升天而去。他们曾经降落到襄阳南山林里的树上,当时的人便将那座山命名为凤林山。后来在那个地方设置了凤林关,南山旁边还有凤台。朝廷诏令在女仙之宅建立了静贞观,有女仙画像保存在那里。有人说蔡女仙是晋朝时候的人。出自《仙传拾遗》。

## 蓬　球

贝丘的西边有个玉女山。人们传说,晋朝太始年间,北海有个姓蓬名球字伯坚的人,他进山去砍伐木材,忽然闻到一股奇异的香味,他就迎着风寻到了北山。一看那里广阔无边,宫殿曲折

郁,楼台博敞。球入门窥之,见五株玉树;复稍前,有四妇人,端妙绝世,共弹棋于堂上。见球俱惊起,谓球曰:"蓬君何故得来?"球曰:"寻香而至。"遂复还戏。一小者便上楼弹琴,留戏者呼之曰:"元晖何为独升楼?"球树下立,觉少饥,乃以舌舐叶上垂露。俄然有一女乘鹤而至,迎恚曰:"玉华,汝等何故有此俗人?王母即令王方平行诸仙室。"球惧而出门,回顾,忽然不见。至家乃是建平中,其旧居闾舍皆为墟矣。出《酉阳杂俎》。

## 紫云观女道士

唐开元二十四年春二月,驾在东京,以李适之为河南尹。其日大风,有女冠乘风而至玉贞观,集于钟楼,人观者如堵。以闻于尹。尹率略人也,怒其聚众,袒而笞之。至十,而乘风者即不哀祈,亦无伤损,颜色不变。于是适之大骇,方礼请奏闻。敕召入内殿,访其故,乃蒲州紫云观女道士也,辟谷久,轻身,因风遂飞至此。玄宗大加敬畏,锡金帛,送还蒲州。数年后,又因大风,遂飞去不返。出《纪闻》。

## 秦时妇人

唐开元中,代州都督以五台多客僧,恐妖伪事起,非有住持者,悉逐之。客僧惧逐,多权窜山谷。有法朗者,深入雁门山。

幽深,楼台又大又敞亮。蓬球就进门偷偷地去看。他先看到五棵玉树;再逐渐往前走,又看见了四个女子。这四个女子端庄秀美,都是世上所没有的美貌女子,她们正一起在堂上玩弹棋。看到蓬球,她们都惊讶地站起来,问蓬球说:"蓬君为什么来到这里?"蓬球回答说:"我是随着香气来到这里的。"四个女子就又回去玩。一会儿,一个小一点的女子上楼去弹琴,留下继续玩的女子喊她说:"元晖,你为什么独自上楼?"蓬球在树下站着,觉得有点饿了,就用舌头舔树叶上将要滴下的露珠。忽然有一个女子乘着鹤来了,冲着她们气愤地说:"玉华,你们为什么留下这个俗人?王母娘娘就要命令王方平到各仙室巡行了。"蓬球害怕了,就溜出大门。回头看时,宫殿、仙女忽然都不见了。他回到家已是建平年间,他过去居住的房屋和邻里房舍都已是废墟了。出自《西阳杂俎》。

## 紫云观女道士

唐朝开元二十四年春二月,唐玄宗在东京洛阳,以李适之作河南府尹。李适之到任后,有一天刮起了大风,有个女道士乘着风来到玉贞观,落在钟楼上,引得观看的人像一堵墙似的。有人就把这事报告给府尹。府尹是个直率粗略的人,因为那个女道士使观众聚集起来而发怒,就把她的衣服扒下打板子。打到十下,乘风而来的那个女道士既不哀告,也没有伤损,面色不变。于是李适之大吃一惊,才对她以礼相待,并把这事上奏给皇帝。皇帝下诏书召女道士入内殿,询问她原故。原来她是蒲州紫云观的女道士,由于辟谷时间长久,身体很轻,凭借风力就飞到这里。玄宗对她大加敬畏,赐给她金帛,把她送回蒲州。几年以后,又因为刮大风,这个女道士飞去再没有回来。出自《纪闻》。

## 秦时妇人

唐朝开元年间,代州都督因为五台山客僧多,恐怕怪诞乖谬之事发生,就下令把没有度牒的和尚全部赶走。客僧害怕被驱逐,大多暂时逃避到山谷中。有个叫法朗的和尚,逃进雁门山深处。

幽涧之中有石洞,容人出入。朗多赍干粮,欲住此山,遂寻洞入。数百步渐阔,至平地,涉流水,渡一岸,日月甚明。更行二里,至草屋中,有妇人,并衣草叶,容色端丽。见僧惧愕,问云:"汝乃何人?"僧曰:"我人也。"妇人笑云:"宁有人形骸如此?"僧曰:"我事佛,佛须摈落形骸,故尔。"因问:"佛是何者?"僧具言之。相顾笑曰:"语甚有理。"复问:"宗旨如何?"僧为讲《金刚经》,称善数四。僧因问:"此处是何世界?"妇人云:"我自秦人,随蒙恬筑长城。恬多使妇人,我等不胜其弊,逃窜至此。初食草根,得以不死。此来亦不知年岁,不复至人间。"遂留僧,以草根哺之,涩不可食。僧住此四十余日,暂辞,出人间求食。及至代州,备粮更去,则迷不知其所矣。出《广异记》。

## 何二娘

广州有何二娘者,以织鞋子为业,年二十,与母居。素不修仙术,忽谓母曰:"住此闷,意欲行游。"后一日便飞去,上罗浮山寺。山僧问其来由,答云:"愿事和尚。"自尔恒留居止。初不饮食,每为寺众采山果充斋,亦不知其所取。罗浮山北是循州,去南海四百里。循州山寺有杨梅树,大数十围。何氏每采其实,及斋而返。后循州山寺僧至罗浮山,说云:"某月日有仙女来采杨梅。"验之,果是何氏所采之日也。

雁门山的深涧当中有个石洞，能容纳人进出。法朗带了很多干粮，想要住在这座山里，于是他就寻找洞口进去了。走了几百步之后，那里渐渐空阔了。到了平地，涉过流水，渡到另一岸，那里太阳、月亮都很明亮。又走了二里，来到一个草屋中。草屋中有女人，都穿着草叶，但容颜端庄秀丽。她们看见和尚，害怕而又惊讶，就问和尚说："你是什么人？"和尚说："我是人啊！"女人笑着说："难道有这样外貌的人吗？"和尚说："我奉事佛，佛必须弃绝外貌，所以这样。"于是她又问："佛是干什么的？"法朗就详细地说给她听。女人们互相看了看，笑着说："他的话很有道理。"又问："佛教的宗旨如何？"法朗就给她们讲解《金刚经》。她们听了再三再四称赞叫好。法朗就问她们："这里是什么世界？"女人说："我们本来是秦时人，随着蒙恬修筑长城。蒙恬多使用妇女，我们忍受不了这种折磨，就逃到这里。当初吃草根得以不死。来到这里也不知道年岁，没有再到人世间。"于是她们就把法朗留下，拿草根给他吃。草根涩得没法吃。法朗在这里住了四十多天，就暂时告辞，出去到人间去寻找粮食。等他到了代州准备好粮食再去时，却迷了路，不知道那个地方在哪儿。出自《广异记》。

## 何二娘

　　广州有个叫做何二娘的姑娘，她以做鞋子为业，年纪二十岁，与母亲一起居住。她一向不修仙术，有一天她忽然对母亲说："住在这里心里闷得慌，我想出去云游。"后来有一天，她就飞走了，上了罗浮山的僧寺。山上的和尚问她来这里的缘由，她回答说："我愿意侍奉和尚。"从这以后，她就长期留在这里居住。开始她不吃不喝，经常给寺里的众僧采摘山果充作斋饭，和尚们也不知她是从哪里弄来的。罗浮山的北面是循州，离南海四百里。循州的山寺中有杨梅树，有几十人合抱那么粗大，何氏经常采摘它的果实，到吃斋时就返回。后来，循州山寺里的和尚到了罗浮山，对这里的人说，某月某日有个仙女来寺里采摘杨梅。罗浮山寺里的和尚验证这件事，那天果然是何氏采摘杨梅的日子。

由此远近知其得仙。后乃不复居寺，或旬月则一来耳。

　　唐开元中，敕令黄门使往广州求何氏，得之，与使俱入京。中途，黄门使悦其色，意欲挑之而未言。忽云："中使有如此心，不可留矣。"言毕，踊身而去，不知所之。其后绝迹不至人间矣。出《广异记》。

由于这个原因，远近的人都知道何氏得道成仙了。何氏后来就不再住在寺里，有时或十天或一月来一次而已。

　　唐朝开元年间，唐玄宗诏派黄门使前往广州寻找何氏，把她找到了。她与使者一起进京，半路上，黄门使喜欢她的姿色，心里想要挑逗她而没有说出来。何二娘忽然说："中使有如此邪心，我不可逗留了。"说完，她就腾跃而去，不知到哪里去了。其后她再也没有来人间。出自《广异记》。

# 卷第六十三
## 女仙八

玉　女　　边洞玄　　崔书生　　骊山姥　　黄观福

### 玉　女

唐开元中，华山云台观有婢玉女，年四十五，大疾，遍身溃烂臭秽。观中人惧其污染，即共送于山涧幽僻之处。玉女痛楚呻吟。忽有道士过前，遥掷青草三四株，其草如菜，谓之曰："勉食此，不久当愈。"玉女即茹之。自是疾渐痊，不旬日复旧。初忘饮食，惟恣游览，但意中飘飘，不喜人间，及观之前后左右亦不愿过。此观中人谓其消散久矣，亦无复有访之者。玉女周旋山中，酌泉水，食木实而已。后于岩下忽逢前道士谓曰："汝疾即瘥，不用更在人间。云台观西二里有石池，汝可日至辰时，投以小石，当有水芝一本自出，汝可掇之而食，久久当自有益。"玉女即依其教，自后筋骸轻健，翱翔自若，虽屡为观中人逢见，亦不知为玉女耳。如此数十年，发长六七尺，体生绿毛，面如白花。往往山中之人过之，则叩头遥礼而已。

# 玉 女

　　唐朝开元年间，华山云台观有个婢女叫玉女。她四十五岁那年得了一场大病，遍身溃烂，又臭又脏。观中的人害怕被她传染，就一块把她送到山涧旁幽深僻静的地方。玉女因痛楚而呻吟。忽然有个道士从她面前走过，远远地扔给她三四棵青草，那草像菜似的。道士对她说："你尽量把这草吃下去，不久病就能痊愈。"玉女就把那几株青草吃了。从此玉女的疾病渐渐好转，不到十天就恢复了旧日的状态。开始她忘记吃饭喝水，只想随意游览，但心中飘忽不定，不喜欢人间，连云台观的前后左右也不愿经过。这个观中的人认为玉女消失很久了，也不再有人寻访她了。玉女就在山中往来周游，渴了喝泉水，饿了就吃树上的果子。后来她在山岩下忽然又遇到先前那个道士，道士对她说："你的病已经好了，不用再留在人间。云台观往西走二里有个石池，你可以每天到辰时把小石子投进去，会有一棵莲花自己长出来，你可把它摘来吃，时间久了自然会有好处。"玉女就依照道士的指教去做。从这以后，玉女筋骨轻健，翔翔自如，虽然屡次被观中人碰见，但谁也认不出她就是玉女了。就这样过了几十年，玉女头发有六七尺长，身体上生出绿毛，面容却像一朵白色的花。山里的人遇见她，往往离着很远就叩头行礼。

大历中，有书生班行达者，性气粗疏，诽毁释道，为学于观西序。而玉女日日往来石池，因以为常。行达伺候窥觇，又熟见投石采芝，时节有准。于一日，稍先至池上，及其玉女投小石，水芝果出，行达乃搴取。玉女远在山岩，或栖树杪，既在采去，则呼叹而还。明日，行达复如此。积旬之外，玉女稍稍与行达争先，步武相接。歘然遽捉其发，而玉女腾去不得，因以勇力挈其肤体，仍加逼迫。玉女号呼求救，誓死不从，而气力困惫，终为行达所辱，扃之一室。翌日行达就观，乃见幡然一媪，尪瘵异常，起止殊艰，视听甚昧。行达惊异，遽召观中人，细话其事，即共伺问玉女，玉女备述始终。观中人固有闻知其故者，计其年盖百有余矣。众哀之，因共放去，不经月而殁。出《集异记》。

## 边洞玄

唐开元末，冀州枣强县女道士边洞玄，学道服饵四十年，年八十四岁。忽有老人，持一器汤饼，来诣洞玄曰："吾是三山仙人，以汝得道，故来相取。此汤饼是玉英之粉，神仙所贵，顷来得道者多服之。尔但服无疑，后七日必当羽化。"洞玄食毕，老人曰："吾今先行，汝后来也。"言讫不见。后日，洞玄忽觉身轻，齿发尽换，谓弟子曰："上清见召，不久当往。顾念汝等，能不恨恨？善修吾道，无为乐人间事，

大历年间，有个叫作班行达的书生。此人性情粗俗，常常诽谤诋毁佛、道二教。他在云台观西厢房读书，而玉女每天都要往来石池，就把这事看作平常了。班行达则伺机等着偷看，又见惯了玉女投石采芝，都很准时。有一天，班行达稍稍赶在玉女先头到达石池之上，等到那个玉女投出小石头的时候，莲花果然出来了，班行达就把莲花夺去。玉女远在山岩之上，有时停留在树梢上，既然莲花已被别人采去，玉女就只能叹息而还了。第二天，班行达还是这样干。差不多十天以后，玉女稍稍与班行达争先，两人离得很近。班行达突然就把玉女的头发抓住了，使玉女无法腾跃而去。班行达趁此机会凭勇力抓摸玉女的肤体，频加逼迫。玉女哭着喊着呼救，誓死不从，但是气力不足，终于被班行达所污辱。班行达把她捉回，锁在一间屋子里。第二天班行达到那屋里一看，竟然看到一个白发苍苍的老太太。这个老太太瘦病异常，起坐都很艰难，视物不清，听话不明。班行达很惊讶，急忙把观中人召来，详细地告诉她们事情的经过。于是大家一起探问玉女，玉女就把她的遭遇从头到尾详细地叙述了一遍。观中人本来就有听说过她的原委的，估计玉女的年龄大概有一百多岁。大家可怜她，就一起放她离去，后来不到一个月玉女就死了。出自《集异记》。

## 边洞玄

唐代开元末年，冀州枣强县有个女道士边洞玄，学道及服仙药达四十年。她八十四岁那年，忽然有一个老人拿着一食器汤饼，来拜访洞玄。他说："我是三山仙人，因为你有道，特意来接取你。这个汤饼是玉英之粉所制，为神仙所珍视，近来得道的人多数都吃它。你尽管服食，不要怀疑，此后七天一定能羽化成仙。"边洞玄吃完，老人说："我现在先走了，你随后来吧！"说完就不见了。过了两天，洞玄忽然觉得身体轻了，牙齿和头发全换了，她就对弟子说："上清召我去，不久就能前往。但我惦念你们这些弟子，能不遗憾吗？你们要好好修行我道，不要津津乐道人间之事，

为土棺散魂耳。"满七日，弟子等晨往问讯动止，已见紫云昏凝，遍满庭户；又闻空中有数人语，乃不敢入，悉止门外。须臾门开，洞玄乃乘紫云，竦身空中立，去地百余尺，与诸弟子及法侣等辞诀。时刺史源复与官吏、百姓等数万人，皆遥瞻礼。有顷日出，紫气化为五色云，洞玄冉冉而上，久之方灭。出《广异记》。

## 崔书生

唐开元天宝中，有崔书生于东州逻谷口居，好植名花。暮春之中，英蕊芬郁，远闻百步。书生每初晨，必盥漱看之。忽有一女，自西乘马而来，青衣老少数人随后。女有殊色，所乘骏马极佳。崔生未及细视，则已过矣。明日又过，崔生乃于花下，先致酒茗樽杓，铺陈茵席，乃迎马首拜曰："某性好花木，此园无非手植。今正值香茂，颇堪流盼。女郎频日而过，计仆驭当疲。敢具单醪，以俟憩息。"女不顾而过。其后青衣曰："但具酒馔，何忧不至？"女顾叱曰："何故轻与人言！"

崔生明日又先及，鞭马随之，到别墅之前，又下马，拜请良久。一老青衣谓女曰："马大疲，暂歇无爽。"因自控马，至当寝下。老青衣谓崔生曰："君既未婚，予为媒妁可乎？"崔生大悦，载拜跪请。青衣曰："事亦必定。后十五六日，大是吉辰，君于此时，但具婚礼所要，并于此备酒肴。今小娘子阿姊在逻谷中，有小疾，故日往看省。向某去后，

那样只能变为土棺中的散魂而已。"满了七天，弟子等凌晨前往问讯洞玄、探询行止时，已经看见紫云深浓凝聚，遍布庭院。他们又听到空中有几个人说话，就不敢进去，全都站在门外。不一会儿门开了，洞玄就乘着紫云，耸身在空中站立，离地一百多尺，与众弟子以及法侣等人诀别。当时刺史源复与官吏、百姓等数万人，都远远地瞻仰参拜她。隔了一会儿，太阳出来了，紫气变为五色祥云，洞玄冉冉上升，紫气很久才消失。出自《广异记》。

## 崔书生

　　唐代开元天宝年间，有个姓崔的书生在东州遝谷口居住。他喜好种名花。每到暮春季节，花蕊芬郁，远在百步之外就可以闻到花香。书生每天清晨都是先洗漱，然后便去看花。有一天，忽然有一个女子从西边乘马而来，穿青衣的老少几个婢女跟随在她的后边。这女子姿色极美，所乘的骏马也极佳。崔生还没来得及细看，女郎就已经过去了。第二天女郎又从这里经过，崔生在花下提前摆上酒、茶和酒杯、茶杯，铺上草席，就去迎着女郎的马首参拜说："我生来喜好花木，这个园子里的花没有不是我亲手栽植的。如今正赶上花香浓郁，颇值得您流连一顾。女郎这几天频繁从这里经过，估计仆人和马匹都会疲劳。我斗胆准备薄酒，来等您歇息。"女郎连看也没看就过去了。她身后的青衣婢女说："只管准备酒菜宴席，何愁不来？"女郎回头呵叱婢女说："为什么轻易与别人说话！"

　　崔生第二天又先到了，扬鞭策马跟随女郎，来到一座别墅前。崔生又下了马，下拜请求了很久。一个青衣老婢女对女郎说："马太疲乏了，暂且歇一歇也无妨。"于是女郎自己控制着马，到对着寝室的门前下来。老婢女对崔生说："您既然没有结婚，我给您做媒妁可以吗？"崔生很高兴，拜了两拜，跪地请求帮忙。老婢女说："这件婚事必定成功。过后十五六日是个大吉之辰，您到这个时候只管置办婚礼所必需的东西，并在这里备办酒肴。如今小娘子的姐姐在遝谷中有点小病，所以天天去探看。你走之后，

便当咨启，期到皆至此矣。"于是俱行，崔生在后，即依言营备吉日所要。至期，女及姊皆到。其姊亦仪质极丽，送留女归于崔生。

崔生母在故居，殊不知崔生纳室。崔生以不告而娶，但启以婢媵。母见新妇之姿甚美。经月余，忽有人送食于女，甘香殊异。后崔生觉母慈颜衰悴，因伏问几下。母曰："有汝一子，冀得求全。今汝所纳新妇，妖媚无双，吾于土塑图画之中，未曾见此。必是狐魅之辈，伤害于汝，故致吾忧。"崔生入室，见女泪涕交下曰："本侍箕帚，望以终天；不知尊夫人待以狐魅辈，明晨即别。"崔生亦挥涕不能言。

明日，女车骑复至，女乘一马，崔生亦乘一马从送之。入逻谷三十里，山间有一川，川中有异花珍果，不可言纪；馆宇屋室，侈于王者。青衣百许迎拜曰："无行崔郎，何必将来？"于是捧入，留崔生于门外。未几，一青衣女传姊言曰："崔郎遗行，太夫人疑阻，事宜便绝，不合相见；然小妹曾奉周旋，亦当奉屈。"俄而召崔生入，责诮再三，词辨清婉。崔生但拜伏受谴而已，后遂坐于中寝对食。食讫命酒，召女乐洽奏，铿锵万变。乐阕，其姊谓女曰："须令崔郎却回，汝有何物赠送？"女遂袖中取白玉盒子遗崔生，生

我就会去禀报,日期到了的时候,我们都到这里了。"于是他们一起走,崔生走在后面。崔生回去后,就依照老婢女所说的那样,置办准备吉日所必需的物品。到了约定的日子,女郎和她的姐姐都到了。女郎的姐姐仪表气质也极其俏丽,她把女郎送来嫁给崔生。

　　崔生的母亲还在故居居住,一点儿也不知道崔生娶媳妇的消息。崔生因为没有禀告母亲而私下娶妻,就向母亲假言,她是一位侍奉自己的婢妾。他母亲看到了新娘子也觉得她姿色很美。过了一个多月,有一天,忽然有人给女郎送来食品,那食品又甜又香,很是与众不同。后来崔生觉得母亲衰老憔悴,于是跪伏在几案之下给母亲问安。他的母亲说:"我只有你这一个儿子,希望能够求得保全。如今你所娶的新媳妇,妖媚无双,我在土塑的图画当中,也不曾见到过这样的美貌女子。她一定是狐狸精一类的东西,我怕对你有伤害,所以造成我的忧虑。"崔生回到内室,见到女郎涕泪交流地说:"我给你作妻子,本指望终老天年;没想到老夫人把我当成了狐狸精。我明天早晨就告别。"崔生也泪流满面,说不出话来。

　　第二天,女郎的车马又来了。女郎乘一匹马,崔生也乘一匹马跟着去送她。进入逻谷三十里,山间有一片平地,田野之中有不能用语言描绘的异花珍果,比王公的府第还奢华的馆宇屋室。上百个青衣仆人迎着女郎下拜,说:"这无行的崔郎何必领来!"于是他们奉迎着女郎进去,而把崔生留在门外。不一会儿,一个青衣婢女传达女郎姐姐的话说:"崔郎缺乏德行,太夫人疑心阻挠,婚事应该立即断绝,本不该见他;但小妹曾奉侍过他,也当受点委屈让他进来吧!"不久,有人召崔生进去。女郎姐姐又再三地责备崔生。她谈吐清晰婉转,很有口才。崔生只能拜伏在地接受谴责而已。后来他们就坐在正室中面对面吃饭。吃完饭女郎的姐姐命摆酒,召女乐演奏。乐曲铿锵万变。乐曲停下,女郎的姐姐对女郎说:"该让崔郎回去了,你有什么物品赠送给他?"女郎就从袖子中取出一个白玉盒子赠给崔生,崔生

亦留别，于是各呜咽而出门。至逻谷口回望，千岩万壑，无有远路。因恸哭归家，常持玉盒子，郁郁不乐。

忽有胡僧扣门求食曰："君有至宝，乞相示也。"崔生曰："某贫士，何有是请？"僧曰："君岂不有异人奉赠乎？贫道望气知之。"崔生试出玉盒子示僧。僧起，请以百万市之，遂往。崔生问僧曰："女郎谁耶？"曰："君所纳妻，西王母第三女玉卮娘子也。姊亦负美名于仙都，况复人间！所惜君纳之不得久远，若住得一年，君举家不死矣！"出《玄怪录》。

## 骊山姥

骊山姥，不知何代人也。李筌好神仙之道，常历名山，博采方术。至嵩山虎口岩石室中，得黄帝《阴符》本，绢素书，缄之甚密。题云："大魏真君二年七月七日，道士寇谦之藏之名山，用传同好。"以糜烂，筌抄读数千遍，竟不晓其义理。

因入秦，至骊山下，逢一老母，鬓髻当顶，余发半垂，弊衣扶杖，神状甚异。路旁见遗火烧树，因自言曰："火生于木，祸发必克。"筌闻之惊，前问曰："此黄帝《阴符》秘文，母何得而言之？"母曰："吾受此符已三元六周甲子矣。三元一周，计一百八十年，六周共计一千八十年矣，少年从何而知？"筌稽首载拜，具告得符之所，因请问玄义。使筌正立，向明视之曰："受此符者，当须名列仙籍，骨相应仙，

也留下东西告别。于是他们各自呜咽着分手。崔生出了门。到了逻谷口回头一望，千山万壑，看不到自己刚才走过的路。于是崔生痛哭着回到家里。从此，他经常拿着玉盒子郁郁不乐。

忽然有一天，有个胡僧敲门讨饭吃，他说："您有一件珍宝，请让我看看。"崔生说："我是个贫士，你怎么会有这种请求？"胡僧说："您难道没有异人赠送的东西吗？贫道通过望气而得知。"崔生抱着试探的心理拿出玉盒子给胡僧看。胡僧站起身来，请求用一百万两银子购买它，买到后就想走开。崔生问那个胡僧："那位女郎是谁呀？"胡僧说："您所娶的妻子，是西王母的第三个女儿玉卮娘子。她的姐姐在仙界也负有美名，何况在人间呢？可惜的是您娶她时间不长，如果能同住上一年，您的全家就都可以不死了！"出自《玄怪录》。

## 骊山姥

骊山姥，不知道是哪个朝代的人。李筌喜好神仙之道，经常游历名山，广泛采集方术。他在嵩山虎口岩石室中，得到了黄帝《阴符》本绢素书。素书封固得很严密。上面有题字，内容是："大魏真君二年七月七日，道士寇谦之把它藏在名山，用来传给爱好相同的人。"因书已糜烂，李筌将书抄下来并读了几千遍，但始终不明白《阴符》的义理。

李筌到陕西去，走到骊山脚下，遇到一个老妈妈。这个老妈妈发髻从鬓边梳到头顶，其余的头发半垂，穿着破衣服，挂着拐杖，形态很不一般。老妈妈看到路旁有遗落的火种在烧树，就自言自语地说："火生于木，祸发必克。"李筌听到这话很惊讶，就上前问她："这是黄帝《阴符》中的秘文，老妈妈怎么能说出它呢？"老妈妈说："我接受这个符已经三元六周甲子。三元一周，共计一百八十年，六周共计一千零八十年了。年轻人，你从哪里得知《阴符》的？"李筌行过稽首礼又拜了两拜，详细地告诉老妈妈得符的地方，趁便请问《阴符》的玄义。老妈妈让李筌站立，向着亮处端正地看着他说："接受这个符的人，该当名列仙籍，骨相应当成仙，

而后可以语至道之幽妙，启玄关之锁钥耳。不然者，反受其咎也。少年颧骨贯于生门，命轮齐于日角，血脉未减，心影不偏，性贤而好法，神勇而乐智，真吾弟子也！然四十五岁，当有大厄。"因出丹书符一通，贯于杖端，令筌跪而吞之，曰："天地相保。"

于是命坐，为说《阴符》之义曰："阴符者，上清所秘，玄台所尊，理国则太平，理身则得道。非独机权制胜之用，乃至道之要枢，岂人间常典耶！昔虽有暴横，黄帝举贤用能，诛强伐叛，以佐神农之理。三年百战，而功用未成。斋心告天，罪己请命。九灵金母命蒙狐之使，授以玉符，然后能通天达诚，感动天帝。命玄女教其兵机，赐帝九天六甲兵信之符，此书乃行于世。凡三百余言，一百言演道，一百言演法，一百言演术。上有神仙抱一之道，中有富国安民之法，下有强兵战胜之术。皆出自天机，合乎神智。观其精妙，则《黄庭》《八景》，不足以为玄；察其至要，则经传子史，不足以为文；较其巧智，则孙吴韩白，不足以为奇。一名《黄帝天机之书》，非奇人不可妄传，九窍四肢不具、悭贪愚痴、骄奢淫佚者，必不可使闻之。凡传同好，当斋而传之。有本者为师，受书者为弟子。不得以富贵为重、贫贱为轻，违之者夺纪二十。每年七月七日写一本，藏名山石岩中，得加算。本命日诵七遍，益心机，加年寿，出三尸，下九虫，秘而重之，当传同好耳。此书至人学之得其道，贤人学之得其法，凡人学之得其殃，职分不同也。经言君子得之固躬，

然后可以告诉他至道的幽深奥妙，付与他开启玄关之锁的钥匙。如果不是这样的人，反而会受到责罚。你这个年轻人的颧骨通到生门，命轮与日角相齐，血脉未减，心影不偏，本性贤德而又喜好法术，精神旺盛而又喜欢动脑子，真是我的弟子啊！然而四十五岁时你会有场大难。"于是她拿出朱砂写了一道符，串在拐杖尖上，令李筌跪着把它吞下去。说："天地保佑你。"

于是老妈妈命李筌坐下，给他解说《阴符》的意义说："阴符是上清秘密保存而又为玄台所尊崇的道经，用它治国，国家就太平；用它治理自身，自身就能得道。不仅用于机变权谋以制胜，而且是至道的核心要诀，岂止是人间的一般典籍呢！从前，虽有横行不法的人，黄帝推举任用贤能的人，诛伐强暴叛逆之人，来帮助神农治国。三年作战一百次，而功用仍没有完成。他就诚心斋戒，禀告上天，归罪于自己，请求天命。九灵金母命蒙狐使者授给黄帝玉符，然后黄帝就通达上天，表达诚意，感动天帝。天帝又命玄女教给他兵机，赐给黄帝九天六甲兵信之符，这本书才在世上流行。《阴符》总共三百多字，一百字解说道，一百字解说法，一百字解说术。上有神仙抱一之道，中有富国安民之法，下有强兵战胜之术。这都出自天机，合乎神智。观看了它的精妙，《黄庭》《八景》就不足以称为玄；洞察它的至要，经传子史就不足以称为文章；考较它的巧智，孙子、吴起、韩信、白起等人都不足以称作奇人。这书还有一名，叫《黄帝天机之书》，不是奇人不可随便传授给他；九窍四肢不全或悭贪愚痴、骄奢淫逸的人，一定不能让他们知道它。大凡传给爱好相同的人，应当斋戒之后传给他。有本的人是师父，受书的人是弟子。不能把富贵看得很重，把贫贱看得很轻，违背它的人则被夺去二十年寿命。每年七月七日写一本，藏在名山石岩中，就能增加寿命。本命日读七遍，可以有益于心机、增加寿命、跳出三尸、使九虫降服。应保守秘密而珍重它，并且只能传给爱好相同的人。这本书至人学它可以得其道，贤人学它可以得其法，凡人学它则会受到惩罚。这是因为人的职分不同啊。经书说君子得到它可以固身，

小人得之轻命,盖泄天机也。泄天机者沉三劫,得不戒哉!”

言讫,谓筌曰:“日已晡矣,吾有麦饭,相与为食。”袖中出一瓠,命筌于谷中取水。既满,瓠忽重百余斤,力不能制而沉泉中。却至树下,失姥所在,惟于石上留麦饭数升。怅望至夕,不复见姥。筌食麦饭,自此不食,因绝粒求道,注《阴符》,述二十四机,著《太白阴经》,述《中台志阃外春秋》,以行于世。仕为荆南节度副使、仙州刺史。出《集仙传》。

## 黄观福

黄观福者,雅州百丈县民之女也。幼不茹荤血,好清静,家贫无香,以柏叶、柏子焚之。每凝然静坐,无所营为,经日不倦。或食柏叶,饮水自给,不嗜五谷。父母怜之,率任其意。既笄,欲嫁之,忽谓父母曰:“门前水中极有异物。”女常时多与父母说奇事先兆,往往信验。闻之,因以为然,随往看之。水果来汹涌,乃自投水中,良久不出。漉之,得一古木天尊像,金彩已驳,状貌与女无异。水即澄静,便以木像置路上,号泣而归。其母时来视之,忆念不已。忽有彩云仙乐,引卫甚多,与女子三人,下其庭中,谓父母曰:“女本上清仙人也,有小过,谪在人间。年限既毕,复归天上,无至忧念也。同来三人,一是玉皇侍女,一是天帝侍辰女,一是上清侍书。此去不复来矣。今来此地疾疫

小人得到它丧失性命，原因是小人泄露天机。泄露天机的人要沉沦三劫，能不警惕吗！"

　　说完，她又对李筌说："已经到吃晚饭的时候了。我这有麦饭，一起吃饭吧！"她从袖子里拿出一个瓢，令李筌到山谷中去取水。瓢里的水满了以后，瓢忽然有一百多斤重，李筌的力气不能控制，瓢就沉到泉水中了。李筌回到树下时，老妈妈已经不见了，只在石头上留下几升麦饭。李筌惆怅地等到晚上，也没有再见到老妈妈。李筌吃了麦饭以后，从此不再吃饭。他就绝食求道，注解《阴符》，著述二十四机，著《太白阴经》，著述《中台志间外春秋》，在世上流行。李筌后来官任荆南节度副使、仙州刺史。出自《集仙传》。

## 黄观福

　　黄观福是雅州百丈县一个普通百姓家的女儿。她小时候就不吃荤腥之物，喜好清静。她的家里贫穷没有香，她就用柏叶、柏子当香烧。她还经常凝神静坐，什么事情也不做，静坐一整天也不倦怠。她有时吃柏叶、饮水来养活自己，不吃五谷。她的父母怜爱她，就全任由她的性子。成年以后，父母想让她出嫁，她忽然对父母说："门前水中有极灵异的东西。"因为她平时经常与父母说一些奇事的先兆，往往能得到验证，所以听了她这句话，她的父母就以为真是这样，就随着她前去看灵物。这时河水果然来势汹涌，黄观福就自己跳进河水中，很久也没出来。人们去打捞她，只打捞到一尊古木天尊像。像上的金彩已经掉落斑驳，像的模样与黄观福完全一样。这时河水也澄清平静。她的父母就把木像放在道路上，哭泣着回家了。她的母亲时常来看她，思念不已。有一天，空中忽然出现彩云仙乐，黄观福引领很多护卫，与三个女子从空中下降到黄家院子里。黄观福对她的父母说："女儿本来是上清的仙人，因为有小过错，被贬到人间。现在年限已满，又回到天上。你们不要太忧愁想念我了。同来的三个人，一位是玉皇的侍女，一位是天帝的侍辰女，一位是上清的侍书。我这次离去就不再回来了。近来这个地方因疾疫

死者甚多，以金遗父母，使移家益州，以避凶岁。"即留金数饼，升天而去。父母如其言，移家蜀郡。其岁疫毒，黎雅尤甚，十丧三四，即唐麟德年也。今俗呼为黄冠佛，盖以不识天尊道像，仍是相传语讹，以黄冠福为黄冠佛也。出《集仙传》。

死人很多，我把金子留给父母，让你们把家迁到益州，来躲避凶年。"于是她就留下几块金子，升天而去。父母按照她的话，把家搬到蜀郡。那一年疫毒在黎、雅二州尤其严重，十个人中就死三四个，这是唐代麟德年间的事。如今世人习惯把她称作黄冠佛，原因是不认识天尊的道像，乃是相传时言语讹误，把"黄冠福"称作"黄冠佛"了。出自《集仙传》。

# 卷第六十四
## 女仙九

杨正见　　董上仙　　张连翘　　张镐妻　　太阴夫人

### 杨正见

　　杨正见者，眉州通义县民杨宠女也。幼而聪悟仁悯，雅尚清虚。既笄，父母娉同郡王生。王亦巨富，好宾客。一旦，舅姑会亲故，市鱼，使正见为脍。宾客博戏于厅中，日昃而盘食未备。正见怜鱼之生，盆中戏弄之，竟不忍杀。既晡矣，舅姑促责食迟，正见惧，窜于邻里，但行野径中，已数十里，不觉疲倦。见夹道花木，异于人世。至一山舍，有女冠在焉，具以其由白之。女冠曰："子有愍人好生之心，可以教也。"因留止焉。

　　山舍在蒲江县主簿化侧，其居无水，常使正见汲涧泉。女冠素不食，为正见故，时出山外求粮以赡之，如此数年。正见恭慎勤恪，执弟子之礼，未尝亏怠。忽于汲泉之所有

## 杨正见

　　杨正见是眉州通义县百姓杨宠的女儿。她小时候就聪明颖悟，富有仁慈怜悯之心，崇尚清虚之道。成年以后，父母把她嫁给了同郡的王生。王生也是个巨富之人，喜好宾客。有一天早晨，正见的公婆聚会亲朋故友，买来了鱼，叫正见做成鱼脍。宾客在厅堂上玩博戏，太阳已经西斜了，菜还没有做好。因为正见爱惜活鱼，把它放在盆中拨弄着玩，一直不忍心杀它。已经到晡时了，公婆着急，就催促她快做，责备她做得太迟。正见害怕了，就逃到邻居家，又从邻居家里逃到野外，只管在野外小道中一直走。她已经走了几十里了，也不觉得疲倦。这时她看到路两边花草树木与人世间的不同。她来到了山中一座房舍，有个女道士在里边，杨正见就把她逃出的根由告诉了女道士。女道士说："你有怜悯他人、爱护生灵的善心，是可教之人。"就留下她让她住在那里。

　　那座山舍在蒲江县主簿化的附近。她们的住处没有水，女道士常常派正见到山涧中的泉眼去打水。女道士平时不吃饭，为了正见的缘故，有时出去到山外讨要粮食来供养正见。这样过了几年。正见恭顺谨慎，勤快又守规矩，按弟子的礼节去做，不曾有亏礼节，也不曾懈怠。有一天，正见忽然在打水的地方看见

一小儿,洁白可爱,才及年余,见人喜且笑。正见抱而抚怜之,以为常矣,由此汲水归迟者数四。女冠疑怪而问之,正见以事白。女冠曰:"若复见,必抱儿径来,吾欲一见耳。"自是月余,正见汲泉,此儿复出,因抱之而归。渐近家,儿已僵矣,视之尤如草树之根,重数斤。女冠见而识之,乃茯苓也,命洁甑以蒸之。会山中粮尽,女冠出山求粮,给正见一日食,柴三小束,谕之曰:"甑中之物,但尽此三束柴,止火可也,勿辄视之。"女冠出山,期一夕而回。此夕大风雨,山水溢,道阻,十日不归。正见食尽饥甚,闻甑中物香,因窃食之,数日俱尽,女冠方归。闻之叹曰:"神仙固当有定分!向不遇雨水坏道,汝岂得尽食灵药乎?吾师常云:'此山有人形茯苓,得食之者白日升天。'吾伺之二十年矣。汝今遇而食之,真得道者也。"

自此正见容状益异,光彩射人,常有众仙降其室,与之论真宫天府之事。岁余,白日升天,即开元二十一年壬申十一月三日也。常谓其师曰:"得食灵药,即日便合登仙;所以迟回者,幼年之时,见父母拣税钱输官,有明净圆好者,窃藏二钱玩之。以此为隐藏官钱过,罚居人间更一年耳。"其升天处,即今邛州蒲江县主簿化也,有汲水之处存焉。昔广汉主簿王兴,上升于此。出《集仙录》。

一个小孩，这小孩洁白可爱，刚到一岁多点，见到人又是喜又是笑。正见抱起他抚弄爱惜，时间久了也就习以为常。由于这个原因，正见打水时回去晚了已经不知多少次了。女道士觉得可疑奇怪，就问正见，正见就把遇到小孩的事禀告了女道士。女道士说："你如果再见到，一定要把那个小孩直接抱回来，我想要看一看。"从这以后过了一个多月，正见到泉中打水时，那个小孩又出现了，她就把小孩抱起来往回走。快到家的时候，小孩已经僵死了。看看他很像树的根，有几斤重。女道士见了就认出了它，原来是个茯苓。就让正见洗净饭锅去蒸它。这时正赶上山里的粮食吃光了，女道士出山去讨米，留给正见一天的食品和三小捆柴，告诉她说："饭锅里的那件东西，只要把三小捆柴烧尽，就可以停下火了，不要着急看它。"女道士出了山，约定过一个晚上就回来。没想到这天晚上刮大风下大雨，山水漫流，道路受阻，女道士十天也没回来。正见饭吃光了，饿得很，闻到饭锅中那个东西很香，就偷着吃它，几天全吃光了，女道士才回来。女道士听说这个情况，叹息着说："谁能成仙，本来应该是命里注定的。假使不是遇到雨水把道路冲坏，你怎么能够把灵药全部吃净呢？我的师父常说，这山里有人形的茯苓，吃到它的人可以白日升天。我等它二十年了。你如今遇到了把它吃了，你真是得道的人啊！"

从此，正见的容貌越来越奇异，光彩射人。还常有众仙人降临她的住室，跟她谈论真宫天府的事情。过了一年多，正见白日升天。时间就是开元二十一年壬申十一月三日。她曾经对她的师父说："我得到灵药吃了，本来当日就该登上仙位。我所以迟回的原因，是由于我幼年的时候，看见父母拣点税钱送往官府，其中有明亮干净又圆的好钱，我就偷着藏起两个铜钱留着玩。因为这个隐藏官钱的过错，罚我在人间多住一年。"她升天的地方，就是现在邛州蒲江县主簿化，那里还有汲水处存在。从前，广汉主簿王兴就是在这里升天的。出自《集仙录》。

## 董上仙

董上仙,遂州方义女也。年十七,神姿艳冶,寡于饮膳,好静守和,不离于世。乡里以其容德,皆谓之上仙之人,故号曰"上仙"。忽一旦紫云垂布,并天乐下于其庭,青童子二人,引之升天。父母素愚,号哭呼之不已。去地数十丈,复下还家,紫云青童,旋不复见。居数月,又升天如初。父母又号泣,良久复下。唐开元中,天子好尚神仙,闻其事,诏使征入长安。月余,乞还乡里,许之。中使送还家。百余日复升天,父母又哭之。因蜕其皮于地,乃飞去。皮如其形,衣结不解,若蝉蜕耳。遂漆而留之,诏置上仙、唐兴两观于其居处。今在州北十余里,涪江之滨焉。出《集仙录》。

## 张连翘

黄梅县女道士张连翘者,年八九岁。常持瓶汲水,忽见井中有莲花如小盘,渐渐出井口。往取便缩,不取又出,如是数四,遂入井。家人怪久不回,往视,见连翘立井水上。及出,忽得笑疾。问其故,云:"有人自后以手触其腋,痒不可忍。"父母以为鬼魅所加,中夜潜移之舅族,方不笑。顷之,又还其家,云饥,求食,日食数斗米饭,虽夜置菹肴于卧所,觉即食之。如是六七日,乃闻食臭,自尔不复食,岁时或进三四颗枣,父母因命出家为道士。年十八,

## 董上仙

董上仙是遂州方义县的女子。她年方十七岁，神情姿态艳丽妖冶，很少吃饭饮水，喜好清静安守中和，不疏远世人。乡里的人们根据她的容貌和品德，都说她是上仙之人，所以称她"上仙"。有一天，忽然紫云密布，连同天上的仙乐一起降到她家院子里，两个青衣童子引领着她升上天。她的父母一向愚昧，她们不停地号哭呼唤女儿。这时上仙已离地几十丈了，又下来回到家里，紫云和青衣童子立刻就不见了。住了几个月，上仙又像当初那样升上天。父母又号哭，过了很久，上仙又下来了。唐朝开元年间，天子喜好崇尚神仙，闻听这件事，就下诏书派使者征召上仙去长安。过了一个多月，上仙请求回归乡里，皇帝答应了她，派宫中使者把她送回家。一百多天以后，上仙又升了天，父母又哭泣。上仙就把皮蜕到地上才飞去。皮跟她的形体一样，衣服的结没有解开，像蝉脱壳似的。她的父母就将她的衣服漆后保留起来。皇帝下令在上仙居住之处设置上仙、唐兴两座道观。这两座道观如今在州北十多里，涪江之滨。出自《集仙录》。

## 张连翘

黄梅县女道士张连翘在八九岁的时候，经常拿着瓶子到井中去打水。有一天，她忽然看到井中有朵像小盘子那么大的莲花，渐渐伸出井口。伸手去拿它就缩回去，不去拿，它又伸出来。像这样伸伸缩缩多次，连翘就跳进井中。家里人因为连翘时间长了没回去，觉得奇怪，就到井台去看。他们看到连翘站在井水之上。等到出来，连翘忽然得了笑疾。问她原因，她说有人从她身后用手挠她腋窝，痒得忍不住。父母以为是鬼魅附体，就在半夜悄悄地把连翘送到她舅舅家，连翘这才不笑了。过了些日子，连翘又回到自己家里，说是饿了，要吃的，每天能吃几斗米的饭；即使在夜里也要在睡觉的地方放上吃的，她醒来就吃。这样过了六七天后，她闻到食物的味道就觉得臭，从此不再吃饭，过年过节时偶尔吃三四颗枣。父母就让她出家当道士。十八岁那年，

昼日于观中独坐,见天上堕两钱,连翘起就拾之。邻家妇人乃推篱倒,亦争拾,连翘以身据钱上。又与黄药三丸,遽起取之。妇人攫手,夺一丸去,因吞二丸,俄而皆死。连翘顷之醒,便觉力强神清,倍于常日。其妇人吞一丸,经日方苏,饮食如故。天宝末,连翘在观,忽悲思父母,如有所适之意。百姓邑官,皆见五色云拥一宝舆,自天而下。人谓连翘已去,争来看视。连翘初无所觉,云亦消散。谕者云:"人众故不去。"连翘至今犹在,两胁相合,形体枯悴,而无所食矣。出《广异记》。

## 张镐妻

张镐,南阳人也。少为业勤苦,隐王房山,未尝释卷。山下有酒家,镐执卷诣之,饮二三杯而归。一日,见美妇人在酒家,揖之与语,命以同饮。欣然无拒色,词旨明辨,容状佳丽。既晚告去,镐深念之,通夕不寐。未明,复往伺之,已在酒家矣。复召与饮,微词调之。妇人曰:"君非常人,愿有所托,能终身,即所愿也。"镐许诺,与之归,山居十年。而镐勤于坟典,意渐疏薄,时或忿恚。妇人曰:"君情若此,我不可久住。但得鲤鱼脂一斗合药,即是矣。"镐未测所用,力求以授之。妇以鲤鱼脂投井中,身亦随下。须臾,乘一鲤自井跃出,凌空欲去,谓镐曰:"吾比待子立功立

连翘大白天在观中独坐，看见天上掉下来两个钱，就起身去拾。邻居的女人就把篱笆推倒，也来争着拾钱，连翘就把身体压在钱上。天上又掉下三九黄药，连翘急忙起身取药。那个女人扒开连翘的手，夺去了一九，连翘就把两丸药吞下。不一会儿，两个人都死了。连翘过一阵就醒来了，醒来觉得力气强大，精神清爽，比平常强一倍。那个女人吞了一九，经过一整天才苏醒，饮食还像过去一样。天宝末年，连翘在道观里忽然悲伤地想念父母，好像有要到哪儿去的意思。这天，百姓和县官都看见五色云拥着一辆宝车从天上下来。人们认为连翘已经走了，都争着来看。连翘始终没有觉察什么，云也消散了。明白的人说："因为看的人多，所以她没去。"连翘至今还在。她两肋相合，形体枯干憔悴，什么东西也不吃。出自《广异记》。

## 张镐妻

张镐是南阳人。他年轻时从事学业很勤奋辛苦。他在王屋山隐居，从不曾放下手中的书。山中有个酒家，张镐常常拿着书到酒家去，喝两三杯就回来。有一天，他看见一个美妇人在酒家，就过去作揖见礼，与她交谈，邀请那美妇人一起饮酒。那女子欣然同意，没有拒绝，言谈意旨清晰，容貌美丽。天色已经很晚了，那女子告辞离去，张镐却深深想念她，整夜都没有睡着觉。天还没有亮，就又去酒家等她，而那女子已经在酒家了。张镐又叫她与自己同饮，用婉转巧妙的言词与她调情。女子说："您不是一般人，我也愿意有所托付。能够和您终身相伴，就是我的愿望。"张镐答应了，就带她一起回家，在山中居住了十年。而张镐努力于研究三坟五典，感情逐渐疏远淡薄了，有时还生气发脾气。那个女子说："您的感情如果这样，我不能长久住下去了。只要能得到一斗鲤鱼脂配药，我就满足了。"张镐猜不出要鲤鱼脂有什么用，于是尽力找来鲤鱼脂给了她。那女子把鲤鱼脂投到井中，自己也随着跳下去。不一会儿，女子乘着一条鲤鱼从井中飞跃而出。凌空欲去时，她对张镐说："我本打算等您立了功、成就了

事,同升太清。今既如斯,固子之薄福也。他日守位不终,悔亦何及!"镐拜谢悔过。于是乘鱼升天而去。镐后出山,历官位至宰辅。为河南都统,常心念不终之言,每自咎责。后贬辰州司户,复征用薨,时年方六十。每话于宾友,终身为恨矣。出《神仙感遇传》。

## 太阴夫人

卢杞少时,穷居东都,于废宅内赁舍。邻有麻氏妪孤独。杞遇暴疾,卧月余,麻婆来作羹粥。疾愈后,晚从外归,见金犊车子在麻婆门外。卢公惊异,窥之,见一女年十四五,真神人。明日潜访麻婆,麻婆曰:"莫要作婚姻否?试与商量。"杞曰:"某贫贱,焉敢辄有此意?"麻曰:"亦何妨!"既夜,麻婆曰:"事谐矣。请斋三日,会于城东废观。"既至,见古木荒草,久无人居。逡巡,雷电风雨暴起,化出楼台,金殿玉帐,景物华丽。有辎軿降空,即前时女子也。与杞相见曰:"某即天人,奉上帝命,遣人间自求匹偶耳。君有仙相,故遣麻婆传意。更七日清斋,当再奉见。"女子呼麻婆,付两丸药。须臾雷电黑云,女子已不见,古木荒草如旧。

麻婆与杞归,清斋七日,劚地种药,才种已蔓生;未顷刻,二葫芦生于蔓上,渐大如两斛瓮。麻婆以刀刳其中,麻婆与杞各处其一。仍令具油衣三领。风雷忽起,

事业,一同升上太清成仙。如今既然如此,是您的福薄啊。将来你连自己通过努力而获得的地位也保不住,后悔又怎么来得及呢?"张镐下拜道歉,为自己的过失后悔。于是那女子乘鱼升天而去了。张镐后来出山,做官位至宰相。他在任河南都统时,常常在心中思考那女子关于守位不终的话,每每自咎自责。后来他被贬为辰州司户,重新征用时,他就死了。当时他年纪刚六十岁。生前,他经常与宾朋说起旧事,终身觉得遗憾。出自《神仙感遇传》。

## 太阴夫人

卢杞年轻时家里很穷。他住在东都洛阳,在一所废宅内租赁房舍。邻居有个姓麻的老太婆,孤身独住。有一次,卢杞得了暴病,躺了一个多月,麻婆来给他做汤做粥。病好以后,有一天晚上卢杞从外边回来,看见一辆金犊车子停在麻婆门外。卢杞很惊奇,就偷偷地去看。他见到一个女郎,年纪有十四五岁,像是神人。第二天,卢杞悄悄问麻婆,麻婆说:"莫非要作婚姻吗?我与她商量一下试试。"卢杞说:"我家里贫穷,又没有地位,哪敢就有这个想法?"麻婆说:"这又何妨!"到了晚上,麻婆说:"事情办成了。请你斋戒三天,在城东的废弃道观里相会。"卢杞到废观以后,看到的是古树荒草。这里很久没有人住了,他就迟迟疑疑地不敢向前。这时,雷电风雨突然而起,变化出楼台。金殿玉帐,景物华丽。有一辆有帷盖帷幕的车子从空中降落下来,车上坐的就是前些日子的那个女郎。女郎与卢杞相见,她说:"我就是天人,奉上帝之命,打发我到人间自己找配偶。您有仙相,所以我派麻婆传递心意。请再斋戒七天,到时再见面。"女郎呼唤麻婆,给了她两丸药。不一会儿,雷电黑云又起,女郎已经不见了,古树荒草还和原来一样。

麻婆与卢杞回去,斋戒七天,刨地种药。才下种,已经生出蔓;不一会儿,两个葫芦从蔓上生出,逐渐变大,像装两斗酒的大瓮那么大。麻婆用刀把葫芦里面的东西刨出来,麻婆与卢杞各自进到一个葫芦里。又让卢杞准备三件油衣。这时忽然起了风雷,

腾上碧霄,满耳只闻波涛之声。久之觉寒,令着油衫,如在冰雪中,复令着至三重,甚暖。麻婆曰:"去洛已八万里。"长久,葫芦止息,遂见宫阙楼台,皆以水晶为墙垣,被甲伏戈者数百人。

麻婆引杞入见。紫殿从女百人,命杞坐,具酒馔。麻婆屏立于诸卫下。女子谓杞:"君合得三事,任取一事:常留此宫,寿与天毕;次为地仙,常居人间,时得至此;下为中国宰相。"杞曰:"在此处实为上愿。"女子喜曰:"此水晶宫也。某为太阴夫人,仙格已高。足下便是白日升天,然须定,不得改移,以致相累也。"乃赍青纸为表,当庭拜奏,曰:"须启上帝。"

少顷,闻东北间声云:"上帝使至!"太阴夫人与诸仙趋降。俄有幢节香幡,引朱衣少年立阶下。朱衣宣帝命曰:"卢杞,得太阴夫人状云,欲住水晶宫,如何?"杞无言。夫人但令疾应,又无言。夫人及左右大惧,驰入,取鲛绡五匹,以赂使者,欲其稽缓。食顷间又问:"卢杞,欲水晶宫住?作地仙?及人间宰相?此度须决!"杞大呼曰:"人间宰相!"朱衣趋去。太阴夫人失色曰:"此麻婆之过,速领回!"推入葫芦。又闻风水之声,却至故居,尘榻宛然。时已夜半,葫芦与麻婆并不见矣。出《逸史》。

两人乘坐葫芦腾空升到碧空云霄之中，满耳只听见波涛的声音。时间长了卢杞觉得寒冷，麻婆就让他穿上油衫。卢杞感到如在冰雪之中，麻婆又让他穿到三层，这回觉得很暖和了。麻婆说："离洛阳已经八万里了。"过了很长时间，葫芦停下来，就见到了宫阙楼台，都是用水晶造的墙垣，披着甲衣拿着戈矛的卫兵有几百人。

麻婆领着卢杞进见。紫色的宫殿之上，几百个女子随着那女郎出来。女郎命卢杞坐下，又命准备酒筵。麻婆身子笔直地站在众侍卫之下。女郎对卢杞说："您可以从三件事中任意选取一件事：永远留在这座宫里，寿命与天同在；其次是作地仙，常住人间，有时也能到这里；最下是作人间宰相。"卢杞说："能够留在此处，实在是我的最大愿望。"女郎高兴地说："这是水晶宫啊！我是太阴夫人，仙格已经很高。您留在这里，便是白日升天了。然而必须确定，不能改变，以免连累我。"女郎就拿出青纸写表章，当庭拜奏，说："必须呈报上帝。"

过了一会儿，听到东北一带有人大声说："上帝使者到！"太阴夫人与众仙赶快降阶相迎。一会儿，出现了幢节香幡，引导着一个穿大红衣服的年轻人立于阶下。穿红衣那人传达上帝的命令说："卢杞！看到了太阴夫人的奏折，说你愿意住在水晶宫。你打算如何？"卢杞不说话。太阴夫人令他快答应，可是卢杞还是不说话。夫人与左右仙官都很害怕，赶快跑进宫，取出五匹鲛绡，用它贿赂使者，想让他延缓一下。大约有吃顿饭的时间，天使又问："卢杞！你想要住在水晶宫，还是作地仙，或者回到人间当宰相？此刻必须做决定！"卢杞大声说："人间宰相！"红衣人快速离开了。太阴夫人失色说："这是麻婆的过错。赶快把他领回去！"就把他们推入葫芦。卢杞又听到风和雨的声音，不一会儿，便回到过去住的地方，满是灰尘的床榻还是原样。这时已经半夜了，葫芦和麻婆同时不见了。出自《逸史》。

# 卷第六十五
## 女仙十

姚氏三子　　赵　旭　　虞卿女子　　萧氏乳母

### 姚氏三子

唐御史姚生，罢官，居于蒲之左邑。有子一人，外甥二人，各一姓，年皆及壮，而顽驽不肖。姚之子稍长于二生。姚惜其不学，日以诲责，而怠游不悛。遂于条山之阳，结茅以居之，冀绝外事，得专艺学。林壑重深，嚣尘不到。将遣之日，姚诫之曰："每季一试汝之所能，学有不进，必榎楚及汝！汝其勉焉。"

及到山中，二子曾不开卷，但朴斫涂墍为务。居数月，其长谓二人曰："试期至矣，汝曹都不省书，吾为汝惧。"二子曾不介意，其长攻书甚勤。忽一夕，子夜临烛，凭几披书之次，觉所衣之裳后裾为物所牵，襟领渐下。亦不之异，徐引而袭焉。俄而复尔，如是数四。遂回视之，见一小豚，籍裳而伏，色甚洁白，光润如玉。因以压书界方击之，豚声骇

## 姚氏三子

唐朝有一位御史姚生,罢官以后住在蒲州东面的一座小城。他有一个儿子、两个外甥。两个外甥各姓一个姓,成年后却顽劣不成才。姚生的儿子比其余二生年龄稍大。姚生痛惜他们不学习,天天教诲责备他们,而他们照旧懒散游荡,不肯改过。于是姚生就在条山之南,盖上几间茅屋让他们住在那里;指望他们禁绝外事,能专心钻研学问。林壑重叠幽深,喧闹尘俗之事无法打扰到。将要打发他们去时,姚生警告他们说:"我每个季度考核一次你们的才能,如果学业没有长进,一定打你们! 你们勤勉努力吧!"

等到来到山中,两个小一点的连书本也不打开,只是把砍树皮涂涂屋顶当正经事干。住了几个月,那个大的对两个小的说:"考试的期限到了,你们还不看书,我都替你们害怕。"那两个小一点的也没在乎,那个年长一点的读书很勤奋。有一天晚上,他半夜在灯烛前伏在几案上翻阅书的时候,忽然觉得所穿的皮衣后襟被什么东西拉扯,衣襟和衣领渐渐往下脱落。他也不觉得这事奇怪,慢慢拉过来又穿上了。不一会儿又是这样,如此多次。他就回头去看,看到一只小猪,在他的皮衣上趴着。小猪颜色洁白,光泽滋润如玉一般。他就用压书的界方去打它,小猪惊叫一声

而走。遽呼二子秉烛，索于堂中。牖户甚密，周视无隙，而莫知豚所往。

明日，有苍头骑扣门，搢笏而入，谓三人曰："夫人问讯，昨夜小儿无知，误入君衣裙，殊以为惭，然君击之过伤。今则平矣，君勿为虑。"三人俱逊词谢之，相视莫测其故。少顷，向来骑僮复至，兼抱持所伤之儿，并乳褓数人，衣襦皆绮纨，精丽非寻常所见。复传夫人语云："小儿无恙，故以相示。"逼而观之，自眉至鼻端，如丹缕焉，则界方棱所击之迹也。三子愈恐，使者及乳褓皆甘言慰安之，又云："少顷夫人自来。"言讫而去。

三子悉欲潜去避之，惶惑未决。有苍头及紫衣宫监数十，奔波而至，前施屏帏，茵席炳焕，香气殊异。旋见一油壁车，青牛丹毂，其疾如风，宝马数百，前后导从。及门下车，则夫人也。三子趋出拜，夫人微笑曰："不意小儿至此，君昨所伤，亦不至甚，恐为君忧，故来相慰耳。"夫人年可三十余，风姿闲整，俯仰如神，亦不知何人也。问三子曰："有家室未？"三子皆以未对。曰："吾有三女，殊姿淑德，可以配三君子。"三子拜谢。夫人因留不去，为三子各创一院，指顾之间，画堂延阁，造次而具。

翌日，有辎軿至焉，宾从粲丽，逾于戚里。车服炫晃，

就跑了。他就急忙喊叫那两个年轻人，拿着灯烛在堂中搜寻。可是虽然门窗很严密，查看四周也没有缝隙，却不知道小猪哪儿去了。

第二天，有个仆人打扮骑马的人来敲门，把笏板插在腰带上进入室内，对三个人说："夫人向三位公子问讯：昨天晚上小儿无知，误入您的衣裙，很觉得惭愧。然而您把他打得过分，使他受伤了。不过现在已经平复了，您们不要为此事忧虑。"三个人都用谦逊的言词向他道歉，互相看了看，谁也猜不透其中缘故。隔了一会儿，刚才来的那个骑马的仆人又来了，同时还抱着受伤的小孩。连同奶妈子、保姆几个人，他们所穿的衣服都是绫罗绸缎，其精美华丽不是寻常能见到的。他们又传达夫人的话说："小儿无恙，所以把他抱来给你们看看。"他们三人走近一看，那小孩自眉头到鼻端，像红线似的有一道伤痕，是界方的棱打上去的痕迹。三个人更加恐慌了。使者及乳母保姆都用好言安慰他们，又说："待一会儿夫人亲自来。"说完就走了。

三个人都想要偷偷逃走去躲避一下，惊慌迟疑之下，一时没有决定下来。这时，有奴仆和几十名紫衣宫监奔波而至，上前放下屏风帷帐，铺设芦席。这些东西都光彩鲜明，香气奇特。顷刻又看到一辆油壁车，青色的牛拉着朱红色的车，快得像风一样。几百匹宝马，有的在前引导，有的在后边跟随。到门口下车，车上的人就是夫人。三个年轻人急忙快步走出参拜，夫人微笑着说："没料到小儿到这里来玩，被您昨天打伤，也不太严重。恐怕为您增忧，所以来慰问你们。"夫人的年纪大约有三十多岁，风姿娴雅整肃，一举一动很像神仙，也不知是什么人。夫人问三个年轻人："你们有家室了吗？"三个人都回答没有。夫人说："我有三个女儿，姿容很美，德性贤淑，可以匹配三位君子。"三人下拜道谢。夫人就留下来没走，为三个年轻人各创设了一所院落，弹指之间，画堂长阁，先后都安排好了。

第二天，有用篷帐装饰的车子来到了。宾客随从都明艳美丽，是三个年轻人的亲戚邻里远所不及的。车马服饰光芒闪耀，

流光照地,香满山谷。三女自车而下,皆年十七八。夫人引三女升堂,又延三子就座。酒肴珍备,果实丰衍,非常世所有,多未之识。三子殊不自意。夫人指三女曰:"各以配君。"三子避席拜谢。复有送女数十,若神仙焉。是夕合卺。夫人谓三子曰:"人之所重者生也,所欲者贵也。但百日不泄于人,令君长生度世,位极人臣。"三子复拜谢,但以愚昧扞格为忧。夫人曰:"君勿忧,斯易耳。"乃敕地上主者,令召孔宣父。须臾,孔子具冠剑而至。夫人临阶,宣父拜谒甚恭。夫人端立,微劳问之,谓曰:"吾三婿欲学,君其引之。"宣父乃命三子,指六籍篇目以示之,莫不了然解悟、大义悉通,咸若素习。既而宣父谢去。夫人又命周尚父示以玄女符玉璜秘诀,三子又得之无遗。复坐与言,则皆文武全才,学究天人之际矣。三子相视,自觉风度夷旷,神用开爽,悉将相之具矣。

其后姚使家僮馈粮,至则大骇而走。姚问其故,具对以屋宇帷帐之盛、人物艳丽之多。姚惊谓所亲曰:"是必山鬼所魅也。"促召三子。三子将行,夫人戒之曰:"慎勿泄露,纵加楚挞,亦勿言之。"三子至,姚亦讶其神气秀发,占对闲雅。姚曰:"三子骤尔,皆有鬼物凭焉。"苦问其故,不言,

流动的光辉照亮大地,香气飘满山谷。三个女郎从车上走下来,年龄都在十七八岁。夫人领着三个女儿登上殿堂,又请三位年轻人就座。美酒佳肴珍奇之物齐备,果实丰足盛多,都不是平时世上所有,多数都认不出是什么。三位年轻人自己完全没想到会有这种事情。夫人指着三个女郎说:"我把她们分别许配给你们。"三位年轻人赶忙离席下拜道谢。又有陪送的女子几十人,都神仙似的。当天晚上举行婚礼,夫人对三位年轻人说:"人们最重视的东西是生命,最想得到的东西是富贵。只要你们一百天之内不向外人泄露此事,我会让你们长生度世、位极人臣。"三个年轻人又下拜道谢,只是因为自己愚昧,与人家相比格格不入而感到忧愁。夫人说:"你们不要忧愁,这事容易。"于是令主管人间之事的人前来,让他召孔宣父。一会儿,孔子戴冠佩剑到来。夫人走到台阶前,孔子很恭敬地参见。夫人端然站立,稍微慰问他几句,然后对他说:"我的三个女婿想读书学习,你好好引导他们。"孔子就命三位年轻人坐好,指点《诗经》《尚书》《礼记》《易经》《乐经》和《春秋》等六经篇目给他们看。这三个人全都清清楚楚地理解领悟了,大义也全都精通了,全都像是从前学习过似的。不久,孔子告辞离去。夫人又命周尚父把九天玄女的兵符、玉璜的秘诀指点给他们,三个人又毫无遗漏地全学会了。再坐下与他们谈话时,他们就都达到了文武全才,学问可以穷究天人之际了。三个人互相看了看,自己也觉得风度平和旷达,精神豁达爽朗,全都是将相的才能了。

其后姚生派家僮去给他们送粮。家僮到这一看,大吃一惊就走了。姚生讯问其中的缘故,家僮就把那里屋宇帷帐之盛、艳丽人物之多这些情况,详细地说了一遍。姚生惊异地对他亲近的人说:"这一定是山鬼迷惑了他们。"就赶快召回三个年轻人。三人将要走的时候,夫人告诫他们说:"千万不要泄露。纵使棍棒交加,也不要说出这里的秘密。"三位年轻人到家了,姚生也为他们神气秀发、占对娴雅而惊讶。姚生说:"你们三人突然这样,都是有鬼物附体。"他苦苦追问其中缘故,三个人都不说。

遂鞭之数十。不胜其痛，具道本末，姚乃幽之别所。

姚素馆一硕儒，因召而与语。儒者惊曰："大异大异！君何用责三子乎？向使三子不泄其事，则必为公相，贵极人臣。今泄之，其命也夫！"姚问其故，而云："吾见织女、婺女、须女星皆无光，是三女星降下人间，将福三子。今泄天机，三子免祸幸矣。"其夜，儒者引姚视三星，星无光。姚乃释三子，遣之归山，至则三女邈然如不相识。夫人让之曰："子不用吾言，既泄天机，当于此诀。"因以汤饮三子。既饮，则昏顽如旧，一无所知。儒谓姚曰："三女星犹在人间，亦不远此地分。"密谓所亲言其处，或云河东张嘉真家。其后将相三代矣。出《神仙感遇传》。

### 赵　旭

天水赵旭，少孤介好学，有姿貌，善清言，习黄老之道。家于广陵，尝独茸幽居，唯二奴侍侧。尝梦一女子，衣青衣，挑笑牖间。及觉而异之，因祝曰："是何灵异？愿觌仙姿，幸赐神契。"夜半，忽闻窗外切切笑声。旭知其神，复祝之。乃言曰："吾上界仙女也。闻君累德清素，幸因窈寐，愿托清风。"旭惊喜，整衣而起曰："襄王巫山之梦，洞箫秦女之契，乃今知之。灵鉴忽临，忻欢交集。"乃回灯拂席以延之。

于是姚生就用鞭子抽打他们，打到几十下，他们忍不住疼痛，就把事情的来龙去脉都说了。姚生就把他们软禁在别的地方。

姚生曾延请过一位大学者教私塾，就把这个大学者召来跟他说了。大学者惊奇地说："太不一般，太不一般了！您哪能责罚三位公子呢？刚才假使三位公子不泄露那些事情，就一定能成为公侯将相而贵极人臣。如今泄露了，大概也是命里注定吧！"姚生问他其中的缘故，他说："我看到织女、婺女、须女三星全都无光，是三女星下凡降到了人间，将给三个年轻人带来福份。如今泄露了天机，三位年轻人能免祸就很幸运了！"那天夜里，大学者导引姚生观看三星，三星无光。姚生就放出三个孩子，打发他们回到山里去。他们到了，三个女子却像不认识他们似地疏远他们。夫人责备他们说："你们不听我的话，既然泄露了天机，就当从此诀别。"于是拿汤水给三位年轻人喝。喝完以后，他们就像过去一样糊涂顽劣，一无所知。大学者对姚生说："三个女星还在人间，离此地也不远。"他还秘密地对亲近的人说三星所在之处，推测说大约在河东张嘉真家。后来，张家三代人都做了将相。出自《神仙感遇传》。

## 赵　旭

天水的赵旭，年轻时耿介方正，爱好学习，相貌出众，善于清谈，熟习黄老之道。他家住广陵，曾经单独修缮一处隐密的居室，只有两个仆人在身边服侍。他曾经在梦中见到一个女子，穿着青衣，在窗前与他调笑。待到醒来他觉得这个梦稀奇，于是就祷告说："您究竟是什么灵异？愿一睹仙姿，希望恩赐神约。"半夜的时候，他忽然听到窗外有细声细气的笑声。赵旭知道她是神人，就又祷告。女子才说道："我是上界的仙女啊。听说你道德清雅，有幸在梦寐中相识，愿将终身托付给品行如同清风一般高雅的您。"赵旭又惊又喜，就整理一下衣服站起身说："襄王在巫山幽会神女之梦，秦女与弄玉洞箫之约，我今天才算懂得了。灵仙忽然光临，我欢欣交集。"于是他就把灯点亮，拂拭干净床席来延请仙女。

忽有清香满室，有一女，年可十四五，容范旷代，衣六铢雾绡之衣，蹑五色连文之履，开帘而入。旭载拜。女笑曰："吾天上青童，久居清禁。幽怀阻旷，位居末品，时有世念，帝罚我人间随所感配。以君气质虚爽，体洞玄默，幸托清音，愿谐神韵。"旭曰："蜉蝣之质，假息刻漏，不意高真俯垂济度，岂敢妄兴俗怀？"女乃笑曰："君宿世有道，骨法应仙，然已名在金格，相当与吹洞箫于红楼之上，抚云璈于碧落之中。"乃延坐，话玉皇内景之事。夜鼓，乃令施寝具，旭贫无可施。女笑曰："无烦仙郎。"乃命备寝内。须臾雾暗，食顷方收。其室中施设珍奇，非所知也。遂携手于内，其瑰姿发越，希世罕传。

夜深，忽闻外一女呼"青夫人"，旭骇以问之，答曰："同宫女子相寻尔，勿应。"乃扣柱歌曰："月雾飘飖星汉斜，独行窈窕浮云车。仙郎独邀青童君，结情罗帐连心花……"歌甚长，旭唯记两韵。谓青童君曰："可延入否？"答曰："此女多言，虑泄吾事于上界耳。"旭曰："设琴瑟者，由人调之，何患乎！"乃起迎之。见一神女在空中，去地丈余许，侍女六七人，建九明蟠龙之盖，戴金精舞凤之冠，长裙曳风，璀璨心目。旭载拜邀之，乃下曰："吾嫦娥女也。闻君与青君集会，故捕逃耳。"便入室。青君笑曰："卿何已知吾处也？"答曰："佳期不相告，谁过耶？"相与笑乐。旭喜悦不知所裁，既同欢洽。将晓，侍女进曰："鸡鸣矣，巡人案之。"

忽然清香布满屋室，有一个女郎，年约十四五岁，容颜风范世上无匹，身穿又轻又薄的六铢雾纱衣服，足踩五色连文的鞋子，掀开门帘进来。赵旭拜了两拜。女郎笑着说："我是天上的青童，久居上清宫禁，幽情阻绝，位居最末品级，时常有世俗之念，于是天帝罚我到人间随我的心愿婚配。因为你气质清爽，体察熟知玄默之道，希望能托你的清音，愿与你神韵和谐。"赵旭说："我只不过是蜉蝣之质，借刻漏之时而喘息，没料到仙人俯垂下界救度我，哪敢妄自兴起世俗的情怀？"女郎就笑着说："你前世有道，骨法应当成仙，已经名在金格，适合与您吹洞箫于红楼之上，抚云璈于碧落之中。"于是赵旭请她坐下，叙说玉皇内景的一些事情。夜鼓已报更次，女郎就让赵旭铺设就寝用具。赵旭贫穷，没有什么可铺垫。女郎笑着说："不必麻烦仙郎了。"就命仙仆备办寝室内的用具。不一会儿，室内暗下来了。一顿饭的时间，雾气渐收。其室内施设的珍奇之物，赵旭都不知是什么。于是两人携手入内。女郎瑰姿绰约，稀世罕见。

夜深了，忽然听到窗外一个女子叫："青夫人！"赵旭惊骇地问身边的仙女，仙女回答说："是我同宫的女子寻找我，不要答应。"于是外面仙女敲着柱子唱道："月露飘飘星汉斜，独行窈窕浮云车。仙郎独邀青童君，结情罗帐连心花……"歌很长，赵旭只记住两韵。赵旭对青童君说："可以请她进来吗？"青童君回答说："这个女子好讲闲话，我担心她把我们的事泄露到上界去。"赵旭说："摆设琴瑟，需由人来调节。担忧什么呢？"就起身去迎接她。他见到一位神女在空中，离地一丈多，侍女六七个人，树着九明蟠龙的伞盖，戴着金精舞凤冠，长长的衣裙在风中摇曳，使人心中觉得光彩鲜明。赵旭拜了两拜邀请她，她才从空中下来，说："我是嫦娥女。听说你和青童君聚会，我特意来捕捉逃犯的。"说着就进了屋。青童君笑着说："你怎么知道我的去处呢？"嫦娥女回答说："佳期不告诉我，这是谁的过错呀？"她们就一起说笑快乐。赵旭高兴得忘乎所以，尽情地同她们欢乐亲近。天快亮的时候，侍女进来说："鸡叫了，再不走的话，巡逻的人该盘察我们了。"

女曰："命车。"答曰："备矣。"约以后期，答曰："慎勿言之世人，吾不相弃也。"及出户，有五云车二乘浮于空中。遂各登车诀别，灵风飒然，凌虚而上，极目乃灭。旭不自意如此，喜悦交甚，但洒扫、焚名香、绝人事以待之。

隔数夕复来，来时皆先有清风肃然，异香从之，其所从仙女益多，欢娱日洽。为旭致行厨珍膳，皆不可识，甘美殊常。每一食，经旬不饥，但觉体气冲爽。旭因求长生久视之道，密受隐诀。其大抵如《抱朴子·内篇》修行，旭亦精诚感通。又为旭致天乐，有仙妓飞奏檐楹而不下，谓旭曰："君未列仙品，不合正御，故不下也。"其乐唯笙箫琴瑟，略同人间，其余并不能识，声韵清锵。奏讫而云雾霏然，已不见矣。又为旭致珍宝奇丽之物，乃曰："此物不合令世人见，吾以卿宿世当仙，得肆所欲。然仙道密妙，与世殊途，君若泄之，吾不得来也。"旭言誓重叠。

后岁余，旭奴盗琉璃珠鬻于市，适值胡人，捧而礼之，酬价百万。奴惊不伏，胡人逼之而相击。官勘之，奴悉陈状，旭都未知。其夜女至，怆然无容曰："奴泄吾事，当逝矣。"旭方知失奴，而悲不自胜。女曰："甚知君心，然事亦不合长与君往来，运数然耳。自此诀别，努力修持，

女郎说:"备车!"回答说:"已经准备好了。"赵旭要和女郎约定后会之期,女郎回答说:"你千万不要向世上的人说起这件事,我不会抛弃你。"等她们出了门,已有两辆五云车浮在空中。于是两个仙女各自登车告别。她们仙风飒爽,凌空向上。赵旭放眼望去,一直望到没有影子。赵旭自己没有料到会有如此好事,他高兴得很,只管洒扫庭室、焚烧名香、断绝与别人往来而等待仙女的再次到来。

隔了几个夜晚仙女又来了,来的时候先有清风肃然吹来,奇异的香气随着她们。她所带领的仙女更多了。他们在一起欢娱,一天比一天亲近融洽。女郎又为赵旭招来厨子做出珍奇的饭菜,赵旭都不能够认识。饭菜味道甘美异常,每吃一顿就几十天不饿,只觉得身体充实,精神清爽。赵旭又趁便请求长生不老之道,女郎就偷偷地教给他秘诀。其方法大体上如《抱朴子·内篇》那样修行,赵旭也精诚地感悟了。女郎又为赵旭招来天乐,有仙妓在房屋的檐柱飘飞演奏而不下来。她对赵旭说:"您还没有列入仙人的品级,不适合正式享用天乐,所以就不下去了。"她们的乐器,唯有笙箫琴瑟略微与人间的相同,其余的乐器赵旭都不认识。乐曲的声韵清晰而有节奏。演奏完毕就云雾飘扬,仙妓已经不见了。女郎又为赵旭弄来珍宝奇丽之物,她说:"这些东西不应该让世俗之人看见,我因为你前世该当成仙,所以我尽量满足你的欲望。然而仙道神秘绝妙,与世俗途径不同。你如果把它泄露了,我就不能来了。"赵旭再三再四地发了许多誓。

后来过了一年多,赵旭的奴仆盗去琉璃珠拿到集市去卖,恰好遇到一个胡人。这个胡人捧着琉璃珠向他行礼,愿以百万价钱购买它。那个奴仆很惊讶,知道琉璃珠是奇宝,就不同意这个价钱。胡人逼他,他们二人就互相打起来了。官府审问那个奴仆,奴仆就把详细情状全都供述了出来,而赵旭一点都不知道。那天夜里女郎来了,凄凄惨惨地失去了往日的笑容。她说:"你的奴仆把我们的事情泄露了,我该走了。"赵旭这才知道丢了一个奴仆。因为女郎要走,他悲痛得控制不了自己。女郎说:"我很了解您的心情,然而事理上也不适合跟您永远来往,这是运数如此而已。我们从此诀别,您努力修行持道,

当速相见也。其大要以心死可以身生，保精可以致神。"遂留《仙枢龙席隐诀》五篇，内多隐语，亦指验于旭，旭洞晓之。将旦而去，旭悲哽执手。女曰："悲自何来？"旭曰："在心所牵耳。"女曰："身为心牵，鬼道至矣。"言讫，竦身而上，忽不见，室中帘帷器具悉无矣。旭恍然自失。其后瘝寐，仿佛犹尚往来。

旭大历初犹在淮泗，或有人于益州见之，短小美容范，多在市肆商货，故时人莫得辨也。《仙枢》五篇，篇后有旭纪事，词甚详悉。出《通幽记》。

## 虞卿女子

唐贞元初，虞卿里人女，年十余岁，临井治鱼。鱼跳堕井，逐之，亦堕其内。有老父接抱，入旁空百十步，见堂宇，甚妍洁明敞。老姥居中坐，左右极多。父曰："汝可拜呼阿姑。"留连数日，珍食甘果，都不欲归。姥曰："翁母意汝，不可留也。"老父捧至井上，赠金钱二枚。父母见，惊往接之。女乃瞑目拳手，疾呼索二盘。及至，嫌腥，令以灰洗，乃泻钱各于一盘，遂复旧。自此不食，唯饮汤茶。数日，嫌居处臭秽，请就观中修行。岁余，有过客避暑于院门，因而熟寐，忽梦金甲朱戈者叱曰："仙官在此，安敢冲突？"惊觉流汗而走。后不知所之。出《逸史》。

我们很快就可以相见了。修行的最大要领是心死可以身生，保精可以致神。"于是她留下《仙枢龙席隐诀》五篇。篇中隐语较多，女郎又对赵旭加以指点，赵旭很快就完全明白了。快到天亮的时候，女郎要走了，赵旭悲切哽咽着抓住女郎的手。女郎问他："你悲从何来？"赵旭说："在心所牵啊！"女郎说："身被心牵，鬼道到了。"说完，她耸身而上，忽然间就不见了，赵旭屋里的帘帷器具也全都没有了。赵旭精神恍惚地自感失落。其后他在寤寐之间，仿佛还与女郎往来。

赵旭唐代大历初年还在淮泗一带。偶尔有人在益州见到过他，他身材矮小，相貌俊美，经常在集市店铺中卖货，所以当时人没有谁能认出他。《仙枢》五篇，篇后有关于赵旭的纪事，记叙得很详细全面。出自《通幽记》。

## 虞卿女子

唐代贞元初年，虞卿县有户百姓的女儿，年龄有十多岁，在井边洗鱼。鱼跳出来掉落井中，女孩去追鱼，也落到井中。井中有个老头接着小女孩把她抱住，进到井壁旁边空处一百多步。她看见了堂屋，那里很是美丽洁净明亮宽敞。有个老太太在正中间坐着，左右侍候的人很多。老头告诉女孩说："你可以参拜叫她阿姑。"女孩留连了几天，吃的是珍奇的饭菜、甘甜的果品，女孩都不想回家去了。老太太说："你的父母想你，你不能再逗留了。"老头把她捧着送到井上，又赠给她两枚金钱。父母看见了女儿，惊喜地跑去接她。女孩就闭着眼睛把手握成拳头，大声喊着要两个盘子来。等到把盘子拿来了，她又嫌盘子腥，让用草灰洗，这才把钱各放到一个盘子中。于是女孩松了手睁开了眼睛，跟原来一样。但她从此不吃饭菜，只喝茶和汤水。过了几天，她又嫌住处污秽，请求到道观中去修行。一年后，有个过往的客人在道观的院门口乘凉，睡熟了，忽然梦见披着金甲拿着朱戈的人吆喝他说："仙官在此，你怎么敢冲撞？"那个过客惊醒了，吓出一身汗，慌忙离开这里。后来不知女孩到哪里去了。出自《逸史》。

## 萧氏乳母

萧氏乳母，自言初生遭荒乱，父母度其必不全，遂将往南山，盛于被中，弃于石上，众迹罕及。俄有遇难者数人，见而怜之，相与将归土龛下，以泉水浸松叶点其口。数日，益康强。岁余能言，不复食余物，但食松柏耳。口鼻拂拂有毛出。至五六岁，觉身轻腾空，可及丈余。有少异儿，或三或五，引与游戏，不知所从。肘腋间亦渐出绿毛，近尺余。身稍能飞，与异儿群游海上，至王母宫，听天乐，食灵果。然每月一到所养翁母家，或以名花杂药献之。后十年，贼平，本父母来山中，将求其余骨葬之，见其所养者，具言始末。涕泣，累夕伺之，期得一见。顷之遂至，坐檐上，不肯下。父望之悲泣。所养者谓曰："此是汝真父母，何不一下来看也？"掉头不答，飞空而去。父母回及家，忆之不已。及买果栗，揭粮复往，以俟其来。数日又至，遣所养姥招之，遂自空际而下。父母走前抱之，号泣良久，喻以归还。曰："某在此甚乐，不愿归也。"父母以所持果饲之。逡巡，异儿等十数至，息于檐树，呼曰："同游去，天宫正作乐。"乃出，将奋身，复堕于地。诸儿齐声曰："食俗物矣，苦哉！"遂散。父母挈之以归，嫁为人妻，生子二人，又属饥俭，乃为乳母。出《逸史》。

## 萧氏乳母

萧氏乳母自己说她刚生下时遭遇荒乱，父母估计她的命一定不能保全，就把她带到南山，用被子包着弃在石头上。那里人迹很少到达。忽然有几个逃难的人，看到她觉得很可怜，就共同把她带回土龛下，用泉水浸泡松叶点到她的口中。几天以后，她越来越健康强壮。一年多她就能说话了，从此不再吃其他东西，只吃松柏而已。口角鼻端不时有毛长出来。到了五六岁的时候，她觉得身体轻健，能腾空而起，可以达到一丈多高。有一些年少奇异的小孩，有时三人有时五人，领着她跟她做游戏，不知从哪里来的。她的肘腋间又渐渐生出绿毛，有一尺多长，身子稍稍能飞起来。她与那些奇异的孩子成群地到海上去游玩，来到了王母娘娘的宫殿，听天上的音乐，吃仙人食用的果子。然而每个月她都要到她的养父母家里去一次，有时把名花和杂药献给他们。十年以后，叛乱被平定，她的亲生父母来到山中，打算寻找她的骨骸为她安葬。他们见到了女儿的养父母，养父母详细地叙说了事情的来龙去脉，他们都哭了。他的亲生父母一连几个夜晚等着她，指望见她一面。不久她就来了，坐在屋檐上不肯下来。她的父亲望着她流下悲伤的眼泪。她的养父母说："这是你的亲生父母，为什么不下来看一看呢？"她转过头去不回答，飞到空中离去了。她的父母回到家里，不断地思念她，就买了水果栗子，挑着粮食又去了，等待她到来。几天以后，她又来了，父母让她的养母招呼她，她就从空中下来了。她的父母走上前去抱住她，哭泣了很久，告诉她要把她领回去。她说："我在这里很快乐，不愿意回去。"父母把从家里带来的水果给她吃。不一会儿，十几个奇儿来了，停留在檐前树上，招呼她说："一同玩去，天宫正在奏乐。"她就出去，刚要腾起身来，又掉落到地上。众奇儿齐声说："你吃俗物了！苦啊！"说完就散去了。父母把她领回家去，把她嫁了出去。她成为人妻，生下两个孩子；又接连遇到饥荒年月，因为家里穷，就给人做了奶妈了。出自《逸史》。

# 卷第六十六
## 女仙十一

谢自然　　卢眉娘

### 谢自然

　　谢自然者，其先兖州人。父寰，居果州南充，举孝廉，乡里器重。建中初，刺史李端以试秘书省校书表为从事。母胥氏，亦邑中右族。自然性颖异，不食荤血。年七岁，母令随尼越惠，经年以疾归。又令随尼日朗，十月求还。常所言多道家事，词气高异。其家在大方山下，顶有古像老君。自然因拜礼，不愿却下。母从之，乃徙居山顶，自此常诵《道德经》《黄庭内篇》。年十四，其年九月，因食新稻米饭，云："尽是蛆虫。"自此绝粒。数取皂荚煎汤服之，即吐痢困剧，腹中诸虫悉出，体轻目明。其虫大小赤白，状类颇多。自此犹食柏叶，日进一枝，七年之后，柏亦不食；九年之外，仍不饮水。

　　贞元三年三月，于开元观诣绝粒道士程太虚，受《五千文紫灵宝箓》。六年四月，刺史韩佾至郡，疑其妄，延入州北堂东阁，闭之累月，方率长幼，开钥出之，肤体宛然，

## 谢自然

　　谢自然这个人，她的先辈是兖州人。她父亲谢寰住在果州南充，被举为孝廉，为乡里所器重。建中初年，刺史李端以试秘书省校书表奏他为从事。他的母亲胥氏也是邑中豪门望族之女。谢自然生来聪明异常，不吃荤血之物。七岁时，母亲令她跟随尼姑越惠。过了一年，她因病回到家里。又让她跟随尼姑日朗，十个月后她要求回家。她平常所谈论的多是道家之事，言词气质高雅。她家在大方山下，山顶有老君古像，自然就去拜见行礼，不愿回家下山。母亲听从她，她就迁居山顶，自此经常诵读《道德经》《黄庭内篇》。十四岁那年九月，吃新稻米饭时，她说"尽是蛆虫"，自此一粒粮食也不吃。她多次拿皂荚煎汤喝，喝完就连吐带泻劳倦得很，腹中各种虫子全被打下，觉得身轻眼亮了。那些虫子，大的小的红的白的，形状种类很多。从此她只吃柏叶，每天吃一枝柏树枝；七年之后，柏叶也不吃了；九年之后，又不喝水了。

　　贞元三年三月，她到开元观拜访绝粒道士程太虚，接受了《五千文紫灵宝箓》。贞元六年四月，刺史韩佾来此上任，怀疑她不吃人间烟火是假的，就延请她进入州北堂的东阁，把她关闭在里面几个月，才率领老少家人开锁把她放出来。她的体肤还和过去一样，

声气朗畅,俉即使女自明师事焉。先是,父寰旅游多年,及归,见自然修道不食,以为妖妄,曰:"我家世儒风,五常之外,非先王之法,何得有此妖惑?"因锁闭堂中四十余日,益加爽秀,寰方惊骇焉。七年九月,韩俉举于大方山,置坛,请程太虚具《三洞箓》。十一月,徙自然居于州郭。

贞元九年,刺史李坚至,自然告云:"居城郭非便,愿依泉石。"坚即筑室于金泉山,移自然居之。山有石嵌窦,水灌其口中,可澡饰形神,挥斥氛泽。自然初驻山,有一人年可四十,自称头陀,衣服形貌,不类缁流,云:"速访真人。"合门皆拒之,云:"此无真人。"头陀但笑耳。举家拜之,独不受自然拜。施钱二百,竟亦不受;乃施手巾一条,受之,云:"后会日当以此相示。"须臾出门,不知何在。久之,当午有一大蛇,围三尺,长丈余,有两小白角,以头枕房门,吐气满室。斯须云雾四合,及雾散,蛇亦不见。自然所居室,唯容一床,四边才通人行。白蛇去后,常有十余小蛇,或大如臂,或大如股,旦夕在床左右。或黑或白,或吐气,或有声,各各盘结,不相毒螫。又有两虎,出入必从,人至则隐伏不见。家犬吠虎凡八年,自迁居郭中,犬留方山,上升之后,犬不知所在。自然之室,父母亦不敢同坐其床,或辄诣其中,必有变异,自是呼为仙女之室。常昼夜独居,深山穷谷,无所畏怖。亦云:"误踏蛇背,其冷如冰;虎在前后,异常腥臭。"兼言常有天使八人侍侧。二童子青衣戴冠,八使

说话时声朗气畅。韩佾就让女儿自明拜谢自然为师。在这之前,她的父亲谢寰旅游多年。等到他回家时,看到自然修行道术不吃饭,认为是妖妄。他说:"我家世代儒风,除三纲五常之外,都不是先王之法,怎么能有这种妖孽迷惑人?"于是把谢自然锁闭在堂中四十多天。而谢自然却更加清爽秀气了,谢寰这才感到惊骇。贞元七年九月,韩佾乘车到大方山,设置坛台,请程太虚准备《三洞箓》。十一月,把谢自然移居到州郡的外城。

贞元九年,刺史李坚到任,谢自然向他禀告说:"我住在城里不方便,愿依傍山石林泉。"李坚就在金泉山修建屋舍,让谢自然迁移过去居住。金泉山有个石嵌窦,水灌到洞口中,可以洗形饰神,使气质光泽奔放。谢自然刚住进山里时,有一个人,年约四十岁,自称头陀,但从衣服形貌上看不像僧人。他说:"我请求拜访真人。"谢自然全家都拒绝他,说:"这里没有真人。"头陀只是笑。全家给他下拜,他唯独不接受谢自然的拜礼。施舍给他二百个钱,他也不接受。于是施舍他一条手巾,他接受了,说:"以后会面时当用这条毛巾作标志。"不一会儿,头陀出了门,不知哪里去了。过了很久,正当中午,有一条大蛇,有三尺粗,一丈多长,长着两只小白角,用头枕着谢自然家的房门。大蛇吐出的气充满了室内,刹时云雾四合。等到雾散,蛇也不见了。谢自然所住的屋子,只能容纳一张床,四边只能让人走过去。白蛇离去以后,经常有十几条小蛇,有的如胳膊粗,有的如大腿那么粗,从早到晚在床的左右。这些小蛇有的黑,有的白,有的吐气,有的作声,各自盘成一团,也不毒害人。又有两只虎,谢自然出入时一定相随;别人到来,它们就隐伏不出现。她家养的犬敢朝着虎吠共计八年。自从迁居城郭之中,犬留在方山;谢自然成仙上天以后,犬不知哪里去了。在谢自然的住室里,父母也不敢共坐她的床。有时突然到她室内,必有变异之事。从此人称谢自然的居室为仙女之室。谢自然总是昼夜独居,在深山穷谷之中,她什么也不害怕。她又说:"误踏蛇背,其冷如冰;虎在前后,异常腥臭。"还说常有八个天使在她身边陪着,两个童子青衣戴冠,八个天使

衣黄，又二天神卫其门屏。如今壁画诸神，手持枪钜，每行止，则诸使及神驱斥侍卫。又云："某山神姓陈名寿，魏晋时人。"并说真人位高，仙人位卑，言己将授东极真人之任。

贞元十年三月三日，移入金泉道场。其日云物明媚，异于常景。自然云："此日天真群仙皆会。"金泉林中长有鹿，未尝避人。士女虽众，亦驯扰。明日，上仙送白鞍一具，缕以宝钿。上仙曰："以此遗之，其地可安居也。"五月八日，金母元君命卢使降之，从午止亥；六月二十日闻使，从午至戌；七月一日，崔、张二使，从寅至午。多说神仙官府之事，言上界好弈棋，多音乐，语笑率论至道玄妙之理。又云："此山千百蛇虫，悉驱向西矣，尽以龙镇其山。"道场中常有二虎五麒麟两青鸾，或前或后，或飞或鸣。麟如马形，五色有角，紫麟，鬣尾白者常在前，举尾苕帚。七月十一日，上仙杜使降石坛上，以符一道，丸如药丸，使自然服之。"十五日，可焚香五炉于坛上，五炉于室中，至时真人每来。"十五日五更，有青衣七人，内一人称中华，云："食时上真至。"良久卢使至，云："金母来。"须臾，金母降于庭，自然拜礼。母曰："别汝两劫矣！"自将几案陈设，珍奇溢目，命自然坐。初，卢使侍立久，亦令坐。卢云："暂诣紫极宫。看中元道场，官吏士庶咸在。"逡巡，卢使来云："此一时全胜以前斋。"问其故，云："此度不烧乳头香，乳头香天真恶之，唯可烧和香耳。"

七日，崔、张二使至，问自然："能就长林居否？"答云："不能。"二使色似不悦。二十二日午前，金母复降云："为

都身穿黄衣，又有两个天神在她门口把守。像今日壁画上的诸神，手拿枪和钜，每当她行走或停歇，那些天使和天神就承担驱斥妖邪护卫侍奉之职。她又说某山神姓陈名寿，是魏晋时人；并说真人的地位高，仙人的地位低，说自己将被授任为东极真人。

贞元十年三月三日，谢自然移入金泉道场。那天云物明媚，与平常景物不同。谢自然说这日天上的真人和群仙都聚会。金泉林子中经常有鹿，不曾躲避人。士女虽然多，它们也温顺地与人相处。第二天，上仙送来一副白鞍，用宝钿穿结装饰。上仙说："把这个东西送给你，那个地方可以安居了。"五月八日，金母元君命卢使降临，从午时起到亥时止；六月二十日听闻使者降临，从午时起到戌时止；七月一日崔、张二使降临，从寅时起到午时止。他们多半叙说神仙官府之事，说上界喜欢下棋，好音乐。言谈话语，大都谈论至道玄妙之理。又说："这座山千百蛇虫，全部被驱逐向西去了，完全用龙来镇守此山。"道场中经常有两只虎、五只麒麟和两只青鸾，或前或后，或飞或鸣。麟像马形，五色有角。白鬃白尾的紫麒麟常在前面，举着尾巴当笤帚。七月十一日，上仙杜使降临石坛上，把一道符丸成像药丸似的，让谢自然把它吞服下去。十五日，可以烧五炉香放在坛上，五炉香置于室内，到时候真人们会到来。十五日五更，有七名青衣，其中一人叫作中华，说："吃饭的时间上真到来。"过了很长时间，卢使来了，他说："金母来了！"不一会儿，金母降临到庭院中，谢自然跪拜行礼。金母说："跟你分别两劫了。"她自己带来几案，摆设珍奇之物，让人目不暇接。金母命谢自然坐下。先前那个卢使站立时间很久了，金母也让他坐下。卢使说："我暂时到禁极宫去一下。看看中元道场，官吏士庶都在。"不一会儿，卢使回来说："这一次的供品全胜过以前的斋供。"问他缘故，他说："这回没有烧乳头香，乳头香天上真人讨厌它，只可以烧和香。"

七日，崔、张两位使者到来。他们问谢自然："你能到长林去居住吗？"谢自然回答说："不能。"两个使者脸色好像不太高兴。二十二日中午前，金母又一次降临谢自然家。她说："因为

不肯居长林，被贬一阶。"长林，仙宫也。戌时，金母去，崔使方云："上界最尊金母。"赐药一器，色黄白，味甘。自然饵不尽，却将去。又将衣一副，朱碧绿色相间，外素，内有文，其衣缥缈，执之不着手。"且却将去，已后即取汝来。"又将桃一枝，大于臂，上有三十桃，碧色，大如碗。云："此犹是小者。"是日金母乘鸾，侍者悉乘龙及鹤，五色云雾，浮泛其下。金母云："便向州中过群仙。"后去，望之皆在云中。其日州中马坊厨戟门皆报云："长虹入州。"翌日李坚问于自然，方验之。紫极宫亦报虹入，远近共见。

八月九日、十日、十一日，群仙日来，传金母敕，速令披发四十日，金母当自来。所降使或言姓崔名某，将一板，阔二尺，长五尺，其上有九色。每群仙欲至，墙壁间悉荧煌似镜，群仙亦各自有几案随从。自然每被发，则黄云缭绕其身。又有七人，黄衣戴冠，侍于左右。自八月十九日已后，日诵《黄庭经》十遍。诵时有二童子侍立，讫一遍即抄录，至十遍，童子一人便将向上界去。九月一日，群仙又至，将桃一枝，大如斗，半赤半黄半红，云："乡里甚足此果。"割一脔食，余则侍者却收。九月五日，金母又至，持三道符，令吞之，不令着水，服之觉身心殊胜。金母云："更一来则不来矣。"又指旁侧一仙云："此即汝同类也。"十五日平明，一仙使至，不言姓名，将三道符，传金母敕，尽令服之。又将桃六脔令食；食三脔，又将去。其使至暮方还。

十月十一日，入静室之际，有仙人来召，即乘麒麟升天。将天衣来迎，自然所着衣留在绳床上，却回，着旧衣，

你不肯到长林去住,被贬降一级。"长林是仙宫。戌时金母离去,崔使者才说:"上界最尊重金母。"他赐给谢自然一器皿药,黄白颜色,味甜。谢自然没有吃尽,剩下的便拿回去了。又取出一套衣服,朱色、碧绿色相杂,外层白色,内有花纹。那衣服似有若无,拿着好像沾不到手上。金母说:"暂且把这拿去,以后就接你来。"又拿来一枝桃枝,比胳膊还粗,上面有三十个桃子,绿色,像碗那么大。她说:"这还是小的。"这天金母乘坐鸾鸟,侍从的仙人全乘坐龙和鹤,五色的雾在他们下边浮动。金母说:"顺便向州中去拜访群仙。"后来离去,看见他们全在云中。那天州中马坊厨和戟门都报告说:"长虹进入州城。"第二天,李坚向谢自然讯问,才验证了这事。紫极宫也报告说长虹进入,远近的人都见到了。

八月九日、十日、十一日,群仙每天都来,传金母的命令:"赶快让谢自然披发四十天,金母当亲自到来。"所降临的使者中有人说自己姓崔名某。他手拿一块板,二尺宽,五尺长,上面有九种颜色。每当群仙要来的时候,谢自然住室的墙壁间就荧光闪耀,像镜子似的。群仙也各自带有几案和随从。谢自然每次披发时都有黄云在她身边缭绕。又有七个人,穿着黄衣、戴着道冠在左右陪侍。从八月十九日以后,她每天诵读《黄庭经》十遍,诵读时有两个童子侍立着,用朱红颜色涂饰一遍就抄录;到了十遍,一个童子便把它拿到上界去。九月一日,群仙又来了,带着一个桃枝,像斗那么大,半红半黄半粉红,说:"乡里之人对此果很满足。"割一小块吃了,其余的就由侍者收回了。九月五日,金母又来了,拿着三道符令谢自然吞下,不让用水。谢自然服下以后觉得身心很舒服。金母说:"我再来一次就不来了。"又指着旁边一个仙人说:"这个人就是你的同类。"十五日天亮时,一位仙使来了。他不说姓名,拿着三道符传达金母的命令,让谢自然全服下。又拿六小块桃给她吃。谢自然吃了三小块,余下的又拿走了。那个使者日落时才回去。

十月十一日,谢自然进入静室之时,有仙人来召唤她,她就乘坐麒麟上了天。仙人带天衣来迎接她,谢自然换上天衣,把自己所穿的衣服留在绳床上。她回来以后,又穿上旧衣,

置天衣于鹤背将去。云："去时乘麟，回时乘鹤也。"十九日，卢仙使来，自辰至未方去。每天使降时，鸾鹤千万，众仙毕集。位高者乘鸾，次乘麒麟，次乘龙。鸾鹤每翅各大丈余。近有大鸟下长安，鸾之大小，几欲相类，但毛彩异耳。言下长安者名曰天雀，亦曰神雀，每降则国家当有大福。二十五日，满身毛发孔中出血，沾渍衣裳，皆作通帔山水横纹。就溪洗浊，转更分明，向日看似金色，手触之如金声。二十六日、二十七日，东岳夫人并来，劝令沐浴，兼用香汤，不得令有乳头香。又云："天上自有神，非鬼神之神。上界无削发之人，若得道后，悉皆戴冠，功德则一。凡斋食，切忌尝之，尤宜洁净，器皿亦尔。上天诸神，每斋即降而视之，深恶不精洁，不唯无福，亦当获罪。"

李坚常与夫人于几上诵经，先读外篇，次读内篇，内即《魏夫人传》中本也。大都精思讲读者得福，粗行者招罪立验。自然绝粒，凡一十三年。昼夜寐，两膝上忽有印形，小于人间官印，四埚若有古篆六字，粲如白玉。今年正月，其印移在两膝内，并膝则两印相合，分毫无差。又有神力，日行二千里，或至千里，人莫知之。冥夜深室，纤微无不洞鉴。又不衣绵纩，寒不近火，暑不摇扇。人问吉凶善恶，无不知者。性严重深密，事不出口，虽父母亦不得知。以李坚崇尚至道，稍稍言及，云："天上亦欲遣世间奉道人知之，

把天衣放到鹤背上带回去。仙人说:"去的时候乘麒麟,回来的时候乘的是鹤啊。"十九日,卢仙使到来,从辰时到未时才离去。每当天上使者降临时,就有千万鸾鹤飞来,群仙全部聚会。地位高的仙人乘鸾鸟,其次的乘麒麟,再次的乘龙。鸾和鹤的翅膀各有一丈多长。近来有个大鸟落到长安,鸾鸟的大小几乎与它相似,只是毛的色彩不同而已。据说落到长安的大鸟名叫天雀,也叫神雀,它每次降临国家就会有大福。二十五日,谢自然满身的毛孔中都流出了血,沾染了衣服,都形成通被山水横纹。把它拿到溪水中洗去污浊之处,横纹反而更加分明,对着阳光看像是金色,用手去触摸它发出像金属的声音。二十六日、二十七日,东岳夫人也一起来了,她劝谢自然洗浴,并须用香汤,汤里不能有乳头香。又说:"天上自然有神,但不是鬼神的神。上界没有把头发剃掉的人,如果得道后全都戴道冠,功德就会一样。凡是斋供的食物,切忌去尝它,尤其应洁净,器皿也是这样。上天的众神,每当斋供时就降临凡世来察看,最讨厌不精不洁。如果不精不洁,不但得不到保佑,反而会受到处罚。"

李坚常与夫人在几案上诵经。他们先读外篇,次读内篇。内篇就是《魏夫人传》的本子。大都是精思讲读的人得到保佑,粗疏修行的人招来处罚并立刻得到验证。谢自然一粒粮食也不吃,已经坚持十三年了。她昼夜都睡觉,两个膝盖上忽然出现了印的形痕,比人间的官印小,四框内空隙中好像有六个古篆字,像白玉那样明亮。今年正月,那个印痕移到两膝内。把两膝并上,两印就合到一起,分毫无差。谢自然又有了神力,一天能走二千里,有时能走一千里,却没有人知道她走了。在漆黑的夜晚幽暗的室内,细微的小事她也无不洞察如镜。她不穿丝棉,冷了不靠近火,暑天不摇扇。人们问她吉凶善恶之事,没有她不知道的。她性情严肃,以深守秘密为重,事情不说出口,即使她的父母也不知道。因为李坚崇尚至道,才稍稍对他说一点。她说:"天上的仙人也想要使人世间信奉道教的人知道,

俾其尊明道教。"又言:"凡礼尊像,四拜为重,三拜为轻。"又居金泉道场,每静坐则群鹿必至。又云:"凡人能清静一室,焚香讽《黄庭》《道德经》,或一遍,或七遍,全胜布施修斋。凡诵经在精心,不在遍数多。事之人,中路而退,所损尤多,不如元不会者。慎之慎之!人命至重,多杀人则损年夭寿,来往之报,永无休止矣。"又每行常闻天乐,皆先唱《步虚词》,多止三首,第一篇、第五篇、第八篇。《步虚》讫,即奏乐,先抚云璈。云璈形圆似镜,有弦。

凡传道法,必须至信之人。《魏夫人传》中,切约不许传教,但令秘密,亦恐乖于折中。夫药力只可益寿,若升天驾景,全在修道服药。修道事颇不同,服柏便可绝粒。若山谷难求侧柏,只寻常柏叶,但不近丘墓,便可服之,石上者尤好。曝干者难将息,旋采旋食,尚有津润,易清益人。大都柏叶、茯苓、枸杞、胡麻,俱能常年久视,可试验。修道要山林静居,不宜俯近村栅。若城郭不可,以其荤腥,灵仙不降,与道背矣。炼药饮水,宜用泉水,尤恶井水,仍须远家及血属,虑有恩情忽起,即非修持之行。凡食米体重,食麦体轻。辟谷入山,须依众方,除三虫伏尸。凡服气,先调气,次闭气,出入不由口鼻,令满身自由,则生死不能侵矣。

是年九月,霖雨甚,自然自金泉往南山省程君,凌晨到山,衣履不湿。诘之,云:"旦离金泉耳。"程君甚异之。十一月九日,诣州与李坚别,云:"中旬的去矣。"亦不更入静室。二十日辰时,于金泉道场白日升天,士女数千人,咸

使他们尊崇道教并使道教更加彰明。"又说凡是给尊像行礼，以四拜为重，以三拜为轻。她又居住在金泉道场，每当她静坐的时候，群鹿就一定到来。她又说："人们只要能在一间清净的屋子里，烧香诵读《黄庭》《道德经》，或一遍，或七遍，全胜过布施修斋。凡是诵经，全在精心，不在遍数多。奉道之人，中途而退，受到的损失更多，不如原来就不会的人。千万谨慎啊！人的生命最重要，多杀人就会折损年寿。一来一往的报复，就永远没有休止了。"谢自然每次出行，经常听到天上的音乐，都是先唱《步虚词》，最多只唱三首，第一篇、第五篇、第八篇。唱完了《步虚词》，就奏乐，先抚云璈。云璈的形状是圆的，像镜子似的，有弦。

凡是传授道法，必须是最诚实的人。《魏夫人传》中严格约束不许传教，只能秘密进行，也是害怕有背于折中。仙药的力量只能增加寿命，至于升天驾影，全在于修道服药。修道的情形很不同，服食柏叶就能不吃一粒粮食，如果山谷中难以找到侧柏，只有寻常的柏叶，只要不靠近坟墓就可以服食，生长在岩石上的更好。晒干了的难将息，一边采一边吃，柏叶还有汁液，能使人清爽获益。大体上说，柏叶、茯苓、枸杞、胡麻，都能常年见到，可以试验。修道要在山林中静静地居住，不宜下邻村寨，至于城郭就更不可以了。因为那种地方有荤腥，灵仙不降临，与道相背了。炼药用水，应当用山泉之水，最讨厌井水，还必须离家和血缘之亲远一些，否则，思想中忽然产生恩情之念，就不符合修行持道的行为。凡是吃米的人身体就重，吃麦的人身体就轻。不吃粮米进入深山的，必须依照众方，除去三虫伏尸。凡是炼气，首先是调气，其次是闭气。气的进出不通过口鼻，令全身自由行气，生死就不能侵害了。

这年九月，阴雨连绵，谢自然从金泉前往南山探望程君。她凌晨到达南山，而衣服和鞋子却没有沾湿。程君问她，她说："我是早晨离开金泉的。"程君觉得这事很奇怪。十一月九日，谢自然到州里去向李坚告别，说："我中旬一定要走了。"也不再进入静室。二十日辰时，谢自然在金泉道场白日升天。几千士女都

共瞻仰。祖母周氏、母胥氏、妹自柔、弟子李生，闻其诀别之语曰："勤修至道。"须臾五色云遮亘一川，天乐异香，散漫弥久。所着衣冠簪帔一十事，脱留小绳床上，结系如旧。刺史李坚表闻，诏褒美之。李坚述《金泉道场碑》，立本末为传云："天上有白玉堂，老君居之。殿壁上高列真仙之名，如人间壁记。时有朱书注其下云降世为帝王或为宰辅者。"又自然当升天时，有堂内东壁上书记五十二字，云："寄语主人及诸眷属：但当全身，莫生悲苦，自可勤修功德，并诸善心，修立福田，清斋念道，百劫之后，冀有善缘，早会清原之乡，即与相见。"其书迹存焉。出《集仙录》。

## 卢眉娘

唐永真年，南海贡奇女卢眉娘，年十四岁。眉娘生，眉如线且长，故有是名。本北祖帝师之裔，自大定中流落岭表。后汉卢景裕、景祚、景宣、景融兄弟四人皆为皇王之师，因号帝师。眉娘幼而惠悟，工巧无比，能于一尺绢上，绣《法华经》七卷，字之大小，不逾粟粒，而点画分明，细如毛发，其品题章句，无不具矣。更善作飞仙盖，以丝一钩，分为三段，染成五色，结为金盖五重。其中有十洲三岛、天人玉女、台殿麟凤之像，而持幢捧节童子，亦不啻千数。其盖阔一丈，秤无三两，煎灵香膏传之，则坚硬不断。唐顺宗皇帝嘉其工，谓之神姑，因令止于宫中。每日止饮酒二三合。至元和中，宪宗嘉其聪慧而又奇巧，遂赐金凤环，以束其腕。眉娘不愿在禁中，遂度为道士，放归南海，仍赐号曰逍遥。及后神迁，香气满堂，弟子将葬，举棺觉轻，

一起来瞻仰。她的祖母周氏、母亲胥氏、妹妹自柔、弟子李生，听到了她诀别的话语："你们要勤恳地修行至道。"不一会儿，五色云绵延遮蔽了整个山川，天上的仙乐和奇异的香气散布弥漫了很久。谢自然平时所穿戴的衣冠簪帔十件，都脱下留在小绳床上，系的结扣像原来一样。刺史李坚上表把这事奏闻皇帝，皇帝下诏书褒扬赞美了她。李坚在金泉道场立了碑，并叙说谢自然得道升天的原委："天上有座白玉殿堂，老君住在那里。殿堂的墙壁上高高地排列着真人仙人的名字，像人间的壁记一样，不时有朱笔在仙人名字下注上'降世为帝王'或'为宰辅'一类的话。"还有，谢自然升天的时候，堂内东墙上书写有五十二个字："寄语主人及诸眷属：但当全身，莫生悲苦，自可勤修功德，并诸善心，修立福田，清斋念道，百劫之后，冀有善缘，早会清原之乡，即与相见。"那些字迹还保存在那里。出自《集仙录》。

## 卢眉娘

　　唐代永真年间，南海进贡了一位奇女卢眉娘，十四岁。眉娘生下时眉如线而且长，所以有这个名字。她本来是北祖帝师的后代，自大定年间流落到岭南。后汉卢景裕、景祚、景宣、景融兄弟四人都是帝王的老师，因此被称为帝师。眉娘小时候就很聪明，灵巧无比，能在一尺长的绢上绣出七卷《法华经》。字的大小不超过小米粒，而一点一画都很分明，细得像毛发，其中品评之词和句读符号无不齐备。她更善于制作飞仙盖。用一钩丝线，分成三段，染成五种颜色，绣成五层金盖，其中有十洲三岛、天人玉女、台殿麟凤的绣像；而擎旗捧着旌节的童子，也不下千人。那飞仙盖宽有一丈，重量不到三两；把灵药煎成膏涂上去，就坚硬不折。唐顺宗赞许她手艺精巧，称她为神姑，让她留在宫中。她每天只饮二三合的酒。到元和年间，唐宪宗赞许她聪慧而又奇巧，就赐给她金凤环戴在手腕上。眉娘不愿意住在宫禁之中，就度她为道士，放她回南海，又赐给她名号叫逍遥。等后来她成仙走后，香气满室。弟子要安葬她时，抬起棺材觉得很轻；

即彻其盖,惟见之旧履而已。后人见往往乘紫云游于海上。罗浮处士李象先作《罗逍遥传》,而象先之名无闻,故不为时人传焉。出《杜阳杂编》。

打开棺盖，只见到一双旧鞋而已。后来有人看见她经常乘着紫云游于海上。罗浮山处士李象先写了《罗逍遥传》，然而李象先的名字没人听说过，所以这篇传记也就没有被当时的人流传。

出自《杜阳杂编》。

# 卷第六十七
## 女仙十二

崔少玄　　妙　女　　吴清妻

### 崔少玄

崔少玄者,唐汾州刺史崔恭之小女也。其母梦神人,衣绡衣,驾红龙,持紫函,受于碧云之际,乃孕,十四月而生少玄。既生而异香袭人,端丽殊绝,绀发覆目,耳珰及颐,右手有文曰"卢自列妻",后十八年归于卢陲,陲小字自列。

岁余,陲从事闽中,道过建溪,远望武夷山,忽见碧云自东峰来,中有神人,翠冠绯裳,告陲曰:"玉华君来乎?"陲怪其言曰:"谁为玉华君?"曰:"君妻即玉华君也。"因是反告之。妻曰:"扶桑夫人、紫霄元君果来迎我!事已明矣,难复隐讳。"遂整衣出见神人。对语久之,然天人之音,陲莫能辨。逡巡,揖而退。陲拜而问之,曰:"少玄虽胎育之人,非阴骘所积。昔居无欲天,为玉皇左侍书,谥曰玉华君,主下界三十六洞学道之流。每至秋分日,即持簿书来访志道之士。

## 崔少玄

崔少玄是唐代汾州刺史崔恭的小女儿。她的母亲梦见一个神人，穿着丝绸衣服，驾着红色的龙，拿着紫色的匣子，在碧云边际把匣子交给了她。其母就怀了孕，十四个月生下少玄。少玄出生后异香袭人，容颜端庄秀丽，为世上所少有。她天青色的头发盖住了眼睛，耳垂上的玉坠拂到双颊，右手有字，写的是"卢自列妻"。十八年后，少玄嫁给了卢陲，卢陲小字叫自列。

结婚一年多，卢陲到闽中任从事，途中经过建溪，远望武夷山时，忽然看到一片碧云从东边山峰飘过来。云中有位神人，戴着翠绿色的帽子，穿着大红色的衣服。他问卢陲："玉华君来了吗？"卢陲觉得这话问得奇怪，就反问道："谁是玉华君？"神人说："您的妻子就是玉华君。"后来卢陲回去告诉了妻子，他的妻子说："扶桑夫人、紫霄元君果然来迎接我了！事情已经公开了，难再隐瞒。"于是整衣出去会见神人。他们互相谈了很久，但都是天人的语音，卢陲没法辨清她们说些什么。待了一会儿，少玄就作个揖退回了。卢陲给他妻子下拜，询问她，她说："少玄虽然是通过娘胎养育的人，但并非父母阴德所积。从前，我居于无欲天，为玉皇左侍书，称号是玉华君，掌管下界三十六洞学道之流。每到秋分那天，就拿着簿书来寻访有志学道的人。

尝贬落，所犯为与同宫四人，退居静室，嗟叹其事，恍惚如有欲想。太上责之，谪居人世，为君之妻，二十三年矣。又遇紫霄元君已前至此，今不复近附于君矣。"

至闽中，日独居静室。陲既骇异，不敢辄践其间。往往有女真，或二或四。衣长绡衣，作古鬟髻，周身光明，烛耀如昼，来诣其室，升堂连榻，笑语通夕。陲至而看之，亦皆天人语言，不可明辨。试问之，曰："神仙秘密，难复漏泄，沉累至重，不可不隐。"陲守其言诚，亦常隐讳。洎陲罢府，恭又解印组，得家于洛阳。陲以妻之誓，不敢陈泄于恭。

后二年，谓陲曰："少玄之父，寿算止于二月十七日。某虽神仙中人，生于人世，为有抚养之恩，若不救之，枉其报矣。"乃请其父曰："大人之命，将极于二月十七日。少玄受劬劳之恩，不可不护。"遂发绛箱，取扶桑大帝金书《黄庭内景》之书，致于其父曰："大人之寿，常数极矣，若非此书，不可救免。今将授父，可读万遍，以延一纪。"乃令恭沐浴南向而跪，少玄当几，授以功章，写于青纸，封以素函，奏之上帝。又召南斗注生真君，附奏上帝。须臾，有三朱衣人自空而来，跪少玄前，进脯羞，噿酒三爵，手持功章而去。恭大异之，私讯于陲，陲讳之。

经月余，遂命陲语曰："玉清真侣，将雪予于太上，今复召为玉皇左侍书玉华君，主化元精炁，施布仙品。将欲反神，还于无形，复侍玉皇，归彼玉清。君莫泄是言，

我曾经被贬降，犯的过失是与同宫的四个人在退居静室时，对寻访学道之人发感慨，恍惚间像是有什么欲念。太上老君责罚我，把我贬居人间作您的妻子。二十三年过去了，又遇到紫霄元君已前来这里，现在不能再对您亲近依附了。"

到了闽中时，少玄每天独自在静室居住。卢陲感到惊奇，也不敢轻易地跨入她的房间。常常有女真人到来，有时两位，有时四位，穿着长长的生丝细绸衣服，梳着古式鬟髻，全身闪着光芒，照耀如同白昼，到少玄静室拜访。她们登堂入室，床榻相连，通宵说说笑笑。卢陲去看，她们都说些天人的语言，他听不明白。试着问少玄，少玄说："神仙的秘密，难再泄露；沉累太重，不可不隐瞒。"卢陲谨守妻子的告诫，也常常隐讳其事。等到卢陲罢官，其父崔恭又解下官绶，他们得以在洛阳安家。卢陲因为妻子的誓言，也不敢向崔恭陈说泄露此事。

两年后，少玄对卢陲说："少玄的父亲，寿数在二月十七日终止。我虽然是神仙中人，但生在人世，因为有抚养之恩，如果不救他，就屈枉了我的报答之心了。"于是对她的父亲说："大人的生命将在二月十七日终止，少玄受到您辛劳养育的恩惠，不能不保护您。"就打开深红色的箱子，拿出扶桑大帝金书《黄庭内景》之书，送给她的父亲，说："大人的寿命，正常的寿数已到终极了，如果没有这本书，不能救您免死。今天我将它交给您，可以读一万遍，用来延长十二年的寿命。"于是让崔恭沐浴之后面朝南跪着，少玄对着几案，授给他功章，写在青纸上，用素函封固，向上帝奏报。又召来南斗注生真君，让他附奏上帝。不一会儿，有三个穿大红衣服的人从空中降下来，跪在少玄面前，进献精美的食品，喝了三杯酒，手拿功章而去。崔恭觉得这事太奇异了，就偷偷地向卢陲询问，卢陲不告诉他。

经过一个多月，少玄把卢陲叫来告诉他说："玉清宫中我的那些真人伙伴，将在太上老君处替我洗雪。现在再召我去作玉皇左侍书玉华君，主管化元精气，并施布仙品。我将要返回为神，还于无形，再去侍奉玉皇，回到玉清。您不要泄露我这些话，

遗予父母之念，又以救父之事，泄露神仙之术，不可久留。人世之情，毕于此矣。"陲跪其前，呜呼流涕曰："下界蚁虱，黩污仙上，永沦秽浊，不得升举。乞赐指喻，以救沉痼，久永不忘其恩。"少玄曰："予留诗一首以遗子。予上界天人之书，皆云龙之篆，下界见之，或损或益，亦无会者，予当执管记之。"其词曰："得之一元，匪受自天。太老之真，无上之仙。光含影藏，形于自然。真安匪求，神之久留。淑美其真，体性刚柔。丹霄碧虚，上圣之俦。百岁之后，空余坟丘。"陲载拜受其辞，晦其义理，跪请讲贯，以为指明。少玄曰："君之于道，犹未熟习。上仙之韵，昭明有时。至景申年中，遇琅琊先生能达。其时与君开释，方见天路。未间但当保之。"言毕而卒。九日葬，举棺如空。发棂视之，留衣而蜕。处室十八，居闽三，归洛二，在人间二十三年。

　　后陲与恭皆保其诗，遇儒道适达者示之，竟不能会。至景申年中，九疑道士王方古，其先琅琊人也。游华岳回，道次于陕郊，时陲亦客于其郡，因诗酒夜话，论及神仙之事。时会中皆贵道尚德，各征其异。殿中侍御史郭固、左拾遗齐推、右司马韦宗卿、王建皆与崔恭有旧，因审少玄之事于陲。陲出涕泣，恨其妻所留之诗，绝无会者。方古请其辞，吟咏须臾，即得其旨，叹曰："太无之化，金华大仙，亦有传于后学哉！"时坐客耸听其辞，句句解释，流如贯珠，凡数千言，方尽其意。因命陲执笔，尽书先生之辞，

给我父母留下遗念。又因为救父之事，泄露了神仙之术，所以不能久留了。人世的情谊，从此结束了。"卢陲跪在她的面前，感愧地流着眼泪说："我只不过是下界的蚁虱一类小人物，亵渎玷污了上仙，将永远沉沦于浊秽之世，不能飞举升天。我请您明白地赐教，来救我经久难愈之病，我永久不忘您的大恩。"少玄说："我留诗一首，把它留赠给您。我们上界天人的文字，都是云龙篆字。下界的人见到它，或损或增，也没有领会它的。我当拿笔把它记录下来。"她留下的词句是："得之一元，匪受自天。太上之真，无上之仙。光含影藏，形于自然。真安匪求，神之久留。淑美其真，体性刚柔。丹霄碧虚，上圣之俦。百岁之后，空余坟丘。"卢陲拜了又拜，接过了她的题辞，但不明白词句的意思，就跪下请求她讲解贯通，来为他指明。少玄说："您对于道还没有熟习，上仙的诗句，昭明须有一定时间。到了景申年间，遇到琅琊先生，他能通晓其意，那时给您解开疑团，才能见到天路。没明白之前这段时间，您只应保藏它。"话说完，少玄就死了。过了九日安葬时，抬起棺材好像是空棺，就打开棺材察看，才发现少玄只留下衣服，像蝉蜕皮那样走了。少玄在娘家住了十八年，在闽中住了三年，回到洛阳二年，在人间共二十三年。

后来，卢陲和崔恭都保藏她留下的诗，遇到碰巧通晓儒道的人就拿给他们看，但一直没人明白。到了景申年间，有个九疑道士叫王方古，他的祖先是琅琊人。他游华山回来，途中在陕郡停留。当时卢陲也在陕郡客居，他们谈诗饮酒晚上聊天，谈论到神仙的事。当时聚会中的人都重道崇德，各自搜求那些奇异的事。殿中侍御史郭固，左拾遗齐推，右司马韦宗卿、王建都与崔恭有旧交，就向卢陲细问少玄的事情。卢陲掉下了眼泪，为他的妻子所留的诗根本没人明白而感到憾恨。王方古请他把那诗句拿出来，吟咏了一会儿，就懂得了那首诗的意思。他叹息说："太无之化，金华大仙，也有传给后学的吗？"这时座中之客都敬听其辞，王方古一句一句地解释，流畅得像穿珠一般。一共说了几千字，才尽解其意。于是命卢陲执笔，把王先生解释的话全部写下来，

目曰《少玄玄珠心镜》。好道之士,家多藏之。出《少玄本传》。

## 妙 女

唐贞元元年五月,宣州旌德县崔氏婢,名妙女,年可十三四。夕汲庭中,忽见一僧,以锡杖连击三下,惊怖而倒,便言心痛。须臾迷乱,针灸莫能知。数日稍间,而吐痢不息。及瘥,不复食,食辄呕吐,唯饵蜀葵花及盐茶。既而清瘦爽彻,颜色鲜华,方说初昏迷之际,见一人引乘白雾,至一处,宫殿甚严,悉如释门西方部。其中天仙,多是妙女之族。言本是提头赖吒天王小女,为泄天门间事,故谪堕人间,已两生矣。赖吒王姓韦名宽,弟大,号上尊。夫人姓李,号善伦。东王公是其季父,名括,第八。妙女自称小娘,言父与姻族同游世间寻索,今于此方得见。前所见僧打腰上,欲女吐泻藏中秽恶俗气,然后得升天。天上居处华盛,各有姻戚及奴婢,与人间不殊。所使奴名群角,婢名金霄、偏条、凤楼。其前生有一子,名遥,见并依然相识。昨来之日,于金桥上与儿别,赋诗,惟记两句曰:"手攀桥柱立,滴泪天河满。"时自吟咏,悲不自胜。如此五六日病卧,叙先世事。

一旦,忽言上尊及阿母并诸天仙及仆隶等悉来参谢,即托灵而言曰:"小女愚昧,落在人间,久蒙存恤,相愧无极。"其家初甚惊惶,良久乃相与问答,仙者悉凭之叙言。又曰:"暂借小女子之宅,与世人言语。"其上尊语,即是丈夫声气;善伦阿母语,即是妇人声,各变其语。如此或来或

题目叫作《少玄玄珠心镜》。好道之人，家里大都收藏它。出自《少玄本传》。

## 妙 女

　　唐代贞元元年五月，宣州旌德县崔氏有名婢女名叫妙女，年约十三四岁。妙女晚上在院子里打水，忽然看到一个和尚，这个和尚用锡杖一连打了她三下。妙女惊恐而倒，她说心痛，不一会儿就昏迷过去了，针灸也没有办法使她产生知觉。过了几天略强些，又上吐下泻不止。等到病愈以后，妙女就不再吃饭了，吃了就呕吐，只吃蜀葵花和盐茶。不久她清瘦开朗，脸色鲜艳美丽，才说起刚昏迷的时候，看见一个人领着她乘着白雾到了一个地方。那里宫殿很整齐，完全像释门西方部。其中的天仙，大多是妙女的族人。妙女说自己本来是提头赖吒天王的小女儿，因为泄露了天门里的事，所以把她贬降到人间，已经两次投生了。赖吒王姓韦名宽，级别高，号称上尊。夫人姓李，号善伦。东王公是他的叔叔，名叫括，是老八。妙女自称小娘，说她的父亲与亲族一同到人世周游来寻找她，如今在这里才把她找到。先前看到的那个和尚，打她的腰上是想让妙女吐泻腹中污秽的俗气，然后能够升天。天上的住处华丽繁盛，各有姻亲和奴婢，与人间没有什么不同。她所使用的奴仆名叫群角，婢女名叫金霄、偏条和凤楼。她前世生有一个儿子，名叫遥，见到了他们依然认识。昨天来的时候，她在金桥上与儿子告别，赋了诗，只记得两句："手攀桥柱立，滴泪天河满。"有时她自己吟咏，悲伤得控制不住自己。这样五六天她就病倒了，叙说了前世的事。

　　有一天，妙女忽然说上尊与她母亲同诸天仙以及仆隶等人，全来参见感谢妙女的主人。他们附妙女之体说："小女愚昧，落在人间，蒙你们照顾，无限惭愧。"崔家之人开始很惊慌，很久才跟他们说话。仙人们都依凭妙女之口叙说，又说："暂借小女子之宅，与世人言语。"那位上尊的话语，就是男人的声音气概；善伦阿母说话，就是女人的声音，他们的语音各有变化。如此或来或

往，日月渐久，谈谐戏谑，一如平人。每来即香气满室，有时酒气，有时莲花香气。后妙女本状如故。忽一日，妙女吟唱。是时晴朗，空中忽有片云如席，徘徊其上。俄而云中有笙声，声调清锵。举家仰听，感动精神。妙女呼大郎复唱，其声转厉。妙女讴歌，神色自若，音韵奇妙清畅不可言，又曲名《桑柳条》。又言："阿母适在云中。"如此竟日方散。

旬时，忽言："家中二人欲有肿疾，吾代其患之。"数日后，妙女果背上胁下，各染一肿，并大如杯，楚痛异常。经日，其主母见此痛苦，令求免之，妙女遂冥冥如卧。忽语令添香，于钟楼上呼天仙忏念，其声清亮，悉与西方相应。如此移时，醒悟肿消，须臾平复。后有一婢卒染病甚困，妙女曰："我为尔白大郎请兵救。"女即如睡状。须臾却醒，言兵已到，急令洒扫，添香静室，遂起支分兵马，匹配几人于某处检校，几人于病人身上束缚邪鬼。其婢即瘥如故，言见兵马形像，如壁画神王，头上着胡帽子，悉金钿也。其家小女子见，良久乃灭。大将军姓许名光，小将曰陈万。每呼之驱使，部位甚多，来往如风雨声。更旬时，忽言织女欲嫁，须往看之。又睡醒而说："婚嫁礼一如人间。"言女名垂陵子，嫁薛氏，事多不备纪。

其家常令妙女绣，忽言今要暂去，请婢凤楼代绣，如此竟日便作凤楼姿容。精神时异，绣作巧妙，疾倍常时，而不与人言语，时时俯首笑。久之言却回，即复本态，无凤楼

往,渐渐时间长了,仙人们和崔家的人融洽地交谈、开玩笑,全像平常人一样。仙人每次到来就香气满室,有时有酒气,有时有莲花香气。后来妙女恢复本来的状态,和过去一样。忽然有一天,妙女吟唱起来。这时天气晴朗,空中忽然有像席子那么大的一片云彩,徘徊在她家上空。不一会儿,云中传来了吹笙的声音,声调清晰而有节奏。崔家全家人都仰面倾听,精神很感慨。妙女呼唤大郎再唱,那歌声变得更响亮了。妙女也唱歌,神色自若,音韵奇妙清晰,流畅得无法说出。曲名《桑柳条》。又说她母亲刚才在云中。如此一整天才散去。

过了十来天,妙女忽然说:"崔氏家中两个人将要有肿疾,我替他们患病。"几天后,妙女果然在背上和肋下各长了一肿块,都像杯口那么大,异常痛楚。几天过去了,她的女主人看她这般痛苦,让她请求免除此疫。妙女就迷迷糊糊地躺着。她忽然告诉让人添香,在钟楼上招呼天仙忏念。其声音清晰响亮,完全与西方相应。这样过了一阵子,妙女清醒了,肿块也消除了,不一会儿恢复到平时那样。后来,有一个婢女突然病得很严重,妙女说:"我为你告大郎请求救兵。"妙女就像睡着了的样子,不一会儿醒过来,说救兵已经到了,赶快令人洒扫,添香静室。她起身支派分配兵马,分配几个人到某处检查,几个人在病人身上捆绑邪鬼。那个婢女就病愈如故了。她说看到兵马的形像,像壁画上的神王,头上戴着胡人的帽子,上面都是金玉制成的花首饰。崔家的小女孩也见到了这些,他们很久才消失。大将军姓许名光,小将叫陈万。妙女常喊他们供驱使。她的部属很多,来往如风雨的声音。又过了十多天,妙女忽然说织女要出嫁了,必须去看看她。她又睡下,醒后说:"天上的婚嫁礼仪全如人间一般。"妙女说女子名叫垂陵子,嫁给了薛家,事情很多不能全部记下。

崔家曾让妙女绣花,她忽然说要暂时离去,请她的婢女凤楼代替她刺绣。如此不过一日,她就现出凤楼的姿容。精神有时异常,而绣工巧妙,速度超过平时一倍。她不跟人言语,时时低着头微笑。过了很久,妙女说她回来了,就恢复了本来的样子,没有凤楼

状也。言大郎欲与僧伽和尚来看娘子，即扫室添香，煎茶待之。须臾遂至，传语问讯，妙女忽笑曰："大郎何为与上人相扑？"此时举家俱闻床上踏蹴声甚厉，良久乃去。有时言向西方饮去，回遂吐酒，竟日醉卧。一夕，言将娘子一魂、小娘子一魂游看去，使与善伦友言笑。是夕，娘子等并梦向一处，与众人游乐。妙女至天明，便问娘子梦中事，一一皆同。如此月余绝食。忽一日悲咽而言："大郎阿母唤某归。"甚凄怆。苦言："久在世间，恋慕娘子，不忍舍去。"如此数日涕泣。又言："不合与世人往来，汝意须住，如之奈何？"便向空中辞别，词颇郑重，从此渐无言语。告娘子曰："某相恋不去，既在人间，还须饮食，但与某一红衫子着，及泻药。"如言与之，逐渐饮食。虽时说未来事，皆无应。

　　其有繁细，不能具录。其家纪事状尽如此，不知其婢后复如何。出《通幽记》。

## 吴清妻

　　唐元和十二年，虢州湖城小里正吴清妻杨氏，号监真，居天仙乡车谷村。因头疼，乃不食。自春及夏，每静坐入定，皆数日。村邻等就看，三度见，得药共二十一丸，以水下；玉液浆两碗，令煎茶饮。四月十五日夜，更焚香端坐，忽不见。十七日，县令自焚香祝请。其夜四更，牛驴惊，见墙上棘中衫子；逡巡，牛屋上见杨氏裸坐，衣服在前，肌肉极冷。扶至院，与村舍焚香声磬，至辰时方醒。称十四日午时，见仙鹤语云："洗头。"十五日沐浴，五更，有女冠二人

的姿态了。她说大郎要和僧伽和尚来看望娘子,就打扫屋子添上香,煎茶等着他们。不一会儿,他们就到了,向主人传语问讯。妙女忽然笑着说:"大郎为什么跟上人摔跤?"这时全家人都听到床上踢踏的声音很大,很久才离去。妙女有时说到西方饮酒去,回来就吐酒,一整天醉卧。有一天晚上,妙女说要领着娘子的一个魂和小娘子的一个魂游乐去,让她们与善伦友好谈笑。这天晚上,娘子等人都做梦到了一个地方,与众人游乐。妙女到天亮时就问娘子梦中之事,结果一件一件全相同。这样一个多月后,妙女绝食了。有一天,她忽然悲伤呜咽着说:"大郎、阿母唤我回去。"她很悲戚,忧伤地说在人间久了,留恋仰慕娘子,不忍离去。如此数日,她一直流泪哭泣。她又说:"不该与世人来往,你的意思要我一定住下去,这事该怎么办呢?"她就向空中辞别,言词很郑重。从此以后,妙女渐渐没有言语了。她告诉娘子说:"我留恋你不离去,既然在人间,还得饮食,只请给我一件红衫子穿,再给我泻药。"娘子按照她所说的给了她。妙女就逐渐能够吃饭饮水,虽然有时说起未来的事,也都不灵验了。

　　其中有很多细节,不能全部记录了。崔家所记此事的情形全都如此,不知那个婢女后来又怎样了。出自《通幽记》。

## 吴清妻

　　唐代元和十二年,虢州湖城小里正吴清的妻子杨氏,号监真,住在天仙乡车谷村。她因为头疼,就不吃饭了。从春到夏,每次静坐入定都是几天。村里邻人等到她家去看,去了三次才见到她。村人共得到二十一九药,要用水服;两碗玉液浆,让他们煎茶喝。四月十五日夜,吴清妻又焚香端坐,忽然不见了。十七日,具令亲自焚香祷告请求。那天晚上四更时,牛驴受惊,只见墙上荆棘中有衫子。不一会儿,大家在牛屋上发现杨氏光着身子坐着,衣服放在前面,肌肉很冷。把她扶到院子里,在村舍烧香敲磬,到辰时她才醒过来。她说十四日午时看见仙鹤告诉她说:"洗头。"十五日她就进行沐浴,五更的时候,有两个女道士

并鹤驾五色云来，乃乘鹤去。到仙方台，见道士云："华山有同行伴五人，煎茶汤相待。"汴州姓吕，名德真；同州姓张，名仙真；益州姓马，名辨真；宋州姓王，名信真。又到海东山头树木多处，及吐番界山上，五人皆相随。却至仙方台，见仙骨，有尊师云："此杨家三代仙骨。"令礼拜。却请归，云："有父在，年老。"遂还。

有一女冠乘鹤送来，云："得受仙诗一首又诗四。"并书于后云："道启真心觉渐清，天教绝粒应精诚。云外仙歌笙管合，花间风引步虚声。"其二曰："心清境静闻妙香，忆昔期君隐处当。一星莲花山头饭，黄精仙人掌上经。"其三曰："飞鸟莫到人莫攀，一隐十年不下山。袖中短书谁为达？华山道士卖药还。"其四曰："日落焚香坐醮坛，庭花露湿渐更阑。净水仙童调玉液，春霄羽客化金丹。"其五曰："摄念精思引彩霞，焚香虚室对烟花。道合云霄游紫府，湛然真境瑞皇家。"出《逸史》。

乘鹤驾着五彩云来到,她就乘鹤一起去了。到了仙方台,她看见一个道士,道士说:"华山有五个同行的伙伴,在煎茶水等待你。"汴州的姓吕名德真,同州的姓张名仙真,益州的姓马名辨真,宋州的姓王名仙真。她又到了海东多处山头树木以及吐番界山上,五个人都跟着。回到仙方台,见到仙骨,有个尊师说:"这是杨家三代仙骨。"让他们行礼下拜。退下之后,杨氏就请求回家,她说:"有父健在,已年老。"就回来了。

有一个女道士送她回来,说:"我得到一首受仙诗,还有另外四首诗。"并把这五首诗都写在后边:"道启真心觉渐清,天教绝粒应精诚。云外仙歌笙管合,花间风引步虚声。"第二首诗是:"心清境静闻妙香,忆昔期君隐处当。一星莲花山头饭,黄精仙人掌上经。"第三首诗是:"飞鸟莫到人莫攀,一隐十年不下山。袖中短书谁为达?华山道士卖药还。"第四首诗是:"日落焚香坐醮坛,庭花露湿渐更阑。净水仙童调玉液,春霄羽客化金丹。"第五首是:"摄念精思引彩霞,焚香虚室对烟花。道合云霄游紫府,湛然真境瑞皇家。"出自《逸史》。

# 卷第六十八
## 女仙十三

郭　翰　　杨敬真　　封　陟

### 郭　翰

太原郭翰,少简贵,有清标。姿度美秀,善谈论,工草隶。早孤独处,当盛暑,乘月卧庭中。时有清风,稍闻香气渐浓。翰甚怪之,仰视空中,见有人冉冉而下,直至翰前,乃一少女也。明艳绝代,光彩溢目,衣玄绡之衣,曳霜罗之帔,戴翠翘凤凰之冠,蹑琼文九章之履。侍女二人,皆有殊色,感荡心神。翰整衣巾,下床拜谒曰:"不意尊灵迥降,愿垂德音。"女微笑曰:"吾天上织女也。久无主对,而佳期阻旷,幽态盈怀。上帝赐命游人间,仰慕清风,愿托神契。"翰曰:"非敢望也,益深所感。"女为敕侍婢净扫室中,张霜雾丹縠之帏,施水晶玉华之簟,转会风之扇,宛若清秋。乃携手升堂,解衣共卧。其衬体轻红绡衣,似小香囊,气盈一室。有同心龙脑之枕,覆双缕鸳文之衾。柔肌腻体,深情密态,

## 郭　翰

太原郭翰年轻时简傲高贵,有清正的名声。他仪表气度秀美,极善言谈,擅长草书隶书。他早年失去双亲,自己独自居住。时当盛暑,他乘着月色在庭院中高卧。这时,有一股清风袭来,渐渐闻到香气越来越浓郁。郭翰觉得这事很奇怪,就仰视空中。他看见有人冉冉而下,一直来到郭翰面前。原来是一个年轻女子。这女子生得明艳绝代,光彩溢目。她穿着黑色薄绸衣服,拖着白色的罗纱帔肩,戴着上饰翠翘凤凰的帽子,足蹬上绣琼文九章之鞋。随行的两名侍女,都有超凡的姿色。郭翰心神激荡,整理衣巾,下床跪拜参见,说:"没料到尊贵的灵仙突然降临,愿您赐下恩德之音。"女子微微一笑,说:"我是天上的织女。很久没有夫主相对,佳期阻绝,幽幽闺愁充满了胸怀。上帝恩赐,命我到人间一游。我仰慕你高洁的品格,愿托身于你。"郭翰说:"我不敢指望这样,这使我感怀更深了。"织女命令侍婢净扫房间,展开霜雾丹縠的帏帐,放下水晶玉华的垫席,转动会生风的扇子。立时宛如清爽的秋天。他们就携手走进了内室,解衣共卧。织女贴身的轻红薄绸内衣像个小香囊,香气散满整个卧室。床上有画着同心图案、盛以龙脑的枕头,盖着双缕线织成的带有鸳鸯图案的被子。女郎肌肤柔嫩,身体滑腻,情意深切,娇态亲切,

妍艳无匹。欲晓辞去，面粉如故。为试拭之，乃本质也。翰送出户，凌云而去。

自后夜夜皆来，情好转切。翰戏之曰："牵郎何在？那敢独行？"对曰："阴阳变化，关渠何事？且河汉隔绝，无可复知，纵复知之，不足为虑。"因抚翰心前曰："世人不明瞻瞩耳。"翰又曰："卿已托灵辰象，辰象之门，可得闻乎？"对曰："人间观之，只见是星，其中自有宫室居处，群仙皆游观焉。万物之精，各有象在天，成形在地。下人之变，必形于上也。吾今观之，皆了了自识。"因为翰指列宿分位，尽详纪度。时人不悟者，翰遂洞知之。后将至七夕，忽不复来，经数夕方至。翰问曰："相见乐乎？"笑而对曰："天上那比人间？正以感运当尔，非有他故也，君无相忌。"问曰："卿来何迟？"答曰："人中五日，彼一夕也。"又为翰致天厨，悉非世物。徐视其衣，并无缝。翰问之，谓翰曰："天衣本非针线为也。"每去，辄以衣服自随。

经一年，忽于一夕，颜色凄恻，涕流交下，执翰手曰："帝命有程，便可永诀。"遂呜咽不自胜。翰惊惋曰："尚余几日在？"对曰："只今夕耳。"遂悲泣，彻晓不眠。及旦，抚抱为别，以七宝碗一留赠，言明年某日，当有书相问。翰答以玉环一双，便履空而去，回顾招手，良久方灭。翰思之成疾，

容貌俏丽无人能够匹敌。天快亮了,女郎告辞离去时,脸上的脂粉如故。郭翰给她试着擦拭一下,原来就是她的本色。郭翰把她送出门,女郎凌云而去。

自此以后,女郎夜夜都来,二人感情更加密切。郭翰与她开玩笑说:"牵牛郎在哪里? 你怎么敢独自出门。"女郎回答说:"阴阳变化,关他什么事? 而且银河隔绝,不可能知道。纵然他知道了这件事,也不值得为此忧虑。"她抚摸着郭翰的胸前,说:"世人看得不明白而已。"郭翰又说:"您已经托灵于星象,星象的门路,可以说给我听听吗?"女郎回答说:"人间观看星象,只见到它们是星。其中自有宫室住处,群仙也都在那里游览观看。万物之精,各有星象在天上,而成形在地上。下界人的变化,必然在天上表现出来。我现在观看星象,都清清楚楚地认识。"于是就给郭翰指点众星宿的分布方位,把天上的法纪制度详尽地介绍给郭翰。因此,当时人们不明白的事情,郭翰竟然透彻地了解它们。后来将要到七月七日的晚上了,女郎忽然不再来了,经过几个晚上才来。郭翰问她说:"相见欢乐吗?"女郎笑着回答说:"天上哪能比得上人间? 只因为感应应当这样,没有别的缘故,您不要忌妒。"郭翰问她说:"您来得怎么这么晚呢?"女郎回答说:"人世中的五天,是那里的一夜呀。"女郎又为郭翰招来了天厨,做的全不是人世上的东西。郭翰慢慢地看出她的衣服全都没有缝。问她这件事的原因,女郎就对郭翰说:"天上的衣服本来就不是用针线做的呀。"女郎每次离开,都随身带着自己的衣服。

过了一年,忽然在一天夜里,女郎脸色凄惨悲痛。她涕泪交下,握住郭翰的手说:"上帝的命令有定限,现在就该永别了!"说完就呜呜咽咽,控制不住自己。郭翰惊讶而又惋惜地说:"还剩几天?"女郎回答说:"只剩今天晚上了。"他们就悲伤得落泪,一直到天亮也没有睡觉。等到天亮时,女郎爱抚拥抱着郭翰告别,把一只七宝碗留下赠给他,说是明年的某日,当有书信来相问候。郭翰用一双玉环作为赠答。女郎于是踏空而去。她不停地回头招手,很久才消失。郭翰想她想成了病,

未尝暂忘。明年至期，果使前者侍女将书函致。翰遂开封，以青缣为纸，铅丹为字，言词清丽，情念重叠。书末有诗二首，诗曰："河汉虽云阔，三秋尚有期。情人终已矣，良会更何时？"又曰："朱阁临清汉，琼宫御紫房。佳期情在此，只是断人肠。"翰以香笺答书，意甚慊切。并有酬赠诗二首，诗曰："人世将天上，由来不可期。谁知一回顾，交作两相思。"又曰："赠枕犹香泽，啼衣尚泪痕。玉颜霄汉里，空有往来魂。"自此而绝。是年，太史奏织女星无光。翰思不已，凡人间丽色，不复措意。复以继嗣，大义须婚，强娶程氏女，所不称意，复以无嗣，遂成反目。翰后官至侍御史而卒。出《灵怪集》。

## 杨敬真

杨敬真，虢州阌乡县长寿乡天仙村田家女也。年十八，嫁同村王清。其夫家贫力田，杨氏妇道甚谨，夫族目之勤力新妇。性沉静，不好戏笑，有暇必洒扫静室，闭门闲居，虽邻妇狎之，终不相往来。生三男一女，年二十四岁。

元和十二年五月十二日夜，告其夫曰："妾神识颇不安，恶闻人言，当于静室宁之，君宜与儿女暂居异室。"夫许之。杨氏遂沐浴，著新衣，焚香闭户而坐。及明，讶其起迟，开门视之，衣服委地床上，若蝉蜕然，身已去矣，但觉异香满室。其夫惊以告其父母，共叹之。数人来曰："昨夜方半，有天乐从西而来，似若云中。下于君家，奏乐久之，稍稍上去。合村皆听之，君家闻否？"而异香酷烈，遍数十里。

一刻也不曾忘记。第二年到了约定的日期,女郎果然派以前来过的侍女带着书函而来。郭翰打开函封。信用青色双线生绢作纸,用铅丹写的字,言词清丽,情意缠绵。信的末尾有两首诗,一首是:"河汉虽云阔,三秋尚有期。情人终已矣,良会更何时?"又一首是:"朱阁临清汉,琼宫御紫房。佳期情在此,只是断人肠。"郭翰用香笺回信,词意很悺切。还有酬赠诗二首,诗中写道:"人世将天上,由来不可期。谁知一回顾,交作两相思。"另一首写道:"赠枕犹香泽,啼衣尚泪痕。玉颜霄汉里,空有往来魂。"从此就断绝了音讯。这一年,太史奏报皇上说织女星无光。郭翰思念不已,人间丽色他全都不再留意。后来因为必须继承宗嗣,大义上必须成婚,他勉强娶了程家的女儿。但是很不称心,又因为没有儿子,夫妻反目。郭翰后来做官做到侍御史才死。出自《灵怪集》。

## 杨敬真

杨敬真是虢州阌乡县长寿乡天仙村田家的女儿。她十八岁那年嫁给了同村的王清。她的丈夫家里贫穷,致力于种田。杨氏也严守妇道,丈夫家族的人都把她看作勤劳尽力的新媳妇。她性格沉静,不喜欢与人说笑戏耍,有闲暇一定洒扫,把住宅收拾得干干净净,然后在静室中闭门闲居。虽然邻妇亲近她,她始终不与她们往来。她一共生了三个儿子一个女儿,时年二十四岁。

元和十二年五月十二日晚上,杨敬真告诉她的丈夫说:"我的神智很不安,讨厌听到别人说话,应当在静室中使自己平静一下。您最好和儿女暂时到别的屋里去住。"丈夫答应了她。杨敬真就洗了澡,穿上新衣服,烧上香关上门坐着。等到天亮的时候,家人因她起得晚而惊讶,就打开门去看她。只见衣服掉在地上,像蝉蜕皮似的,人已经离去了。她的家人只觉得满室异香。她的丈夫惊慌地把这事告诉了杨敬真的父母,大家都为这事叹息。这时有几个人来说:"昨天晚上刚到半夜,有天上的音乐从西边过来,好像是在云中。下到您家,奏乐很久,才渐渐上去了。全村人都听到了天乐,您家听到没有?"又因为异香太浓烈,遍布几十里,

村吏以告县令李郇，遣吏民远近寻逐，皆无踪迹。因令不动其衣，闭其户，以棘环之，冀其或来也。

至十八日夜五更，村人复闻云中仙乐异香从东来，复下王氏宅，作乐久之而去。王氏亦无闻者。及明来视，其门棘封如故，房中仿佛若有人声。遽走告县令李郇，亲率僧道官吏共开其门，则妇宛在床矣。但觉面目光芒，有非常之色。

郇问曰："向何所去？今何所来？"对曰："昨十五日夜初，有仙骑来曰：'夫人当上仙，云鹤即到，宜静室以伺之。'至三更，有仙乐彩仗，霓旌绛节，鸾鹤纷纭，五云来降，入于房中。报者前曰：'夫人准籍合仙，仙师使使者来迎，将会于西岳。'于是彩童二人捧玉箱，箱中有奇服，非绮非罗，制若道人之衣，珍华香洁，不可名状。遂衣之毕，乐作三阕。青衣引白鹤曰：'宜乘此。'初尚惧其危，试乘之，稳不可言。飞起而五云捧出，彩仗前引，至于华山云台峰。峰上有磐石，已有四女先在彼焉。一人云姓马，宋州人；一人姓徐，幽州人；一人姓郭，荆州人；一人姓夏，青州人。皆其夜成仙，同会于此。旁一小仙曰：'并舍虚幻，得证真仙，今当定名，宜有真字。'于是马曰信真，徐曰湛真，郭曰修真，夏曰守真。其时五云参差，遍覆崖谷，妙乐罗列，间作于前。五人相庆曰：'同生浊界，并是凡身，一旦翛然，遂与尘隔。今夕何夕，欢会于斯，宜各赋诗，以道其意。'信真诗曰：'几劫澄烦虑，思今身仅成。誓将云外隐，不向世间存。'湛真

村中小吏就把这事报告给县令李郲。李郲派官吏、百姓远近各处去追寻,却没有发现踪迹。县令就下令不准动她的衣裳,把她的房门紧闭,用刺棘围上,希望她有一日回来。

到十八日夜里五更天,村子里的人又听到云中仙乐、闻到异香从东边过来,又下到王家宅院里,奏乐很久而去。王家也没有人听到。等到天亮来看,那房门用刺棘封闭如故,而房中好像有人声。村民立刻跑去报告县令李郲。县令亲自率领和尚道士和官吏一起打开她的房门,发现杨氏果然在床上,只是觉得她面目光芒,有不同寻常的脸色。

李郲问她说:"先前到哪里去了?今天又从哪里来?"杨氏回答说:"昨天十五日夜初,有仙人骑马来说:'夫人该成上仙,云鹤立刻就到,应该在静室等候。'到了三更,有仙乐和色彩鲜明的仪仗、五色缤纷的旗子、大红色的符节,鸾鹤纷纭,乘着五色祥云降下,进到房中。报信的那个人上前说:'夫人准籍应当成仙,仙师派使者来迎接,将到西岳聚会。'于是两个彩衣童子捧着玉箱,箱子中有奇异的服装,不是绮也不是罗,制作得像道人的衣服,珍贵华丽而又香又洁净,说不出什么样子。等把衣服穿完了,仙乐奏了三曲,青衣人牵来白鹤说:'你应该骑这只鹤。'刚开始害怕骑它危险,试着骑它,稳当得没法说。飞起来就有五色云涌出去,彩仗在前面引路,到了华山云台峰。峰上有磐石,已经有四个女子先在那里了。一个人说姓马,是宋州人;一个人姓徐,是幽州人;一个人姓郭,是荆州人;一个姓夏,是青州人。她们都在那天夜里成仙,一同在这里聚会。旁有一位小仙说:'一同舍弃虚幻,得证真仙,如今应当定名,名中应有个"真"字。'于是姓马的叫信真,姓徐的叫湛真,姓郭的叫修真,姓夏的叫守真。那时五云参差,遮蔽了整个山崖和沟谷,奇妙的乐器排列出来,一一在面前演奏。五个人互相祝贺说:'我们同生在污浊的下界,都是凡身,一旦自由自在地成了仙,就与尘世隔绝了。今夕何夕,欢会在此,应该各自赋诗,用以表达此刻的心意。'信真的诗是:'几劫澄烦虑,思今身仅成。誓将云外隐,不向世间存。'湛真

诗曰：'绰约离尘世，从容上太清。云衣无绽日，鹤驾没遥程。'修真诗曰：'华岳无三尺，东瀛仅一杯。入云骑彩凤，歌舞上蓬莱。'守真诗曰：'共作云山侣，俱辞世界尘。静思前日事，抛却几年身。'敬真亦诗曰：'人世徒纷扰，其生似梦华。谁言今夕里，俯首视云霞。'既而雕盘珍果，名不可知。妙乐铿锽，响动崖谷。俄而执节者曰：'宜往蓬莱，谒大仙伯。'五真曰：'大仙伯为谁？'曰：'茅君也。'妓乐鸾鹤，复前引东去。倏然间已到蓬莱，其宫皆金银，花木楼殿，皆非人间之制作。大仙伯居金阙玉堂中，侍卫甚严。见五真喜曰：'来何晚耶？'饮以玉杯，赐以金简、凤文之衣、玉华之冠，配居蓬莱华院。四人者出，敬真独前曰：'王父年高，无人侍养，请回侍其残年。王父去世，然后从命，诚不忍得乐而忘王父也。惟仙伯哀之。'仙伯曰：'汝村一千年方出一仙人，汝当其会，无自坠其道。'因敕四真送至其家，故得还也。"

邗问："昔何修习？"曰："村妇何以知？但性本虚静，闲即凝神而坐，不复俗虑得入胸中耳。此性也，非学也。"又问："要去可否？"曰："本无道术，何以能去？云鹤乘迎即去，不来亦无术可召。"

于是遂谢绝其夫，服黄冠。邗以状闻州，州闻廉使。时崔从按察陕辅，延之，舍于陕州紫极宫，请王父于别室，人不得升其阶，惟廉使从事及夫人得之，瞻拜者才及阶而已，亦不得升。廉使以闻，唐宪宗召见，舍于内殿。试道而

的诗是：'绰约离尘世，从容上太清。云衣无绽日，鹤驾没遥程。'修真的诗是：'华岳无三尺，东瀛仅一杯。入云骑彩凤，歌舞上蓬莱。'守真的诗是：'共作云山侣，俱辞世界尘。静思前日事，抛却几年身。'敬真也作诗说：'人世徒纷扰，其生似梦华。谁言今夕里，俯首视云霞。'接着就端来了雕盘珍果，名都叫不上来。美妙的音乐悠扬，钟鼓铿锵，响亮的声音震动了山崖幽谷。不一会儿，持符节的人说：'应该前往蓬莱，参拜大仙伯。'五真问他：'大仙伯是谁？'他说：'是茅君。'于是妓乐鸾鹤又在前引路向东而去。转眼间已经到了蓬莱。那里的宫殿全是金银造的，花木楼台都不是人间所能制作。大仙伯住在金阙玉堂中，侍卫很严。见到五真，大仙伯高兴地说：'来得怎么这么晚啊？'让她们用玉杯饮酒，赏赐她们金简、凤纹衣服、玉华冠，分配她们住在蓬莱华院。那四个女子出去了，敬真独自上前说：'我祖父年龄已高，没有人侍奉赡养，请让我回去侍奉他的残年，祖父去世以后，然后从命。我实在不忍心得到欢乐而忘记祖父啊。希望仙伯可怜他。'仙伯说：'你们村子一千年才出一个仙人，你正赶上这个机会，不要自己舍弃大道。'就下令四真把我送到家，所以我能回来。"

李邺问她："你从前修习什么？"杨敬真说："村妇哪里知道？只是性格本来喜欢虚静，闲着的时候就是凝神而坐，不再有俗念能进入胸中而已。这是天生的性情，不是学来的。"李邺又问她："你如果再要离去，能办到吗？"杨敬真说："我本来就没有道术，靠什么能离去？云鹤来迎接我就能去，不来我也没有法术把它招来。"

从此，她就和她的丈夫分居，戴上了道冠。李邺把这些情况报告了州里，州里又报告给廉使。当时崔从按察陕辅，把杨敬真请了去，安排她到陕州紫极宫住。请祖父到别的住室，别人不得登上她住处的台阶，只有廉使从事和夫人能够进入。瞻仰拜见的人只能到台阶而已，也不能登堂入室。廉使把这件事奏闻皇上，唐宪宗就召见了杨敬真，让她住在内殿。唐宪宗试与她论道，而

无以对，罢之。今在陕州，终岁不食，食时啖果实，或饮酒二三杯，绝无所食，但容色转芳嫩耳。出《续玄怪录》。

### 封 陟

宝历中，有封陟孝廉者，居于少室。貌态洁朗，性颇贞端。志在典坟，僻于林薮，探义而星归腐草，阅经而月坠幽窗，兀兀孜孜，俾夜作昼，无非搜索隐奥，未尝暂纵揭时日也。书堂之畔，景像可窥，泉石清寒，桂兰雅淡，戏猱每窃其庭果，唳鹤频栖于涧松。虚籁时吟，纤埃昼阒。烟锁篁篁之翠节，露滋踯躅之红葩。薜蔓衣垣，苔茸毯砌。时夜将午，忽飘异香酷烈，渐布于庭际。俄有辎軿自空而降，画轮轧轧，直凑檐楹。见一仙姝，侍从华丽，玉佩敲磬，罗裙曳云，体欺皓雪之容光，脸夺芙蕖之艳冶，正容敛衽而揖陟曰："某籍本上仙，谪居下界，或游人间五岳，或止海面三峰。月到瑶阶，愁莫听其凤管；虫吟粉壁，恨不寐于鸳衾。燕浪语而徘徊，鸾虚歌而缥缈。宝瑟休泛，虬觥懒斟。红杏艳枝，激含嚬于绮殿；碧桃芳萼，引凝睇于琼楼。既厌晓妆，渐融春思。伏见郎君坤仪浚洁，襟量端明，学聚流萤，文含隐豹。所以慕其真朴，爱以孤标，特谒光容，愿持箕帚，又不知郎君雅旨如何？"陟摄衣朗烛，正色而坐，言曰："某家本贞廉，性唯孤介。贪古人之糟粕，究前圣之指归，编柳苦辛，燃粃幽暗，布被粝食，烧蒿茹藜。但自固穷，终不斯滥，必不敢当神仙降顾。断意如此，幸早回车。"姝曰：

杨敬真没有话回答,就放她回去了。如今杨敬真还在陕州,常年不吃饭,吃东西时也就吃点果实或饮两三杯酒,一点粮食不吃。但她的容颜反而变得芳嫩了。出自《续玄怪录》。

## 封 陟

宝历年间,有个叫封陟的孝廉住在少室山。他生得仪表堂堂,性格操守很坚定端方。他立志研究古籍,在林泉之处寻找僻幽之所,探究文义,直到星落于腐草;阅读经书,不顾月坠于幽窗。孜孜不倦,夜以继日,无不搜求隐奥,不曾放松片刻时间。书堂附近,景象可观,泉清石寒,桂淡兰雅,淘气的猴子常窃其庭院之果,鸣叫的野鹤频频栖息于山涧松间。风儿不时发出低吟,尘埃白昼寂然不动。烟雾锁住丛竹的翠节,露珠滋润缓缓开放的红花。薜荔的枝蔓遮蔽了墙垣,苔藓柔密丛生,像毯子似的铺在地上。这时将到午夜,忽然飘来极其浓烈的异香,渐渐布满了庭院。不久有一辆带帷的车子从空中降落下来,画轮轧轧作响,一直接近檐柱。只见一位仙女带着华丽的侍从,玉佩撞击有声,罗裙飘飘从云中走出。她的肌体胜过皓雪的洁白,容颜胜过荷花的娇艳。仙女正容敛衽给封陟作了一揖,对封陟说:"我的名籍本来是上仙,贬居到下界,有时到人间五岳云游,有时到海面三峰歇息。月光照到瑶宫的台阶,愁得没有心思听那凤箫之管;听虫吟于粉墙,恨不能在鸳鸯被中成眠。闻燕子的浪语而徘徊,听莺鸟的歌声而缥缈,使我宝瑟停奏,美酒懒斟。红杏在枝头艳丽地开放,激起我绮殿含颦;碧桃绽出芳香的花蕾,引起我琼楼凝眸。已经厌倦了晓妆,又渐渐萌动了春情。再看看郎君您仪容俊秀,气度不凡,刻苦治学,才华四溢,所以仰慕您的纯真朴实,爱您的不随流俗的风格。特来拜见您,愿托身侍奉,不知郎君雅意如何?"封陟整理一下衣服把灯烛弄亮,正色而坐,说:"我家本来清正廉洁,我的性情耿直方正。贪恋古人的糟粕,探究前辈圣人的旨意,苦读经书,燃粝幽间。盖布被吃粗粮,烧野蒿吃野菜,只是自己守贫,终不为滥,实在不敢当神仙的眷顾。决意如此,希望您及早回车。"仙女说:

"某乍造门墙,未申恳迫,辄有一诗奉留,后七日更来。"诗曰:"谪居蓬岛别瑶池,春媚烟花有所思。为爱君心能洁白,愿操箕帚奉屏帏。"陟览之若不闻。云軿既去,窗户遗芳,然陟心中不可转也。

后七日夜,姝又至,骑从如前时,丽容洁服,艳媚巧言。入白陟曰:"某以业缘遽萦,魔障剡起。蓬山瀛岛,绣帐锦宫,恨起红茵,愁生翠被。难窥舞蝶于芳草,每炉流莺于绮丛,靡不双飞,俱能对跱,自矜孤寝,转懵空闺。秋却银缸,但凝眸于片月;春寻琼圃,空抒思于残花。所以激切前时,布露丹恳,幸垂采纳,无阻精诚,又不知郎君意竟如何?"陟又正色而言曰:"某身居山薮,志已颛蒙,不识铅华,岂知女色?幸垂速去,无相见尤。"姝曰:"愿不贮其深疑,幸望容其陋质,辄更有诗一章,后七日复来。"诗曰:"弄玉有夫皆得道,刘刚兼室尽登仙。君能仔细窥朝露,须逐云车拜洞天。"陟览又不回意。

后七日夜,姝又至,态柔容冶,靓衣明眸。又言曰:"逝波难驻,西日易颓,花木不停,薤露非久。轻沤泛水,只得逡巡;微烛当风,莫过瞬息。虚争意气,能得几时?恃顽韶颜,须臾槁木。所以君夸容鬓,尚未凋零,固止绮罗,贪穷典籍。及其衰老,何以任持?我有还丹,颇能驻命,许其依托,必写襟怀。能遣君寿例三松,瞳方两目,仙山灵府,任意追游。莫种槿花,使朝晨而骋艳;休敲石火,尚昏黑而流光。"陟乃怒目而言曰:"我居书斋,不欺暗室。下惠为证,

“我初到您家，未能申明恳切之意，这里有诗一首奉留，七日后我再来。”诗中写道：“谪居蓬岛别瑶池，春媚烟花有所思。为爱君心能洁白，愿操箕帚奉屏帏。”封陟看完之后像没看一样。云车去后，门窗留下芳香，然而封陟心意不可转变。

七天后的夜里，仙女又来了，车骑随从同上次来时一样。仙女容颜艳丽，服饰整洁，姿态艳媚，言语巧妙。她进入房中告诉封陟说：“我因为孽缘突然缠绕，魔障锐起。蓬山瀛岛，绣帐锦宫，红茵生恨，翠被生愁。见双蝶在芳草之中飞舞而难过，看流莺在树丛啼叫而每生妒意。鸟虫无不双飞，全能成对，自怜孤寝，在空闺中茫然辗转。秋回银缸，只对明月而凝眸；春到琼圃，空对残花而抒怀。所以前次来时心情激切，流露至诚之意，希望您能接纳，不拒绝我的精诚之心。又不知郎君的心意终究如何？”封陟又现出严肃的面孔，说：“我身居山林，心志已经愚昧，不识铅粉银华，哪里懂得女色？希望您赶快回去，不要责怪我。”仙女说：“愿您不要心存疑虑，希望容留我丑陋之质。这里还有诗一章，七天后我再来。”诗中写的是：“弄玉有夫皆得道，刘刚兼室尽登仙。君能仔细窥朝露，须逐云车拜洞天。”封陟看完后仍没回心转意。

七天后的夜里，仙女又来了。她态度温柔，姿容俏丽，穿着漂亮的衣服，明眸蕴含深情。她又对封陟说：“逝去的流水难以停驻，偏西的太阳容易坠落；花草树木不会停止生长，草薤上的露水也不会留得很久。漂浮的水泡，只能停留片刻；微弱的灯烛迎风，不过瞬息即灭。无聊争抢，意气用事，能维持多久？依仗完美的容颜，不久就变得如同槁木一般。所以您夸耀容鬓尚未凋零，坚决拒绝少女之爱，迷恋研究典籍。等到您衰老的时候，靠什么坚持下去呢？我这里有还春丹，能使人青春常驻。如您答应让我依托，必能使您满足心愿。我能让您寿列三松，瞳方两目，仙山灵府任意追游。不要去种槿花，它只在早晨才呈现自己的艳丽；不要去敲石火，它不过是昏黑中的一线流光。”封陟于是怒目而说：“我住在书斋，又没做亏心事，柳下惠可以作证，

叔子为师。是何妖精，苦相凌逼？心如铁石，无更多言。
傥若迟回，必当窘辱。"侍卫谏曰："小娘子回车，此木偶人，
不足与语。况穷薄当为下鬼，岂神仙配偶耶？"姝长吁曰：
"我所以恳恳者，为是青牛道士之苗裔；况此时一失，又须
旷居六百年，不是细事。於戏此子，大是忍人。"又留诗曰：
"萧郎不顾凤楼人，云涩回车泪脸新。愁想蓬瀛归去路，难
窥旧苑碧桃春。"辒辌出户，珠翠响空，泠泠箫笙，杳杳云
露。然陟意不易。

　　后三年，陟染疾而终，为太山所追，束以大锁，使者驱
之，欲至幽府。忽遇神仙骑从，清道甚严。使者躬身于路
左曰："上元夫人游太山耳。"俄有仙骑，召使者与囚俱来。
陟至彼仰窥，乃昔日求偶仙姝也，但左右弹指悲嗟。仙姝
遂索追状曰："不能于此人无情。"遂索大笔判曰："封陟往
虽执迷，操惟坚洁，实由朴戆，难责风情。宜更延一纪。"左
右令陟跪谢，使者遂解去铁镍曰："仙官已释，则幽府无敢
追摄。"使者却引归，良久苏息。后追悔昔日之事，恸哭自
咎而已。出《传奇》。

羊叔子可以为师。你是什么妖精,苦苦欺凌逼迫我?我心如铁石,你不用再多说。倘若迟回,必当窘辱。"侍卫劝仙女说:"小娘子坐车回去吧,这是个木偶人,不值得跟他说。何况他穷困刻薄,只能当作下等鬼了,哪里是神仙的配偶呢?"仙女长叹说:"我所以诚恳待他的原因,是因为他是青牛道士的后裔;况且这个时机一旦失去,又须单身独居六百年,不是小事。呜呼!这个人是个心太狠的人。"又留下一首诗,诗中写道:"萧郎不顾凤楼人,云涩回车泪脸新。愁想蓬瀛归去路,难窥旧苑碧桃春。"带帷幕的车子出了门,珠翠在空中作响,箫笙轻妙,云露杳杳。然而封陟的心意还是不改。

　　三年后,封陟得病而死。死后他被太山之神所追,用大锁束缚住,使者驱赶着他,欲到地府中去。忽然遇到神仙的骑马随从,清道开路很严格。使者躬身到路旁说:"上元夫人游太山了。"不一会儿,有个仙人的骑从,来招使者与囚犯一起过来。封陟到那里仰面偷看,原来上元夫人就是昔日求婚的仙女,于是不禁左右弹指悲叹。仙女就把追状要来,说:"不能对这个人无情。"又要来大笔判道:"封陟往昔虽然执迷不悟,但操守坚定高洁,实在由于朴实厚道,难用风情责备他。应该再延长寿命十二年。"仙女左右的人令封陟跪下道谢,使者就解开大锁说:"仙官既然已经放了他,地府也就不敢再来追捕。"使者又把他送回家。过了很久,封陟苏醒过来。后来他追悔从前的事情,只有痛哭自责而已。<small>出自《传奇》。</small>

# 卷第六十九
## 女仙十四

玉蕊院女仙　马士良　张云容　韦蒙妻　慈恩塔院女仙

### 玉蕊院女仙

长安安业唐昌观,旧有玉蕊花。其花每发,若琼林瑶树。唐元和中,春物方盛,车马寻玩者相继。忽一日,有女子年可十七八,衣绿绣衣,垂双鬟,无簪珥之饰,容色婉娈,迥出于众。从以二女冠、三小仆,皆卯鬟黄衫,端丽无比。既而下马,以白角扇障面,直造花所,异香芬馥,闻于数十步外。观者疑出自宫掖,莫敢逼而视之。伫立良久,令女仆取花数枝而出。将乘马,顾谓黄衫者曰:“曩有玉峰之期,自此行矣。”时观者如堵,咸觉烟飞鹤唳,景物辉焕。举辔百余步,有轻风拥尘,随之而去。须臾尘灭,望之已在半空,方悟神仙之游。余香不散者经月余。时严休复、元稹、刘禹锡、白居易俱作玉蕊院真人降诗。严休复诗曰:“终日斋心祷玉宸,魂销眼冷未逢真。不如一树琼瑶蕊,笑对藏花洞里人。”又曰:“香车潜下玉龟山,尘世何由睹蕣颜。惟有无情枝上雪,好风吹缀绿云鬟。”元稹诗云:

## 玉蕊院女仙

长安安业唐昌观,旧时有玉蕊花。那花每当开放的时候,就好像琼林瑶树一般。唐代元和年间,春天万花正盛,乘车骑马踏青游玩的人接连不断。忽然有一天,来了个年约十七八岁的女子,穿着绿色绣花衣裳,垂着双鬟,没戴簪珥一类的首饰,容貌美好,特别出众。跟随她的两个女道士和三个小仆人,都留着草鬟穿着黄衫,无比端庄秀丽。不久,女郎下了马,用白角扇遮住面容,直接来到养花的地方。这里异香浓郁,传到几十步外。观看的人疑心她们出自宫廷,所以没有人敢就近去看她们。女郎伫立了很久,令女仆摘取几枝花就出来了。将要乘马的时候,女郎回头对穿黄衫的人说:"从前有玉峰之约,从这里前往吧。"当时观看的人像一堵墙一样,全都觉得烟飞鹤唳,景物焕发光彩。女郎骑上马刚走一百多步,有股轻风吹起尘土随之而去。不一会儿尘土消失,望见她们已经在半空中了,人们才醒悟这是神仙出游。仙女所留下的余香经久不散,一直经过一个多月才消失。当时严休复、元稹、刘禹锡、白居易都作了玉蕊院真人降临的诗。严休复的诗是:"终日斋心祷玉宸,魂销眼冷未逢真。不如一树琼瑶蕊,笑对藏花洞里人。"又有一首是:"香车潜下玉龟山,尘世何由睹舜颜。惟有无情枝上雪,好风吹缀绿玉鬟。"元稹的诗是:

"弄玉潜过玉树时,不教青鸟出花枝。的应未有诸人觉,只是严郎自得知。"刘禹锡诗云:"玉女来看玉树花,异香先引七香车。攀枝弄雪时回首,惊怪人间日易斜。"又曰:"雪蕊琼葩满院春,羽林轻步不生尘。君王帘下徒相问,长伴吹箫别有人。"白居易诗云:"瀛女偷乘风下时,洞中暂歇弄琼枝。不缘啼鸟春饶舌,青琐仙郎可得知。"出《剧谈录》。

## 马士良

唐元和初,万年县有马士良者,犯事。时进士王爽为京尹,执法严酷,欲杀之。士良乃亡命入南山,至炭谷湫岸,潜于大柳树下。才晓,见五色云下一仙女于水滨,有金槌玉板,连扣数下,青莲涌出,每蕊旋开。仙女取擘三四枚食之,乃乘云去。士良见金槌玉板尚在,跃下扣之。少顷复出,士良尽食之十数枚,顿觉身轻,即能飞举。遂扪萝寻向者五色云所。俄见大殿崇宫,食莲女子与群仙处于中。睹之大惊,趋下,以其竹杖连击,坠于洪崖涧边。涧水清洁,因急熟睡。及觉,见双鬟小女磨刀,谓曰:"君盗灵药,奉命来取君命。"士良大惧,俯伏求救解之。答曰:"此应难免,唯有神液,可以救君。君当以我为妻。"遂去。逡巡持一小碧瓯,内有饭白色,士良尽食,复寝。须臾起,双鬟曰:"药已成矣。"以示之,七颗光莹,如空青色。士良喜叹,看其腹有似红线处,乃刀痕也。女以药摩之,随手不见。

"弄玉潜过玉树时,不教青鸟出花枝。的应未有诸人觉,只是严郎自得知。"刘禹锡的诗是:"玉女来看玉树花,异香先引七香车。攀枝弄雪时回首,惊怪人间日易斜。"又一首是:"雪蕊琼葩满院春,羽林轻步不生尘。君王帘下徒相问,长伴吹箫别有人。"白居易的诗是:"瀛女偷乘凤下时,洞中暂歇弄琼枝。不缘啼鸟春饶舌,青琐仙郎可得知。"出自《剧谈录》。

## 马士良

　　唐代元和初年,万年县人马士良犯了法。当时进士王爽担任京兆尹,他执法严酷,打算杀掉马士良。马士良就逃命进了南山,到了炭谷湫岸,藏在一棵大柳树下。天刚亮的时候,他看见从五色云中下来一个仙女落到水边,拿出金槌和玉板,连敲了几下,水里就有青莲冒出来,每朵花蕾都随即开了。仙女摘下来三四枚莲花吃了,然后乘着云彩走了。马士良看到金槌玉板还在那里,就跳下去也敲了几下。不一会儿,青莲又从水下冒出来,马士良就把十几枚莲花全吃了。吃过以后,马士良立刻觉得身体轻了,能飞腾起来。于是他就抓着藤萝寻找刚才出现五色云的地方。不一会儿,他看见一座高大的宫殿,吃莲花的那个女子和群仙都在里边。仙人看见上来一个凡人,大吃一惊,赶快走下殿来,用竹杖连连来打马士良。马士良掉下去,摔在洪崖涧边。涧水很清洁,马士良因为太疲乏而熟睡过去。等他醒来的时候,看到一个梳着双鬟的小姑娘,她一边磨刀一边对他说:"您偷盗灵药,我奉命来取您的性命。"马士良吓坏了,趴伏在地请求解救他。小姑娘回答说:"要您的命这事理应难免,只有神液可以救您。但是您得让我作您的妻子。"马士良同意了,小姑娘就走了。不一会儿,小姑娘拿来一个小绿盆,里面有白色的饭。马士良把饭全吃光,又睡下了。不久,马士良起来了,双鬟小姑娘说:"药已经做成了。"就把药拿给他看。共有七丸药,闪着天青色的光泽。马士良高兴地赞叹。马士良看到自己肚子上有像红线似的地方,原来是刀痕。小姑娘用药摩擦那刀痕,刀痕随手就不见了。

戒曰："但自修学，慎勿语人。傥漏泄，腹疮必裂。"遂同住于湫侧。又曰："我谷神之女也，守护上仙灵药，故得救君耳。"至会昌初，往往人见。渔者于炭谷湫捕鱼不获，投一帖子，必随斤两数而得。出《逸史》。

## 张云容

薛昭者，唐元和末为平陆尉。以气义自负，常慕郭代公、李北海之为人。因夜直宿，囚有为母复仇杀人者，与金而逸之。故县闻于廉使，廉使奏之，坐谪为民于海东。敕下之日，不问家产，但荷银铛而去。有客田山叟者，或云数百岁矣。素与昭洽，乃赍酒拦道而饮饯之。谓昭曰："君义士也，脱人之祸而自当之，真荆、聂之俦也！吾请从子。"昭不许。固请，乃许之。至三乡夜，山叟脱衣赍酒，大醉，屏左右谓昭曰："可遁矣。"与之携手出东郊，赠药一粒曰："非唯去疾，兼能绝谷。"又约曰："此去但遇道北有林薮繁翳处，可且暂匿，不独逃难，当获美姝。"昭辞行，过兰昌宫，古木修竹，四合其所。昭逾垣而入，追者但东西奔走，莫能知踪矣。

昭潜于古殿之西间，及夜，风清月皎，见阶前有三美女，笑语而至，揖让升于花茵，以犀杯酌酒而进之。居首女子酹之曰："吉利吉利，好人相逢，恶人相避。"其次曰：

小姑娘告诫马士良说："你自己只管修行学道,千万不要把这事告诉别人。倘若泄露了,肚子上的刀痕一定会裂开。"于是他们一起住在水池旁边。小姑娘又说："我是谷神的女儿,给上仙守护灵药,所以能救您。"到会昌初年的时候,人们还常常看见他们。打渔的人在炭谷湫捕鱼,如果没有捕到,投进一张帖子,渔人一定会得到按照帖子上要求的斤两数量的鱼。出自《逸史》。

## 张云容

薛昭在唐朝元和末年当平陆县尉。他以义气自负,平时景仰郭代公、李北海的为人。因为夜里值宿,囚犯中有个为母亲报仇而杀了人的,薛昭就给他银钱把他放跑了。因此县里向廉使报告,廉使又向皇上奏本,薛昭被治罪贬到海东为民。圣旨降下的那天,薛昭不顾家产,只扛着一只银锅就走了。有个叫作田山叟的客人,有人说他已几百岁了。他一向与薛昭关系很好,就带着酒在道上拦住薛昭,请他喝酒,为他送行。田山叟对薛昭说:"您是个义士啊!为别人解脱祸患而自己承担罪名,真是荆轲、聂政一类的人物啊!请让我跟着您。"薛昭不同意,田山叟一再请求,薛昭才答应了。到了三乡那天夜晚,田山叟脱下衣服作抵押赊来了酒,喝得大醉。他把左右的人支开,对薛昭说:"你可以逃跑了。"就与薛昭拉着手出了东郊,又赠给薛昭一粒药,说:"这药不仅能去病,吃了它还能不吃粮食。"又约定说:"从这里走只要遇到道北有树林、草木丛生繁茂能遮蔽住人的地方,就可以暂时隐藏在那里。不仅能逃避灾难,还能获得美人。"薛昭告辞走后,路过兰昌宫,那里有古老的大树、高高的竹子,从四面围住了那个地方。薛昭就跳墙进去。追捕他的人尽管东奔西走,也没能找到他的踪影。

薛昭藏在古殿的西间。到了夜晚,风清月明,他看见台阶前有三个美女,说说笑笑地来了。她们作揖谦让着上了花茵之上,用犀牛角的杯子斟酒喝。居于首位的女子把酒洒在地上祷告说:"吉利吉利,好人相逢,恶人相避。"挨着她的那个女子说:

"良宵宴会,虽有好人,岂易逢耶?"昭居窗隙间闻之,又志田生之言,遂跳出曰:"适闻夫人云:'好人岂易逢耶?'昭虽不才,愿备好人之数。"三女愕然良久,曰:"君是何人,而匿于此?"昭具以实对,乃设座于茵之南。昭询其姓字,长曰云容,张氏;次曰凤台,萧氏;次曰兰翘,刘氏。饮将酺,兰翘命骰子,谓三女曰:"今夕佳宾相会,须有匹偶,请掷骰子,遇采强者,得荐枕席。"乃遍掷,云容采胜。翘遂命薛郎近云容姊坐,又持双杯而献曰:"真所谓合卺矣!"昭拜谢之。遂问:"夫人何许人?何以至此?"容曰:"某乃开元中杨贵妃之侍儿也。妃甚爱惜,常令独舞《霓裳》于绣岭宫。妃赠我诗曰:'罗袖动香香不已,红蕖袅袅秋烟里。轻云岭上乍摇风,嫩柳池边初拂水。'诗成,明皇吟咏久之,亦有继和,但不记耳。遂赠双金扼臂,因此宠幸愈于群辈。此时多遇帝与申天师谈道,予独与贵妃得窃听,亦数侍天师茶药,颇获天师悯之。因闲处,叩头乞药。师云:'吾不惜,但汝无分,不久处世。如何?'我曰:'朝闻道,夕死可矣。'天师乃与绛雪丹一粒曰:'汝但服之,虽死不坏。但能大其棺,广其穴,含以真玉,疏而有风,使魂不荡空,魄不沉寂。有物拘制,陶出阴阳,后百年,得遇生人交精之气,或再生,便为地仙耳。'我没兰昌之时,具以白贵妃。贵妃恤之,命中贵人陈玄造受其事。送终之器,皆得如约。今已百年矣,仙师之兆,莫非今宵良会乎!此乃宿分,非偶然耳。"

"美好的夜晚欢乐的聚会，即使有好人，哪里容易相逢啊？"薛昭从窗户缝里听到了这些话，又记住了田山叟关于得到美女的预言，就跳出来说："刚才听夫人说'好人哪里容易相逢啊'，我薛昭虽然不成才，愿充好人之数。"三个美女惊讶了很久，才说："您是什么人，而隐藏在这里？"薛昭就把实情全对她们说了。女子就在花菌的南边给薛昭摆设了座位。薛昭询问她们的名字，她们告诉他，大一点的叫张云容，其次叫萧凤台，再次叫刘兰翘。酒喝得将尽兴的时候，兰翘命人拿骰子，对另两个美女说："今天晚上佳宾相会，必须有所匹配。请掷骰子，遇到彩头强的，才能侍寝。"于是三人都掷一遍，云容的彩头赢了。兰翘就命薛昭靠近云容姐坐着，又拿双杯给他们敬酒说："这是所说的交杯酒啊！"薛昭向她们称谢，趁便问："夫人是哪里人？因为什么到这里？"云容说："我本是开元年间杨贵妃的侍儿。贵妃很爱惜我，常让我在绣岭宫独自跳《霓裳舞》。贵妃赠我一首诗，诗中说：'罗袖动香香不已，红蕖裊裊秋烟里。轻云岭上乍摇风，嫩柳池边初拂水。'诗写成后，唐明皇吟咏了很久，也有继和的诗，只是我没记住罢了。还赐给我双金扼臂，因此宠幸超过那群同辈之人。那时经常遇到皇帝与申天师谈论学道的事，唯独我和贵妃有机会偷听；又多次侍奉天师吃茶吃药，很得天师怜惜。有一次，趁空闲之时，我向天师叩头讨药。天师说：'我不是舍不得给你药，只是你没有缘分，不能久在人世，怎么办呢？'我说：'早晨获知了道理，晚上就死也可以了。'天师就给我一粒绛雪丹，说：'你只要吃了它，即使死了身体也不能坏。只要能把棺材做得大一些，墓穴宽一些，把真玉含在嘴里，坟土疏松而有风，就可以使魂不能飘到空中，魄也不沉寂。有物拘制，陶出阴阳，一百年后，遇到活人，得到交配的精气，可能重新活过来，就成为地仙了。'我在兰昌将死的时候，把天师的这些话全告诉了贵妃。贵妃体恤我，命中贵人陈玄造办理安葬的事。送终的器具，全都像约定的那样办到了。到现在已经一百年了。仙师所说的预兆，莫非就是今宵良会吗？这就是宿缘啊，不是偶然的呀！"

昭因诘申天师之貌，乃田山叟之魁梧也。昭大惊曰："山叟即天师明矣！不然，何以委曲使予符囊日之事哉？"

又问兰、凤二子。容曰："亦当时宫人有容者，为九仙媛所忌，毒而死之，藏吾穴侧。与之交游，非一朝一夕耳。"凤台请击席而歌，送昭、容酒歌曰："脸花不绽几含幽，今夕阳春独换秋。我守孤灯无白日，寒云陇上更添愁。"兰翘和曰："幽谷啼莺整羽翰，犀沉玉冷自长叹。月华不忍扃泉户，露滴松枝一夜寒。"云容和曰："韶光不见分成尘，曾饵金丹忽有神。不意薛生携旧律，独开幽谷一枝春。"昭亦和曰："误入宫垣漏网人，月华静洗玉阶尘。自疑飞到蓬莱顶，琼艳三枝半夜春。"诗毕，旋闻鸡鸣。三人曰："可归室矣。"昭持其衣，超然而去。初觉门户至微，及经闑，亦无所妨。兰、凤亦告辞而他往矣。但灯烛荧荧，侍婢凝立，帐幄绮绣，如贵戚家焉。遂同寝处，昭甚慰喜。

如此数夕，但不知昏旦。容曰："吾体已苏矣，但衣服破故，更得新衣，则可起矣。今有金扼臂，君可持往近县易衣服。"昭惧不敢去，曰："恐为州邑所执。"容曰："无惮，但将我白绡去，有急即蒙首，人无能见矣。"昭然之，遂出三乡货之，市其衣服。夜至穴，则容已迎门而笑。引入曰："但启椟，当自起矣。"昭如其言，果见容体已生。及回顾帷帐，但一大穴，多冥器服玩金玉。唯取宝器而出，遂与容同归金陵幽栖。至今见在，容鬓不衰，岂非俱饵天师之灵药耳？申师名元也。出《传奇》。

薛昭就问她申天师的相貌,原来就是魁梧的田山叟。薛昭大惊说:"山叟就是天师,这是明摆着的了!不然,为什么设法让我符合昔日的事情呢?"

薛昭又讯问兰翘和凤台两个人的情况。云容说:"她们也是当时宫中有姿色的宫女,被九仙媛所忌恨,把她们毒死了,安葬在我的坟旁。我跟她们交游,不是一朝一夕了。"凤台要求击席唱歌,送给薛昭、云容酒歌,歌词是:"脸花不绽几含幽,今夕阳春独换秋。我守孤灯无白日,寒云陇上更添愁。"兰翘的和诗是:"幽谷啼莺整羽翰,犀沉玉冷自长叹。月华不忍扃泉户,露滴松枝一夜寒。"云容的和诗是:"韶光不见分成尘,曾饵金丹忽有神。不意薛生携旧律,独开幽谷一枝春。"薛昭也和诗说:"误入宫垣漏网人,月华静洗玉阶尘。自疑飞到蓬莱顶,琼艳三枝半夜春。"赋诗完毕,不一会儿听到鸡叫。三个女子说:"可以归室了。"薛昭就抓着云容的衣服,飘然而行。开始觉得门户太小,等到经过门槛,却没有什么妨碍。兰翘、凤台也告辞到别的地方去了。只见灯烛发出微弱的光,侍婢凝神站着,帐帷都是绣花的丝绸,像贵戚家里一样。他们就一同就寝,薛昭觉得特别快慰喜悦。

如此过了几个夜晚,只是不知天黑天亮。云容说:"我的肉体已经复苏了,只是衣服破旧,再得到新衣服,就可以起来了。如今有金扼臂,您可以拿着到附近县里去换些衣裳。"薛昭害怕不敢去,说:"我怕被州县抓去。"云容说:"不必害怕,只要拿着我的白绡去,有急难就用它蒙上头,就没有人能看见你了。"薛昭答应了这件事,就到三乡去卖金扼臂,买来云容需要的衣服。夜里回到墓穴,云容正迎着门笑。把他领进去,说:"只要打开棺材,我就能自己起来了。"薛昭按她所说的去做,果然看到云容的肉体已经活了。等到回头再看帷帐,只见到一个大坟墓,有许多冥器和服饰金玉。他们只取了宝器就出去了。薛昭就与云容一起回到金陵悄悄住下来。他们至今还在,从面容和头发看,都没有衰老。这难道不是因为他们都吃了天仙的灵药吗?申天师名叫申元。出自《传奇》。

## 韦蒙妻

韦蒙妻许氏，居东京翊善里。自云："许氏世有神仙，皆上为高真，受天帝重任。"性洁净，熟《诗》《礼》二经，事舅姑以孝闻。蒙为尚书郎，早夭。许舅姑亦亡，唯一女，年十二岁，甚聪慧，已能记《易》及《诗》。忽无疾而卒。许甚怜之，不忍远葬，殡于堂侧。居数月，闻女于殡宫中语。许与侍婢总笄，发棺视之，已生矣。言初卒之状云："忽见二青衣童子，可年十二三，持一红幡来庭中，呼某名曰：'韦小真，天上召汝。'于是引之升天。可半日到天上，见宫阙崇丽，天人皆锦绣毛羽五色之衣，金冠玉笏。亦多玉童玉女，皆珠玉五色之衣。花木如琉璃宝玉之形，风动，有声如乐曲，铿锵和雅。既到宫中，见韩君司命曰：'汝九世祖有功于国，有惠及人。近已擢为地下主者，即迁地仙之品。汝母心于至道，合陟仙阶，即令延汝于丹陵之阙。汝祖考三世，皆已生天矣。'遂使二童送归。母便可斋沐，太乙使者即当至矣。"许常持《妙真经》，往往感致异香。及殊常光色，众共异之，已十余年矣。及小真归后三日，果有仙乐之声下其庭中。许与小真、总笄一时升天，有龙虎兵骑三十余人，导从而去。乃长庆元年辛丑岁也。出《仙传拾遗》。

## 慈恩塔院女仙

唐太和二年，长安城南韦曲慈恩寺塔院，月夕，忽见一美妇人，从三四青衣来，绕佛塔言笑，甚有风味。回顾侍婢曰：

## 韦蒙妻

韦蒙的妻子许氏，住在东京翊善里。她自己说："老许家每代都有神仙，都成为上天高真，受到天帝重任。"她性喜洁净，熟习《诗》《礼》二经，服侍公婆以孝顺闻名。韦蒙任尚书郎，早年死去。许氏的公婆也死了。她只有一个女儿，年龄十二岁，非常聪明有智慧，已经能诵记《易经》以及《诗经》。她女儿忽然没有病就死了。许氏很爱她，不忍心把她葬到远处去，就殡殓在住室旁边。过了几个月了，忽然听到女儿在棺材中说话。许氏就和侍婢总笄打开棺材，看到女儿已经活了。她叙说刚死的情况说："忽然看到两个青衣童子，年纪大约有十二三岁，拿着一个红幡来到院子中，喊着我的名说：'韦小真，天上召你。'于是他们领着我上天。大约半天功夫到了天上，就看见宫阙又高大又壮丽，天上的人都穿着用大彩绣的羽毛五色衣服，戴着金冠，拿着玉笏板。还有很多玉童玉女，也都穿着珠玉五色的衣服。花木像琉璃宝玉的形状，风一吹动，就发出像乐曲一样的声音，铿锵和谐雅致。到宫中以后，见到韩君司命，他说：'你的九世祖先对国家有功，对人民有恩惠，最近已经提拔为地下的主宰者，也即升迁为地仙的品级。你母亲心在至道，应当登上仙阶，就请送你到丹陵之阙。你祖上三代，都已经升天了。'就派两个童子把我送回来了。母亲现在斋戒沐浴，太乙使者就该到了。"许氏平时修行《妙真经》，往往感应招来异香以及不同寻常的光色。大家都觉得这事奇异，已经十多年了。等到小真回来后三天，果然有仙乐的声音降到她家的庭院中。许氏与小真、总笄同时升天，有龙虎骑兵三十多人在前面开路引导他们离去。这事发生在长庆元年辛丑岁。出自《仙传拾遗》。

## 慈恩塔院女仙

唐朝太和二年，在长安城南韦曲的慈恩寺塔院，一天晚上，皓月当空。忽然出现了一位美貌妇人，她领着三四个青衣婢女，绕着佛塔说说笑笑，很有风趣。美妇人回头对侍婢说：

"白院主,借笔砚来。"乃于北廊柱上题诗曰:"黄子陂头好月明,忘却华筵到晓行。烟收山低翠黛横,折得荷花赠远生。"题讫,院主执烛将视之,悉变为白鹤,冲天而去。书迹至今尚存。出《河东记》。

"告诉院主，借笔砚来。"借来笔砚后，美妇人就在北边走廊的柱子上题了一首诗，诗中写道："黄子陂头好月明，忘却华筵到晓行。烟收山低翠黛横，折得荷花赠远生。"题写完毕，院主拿着灯烛打算看看那诗句，这时，美妇人与侍婢全都变成了白鹤，冲天而去。廊柱上的字迹至今还在。出自《河东记》。

# 卷第七十
## 女仙十五

许飞琼　　裴玄静　　戚玄符　　徐仙姑　　缑仙姑
王氏女　　薛玄同　　戚逍遥　　茶　姥　　张建章
周　宝

### 许飞琼

唐开成初，进士许瀍游河中，忽得大病，不知人事。亲友数人，环坐守之，至三日，蹶然而起，取笔大书于壁曰："晓入瑶台露气清，坐中唯有许飞琼。尘心未尽俗缘在，十里下山空月明。"书毕复寐。及明日，又惊起，取笔改其第二句曰"天风飞下步虚声"。书讫，兀然如醉，不复寐矣。良久，渐言曰："昨梦到瑶台，有仙女三百余人，皆处大屋。内一人云是许飞琼，遣赋诗。及成，又令改，曰：'不欲世间人知有我也。'既毕，甚被赏叹，令诸仙皆和，曰：'君终至此，且归。'若有人导引者，遂得回耳。"出《逸史》。

### 裴玄静

裴玄静，缑氏县令升之女，鄠县尉李言妻也。幼而聪慧，母教以诗书，皆诵之不忘。及笄，以妇功容自饰。而好

## 许飞琼

唐朝开成初年，有个叫许瀍的进士在河中游玩时忽然得了一场大病，不省人事。他的几位亲友围坐守护着他。到了第三天，许瀍突然站起身来，取笔在墙壁上飞快地写道："晓入瑶台露气清，坐中唯有许飞琼。尘心未尽俗缘在，十里下山空月明。"写完，许瀍又倒下睡着了。到了第二天，他又慌忙起来，取笔把墙上诗的第二句改为"天风飞下步虚声"。写完，他浑然无知地像醉了似的，不再睡觉了。过了很久，他才渐渐能说话，说："我昨天在梦中到了瑶台，那里有仙女三百多人，都住在大屋子里。其中有个人自己说是许飞琼，让我赋诗。等诗写成了，她又叫我改，她说：'不想让世上的人知道有我。'诗改完，很受赞赏，她令众仙依韵和诗，说：'您就到此结束，暂且回去吧！'就好像有人引导似的，于是得以回来。"出自《逸史》。

## 裴玄静

裴玄静是缑氏县令裴升的女儿，鄠县县尉李言的妻子。玄静小时候就很聪明伶俐，母亲教她诗书，她都能背诵下来不忘记。到了十五岁的时候，就以妇功、妇容的标准要求自己。她又好

道,请于父母,置一静室披戴。父母亦好道,许之。日以香火瞻礼道像,女使侍之,必逐于外。独居,别有女伴言笑。父母看之,复不见人,诘之不言。洁思闲淡,虽骨肉常见,亦执礼,曾无慢容。及年二十,父母欲归于李言。闻之,固不可,唯愿入道,以求度世。父母抑之曰:"女生有归是礼,妇时不可失,礼不可亏。傥入道不果,是无所归也。南岳魏夫人亦从人育嗣,后为上仙。"遂适李言,妇礼臻备。未一月,告于李言:"以素修道,神人不许为君妻,请绝之。"李言亦慕道,从而许焉。乃独居静室焚修。夜中闻言笑声,李言稍疑,未之敢惊,潜壁隙窥之。见光明满室,异香芬馥。有二女子,年十七八,凤髻霓衣,姿态婉丽。侍女数人,皆云髻绡服,绰约在侧。玄静与二女子言谈,李言异之而退。及旦问于玄静,答曰:"有之,此昆仑仙侣相省。上仙已知君窥,以术止之,而君未觉。更来慎勿窥也,恐君为仙官所责。然玄静与君宿缘甚薄,非久在人间之道。念君后嗣未立,候上仙来,当为言之。"后一夕,有天女降李言之室。经年,复降,送一儿与李言:"此君之子也,玄静即当去矣。"后三日,有五云盘旋,仙女奏乐,白凤载玄静升天,向西北而去。时大中八年八月十八日,在温县供道村李氏别业。出《续仙传》。

道,就向父母请求,设置一间静室让她修道。她的父母也好修道,就答应了她的要求。她就每天烧香瞻仰礼拜道像,婢女服侍她,她定把婢女赶出去。她独居一室,另有女伴和她一起说说笑笑。父母去看她的女伴,又看不到人,问她她也不说。她思虑纯静,闲适淡泊,虽然骨肉之亲常见,也还是恭守礼节,一点也没有轻慢的表示。到了二十岁那年,父母要把她嫁给李言。她听说了这件事,坚决不同意,只愿意入道,以求度世。父母劝解她说:"女孩子生来就是要嫁人的,这是礼的要求。出嫁的时机不可错过,礼节不可亏缺。倘若你入道没有得到正果,这就没有归宿了。南岳魏夫人也嫁过人生过孩子,后来成为上仙。"玄静听了父母的劝告,就嫁给了李言,执守妇礼很周到。可是没到一个月,她就告诉李言:"因为我一向修道,神人不允许我做您的妻子,请终止这种关系。"李言也向慕道,就听从她的话答应了。玄静就在静室独自居住,烧香修行。夜间听到玄静屋里有说笑的声音,李言渐渐产生了疑心,没敢惊动玄静她们,就悄悄地从墙缝偷看。他看到玄静屋子里满屋光明,闻到浓郁的异香。又看到有两个女子,年龄有十七八岁,梳着凤髻,穿着霓裳,姿态妩媚俏丽。还有几个侍女,都留着云髻,穿着绡衣,姿态柔美地站在旁边。玄静与两个女子谈论着。李言觉得这事奇怪,就退回去了。等到天亮向玄静询问,玄静回答说:"有这回事,这是昆仑山的仙侣来看望我。上仙已经知道您偷看了,用法术禁止您,而您没觉察出来。再来的时候千万不要再偷看了,恐怕您被仙官责罚。但我与您宿缘很薄,不是久在人间之道。念您还没有后代,等上仙到来时,我会替您说说。"后来的一天晚上,有个仙女降临到李言的卧室。过了一年多,那个仙女又降临了,把一个小孩送给了李言,说:"这是您的儿子,玄静该走了。"三天后,有五彩祥云在李家上空盘旋;仙女奏着天乐,凤凰驭着玄静升了天,向西北方向而去。这时是大中八年八月十八日,地点在温县供道村李家置买的田庄。出自《续仙传》。

## 戚玄符

戚玄符者，冀州民妻也。三岁得疾而卒，父母号恸方甚，有道士过其门曰："此可救也。"抱出示之曰："此必为神仙，适是气蹶耳。"衣带中解黑符以救之，良久遂活。父母致谢，道士曰："我北岳真君也。此女可名玄符，后得升天之道。"言讫不见。遂以为名。及为民妻，而舅姑严酷，侍奉益谨。常谓诸女曰："我得人身，生中国，尚为女子，此亦所阙也。父母早丧，唯舅姑为尊耳，虽被棰楚，亦无所怨。"夜有神仙降之，授以灵药。不知其所修何道，大中十年丙子八月十日升天。出《墉城集仙录》。

## 徐仙姑

徐仙姑者，北齐仆射徐之才女也，不知其师。已数百岁，状貌常如二十四五岁耳。善禁咒之术，独游海内，名山胜境，无不周遍。多宿岩麓林窟之中，亦寓止僧院。忽为豪僧十辈微词所嘲，姑骂之。群僧激怒，欲以力制，词色愈悖。姑笑曰："我女子也，而能弃家云水，不避蛟龙虎狼，岂惧汝鼠辈乎？"即解衣而卧，遽彻其烛。僧喜，以为得志。迟明，姑理策出山，诸僧一夕皆僵立尸坐，若被拘缚，口噤不能言。姑去数里，僧乃如故。来往江表，吴人见之四十余年，颜色如旧。其行若飞，所至之处，人畏敬若神明矣，无敢戏侮者。咸通初，谓剡县白鹤观道士陶矞云曰："我先君仕北齐，

## 戚玄符

戚玄符是冀州一个平民的妻子。她三岁的时候得病而死。正当她的父母痛哭喊叫得最伤心的时候，有个道士经过她家门前，说："这个小孩可以救活。"她的父母就把她抱出来给道士看。道士说："这个小孩将来一定会做神仙。刚才是呼吸没有舒展罢了。"就从衣带中解下一张黑符来救她。过了一阵子，小女孩就活了。她的父母向道士致谢，道士说："我是北岳真君。这个小女孩可以起名叫玄符，她以后会得升天之道。"说完就不见了。父母就用"玄符"给小女孩作名字。等到玄符作了平民的妻子后，公婆对她很严酷，她侍奉得更加谨慎。她经常对诸女说："我得为人身，生在中国，尚且当了女子，这是我的缺憾啊。我的父母早亡，只有公婆作为尊长了。虽然我被殴打，也没有什么怨恨。"有一天夜里，有个神仙降临她家，给了她灵药。不知道她修的是什么道，在大中十年丙子八月十日升了天。出自《墉城集仙录》。

## 徐仙姑

徐仙姑是北齐仆射徐之才的女儿，不知道她的老师是谁。她已经几百岁了，容貌却总像二十四五岁似的。她擅长禁咒的方术，常单独一人云游四方，名山胜境无不普遍周游。她经常睡在岩洞或山林之中，也在寺院住宿。有一次，她忽然被十来个强横粗野的和尚隐晦地嘲讽，仙姑就骂了他们。这群和尚被激怒了，想要用武力制服她，言词表情更下流了。仙姑笑着说："我是个女子，却能弃家云游天下，不避蛟龙虎狼，难道还怕你们这些鼠辈吗？"就脱了衣服躺下，立刻把灯吹灭了。和尚很高兴，以为能满足心愿了。黎明的时候，仙姑扶杖出山了。那些和尚整整一夜都浑身僵硬地站着或坐着，好像被拘绑了一样，嘴里也说不出话来。仙姑走出几里了，这些和尚才恢复原状。仙姑来往江东，吴人看到她四十多年容颜依旧。她走路像飞一般，所到之处，人们敬畏她如同敬畏神明一样，没有人敢戏弄侮辱她。咸通初年，她对剡县白鹤观道士陶贲云说："我的先父在北齐做官，

以方术闻名，阴功及物，今亦得道。故我为福所及，亦延年长生耳。"以此推之，即之才女也。出《墉城集仙录》。

### 缑仙姑

缑仙姑，长沙人也。入道，居衡山，年八十余，容色甚少。于魏夫人仙坛精修香火十余年，孑然无侣。坛侧多虎，游者须结队执兵而入，姑隐其间，曾无怖畏。数年后，有一青鸟，形如鸠鸽，红顶长尾，飞来所居，自语云："我南岳夫人使也。以姑修道精苦，独栖穷林，命我为伴。"他日又言："西王母姓缑，乃姑之祖也。闻姑修道勤至，将有真官降而授道，但时未至耳，宜勉于修励也。"每有人游山，必青鸟先言其姓字。又曰："河南缑氏，乃王母修道之故山也。"又一日，青鸟飞来曰："今夕有暴客，无害，勿以为怖也。"其夕，果有十余僧来毁魏夫人仙坛，乃一大石，方可丈余，其下空浮，寄他石之上，每一人推之则摇动，人多则屹然而震。是夕，群僧持火挺刃，将害仙姑。入其室，姑在床上而僧不见。僧既出门，即摧坏仙坛，轰然有声，山震谷裂。谓已颠坠矣，而终不能动，僧相率奔走。及明，有远村至者云："十僧中有九僧为虎所食，其一不共推，故免。"岁余，青鸟语姑迁居他所，因徙居湖南，鸟亦随之而往。人未尝会其语。郑畋自承旨学士左迁梧州，师事于姑。姑谓畋曰："此后四海多难，人间不可久居，吾将隐九疑矣。"一旦遂去。出《墉城集仙录》。

以方术出名,阴功施及万物,现在也得道了。所以我被福分所连带,也延年长生了。"根据这话推测,她就是徐之才的女儿。出自《墉城集仙录》。

## 缑仙姑

缑仙姑是长沙人。她入道以后住在衡山,八十多岁了,容颜还很年轻。她在魏夫人仙坛精修香火十多年,一直孤孤单单地没有伴侣。仙坛附近有很多虎,游山的人必须成群结队、拿着武器才敢进入,而仙姑在那里隐居,却一点儿都不害怕。几年以后,有一只青鸟,形状像斑鸠和鸽子似的,红头顶长尾巴,飞到仙姑的住处来,自言自语说:"我是南岳夫人的使者。因为仙姑修道精诚辛苦,独自住在穷林,夫人命我给你作伴。"过了几天,青鸟又说:"西王母姓缑,乃是你的祖先。她听说你修道努力极了,将派真官降临向你传道。只是时候未到,你应当更加努力修行啊。"每当有人游山时,青鸟一定先说出游山人的姓名。它又说:"河南缑氏,乃是王母修道时住过的山。"又有一天,青鸟飞来说:"今天晚上有强暴之客,不要紧,不要因为这事害怕。"那天夜里,果然有十多个和尚来毁坏魏夫人的仙坛。仙坛本是一块大石头,方圆大约一丈开外,它下面空浮,架放在别的石头上。每当一个人推它,它就摇动;许多人推它,它就屹然震动。这天晚上,一群和尚拿着火把举着刀,打算杀害仙姑。他们进入仙姑室内时,仙姑躺在床上而和尚们却看不见。和尚们出门以后,就去摧毁仙坛,发出轰轰隆隆的声音,山谷震裂。和尚们认为仙坛已经掉下山崖了,细看却没能使它移动,和尚们慌忙一起逃走了。到天亮以后,有从远处村子里来的人说:"十个和尚中有九个和尚被虎吃了,其中一个和尚没和大家一起去推仙坛,所以得以幸免。"又过了一年多,青鸟告诉仙姑迁移到别处去居住。于是仙姑就移居湖南,鸟也随着她前去。人们都没有能听懂鸟语的。郑畋从承旨学士降职到梧州,拜仙姑为师。仙姑对郑畋说:"此后国家多难,人间不可久住,我将到九嶷山去隐居了。"一天早晨,仙姑就离去了。出自《墉城集仙录》。

### 王氏女

王氏女者，徽之侄也。父随兄入关，徽之时在翰林，王氏与所生母刘及嫡母裴寓居常州义兴县湖㳇渚桂岩山，与洞灵观相近。王氏自幼不食酒肉，攻词翰，善琴，好无为清静之道。及长，誓志不嫁。常持《大洞三十九章》《道德章句》，户室之中，时有异香气。父母敬异之。

一旦小疾，裴与刘于洞灵观修斋祈福，是日稍愈，亦同诣洞灵佛像前，焚香祈祝。及晓归，坐于门右片石之上，题绝句曰："玩水登山无足时，诸仙频下听吟诗。此心不恋居人世，唯见天边双鹤飞。"此夕奄然而终。及明，有二鹤栖于庭树，有仙乐盈室，觉有异香。远近惊异，共奔看之。邻人以是白于湖㳇镇吏详验，鹤已飞去，因囚所报者。裴及刘焚香告之曰："汝若得道，却为降鹤，以雪邻人，勿使其滥获罪也。"良久，双鹤降于庭，旬日又降。葬于桂岩之下，棺轻，但闻香气异常。发棺视之，止衣舄而已。今以桂岩所居为道室，即乾符元年也。出《墉城集仙录》。

### 薛玄同

薛氏者，河中少尹冯徽妻也，自号玄同。适冯徽，二十年乃言素志，称疾独处，焚香诵《黄庭经》，日二三遍。又十三年，夜有青衣玉女二人降其室。将至，有光如月，照其庭庑，香风飒然。时秋初，残暑方甚，而清凉虚爽，飘若洞中。

## 王氏女

王氏女是王徽之的侄女。她的父亲随兄入关，徽之当时为翰林。王氏与她的生母刘氏以及嫡母裴氏，寄居在常州义兴县湖洑渚桂岩山，与洞灵观离得很近。王氏从小不吃酒肉，钻研词章，擅长弹琴，喜好清净无为之道。等到长大时，她矢志不嫁，经常诵读《大洞三十九章》《道德章句》，其室内时常有异香气味。她的父母认为她不一般而敬重她。

有一天，她得了小病，裴氏和刘氏到洞灵观设斋祈福。这天她的病稍见好转，也一同到洞灵观佛像前烧香祷告。到天亮回来后，她坐在门右边一块石头上题写了一首绝句："玩水登山无足时，诸仙频下听吟诗。此心不恋居人世，唯见天边双鹤飞。"这天晚上，王氏女忽然死了。到天亮的时候，有两只鹤在她家院子里的树上停歇，有仙乐充满了她的住室，还觉得有奇异的香气。远近的人都感到惊异，就一起跑去看。她的邻人把这件事情禀报给湖洑镇吏，请他详细查验。镇吏到时，鹤已经飞走，镇吏就把报事的那个邻人囚禁起来。裴氏和刘氏烧香向她祷告说："你如果得道成仙，再为我们降下仙鹤，来洗刷邻人的冤枉，不要使他因举报不实而获罪。"过了很久，有双鹤落到院子里，十来天后双鹤又飞落到她家院子中。家里把她葬在桂岩之下。她的棺材很轻，只闻到香气不同寻常。打开棺材看时，发现棺材中只有衣服和鞋子而已。现已把她在桂岩所住的屋子改作道室。王氏女得道的时间为乾符元年。出自《墉城集仙录》。

## 薛玄同

薛氏是河中府少尹冯徽的妻子，她自己取号叫玄同。她嫁给冯徽二十年后才说出平素的志向，假托有病自己独居，烧香诵读《黄庭经》，每天诵读两三遍。又过了十三年，一天夜里，有两位穿青衣的玉女降临她的室内。她们将要到达时，有像月光似的光亮照耀她家的庭院和房屋，香风习习。当时是初秋，残暑正热得厉害，而玄同的住室却清凉虚爽，令人觉得飘然好像在洞府之中。

二女告曰："紫虚元君主领南方,下校文籍,命诸真大仙,于六合之内,名山大川,有志道者,必降而教之。玄同善功,地司累奏,简在紫虚之府;况闻女子立志,君尤嘉之,即日将亲降于此。"如此凡五夕,皆焚香严盛,以候元君。咸通十五年七月十四日,元君与侍女群真二十七人,降于其室,玄同拜迎于门。元君憩坐良久,示以《黄庭》澄神存修之旨,赐九华丹一粒,使八年后吞之,"当遣玉女飙车,迎汝于嵩岳矣"。言讫散去。玄同自是冥心静神,往往不食。虽真仙降眄,光景烛空,灵风异香,云璈钧乐,奏于其室,冯徽亦不知也,常复毁笑。

及黄巢犯关,冯与玄同寓晋陵。中和元年十月,舟行至浃口,欲抵别墅,忽见河滨有朱紫官吏及戈甲武士,立而序列,若迎候状。所在寇盗舟人见之,惊愕不进。玄同曰:"无惧也。"即移舟及之,官吏皆拜。玄同曰:"未也,犹在春中,但去,无速也。"遂各散去。同舟者莫测之。明年二月,玄同沐浴,饵紫灵所赐之丹,二仙女亦密降其室。十四日,称疾而卒,有仙鹤三十六只,翔集庭宇。形质柔缓,状若生人,额中有白光一点,良久化为紫气。沐浴之际,玄发重生,立长数寸。十五日夜,云彩满空,忽尔雷电,棺盖飞在庭中,失尸所在,空衣而已。异香群鹤,浃旬不休。时僖宗在蜀,浙西节度使周宝表其事,诏付史官。出《墉城集仙录》。

两位玉女告诉玄同说："紫虚元君主管南方,到下界考核文籍,下令诸位真人和大仙,在天地四方之内、名山大川之中,凡发现有立志学道的人,一定要降临去教他。玄同积善的功德,地司已屡次陈奏,文书现存紫虚之府;况且听说女子立志为道,紫虚元君更加嘉许你,最近几天内将要亲自降临这里。"如此一共五个晚上,玄同都恭敬隆重地焚香等候紫虚元君。咸通十五年七月十四日,紫虚元君与侍女群真二十七人降临玄同的静室,玄同在门前叩拜迎接。紫虚元君坐下休息了很久,把《黄庭》澄神存修的旨要指点给玄同,赐给她一粒九华丹,让她八年后吞服,说"到时候就会派玉女飚车,接你到嵩岳去了"。说完众仙散去。玄同从此潜心苦思,安定精神,常常不吃饭。虽然仙人降临眷顾,光影照亮天空,灵风送来异香,云璈天乐在玄同的静室演奏,冯徽也不知道,他平常还是讥笑玄同。

等到黄巢进犯关中,冯徽与玄同寄居在晋陵。中和元年十月,她们乘船走到渎口,将要抵达别墅时,忽然看到河边有些穿着朱紫衣的官吏以及持戈披甲的武士,站在岸边有秩序地排列着,好像在迎候什么人的样子。所在之处的寇盗和船夫见到这个情景,都很惊讶愕然,不敢往前走。玄同说:"不要害怕。"就将船划过去到达迎候处。官吏都拜见玄同。玄同说:"没到时间,还在春天里,你们尽管去吧,不要太匆忙。"那些迎候的官吏就各自散去了。同船的人没有人能猜测出玄同说的是什么。第二年的二月,玄同洗了澡,吃了紫虚元君所赐给的丹药,两位仙女又秘密地降临她的静室。十四日,玄同假称得病而死。这时,有三十六只仙鹤飞翔而来,落在她家的院子里。玄同身体柔软,状态像活人一样,只是她的额中有白光一点。过了一会儿,白色光点变成了紫气。她洗澡的时候,黑发重新长出来,立时就长了几寸长。十五日夜间,云彩满空。忽然间电闪雷鸣,玄同的棺盖飞在空中,尸体不知哪里去了,棺材中只剩下空衣而已。那奇异的香气以及一群仙鹤,整整十天还没散去。当时唐僖宗在蜀州,浙西节度使周宝表奏其事,唐僖宗下诏把这件事交付史官记载。出自《墉城集仙录》。

### 戚逍遥

戚逍遥,冀州南宫人也。父以教授自资。逍遥十余岁,好道清淡,不为儿戏。父母亦好道,常行阴德。父以《女诫》授逍遥,逍遥曰:"此常人之事耳。"遂取老子仙经诵之。年二十余,适同邑蒯浔。舅姑酷,责之以蚕农怠情。而逍遥旦夕以斋洁修行为事,殊不以生计在心,蒯浔亦屡责之。逍遥白舅姑,请返于父母。及父母家亦逼迫,终以不能为尘俗事,愿独居小室修道,以资舅姑。蒯浔及舅姑俱疑,乃弃之于室。而逍遥但以香水为资,绝食静想,自歌曰:"笑看沧海欲成尘,王母花前别众真。千岁却归天上去,一心珍重世间人。"蒯氏及邻里悉以为妖。夜闻室内有人语声,及晓,见逍遥独坐,亦不惊。又三日晨起,举家闻屋裂声如雷,但见所服衣履在室内,仰视半天,有云雾鸾鹤,复有仙乐香辂,彩仗罗列,逍遥与仙众俱在云中,历历闻分别言语。蒯浔驰报逍遥父母,到犹见之。郭邑之人,咸奔观望,无不惊叹。出《续仙传》。

### 茶 姥

广陵茶姥者,不知姓氏乡里。常如七十岁人,而轻健有力,耳聪目明,发鬓滋黑。耆旧相传云:晋元南渡后,见之数百年,颜状不改。每旦,将一器茶卖于市,市人争买。

## 戚逍遥

　　戚逍遥是冀州南宫县人。她的父亲靠教书来养活一家人。逍遥十多岁时就好道,喜欢清静淡泊,不做儿戏。她的父母也好道,经常做些积阴德的事。父亲把《女诫》这本书交给逍遥,逍遥说:"这只是平常人读的。"就拿来老子《道德经》读。二十岁那年,逍遥嫁给同县的蒯浔。她的公公、婆婆很残暴,常常用养蚕种田松懈懒惰作为理由责罚她。而逍遥从早到晚把斋戒洁身修行当事做,一点儿也不把日常生计放在心上。蒯浔也屡次责备她。逍遥禀告公婆,请求把她送回父母家里。回到父母家,她的父母也逼迫她。她终究认为自己不能做尘世的俗事,愿意独自住在小屋子里修道,来帮助公婆。蒯浔和公婆都怀疑她,就把她遗弃在空室之中。而逍遥只凭香火清水作为生活的物质,绝食静想。她自己作了一首歌:"笑看沧海欲成尘,王母花前别众真。千岁却归天上去,一心珍重世间人。"蒯家和他们的邻里之人都把逍遥看作妖孽。他们在晚上听到逍遥室内有人说话的声音,到天亮后却只见逍遥独自坐着,他们也不惊讶。又过了三天,早晨起来时,全家人听到房屋破裂的声音,像打雷一样,等去看时只见到逍遥所穿的衣服和鞋子在室内。他们仰视天空,看见半空中有云雾鸾鸟和仙鹤,还有仙乐和女子乘坐的带帷幕的香车,彩色的仪仗罗列着,逍遥和众仙都在云雾中,能清清楚楚地听到她告别的话。蒯浔骑马飞报逍遥的父母,逍遥的父母来到后还能见到逍遥升天的情景。城里城外的人都跑来观望,没有不惊异感叹的。出自《续仙传》。

## 茶　姥

　　广陵有个卖茶的老太太,不知道她姓什么,也不知道她是哪里的人。她永远像七十岁的人,但身体轻捷,健壮有力,耳不聋眼不花,鬓发浓黑。年高望重的人互相传说,从晋元帝南渡以后就看见她,已经几百年了,而她的容颜状态没有改变过。她每天早晨都拿着一器皿茶到集市上去卖,集市上的人都争着来买。

自旦至暮,而器中茶常如新熟,未尝减少。吏系之于狱,姥持所卖茶器,自牖中飞去。出《墉城集仙录》。

### 张建章

张建章为幽州行军司马。尤好经史,聚书至万卷。所居有书楼,但以披阅清净为事。曾赍府帅命往渤海,遇风波泊舟,忽有青衣泛一叶舟而至,谓建章曰:"奉大仙命请大夫。"建章应之。至一大岛,见楼台岿然,中有女仙处之,侍翼甚盛,器食皆建章故乡之常味也。

食毕告退,女仙谓建章曰:"子不欺暗室,所谓君子也。勿患风涛之苦,吾令此青衣往来导之。"及还,风波寂然,往来皆无所惧。及回至西岸,经太宗征辽碑,半没水中。建章以帛裹面,摸而读之,不失一字。其笃学如此,蓟门之人,皆能说之。出《北梦琐言》。

### 周 宝

周宝为浙西节度使,治城隍,至鹤林门得古冢,棺椁将腐。发之,有一女子面如生,铅粉衣服皆不败。掌役者以告,宝亲视之,或曰:"此当时是尝饵灵药,待时而发,发则解化之期矣。"宝即命改葬之,具车舆声乐以送。宝与僚属登城望之。行数里,有紫云覆辒车之上。众咸见一女子,出自车中,坐于紫云,冉冉而上,久之乃没。开棺则空矣。出《稽神录》。

从日出到日落卖了一整天,而她器皿中的茶总是像刚做好的一样,不曾减少。胥吏把她抓去关押在监狱中,老太太拿着她卖茶的器具,从窗户中飞走了。出自《墉城集仙录》。

## 张建章

张建章担任幽州行军司马。他尤其喜好经史,积聚的书籍达到一万卷。他的住处有座藏书楼,他就只管把翻阅书籍、清净心性当大事。曾经有一次,他带着府帅的命令前往渤海,途中遇到风浪,把船停泊下来。这时,忽然有一个穿青衣的人划着一叶小舟来到他的面前,对建章说:"我奉大仙的命令来请大夫。"建章答应前往。来到一个大岛上,看到那里楼台高大,当中有女仙居住,侍卫辅佐的人很多。他们招待建章吃饭,器物中的食品都是建章故乡常见的风味。

吃完饭告退,女仙对建章说:"您不做亏心之事,真是一位君子。你不必担忧风涛之苦,我命令这个青衣仆人往返引导你。"等到回船时,风平浪静,往来都没有什么可担心的。等到他回到西岸,经过太宗征辽碑,看到碑已没到水中一半了。建章就用丝绸蒙面,摸着碑文把它读下来,没漏掉一个字。他是如此好学,蓟门的人都能说出他的事迹。出自《北梦琐言》。

## 周 宝

周宝做浙西节度使时,有一次修城隍庙,在鹤林门发掘到一座古墓,棺材都快要腐烂了。把它打开,看到里面有一个女子,面色如生,铅粉和衣服都没有坏。管事的人把这情况报告了周宝,周宝亲自来察看。有人说:"这个女子当时曾经吃过灵药,等待时机发掘,发掘之日就是她尸解仙化的日期了。"周宝就下令为那个女子改葬,安排车辆声乐去送她。周宝与他的同僚和下属官员登上城楼观望送葬的队伍,只见那些人走出几里地时,有一片紫色云气覆盖在灵车上。众人都见到一个女子从车中出来,坐在紫色云气之上冉冉上升,很久才消失。打开棺材一看已经空了。出自《稽神录》。

# 卷第七十一
## 道术一

赵　高　　董仲君　　葛　玄　　窦玄德

### 赵　高

秦王子婴常寝于望夷宫，夜梦有人，身长十丈，鬓发绝伟，纳玉舄而乘丹车，驾朱马，至宫门云："欲见秦王婴。"闻者许进焉。子婴乃与之言。谓婴曰："予是天使也，从沙丘来。天下将乱，当有欲诛暴者，翌日乃起。"子婴既疑赵高，因囚高于咸阳狱。纳高于井中，七日不死；更以镬煮之，亦七日不沸。戮之。子婴问狱吏曰："高其神乎？"狱吏曰："初囚高之时，见高怀有一青丸，大如雀卵。时方士说云：'赵高先世受韩众丹法。受此丹者，冬日坐于冰，夏日卧于炉上，不觉寒热也。'"及高戮，子婴弃尸于九逵之路，泣送者千家，咸见一青雀从高尸中出，直飞入云。九转之验，信于是乎！出《王子年拾遗记》。

### 董仲君

汉武帝嬖李夫人。及夫人死后，帝欲见之，乃诏董仲君，与之语曰："朕思李氏，其可得见乎？"仲君曰：

## 赵　高

秦王子婴有一次在望夷宫睡觉,夜里他梦见有个人,身高十丈,鬓发极长,穿着玉制的鞋,乘着朱红色的车子,驾着大红色的马,到宫门前说:"我想要见见秦王子婴。"守门人同意他进了宫。子婴与那个人谈话,那个人对子婴说:"我是天使,从沙丘来。天下将乱,当有打算诛杀暴君的人,明日就起事了。"子婴已经怀疑赵高,就把赵高囚禁在咸阳监狱。把赵高放进井里,七天没有死;又用铁锅煮他,七天锅里的水也不开。于是就把他杀了。子婴问狱吏说:"赵高难道是神吗?"狱吏说:"刚囚禁赵高的时候,看见他怀里有一个青色的药丸,像雀卵那么大。当时方士说:'赵高前世学过韩众的丹法。接受这种丹药的人,冬天坐在冰上、夏天躺在炉子上,都不觉得寒冷或炎热。'"等到赵高被杀,子婴把赵高的尸体抛到九逵之路,哭着为赵高送终的人有上千家。人们忽然看见一只青雀从赵高的尸体中飞出,一直飞入云中。九转仙丹的灵验,果真到了这种地步吗? 出自《王子年拾遗记》。

## 董仲君

汉武帝宠幸李夫人。等到李夫人死后,汉武帝想要见到她,就下诏召董仲君,对他说:"我想念李氏,能见到她吗?"仲君说:

"可远见而不可同于帷席。"帝曰:"一见足矣,可致之。"仲君曰:"黑河之北,有对野之都也。出潜英之石,其色青,质轻如毛羽,寒盛则石温,夏盛则石冷。刻之为人像,神语不异真人。使此石像往,则夫人至矣。此石人能传译人语,有声无气,故知神异也。"帝曰:"此石可得乎?"仲君曰:"愿得楼船百艘,巨力千人。"能浮水登木者,皆使明于道术,赍不死之药,乃至阆海。经十年而还,昔之去人,或升云不归,或托形假死,获反者四五人,得此石。即令工人,依先图刻作李夫人形。俄而成,置于轻纱幕中,婉若生时。帝大悦,问仲君曰:"可得近乎?"仲君曰:"譬如中宵忽梦,而昼可得亲近乎?此石毒,特宜近望,不可迫也。勿轻万乘之尊,惑此精魅也。"帝乃从其谏。见夫人毕,仲君使人舂此石人为九段,不复思梦,乃筑梦灵台,时祀之。出《王子年拾遗记》。

## 葛 玄

葛玄,字孝先,从左元放受《九丹金液仙经》,未及合作,常服饵术。尤长于治病,鬼魅皆见形,或遣或杀。能绝谷,连年不饥。能积薪烈火而坐其上,薪尽而衣冠不灼。饮酒一斛,便入深泉涧中卧,酒解乃出,身不濡湿。玄备览五经,又好谈论。好事少年数十人,从玄游学。尝船行,见器中藏书札符数十枚,因问:"此符之验,能为何事?可得

"可以远远地看而不可在同一帷席上。"汉武帝说:"见一面就满足了。请你把她召来。"仲君说:"黑河的北面,有个对野之都,那里出产一种隐含花纹的石头。那种石头颜色是青的,质地轻得像羽毛。严寒时石头就温热,酷暑时石头就寒冷。用它雕刻成人像,神态和言语跟真人没有差别。让这石像前去,夫人就来了。这种石头能够传递翻译人的语言,有声音没有气息,所以知道它神奇。"汉武帝说:"这种石头能得到吗?"仲君说:"希望您给我一百艘楼船,一千个大力士。"汉武帝便选派能浮水能上树的人,董仲君都让他们掌握道术,带着不死之药,这才到达了昏暗的海上。十年后回来时,从前去的那些人,有的升天不归,有的托形假死,能够返还的仅有四五人,得到了这种石头。董仲君就令工匠依照先前画的图样,刻成李夫人的形像。不久,石像刻成了。把它放到轻纱帷幕之中,容貌像李夫人活着的时候一样。汉武帝非常高兴,问仲君说:"我能离她近点吗?"仲君说:"譬如在半夜时忽然做个梦,而在白天能与梦中人亲近吗?这种石头有毒,只适宜在近处望,但不可靠近。您不要轻视自己的万乘之尊,被这个精魅所迷惑。"汉武帝就听从了他的劝谏。见夫人完毕,董仲君就派人把这个石人搋为九段,使汉武帝不再思念梦境。于是修筑了梦灵台,按时祭祀她。出自《王子年拾遗记》。

## 葛 玄

葛玄字孝先。他从左元放那里得到《九丹金液仙经》,还没来得及合成制作丹药。他经常服食苍术,尤其擅长治邪病。他能使鬼魅都现形,把它们或者放走,或者杀掉。他能够一粒粮食不吃,而连续几年不饿。他能把薪柴堆积起来点着火坐在火焰上面,薪柴烧光了而他的衣帽却没烧着。他有时喝完一斛酒就进入深泉涧中去躺着,酒劲过去才出来,而身上竟没有沾湿。葛玄通览《五经》,又喜好谈论,有几十个好道的年轻人跟随他游学。有一次乘船,那些年轻人看到他的器具中藏着几十枚书写的札符,就问他:"这些符灵验吗?能做什么事?可以让我们

见否?"玄曰:"符亦何所为乎?"即取一符投江中,流而下。玄曰:"何如?"客曰:"吾投之亦能尔。"玄又取一符投江中,逆流而上。曰:"何如?"客曰:"异矣!"又取一符投江中,停立不动。须臾下符上,上符下,三符合一处,玄乃取之。又江边有一洗衣女,玄谓诸少年曰:"吾为卿等走此女,何如?"客曰:"善。"乃投一符于水中,女便惊走,数里许不止。玄曰:"可以使止矣。"复以一符投水中,女即止还。人问女:"何怖而走?"答曰:"吾自不知何故也。"

玄常过主人,主人病,祭祀道精。精人使玄饮酒,精人言语不逊。玄大怒曰:"奸鬼敢尔!"敕五伯曳精人,缚柱鞭脊。即见如有人牵精人出者,至庭抱柱,解衣投地,但闻鞭声,血出流漓,精人故作鬼语乞命。玄曰:"赦汝死罪。汝能令生人病愈否?"精人曰:"能。"玄曰:"与汝三日期,病者不愈,当治汝。"精人乃见放。

玄尝行过庙,此神常使往来之人,未至百步,乃下骑乘。中有大树数十株,上有众鸟,莫敢犯之。玄乘车过,不下,须臾有大风回逐玄车,尘埃漫天,从者皆辟易。玄乃大怒曰:"小邪敢尔!"即举手止风,风便止。玄还,以符投庙中,树上鸟皆堕地而死。后数日,庙树盛夏皆枯,寻庙屋火起,焚烧悉尽。

见识见识吗？"葛玄说："符又能干什么呢？"就取出一道符投到江中。符顺着江水就流下去了。葛玄问："怎么样？"从学少年说："我把它投下去也能这样。"葛玄又取出一道符投进江中，这道符逆着水流往上走。葛玄说："怎么样？"从学少年说："奇怪了。"葛玄又取出一道符投进江中，这道符在江中停住不动。不一会儿，往下流去的那道符往上游漂来，逆流而上的那道符又往下游漂去，三道符汇合在一处。葛玄就把这些符取回来。还有一次，江边有个洗衣服的女子，葛玄对那些年轻人说："我让你们看这个女子跑，怎么样？"从学少年们说："好！"葛玄于是把一道符投进水中。那个女子就惊慌地跑了，跑了好几里还没有停下来。葛玄说："可以让她停下了。"又拿一道符投到水中。那个女子就停下，又回来了。人们问那女子为什么吓跑了，她回答："我自己也不知道是什么缘故。"

葛玄曾经以客人的身份去拜访主人。那个主人病了，在祭祀道精。巫师让葛玄饮酒，还出言不逊。葛玄大怒说："奸鬼怎敢这样！"就敕令五伯把巫师拖出去，绑在柱子上鞭打脊背。人们就看到好像有人牵着巫师出去似的。那个巫师到了院子里抱住柱子，把衣服脱下扔到地上。人们只听见鞭子声，看到巫师血流淋漓。巫师故意用鬼的语气乞求饶命，葛玄说："可以赦免你的死罪，你能让主人的病好吗？"巫师说："能。"葛玄说："给你三天期限，病人没好，定当惩治你。"巫师才被释放。

葛玄曾经从一座庙前走过。这个庙里的神常常使过往行人走不到百步，就下马下车。庙中有几十棵大树，大树上边有一群鸟，没有人敢触犯它们。葛玄坐着车过去，没有下车。不一会儿，有大风刮来，往回驱逐葛玄的车。大风刮起的尘埃弥漫了天空，跟随葛玄的人都被吓得往后退去。葛玄于是大怒，说："小小妖邪怎敢如此！"他举起手制止风，风就停息了。葛玄回来后，把符投进庙中，大树上的那些鸟全都掉到地上死了。过后几天，这座庙里的树在盛夏时却全部干枯了。不久庙屋起了火，把庙全都烧光了。

玄见买鱼者在水边，玄谓鱼主曰："欲烦此鱼至河伯处，可乎？"鱼人曰："鱼已死矣，何能为？"玄曰："无苦也。"乃以鱼与玄。玄以丹书纸纳鱼腹，掷鱼水中。俄顷，鱼还跃上岸，吐墨书青色，如大叶而飞去。

玄常有宾后来者，出迎之，坐上又有一玄与客语，迎送亦然。时天寒，玄谓客曰："贫居，不能人人得炉火，请作火，共使得暖。"玄因张口吐气，赫然火出，须臾满屋，客尽得如在日中，亦不甚热。

诸书生请玄作可以戏者。玄时患热，方仰卧，使人以粉粉身，未及结衣。答曰："热甚，不能起作戏。"玄因徐徐以腹揩屋栋数十过，还复床上，及下，冉冉如云气。腹粉着屋栋，连日犹在。玄方与客对食，食毕漱口，口中饭尽成大蜂数百头，飞行作声。良久张口，群蜂还飞入口中，玄嚼之，故是饭也。玄手拍床，虾蟆及诸虫、飞鸟、燕、雀、鱼、鳖之属，使之舞，皆应弦节如人；玄止之即止。玄冬中能为客设生瓜，夏致冰雪。又能取数十钱，使人散投井中，玄徐徐以器于上呼钱出，于是一一飞从井中出，悉入器中。玄为客致酒，无人传杯，杯自至人前，或饮不尽，杯亦不去。画流水，即为逆流十丈许。

于时有一道士，颇能治病，从中国来，欺人，言我数百岁。玄知其诳，后会众坐。玄谓所亲曰："欲知此公年否？"

葛玄看见一个买鱼的人在水边,就对鱼的主人说:"我想要麻烦这条鱼到河伯那里去一趟,可以吗?"鱼的主人说:"鱼已经死了,怎么能去得了?"葛玄说:"没有关系。"鱼的主人就把鱼给了葛玄。葛玄把写着红色字的纸放到鱼肚子里,把鱼扔到水中。不一会儿,鱼回来跳上岸,吐出青色墨书,像大树叶子似地飞走了。

葛玄经常在有宾客后来时,出去迎接他,而座位上又有一个葛玄与客人说话,迎送都这样。当时天气寒冷,葛玄对客人说:"我住在这里很穷,不能让你们人人都烤上炉火,请允许我燃起火来,让你们都得到温暖。"葛玄就张口吐气,火苗忽忽地从他口中喷出来了,一会儿就充满了屋子。客人全像在正午时分一样,但也不太热。

众书生请求葛玄做可以游戏的法术。葛玄这时嫌热正仰卧着,让人用粉搽身子,没来得及穿上衣服,就回答说:"热得很,不能起来做游戏。"葛玄于是徐徐地用肚子把屋梁搽了几十遍,又回到床上。等他下来后,冉冉如云气似的。他肚子上的粉贴在屋梁上,一连几天还在。葛玄正与客人对面坐着吃饭,吃完了漱口的时候,他口中的饭全变成了大蜂,有几百只,飞行时发出声音来。过了很久,葛玄张开口,群蜂又飞回他的口中。葛玄咀嚼它,仍然是饭。葛玄用手拍床,虾蟆及各种虫子、飞鸟、燕子、麻雀、鱼、鳖之类就都出现了。葛玄就让它们跳舞。它们都能像人那样随着节拍跳,葛玄让它们停下就停下来。葛玄在冬天的时候能给客人摆设刚摘下的瓜,夏天能弄来冰雪。又能拿出几十个铜钱,让人散乱地投到井中,葛玄慢慢地把器具放在井上呼唤那些铜钱出来。于是那些铜钱就一个一个地从井中飞出来,全落进器具中。葛玄为客人弄来了酒,没有人传送酒杯,杯子就自己来到客人面前;有人喝不尽,杯子也不离去。他在流水上画一下,就成了十丈左右的逆流。

当时有一个道士,很会治病。他从中原来,骗人说自己有几百岁了。葛玄知道这个道士在说谎。后来赶上一次众人都在座的场合,葛玄对他亲近的人说:"你们想知道这位先生的年龄吗?"

所亲曰："善。"忽有人从天上下,举座瞩目。良久集地,着朱衣进贤冠,入至此道士前曰："天帝诏问公之定年几许,而欺诳百姓!"道士大怖,下床长跪,答曰："无状,实年七十三。"玄因抚手大笑。忽然失朱衣所在,道士大惭,遂不知所之。

吴大帝请玄相见,欲加荣位,玄不听,求去不得,以客待之。常共游宴,坐上见道间人民请雨,帝曰："百姓请雨,安可得乎?"玄曰："易得耳。"即便书符著社中,一时之间,天地晦冥,大雨流注,中庭平地水尺余。帝曰："水宁可使有鱼乎?"玄曰："可。"复书符水中。须臾,有大鱼百许头,亦各长一二尺,走水中。帝曰："可食乎?"玄曰："可。"遂使取治之,乃真鱼也。常从帝行舟,遇大风,百官船无大小多濡没,玄船亦沦失所在。帝叹曰："葛公有道,亦不能免此乎!"乃登四望山,使人船钩,船没已经宿,忽见玄从水上来。既至,尚有酒色。谢帝曰："昨因侍从,而伍子胥见强牵过,卒不得舍去。烦劳至尊,暴露水次。"

玄每行,卒逢所亲,要于道间树下,折草刺树,以杯器盛之,汁流如泉,杯满即止。饮之,皆如好酒。又取土石草木以下酒,入口皆是鹿脯。其所刺树,以杯承之,杯至即汁出,杯满即止。他人取之,终不为出也。

亲近的人说："好。"忽然有人从天上下来，在座的所有的人都注视他。过了好一会儿，这个人落到地上。他穿的是大红色衣服，戴的是进贤冠。进入室内就到了这个道士的面前，说："天帝下诏问你的准确年龄是多少，你竟然欺骗百姓！"道士非常慌恐，下床跪得直挺挺地，回答说："我太不像话了，实际年龄七十三岁。"葛玄于是拍手大笑。穿红衣服的人忽然不见了。那个道士非常羞愧，不知去哪了。

吴大帝请葛玄相见，打算加封他荣耀的官位。葛玄没有听从，请求离去又不成。吴大帝用客礼招待他，经常同他一起游宴。有一次，吴大帝因见路上有人求雨，便对葛玄说："百姓求雨，怎么能办到呢？"葛玄说："容易办到。"他立即画了一张符放到社庙中。一时之间，天昏地暗，大雨倾注，院子中平地水深一尺多。吴大帝问他："能够使这些水里有鱼吗？"葛玄说："可以。"他又画了一张符投进水中。不一会儿，有一百多条大鱼，各长一二尺，游入水中。吴大帝又问："这些鱼可以吃吗？"葛玄说："可以。"就派人把鱼抓来宰杀烹炙。竟是真鱼。有一次，葛玄曾随吴大帝乘船，遇到了大风，百官的船无论大小都沉没了，葛玄的船也不知哪里去了。吴大帝叹息说："葛公是有法术的人，也不能避免这场灾难啊！"就登上四望山，派人驾船去捞。船沉没了已经有一夜，忽然看到葛玄从水上而来。他来到吴大帝面前时，脸上还带着酒气。他向吴大帝道歉说："昨天因为陪同跟随您，被伍子胥看见，强行把我拉过去，最终不能离开。使您烦劳，在水边耽搁了一夜。"

葛玄每次出门，突然遇到亲近的人，就邀请他们到道边树下，拿折断的草去刺树，用杯子接着。汁水就像泉水一样流下来，杯子盛满了就停止。汁水喝起来味道极好，都像好酒一样。他又取来土石草木用来下酒，吃到口中却都是鹿脯。他所刺过的树，用杯子去接汁水，杯子一到跟前汁水就流出来，杯子满了汁水就不再流出；如果别人去接它，却始终流不出汁水来。

或有请玄，玄意不欲往，主人强之，不得已随去。行数百步，玄腹痛，止而卧地，须臾死，举头头断，举四肢四肢断；更臭烂虫生，不可复近。请之者遽走告玄家，更见玄故在堂上。此人亦不敢言之，走还向玄死处，已失玄尸所在。与人俱行，能令去地三四尺，仍并而步。

又玄游会稽，有贾人从中国过神庙，庙神使主簿教语贾人曰："欲附一封书与葛公，可为致之。"主簿因以函书掷贾人船头，如钉着，不可取。及达会稽，即以报玄。玄自取之，即得。语弟子张大言曰："吾为天子所逼留，不遑作大药，今当尸解，八月十三日日中时当发。"至期，玄衣冠入室，卧而气绝，其色不变。弟子烧香守之三日，夜半忽大风起，发屋折木，声如雷，炬灭。良久风止，忽失玄所在，但见委衣床上，带无解者。旦问邻家，邻家人言了无大风。风止，止一宅，篱落树木，皆败拆也。出《神仙传》。

## 窦玄德

窦玄德，河南人也。贞观中，任都水使者，时年五十七，奉使江西。发路上船，有一人附载。窦公每食余，恒啖附载者，如是数日，欲至扬州，附载辞去。公问曰："何速？"答曰："某是司命使者，因窦都水往扬州，司命遣某追之。"

有一次有人请葛玄，葛玄不想去。主人勉强他，他不得已跟着去了。走了几百步时，葛玄肚子痛，停下来就倒在地上，不一会儿就死了。抬一抬他的头，头就断了；举一举他的四肢，四肢就断了。还腐烂生了虫子，不可再靠近。请他的人急忙跑到葛玄家里去报信，却见到葛玄仍旧在堂上。这个人也不敢说葛玄死了这件事，他跑回刚才葛玄死去的地方，已经不见葛玄的尸体了。葛玄与别人一起走时，能令这个人和自己离开地面三四尺，仍然一起往前走。

又有一次，葛玄去会稽游玩。有个商人从中原来时路过一座神庙，庙神让主簿告诉商人说："想顺便捎一封信给葛公，你可以替我送给他。"主簿就把书函抛掷到商人的船头上。书函好像用钉子钉着似的，拿不下来。等那商人到了会稽，就把这事报告了葛玄。葛玄自己去取，就把信函取下来了。葛玄告诉弟子张大言说："我被天子逼迫留在这里，来不及制作灵药了。如今应当尸解，八月十三日中午时该当出发。"到了日期，葛玄把衣服帽子都穿戴好就进了室内，倒下就断了气，而他的脸色没有变化。弟子烧香守了他三天。一天夜半时分，忽然刮起大风。大风掀开了屋顶折断了树，声音如雷。火烛熄灭。过了好一会儿，大风方才止住。忽然葛玄的尸体不见了，只看到他的衣服扔在床上，带子都没有解开。早晨去问邻近人家，邻家人都说根本没有大风。起风和风止都只在一个院子里，篱笆刮落到树木上，都折坏了。出自《神仙传》。

## 窦玄德

窦玄德是河南人，他在贞观年间任都水使者。当时他五十七岁，奉命出使江西。启程上船的时候，有一个人来搭乘他们的船。窦玄德每当吃完饭之后，就总是让搭乘的那个人吃，一连几天都是这样。快到扬州时，搭乘的那个人向他告辞要离去。窦玄德就问他："你为什么这么快就走呢？"那个人回答说："我是司命使者。因为窦都水前往扬州，司命派我来追他性命。"

公曰："都水即是某也，何不早言？"答曰："某虽追公，公命合终于此地，此行未至，不可漏泄，可以随公至此。在路蒙公余食，常愧于怀，意望免公此难，以报长者深惠。"公曰："可禳否？"答曰："彼闻道士王知远乎？"公曰："闻之。"使者曰："今见居扬州府，幽冥间事甚机密，幸勿泄之。但某在船日，恒赖公赐食，怀愧甚深。今不拯公，遂成负德。王尊师行业幽显，众共尊敬。其所施为，人天钦尚。与人章醮，有厄难者，天曹皆救。公可屈节咨请，得度斯难。明晚当奉报灭否。"

公既奉敕，初到扬州，长史已下诸官皆来迎。公未论事，但问官僚："见王尊师乎？"于时诸官莫测其意，催遣迎之。须臾，王尊师至，屏左右具陈情事。师曰："比内修行正法，至于祭醮之业，皆所不为。公衔命既重，勉励为作，法之效验，未敢悬知。"于是命侍童写章，登坛拜奏。明晚，使者来报公曰："不免矣。"公又求哀甚切。使者曰："事已如此，更令奏之，明晚当报。仍买好白纸作钱，于净处咨白天曹吏，使即烧却；若不烧，还不得用。不尔，曹司稽留，行更得罪。"公然之，又白师，师甚不悦。公曰："惟命是遵，愿垂拯济。"师哀之，又奏。明晚使者来，还报云："不免。"公苦问其故，初不肯言，后俯首答曰："道家章奏，犹人间上章表耳。前上之章，有字失体；次上之章，复草书'仍乞'二字。

窦玄德说:"都水就是我呀,你为什么不早说?"那个人回答说:"我虽然追您,您的生命应当在此地终结。但还没到地方,不可泄露,所以我随您到此地。在路上承蒙您一路赏赐给我饭吃,常怀惭愧之意,心中希望免除您的这个灾难,来报答长者深厚的恩惠。"窦玄德说:"可以消灾吗?"那人回答说:"您听说过道士王知远吗?"窦玄德说:"听说过这个人。"使者说:"他现在住在扬州府。阴间的事情很机密,希望您不要泄露。只是我在船上的日子,总是仰赖您赐给食品,怀愧很深,如果不救您,就成了忘恩之人。王尊师道行极深,大家都尊敬他。他所做的事情,人天都很钦佩。他给人上表祈祷,有灾难的人,天曹都会援救。您可以降低身份向他请求,方能度过这场灾难。明天晚上我会奉报此难消除没有。"

　　窦玄德系尊奉皇命而来。他初次到扬州,长史以下各级官吏都来迎接他。他没有谈论政事,只问官员僚属见到王尊师没有。当时各级官员没有人能猜透他的心意,便催促派人去迎接王尊师。不一会儿,王尊师来到了,窦玄德就屏退左右的人,把请求解救的事情详细陈述一遍。王尊师说:"近年内我修行正法,至于祭祀祈祷一类事,我都不做。您既然担负重大的使命,我就勉强为您施为。但是效验如何,我还不能预先知道。"于是王尊师就令侍童写陈奏文书,登坛跪拜上奏。第二天晚上,那个司命使者来报告窦玄德说:"不能免除灾难。"窦玄德又非常恳切地哀求他,使者说:"事情已经这样了,再求王尊师向天曹奏报一次,我明晚会报告您结果的。依旧买好白纸作纸钱,在洁净的地方向天曹官吏禀报求请,让人立即把纸钱烧掉。如果不烧掉,还不管用。不这样的话,天曹官署拖延不办,您更要获罪了。"窦玄德觉得这话很对,又禀告王尊师,王尊师很不高兴。窦玄德说:"我完全遵从您的吩咐了,望您施恩拯救我吧。"王尊师觉得他很可怜,又奏报天曹。第二天晚上使者到来,回报说:"还是没有免除。"窦玄德苦苦追问其中的缘故,使者最初不肯说,后来低头回答说:"道家表章上奏,如同人间上奏表章一样。前一次上奏的表章,有的字写错了;第二次上奏的表章,又把'仍乞'二字写得潦草。

表奏人主,犹须整肃,况天尊大道,其可忽诸?所上之章,咸被弃掷,既不闻彻,有何济乎?"公又重使令其请托,兼具以事白师。师甚悦,云:"审尔乎!比窃疑章表符奏,缪妄而已。如公所言,验若是乎?"乃于坛上取所奏之章,见字误书草,一如公言。师云:"今奏之章,贫道自写。"再三合格,如法奏之。明旦使者报公云:"事已谐矣。"师曰:"此更延十二年。"

公谓亲表曰:"比见道家法,未尝信之。今蒙济拔,其验如兹。从今以往,请终身事之。"便就清都观尹尊师受法箓,举家奉道。春秋六十九而卒。出《玄门灵妙记》。

上表向人间之主陈奏,尚且须工整严肃,何况向天尊大道陈奏,哪里可以疏忽呢?前两次上奏的表章,全都被扔到一边去了。既然不能使天尊听到,有什么作用呢?"窦玄德又重新求请王尊师请托天曹,同时把前前后后的事情都向他说明了。王尊师很高兴地说:"确实如此吗?近来我心里怀疑章表符奏只不过是虚妄的而已。如您所说的,真的如此灵验吗?"王尊师就到坛上取过前两次上奏的表章,看到文字错误、书写潦草,全像窦玄德说的那样。王尊师说:"这次上奏的表章,贫道自己来写。"写完后他再三检查确实合格了,按道家之法把表章奏报上去。第二天早晨,那个使者就来向窦玄德报信说:"事情已经成功了。"王尊师说:"这次又延长了十二年寿命。"

窦玄德对亲戚说:"我每次看到道家法术,都不曾相信它。如今承蒙道术救拔,方知如此灵验。从今以后,请让我终身奉道。"他就到清都观尹尊师那里接受了法箓,全家奉道。窦玄德活到六十九岁才死。出自《玄门灵妙记》。

# 卷第七十二
## 道术二

### 张山人

唐曹王贬衡州。时有张山人，技术之士。王常出猎，因得群鹿十余头，围已合，计必擒获，无何失之，不知其处。召山人问之，山人曰："此是术者所隐。"遂索水，以刀汤禁之。少顷，于水中见一道士，长才及寸，负囊拄杖，敝敝而行。众人视之，无不见者。山人乃取布针，就水中刺道士左足，遂见跛足而行。即告曰："此人易追，止十余里。"遂命走向北逐之，十余里，果见道士跛足而行，与水中见者状貌同，遂以王命邀之。道士笑而来。山人曰："不可责怒，但以礼求请之。"道士至，王问鹿何在。曰："鹿在矣。向见诸鹿无故即死，故哀之，所以禁隐；亦不敢放，今在山侧耳。"王遣左右视之，诸鹿隐于小坡而不动。

## 张山人

　　唐朝时曹王被贬到衡州。当时有个张山人，是个会法术的人。曹王有一次出去打猎，找到了一个有十几头鹿的鹿群，已经合围了，估计一定能擒获。但没过多久鹿不见了，不知它们隐藏的地方。于是就把张山人找来问他。张山人说："这是会法术的人把它们隐藏起来了。"于是张山人要来了水，以刀汤为禁咒。过了一会儿，在水中出现了一个道士，身高才一寸，背着个口袋，拄着个棍子，穿着破烂衣服，正在行走。众人往水中一看，全都看到了那个道士。张山人就取出一根做衣服用的针，伸进水中刺那个道士的左脚。于是人们就看到那个道士一瘸一拐地走。张山人就告诉曹王说："这个人容易追上，只有十多里地。"曹王就命人向北跑着去追赶道士。追了十几里地，果然看见一个道士正一瘸一拐地走，与水中看见的那个道士的姿态相貌相同。去追的人就以曹王的命令邀请他。道士笑着跟来。张山人对曹王说："不可发怒责备他，只可按礼节向他请求。"道士来到了，曹王问他鹿在哪里。道士说："鹿还在。刚才我看到那些鹿将无故而死，所以可怜它们，用咒语把它们隐藏起来；也没敢放掉，它们在山的侧面呢。"曹王派左右的人去看那些鹿，那些鹿都隐藏在一个小坡上不动。

王问其患足之由,曰:"行数里,忽患之。"王召山人与之相视,乃旧识焉,其足寻亦平复。乃是郴州连山观侯生,即从容遣之。

未期,有一客过郴州,寄宿此观,缚马于观门,粪污颇甚,观主见而责之。客大怒,诟骂道士而去。未十日,客忽遇张山人。山人谓曰:"君方有大厄,盖有所犯触。"客即说前日与道士争骂之由。山人曰:"此异人也,为君致祸,却速往辞谢之,不然,不可脱也。此为震厄,君今夕所至,当截一柏木,长与身齐,致所卧处,以衣衾盖之;身别处一屋,以枣木作钉子七枚,钉地依北斗状,仍建辰位,身居第二星下伏,当免矣。"客大惊,登时却回,求得柏木,来郴州,宿于山馆,如言设法。半夜,忽大风雨,雷电震于前屋。须臾,电光直入所止。客伏于星下,不敢动。电入屋数四,如有搜获之状,不得而止。比明前视,柏木已为粉矣。客益惧,奔谢观主,哀求生命,久而方解。谓客曰:"人不可轻也。毒蛇之辈,尚能害人,岂合无状相忤乎!今已舍子矣。"客首罪而去,遂求张山人厚报之也。出《原化记》。

## 王 旻

太和先生王旻,得道者也。常游名山五岳,貌如三十余人。其父亦道成,有姑亦得道,道高于父。旻常言:"姑年七百岁矣。"有人知其姑者,常在衡岳,或往来天台罗浮,

曹王问那个道士腿脚不好的原因，道士说："我走了几里地，忽然间脚就出毛病了。"曹王把张山人叫来，让他与道士相见。原来他们是旧相识，道士的脚不久也就好了。原来他是郴州连山观的侯生，曹王也就心平气和地让他走了。

没过多久，有一个客人经过郴州，到连山观借宿。他把马拴在观门前，马粪把门前弄得很脏。观主看见了就责备那个客人。客人大怒，把道士大骂一通就走了。不到十天，那个客人遇到了张山人。张山人对他说："您正有大难，原因是您触犯了什么人。"那个客人就说出前些日子与道士争执辱骂的情由。张山人说："这个人是个异人，为您带来了祸患。回去赶快向他道歉，不然的话，您的灾难就不能解脱了。这是雷灾。您今天晚上所到之处，应当截取一段柏木，与您的身高一样长，放到您睡觉的地方，用衣被把它盖上；您自身住在另外的屋内，用枣木制作七根钉子，依照北斗七星的形状钉到地上，设立辰星的位置，您的身子在第二星的下面趴伏着，就能避免灾祸了。"那个客人大吃一惊，立刻往回走。他找到柏木，来到郴州，住在山上的旅馆里。半夜时，忽然刮起大风下了大雨，雷电在前屋震响。不一会儿，电光直入客人所伏之处。客人趴在星下，一动也不敢动。雷电再三再四地进入屋内，好像在搜捕的样子，没有击到也就停止了。等天亮到前屋一看，柏木已经变成粉末了。客人更加害怕，赶快跑去向观主道歉，哀求饶他活命。哀求了很久才得免。观主对那个客人说："人不可以轻薄呀。毒蛇之辈尚且能够害人，难道应该无礼触犯我吗？现在我已经饶了你了。"那个客人叩头谢罪之后才离去，然后就去找张山人，重重地报答了他。出自《原化记》。

## 王 旻

太和先生王旻是个得道之人。他经常到名山五岳去云游，面貌像是三十多岁的人。他的父亲修道也成功了，有个姑姑也得道成仙了，道行比他父亲还高。王旻常说："我姑姑已经七百岁了。"有人知道他的姑姑，她经常在南岳衡山，有时往来于天台山和罗浮山，

貌如童婴。其行比陈夏姬，唯以房中术致不死，所在夫婿甚众。天宝初，有荐旻者，诏征之，至则于内道场安置。学通内外，长于佛教。帝与贵妃杨氏，旦夕礼谒，拜于床下，访以道术，旻随事教之。然大约在于修身俭约，慈心为本，以帝不好释典，旻每以释教引之，广陈报应，以开其志。帝亦雅信之。旻虽长于服饵，而常饮酒不止，其饮必小爵，移晷乃尽一杯。而与人言谈，随机应对，亦神者也，人退皆得所未得。其服饰随四时变改。或食鲫鱼，每饭稻米，然不过多，至葱韭荤辛之物，咸酢非养生者，未尝食也。好劝人食芦菔根叶，云："久食功多力甚，养生之物也。"人有传世世见之，而貌皆如故，盖及千岁矣。在京多年。

天宝六年，南岳道者李遐周，恐其恋京不出，乃宣言曰："吾将为帝师，授以秘篆。"帝因令所在求之。七年冬而遐周至，与旻相见，请曰："王生恋世乐，不能出耶？可以行矣。"于是劝旻令出。旻乃请于高密牢山合炼，玄宗许之，因改牢山为辅唐山，许旻居之。旻尝言："张果天仙也，在人间三千年矣；姜抚地仙也，寿九十三矣。抚好杀生命，以折己寿，是仙家所忌，此人终不能白日升天矣。"出《纪闻》。

## 陆 生

唐开元中，有吴人陆生，贡明经举在京。贫无仆从，常早

面貌像儿童似的。她的品行与陈国夏姬相近,全凭房中术以致不死,所到之处夫婿很多。天宝初年,有人举荐王旻,唐玄宗下令征召他,到京之后就把他安置在内道场。他的学问精通儒佛,对佛教有专长。唐玄宗与杨贵妃早晚以礼见他,拜倒在他的床下,咨询他道术。王旻按所遇之事指点他们。然而大致在修身俭朴,以发善心为根本。因为唐玄宗不喜欢佛家经典,王旻常常拿佛教引导他,广泛陈述轮回报应之效,以开启玄宗的心志。玄宗也素来相信他的话。王旻虽然擅长服食药饵,却常常喝酒喝个不停。他喝酒时必用小杯,日影移动了才把一杯酒喝尽。而他与人谈论,能随机应变地回答问题,也够神的了。人们退去时都得到了从未得到的收获。他的服饰随着四时的变化而改变。他有时吃鲫鱼,经常吃稻米饭,但吃得不多。至于大葱、韭菜、荤腥辛辣的东西,咸的、酸的不能保养身体的东西,他从来不吃。他喜欢劝别人吃萝卜的根和叶,说:"常吃功效多,体力强壮,是养生之物。"有人传说世世代代见到过他,而他的面貌一直没有变化,大概快到一千岁了。他多年在京城中。

　　天宝六年,南岳有个道士叫李遐周,恐怕他留恋京城不出来,就扬言说:"我将要当皇帝的老师,把秘笈授给他。"玄宗就令他所在之处的官员寻找他。天宝七年的冬天,李遐周到了京城,与王旻相见,请求说:"王生留恋世俗之乐不能出京吗?可以走了。"于是劝说王旻让他出京。王旻这才请求到高密的牢山去合药炼丹。玄宗答应了他,就把牢山改名为辅唐山,特许王旻住在那里。王旻曾经说过:"张果是天仙,在人间三千年了;姜抚是地仙,寿数九十三岁了。姜抚好杀生命,这样就折损了自己的寿命。这是仙家忌讳的事,因此这个人最终不能白日升天啊。"出自《纪闻》。

## 陆　生

　　唐朝开元年间,有个吴郡人陆生,被举荐为贡生参加明经科考试,住在京城。他因为家贫没有仆人随从,曾经在一个早晨

就识，自驾其驴。驴忽惊跃，断缰而走。生追之，出启夏门，直至终南山下，见一径，登山，甚熟。此驴直上，生随之上，五六里至一处，甚平旷，有人家，门庭整肃。生窥之，见茅斋前有蒲萄架，其驴系在树下。生遂叩门。良久，见一老人开门，延生入，颜色甚异，颇修敬焉。遂命生曰："坐。"生求驴而归。主人曰："郎君止为驴乎？得至此，幸会也。某故取驴以召君，君且少留，当自悟矣。"又延客入宅，见华堂邃宇，林亭池沼，盖仙境也。留一宿，馈以珍味，饮酒欢乐，声技皆仙者。生心自惊骇，未测其故。

明日将辞，主人曰："此实洞府。以君有道，吾是以相召。"指左右童隶数人曰："此人本皆城市屠沽，皆吾所教，道成者能兴云致雨，坐在立亡，浮游世间，人不能识。君当处此，而寿与天地长久，岂若人间浮荣蛊菌之辈！子愿之乎？"生拜谢曰："敬授教。"老人曰："授学师资之礼，合献一女。度君无因而得，今授君一术求之。"遂令取一青竹，度如人长，授之曰："君持此入城，城中朝官，五品已上、三品以下家人，见之，投竹于彼，而取其女来。但心存吾约，无虑也；然慎勿入权贵家，力或能相制伏。"

生遂持杖入城。生不知公卿第宅，已入数家，皆无女，而人亦无见其形者。误入户部王侍郎宅，复入阁，正见一女

去找熟识的人，自己骑着毛驴走。那头驴突然受惊跳起来，挣断缰绳就跑了。陆生追赶毛驴出了启夏门，一直追到终南山下。他看到一条小道，登上山后觉得这里很熟悉。这头驴径直上去，陆生也跟着驴上去。走了五六里来到了一个地方，很平坦空阔。有户人家，门庭整齐严肃。陆生偷偷往院里看，看到茅草房前面有个葡萄架，他的驴就拴在树下。陆生就敲门。过了很久，看到一个老人来开门。老人请陆生进去，脸色很不一般。陆生对他很恭敬。老人命令陆生坐下。陆生请求把驴还给他，主人说："郎君仅仅为驴才来的吗？能到这里，是幸会呀！我是故意取驴而把你召来，你姑且稍留一会儿，自己就会醒悟了。"老人又把陆生请入宅院。只见厅堂华丽，屋宇深邃，园林亭台池沼俱全。原来这里是仙境。老人留陆生住了一夜，给他珍奇美味吃。饮酒取乐、唱歌表演的都是仙人。陆生心里自然惊骇，却猜不出其中缘故。

第二天要告辞时，主人说："这里实际是洞府。因为你有道，我因此把你召来。"又指着左右几个仆隶说："这些人本来都是城里集市中卖肉卖酒的人，都是我教出来的。道修成了的人能兴云布雨，坐时还在，站起来就没影了。在人世间漫游，没有人能认出他们。你应当住在这里，寿命会与天地一样长久，哪里像人间那些只知道追求瞬间的荣华富贵、生命却短暂得如同菌虫之辈呢！你愿意住在这里吗？"陆生下拜道谢说："我恭听您的指教。"老人说："按照尊重老师的礼节，你应该献给我一个女子。估计你没有机会得到，现在我教给你一个法术去找她。"就让人拿来一根青竹子，量一量和人一般长，把它交给陆生，说："您拿这根青竹进城去，城中朝廷官员，五品以上、三品以下的，见到他们家的姑娘，把竹杖放在那里，便可把那个姑娘领来。只要心里记住我约定的话，就不必顾虑。但是千万不要进入权贵人家，他们或许有能力制服你。"

陆生就拿着竹杖进了城。陆生也不知道哪个是公卿的府第宅院。他进了几家，都没有姑娘，而人们也没有见到他的形影。后来陆生误入户部王侍郎家，又进入闺阁，正看到一个女郎

临镜晨妆。生投杖于床,携女而去。比下阶,顾见竹已化作女形,僵卧在床。一家惊呼云:"小娘子卒亡!"生将女去,会侍郎下朝,时权要谒请盈街,宅门重邃,不得出,隐于中门侧。王闻女亡,入宅省视,左右奔走不绝。须臾,公卿以下,皆至门矣。时叶天师在朝,奔遣邀屈。生隐于户下半日矣。少顷,叶天师至,诊视之曰:"此非鬼魅,乃道术者为之尔。"遂取水喷咒死女,立变为竹。又曰:"此亦不远,搜尚在。"遂持刀禁咒,绕宅寻索,果于门侧得生。

生既被擒,遂被枷锁捶拷,讯其妖状,生遂述其本情。就南山同取老人,遂令锢项。领从人至山下,往时小径,都已无矣。所司益以为幻妄,将领生归。生向山恸哭曰:"老人岂杀我耶!"举头望见一径,见老人杖策而下。至山足,府吏即欲前逼。老人以杖画地,遂成一水,阔丈余。生叩头哀求,老人曰:"吾去日语汝,勿入权贵家。故违我命,患自掇也;然亦不可不救尔。"从人惊视之次,老人取水一口喷之,黑雾数里,白昼如暝,人不相见。食顷而散,已失陆生所在,而枷锁委地,山上小径与水,皆不见矣。出《原化记》。

在对着镜子梳妆。陆生就把竹杖扔到床上，拉着女郎就走。待到下台阶时回头一看，只见那竹杖已经变成了女郎的形体，僵卧在床上。全家人惊呼："小娘子突然死了！"陆生领着女郎走，正赶上王侍郎下朝，这时权贵要人等拜请的人挤满了大街。王侍郎宅门幽深，陆生没能出去，就隐藏在中门附近。王侍郎听说女儿死了，就进宅去看，左右的人奔走不绝。不一会儿，公卿以下的官员都到了王家大门口了。当时叶天师在朝中，王侍郎火速派人邀他屈驾光临。陆生隐藏在门楼下已经半天了。不久，叶天师来了，他为王侍郎女儿诊视之后，说："这不是鬼魅干的，乃是有道术的人做的把戏。"于是他取水喷咒死去的女郎，女郎立刻变成竹杖。叶天师又说："此人还未走远，搜一下还在附近。"于是他拿着刀念起禁咒，绕着宅院搜索，果然在门旁找到了陆生。

陆生被擒以后，披枷带锁遭到拷打。审问他妖术情况，陆生就原原本本地把事情经过叙述了一遍。叶天师让他带路，一起到南山去捉拿老人。他令人锁住陆生的脖子，领着从人到了山下。这时，之前的小路，都已经没有了。主管此事的官吏更加认为陆生不老实，打算把陆生领回去。陆生对着南山痛哭着说："老人岂不是要杀我吗？"说完这话，抬头就望见了一条小路，看到老人拄着拐杖走下山来。到了山脚下，官吏想要往前逼近。老人用拐杖往地上一画，就变成了一条河，有一丈多宽。陆生磕着头哀求老人。老人说："我在你去的时候就告诉你，不要进入权贵人家。你故意违背我的命令，祸患是你自取的；但是也不能不救你。"正当跟来的那些人惊异地看着的时候，老人取来水，喝了一口喷过去。于是出现了几里地大的一片黑雾，白天像夜晚一样，人们看不见彼此。一顿饭的工夫雾散了，众人已经找不到陆生，而枷锁扔在地上，山上的小路和面前的河也都不见了。出自《原化记》。

## 辅神通

道士辅神通者,家在蜀州,幼而孤贫,恒为人牧牛以自给。神通牧所,恒见一道士往来,因尔致敬相识。数载,道士谓神通曰:"能为弟子否?"答曰:"甚快。"乃引神通入水中,谓通曰:"我入之时,汝宜随之,无惮为也。"既入,使至其居所,屋宇严洁,有药囊丹灶,床下悉大还丹。遂使神通看火,兼教黄白之术。经三年,神通已年二十余,思忆人间,会道士不在,乃盗还丹,别贮一处。道士归,问其丹何在,神通便推不见。道士叹息曰:"吾欲授汝道要,汝今若是,曷足授?我虽备解诸法,然无益长生也。"引至他道逐去。便出,神通甚悦,崎岖洞穴,以药自资,七十余日,方至人间。其后厌世事,追思道士,闻其往来在蜀州开元观,遂请配度,隶名于是。其后闻道士至,往候后,辄云已出。如是数十度,终不得见。神通私以金百斤与房中奴,令道士来可驰报。奴得金后,频来报,更不得见。蜀州刺史奏神通晓黄白,玄宗试之皆验。每先以土锅煮水银,随帝所请,以少药投之,应手而变。帝求得其术,会禄山之乱,乃止。

出《广异记》。

## 孙甑生

唐天宝中,有孙甑生者,深于道术。玄宗召至京师。甑生善辇石累卵,折草为人马,乘之东西驰走。太真妃特

## 辅神通

　　道士辅神通家住蜀州。他小时候失去父母,生活很贫穷,经常给人放牛来养活自己。神通放牛的地方,常看到一个道士往来。他向道士表示敬意,于是认识了那个道士。几年以后,道士对神通说:"你愿作我的弟子吗?"神通回答说:"很乐意。"道士就领着神通进入水中,对神通说:"我进去的时候,你要跟随我,不要害怕。"进去之后,道士让神通到他居住的地方。那里屋宇严整洁净,有药囊和炼丹的炉灶,床下全是大还丹。道士让神通看守烧火,并教给他点石成金之术。过了三年,神通已经二十多岁了,他有些想念人间。有一次,恰逢道士不在,神通就偷了大还丹,把它隐藏在另外一个地方。道士回来以后问他丹药在哪里,神通推脱说没看见。道士叹息说:"我本打算教给你道家要诀,你今天这样,怎么能教你? 我虽然全面了解各种法术,然而对长生却没有益处啊。"说完就把神通领到别的路上把他赶走了。神通出了洞府,很高兴。洞穴崎岖难走,神通就凭药来补给体力。他走了七十多天才来到人间。其后,神通厌倦世俗之事,追念道士。听说他往来于蜀州开元观,就请求出家修行,名籍隶属于开元观。从那以后,他听说那个道士来了,就去等候。他一去人家就说那道士已经出去了。这样去了几十次,总也没能见到。神通私下用一百斤金子买通道观中的奴仆,让他们在道士来时赶快报告他。那个奴仆得到金子后,频繁来报告,但神通再也没能见到那道士。蜀州刺史向皇帝陈奏说神通懂得点金术,唐玄宗让他试验,都很灵。每次试验他都先用土锅煮上水银,按唐玄宗要求的数量,把少量的药投进锅里,银子就应手变成了。唐玄宗想求得这个点金术,赶上安禄山叛乱,就放弃了。出自《广异记》。

## 孙甑生

　　唐朝天宝年间,有个叫孙甑生的人擅长道术。唐玄宗把他征召到了京城。孙甑生擅长把石头和鸡蛋一层层累起来,把草折断变成人马。人可以骑乘草变化而成的马东奔西跑。杨贵妃非常

乐其术,数召入宫试之。及禄山之乱,不知所之。出《明皇杂录》。

### 叶静能

唐汝阳王好饮,终日不乱,客有至者,莫不留连旦夕。时术士叶静能常过焉,王强之酒,不可,曰:"某有一生徒,酒量可为王饮客矣。然虽侏儒,亦有过人者。明日使谒王,王试与之言也。"明旦,有投刺曰:"道士常持蒲。"王引入,长二尺。既坐,谈胚浑至道,次三皇五帝、历代兴亡、天时人事、经传子史,历历如指诸掌焉。王呿口不能对。既而以王意未洽,更咨话浅近谐戏之事,王则欢然。谓曰:"观师风度,亦常饮酒乎?"持蒲曰:"唯所命耳。"王即令左右行酒。已数巡,持蒲曰:"此不足为饮也,请移大器中,与王自挹而饮之,量止则已,不亦乐乎!"王又如其言,命醇醨数石,置大斛中,以巨觥取而饮之。王饮中醺然,而持蒲固不扰,风韵转高。良久,忽谓王曰:"某止此一杯,醉矣。"王曰:"观师量殊未可足,请更进之。"持蒲曰:"王不知度量有限乎?何必见强。"乃复尽一杯,忽倒,视之,则一大酒榼,受五斗焉。出《河东记》。

### 袁隐居

贞元中,有袁隐居者,家于湘楚间,善《阴阳占诀歌》一百二十章。时故相国李公吉甫,自尚书郎谪官东南。

喜欢他的法术,屡次把他召进宫中试验法术。到安禄山叛乱的时候,这个孙甑生不知去哪儿了。出自《明皇杂录》。

## 叶静能

唐朝汝阳王喜好饮酒,能喝一整天也不醉。有到王府来的客人,无不从早留到晚。当时有个术士叫叶静能,常常到王府拜访。汝阳王逼他喝酒,他不喝,说:"我有一个门徒,酒量极大,可以做大王的饮客。虽说他是个侏儒,但也有过人之处。明天让他来拜见大王,大王试着与他谈谈。"第二天早晨,有人投进名片,上写"道士常持蒲"。汝阳王让他进来,一看这道士才二尺高。坐下以后,道士谈论混沌世界、世间至道,接着又谈三皇五帝、历代兴亡、天时人事、经传子史,都清清楚楚了如指掌,汝阳王张口结舌不能应付。过了一会儿,小道士因为和王爷谈不拢,就更换话题,谈论一些浅近的幽默有趣的事,汝阳王就高兴起来了。汝阳王对道士说:"我看法师的风度,也常饮酒吗?"常持蒲说:"敬听吩咐。"汝阳王就令左右的人行酒。酒过数巡后,持蒲说:"这样喝不够劲,请把酒换到大器皿中,我和大王自己酌着喝,喝够为止,不也很快乐吗!"汝阳王便按照他所说的那样,命人搬出几石醇厚的美酒,倒进大斛中,用巨杯取酒来喝。汝阳王喝到一半就醉醺醺了,而常持蒲安然不乱,姿态更加高昂。又喝了很久,常持蒲忽然对汝阳王说:"我只喝这一杯了,我醉了。"汝阳王说:"我看你的酒量根本还没有喝足,请你再喝几杯。"常持蒲说:"大王不知道度量有限吗?何必勉强我。"于是他又喝完一杯,忽然倒下了。一看,原来是一个大酒榼,里面装了五斗酒了。出自《河东记》。

## 袁隐居

贞元年间,有个叫袁隐居的人住在湘楚间,他擅长一百二十章的《阴阳占诀歌》。当时故相国李吉甫从尚书郎贬到东南做官。

一日,隐居来谒公。公久闻其名,即延与语。公命算己之禄仕,隐居曰:"公之禄真将相也!公之寿九十三矣。"李公曰:"吾之先未尝有及七十者,吾何敢望九十三乎?"隐居曰:"运算举数,乃九十三耳。"其后李公果相宪宗皇帝,节制淮南,再入相而薨,年五十六,时元和九年十月三日也。校其年月日,亦符九十三之数,岂非悬解之妙乎?隐居著《阴阳占诀歌》,李公序其首。出《宣室志》。

## 骒鞭客

茅山黄尊师,法箓甚高。于茅山侧,修起天尊殿,讲说教化,日有数千人。时讲筵初合,忽有一人排阃叫呼,相貌粗黑,言辞鄙陋,腰插骒鞭,如随商客骒驮者。骂曰:"道士,汝正熟睡邪!聚众作何物?不向深山学修道,还敢谩语邪!"黄尊师不测,下讲筵逊词。众人悉惧,不敢抵牾。良久,词色稍和,曰:"岂不是修一殿,却用几钱?"曰:"要五千贯。"曰:"尽搬破甑釜及杂铁来。"约八九百斤,掘地为炉,以火销之。探怀中取葫芦,泻出两丸药,以物搅之。少顷去火,已成上银。曰:"此合得万余贯,修观计用有余,讲则所获无,但罢之。"黄生与徒弟皆相谢。问其所欲,笑出门去,不知所之。后十余年,黄生奉诏赴京,忽于长街西见插骒鞭者,肩一幞子,随骑驴老人行,全无茅山气色。

有一天，袁隐居来拜见李吉甫。李吉甫久闻袁隐居的名声，就请他进来与他谈话。李吉甫叫他给自己算算官位运数，袁隐居说："您的官运真是可以做到将相啊，您的寿数是九十三。"李吉甫说："我的先辈不曾有活到七十岁的，我怎么敢指望活到九十三呢？"袁隐居说："我按运数占算出的命数，就是九十三岁。"后来李吉甫果然做了唐宪宗的相国，镇守淮南，再次入朝拜相而死，死时年龄五十六，时间是元和九年十月三日。把它的年、月、日数字连在一起，也符合九十三这个数字。难道不是愚解的巧妙吗？袁隐居著《阴阳占诀歌》，李吉甫曾在卷首为它作序。出自《宣室志》。

### 骡鞭客

茅山黄尊师道术很高。他在茅山旁边修建天尊殿，讲说道义，教化百姓，每天都有几千人听讲。有一天，讲席刚刚开始，忽然有一个人推开门大喊大叫。这个人相貌粗黑，说话粗野，腰上插着赶骡的鞭子，好像是跟随经商的老客赶骡子驮货物的人。他骂骂咧咧地说："道士，你睡糊涂了吗？把众人聚集起来想干什么？你不去深山学道，还敢用谎话骗人吗？"黄尊师猜不出他的来头，就从讲席上下来向他说些恭顺的话。众人也都害怕他，不敢顶撞他。过了一会儿，那个人脸色言辞稍稍缓和，问黄尊师："你不是想修一座殿吗，要用多少钱？"黄尊师说："需要五千贯。"那个人说："你们把破锅和杂铁全都搬来！"黄尊师照办了，搬来大约八九百斤铁，就在地上掘坑当炉子，用火把铁熔化了。那个人从怀中拿出一个葫芦，倒出两丸药，放到铁水中，用棍子搅拌。过了一阵儿，把炉火撤去，铁已经变成上好的银子。那个人说："这些银子能折合一万多贯钱，修个道观估计用不完。讲道所获不多，就免了吧！"黄生与徒弟都向他道谢。问他想要什么，骡鞭客笑着出门而去，不知到哪里去了。十几年后，黄生奉圣旨进京，忽然在长街西面见到了腰插骡鞭的那个人。他肩上搭着一条幞头，跟着一个骑驴的老人走，完全没有在茅山时的那种气色。

黄生欲趋揖,乃摇手,指乘驴者,复连叩头。黄生但遥槛礼而已。老人发白如丝,颜若十四五女子也。出《逸史》。

### 许 君

仙人许君,君世之时,尝因修观,动用既毕,欲刻石记之。因得古碑,文字刓缺,不可复识,因划去旧文,刊勒新记。自是恍惚不安,暇日徐步庭砌,闻空中言曰:"许君许君,速诣水官求救,不然,即有不测之衅。"许愕然异之,又闻其事,杳不复答。乃焚香虔祀,愿示求救之由。良久,复语曰:"所刻碑旧文虽已磨没,而此时为文之人,见诣水官相讼,云:'夺我之名,显己之名。'由此水官将有执对之命,速宜求之。"许君乃讶得旧文,立石刊纪。一夕,梦神人相谢:"再显名氏,无以相报,请作水陆大醮,普告山水万灵,得三官举名,可以证道。"许君依教修之,遂成道果。自此水陆醮法,传于人间。出《录异记》。

### 杜 巫

杜巫尚书年少未达时,曾于长白山遇道士,贻丹一丸,即令服讫,不欲食,容色悦怿,轻健无疾。后任商州刺史,自以既登太守,班位已崇,而不食,恐惊于众,于是欲去其丹,遇客无不问其法。岁余,有道士至,甚年少,巫询之。

黄生想要过去给他作揖,他就摆摆手,指一指骑驴的老人,又连连叩头。黄生只能在远处行礼而已。那个骑驴老人头发白得像蚕丝一样,容颜却像十四五岁的少女似的。出自《逸史》。

## 许　君

　　仙人许君在人世的时候,曾经因为修建一座台观,竣工以后,想要刻石碑来记这件事。他得到一块古碑,那上面的文字磨损缺漏,没法再识别出。他就把碑上的旧文削去,在上面刻上新的文字。自从做完这件事之后,许君就觉得心里恍惚不安。有一天他闲暇的时候在院子里漫步,听到空中有人说:"许君许君!赶快到水官那里去求救,不然的话,就有估计不到的事端。"许君愕然,他觉得这事很奇异,又问怎么回事,空中静悄悄地没人再回答。他就焚香虔诚地祭祀,希望天上的人指点他求救的缘由。过了很久,天上的人又告诉他说:"你刊刻的那块石碑虽然原来的文字已经磨灭了,但先前写碑文的人现在到水官那里控告你,说你换去他的名字,显示自己的名字。由于这个原因,水官将有让你们对质的命令。你应当赶快去求他。"许君就请人找到旧文,立碑刊刻纪念。一天夜里,他梦见神人来感谢他,说:"你使我的姓名再次显扬,我没有什么用来报答的。请你作水陆大祭,普告山水万灵,得到三官举荐姓名,可以成仙得道。"许君依照神的教导修行,终于成就了道果。从此修水陆道场来祭祀的方法传到了人间。出自《录异记》。

## 杜　巫

　　尚书杜巫在年轻没做官的时候,曾经在长白山遇到一个道士。道士送给他一丸丹药,让他吃下去。吃下后杜巫不再想吃饭,脸色和悦,身体轻灵矫健,不再有疾病。后来他担任商州刺史,自认为已经当上太守,品级已高,不吃饭的话怕大家惊怪,于是想要把丹药除去。因此他遇到客人时,总是询问除丹之法。一年多以后,有个很年轻的道士来了,杜巫向他询问除丹之法。

道士教以食猪肉，仍吃血。巫从之食吃，道士命挈罗。须臾，巫吐痰涎至多，有一块物如栗。道士取之，甚坚固。道士剖之，若新胶之未干者，丹在中。道士取以洗之，置于手中，其色绿莹。巫曰："将来，吾自收之，暮年服也。"道士不与，曰："长白吾师曰：'杜巫悔服吾丹，今愿出之。汝可教之，收药归也。'今我奉师之命，欲去其神物，今既去矣，而又拟留至耄年，纵收得，亦不能用也。自宜息心。"遂吞之而去。巫后五十余年，罄产烧药，竟不成。出《玄怪录》。

那个道士教他吃猪肉喝猪血，杜巫就听从了他的指教。吃完后道士命他按摩腹部。不一会儿，杜巫吐出很多痰涎，当中有一块东西像栗子似的。道士把那个东西拿出来，那个东西很坚固。道士把它剖开，那东西好像没干的新胶一样，丹药就在其中。道士把丹药拿出来洗净，放在手中。丹药的颜色绿莹莹的。杜巫说："拿来吧，我自己收着它，等晚年时服用。"道士不给他，说："长白山我的师父说：'杜巫后悔吃了我的丹药，现在想把它取出来。你可以去指点他，把药收回来。'今天我是奉师父的命令。你想要除去那个神物，现在已经去掉了，却又打算留到晚年；即使你收得此药，也不能用了。你应打消这个念头。"于是把丹药吞下去就走了。后来五十多年，杜巫卖尽家产烧炼丹药，终究没有炼成。出自《玄怪录》。

# 卷第七十三
## 道术三

周贤者　　王　常　　叶虚中　　郑　君　　程逸人
李处士　　骆玄素　　赵　操　　崔玄亮

### 周贤者

　　唐则天朝，相国裴炎第四弟为虢州司户。虢州有周贤者，居深山，不详其所自。与司户善，谓曰："公兄为相甚善，然不出三年，当身戮家破，宗族皆诛，可不惧乎！"司户具悉其行事，知非常人也，乃涕泣而请救。周生曰："事犹未萌，有得脱理。急至都，以吾言告兄，求取黄金五十镒将来，吾于弘农山中，为作章醮，可以移祸殃矣。"司户于是取急还都，谒兄河东侯炎。炎为人睦亲，于友悌甚至，每兄弟自远来，则同卧谈笑，虽弥历旬日，不归内寝焉。司户夜中以周贤语告之，且求其金。炎不信神鬼，至于邪俗镇厌，常呵怒之。闻弟言，大怒曰："汝何不知大方，而随俗幻惑！此愚辈何解，而欲以金与之？且世间巫觋，好托鬼神，取人财物，吾见之常切齿。今汝何故忽有此言？

## 周贤者

唐朝武则天当政时,相国裴炎的第四个弟弟任虢州司户。虢州有个周贤者,住在深山中,不知道他是从哪里来的。他与裴司户关系很好,他对司户说:"您的兄长做宰相很好,但是不出三年,一定家破人亡,宗族之人全都被杀,你不畏惧吗?"司户完全了解他的行事,知道他不是平常的人,就流着眼泪向他请求救助。周生说:"事情还没有萌发,有能够解脱的道理。您赶快到都城去,把我的话告诉您的哥哥,要他拿出黄金五十镒,你把它带回来。我在弘农山中,为他作奏报天帝的表章替他祭祀,就可以把灾祸避开了。"司户于是找件急事回到都城,拜见兄长河东侯裴炎。裴炎为人很好,对亲人和睦,对朋友和兄弟很周到。每当兄弟从远方来,他就与兄弟同床谈笑,即使过了十天,他也不回内室去睡。司户在半夜时把周贤者的话告诉了裴炎,又向他要金子。裴炎不相信鬼神,至于世俗驱邪镇魔一类事,他听到就呵叱生气。听到弟弟的话,裴炎大怒,说:"你为什么不懂得大学问,却随着世俗被虚幻之事所迷惑?这些愚昧之辈明白什么,却想要拿金子给他?况且世上的巫觋,喜好假托鬼神,骗取人家钱财,我见到这种事总是切齿痛恨,你今天为什么忽然说出这种话?

静而思之,深令人恨。"司户泣曰:"周贤者,识非俗幻,每见发言,未尝不中。兄为宰相,家计温足,何惜少金?不令转灾为祥也?"炎滋怒不应。司户知兄志不可夺,惆怅辞归弘农。

时河东侯初立则天为皇后,专朝擅权,自谓有泰山之安,故不信周言,而却怒恨。及岁余,天皇崩,天后渐亲朝政,忌害大臣,嫌隙屡构。乃思周贤者语,即令人至弘农,召司户至都。炎馈具黄金,令求贤者于弘农诸山中,尽不得。寻至南阳、襄阳、江陵山中,乃得之,告以兄言。贤者因与还弘农,谓司户曰:"往年祸害未成,故可坛场致请。今灾祥已构,不久灭门,何求之有?且吾前月中至洛,见裴令被戮,系其首于右足下。事已如此,且无免势,君勿更言。且吾与司户相知日久,不可令君与兄同祸,可求百两金,与君一房章醮请帝,可以得免。若言裴令,终无益也。"司户即市金与贤者,入弘农山中设坛场,奏章请命。法事毕,仍藏金于山中,谓司户曰:"君一房免祸矣。然急去官,移家襄阳。"

司户即迁家襄阳。月余而染风疾,十月而裴令下狱极刑,兄弟子侄皆从。而司户风疾,在襄州,有司奏请诛之。天后曰:"既染风疾,死在旦夕,不须问,此一房特宜免死。"由是得免。

冷静地想一想,很令人憎恨。"司户哭泣着说:"周贤者的见识不是世俗虚幻的那种人可比,我每每看到他说出的话不没有不应验的。兄长当宰相,家计丰足,为什么吝惜少量金子而不让他把灾祸转为吉祥呢?"裴炎更加发怒,不答应。司户知道哥哥的意志不可改变,就忧愁地回到弘农。

当时河东侯裴炎刚奏请立武则天为皇后。他专权把持朝政,自己认为地位有如泰山一般安稳,所以不相信周贤者的话,反而发怒痛恨。一年多以后,唐高宗死了,则天皇后渐渐亲自处理朝政。她忌恨杀害大臣,与裴炎已屡次构成嫌隙。这时,裴炎才想起周贤者的话。他派人到弘农去,把司户召到京城。裴炎准备好黄金赠给他,让他求周贤者。司户到弘农诸山中去寻找周贤者,全找遍了也没找到。他又寻到南阳、襄阳、江陵山中,才把周贤者找到,把哥哥的话告诉他。周贤者就与司户一起回到弘农,对司户说:"往年祸害还没有酿成,所以可以设坛场送达请求。现在灾难的征兆已经构成,不久将要族灭满门,还有什么请求的必要呢?而且我上个月到洛阳,看到裴相国被杀戮,把他的脑袋拴在右足下。事已经如此,没有免除的情势。您不必再说了。我和司户互相了解已经很久了,我不能让您和您的哥哥一同遭到祸患。您可以拿出一百两黄金,我给您这一房人上表章祭祀,向上帝请求。可以靠这个办法得到赦免。若说裴相国,到底没有办法了。"司户就拿来黄金给了周贤者,周贤者进入弘农山中设了坛场,上表章为司户请命。法事完毕,又把金子藏在山中,对司户说:"您这一房人免祸了。然而您必须赶快放弃官职,把家搬到襄阳。"

司户就把家迁移到襄阳。一个多月以后,司户染上了风疾。十个月后,裴相国就被投进监狱处了极刑,兄弟子侄都与他一起被杀。司户因为患了风疾,住在襄阳,主管官员奏本请求杀掉他。武则天说:"既然他染了风疾,死在旦夕,就不必追究了,这一房人特准免死。"这样,司户一房得到免祸。

初河东侯遇害之夕，而犬咬其首曳焉。及明，守者求得之，因以发系其首于右足下，竟如初言。出《记闻》。

## 王　常

王常者，洛阳人，负气尚义，见人不平，必手刃之；见人饥寒，至于解衣推食，略无难色。

至德二年，常于终南山游，遇风雨，宿于中山。夜将半，雨晴云飞，月朗风恬。常慨然四望而叹曰："我欲平天下乱，无一人之柄以佐我，无尺土之封以资我。我欲救天下之饥寒，而又衣食亦不自充。天地神祇福善，故不足信。"言讫，有一神人自空而下，谓常曰："尔何此言？"常按剑沉吟良久，乃对曰："我言者，平生之志也。是何神圣，降临此间？"神人曰："我有术，黄金可成，水银可死。虽不足平祸乱，亦可少济人之饥寒。尔能授术于我，以救世人饥寒乎？"常曰："我闻此术是神仙之术，空有其名，未之见也。况载籍之内，备叙秦皇、汉武好此道，终无成，但为千载之讥诮。"神人曰："秦皇、汉武，帝王也。帝王处救人之位，自有救人之术而不行，反求神仙之术则非。尔无救人之位，欲救天下之人，固可行此术。"常曰："黄金成，水银死，真有之乎？"神人曰："勿疑，有之哉。夫黄金生于山石，其始也是山石之精，而千年为水银；水银受太阴之气，固流荡而不凝定。微遇纯阳之气合，则化黄金于倏忽也。今若以水银欲化成黄金，必须在山即化，不在山即不化。

当初,河东侯裴炎遇害那天的晚上,一只狗把他的脑袋拖走了。天亮后,守护的人把他的脑袋找到了,就用头发把他的头拴在他的右足下。完全像周贤者当初说的那样。出自《记闻》。

## 王 常

王常是洛阳人。他凭借意气崇尚正义,看到别人有不平之事,一定要亲手杀掉坏人;看到别人饥饿寒冷,甚至于把自己的衣服脱下、把自己的粮食拿去送给他们,一点也没有为难的神色。

至德二载,他曾经到终南山去旅游,遇到风雨,就住在山中。快到半夜的时候,雨过天晴,云彩飘移,月色明亮,风已平静。王常感慨地四处望望,叹息着说:"我想要平定天下的祸乱,却没有一个人来辅佐我,没有一尺一寸的土地来资助我;我想要拯救天下挨饿受冻的人,而自己的衣食又不充足。天地神灵保佑行善事的人,还是不能相信啊。"他刚说完,有一个神人从空中下来,对王常说:"您怎么说出这样的话来?"王常按着剑柄沉思了很久,才回答说:"我说的话,是我平生的志向啊!你是什么神圣,降临到这里?"神人说:"我有方术,可以把水银变成黄金。虽然不能平定祸乱,也可以稍微救济人们的饥寒。你能向我学习仙术,去救济世人的饥寒吗?"王常说:"我听说这个方术是神仙之术,空闻其名,没有见到这样的方术啊。何况书籍记载的内容之中,详细叙述了秦始皇、汉武帝喜好这种方术,但始终也没有成功,只为人们留下千载讥笑的话柄。"神人说:"秦始皇、汉武帝是帝王。帝王处在救人的地位上,自己有救人的办法而不施行,反而去寻找神仙的方术,这就不对了。你没有救人的地位,却想要救助天下的人,当然可以使用这种方术了。"王常说:"黄金成,水银死,真有这样的事吗?"神人说:"你不要怀疑,有这回事。黄金从山石中生成,它当初是山石的精华,经过一千年变成水银;水银接受了太阴之气,本来流动而不凝固,如果遇到纯阳之气与它汇合,那么在转眼之间它就变成黄金了。现在如果想把水银变成黄金,必须在山上炼化。在山就能炼化,不在山就不能炼化。

但遇纯阳之石，气合即化也。我有书，君受之勿疑。"

常乃再拜神人。神人于袖中取一卷书授常，常跪受讫。神人戒之曰："读此书，尽了黄白之道，异日当却付一人。勿轻授，勿终秘。勿授之以贵人，勿授之以道流僧徒，彼皆少有救人之术；勿授之以不义之辈，彼必不以饥寒为念。黄金成，济人之外，勿奢逸。珍重我术，珍重我言；如不然，天夺尔算。"常又再拜曰："神人今授我圣术，固终身无忘也。但乞示我是何神圣，使我知大惠之处。"神仙曰："我山神也。昔有道人藏此书于我山，今遇尔义烈之人，是以付尔。"言讫而灭。

常得此书读之，遂成其术。尔后多游历天下，以黄金赈济乏绝。出《奇事记》。

### 叶虚中

唐贞元初，丹阳令王琼，三年调集，皆黜落，甚惋愤。乃斋宿于茅山道士叶虚中，求奏章以问吉凶。虚中年九十余，强为奏之。其章随香烟飞上，缥缈不见。食顷复堕地，有朱书批其末云："受金百两，折禄三年；枉杀二人，死后处分。"后一年，琼果得暴疾终。出《独异志》。

### 郑 君

唐贞元末，郑君知盐铁信州院，常有顽夫，不察所从来，每于人吏处恐胁茶酒。郑君擒至笞脊，方庭炼矿次，

只要遇到纯阳的石头，阴阳二气汇合，就炼化了。我有书，你把它拿去，不要怀疑。”

王常就向神人拜了两拜。神人从袖子中拿出一卷书交给了王常。王常跪着接过来后，神人又告诫他说："读了这卷书，就完全明白了点石成金之术。将来应当把他再交给另一个人，但不要轻易传授，不要一直保密，不要把它传授给地位高的人，也不要把它传授给道流僧徒，因为他们都略有救人的办法；更不要把它传授给不义之徒，他们必然不把别人的饥寒放在心上。黄金炼成以后，除去救济穷人之外，不要贪图奢侈淫逸。珍重我的方术，珍重我的话。如果不这样做，天将夺去你的寿命。"王常又拜了两拜说："神人今天传给我神圣的方术，我当然终身不能忘记。只请您告诉我您是什么神圣，使我知道这个大恩的来处。"神仙说："我是山神。从前有个道人把这卷书藏在我的山中，今天遇到你这个义烈的人，所以给了你。"说完，神人就不见了。

王常得到这卷书，把它读通了，终于学成了那种方术。从此以后他经常游历天下，拿黄金去赈济贫困的人。出自《奇事记》。

## 叶虚中

唐朝贞元初年，丹阳县令王琼三年谋取调升，年年都被驳回，因此他很遗憾也很气愤。于是他到茅山道士叶虚中那里斋戒住宿，求叶虚中写表章奏报天帝来询问吉凶。叶虚中已九十多岁了，勉强替他奏报。那表章随着香烟飞上天，若有若无地就不见了。大约过了一顿饭的时间，那表章又掉到地上，有红笔在表章末尾批示："接受百两黄金，折损俸禄三年；冤枉杀死两人，死后再加处分。"一年后，王琼果然得了暴病而死。出自《独异志》。

## 郑 君

唐朝贞元末年，郑君主持盐铁信州院时，经常有一个蛮横的、不知道是从哪里来的人，到官吏的住处威胁他们要茶要酒。郑君下令把他擒来，用板子打他的脊背。当时院子里正在炼矿，

计银数万两。杖讫曳去,色返扬扬,呼曰:"且看此物得成否!"果竟不变。郑君怒,枷送盐铁使江西李公,公即棒杀之。旬日又至,复于炉处言曰:"看更得成就否!"亦如前。郑公令捉倒,先折脚笞死,沃以豕血,埋狱中。明旦,摆拨复自门来至。使等惊异,皆迎接。曰:"我本与汝作戏,矿但重炼,无虑也。"乃去。郑君视于瘗所,悉已无矣。银并成就,从不复见矣。出《逸史》。

## 程逸人

　　上党有程逸人者,有符术。刘悟为泽潞节度,临沼县民萧季平,家甚富,忽一日无疾暴卒。逸人尝受平厚惠,闻其死,即驰往视之,语其子云:"尔父未当死,盖为山神所召,治之尚可活。"于是朱书一符,向空掷之。仅食顷,季平果苏。其子问父:"向安适乎?"季平曰:"我今日方起,忽见一绿衣人云,霍山神召我,由是与使者俱行。约五十余里,适遇丈夫朱衣,仗剑怒目,从空而至。谓我曰:'程斩邪召汝,汝可即去。'于是绿衣者驰走,若有惧。朱衣人牵我复偕来,有顷,忽觉醒然。"其家惊异,因质问逸人曰:"所谓程斩邪者谁邪?"逸人曰:"吾学于师氏归氏龙虎斩邪符箓。"因解所佩箓囊以示之,人方信其不诬。逸人后游闽越,竟不知所在。出《宣室志》。

估计有几万两银子。打完把那个人拖走,可是他脸色反而扬扬得意,喊着说:"且看这东西能炼成吗?"那些矿石炼完果然全无变化。郑君大怒,又把那个人套上枷索送到盐铁使江西李公那里去。李公就下令用棒子把他打死。可是过了十来天那个人又来了,又到炉旁去说:"看看还能炼成不能?"结果又像前一次那样没炼成。郑公又下令把他捉住按倒,先把脚折断,再用板子把他打死,并且又用猪血浇他,把他埋在狱中。第二天早晨,那个人又大摇大摆地从大门走来。官吏人等很惊奇,都去迎接他。那个人说:"我本来是与你们开玩笑,矿只管重炼,不用担心了。"说完就走了。郑君到埋他的地方去看,什么也没有了。同时银子也炼成了,那个人从此没有再出现。出自《逸史》。

## 程逸人

上党有个叫程逸人的人,有符术。刘悟任泽潞节度时,临沼县有个平民叫萧季平,家里很富有,忽然有一天无病暴死。逸人曾受过萧季平厚恩,听说他死了,就跑去看他,对他的儿子说:"你的父亲不应当死,大概是被山神召去了,给他治一治还可以活过来。"于是他就用朱笔画了一道符,向空中扔出去。仅仅过了一顿饭时间,萧季平果然苏醒了。他的儿子问父亲刚才到哪去了,萧季平说:"我今天刚起来,忽然看见一个穿绿衣的人,他说霍山神召我,我就跟使者一起走了。大约走了五十多里,刚好遇到一位穿朱红衣服的男子,仗剑怒目从空中来到。他对我说:'程斩邪召你,你可以立即去。'于是穿绿衣的人急忙走了,好像有所畏惧似的。那个穿朱红衣服的人拉着我又一起回来。隔了一会儿,忽然惊觉,就苏醒了。"他家里的人觉得惊异,就询问程逸人说:"所说的程斩邪这个人是谁呀?"程逸人说:"我从师氏归氏那里学到了龙虎斩邪符箓。"说着就解下所佩带的符囊给他们看,人们才相信他的话不假。程逸人后来游历闽越一带,不知到哪里去了。出自《宣室志》。

## 李处士

李文公翱,自文昌宫出刺合肥郡。公性褊直方正,未尝信巫觋之事。郡客李处士者,自云能通神人之言,言事颇中,合郡肃敬,如事神明。公下车旬月,乃投刺候谒,礼容甚倨。公谓曰:"仲尼大圣也,而云'未知生,焉知死',子能贤于宣文邪?"生曰:"不然,独不见阮生著《无鬼论》,精辨宏赡,人不能屈,果至见鬼乎?且公骨肉间,旦夕当有遘疾沉困者,苟晏安鸩毒则已,或五常粗备,渍以七情,孰忍视溺而不援哉?"公愈怒,立命械系之。夫人背疽,明日内溃,果不食昏瞑,百刻不瘳。遍召医药,曾无少瘳。爱女十人,既笄未嫁,环床呱呱而泣,自归咎于文公之桎梏李生也。公以夗央义重,息裔情牵,不得已,解缧绁而祈叩之。则曰:"若手翰一文,俟夜当祈之,宜留墨篆同焚,当可脱免。"仍诫曰:"慎勿笺易铅椠,他无所须矣。"公竟受教。即自草祝语,洁手书之。公性褊且疑,数纸皆误,不能爽约,则又再书。炬地更深,疲于毫砚。克意一幅,缮札稍严,而官位之中,竟笺一字。既逾时刻,遂并符以焚。焚毕,呻吟顿减,合室相庆。黎明,李生候谒,公深德之。生曰:"祸则见免,犹谓迟迟。诚公无得漏略,何为复注一字?"公曰:"无之。"生曰:"祝词在斯。"因探怀以出示,则昨夕所烬之文也。

## 李处士

文公李翱从文昌宫出任合肥刺史。他性情狭隘，耿直方正，从来不相信女巫男巫所做的事。合肥郡有个外乡人李处士，自己说能懂神人的言语。他说的事很准，全郡的人都对他肃然起敬，像信奉神明一样信奉他。李翱上任快到一个月了，这个李处士才投进名刺等候进见。李翱待他的表情很傲慢，对他说："孔仲尼是大圣人，却说不知生死，你能比孔子强吗？"李处士说："不是这样，你难道没见到阮生写的《无鬼论》，言辞精辟，气势宏大，内容丰富，人们驳不倒他，但最终却见到鬼这件事吗？而且你的亲人中间，最近当有得病沉重的人，如果你安于亲人被毒害就罢了，如果稍微具备五常之念，沾着七情，谁能忍心看着亲人淹死而不伸手援救呢？"李翱更加愤怒，立即下令用刑具把李处士锁住关押起来。当时李翱的夫人背上生个毒疮，第二天里面就溃烂了。她果然不吃东西，昏昏沉沉地闭着眼睛，一连几天连米汤都没喝。到处问医买药，一点也没见好转。爱女十个人，已经到结婚的年龄却还没有出嫁，绕着床大声哭泣，埋怨李翱关押李生。李翱因为夫妻情义深重，子女感情牵动，不得已给李处士解开绳索，向他磕头祈请。李处士说："如果你亲手写一篇文章，等到夜间我会为你祈祷。要把我留下的符一同烧掉，就能够解脱免灾。"又告诫他说："千万不要在书札上添字改字，其他就不必准备什么了。"李翱完全按他指点的去作。他自己起草祷告的话，洗净了手去写。李翱性情狭隘又多疑，写了几张纸都有错误，因为不能失约，就又重新写。他点着蜡烛写到更深，被累得疲倦不堪。精心写成的一幅，书札缮写得比较严整，但写自己官位几个字中竟漏掉一字，就在旁边补上。约定的时刻已经过了，于是连信札和符箓一起烧了。烧完以后，夫人呻吟的声音顿时减轻了，全家人互相庆贺。黎明时，李生等候拜见，李翱非常感激他。李生说："祸患算是被免除了，不过还是迟缓了。我告诫您不能漏字，为什么又补注一个字？"李翱说："没有这回事。"李生说："祈祷的词句在这里。"就从怀中掏出给他看，正是昨天烧成灰的文字。

公惊愕惭赧,避席而拜,酬之厚币。竟无所取,旬日告别,不知所往。疾亦渐间。出《唐阙史》。


## 骆玄素

赵州昭庆民骆玄素者,为小吏,得罪于县令,遂遁迹而去。令怒,分捕甚急,遂匿身山谷中。忽遇老翁,衣褐衣,质状凡陋,策杖立于长松之下。召玄素讯之曰:"尔安得至此耶?"玄素对:"得罪于县令,遁逃至此,幸翁见容。"翁引玄素入深山,仅行十余里,至一岩穴,见二茅斋东西相向,前临积水,珍木奇花,罗列左右。有侍童一人,年甚少,总角衣短褐,白衣纬带革舃,居于西斋。其东斋有药灶,命玄素候火。老翁自称东真君,命玄素以东真呼之。东真以药十余粒,令玄素饵之,且曰:"可以治饥矣。"自是玄素绝粒。仅岁余,授符术及吸气之法,尽得其妙。一日,又谓玄素曰:"子可归矣。"既而送玄素至县南数十里,执手而别。自此以符术行里中。常有孕妇,过期不产。玄素以符一道,令饵之,其夕即产,于儿手中得所吞之符。其他神效,不可具述。其后玄素犯法,刺史杖杀之。凡月余,其尸如生,曾无委坏之色,盖饵灵药所致。于是里人收瘗之。时宝历元年夏月也。出《宣室志》。


## 赵 操

赵操者,唐相国憬之孽子也,性疏狂不慎。相国屡

李翱又惊愕又羞惭,就离开座席向李生下拜,用厚礼报答他。李生什么也不要。过了十来天,李生告别,不知到哪里去了。夫人的病也渐渐痊愈了。出自《唐阙史》。

## 骆玄素

赵州昭庆县民骆玄素,在担当小吏时得罪了县令,就逃遁而去。县令发怒,紧急派人分头抓捕他。骆玄素就藏身于山谷之中。有一天,他忽然遇到一个老翁,穿着粗麻衣服,外形平凡陋劣,拄着拐杖站在高高的松树下。他把玄素叫过来问他说:"你怎么能到这里来呢?"玄素回答说:"我得罪了县令,逃遁到这里,希望老人家容留我。"老头就把玄素领进深山。大约走了十多里,到了一个岩洞,看到两间茅屋东西相对,前临池水,珍奇的花木排列在左右。有一个侍童,年龄很小,头发束成两髻,穿着麻布短衣,白色的衣服束着腰带,穿着兽皮制做的鞋,住在西边的房屋。那东边的房屋有炼药的炉灶,老头就让玄素在那里守火。老头自称东真君,让玄素称呼他"东真"。东真把十几粒药拿出来让玄素服下,并且说:"这药可以治疗饥饿。"从此玄素不吃一粒粮食。过了一年多,老头又传授给玄素符术和呼气之法,玄素完全掌握了其中奥妙。有一天,老头又对玄素说:"你可以回去了。"然后就把玄素送到县南几十里的地方,两人握手告别。从此玄素就在乡里施行符术。曾经有一个孕妇,过了产期而没有生下孩子。玄素拿了一道符让她吞服下去,她当天夜里就生了。在孩子手中找到了产妇吞下的那道符。其他神效的事情,不能一一记述。后来玄素犯了法,刺史用杖把他打死。过了一个多月,他的尸体还像活着时一样,一点也没有朽坏的样子。这是服食灵药的原因。于是乡里的人替他收了尸,把他埋葬了。当时是宝历元年夏天。出自《宣室志》。

## 赵　操

赵操是唐朝相国赵憬的孽子,性情粗野,放荡不羁。相国屡次

加教戒,终莫改悔。有过惧罪,因盗小吏之驴,携私钱二缗,窜于旗亭下。不日钱尽,遂南出启夏门,恣意纵驴,从其所往。俄届南山,渐入深远,猿鸟一径,非畜乘所历。操即系驴山木,跻攀独往。行可二十里,忽遇人居,因即款门。既入,有二白发叟谓操曰:"汝既至,可以少留。"操顾其室内,妻妾孤幼,不异俗世。操端无所执,但恣游山水,而甚安焉。

月余,二叟谓操曰:"劳汝入都,为吾市山中所要。"操则应命。二叟曰:"汝所乘驴,货之可得五千,汝用此,依吾所约买之而还。"操因曰:"操大人方为国相,今者入京,惧其收维。且驴非己畜,何容便货?况絷之山门,今已一月,其存亡不可知也。"二叟曰:"第依吾教,勿过忧苦。"操即出山,宛见其驴尚在。还乘之而驰,足力甚壮。货之,果得五千。因探怀中二叟所示之书,惟买水银耳。操即为交易,薄晚而归,终暝遂及二叟之舍。二叟即以杂药烧炼,俄而化为黄金。因以此术示之于操。自尔半年,二叟徐谓操曰:"汝可归宁,三年之后,当与汝会于茅庐。"操愿留不获,于是辞诀。及家,相国薨再宿矣。操过小祥,则又入山,歧路木石,峰峦树木,皆非向之所经也。操亟返,服阕,因告别昆仲,游于江湖,至今无羁于世。从学道者甚众,操终无传焉。出《集异记》。

对他加以教训,但他始终没有悔改的表现。有一次,他犯了过失,害怕被治罪,就偷了小吏的一头驴,携带两千文私房钱,逃到旗亭之下。不几天钱花光了,就向南走出了启夏门,随便驱赶着毛驴,听任毛驴前行。不久到了南山,越走越深,越走越远,眼前只剩下一条只有猴子和飞鸟才能过去的小路,不能乘驴过去。赵操就把驴拴在山下的树上,独自往上攀登。大约走了二十里,忽然遇到有人居住的房舍,赵操就去敲门。进屋以后,有两位白发老头对他说:"你既然来了,可以稍作停留。"赵操向那屋里一看,妻妾儿女都有,跟俗世没有什么不同。赵操由于没事可做,就只管游山玩水,因而很安闲。

一个多月后,两个老头对他说:"劳驾你进一趟都城,为我们买些山里需要的东西。"赵操答应了。两个老头又说:"你所骑来的那头驴,把它卖掉可以得到五千钱。你用这些钱,依照我们约定的把东西买回来。"赵操就向他们说:"我父亲正担当相国,现在我进京去,担心他把我抓回去。而且那头毛驴也不是我自己的牲畜,怎能容我随便卖掉?何况把它系在山下,如今已一个月了,那头驴是死是活还不知道呢。"两个老头说:"你尽管按我们说的话去做,不必过于忧愁苦恼。"赵操出了山,看见那头驴还在,就又骑上它跑起来。那头驴的脚力很强壮。赵操把它卖掉,果然得到了五千钱。他就从怀中掏出老头交给他的购货单,原来只买水银而已。赵操替他们买了水银,傍晚时往回走,天完全黑下来时就回到了两个老头的住处。两个老头就用杂药烧炼水银。不一会儿,水银变成了黄金。两个老头把这个方术传授给了赵操。从这以后半年过去了,两个老头从容地对赵操说:"你可以回家。三年之后,我们会与你在茅庐相会。"赵操愿意留下来,老头没有同意,于是他告别而去。赵操到家时,相国已经死去两天两夜了。赵操等小祥祭过后,就又进了山。可是遇到的歧路木石、峰峦树木,都不是以前经过的那样了。赵操急忙返回家,守丧完毕,就告别兄弟,游历江湖,到现在也没有在世上定居。跟他学道的人很多,赵操始终没传授给他们。出自《集异记》。

## 崔玄亮

唐太和中,崔玄亮为湖州牧。尝有僧道闲,善药术。崔曾求之,僧曰:"此术不难求,但利于此者,必及阴谴。可令君侯一见耳。"乃遣崔市汞一斤,入瓦锅,纳一紫丸,盖以方瓦,叠灰埋锅,鞴而焰起。谓崔曰:"只成银,无以取信。公宜虔心想一物,则自成矣。"食顷,僧夹锅于水盆中,笑曰:"公想何物?"崔曰:"想我之形。"僧取以示之,若范金焉,眉目巾笏,悉具之矣。此则神仙之术,不可厚诬,但罕遇其流,有自言者,皆妄焉耳。出《唐年补录》。

# 崔玄亮

唐代太和年间,崔玄亮担住湖州刺史时,曾经有个叫道闲的和尚,善长炼药方术。崔玄亮曾经向他请教。和尚说:"这个方术不难学到,只不过靠这个方术获取好处的人,一定会遭到惩罚。不过可以让您看一看。"他就让崔玄亮买来一斤水银,把它倒入瓦锅内,放进一颗紫色药丸,用方瓦把锅盖上,又堆聚木炭把锅埋起来鼓鞴吹火。火就燃起来了。和尚对崔玄亮说:"如果只炼成银子,还不足以取信。你可以诚心诚意地想一件东西,就自然形成了。"吃顿饭的时间,和尚把锅夹起来放在水盆中,笑着说:"您想的是什么东西?"崔玄亮说:"想我自己的形像。"和尚就从锅中取出一件东西给他看。这件东西好像用金子做的模型似的,眉毛、眼睛、头巾、笏板这些崔玄亮的特征都具备了。这就是神仙的方术,不可深加诬蔑。只是很少遇到神仙一类的人,有自我标榜是神仙的人,大都是假的。出自《唐年补录》。

# 卷第七十四
## 道术四

俞叟　陈季卿　陈生　张定　石旻
唐武宗朝术士

### 俞　叟

尚书王公潜节度荆南时，有吕氏子，衣敝举策，有饥寒之色，投刺来谒。公不为礼。甚怏怏，因寓于逆旅。月余，穷乏益甚，遂鬻所乘驴于荆州市。有市门监俞叟者，召吕生而语，且问其所由。吕生曰："吾家于渭北，家贫亲老，无以给旨甘之养。府帅公吾之重表丈也，吾不远而来，冀哀吾贫而周之。入谒而公不一顾，岂非命也？"叟曰："某虽贫，无资食以赒吾子之急。然向者见吾子有饥寒色，甚不平。今夕为吾子具食，幸宿我宇下。"生无以辞焉。吕生许诺。

于是延入一室，湫隘卑陋，摧檐坏垣，无床榻茵褥。致敝席于地，与吕生坐，语久命食，以陶器进脱粟饭而已。食讫，夜既深，谓吕生曰："吾早年好道，常隐居四明山，从道士

## 俞　叟

　　尚书王潜在任荆南节度使时，有个姓吕的小伙子，穿着破衣，骑着毛驴，面带饥寒之色，递进名刺来拜见王潜。王潜很不礼貌地接待他。吕生心里不痛快，就住在旅馆里。过了一个多月，吕生更加穷困，就到荆州集市去卖他所骑的那头驴。有个市门监俞叟把吕生叫过来跟他说话，又问他来这里有什么事。吕生说："我家住在渭北，家里贫穷，父母年老，我没有什么好吃的东西供养老人。府帅公是我的重表伯父，我不怕路远来拜访他，指望他可怜我家贫寒能周济我。可是我进去拜见他时，他不理睬我，这难道不是命运吗？"俞叟说："我虽然贫穷，没有钱粮来周济你的急难，然而刚才看到你面带饥寒之色，觉得很不公平。今天晚上我为你准备一顿饭，希望你住在我的家里。"吕生没话推辞，就答应了。

　　于是俞叟把吕生领进一个屋子。那个屋子低矮简陋，房檐和墙壁都坍塌圮坏了，没有床榻和褥子。俞叟把破席铺在地上，与吕生相对而坐。说了很长时间后俞叟才让吕生吃饭，也就是用陶器盛来脱了皮的粟米饭而已。吃完饭以后，夜已经很深了，俞叟对吕生说："我早年喜好道术，曾经隐居在四明山，跟着道士

学却老之术,有志未就,自晦迹于此,仅十年,而荆人未有知者。以吾子困于羁旅,得无动于心耶?今夕为吾子设一小术,以致归路裹粮之费,不亦可乎?"吕生虽疑诞妄,然甚觉其异。叟因取一缶合于地,仅食顷,举而视之,见一人长五寸许,紫绶金腰带,俯而拱焉。俞叟指曰:"此乃尚书王公之魂也。"吕生熟视其状貌,果类王公,心默而异之。因戒曰:"吕乃汝之表侄也,家苦贫,无以给旦夕之赡,故自渭北不远而来。汝宜厚给馆谷,尽亲亲之道。汝何自矜,曾不一顾,岂人心哉!今不罪汝,宜厚赍之,无使为留滞之客。"紫衣偻而揖,若受教之状。叟又曰:"吕生无仆马,可致一匹一仆、缣二百匹以遗之。"紫衣又偻而揖。于是却以缶合于上,有顷再启之,已无见矣。

明旦,天将晓,叟谓吕生曰:"子可疾去,王公旦夕召子矣。"及归逆旅,王公果使召之,方见且谢曰:"吾子不远见访,属军府务殷,未果一日接言,深用为愧,幸吾子察之。"是日始馆吕生驿亭,与宴游累日。吕生告去,王公赠仆马及缣二百。吕生益奇之,然不敢言。及归渭北,后数年,因与友人数辈会宿,语及灵怪,始以其事说于人也。出《宣室志》。

### 陈季卿

陈季卿者,家于江南。辞家十年,举进士,志不能无成

学习不老之术，有志向却没成功，自己就隐匿形迹来到这里，将近十年了，而荆州没有知道我底细的人。因为你被困在旅馆里，我能无动于心吗？今天夜里替你安排一个小法术，用它帮你弄到回去的路费，不也可以吗？"吕生虽然怀疑这可能是荒诞虚妄的事情，然而也觉得这事很奇异。俞叟就拿出一个瓦器放在地上。将近一顿饭的时间，把那个瓦器拿起来一看，看到里面有一个身高五寸左右的小人，系着紫色的绶带金色的腰带，低着头拱着手。俞叟指着那个小人对吕生说："这就是尚书王公的魂灵。"吕生仔细地观看那个小人的相貌，果然很像王潜，心里默默地觉得奇怪。俞叟就告诫那个小人说："吕生本来是你的表侄，家里为贫所苦，没有能力供养父母，特意从渭北不怕遥远来找你。你应当优厚待他，安排住处，供给粮米，尽到关心亲戚的责任。你为什么这么倨傲，竟不看一下？难道没有人心吗？今天我不责罚你，你应当多多资助他，不要使他再作滞留之客了。"那个穿紫衣的人躬身作揖，好像接受教训的样子。俞叟又说："吕生没有仆人和马匹，可以送给他一匹马一个仆人，再拿二百匹双丝细绢赠送给他。"穿紫衣的人又躬身作揖。于是俞叟又把瓦器放回地上。过了一会儿再掀起那个瓦器，小人已不见了。

第二天早晨，天快亮的时候，俞叟对吕生说："你可以赶快回去，王公很快就会召你去了。"等到吕生回到旅馆后，王公果然派人召他。刚一见面，王公就道歉说："你不怕路途遥远来拜访我，我管理的军府事务太多，没能抽出时间接待你，和你交谈，因此很惭愧，希望你能体谅。"当天王公就安排吕生到驿亭去住，又与他游乐了几天。吕生告辞要走，王公赠给他仆人马匹和二百匹双丝细绢。吕生更加觉得这事奇异，但不敢说。等回到渭北几年后，因为与几位友人聚宿，谈到灵怪之事，他才把这件事说给别人听。出自《宣室志》。

## 陈季卿

陈季卿家住江南。他为了考进士已离家十年，立志考不中不

归,羁栖辇下,鬻书判给衣食。

常访僧于青龙寺,遇僧他适,因息于暖阁中,以待僧还。有终南山翁,亦伺僧归,方拥炉而坐,揖季卿就炉。坐久,谓季卿曰:"日已晡矣,得无馁乎?"季卿曰:"实饥矣,僧且不在,为之奈何?"翁乃于肘后解一小囊,出药方寸,止煎一杯,与季卿曰:"粗可疗饥矣。"季卿啜讫,充然畅适,饥寒之苦,洗然而愈。

东壁有《寰瀛图》,季卿乃寻江南路,因长叹曰:"得自渭泛于河,游于洛,泳于淮,济于江,达于家,亦不悔无成而归。"翁笑曰:"此不难致。"乃命僧童折阶前一竹叶,作叶舟,置图中渭水之上,曰:"公但注目于此舟,则如公向来所愿耳。然至家,慎勿久留。"季卿熟视久之,稍觉渭水波浪,一叶渐大,席帆既张,恍然若登舟。始自渭及河,维舟于禅窟兰若,题诗于南楹云:"霜钟鸣时夕风急,乱鸦又望寒林集。此时辍棹悲且吟,独向莲花一峰立。"明日,次潼关,登岸,题句于关门东普通院门云:"度关悲失志,万绪乱心机。下坂马无力,扫门尘满衣。计谋多不就,心口自相违。已作羞归计,还胜羞不归。"自陕东,凡所经历,一如前愿。

旬余至家,妻子兄弟,拜迎于门。夕有《江亭晚望》诗,题于书斋云:"立向江亭满目愁,十年前事信悠悠。田园已逐浮云散,乡里半随逝水流。川上莫逢诸钓叟,浦边难得旧沙鸥。不缘齿发未迟暮,吟对远山堪白头。"此夕谓其妻曰:"吾试期近,不可久留,即当进棹。"乃吟一章别其妻云:"月斜寒露白,此夕去留心。酒至添愁饮,诗成和泪吟。

回家。因为一直没考中，他就滞留在京城，靠卖字维持衣食。

有一次他到青龙寺去拜访和尚。因为和尚外出，他就在暖阁中休息，等着和尚回来。有个终南山的老头，也在等候和尚回来，此时正在炉旁坐着。他就揖让陈季卿到炉旁来。坐了很长时间，那个老头对陈季卿说："太阳已经偏西了，你大概饿了吧？"陈季卿说："真的有些饿了，可是和尚又不在，怎么办呢？"老头就从肘后解下一个小口袋，拿出一寸见方的一块药，只煎了一杯，递给陈季卿说："用它可以解除饥饿。"陈季卿喝完以后，觉得肚里饱饱的，心情也舒畅了，饥寒的痛苦全消失了。

暖阁东边墙上有一幅《寰瀛图》，季卿就去寻找江南之路，不觉长叹说："能够从渭水泛舟到黄河，到洛阳一游，到淮河游泳，渡过长江，回到家里，也就不为没有成就功名而还家感到后悔了。"老头笑着说："这不难办到。"他命僧童到阶前去折下一片竹叶，做成叶舟，把舟放到图中渭水之上，说："您只要把目光集中在这只小船上，就能使你刚才所说的话如愿了。不过到了家里，千万不要久留。"陈季卿盯着那叶小舟很久，渐渐觉得渭水起了波浪，一片竹叶也渐渐变大，像席子似的船帆已经张开。他恍恍惚惚好像登上了船。开始从渭水到了黄河，把船系在禅窟寺庙下，在南边柱子上题诗，写的是："霜钟鸣时夕风急，乱鸦又望寒林集。此时辍棹悲且吟，独向莲花一峰立。"第二天，他到潼关停留，上了岸，在关门东普通院门题句，写的是："度关悲失志，万绪乱心机。下坂马无力，扫门尘满衣。计谋多不就，心口自相违。已作羞归计，还胜羞不归。"从陕西向东行，凡所经历之外，完全像他以前希望的那样。

十几天后回到了家，他的妻子兄弟在门前拜迎。晚上他在书斋写了《江亭晚望》诗："立向江亭满目愁，十年前事信悠悠。田园已逐浮云散，乡里半随逝水流。川上莫逢诸钓叟，浦边难得旧沙鸥。不缘齿发未迟暮，吟对远山堪白头。"这天晚上他对妻子说："我试期临近，不能久留，要登舟走了。"于是吟诗一章赠别他的妻子："月斜寒露白，此夕去留心。酒至添愁饮，诗成和泪吟。

离歌栖凤管,别鹤怨瑶琴。明夜相思处,秋风吹半衾。"将登舟,又留一章别诸兄弟云:"谋身非不早,其奈命来迟。旧友皆霄汉,此身犹路歧。北风微雪后,晚景有云时。惆怅清江上,区区趁试期。"一更后,复登叶舟,泛江而逝。兄弟妻属,恸哭于滨,谓其鬼物矣。

一叶漾漾,遵旧途至于渭滨,乃赁乘,复游青龙寺,宛然见山翁拥褐而坐。季卿谢曰:"归则归矣,得非梦乎?"翁笑曰:"后六十日方自知。"而日将晚,僧尚不至。翁去,季卿还主人。后二月,季卿之妻子赍金帛自江南来,谓季卿厌世矣,故来访之。妻曰:"某月某日归,是夕作诗于西斋,并留别二章。"始知非梦。明年春,季卿下第东归,至禅窟及关门兰若,见所题两篇,翰墨尚新。后年季卿成名,遂绝粒,入终南山去。出《慕异记》。

### 陈 生

茅山陈生者,休粮服气,所居草堂数间,偶至延陵,到佣作坊,求人负担药物,却归山居。以价贱,多不肯。有一夫壮力,然神少,颇若痴者,疥疮满身,前拜曰:"去得。"遂令挈囊而从行,其直多少,亦不问也。既至,因愿留采薪,都不计其价。与陈生约:日五束。陈曰:"吾辟谷,无饭与餐。"答曰:"某是贫穷人,何处得食?但劚草根餐,亦可矣。"遂每日斫柴十束,五束留于房内自烧,五束供陈生。

离歌栖凤管,别鹤怨瑶琴。明夜相思处,秋风吹半衾。"将要登舟时,又留下一首诗赠别众兄弟:"谋身非不早,其奈命来迟。旧友皆霄汉,此身犹路歧。北风微雪后,晚景有云时。惆怅清江上,区区趁试期。"一更以后,陈季卿又登上了竹叶舟,在长江之上泛舟消失了。他的兄弟妻子等人在江边痛哭,认为他变成鬼了。

他乘一叶小舟飘飘荡荡,循着旧路又回到渭水之滨。上岸以后,他租了一匹马,又来游青龙寺,清清楚楚地看到终南山那个老头依然围着粗麻衣坐着。陈季卿就向老头道谢说:"我回是回去了,但这莫非是梦吗?"老头笑着说:"六十天后你自己就知道了。"这时天色将晚,和尚还没有回来,老头就走了,陈季卿也回到了旅馆。两个月后,陈季卿的妻子带着金银和布帛从江南到来,说是季卿已经厌世了,特意来寻访他。他的妻子说:"某月某日回家,那天晚上在西斋作了诗,同时还有两首留别诗。"陈季卿这才知道他回家之事不是梦。第二年春天,陈季卿落榜向东回家去,来到禅窟和潼关东门寺庙,看到自己所题写的两首诗墨迹还是新的。后来陈季卿功成名就,便不再吃一粒粮食,入终南山而去。出自《慕异记》。

## 陈 生

茅山有个陈生,他不吃粮练气。他居住的地方有几间草堂。有一次,他偶然到延陵去,到出卖劳力的作坊找人帮他背药物,背回山中住处。因为工钱低,多数人都不肯干。有一个力气大然而智力不足、很像痴呆的人,全身生满了疥疮,上前向陈生行礼说:"我可以去。"陈生就叫他拿着口袋跟着自己走。做活的工钱多少,那个人也不问。到了茅山陈生的居处以后,那个人就想要留下来砍柴,完全不计较价钱。他与陈生约定,每天砍五捆柴。陈生说:"我不吃粮食,没有饭给你吃。"那个人回答说:"我是个贫穷的人,在什么地方能吃到饭?只要挖草根吃,也就可以了。"于是他每天砍十捆柴,五捆留在房内供自己烧,五捆供陈生用。

会山下有衣冠家妻患齿,诣陈生觅药,其家日求之,又令小婢送梨果饼子之类。陈生休粮,果食亦不食也,每至,则被佣者接而食之。仍笑谓曰:"明日更送来,我当有药。"如此者数四。一日,佣者并送柴十束,纳陈生处,为两日用。夜后遂扃门炽火,携一小锅入。陈生密窥之,见于葫芦中泻水银数合,煎之。搅如稀饧,投一丸药,乃为金矣。佣者撚两丸,以纸裹置怀中,余作一金饼,密赍出门去。明日日高起,求药者已至,乃持丸者付之,令患齿者含之。一丸未半,乃平复矣,痛止,第出虫数十。陈生伺佣者出,于房内搜而观之,得书二卷,不喻其旨,遂藏之。佣者至,大怒,骂陈生。生不敢隐,却还之,曰:"某今去矣。"遂出门,入水沐浴,乃变为美少年,无复疮疥也。拜讫,跳入深涧中,遂不知所之。出《逸史》。

## 张 定

张定者,广陵人也,童幼入学。天寒月晓,起早,街中无人。独行百余步,有一道士行甚急,顾见之,立而言曰:"此可教也。"因问:"汝何所好?"答曰:"好长命耳。"道流曰:"不难致。汝有仙骨,求道必成。且教汝变化之术,勿泄于人。十年外,吾自迎汝。"因以口诀教之。

定谨讷小心,于家甚孝。亦曾私为此术,召鬼神,化人物,无不能者。与父母往连水省亲,至县,有音乐戏剧,众

恰逢山下有个士宦人家的妻子患了牙痛,来拜访陈生寻觅药物。那家人天天来请求,又派小丫环送梨果饼子之类的食品。陈生不吃粮食,果食也不吃,每次东西送来,就被雇来的那个人接过去吃了。那个人还笑着对人家说:"明天再送来,我一定有药。"如此情形已有多次了。有一天,雇来的那个人一块送来十捆柴,放到陈生的住处,作为两天的用柴。天黑以后,那个人把门锁上,在里面点上火,拿出一个小锅来。陈生偷偷地看他在干什么,就看到他从葫芦中倒出几盒水银,煎熬起来,搅拌得像稀饭;又投进一丸药,水银就变成金子了。那个人把它搓成两个丸,用纸包上放到怀里;剩下的做成金饼,悄悄地带着出了门。第二天太阳升起很高了,求药的人来到后,那个人就把搓成的丸交给来人,让患牙痛的人含着它。那个牙痛患者含了一丸,还没用到一半时就康复了。他不再疼痛,只是打出几十条小虫。陈生等那个雇来的人外出的时候,在他的房间里搜寻察看,找到了两卷书,却看不明白书上的意思,就把它藏起来。雇来的人回来后发现书不见了,很生气,就骂陈生。陈生不敢隐瞒,把书还给了他。那个人说:"我今天走了。"就出了门,跳入水里洗澡。他竟然变成了美少年,再没有疥疮了。拜别之后,他跳进深涧中,不知道去哪里了。 出自《逸史》。

## 张 定

张定是广陵人,少年入学。有一天他起得很早。天气很冷,一轮晓月挂在天边,街上没有人。张定独自走了一百多步。前面有一个道士走得很急,那个道士回头看见了他,就站住对他说:"你这个人可以教啊。"就问他:"你喜欢的事情是什么?"他回答说:"喜欢长生不老。"道士说:"这不难办到。你有仙骨,求道一定能成功。我暂且教给你变化的法术,不要泄露给别人。十年后,我亲自接你。"于是把口诀教给了他。

张定谨慎小心,不喜欢说话,在家里很孝顺。他也曾偷偷地练习这个法术,召鬼神、变人物,没有不能做到的。有一次,他与父母一起去涟水县探亲。到涟水县以后,有音乐戏剧演出,大家

皆观之，定独不往。父母曰："此戏甚盛，亲表皆去，汝何独不看邪？"对曰："恐尊长要看，儿不得去。"父母欲往，定曰："此有青州大设，可亦看也。"即提一水瓶可受二斗以来，空中无物，置于庭中，禹步绕三二匝，乃倾于庭院内，见人无数，皆长六七寸。官僚将吏、士女、看人，喧阗满庭。即见无比设厅戏场，局筵队仗，音乐百戏，楼阁车棚，无不精审。如此宴设一日，父母与看之。至夕，复侧瓶于庭，人物车马，千群万队，逦迤俱入瓶内。父母取瓶视之，亦复无一物。又能自以刀剑剪割手足，刳剔五藏，分挂四壁。良久，自复其身，晏然无苦。每见图障屏风，有人物音乐者，以手指之，皆能飞走歌舞，言笑趋动，与真无异。

父母问其从何学之，曰："我师姓药，海陵山神仙也。已锡升天之道，约在十年，今七年矣。"辞家入天柱潜山，临去白父母曰："若有意念，儿自归来，无深虑也。"如是父母念之，即便还家，寻复飞去。一日谓父母曰："十六年后，广陵为瓦砾矣。可移家海州，以就福地。"留丹二粒与父母，曰："服之百余年无疾。"自此不复归。父母服丹，神气轻爽，饮食嗜好，倍于少壮者。遂移居海州。乾符中，父母犹在。出《仙传拾遗》。

## 石　旻

有石旻者，不知何许人也。浪迹江湖之间，有年数矣。道术玄妙，殆不可测。长庆中，客于宛陵郡。有雷氏子，常为宣城部将。一日，与友人数辈会饮于郡南别墅，旻亦在座。

都去观看，唯独张定不去。父母对他说："这个戏很热闹，亲戚们都去，为什么唯独你不去看呢？"张定回答说："恐怕尊长要去，儿不能去。"父母要去，张定说："这里有青州大戏，也可以看看。"就提着一个水瓶，水瓶能装二斗米以上，中间空空的没有东西。他把水瓶放在院子里，以禹步绕着它走了两三圈，就把水瓶放倒在院子里。这时，出现了无数的人，有官僚、将吏、士女和观看的人，都六七寸高。满院一片喧闹。马上又出现了无法比拟的设厅戏场：仪筵队仗、楼阁车棚、音乐百戏，无不精密周详。这样摆了一天宴席，父母与他一起观看。到天黑时，又把水瓶侧放在院子里，人物车马、千群万队曲折连绵地都进到瓶内。父母拿起瓶来看，瓶中又是空无一物。张定还能用刀剑剪割自己的手脚，剜出五脏，分挂在四面墙壁上；过了很久，自己又恢复身体原状，安适地没有痛苦。每当他看到上面画有人物音乐的图障屏风，就用手去指点。它们都能飞走歌舞、说笑跑动，跟真的没有不同。

父母问他从哪里学来这套法术，他说："我的师父姓药，是海陵山的神仙。他已经赐给我升天之道，约定在十年后，现在已经七年了。"于是他辞别家人进入天柱山隐居，临走时他告诉父母说："如果你们心里想念我，儿自会回来，不要太忧虑了。"这样，每当父母想念他的时候，他就回到家里来，不久又飞走。有一天他对父母说："十六年后，广陵将变成废墟了。可以把家搬到海州，到福地去。"他留下两粒丹药给父母，说："把这丹药服下，可以一百多年没有疾病。"从这次走后，他再也没有回家。他的父母吃了丹药，神清气爽，饮食嗜好比年轻力壮的人强一倍。他们把家搬到了海州。乾符年间，他的父母还活着。出自《仙传拾遗》。

## 石　旻

有个叫石旻的人，不知道是哪里人。他在江湖之中漂泊已有很多年了。他的道术玄妙，几乎没人能想象得出来。长庆年间，石旻到宛陵郡作客。有个姓雷的男子，曾经做过宣城部将。有一天，他与几位朋友在郡南的别墅中聚会饮酒，石旻也在座。

其家童网得一鱼,长数尺,致于舍。是日,雷生与客俱深醉。诸客尽去,独旻宿雷氏别墅。时夏暑方甚,及明日视其鱼,已败烂不可食矣。家僮将弃之,旻谓之曰:"此鱼虽败,吾有良药,尚可活之,安可弃耶?"雷生笑曰:"先生妄矣!诚有良剂,安能活此鱼耶?"曰:"吾子幸观之。"于是衣中出一小囊,囊有药数粒,投于败鱼之上。仅食顷,其鱼鲜润如初,俄摇鬣振鳞,若在洪流中。雷生惊异,再拜谢曰:"先生之术,可谓神矣!某辈尘俗聋瞽,望先生高踪,若井鲋之与云禽,焉得而为伍乎?"先是雷生有症疾积年,既而求旻衣中之丹饵,欲冀瘳其久苦。旻不可,且曰:"吾之丹至清至廉,尔曹俗人,嗜好无节。脏腑之内,腥膻委集。设使以吾丹饵求置其中,则脏腑之气与药力相攻,若水火之交战,宁有全人乎?慎不可食。"旻又言:"神仙不难得,但尘俗多累,若槛猿笼鸟,徒有骞翔超腾之心,安可致乎?"会昌中,卒于吴郡也。出《宣室志》。

## 唐武宗朝术士

唐武宗皇帝好神仙异术,海内道流方士多至辇下。

赵归真探赜玄机,以制铅汞,见之者无不竦敬。请于禁中筑望仙台,高百尺,以为骖鸾驭鹤,可刻期而往。常云飞炼须得生银。诏使于乐平山收采,既而大役工徒,所出者皆顽石矿,无从而得。归真乃斋醮数朝,以御札致于岩穴。

雷家的仆人网到了一条有几尺长的鱼,送到别墅来。这一天,雷生与客人都大醉。客人们都走了,唯有石旻住在雷家的别墅中。时当盛夏,热得很,到第二天看那条鱼,已经腐烂不能吃了。雷家仆人要把这条鱼扔掉,石旻对他说:"这条鱼虽然坏了,但我有好药,还可以让它活过来,怎能扔掉呢?"雷生笑着说:"先生错了! 纵然有好药,怎么能把这条腐烂的鱼救活呢?"石旻说:"您看看怎么救吧!"于是从衣服中拿出一个小口袋,口袋中有几粒药,他把药倒在那烂鱼身上。不过吃顿饭的时间,那条鱼就像当初一样新鲜湿润;不一会儿就摇鳍振鳞,好像在洪流中游动一样。雷生很惊奇,对石旻拜了两拜逊谢说:"先生的法术,可以说是神了! 我们这些尘俗中的聋子瞎子,仰望先生高大的形象,如同井里的虾蟆与云中飞禽相比一样,哪里能与我们为伍呢?"在这之前,雷生有多年的疾病,于是雷生就向石旻讨求他衣袋中的丹药,指望治愈自己长久的痛苦。石旻不同意,并且说:"我的丹药最清最廉,你们这些世俗之人,嗜好没有节制,脏腑之内鱼、肉堆集。假使把我的丹药要去吃到肚子中,那么脏腑中的污气与药力相攻,如同水火交战,难道还有完整的人吗? 千万不能吃。"石旻又说:"神仙不难修成,只是尘俗牵累太多,像槛中猿、笼中鸟一样,空有飞翔跳跃的想法,哪能办到呢?"会昌年间,石旻死于吴郡。出自《宣室志》。

## 唐武宗朝术士

唐朝的武宗皇帝喜好神仙奇异的法术,因此全国很多道士和方士来到京城。

赵归真致力于探究道家玄机来制取铅汞,见到他的人无不对他心生敬畏之意。他请求皇帝在宫禁之中修筑百尺高的望仙台,认为这样可以驾鸾驭鹤,约定日期而前往上清。他常说飞炼必须得到生银,皇帝就下令派人到乐平山开采收集,不久又大规模地役使劳工。但开采出来的都是质地粗劣的石矿,没有得到生银。赵归真就斋戒祭祀了几天,把皇帝的书札送到岩洞。

俄有老人杖策向至曰："山川宝物，盖为有道而出；况明主以修真为念，是何感应不臻？尊师无复怀忧，明日当从请。"语罢而出，莫知所之。是夕有声如雷，山矿豁开数十丈，银液坌然而涌，与入用之数相符。禁中修炼至多，外人少知其术。

复有金陵人许元长、王琼者，善书符幻变，近于役使鬼神。会昌中，召至京国，出入宫闱。武皇谓之曰："吾闻先朝有明崇俨，善于符篆，常取罗浮柑子，以资御果，万里往来，止于旬日。我师得不建先朝之术，比美崇俨乎！"元长起谢曰："臣之受法，未臻玄妙。若涉越山海，恐诬圣德；但千里之间，可不日而至。"武宗曰："东都常进石榴，时已熟矣。卿是今夕当致十颗。"元长奉诏而出。及旦，寝殿始开，以金盘贮石榴，置于御榻。俄有中使进奏，亦以所失之数上闻。灵验变通，皆此类也。王琼妙于祝物，无所不能。方冬，以药封桃杏数株，一夕繁英尽发，芳芬秾艳，月余方谢。

及武皇厌代，归真与琼俱窜逐岭表，唯元长逸去，莫知所在。出《列仙谭录》。

忽然有个老人拄着拐杖来到说："山川宝物为有道之人而出现，何况圣明的君主一心修道，这怎么能感应不到呢？尊师不要再担忧了，明天一定遵从你们的请求。"说完就出去了，没有人知道他到哪儿去了。这天晚上，有像打雷一样的声音传来，山上的矿敞开几十丈，银液喷涌出来，与进献给皇帝的数量相符合。宫中修炼的人很多，外边的人很少知道那些法术。

还有金陵人许元长、王琼善于画符变化，近于役使鬼神。会昌年间，皇帝把他们召到京城，让他们出入宫廷。唐武宗对他们说："我听说前朝有个明崇俨，善于使用符箓。他常取罗浮山的柑子，来贡奉皇帝吃的水果。万里路程，一去一回，仅仅用了十来天。我师的法术难道比不上先朝的法术，你们不能与明崇俨比美吗？"许元长起身辞谢说："臣接受法术，还没有达到玄妙的境界。如跋山涉海，恐怕欺骗圣德；但千里之间，我可以不到一天就到达。"武宗说："东都洛阳曾进贡石榴，现在已经熟了。你今天晚上一定弄来十颗。"许元长奉圣旨出去。到天亮的时候，皇帝的寝殿刚开门，他就用金盘盛着石榴，放到御榻之上。不一会儿，宫中使者进殿向皇帝奏报，又把丢失的石榴数量报告皇帝。他们法术的灵验变通，都是这样。王琼善于禁咒东西，无所不能。当时正在冬季，他把药埋在几株桃树、杏树之下，一个晚上许许多多的花都开放了，芬香浓烈而又鲜艳，一个多月后花才凋谢。

到唐武宗驾崩后，赵归真与王琼全被放逐到岭南，只有许元长逃跑了，谁也不知道他到哪儿去了。出自《列仙谭录》。

# 卷第七十五
## 道术五

### 杨居士

南海郡有杨居士，亡其名，以居士自目，往往游南海枝郡，常寄食于人，亦不知其所止。谓人曰："我有奇术，汝辈庸人，固不得而识矣。"后常至郡，会太守好奇者，闻居士来，甚喜，且厚其礼，命饮之。每宴游，未尝不首召居士，居士亦以此自负。一日使酒忤太守，太守不能容。后又会宴于郡室，阅妓乐，而居士不得预。时有数客，亦不在太守召中，因谓居士曰："先生尝自负有奇术，某向者仰望之不暇。一日遇先生于此，诚幸矣。虽然，今闻太守大宴客于郡斋，而先生不得预其间，即不能设一奇术以动之乎？必先生果无奇术耶？"居士笑曰："此末术耳，君试观我。我为君召其妓，可以佐酒。"皆曰："愿为之。"居士因命具酒，使诸客环席而坐，

## 杨居士

海南郡有个杨居士，不知道他的名字。他自称居士，经常到南海郡各地游历，而且经常在别人家食宿，也不知道他住在哪里。他对别人说："我有出奇的法术，你们这些平庸的人当然不能知道了。"后来他常常到郡里去。恰好太守喜欢奇人，他听说居士来了很高兴，以厚礼待居士，请他喝酒。每次宴饮游乐，太守总是第一个就把居士召来。杨居士也因为这种待遇而感到自己了不起。有一天，杨居士借着酒劲冲撞了太守，太守无法容忍。后来太守又在郡衙室内举行宴会，看歌妓表演音乐，而杨居士没能参加。这时有几个人也是太守的常客，这次也不在太守邀请的客人之内，他们就对杨居士说："先生曾经自负有奇术，我们一直很敬佩先生，只是没有机会与您相会。今日在这里遇到你，实在幸运啊。虽然这样，然而今天听说太守在郡斋大宴宾客，而先生没能参与其中，你就不能施一奇术来扰乱他们吗？还是先生果真没有奇术吗？"杨居士笑着说："这只不过是微不足道的法术而已，你们试看我作法。我为你们把他的歌妓召来，可以让她们助酒兴。"大家都说："希望你施展法术。"杨居士就命人摆设酒席，让众客围着筵席坐下，

又命小童闭西庑空室，久之乃启之。有三四美人自庑下来，装饰华焕，携乐而至。居士曰："某之术何如？"诸客人大异之，殆不可测。乃命列坐，奏乐且歌。客或讯其术，居士但笑而不答，时昏晦。至夜分，居士谓诸妓曰："可归矣。"于是皆起，入西庑下空室中。客相目骇叹，然尚疑其鬼物妖惑。

明日，有郡中吏曰："太守昨夕宴郡阁，妓乐列坐，无何皆仆地，瞬息暴风起，飘其乐器而去。迨至夜分，诸妓方寤，乐器亦归于旧所。太守质问众妓，皆云黑无所见，竟不穷其由。"诸客皆大惊，因尽以事对，或告于太守。太守叹异，即谢而遣之，不敢留于郡中。时开成初也。出《宣室志》。

### 张士平

唐寿州刺史张士平，中年以来，夫妇俱患瞽疾，历求方术，不能致。遂退居别墅，杜门自责。唯祷醮星辰，以祈神之佑。年久，家业渐虚，精诚不退。元和七年壬辰八月十七日，有书生诣门请谒，家人曰："主公夫妇抱疾，不接宾客久矣。"书生曰："吾虽书生，亦攻医术。闻使君有疾，故来此耳。"家人入白士平，士平忻然曰："久病不接宾客，脱有方药，愿垂相救。"书生曰："但一见使君，自有良药。"士平闻之，扶疾相见，谓使君曰："此疾不假药饵，明日倩丁夫十人，锹锸之属，为开一井，眼当自然立愈。"如其言而备焉，

又让小童把西厢房的空屋子关闭起来,过了很久才把门打开。他们就看见有三四个美貌女子从西厢下走来。她们打扮华丽光彩照人,带着乐器来到了。杨居士说:"我的法术怎么样?"众客人都觉得这事非常奇异,疑惑不解。杨居士就命美人排好坐下,一边奏乐一边唱歌。有的客人讯问他的法术,杨居士只是笑而不回答。这时天已昏黑。到了半夜,杨居士对那些歌妓说:"你们可以回去了。"于是那些歌妓都站起身来,走进西厢空屋子里。众客人面面相觑,惊叹不已,可是仍然怀疑她们是鬼或妖。

第二天,郡衙中有个吏员说:"太守昨晚在郡阁设宴,歌妓拿着乐器都坐好了,一会儿却都倒在地上。转眼之间暴风就刮起来,那些乐器被刮得飘走了。将近半夜时候,众歌妓才醒过来,乐器也回到了原来的地方。太守质问那些歌妓,她们都说因为漆黑什么也没看见,终究没弄清什么原因。"众客人都大吃一惊,就把事情经过全都告诉了那个郡吏。有人向太守报告了此事,太守惊叹居士法术奇异,就向居士道歉打发他走了,不敢把他留在郡中。当时是开成初年。出自《宣室志》。

## 张士平

唐朝寿州刺史张士平,中年以后夫妻俩都患眼病双目失明。他到处求方术也没能找到。他就退职到别墅居住,谢绝一切宾客,来检查自己的过失;只设祭坛向星辰祷告,来祈请神仙保佑。时间久了,家业渐渐空虚,但他的精诚之心仍然不减。元和七年壬辰八月十七日,有个书生登门请求拜见,家人说:"我家主人夫妇患病,很久不接待宾客了。"那个书生说:"我虽然是个书生,但也研究医术。听说使君有病,特意来到这里。"家人进去禀报士平,士平高兴地说:"我久病不接待宾客,如果他有方术和丹药,希望他垂怜相救。"家人告诉了书生,书生说:"只要我见一见使君,自然有好药。"士平闻听这话,就带病去见书生。书生对使君说:"这个病不必用药物,明天请派十名劳工,准备锹一类的工具,为你开一口井,眼睛自然会立刻痊愈。"张士平就按书生说的准备好了。

书生即选胜地,自晨穿井,至夕见水,士平眼疾顿轻,及得新水洗目,即时明净,平复如初,十年之疾,一旦豁然。夫妻感而谢之,厚遗金帛。书生曰:"吾非世间人,太白星官也。以子抱疾数年,不忘于道,精心祷醮,上感星辰。五帝星君使我降受此术,以祛重疾,答子修奉之心。金帛之遗,非吾所要也。因留此法,令转教世人,以救疾苦,用增阴德。其要以子午之年五月戌酉、十一月卯辰为吉,丑未之年六月戌亥、十一月辰巳;寅申之年七月亥子、正月巳午;卯酉之年八月子丑、二月午未;辰戌之年九月申未、三月寅丑;巳亥之年十月申酉、四月寅卯。取其方位年月日时,即为福地,浚井及泉,必有良效矣。"士平再拜受之。言讫,升天而去。出《神仙感遇传》。

## 冯　渐

河东冯渐,名家子。以明经入仕,性与俗背,后弃官隐居伊水上。有道士李君以道术闻,尤善视鬼,朝士皆慕其能。李君后退归汝颍,适遇渐于伊洛间,知渐有奇术,甚重之。大历中,有博陵崔公者,与李君为僚,甚善。李君寓书于崔曰:"当今制鬼,无过渐耳。"是时朝士咸知渐有神术数,往往道其名。别后长安中人率以渐字题其门者,盖用此也。出《宣室志》。

## 潘老人

嵩山少林寺,元和中,常因风歇,有一老人杖策扣门求宿。寺人以关门讫,更不可开,乃指寺外空室二间,请自止宿。

书生选择好地方，从早晨开始打井，到晚上见到了水，士平的眼病顿时减轻了。等到取来井中新水洗眼睛，士平的眼睛当时就看清了，康复得像当初一样。十年的疾病一下子好了。夫妻二人感动得向书生道谢，并厚赠他金银布帛。书生说："我不是世上的人，是太白星官。因你患病几年不忘修道，精心诚意设坛祭祀祈祷，感动了上天的星辰。五帝星君让我下界传你这个方术，来祛除你的重病，酬答你修道奉道的心。你赠送的金帛不是我需要的东西。就把这个方术留下，让你转教给世人以救助疾苦，来增添你的阴德。它的要旨是在子午年五月戌酉、十一月卯辰为吉，丑未年六月戌亥、十一月辰巳为吉，寅申年七月亥子、正月巳午为吉，卯酉年八月子丑、二月午未为吉，辰戌年九月申未、三月寅丑为吉，巳亥年十月申酉、四月寅卯为吉，取其方位年月日时就是福地，掘井挖到泉水，一定有好的效果。"士平拜了两拜接受了这个方术。太白星官说完之后就升空而去。出自《神仙感遇传》。

## 冯　渐

　　河东冯渐是名门子弟。他凭明经及第进入仕途，因为性格与世俗格格不入，后来放弃官职到伊水旁隐居。有个叫李君的道士以道术闻名，尤其善于看鬼，朝中士大夫都敬慕他的才能。李君后来从京城回到汝颍，恰好在伊洛之间遇到了冯渐。他知道冯渐有奇术，很敬重他。大历年间，博陵有个崔公与李君是同僚，他们关系很好。李君寄信给崔公说："当今能制服鬼的人，没有超过冯渐的。"这时朝中士大夫全都知道冯渐有神奇的法术，常常称道他的名字。冯渐离别京城后，长安城中的人都把"渐"字写在自家的门上，就是因为这个原因。出自《宣室志》。

## 潘老人

　　嵩山少林寺在元和年间，有一次大风刚停，有一个老人挂着拐杖来敲门请求寄宿。寺里的僧人因为大门已经关上，不想再打开，就指着寺外的两间空屋子，请老人自己去那里歇宿。

亦无床席，老人即入屋。二更后，僧人因起，忽见寺门外大明，怪而视之，见老人所宿屋内，设茵褥翠幕，异常华盛。又见陈列殽馔，老人饮啖自若，左右亦无仆从。讶其所以，又不敢开门省问，俱众伺之。至五更后，老人睡起，自盥洗讫，怀中取一葫芦子，大如拳，遂取床席帐幕，凡是用度，悉纳其中，无所不受。收讫，以葫芦子内怀中，空屋如故。寺僧骇异，开门相与谒问，老人辞谢而已。僧固留之住，问其姓名，云姓潘氏，从南岳北游太原。其后时有见者。出《原化记》。

## 王先生

有王先生者，家于乌江上，隐其迹，由是里人不能辨，或以为妖妄。一日里中火起，延烧庐舍，生即往视之，厉声呼曰："火且止！火且止！"于是火灭，里人始奇之。

长庆中，有弘农杨晦之，自长安东游吴楚，行至乌江，闻先生高躅，就门往谒。先生戴玄绡巾，衣褐衣，隐几而坐，风骨清美。晦之再拜备礼，先生拱揖而已，命晦之坐其侧。其议论玄畅，迥出意表，晦之愈健慕，于是留宿。是日乃八月十二日也。先生召其女七娘者，乃一老妪也，年七十余，发尽白，扶杖而来。先生谓晦之曰："此我女也，惰而不好道，今且老矣。"既而谓七娘曰："汝为吾刻纸状今夕之月，置于室东垣上。"有顷，七娘以纸月施于垣上，夕有奇光自

空室中也没有床和席子,老人就进了那个空屋。二更以后,僧人因为起夜,忽然发现寺门外非常亮,他们觉得奇怪,就去看。看见老人所住的那个屋子里,铺设着垫褥和翠绿色的帐幕,异常豪华;又看到陈列着菜肴食品,老人安然地在那里又吃又喝,左右也没有仆人随从。僧人感到惊讶,又不敢开门去探讯,大家就一起等着看。到了五更以后,老人睡醒起来,自己洗漱完毕,从怀中取出一个像拳头那么大的小葫芦,把所有东西都装在小葫芦里,没有装不下的。装完东西,老头又把葫芦放到怀里。空屋子还像原来一样。寺里的僧人觉得惊异,打开门一起去拜见老人询问他,老人只是客气地推辞而已。僧人坚决留老人住下,问他的姓名。他说姓潘,从南岳来,往北去游太原。那以后时而有人看到这个老人。出自《原化记》。

## 王先生

有个王先生,家住在乌江上游。他平常隐藏自己的形踪,因此村里人不能分辨,有人把他看作妖妄之人。有一天,村子里起了大火,蔓延烧到了房舍。王先生就去看火,他厉声喊着说:"大火快停下来! 大火快停下来!"于是火熄灭了,村民们这才知道他是奇人。

长庆年间,有个弘农人杨晦之,从长安向东去游吴楚。他走到乌江,听说王先生品行崇高,就去登门拜访。王先生戴着黑色生丝头巾,穿着褐色的衣服,在几案后面坐着,仙风道骨清秀俊美。杨晦之对他拜了两拜礼节周到,而王先生仅拱手一揖而已,就叫晦之坐在他身旁。他的议论深奥晓畅,远超出意料之中。晦之更加强烈地敬慕他,于是留住在那里。这天是八月十二日。王先生把他的女儿叫作七娘的叫来。这是一个老太太,七十多岁,头发全白了,扶着拐杖来到。王先生对杨晦之说:"这是我的女儿,她懒惰而不好道,现在将要老了。"接着他对七娘说:"你替我用纸剪一个月亮,像今晚月亮的样子,把它贴到屋里东墙之上。"过了一会儿,七娘把纸贴到墙上。晚上纸月亮上就有奇异的光自行

发,洞照一室,纤毫尽辨,晦之惊叹不测。及晓将去,先生以杖击之毕,俄有尘起,天地尽晦。久之尘敛,视其庭,则悬崖峻险,山谷重叠,前有积石尽目,晦之悸然背汗,毛发竖立。先生曰:"陵谷速迁,吾子安所归乎?"晦之益恐,洒泣言曰:"诚不知一旦有桑田之变,岂仙都瞬息,而尘世已千岁乎?"先生笑曰:"子无惧也,所以为娱耳。"于是持彗扫其庭,又有尘起,有顷尘敛,门庭如旧。晦之喜,即驰马而去。出《宣室志》。

一说:唐长庆初,山人杨隐之在郴州,常寻访道者。有唐居士,土人谓百岁人,杨谒之,因留杨宿。及夜,呼其女曰:"可将一个弦月子来。"其女遂帖月于壁上,如片纸耳。唐即起祝之曰:"今夕有客,可赐光明。"言讫,室朗若张烛。出《酉阳杂俎》。

## 周　生

唐太和中,有周生者,庐于洞庭山,时以道术济吴楚,人多敬之。后将抵洛谷之间,途次广陵,舍佛寺中,会有三四客皆来。时方中秋,其夕霁月澄莹,且吟且望。有说开元时明皇帝游月宫事,因相与叹曰:"吾辈尘人,固不得至其所矣,奈何?"周生笑曰:"某常学于师,亦得焉,且能挈月致之怀袂,子信乎?"或患其妄,或喜其奇,生曰:"吾不为明,则安矣。"因命虚一室,翳四垣,不使有纤隙。又命

发出，清清楚楚地照亮全室，连细小的毫毛都能分辨出来。晦之惊叹不已，猜测不出怎么回事。等天亮要离去时，王先生用杖敲击完毕，忽然有尘土飞起，天地全都暗下来。过了很久，尘土消失了，再看那院子，就变成了险峻的悬崖，山谷重叠，前面积石满眼可见。晦之心惊胆颤，背上出了汗，头发都竖了起来。王先生说："高山深岩迅速变迁，你回到哪里去呢？"晦之更加恐慌，掉下眼泪说："实在不知道一旦发生沧海桑田这种变化。难道仙都的一瞬间，世尘就已过了千年吗？"先生笑着说："你不必担心，这是我用来娱乐的法术而已。"于是拿扫把把院子扫了一下，又有尘土飞起。过了一会儿，灰尘消失了，门庭如故。杨晦之很高兴，就扬鞭打马而去。出自《宣室志》。

另外有种说法：唐朝长庆初年，隐居修行者杨隐之在彬州，曾去寻访有道之人。有个唐居士，当地人说他有一百岁了。杨隐之去拜访他，他就留杨隐之过夜。到了夜晚，唐居士把女儿叫出来，对她说："你去拿一弦月亮来。"他的女儿就把月亮贴在墙上，好像一片纸似的。唐居士起身向月亮祷告说："今天晚上有客人，请赐予光明。"他说完后，室内就明亮得像点了蜡烛一样。出自《酉阳杂俎》。

## 周　生

唐朝太和年间，有个周生在洞庭山盖房居住。他时常用道术救济吴楚贫民，人们普遍敬重他。后来他要去洛谷一带，途中在广陵临时停留，住在佛寺中。恰逢还有三四个游客来了。这时正当中秋，那天晚上天气晴朗月色明亮，他们一边吟诗一边望月。有人说起开元年间唐玄宗游月宫的故事，他们就一起叹息说："我们这些尘俗之人，本来不能到那个地方，怎么办呢？"周生笑着说："我曾向老师学习过，也学到了那个方术，而且能把月亮拿下来放到怀中或袖子里，你们相信吗？"有人担心他说谎，有人喜欢他离奇。周生说："我如不为你们弄明白，就成了说谎了。"于是命人空出一个屋子，把四面墙遮住，不让它有一点小缝。又命

以箸数百,呼其僮,绳而架之。且告客曰:"我将梯此取月去,闻呼可来观。"乃闭户久之,数客步庭中,且伺焉。忽觉天地曛晦,仰而视之,即又无纤云。俄闻生呼曰:"某至矣。"因开其室,生曰:"月在某衣中耳,请客观焉。"因以举之。其衣中出月寸许,忽一室尽明,寒逼肌骨。生曰:"子不信我,今信乎?"客再拜谢之,愿收其光。因又闭户,其外尚昏晦,食顷方如初。出《宣室志》。

### 韩志和

韩志和者,本倭国人也,中国为飞龙卫士。善雕木为鸾鹤鸟鹊之形,置机捩于腹中,发之则飞高三二百尺,数百步外方始却下。又作龙床为御榻,足一履之,则鳞鬣爪角皆动,夭矫如生。又于唐宪皇前,出蝇虎子五六十头,分立队,令舞《梁州曲》,皆中曲度,致词时,殷殷有声,曲毕则累累而退,若有尊卑等级焉。帝大悦,赐金帛加等。志和一出宫门,尽施散他人。后忽失之。出《仙传拾遗》。

### 张　辞

咸通初,有进士张辞,下第后,多游淮海间,颇有道术。常养气绝粒,好酒耽棋。鄙人以炉火药术为事,一旦睹之,乃大哂,命笔题其壁云:"争那金乌何,头上飞不住。红炉漫烧药,玉颜安可驻?今年花发枝,明年叶落树。不如且饮酒,朝暮复朝暮。"人咸异之。性不喜装饰,多历旗亭,好

人拿来几百双筷子,叫他的仆人用绳子把它们架起来。周生告诉那几个游客说:"我要登上这个筷子做的梯子取月亮去,你们听到我呼唤可以来看。"就关上门很久。几个游客在庭中散步,一边等着周生。忽然觉得天昏地暗,仰脸一看,却又没有丝毫云彩。不一会儿,他们听到周生呼喊说:"我回来了。"于是把空室的门打开,周生说:"月亮在我的衣服中,请客人们观看。"就把衣服掀起来。那衣服中露出一寸多月亮,忽然满室全亮了,寒光侵人肌骨。周生说:"你们不相信我,现在相信了吧?"那几个游客拜了两拜向他表示感谢,希望他把月光收回去。他就又关上门。室外还昏黑一片,过了一会儿月光才和当初一样。出自《宣室志》。

## 韩志和

韩志和本来是日本人,在中国当飞龙卫士。他善于把木头雕刻成鸾鹤鸟鹊的形状,把机关放到它们的肚子里;发动机关,它们就飞到二三百尺的高空,飞到几百步外才下来。他又制作龙床御榻,脚一踩上去,龙的鳞须爪角全都摇动,伸展屈曲像活的一样。他又在唐宪宗面前放出五六十头蝇虎子,让它们分开站成队,按《梁州曲》跳舞,完全符合曲子的节拍;唱到词的时候,它们殷殷有声,曲子唱完就挨个退下去,好像有尊卑等级似的。唐宪宗很高兴,重赏他金钱和丝绸。志和一出宫门,就把财物全施舍给别人。后来忽然不知他去哪里了。出自《仙传拾遗》。

## 张　辞

咸通初年,有个进士张辞,在考试落第后,经常到淮海一带去游历,很有道术。他平时养气,不吃五谷,喜欢饮酒,迷恋下棋。有个住在郊野的人把修炼丹药当作大事,有一天被张辞看到了,就把那人大大讥笑了一番。他提笔在那人墙壁上题了一首诗说:"争那金乌何,头上飞不住。红炉漫烧药,玉颜安可驻?今年花发枝,明年叶落树。不如且饮酒,朝暮复朝暮。"人们都觉得这事奇异。张辞本性不喜欢打扮自己,常光顾酒楼,这是因为他好

酒故也。或人召饮，若合意，则索纸剪蛱蝶二三十枚，以气吹之，成列而飞，如此累刻，以指收之，俄皆在手。见者求之，即以他事为阻。尝游监城，多为酒困，非类辈欲乘其酒而试之，相竞较力。邑令偶见，系之。既醒，乃课《述德陈情诗》二律以献令，令乃立释之。所记一篇云："门风常有蕙兰馨，鼎族家传霸国名。容貌静悬秋月彩，文章高振海涛声。讼堂无事调琴轸，郡阁何妨醉玉觥。今日东渐<sub>音尖</sub>桥下水，一条从此镇常清。"自后邑宰多张之才，次求其道，日夕延接，欲传其术。张以明府勋贵家流，年少而宰剧邑，多声色狗马之求，未暇志味玄奥，因赠诗以开其意云："何用梯媒向外求，长生只合内中修。莫言大道人难得，自是行心不到头。"他日将欲离去，乃书琴堂而别。后人多云江南上升。初去日，乘酒醉，因求片楮，剪二鹤于厅前，以水噀之，俄而翔翥。乃曰："汝可先去，吾即后来。"时邑令亦醉，不暇拘留，张遂得去。其所题云："张辞张辞自不会，天下经书在腹内。身即腾腾处世间，心即逍遥出天外。"至今为江淮好事者所说。<sub>出《桂苑丛谈》。</sub>

## 崔　言

崔言者，隶职于左亲骑军。一旦得疾而目昏暗，咫尺不辨人物，眉发自落，鼻梁崩倒，肌肤生疮如疥。皆目为恶疾，势不可救。因为骆谷子午归寨使，遇一道流，自谷中出，不言姓名，受其方曰："皂荚刺采一二升，烧之为灰。

酒的缘故。有人请他饮酒，如果他满意，就用纸剪二三十枚蝴蝶，用气一吹，这些蝴蝶就成排地飞。这样过了很长时间，他又用手指去把它们收回来，不一会儿都收在手上。见到这个法术的人向他请求学习，他就用别的事推辞。他曾经游历监城，多次被酒醉倒。一伙行为不端的人想趁他酒醉去试他，互相争着与他较量力气。县令偶然看见了，就把张辞等都抓起来。张辞酒醒以后，就写了《述德陈情诗》二首献给县令，县令就立刻把他释放了。所写的一篇是："门风常有蕙兰馨，鼎族家传霸国名。容貌静悬秋月彩，文章高振海涛声。讼堂无事调琴轸，郡阁何妨醉玉觥。今日东渐音尖。桥下水，一条从此镇常清。"从此以后，县令很赞赏张辞的才华，接着又请求向他学道，早晨晚上还筵请招待他，想要让他传法术。张辞认为县令是贵家子弟，年纪轻轻就做大县县令，经常追求声色狗马，顾不上刻苦钻研道家奥妙，于是赠诗来开启他的志趣。诗中写道："何用梯媒向外求，长生只合内中修。莫言大道人难得，自是行心不到头。"后来他要离去，就在琴堂书写一首诗来告别。后人普遍传说张辞在江南飞升成仙。张辞当初离去那天，乘着酒醉要了一片纸，在厅前剪了两只鹤。用水喷它们，不一会儿鹤就飞起来。张辞就对鹤说："你们可以先走，我随后就来。"当时县令也喝醉了，来不及约束留下他，张辞于是得以离去。他所题写的诗是："张辞张辞自不会，天下经书在腹内。身即腾腾处世间，心即逍遥出天外。"这事至今还被江淮一带好事的人所传说。出自《桂苑丛谈》。

## 崔　言

崔言在左亲骑军中任职。有一天他得了病，眼前发黑，咫尺之间的人物都看不清，眉毛和头发自行脱落，鼻梁塌陷，皮肤上生出像疥似的疮。人们都把这病看作不治之症，看情势没法治了。崔言担任骆谷子午的归寨使的时候，遇见一个道士从谷中出来，不说姓名，传给他一个药方，说："采一二升皂荚刺，把它烧成灰。

大黄九蒸九曝，杵之为末。食上，浓煎大黄汤，以末七调而服之。"旬日，须发再生，肌肤充润，所疾顿愈，眼明倍于寻常。道流传此方讫，却入山去，不知所之。出《神仙感遇传》。

把大黄蒸九次再晒干九次，然后捣成细末。饭前把大黄煎成浓汤，用七匙大黄末、皂荚刺灰调入大黄汤中，一齐服下。"十天左右，崔言的胡子头发又重新长出来，肌肤充实有了光泽，所患疾病顿时痊愈了，眼睛比平时加倍明亮。那个道士传完这个药方以后就回到山里，不知到什么地方去了。出自《神仙感遇传》。

# 卷第七十六
## 方士一

### 子 韦

子韦,宋景公之史。当景公之世,有善星文者,许以上大夫位,处于层楼延阁之上,以望气象,设以珍食,施以珍衣。食则有渠餐之凫,煎以桂醴;丛庭之鹦,承以蜜渠;淇漳之醴,脯以青茄;九江之珠稑,爨以兰苏;华清夏结,鹿以纤缟。华清,井水之澄华也。饕人视时而扣钟,伺食而击磬。悬四时之衣,春夏以金玉为饰,秋冬以翡翠为温。烧异香于坛台之上。忽有野人被草筮,扣关而进曰:"闻君爱阴阳五行玄象经纬之秘,请见。"景公延之崇堂。语则及未来之兆,次及已往之事,万不失一。夜则观星望气,昼则执算披图,不服宝衣,不甘奇食。景公谢曰:"今宋国丧乱,

## 子 韦

　　子韦是宋景公的史官。景公在位的时候,凡有擅长天文星相之道的方士,就封他上大夫的官位,让他住在楼阁上观察天文气象,供给他美食佳肴和珍贵服装。吃的有桂花美酒烹制的水鸟,用淇漳名酒和蜜汁甘露泡制的山禽,荷粳制作的果脯,九江出产的精米。制作这些东西时,烧的是香草,用的水则是用精致的丝带从清华井中汲取的精华。华清,是井水的精华。进餐时,有人在一旁敲打着钟磬等乐器,演奏出美妙动听的乐曲。旁边挂着可供四季穿着的华贵衣服,春装与夏装上镶金嵌玉,秋装与冬装上则点缀着珍奇的翡翠羽毛。在观察天象的坛台上还点燃起奇异的香烛。有一天,忽见一个身披蓑衣的山野之人,敲开大门走了进来。他对宋景公说:"听说您对阴阳五行天文地理的奥秘很感兴趣,今日特来拜见。"景公将他请到高堂之上。此人在谈话中既能预见未来,又能推知往事,所言极为准确。他在夜晚观察星相天气的变化,白天则拿着历书分析、推算,既不穿戴华贵的衣服,也不食用珍奇的食物。景公十分感激,说:"当今宋国面临祸乱之苦,

微君何以辅之?"野人曰:"德之不均,乱将及矣,修德以乘仁,则天应之祥,人仰其化。"景公服其言,赐姓曰子氏,名之曰韦也。录曰:"宋子韦世司天部,妙观星律。抑亦梓慎、裨灶之徒也。景公待之若神,礼以上列,服以绝世之衣,膳以殊方之味。虽复三清天厨之旨,华蕤龙衮之服,斯固为陋矣。春秋生以赐姓,亦缘事显族,乃号为司星氏。"至国之末,著阴阳之书,其事出班固《艺文志》也。出《王子年拾遗记》。

## 赵 廓

武昌赵廓,齐人也。学道于吴永石公,三年,廓求归,公曰:"子道未备,安可归哉?"乃遣之。及齐行极,方止息,同息吏以为法犯者,将收之。廓走百余步,变为青鹿。吏逐之,遂走入曲巷中。倦甚,乃蹲憩之。吏见而又逐之,复变为白虎,急奔,见聚粪,入其中,变为鼠。吏悟曰:"此人能变,斯必是也。"遂取鼠缚之,则廓形复焉,遂以付狱。法应弃市,永石公闻之,叹曰:"吾之咎也。"乃往见齐王曰:"吾闻大国有囚,能变形者。"王乃召廓,勒兵围之。廓按前化为鼠,公从坐翻然为老鸥,攫鼠而去,遂飞入云中。出《列仙传》。

请问您将如何辅佐我?"此人说:"德政推行得不普遍、不均衡,祸乱就会降临。如能遍行德政,实行仁义之举,就能天下祥和,黎民受到教化。"景公佩服他的言论,便赐给他姓氏"子",起了个名字叫"韦"。据史料记载,子韦在宋国世代掌管天文星相方面的工作,能出色地观察到星相变化的规律。他大概也是梓慎与裨灶的徒弟。景公奉他如神明,以上礼相待,供给他世上稀有的衣服和饮食。这衣服与饮食之珍贵,就连天上的神仙所吃的东西与公卿帝王的礼服也显得逊色。春秋想存活氏族就赐予他姓氏,也因为他善观天象而使其家族显赫,就称他为司星氏。宋国末年,他撰写了有关阴阳五行的著作。上述关于子韦的事情,出自班固的《艺文志》。出自《王子年拾遗记》。

## 赵 廓

现住武昌的赵廓是齐国人。他跟吴国人永石公学习道术,学满三年时,赵廓要求回齐,永石公不满地说:"你的道术还没有全部学到手,怎么可以回去呢?"便将他打发走了。赵廓来到齐地,走累了便停下休息。一位同他在一起休息的官吏以为他是个罪犯,要捉拿他。赵廓跑出百余步远,摇身一变成为一只青鹿。官吏紧紧追逐。赵廓跑进一条弯弯曲曲的胡同,因为太疲倦就蹲下来休息。官吏见状又追了上来。赵廓摇身一变又成为一只白虎,急忙奔逃。前面有一个粪堆,他便钻了进去,变成一只老鼠。官吏顿然明白过来,自语道:"这个人是会变的,这只老鼠一定就是他!"就把老鼠捉住,用绳子缚了。赵廓此时也恢复了原形,官吏就将他捉进了监牢。按照律令,赵廓当判为暴尸街头。永石公听到消息后叹道:"这是我的过错呀!"他便去见齐王,见到齐王后说:"听说贵国有一个囚徒,就是能变形的那个,我要见见他。"齐王派人将赵廓带出牢房,并令兵士将他团团围住。赵廓按照前面的方法变化为一只老鼠,永石公从自己的座位上翻然变为一只老鹰,捉住老鼠就飞入云中。出自《列仙传》。

## 樊 英

汉樊英,善图纬,洞达幽微。永太中,见帝。因向西南噀之,诏问其故,对曰:"成都今日火。"后蜀郡言火灾,正符其日。又云,时有雨从东北来,故火不大为害。英尝忽被发拔刀,斫击舍中,妻怪问其故,英曰:"郗生遇贼。"郗生者名巡,是英弟子,时远行。后还说,于道中逢贼,赖一被发老人相救,故得全免。永建时,殿上钟自鸣,帝甚忧之,公卿莫能解,乃问英,英曰:"蜀岷山崩,母崩子故鸣。非圣朝灾也。"寻奏蜀山崩。出《英别传》。

## 杨 由

后汉杨由,善占候,郡文学掾。曾从人饮,敕御者曰:"酒若三行,便宜严驾。"既而趋去。后主人舍忽有斗相杀者。或问:"何以先知之?"由曰:"向者社木上鸠斗,此斗兵之象也。"其言多类此。出《后汉书》。

## 介 象

吴介象,字元则。与吴王论脍何者最美,象曰:"海中鲻鱼为上。请于殿前作方坎,汲水满之。"象垂纶於坎中,食顷,得鲻鱼,作脍。出《建康实录》。

## 樊 英

汉代人樊英通晓阴阳地理，熟知其中的奥妙。永太年间他去拜见皇帝。樊英喝口水冲西南方向喷去，皇帝问他为什么这样做，他说："因为成都今天有火灾。"后来蜀郡太守报告那里发生了火灾，他所说的日期与樊英喷水的日期正好符合。他还说，当时有雨水从东北方向袭来，所以火灾并没有造成多大的损害。樊英曾经突然披散着头发，拿起刀在家里乱砍。他的妻子莫名其妙，问他为何这样，樊英说："郗生在道上遇着贼了！"郗生的名字叫巡，是樊英的弟子，当时他正外出远行。他回来后跟人们说，他在途中遇上了贼，幸亏有一位披散着头发的老人相救，所以没发生任何危险。永建年间，宫殿上有一架钟没人敲击就自己响，皇帝对此甚为疑虑。公卿大臣们谁也不能解释，于是便询问樊英，樊英说："蜀岷一带发生山崩了，母亲崩所以儿子鸣。这不是当今圣朝要有什么灾祸。"时隔不久，果然有人向朝廷报告了蜀地山崩的消息。出自《英别传》。

## 杨 由

后汉时的杨由，能根据自然现象占卜吉凶、预测未来。他担任郡文学掾职务，有一次跟着别人出去喝酒，他命令赶车人道："酒过三巡时，一定把车马准备停当。"等到酒过三巡时他乘车跑了。他走了之后，主人家里忽然有人互相砍杀起来。有人问他为什么能够预先知道这件事，杨由说："事前有鸠鸟在社祠前的树上打架，这是要发生械斗的预兆。"他的话大都与此类似。出自《后汉书》。

## 介 象

吴国人介象，字元则。一日，他与国王讨论切碎的鱼肉中哪一种味道最好，介象说："海里的鲻鱼最好。请您在宫殿前面挖一个方形的坑，再灌满水。"国王便令人挖坑灌水。介象拿一根丝线垂钓于坑中，约一顿饭的时间，便钓得一条大鲻鱼，将鱼切碎做成了脍。出自《建康实录》。

## 郭　璞

晋陈述字嗣祖，有美名，为大将军掾，甚见爱重。及亡，郭璞往哭之，甚哀，乃呼曰："嗣祖，焉知非福。"俄而大将军作乱，如其言。出《世说新语》。

## 庾　诜

齐新野庾诜，少孤，以读书自业，玄象算数，皆所妙绝。武献公萧颖胄疾笃，谓诜曰："推其历数，当无羞否？"答曰："镇星在襄阳，荆州自少福，明府归终于乱代，齐名伊霍，足贵子孙，有何恨哉！"公曰："君得之矣。但昏主狂虐，人思尧舜。恨不见清廓天下，息马华山也。"歔欷而终。果如其言。颖胄，赤斧之子。出《谈薮》。

## 张子信

齐琅琊王俨杀和士开也，武卫奚永洛与河内人张子信对坐，忽有鹊鸣，斗于庭而堕焉。子信曰："鹊声不善，向夕若有风从西南来，历树间，拂堂角，必有口舌事。今夜若有人相召，慎不得往。"子信既去，果有风至，俨使召永洛，且云敕唤。永洛欲赴，其妻劝令勿出。因称马坠折腰，遂免于难。出《三国典略》。

## 郭　璞

晋代有个人叫陈述，字嗣祖，很有名气。他在大将军王敦属下任职，颇受喜爱和器重。他死后，郭璞前去哭丧，哭得十分哀伤，并呼叫说："嗣祖啊，你这一死，怎知不是福份呢！"不久，大将军果然起兵作乱，正如郭璞所说的那样。出自《世说新语》。

## 庾　诜

北齐新野人庾诜自幼父母双亡。他以勤奋读书为业，对于玄学、天文、数算等都有很深的造诣。武献公萧颖胄病危之际，对庾诜说："按照历法推算，我该没有什么罪过吧？"庾诜答道："因为有镇星出现在襄阳，荆州的福祥之气自然较少，您将在祸乱年代归终。但您可与伊霍齐名，富贵足以衍及子孙。还有什么遗憾的呢！"武献公说："您说的很有道理，但是当今昏暴的君主狂妄暴虐，黎民思念尧舜之治。我所遗憾的是不能亲眼看到天下太平、黎民安息的局面啊！"说完，哽咽哀叹而逝。事实果然跟庾诜说的一样。萧颖胄，是赤斧的儿子。出自《谈薮》。

## 张子信

齐国的琅琊王高俨，他杀和士开的时候，这天武卫奚永洛正与河内人张子信对坐面谈。庭院里树上忽有乌鹊叫唤，而且边叫边斗，因而掉在地上。子信说："乌鹊的叫声不是吉祥之兆。傍晚如果有风从西南刮来，掠过树梢，吹拂房檐，那就必定会有关于口舌的是非。今晚如果有人来召唤你，千万当心不要跟他去。"子信离开永洛家后，果然刮起了风。高俨派人来召唤永洛，来人还说是皇帝有令叫他去。永洛打算跟来人去，他的妻子劝说他千万不可出门。永洛于是谎称从马上跌落下来腰部受了伤，不能前去赴命，结果避免了这场灾难。出自《三国典略》。

## 管 辂

魏管辂曾至郭恩家,忽有飞鸠来止梁上,鸣甚悲切。辂云:"当有客从东来相探候,携豕及酒,因有小故耳。"至晚,一如其言。恩令节酒慎爆。既而射鸡作食,箭发从篱间,误中数岁女子,流血惊怖。出《魏志》。

## 筹禅师

隋炀帝宴秘书少监诸葛颖于观文殿,帝分御杯以赐颖。乃曰:"朕昔有筹禅师,为之合诸药,总纳一竹筒内,取以帽簪插筒药中,七日乃拔取。以对宾客饮酒,杯至,取簪以画酒,中断。饮一边尽,一边尚满,以劝宾客,观者皆以为大圣稀有之事。"出《大业拾遗》。

## 李淳风

唐太史李淳风,校新历,太阳合朔,当蚀既,于占不吉。太宗不悦曰:"日或不食,卿将何以自处?"曰:"如有不蚀,臣请死之。"及期,帝候于庭,谓淳风曰:"吾放汝与妻子别之。"对曰:"尚早。"刻日指影于壁:"至此则蚀。"如言而蚀,不差毫发。太史与张率同侍帝,更有暴风自南至。李以为南五里当有哭者,张以为有音乐。左右驰马观之,则遇

## 管　辂

魏人管辂有一天来到郭恩家,忽见一只鸠鸟飞来停留在房梁上,发出悲悲切切的叫声。管辂便说:"今天定会有客人从东方前来探望您,并且带着猪肉与酒,因为您家里要发生点事故。"到了晚上,真像管辂说的那样,郭恩家里来了一位住在东面的客人。郭恩便令人斟酒炒菜,以礼相待。然后,他弯弓搭箭要射几只雀鹰下饭。箭从篱墙中射出去,误中了一个几岁的女孩。女孩流血不止,神情惊慌恐惧。出自《魏志》。

## 筹禅师

有一天,隋炀帝在观文殿宴请秘书少监诸葛颖。他将御用的酒杯分出一只送给诸葛颖,然后讲了一个关于筹禅师的故事。隋炀帝说:"过去我有个筹禅师,他为我把几种药材混合在一起,一块儿装进一支竹筒里。将帽上的簪子拿来插在竹筒中,过了七天便拔出来。我拿这支簪子跟宾客一起喝酒,一杯酒端上来,我便用簪子在酒中一划,杯里的酒便从中间分开。我将一边的酒喝干,另一边的酒仍然满满的,便把它拿来劝宾客喝。看到这种场面的人,都说这是大圣皇朝稀有的奇事。"出自《大业拾遗》。

## 李淳风

唐朝的太史令李淳风,有一次,他在校对新岁历书时,发现朔日将出现日蚀,这是不吉祥的预兆。太宗很不高兴,说:"日蚀如不出现,你如何处置自己?"李淳风说:"如果没有日蚀,我甘愿受死。"到了那天,太宗便来到庭院等候看结果,并对李淳风说:"我暂且放你回家与老婆孩子告别。"李淳风说:"现在还不到时候。"说着便在墙上划了一条标记:"等到日光照到这里时,日蚀就会出现。"日蚀果然出现了,跟他说的时间丝毫不差。李淳风与张率都在太宗身边服侍。又有一次,一阵暴风从南面刮来,李淳风认为在南面五里远的地方一定有人在哭,张率则认为那里一定有音乐声。太宗身边的人便骑马跑去查看,结果碰上一支

送葬者，有鼓吹。又尝奏曰："北斗七星当化为人，明日至西市饮酒，宜令候取。"太宗从之，乃使人往候。有婆罗门僧七人，入自金光门，至西市酒肆，登楼，命取酒一石。持碗饮之，须臾酒尽，复添一石。使者登楼，宣敕曰："今请师等至宫。"胡僧相顾而笑曰："必李淳风小儿言我也。"因谓曰："待穷此酒，与子偕行。"饮毕下楼，使者先下，回顾已失胡僧。因奏闻，太宗异焉。初僧饮酒，未入其直，及收具，于座下得钱二千。出《国史异纂》及《纪闻》。

### 袁天纲

唐则天之在襁褓也，益州人袁天纲能相。士龚令相妻杨氏，天纲曰："夫人当生贵子。"乃尽召其子相之。谓元庆、元爽曰："可至刺史，终亦屯否。"见韩国夫人曰："此女大贵，不利其夫。"则天时在怀抱，衣男子衣服，乳母抱至。天纲举目一视，大惊曰："龙睛凤颈，贵之极也。若是女，当为天下主。"出《感定录》。

### 安禄山术士

唐安禄山多置道术人，谓术士曰："我对天子亦无恐惧，唯见李相则神机悚战。"即李林甫。术士曰："公有阴兵五百人，皆铜头铁额，常在左右，何得畏李相公？"又谓禄山曰："吾安得见之？"禄山因表请宴宰相，令术士于帘下窥之。

送葬的队伍，队伍里面有吹鼓手奏着哀乐。又有一次，李淳风奏禀皇帝："北斗七星要变成人，明天去西市喝酒。可以派人守候在那里，将他们抓获。"太宗相信了他的话，派人前去守候。只见七个婆罗门僧人从金光门进城到了西市酒楼，上了楼，向店主人要了一石酒。他们端起碗来就喝，不多时便把一石酒喝光了，就又添了一石。太宗派来的使者走上楼来宣读诏书，说："现在请各位大师到皇宫去一趟。"僧人互相看了看，笑着说："一定是李淳风这小子说我们什么了。"就对使者说："等我们把酒喝完了，跟你一块儿走。"喝完酒后他们便下楼。使者先下去，当他回头看时僧人已踪影全无。使者回去奏禀太宗，太宗听后很惊异。当初僧人喝酒时并没交酒钱，但店主收拾器具时却在僧人的座位下面发现有两千钱。出自《国史异纂》及《纪闻》。

## 袁天纲

武则天还是个婴儿时，有一个益州人叫袁天纲，会相面。则天的父亲武士彟让袁天纲给妻子杨氏相面，天纲说："夫人一定生贵子。"于是便将他的儿子都叫到跟前让袁天纲相。袁天纲对元庆、元爽说："二位公子的官职能升到刺史，后来的结局将会艰难。"袁天纲看见韩国夫人便说："这位女孩将来一定大为显贵，但对她丈夫不利。"则天当时正抱在怀里，穿着男孩子的衣服，奶妈把她也抱了来。袁天纲抬眼一看，大为吃惊，说："这个孩子长了龙的眼睛和凤的脖子，富贵至极。如果是个女孩，将来一定能成为天下之君主。"出自《感定录》。

## 安禄山术士

唐代安禄山收罗了很多通晓道术的人。他对术士们说："我连皇帝都不惧怕，唯独见到李林甫丞相却心惊胆战。"一名术士说："您私下养了五百名阴兵，它们个个铜头铁臂，经常守卫在您的左右，您怎么能怕他李相公呢！"他又对禄山说："我怎样才能见到他？"禄山于是上表请求宴请宰相，让术士在帘子外面偷偷观看。

惊曰:"吾初见报相公来,有双鬟二青衣,捧香炉先入,仆射侍卫铜头铁额之类皆穿屋逾垣而走。某亦不知其故,当是仙官暂谪居人间也。"出《逸史》。

### 桑道茂

唐盛唐令李鹏遇桑道茂,曰:"长官只此一邑而已,贤郎二人,大者位极人臣,次者殆于数镇,子孙百世。"后如其言。长子石,出入将相,子孙二世及第。至次子福,历七镇,终于使相。凡八男,三人及第至尚书给谏郡牧,诸孙皆朱紫。

建中元年,道茂请城奉天为王者居。列象龟别,内分六街,德宗素神道茂言,遂命京尹严郢发众数千,与六军士杂往城之。时属盛夏,而土功大起,人不知其故。至播迁都彼,乃验。朱泚之乱,德宗幸奉天,时沿边藩镇皆已举兵扈跸。泚自率凶渠,直至城下。有西明寺僧,陷在贼中,性甚机巧,教造攻城云梯,高九十余尺,上施板屋楼橹,可以下瞰城中。浑瑊、李晟奏曰:"贼锋既盛,云梯甚壮,若纵近城,恐不能御。及其尚远,请以锐兵挫之。"遂率王师五千,列阵而出,于时束蕴居后,约战酣而燎。风势不便,火莫能举。二公酹酒祝词曰:"贼泚包藏祸心,窃弄凶德,敢以狂孽,来犯乘舆。今拥众胁君,将逼城垒。某等誓输忠节,志殄妖氛。若社稷再安,威灵未泯,当使云梯就爇,逆党冰销。"于是词情慷慨,人百其勇。俄而风势遽回,鼓噪而进,火烈风猛,

术士看后十分惊讶，对禄山说："我刚听见传报相公到来，便有两名梳着双鬟的婢女手捧香炉先走进门来；接着是仆射侍卫，个个铜头铁臂，都能穿屋越墙而行。我也不知其缘故，李相应当是暂时被贬到人间的仙官吧。"出自《逸史》。

## 桑道茂

　　唐代盛唐县令李鹏，一天遇着桑道茂。桑道茂说："您只掌管一个县而已。您的两个儿子，长者将来位极人臣，次者将来也掌管数镇。子孙相衍，富贵百年。"后来果然像他说的那样。李鹏的长子李石，入朝为相出朝作将，子孙两代科举及第；次子李福，共历七镇，最终当了使相；八个儿子有三个考试中选，官至尚书、给谏、郡牧；孙子们也都是五品三品以上的大官。

　　建中元年，桑道茂请求在奉天修城供君王居住。新城要列象龟别，内分六街。德宗一向把桑道茂的话奉为神明，便命令京尹严郢发派劳工数千，跟六军士卒一起去筑城。当时正值盛夏，却大兴土木，人们都不知道其中的原故。等到迁都到那里时，才知晓修筑奉天城的用处。朱泚作乱时，德宗幸驾奉天，当时沿边各个藩镇都已派兵来保护皇帝的车驾。朱泚率领凶贼，直到城下。有个西明寺的和尚陷入了贼阵之中。他心性机巧，教人制造攻城的云梯。云梯高九十多尺，上搭板屋楼橹，可以向下鸟瞰城中的情况。浑瑊、李晟奏禀皇上说："贼兵来势凶猛，攻城云梯十分坚固，如果放纵他们靠近城边，恐怕无法抵御。在他们离得还远的时候，请派精锐部队挫败他们。"于是，他们率领王师五千人马，列阵出城，同时捆好乱麻放在后面，当战斗激烈时点火燃烧。因风势不利，没能点起火来。浑瑊、李晟二公洒酒祭奠，口念祷词道："逆贼朱泚包藏祸心，窃国弄权行凶伤德，致以狂孽之徒，来犯皇帝的车驾。如今拥众胁迫君主，即将逼近城垒。我等宣誓尽忠尽节，立志扫除妖氛。如果社稷再安，威灵未泯，当使云梯着火，逆党冰消。"祷词如此激情慷慨，将士增加了百倍的勇气。不久风势立即回转，王师鼓噪而进，火烈风猛，

烟埃涨天，梯烬贼奔。德宗御城楼以观，中外咸称万岁。及克京国，二公勋绩为首，宠锡茅土。匡扶社稷，终始一致。李西平有子四人，皆分节制，忠崇荣显。

初，晟于左赟效职，久未迁超。闻桑道茂善相，赍绢一匹，凌晨而往。时倾信者甚众，造诣多不即见之。闻李在门，亲自迎接，施设殽醴，情意甚专。既而谓曰："他日建立勋庸，贵甚无比。或事权在手，当以性命为托。"李莫测其言，但惭唯而已。请回所赆缣，换李公身上汗衫，仍请于衿上书名，云他日见此相忆。及泚叛，道茂陷贼庭。既克京师，从乱者悉皆就戮。时李受命斩决，道茂将欲就刑，请致词，遂以汗衫为请。李公奏以非罪，特原之。

司徒杜佑曾为杨炎判官，故卢杞见忌，欲出之，杜见道茂曰："年内出官，则福寿无疆。"既而自某官，九十余日出为某官。官名遗忘，福寿果然。出《剧谈录》。

## 乡校叟

唐宰相窦易直，初名秘，家贫，就乡校授业。而叟有道术，人不之知。一日向暮，风雪暴至。学徒归不得，宿于漏屋下。寒争附火，惟窦寝于侧。夜分，叟自扶窦起曰："窦秘，君后为人臣，贵寿之极，勉励自爱也。"及德宗幸奉天，

烟尘冲天。云梯化为灰烬，贼兵纷纷溃逃。德宗登上城楼观看，城内城外山呼万岁。等到收复京城后，浑、李二公勋绩卓著，居于首位。皇帝恩宠，封赐他们为王侯。他们为了匡扶社稷，效忠尽职，始终如一。李西平有四个儿子，也都分别指挥管辖一部分军队，忠勇崇高，荣耀显赫。

当初，李晟任职于左膀，很长时间未能升迁。他听说桑道茂会相面，就携带一匹丝绢，凌晨去求见道茂。当时相信桑道茂的人特别多，去拜见的人多数不能当即见到他。桑道茂听说李晟在门口求见，便亲自出门迎接，并在家里摆上酒菜，殷勤接待。过了一会儿他对李晟说："他日您将建树功勋，富贵无与伦比。有件事情的大权掌握在您手里，我当以自己的性命相托。"李晟猜不透他话里的意思，只好惭愧地点头称是。桑道茂请他收回所送的丝绢，要换取李公身上的汗衫，并请他在汗衫上写下自己的名字，并说他日见到这件汗衫就可以互相回忆起今天的事来。等到朱泚叛乱，道茂陷落在逆贼的院子里。后来收复了京师，跟从作乱的人一律就地杀戮。当时李晟受命掌管斩决一事，道茂将要赴刑，请求跟李晟说几句话，于是提起了李晟汗衫的事。李公奏明皇上道茂无罪，皇上特地宽赦了道茂。

司徒杜佑曾经是杨炎的判官，所以卢杞忌恨他，他就想出走。杜佑见到道茂后，道茂对他说："年内出官的话，则福寿无疆。"后来，杜佑开始做某官，九十余日出为某官。官名遗忘了，他的福与寿果然如道茂所言。出自《剧谈录》。

## 乡校叟

唐朝宰相窦易直原名叫秘。他家境贫寒，在乡校读书。乡校里有个打更的老头有道术，别人都不知道这件事。一天傍晚，风雪突然来临，学生们不能回家，只好住宿在破漏的屋子里。因为天冷，大家都争着往火堆旁边挤，唯独窦秘睡在一边。夜深时，老头亲自将窦易直扶起来，对他说："窦秘，你以后定为大官，富贵长寿至极。你要勤奋刻苦，自重自爱。"等到德宗幸驾奉天时，

方举进士，亦随驾而西，乘蹇驴至开远，人稠路隘。城扉将阖，公惧势不可进。忽一人叱驴，兼捶其后，得疾驰而出。顾见二黑衣卒，呼曰："秀才已后莫忘闾情。"及升朝，访得其子，提挈于吏中甚达。出《因话录》。

## 相骨人

唐贞元末，有相骨山人，瞽双目。人求相，以手扪之，必知贵贱。房次卿方勇于趋进，率先访之。及出户时，后谒者盈巷。睹次卿已出，迎问之曰："如何？"答曰："不足言，不足言，且道个瘦长杜秀才位极人臣，何必更云。"或有退者。后杜循果带相印镇西蜀也。出《嘉语录》。

## 田良逸　蒋含弘

唐元和初，南岳道士田良逸、蒋含弘，皆道业绝高，远近钦敬。时号田蒋君。以虚无为心，和煦待物。不事浮饰，而天格清峻，人见者褊吝尽去。

侍郎吕渭、杨凭，相继廉问湖南，皆北面师事。潭州大旱，祈雨不获，或请邀致。杨曰："田先生岂为人祈雨者耶？"不得已迎之。先生蓬首弊服，欣然就车，到郡亦终无言，即日雨降。所居岳观，建黄箓坛场。法具已陈列而天阴晦，弟子请祈晴，田亦无言，岸帻垂发而坐。及行斋，左右代整冠履，扶升坛，天即开霁。

窦易直刚举为进士，也随驾西迁。他骑一头跛驴来到开远，因为人多路窄，城门又要关闭，他担心这种情况下进不了城。忽然有人大声呵叱他的驴，同时捶打驴的屁股，驴便飞奔出了人群。他回头看见两个穿黑衣服的士卒向他呼叫道："请秀才往后不要忘记乡下的情分。"等他升为朝廷宰相后，打听到了这两个士卒，对他俩大力提拔。出自《因话录》。

## 相骨人

唐朝贞元末年，有个会看骨相的人，双目失明。有人求他相骨时，他用手摸摸，必知此人或贵或贱。有个叫房次卿的正努力上进以求显达，他第一个去拜访相骨人。等他相完走出门时，后到的人已经排满了整条胡同。人们看见次卿已经出来了，就迎上去问他："怎么样？"房次卿答道："不值得说，不值得说。他说有个瘦长的杜秀才位极人臣，何必再说别人？"有人听后就回去不再让这个相骨人看相了。后来，杜循果然带着相印镇守西蜀去了。出自《嘉语录》。

## 田良逸　蒋含弘

唐朝元和初年，南岳道士田良逸和蒋含弘都道业绝高。远近的人都敬佩他们，时人合称他们为田蒋君。他们以清静虚无为心境，和煦待物；不事浮饰，而天性高洁峻朗。见到他们的人自己的褊狭吝啬之心即被荡涤净尽。

侍郎吕渭、杨凭相继到湖南查访，都把他们当老师对待。潭州大旱，祈雨又不得，有人便请求邀请田蒋君。杨凭说："田先生难道是给人家祈雨的么？"出于不得已，只好去迎田先生。田先生蓬头旧衣，欣然上车。他到了潭州郡后也一直不说话，当天雨就降下来了。他所居住的岳观，建造了黄箓坛场。法具已陈列好了，正要作法场，天空却阴暗起来。弟子请他祈求天晴，田先生也是不说话，头巾掀在一边，披散着头发坐在那里。等到斋戒时，身边的人替他整理好鞋帽，扶他登坛，天空即刻变晴了。

　　常有村姥，持碧绡襦以奉，对众便服之，坐者窃笑，不以介意。杨常迎至潭州。田方跣足，使至，乘小舟便行，侍者以履袜追及于衙门，即坐阶砌着袜，傍若无人。杨再拜，亦不止之。

　　时喜饮酒，而言不及吉凶是非。及杨自京尹谪临贺尉，使候田，遗银器，受之，便悉付门人作法会。使还曰："报汝阿郎，勿深忧也。"未几量移杭州长史。

　　未尝干人，人至亦不逆，性不多记人官位姓第。与吕渭分最深，后郎中吕温刺衡州，因来谒之，左右先告以使君是侍郎之子，及温入，下床拊其背曰："你是吕渭儿子耶？"温泫然降阶，田亦不止。其真朴如此。

　　母为喜王寺尼，尼众皆呼先生为师。常日负薪两束奉母，或有故不及往，即弟子代送之。或传寺尼早起见一虎在田姥门外走，因以告姥。曰："止应是小师使送柴来，不足畏也。"

　　蒋君混元之器，虽不及田，而修持趣尚，亦相类。兄事于田，号为莫逆。蒋始善符术，自晦其道，人莫之知。后居九真观，曾命弟子至县市斋物，不及期还，诘其故，云于山口见一巨兽当路，良久不去，以故迟滞。蒋曰："我在此庇伊已多时，何敢如是？"即以一符置所见处。明日，兽踣符下。蒋闻之曰："我本以符却之，使其不来，岂知不能自脱。既以害物，安用术为？"取符本焚之，自此绝不复留意。

时常有农村老妇拿来绿色丝织短衣送给他,他便当着众人的面穿上,在坐的人见状都忍不住偷地笑,他也不介意。杨凭常常派人迎接他到潭州去。田先生正光着脚,使者一到,他登上小船就走。侍童提着鞋袜追到衙门,田先生就坐在台阶上穿袜子,旁若无人。杨凭拜了两拜,他也不制止。

田先生喜欢喝酒,却根本不提吉凶是非的事。等到杨凭自京尹贬谪临贺尉,派使者看望田良逸,赠他以银器,他毫不推让就收下,然后全部送给门人做法会时用。使者要往回走,他说:"告诉你家少爷,不要太忧伤了。"不久杨凭升迁为杭州长史。

田方逸从不干涉别人,别人到了他也不反对,生性不大在意别人的官位姓氏和门第。他与吕渭的情分最深。后来郎中吕温为衡州刺史,因故特来拜访他,身边的人事先告诉他来访者是侍郎吕渭的儿子。等吕温进门后,他下床拍着吕温的后背说:"你是吕渭的儿子呀。"吕温含着眼泪走下台阶向他告辞,田先生也不挽留他。田方逸就是这样纯真朴实。

田方逸的母亲是喜王寺的尼姑,众尼姑都称呼田先生为师傅。田先生常常是每天背两捆柴禾送给母亲,有时因故来不及去,就让弟子代为送去。传说寺尼早上起来看见一只老虎在田先生母亲的门前走,便去告诉她老人家。田老太太说:"那只能是小师傅的使者给我送柴来,用不着害怕。"

蒋含弘的混元之器虽然赶不上田方逸,但是他修持的风格也与田先生相似。他把田先生当兄长对待,称为莫逆之交。蒋原来善长符箓之术,因为他隐藏自己的道术,所以别人都不知道。后来他居住在九真观,曾命弟子到县城买斋物。弟子没有及时返回,蒋盘问原因,弟子说在山口见一只巨兽挡道,很久没有离去,所以回来晚了。蒋说:"我在这里庇护它已经多时,它怎么敢这样做?"便把一张符放在弟子所见有巨兽的那个地方。第二天,那个巨兽竟倒毙在符下。蒋听说之后说:"我本想用符把它赶跑,使它不要再来,哪里知道它竟不能逃脱。既然符术可以伤害生物,这法术还有何用?"他取出符本来点火烧了,从此之后完全不再留心于此道。

　　有欧阳平者,行业亦高,又兄事蒋,于田君即邻入室。平一夕梦三金炉自天而下,若有所召。既寤,潜告人曰:"二先生不久去矣,我继之。"俄而田蜕去,蒋次之,平亦逝。

　　桐柏山陈寡言、徐灵府、冯云翼三人,皆田之弟子,衡山周混沌,蒋之门人。陈、徐在东南,品第比田蒋,而冯在欧阳之列。周自幼入道,利法清严,今为南岳首冠。出《因话录》。

有个叫欧阳平的,道业也很高。他又把蒋当兄长,对于田君来说就算是刚刚接近入室。一天晚上,欧阳平梦见三只金炉从天而降,好像在召唤什么。醒来后,他偷偷地告诉别人说:"两位先生不久就要离开人世了,我也要接着离去。"不久田先生死去,蒋先生接着去世,欧阳平也逝去了。

　　桐柏山的陈寡言、徐灵府、冯云翼三个人都是田良逸的弟子,衡山的周混沌是蒋含弘的门人。陈与徐在东南一带,地位可与田、蒋比,而冯云翼应在欧阳平一列。周混沌自幼入道,利法清正严肃,如今是南岳的魁首。出自《因话录》。

# 卷第七十七
## 方士二

杜　生　　　泓　师　　　罗思远　　　张景藏　　　叶法善
钱知微　　　胡芦生

## 杜　生

　　唐先天中，许州杜生善卜筮，言走失官禄，皆验如神。有亡奴者，造杜问之，生曰："汝但寻驿路归，道逢驿使有好鞭者，叩头乞之，彼若不与，以情告云：'杜生教乞。'如是必得。"如其言，果遇驿使，以杜生语告乞鞭。其使异之曰："鞭吾不惜，然无以挝马，汝可道左折一枝见代，予与汝鞭。"遂往折之，乃见亡奴伏于树下，擒之。问其故，奴曰："适循道走，遥见郎，故潜于斯。"复有亡奴者见杜生，生曰："归取五百钱，于官道候之，见进鹞子使过，求买其一，必得奴矣。"如言候之，俄有鹞子使至。告以情，求市其一。使者异之，以副鹞子与焉。将至手，鹞忽飞集于灌莽，乃往取，

## 杜　生

唐玄宗先天年间，许州有个杜生长于算卦，凡有求他找人找东西或预测官位利禄的，他的话无不句句应验。有一个跑了家奴的人去求杜生，杜生说："你只捡大道往回走，碰见爱好马鞭的信差就求他把马鞭给你。他若不肯给，你就把详情告诉他，说是杜生让你向他要的。照这样说的去办，定能找到你的仆人。"按他的话，这个人果然碰到一位信差，并按杜生的话向他乞求鞭子。那位信差惊异地说："鞭子可以不要，但没有东西打马不行，你可去路边折根树枝拿来给我，我就把马鞭给你。"此人便去路边折树枝，就看到逃跑的仆人正躲在树下，便将其抓获。问他为什么躲在此处，仆人说："刚才我沿着大道走，远远地看见了你，所以藏到这里。"又有一个跑了家奴的人去求杜生，杜生说："你回去取五百个钱，在官道上等候，看见向朝廷进献鹞子的差役路过，就求他卖给你一只。这样就能得到你的家奴。"此人照杜生的话守候在道旁，转眼之间便有个送鹞子的差役走过。此人告诉他事情的原委，恳求卖给他一只鹞子。差役十分惊异，挑了一只不太好的给他。刚要拿到手时，鹞子忽然飞走，落在一丛灌木之中。此人便赶过去捉拿，

奴果伏在其下，遂执之。言人禄位中者至多，兹不缕述。
出《纪闻》。

## 泓　师

唐张敬之在则天朝，每思唐德，谓子冠宗曰："吾今佩服，乃莽朝服耳。"累官至春官侍郎，当入三品，其子将道由历于天官。有僧泓师善阴阳算术，与敬之有旧，谓敬之曰："侍郎无烦求三品。"敬之曰："弟子无所求，此儿子意耳。"敬之弟讷之为司礼博士，时有疾，甚危殆。指讷之曰："八郎得三品。"敬之曰："忧其疾亟，岂望三品也。"曰："八朗今日如临万仞渊，必不坠矣。"皆如其言。

泓复与张燕公说置买永乐东南第一宅。有求土者，戒之曰："此宅西北隅最是王地，慎勿于此取土。"越月，泓又至，谓燕公："此宅气候忽然索漠甚，必恐有取土于西北隅者。"公与泓偕行，至宅西北隅，果有取土处三数坑，皆深丈余。泓大惊曰："祸事，令公富贵止一身而已，更二十年外，请郎君皆不得天年。"燕公大骇曰："填之可乎？"泓曰："客土无气，与地脉不相连，今总填之，亦犹人有疮痏，纵以他肉补之，终无益。"

燕公子均、垍皆为禄山委任，授贼大官，克复后，三司定罪。肃宗时以减死论，太上皇召肃宗谓曰："张均弟兄皆与逆贼作权要官，就中张垍更与贼毁阿奴家事，犬彘之不若也，其罪无赦！"肃宗下殿叩头再拜曰："臣比在东宫，被人诬谮，三度合死，皆张说保护，得全首领，以至今日。

逃跑的家奴正藏在灌木下边,于是将他捉住。杜生关于别人名利地位的话,应验的也特别多,这里就不一一叙述了。出自《纪闻》。

## 泓　师

唐朝张敬之在武则天当政的时候,每当思念李唐的德政,就跟儿子冠宗说:"我现在穿戴的,是王莽执政时的衣服。"他多年为官,直到春官侍郎职位,理当列入三品,儿子便向吏部天官陈述他列入三品的理由。有个僧人泓师,长于阴阳历算之术,他与张敬之有旧交情,就对张敬之说:"侍郎您用不着再去要求列入三品。"敬之说:"这不是我的要求,是我儿子的意思。"敬之的弟弟讷之是司礼博士,当时有重病,十分危险。泓师指着讷之说:"八郎能得到三品的职衔。"敬之说:"正为他的病担忧呢,哪敢盼望进入三品啊!"泓师说:"八郎今天如临万丈深渊,肯定落不下去!"后来事实都如泓师所说的那样。

还有一次,泓师帮燕国公张说购置了永乐宫东南的一座住宅。有人来挖土,泓师劝诫道:"这座住宅西北角是王者之地,千万别在这里挖土。"过了一个月,泓师又来到这里,对张说说:"这座住宅的气象忽然寂寥得很,恐怕一定有人在西北角处挖土了。"张说与泓师一起走到西北角,果然发现被挖了几个坑,个个一丈多深。泓师大惊道:"这是灾祸,它使得您的富贵止于您一人而已。二十年后,您的儿女都不得善终。"张说十分惊恐,说:"把坑填平可以吗?"泓师道:"别处的土没有元气,填上与地脉也不能连通。现在把他们都填平了,也如人的身上生了疮疖一样,纵使用他人的肉补上去,终究也无补益。"

张说的两个儿子张均、张垍都被逆贼安禄山委任为大官。安禄山叛乱被平息后,两人被三司定了罪。肃宗时,以免除死刑论处。太上皇召见肃宗,对他说:"张均兄弟都给逆贼作显要之官,其中张垍更是伙同安禄山破坏你的家事,他猪狗不如,其罪断不能赦免!"肃宗走下殿来叩头拜了两拜,说:"我在东宫时,曾被人诬陷,三次当死,都受张说保护才得以保住了性命,才有了今日。

张说两男一度合死,臣不能力争。脱死者有知,臣将何面目见张说于地下。"呜咽俯伏。太上皇命左右曰:"扶皇帝起。"乃曰:"与阿奴处置。张垍宜长流远恶处。竟终于岭表。张均宜弃市,更不要苦救这个也。"肃宗掩泣奉诏,故均遇害。皆如其言。出《大唐新语》及《戎幕闲谈》。

## 罗思远

唐罗思远多秘异术,最善隐形。明皇乐隐形之法,就思远勤求而学之。思远虽传授,不尽其要。帝每与思远同为之,则隐没人不能知。若自试,则或余衣带,或露幞头脚,宫中人每知帝所在也。帝多方赐赍,或惧以死,而求之,终不尽传。帝怒,命力士裹以油襆,置于油榨下,压杀而埋瘗之。不旬日,有中官自蜀道回,逢思远于路。乘驴而笑谓使者曰:"上之为戏,一何虐也。"出《开天传记》。

## 张景藏

中书令河东公裴光庭,开元中居相位。张景藏能言休咎。一日,忽诣公,以一幅纸大书"台"字授公。公曰:"余见居台司,此何意也?"数日,贬台州刺史。出《尚书故实》。

## 叶法善

唐玄宗于正月望夜,上阳宫大陈影灯,设庭燎,自禁门望殿门,皆设蜡炬,连属不绝,洞照宫室,荧煌如昼。

如今张说的两个儿子只有一次当死的罪名,我却不能为他们力争。假如死者有知觉,我还有何脸面在黄泉之下见张说!"说完,匍匐在地呜咽哭泣。太上皇命左右将肃宗扶起来,说:"这两个人交给你处置。张垍应当长期流放到边远险恶的地方,叫他老死在岭南;张均应当暴尸街头,再不要苦苦求救这个人了。"肃宗只好掩面哭泣着接受了太上皇的诏命,所以张均被杀了。这些情况都如当年泓师所说的那样。出自《大唐新语》及《戎幕闲谈》。

## 罗思远

唐代罗思远精通多种神秘法术,最擅长隐形术。唐明皇对隐形法很感兴趣,便跟思远勤奋学习。思远虽然向唐明皇传授,却不把要领都教给他。玄宗每次跟思远一起作法时,隐形之后没人知道他在哪里。如果单独练习,则不是把衣带留在原处,就是露出头中的边角,宫里人每次都知道皇帝所在的地方。皇帝多次变换方式赏赉他,或者以死恫吓,百般相求,思远最终也没有将法术全部传给他。皇帝发怒了,命令力士用油包把他包起来,放在榨油机下面,将他压死后埋了。不到十天,有一位宫中的官差从四川回来,在路上遇见了思远。思远坐在驴上笑着向这位使者说:"皇上跟我开玩笑,未免开得太残酷了。"出自《开天传记》。

## 张景藏

河东人中书令裴光庭,开元年间官居宰相职位。有个叫张景藏的人能够预卜吉凶祸福。有一天,张景藏突然来到裴公面前,在一张纸上写了个很大的"台"字送给裴公。裴公说:"我现在居于台司之位,你这是什么意思?"过了几天,裴宰相便被贬为台州刺使。出自《尚书故实》。

## 叶法善

唐玄宗正月十五日夜晚于上阳宫内大摆彩灯,庭院里点火,自禁门到殿门都点蜡烛,连绵不断,照亮宫室,灯火辉煌如同白天。

时尚方都匠毛顺心多巧思,结构缯采,为灯楼二十间,高百五十尺,悬以珠玉金银,每微风一至,锵然成韵,仍以灯为龙凤虎豹腾跃之状,似非人力。有道士叶法善在圣真观,上促命召来。既至,潜引法善观于楼下,人莫知者。法善谓上曰:"影灯之盛,天下固无与比,惟凉州信为亚匹。"上曰:"师顷尝游乎?"法善曰:"适自彼来,便蒙召。"上异其言,曰:"今欲一往,得否?"法善曰:"此易耳。"于是令上闭目,约曰:"必不得妄视,若有所视,必当惊骇。"上依其言,闭目距跃,身在霄汉,已而足及地。法善曰:"可以观览。"既视,灯烛连亘十数里,车马骈阗,士女纷杂,上称其善。久之,法善曰:"观览毕,可回矣。"复闭目,与法善腾虚而上,俄顷还故处,而楼下歌吹犹未终。法善至西凉州,将铁如意质酒肆。异日,上命中官托以他事使凉州,因求如意以还。法善又尝引上游于月宫,因聆其天乐,上自晓音律,默记其曲,而归传之,遂为《霓裳羽衣曲》。法善生隋大业丙子,终于开元壬申,凡一百七十年矣。

宁州有人,卧疾连年,求法善飞符以制之。令于居宅井南七步掘约五尺许,得一古曲几,几上有十八字歌曰:"岁年永悲,羽翼殆归。哀哉罹殃苦,令我不得飞。"疾者遂愈。案孔怿《会稽记》云:"葛玄得仙后,几遂化为三足兽。"至今上虞人往往于山中见此案几,盖欲飞腾之兆也。《金陵六朝记》曰:"吴帝赤乌七年八月十七日,葛玄于方山上得道,白日升天。"至今有煮药铛,山有洗药池,见在。又白仲都,

当时尚方都匠毛顺心有很多巧妙的构思：利用彩绸打结，做成灯楼二十间，楼高一百五十尺，上面悬挂金银珠玉等物。微风一吹来，铿锵悦耳；又以灯光照射，呈现出龙凤虎豹飞腾跳跃的样子。这些奇幻的景观好像并非人力所为。有名叫叶法善的道士正在圣真观中，皇上催促命人将他召来。法善来到后，玄宗便悄悄带领他到楼下观看，周围的人谁也不知道。法善对皇上说："彩灯之盛，天下无比，只有凉州可以排在第二位。"皇上说："法师刚才曾去游览过吗？"法善说："我刚刚从那里来，便蒙皇上召见。"皇上听了他的话很是惊异，说："我现在想去看一看，办得到么？"法善说："这很容易。"于是让皇上闭上眼睛，约法道："一定不要擅自偷看，如果偷看，肯定会惊怕。"皇上依照他的话，闭上两眼一跳，身体便飞入云霄；过了一会儿又两脚落地。法善说："可以睁眼观看了。"放眼看去，只见灯烛连绵十几里，车马拥挤，男女纷杂。皇上连连称赞。看了很久，法善便说："观看完毕，可以回去了。"于是皇上又闭上眼睛，与法善一起腾空而飞。不一会儿就返回原处，此时楼下的歌唱声和乐器声还没有结束。法善来到西凉州，将自己的铁如意抵押在酒店之中。又一天，皇上命中官借办理别的事情为由出使凉州，顺便取回如意还给法善。法善还曾领着皇上去月宫游览，因而聆听到天上的音乐。皇上本来通晓音律，他默记天乐曲谱，回来后予以传播，就成了《霓裳羽衣曲》。法善生于隋大业丙子年，死于唐开元壬申年，寿高一百七十岁。

宁州有个人连年卧病不起，请法善利用飞符给他治疗。法善让他在住宅中水井的南面七步处向地下挖约五尺深。此人照法善说的去做了，得到一个古曲几，几上有一首十八字歌："岁年永悲，羽翼殆归。哀哉罹殃苦，令我不得飞。"那个卧病不起的人便痊愈了。据孔怿《会稽记》说，葛玄成仙后，这只小几便化为三脚兽。直至今天，上虞这个地方的人，往往在山中见到这一案几，这是要飞黄腾达的预兆。《金陵六朝记》记载：吴帝赤乌七年八月十七日，葛玄在方山上得道，白天升天。时至今天，仍有葛玄炼丹修道时煮药用的锅，山上还有洗药的水池子。又有白仲都，

葛玄弟子,亦白日升天。至今祠坛见在白都山下。又姚光亦葛玄弟子,自言得为火仙,吴大帝积薪焚之,光安坐火中,手阅素书一卷。

法善尽传符箓,尤能厌鬼神。先是高宗曾检校诸术士黄白之法,遂出九十余人,曾于东都凌空观设坛醮,士女往观之,俄有数十人自投火中,人大惊,师曰:"皆鬼魅,吾法摄之也。"卒谥越国公。出《广德神异录》。

## 钱知微

唐天宝末,术士钱知微尝至洛,居天津桥卖卜,云:"一卦帛十匹。"历旬,人皆不诣之。一日,有贵公子意其必异,命取帛如数卜焉,钱命著而卦成。曰:"予筮可期一生,君何戏焉?"其人曰:"卜事甚切,先生岂误乎?"钱请为韵语曰:"两头点土,中心虚悬,人足踏跋,不肯下钱。"其人本意卖天津桥绐之。其精如此。出《酉阳杂俎》。

## 胡芦生

唐刘阐初登第,诣卜者胡芦生筮卦以质官禄。生双瞽,卦成,谓阐曰:"自此二十年,禄在西南,然不得善终。"阐留束素与之。释褐,从韦皋于西川,至御史大夫军司马。既二十年,韦病,命阐入奏,请益东川,如开元初之制。诏未允,阐乃微服单骑复诣胡芦生筮之。生搦著成卦,谓阐曰:"吾二十年前,尝为一人卜,乃得《无妄》之《随》。

是葛玄的弟子，也是白日升天。至今尚有当年仲都修道时的祠坛在白都山下面。另外姚光也是葛玄的弟子，他自己说当是火仙。吴大帝堆积柴草烧他，姚光安然坐在火中，手捧一卷无字书阅读。

法善善用符箓，尤其能够降伏鬼神。在这之前，唐高宗曾检验各位术士的炼丹之法。于是来了九十余人，他们在东都凌空观设坛打醮，许多男女前往观看。突然有数十人自动投入火中，人们大为吃惊。法善法师说："这些都是鬼魅，是我施法抓来的。"法善死后，谥号越国公。出自《广德神异录》。

## 钱知微

唐朝天宝末年，术士钱知微曾到洛阳，在天津桥头算卦挣钱，标价为一卦十四帛。过了十天也没有人到他那里求卦。这一天，有位贵公子心想此人必有特异之处，便叫人拿来十匹帛去找他算卦。钱知微摇动卦签，卦象立即呈现出来。他说："我的卦可以预测一辈子的吉凶，您为什么当儿戏呢？"这位公子说："我问卜的事情非常紧要，先生难道有怀疑吗？"钱知微同意给他算卦，便念了几句韵语："两头点土，中心虚悬，人足踏跎，不肯下钱。"这位公子来问卦的本意，就是想以卖天津桥来骗骗他，试试他。钱知微的卜术就是如此精确。出自《酉阳杂俎》。

## 胡芦生

唐代刘闢刚刚考试及第，就到算命先生胡芦生那里占卜官禄。胡芦生双目失明，卦成后，对刘闢说："自今以后二十年，你的官禄在西南方，但是结局不好。"刘闢留下一捆丝布给他。刘闢脱去布衣穿上官服，跟随韦皋到了西川，官至御史大夫军司马。过了二十年，韦皋患病，派刘闢入朝奏禀，请求将东川纳入西川管辖，就像开元初年的体制那样。皇帝没有批准，刘闢身穿便衣一个人骑马又到胡芦生那里算卦。胡芦生摇著成卦，对刘闢说："我二十年前曾给一个人算过一卦，得《无妄》变为《随》卦。

今复前卦,得非曩贤乎?"阚闻之,即依阿唯诺。生曰:"若审其人,祸将至矣。"阚甚不信,乃归蜀。果叛,宪宗皇帝擒戮之。

宰相李蕃尝漂寓东洛,妻即庶子崔谦女。年近三十,未有名宦。多寄托崔氏,待之亦不甚尽礼。时胡芦生在中桥,李患足疮,欲挈家居扬州,甚闷,与崔氏兄弟同往候之。生好饮酒,诣者必携一壶。李与崔各携酒,赍钱三镮往焉。生方箕踞在幕屋,倚蒲团,已半酣矣。崔兄弟先至,生不为之起,但伸手请坐而已,曰:"须臾当有贵人来。"顾小童曰:"扫地。"方毕,李生至级下,芦生笑迎,执手而入曰:"郎君贵人也,何问?"李公曰:"某且老矣,复病,又欲以家往数千里外,何有如此贵人也?"曰:"更远亦可,公在两纱笼中,岂畏此厄?"李公询纱笼之由,终不复言。遂往扬州,居参佐桥,而李公闲谈寡合。居之左近有高员外,素相善。时李疾不出,高已来谒。至晚,又报高至,李甚怪。及见云:"朝来看公归,到家困甚就寝,梦有人召出城,荆棘中行,见旧使庄客,亡已十数年矣。谓某曰:'员外不合至此,为物所诱,且须臾急返,某送员外去。'遂即引至城门。某谓曰:'汝安得在此?'曰:'为阴吏,蒙差当直李三郎。'某曰:'何李三郎也?'曰:'住参佐桥。知员外与三郎往还,故此祗候。'某曰:'李三郎安得如此?'曰:'是纱笼中人。'诘之不肯言,因云:'饥甚,员外能赐少酒饭钱银否,此城不敢入,请于城外致之。'某曰:'就李三郎宅得否?'其人惊曰:'若

今天又出现了以前那一卦,莫非您就是过去那个人么?"刘闹听了,只好支支吾吾称是。胡芦生说:"如果真是那个人,大祸就要临头了!"刘闹一点儿也不相信,就又返回四川。后来他果然叛乱,宪宗皇帝将他擒获杀了。

宰相李蕃曾经漂泊流浪住在东洛,他的妻子是庶子崔谦的女儿。李蕃年近三十仍未得到官位,他主要靠崔家养活,崔家对他也不大礼待。当时,胡芦生住在中桥。李蕃脚上生疮,要携带家眷去扬州居住,心情十分沉重,便与崔家兄弟同去访问芦生。芦生爱喝酒,找他算卦的人必须带上一壶。李蕃与崔氏兄弟各自带着酒还有三锾钱去见他。胡芦生正叉着双腿坐在幕屋里,倚着蒲团,已经半醉了。崔氏兄弟先到,胡芦生并不起来行礼,只是伸伸手让他们坐下而已,说:"马上就有贵人到来。"便招呼小童扫地。刚打扫完毕,李生到了阶下,芦生笑着下阶迎接,拉着他的手进屋,说:"您是贵人啊,有什么要问我的?"李蕃说:"我已经老了,又有病,还要带着家眷往数千里以外的地方去,哪里有这样的贵人呀!"芦生说:"再远也可以。您在两个纱笼之中,难道还怕这点儿厄运?"李生询问"纱笼"是怎么回事,芦生一直不再开口。李生便去了扬州,居在参佐桥。他寡言少语,很少与人交往。住处附近有个高员外,一向跟他不错。当时李生有病在家,高员外已来看望过他。到了晚上,家人又报高员外到了,李公很奇怪。见面后高说:"早上来过我就回去了,到家感到困倦便睡了一觉,梦见有人召我出城,走在荆棘丛中,看见过去使唤的庄客。他已死了十几年了,跟我说:'员外不该到此,可能是被什么引诱来的,要马上返回去,我送你走。'他便领我到了城门。我问他:'你怎么在这里呢?'他说:'我在阴间当差,领命照顾李三郎。'我问:'哪个李三郎?'回答:'住在参佐桥。我知道员外跟三郎有交往,因此前来恭候。'我问:'李三郎怎么能够这样?'他答:'他是纱笼里的人。'我继续追问,他不告诉我,便说:'实在饿得慌,员外能不能赏给我点儿酒饭钱?这座城我不敢进,请在城外给我。'我说:'去李三郎家行不行?'他十分惊慌,说:'要是

如此，是杀某也。'遂觉。特奉报此好消息。"李公笑而谢之，心异纱笼之说。

后数年，张建封镇徐州，奏李为巡官校书郎。会有新罗僧能相人，言张公不得为宰相，甚不快，因令使院看诸判官有得为宰相否。及至曰："并无。"张尤不快，曰："某妙择宾僚，岂无一人至相座者？"因更问曰："莫有判官未入院否？"报李巡官，便令促召至。僧降阶迎，谓张公曰："判官是纱笼中人，仆射不及。"张大喜，因问纱笼事，曰："宰相冥司必潜以纱笼护之，恐为异物所扰，余官不得也。"方悟芦生及高公所说，李公竟为相。


荥阳郑子，少贫窭，有才学不遇，时年近四十，将献书策求禄仕。郑遂造之，请占后事。谓郑曰："此卦大吉，七日内婚禄皆达。"郑既欲干禄求婚，皆被摈斥，以卜者谬己，即告云："吾将死矣，请审之。"胡芦生曰："岂欺诳言哉，必无致疑也。"郑自度无因而致，请其由。生曰："君明日晚，自乘驴出永通门，信驴而行，不用将从者随，二十里内，的见其验。"郑依言，明日，信驴行十七八里，因倦下驴。驴忽惊走，南去至疾，郑逐一里余，驴入一庄中，顷闻庄内叫呼云："驴踏破酱瓮。"牵驴索主，忽见郑求驴，其家奴仆诉詈，郑子巽谢之。良久，日向暮，闻门内语云："莫辱衣冠。"即主人母也，遂问姓名，郑具对，因叙家族，乃郑之五从姑也，

这样，等于杀了我。'这时，我便醒了。现在特来向您报告这个好消息。"李生笑着向他道谢，心想纱笼之说实在奇异。

几年后，张建被封镇守徐州，奏报李蕃为巡官校书郎。刚好有个新罗僧人会相面，说张公不能当宰相。张公听了很不愉快，便叫他到官署里看看众判官之中有能当宰相的没有。他到了后说："并没有。"张公更加不愉快，说："我很会选拔官吏，难道他们中没有一个将来能升为宰相的？"于是又问："莫不是还有没进院的判官？"下人报告说李巡官未入院，张公便令人快把他召来。李巡官到来时，僧人下阶迎接，对张公说："这位判官是纱笼里面的人，仆射也赶不上他。"张公大喜，便问他关于纱笼的事。僧人说："宰相之官在阴司中定有纱笼暗中保护着，以防异物侵扰；其他官员都没有这种待遇。"李生这才明白以前芦生和高员外所说的"纱笼"是怎么回事。李蕃后来果然当了宰相。

荥阳有个姓郑的，自幼贫寒，怀才不遇。他快到四十岁了，要向朝廷献策问求取官位。听说芦生神算，便登门拜访，请他预卜后事。芦生对郑生说："你卜的卦大吉大利，七天之内，你的婚姻和官禄问题都能如愿以偿。"郑生因过去求官求婚都被拒斥，便认为算卦人在骗他。他把这些经历和想法告诉芦生后说："我眼看就要死了，请您仔细想想，跟我说实话吧！"胡芦生说："我说的绝不是欺诈之谈，你千万不要怀疑。"郑生觉得没有因由能得到这样的机遇，便问他自己该怎么办。芦生说："明天晚上，你一个人骑驴出永通门，不要侍从等人跟着。出门之后让驴子随便走，二十里以内，我前面的话就会得到验证。"郑生照芦生的话，第二天骑驴出城门，任凭驴子走了十七八里，因为疲倦便下了驴。驴突然惊跑，飞快往南而去。郑生追赶了一里多，驴进了一个村庄，一会儿听到庄主叫喊："驴踏破酱缸了！"有人牵驴寻找主人，忽然看见郑生正在找驴。那家的奴仆把他好一顿训斥，郑生恭敬地表示道歉。过了很长时间，太阳快要落山了，听到大门里面有人说："不要污辱读书人。"说话的就是这家主人的母亲。她问郑生姓氏名字，郑生一一回答，接着叙述了家族。她竟是郑生的五堂姑，

遂留宿。传语更无大子弟，姑即自出见郎君。延郑厅内，须臾，列灯火，备酒馔。夫人年五十余，郑拜谒，叙寒暄，兼言驴事，惭谢姑曰："小子隔阔，都不知闻，不因今日，何由相见！"遂与款洽，询问中外，无不识者，遂问婚姻，郑云："未婚。"初姑似喜，少顷惨容曰："姑事韦家，不幸，儿女幼小，偏露，一子才十余岁，一女去年事郑郎。选授江阴尉，将赴任，至此身亡。女子孤弱，更无所依。郎即未宦，若能就此亲，便赴官任，即亦姑之幸也。"郑私喜，又思卜者之神，遂谢诺之。姑曰："赴官须及程限，五日内须成亲，郎君行李，一切我备。"果不出七日，婚宦两全。郑厚谢芦生，携妻赴任。出《原化记》。

于是就留郑生住下。仆人传话告诉郑生，因为家里没有成年的男子，堂姑就亲自出面见他。郑生被请到客厅内，不一会儿，点上灯烛，摆上酒菜。夫人五十多岁，郑生上前施礼拜见。寒暄之后，又谈到驴的事，郑生惭愧地向姑母道歉说："小侄儿与姑母长期分离，音信全无，若不是今天这件事，不知有何机会能见到您。"姑母听了跟他很亲近。询问家里家外的事，他没有不知道的；又问及他的婚姻情况，郑生说尚未婚娶。开始姑母好像很高兴，不一会儿便面带愁容说："姑母嫁给韦家，命运不好。儿女年幼，孩子的父亲死了，一个儿子才十几岁。一个女儿去年嫁给郑郎，选授江阴尉之职，正要赴任，走到这里就死了。女儿孤单柔弱，又没有依托。你正好没有官位，若能成就这件亲事，便可前去赴任。这也是姑姑值得庆幸的事。"郑生听了暗暗欢喜，又想起那个算卦人的神奇，于是向姑母道谢，接受了她的要求。姑母说："上任必须要遵守期限，五天之内必须完婚。你的行李用品，全部由我准备。"果然不出七天，他的婚姻与官禄都有了圆满的结果。郑生以厚礼谢过芦生，然后带上妻子上任去了。出自《原化记》。

# 卷第七十八
## 方士三

### 李秀才

　　唐虞部郎中陆绍，元和中，尝谒表兄于定水寺。因为院僧具蜜饵时果，邻院僧亦陆所熟也，遂令左右邀之。良久，僧与李秀才偕至，环坐笑语颇剧。院僧顾弟子煮新茗，巡将匝而不及李。陆不平曰："茶初未及李秀才，何也？"僧笑曰："如此秀才，亦要知茶味，且以余茶饮之。"邻院僧曰："秀才乃术士，座主不可轻言。"其僧又言："不逞之子弟，何所惮！"秀才忽怒曰："我与上人，素未相识，焉知予不逞徒也？"僧复大言："望酒旗玩变场者，岂有佳者乎？"李乃白座客："某不免对贵客作造次矣。"因奉手袖中，据两膝，叱其僧曰："粗行阿师，争敢辄无礼，拄杖何在，可击之。"僧房门后有筇杖子，忽跳出，连击其僧。时众亦为蔽护，杖伺人隙捷中，若有物执持也。李复叱曰："捉此僧向墙。"僧乃负墙拱手，色青短气，唯言乞命。李又曰："阿师可下阶。"

## 李秀才

　　唐朝虞部郎中陆绍,元和年间,曾去定水寺看望他的表兄。因为常常给院内僧人带去甜食与新鲜水果,邻院的僧人也跟陆绍熟识,他便叫手下的人邀请僧人们过来。过了好一会儿,邻院的僧人与李秀才一起来到。大家围坐在一起,欢声笑语十分热闹。院僧吩咐弟子煮新茶,茶水斟了快到一圈,却独独没轮到李秀才。陆绍不满地说:"茶水头一遍没轮到李秀才,这是为什么?"僧人笑着说:"这样一个秀才,也要品尝茶的味道!等着把喝剩的茶给他喝吧。"邻院僧人说:"秀才是一个术士,主人不可轻慢。"那个僧人又说:"不逞之徒,有什么可怕的!"秀才忽然愤怒地说:"我与上人素不相识,怎么知道我是不逞之徒?"僧人仍出狂言道:"在酒肆变场中的人,哪里会有好东西?"秀才便对同座客人说:"我不免要对贵宾失礼了。"说完,他袖起两手,放在膝上,呵斥那个僧人道:"好个粗野的师傅,竟敢如此无礼。拐杖在哪里?给我狠狠地揍他!"僧房门后有根竹棍,此时忽然跳出来,连连打那个僧人。当时大家都上去掩护他,竹杖便寻找人缝过去打他,好像有什么东西操纵一样。李秀才又呵斥道:"捉住此僧推到墙那边!"僧人便背着墙拱起手,脸色青黑,呼吸短促,只是乞求饶命。李秀才又说道:"那个师傅可以下阶去。"

僧又趋下，自投无数，衄鼻败颡不已。众为请之，李徐曰："缘对衣冠，不能杀此为累。"因揖客而去。僧半日方能言，如中恶状，竟不之测矣。出《酉阳杂俎》。

## 王山人

唐太尉卫公李德裕为并州从事，到任未旬月，有王山人诣门请谒。与之及席，乃曰："某善按冥数。"初未之奇。因请虚正寝，备几案纸笔香水而已，令垂帘静伺之。生与之偕坐于西庑下。顷之，王生曰："可验之矣。"纸上书八字甚大，且有楷注，曰："位极人臣，寿六十四。"生遽请归，竟亦不知所去。及会昌朝，三策至一品，薨于海南，果符王生所按之年。出《松窗录》。

## 王 琼

唐元和中，江淮术士王琼尝在段君秀家。令坐客取一瓦子，画作龟甲，怀之一食顷，取出乃一龟。放于庭中，循垣而行，经宿却成瓦子。又取花含，默封于密器中，一夕开花。出《酉阳杂俎》。

## 王 固

唐于頔在襄州，尝有山人王固谒见。頔性快，见其拜伏迟钝，不甚礼之。别日游宴，复不得预。王殊怏怏，因至使院，造判官曾叔政。颇礼接之，王谓曾曰："予以相公好奇，故不远而来，今实乖望。予有一艺，自古无者，今将归，

僧人便又跌跌撞撞下了台阶，上上下下跌了无数遍，鼻脸破伤出血不止。众人为他求情，李秀才慢慢说道："看在各位面上，我不杀他，以免连累大家。"他向客人施礼后扬长而去。那位僧人半天才说出话来，好像中了邪一样。不知后来结局怎么样。出自《酉阳杂俎》。

## 王山人

唐代太尉卫公李德裕任并州从事时，任职不到一个月，有个王山人登门求见他。跟他一起落座后，王山人便说："我能预见未来的事。"李德裕开始并不以为奇。王山人便请他假装睡好了，准备好桌案纸笔香水之类，叫人放下帘子静静地等候。王山人与他一起坐在正房对面西侧的小房子里，不一会儿，王山人说："可以验证一下了。"只见纸上写着八个大字，而且有正规的注释。八个字是："位极人臣，寿六十四。"王山人立即要求回去，不知到哪里去了。到了会昌年间，李公三次受封，官至一品，最后死于海南。果然符合王生所算的岁数。出直《松窗录》。

## 王 琼

唐朝元和年间，江淮术士王琼曾住在段君秀家。一次，他令坐在身边的一位客人取一瓦片画成乌龟甲壳，放在怀里约一顿饭的时间，取出来却是一只活乌龟。把乌龟放在庭院里，它便顺着墙脚爬行，过一宿又变成瓦片。他又拿一枝花蕾密封在容器之中，一天时间便开了花。出自《酉阳杂俎》。

## 王 固

唐代于頔住在襄州，曾有山人王固求见他。于頔性格爽快，见王固跪拜时动作迟滞呆笨，便不怎么礼待他。改日要游玩欢宴，又没有预先邀请王固。王固很是生气，便到官署去见判官曾叔政，曾叔政接待他十分讲究礼节。王固对曾叔政说："我因相公爱好奇异之物，所以远道而来，如今实在有违于您的重望。我有一种技艺，自古以来没有人会。现在我就要回去了，

且荷公之厚，聊为一设。"遂诣曾所居，怀中出竹一节及小鼓，规才运寸。良久，去竹之塞，折枝击鼓。筒中有蝇虎子数十枚，列行而出，分为二队，如对阵势。击鼓或三或五，随鼓音变阵，天衡地轴，鱼丽鹤列，无不备也，进退离附，人所不及。凡变阵数十，复作队入筒中。曾睹之大骇，乃言于于公。王已潜去，于悔恨，令物色求之，不获。出《酉阳杂俎》。

## 符契元

唐上都昊天观道士符契元，闽人也，德行法术，为时所重。长庆初，中夏，晨告门人曰："吾习静片时，慎无喧动。"乃扃户昼寝。既而道流四人，邀延出门，心欲有诣，身即辄至。离乡三十余年，因思一到。俄造其居，室宇摧落，园圃荒芜，旧识故人，子遗殆尽。时果未熟，乃有邻里小儿，攀缘采摘，契元护惜咄叱，曾无应者，契元愈怒。傍道流止之曰："熟与未熟，同归摘拾，何苦挂意也？"又曾居条山炼药，乃亦思一游。忽已至矣，恣意历览，遍穷岩谷。道流曰："日色晚，可归矣。"因同行入京。道上忽逢鸣驺，导引甚盛。契元遽即避路，道流曰："阳官不宜避阴官，但遵路而行。"须臾，前导数辈，望契元即狼狈奔迸。及官至，谛视之，乃仆射马璁，时方为刑部尚书。素善契元，马亦无恙。与契元晤，心独异之。日已夕矣，迟明，即诣开化坊访马，

承蒙您对我的厚爱,特意为您表演一番。"于是他来到曾叔政的住处,从怀里掏出一节竹子和一面鼓,鼓的直径才一寸。过了好长时间,王固取出竹管的塞子,折根木棒敲起了鼓。只见几十个蝇虎从竹筒里列队而出,排成两行,宛如两军相对的阵势。击鼓三下或五下,蝇虎随着鼓声变化队列,天衡地轴、鱼丽鹤列,各种阵势无不具备;而且或进或退,或离或拢,变化多端又并然有序,实在是人所不及。蝇虎一共变了几十个阵势,又排队进入竹筒里面。曾叔政看了十分惊讶,便将见到的情形说给于顿听。王固已经悄悄离去,于顿很是悔恨,派人各处寻找,没有找到王固。

出自《酉阳杂俎》。

## 符契元

唐朝上都昊天观里有个道士叫符契元,是闽地人,他的德行和法术都为当时人所看重。长庆初年,五月的一天,他早晨告诉守门人说:"我习惯静养一会儿,小心不要喧哗。"于是关上门窗白天睡觉。一会儿,有四个道士邀请他出了门。他心里想去什么地方,身体就立即到什么地方。离开家乡三十多年了,他想回去一趟。不一会儿就到了他家。只见房屋残破,园田荒芜,熟人一个也没有了。树上的果子还没成熟,邻里小孩就爬上去采摘。契元护惜果子,大声驱赶小孩,但是谁也不听。契元更为恼火。旁边有个道士制止他说:"熟的也好,不熟的也好,早晚都要摘的,何苦放在心上呢!"契元曾在条山上炼过药,便也想前去一游。忽的一下便到了。他尽情游历观览,遍及高山深谷。道士说:"天色已晚,应该回去了。"便跟他同行入京。路上忽然听到赶马人的吆喝声,好像有许多人马。契元迅即闪开路,道士说:"阳间的官不应躲避阴间的官,只管沿着路走就行。"不一会儿,赶马的前导数人,看到契元便狼狈逃散。等后面的官人到跟前时,仔细一看,原来是仆射马聪,他这时刚刚担任刑部尚书。马聪一向跟契元友善,他也没有病。马聪看到契元时便上前相见,契元在心里觉得很奇怪。这时天已傍晚了。第二天没等天亮,契元就去开化坊看望马聪。

而与兵部韩侍郎对奕，因留连竟日。而旁察辞气神色，曾无少异，私怪其故。有顷，闻中疾，不旬日而殁。又给事李忠敏云，此是陶天活，有道术者，中朝奉道者多归之。天活本安南人，非闽人也，能于入静日，多神游诸岳。马公事人皆知之。出《集异》。

## 白　皎

河阳从事樊宗仁，长庆中，客游鄂渚，因抵江陵，途中颇为驾舟子王升所侮。宗仁方举进士，力不能制，每优容之。至江陵，具以事诉于在任，因得重笞之。宗仁以他舟上峡，发荆不旬日，而所乘之舟，泛然失缆，篙橹皆不能制。舟人曰："此舟已为仇人之所禁矣，昨水行岂常有所怍哉？今无术以进，不五百里，当历石滩，险阻艰难，一江之最。计其奸心，度我船适至，则必触碎沉溺，不如先备焉。"宗仁方与仆登岸，以巨索絷舟，循岸随之而行。翌日至滩所，船果奔骇狂触，恣纵升沉，须臾瓦解。赖其有索，人虽无伤，物则荡尽。峡路深僻，上下数百里，皆无居人，宗仁即与仆辈荫于林下，粮饩什具，绝无所有，羁危辛苦，忧闷备至。虽发人告于土官，去二日不见返，饥馁逮绝。

其夜，因积薪起火，宗仁泊僮仆皆环火假寐。夜深忽寤，见山獠五人列坐，态貌殊异，皆挟利兵，瞻顾睢盱，言语凶谩。假令挥刃，则宗仁辈束手延颈矣。睹其势逼，因大语曰："尔辈家业，应此山中，吾不幸舟船破碎，万物俱没，涸然古岸，俟为豺狼之饵。尔辈圆首横目，

马骢正与兵部韩侍郎下棋,契元便在那里逗留了一天。他在一旁观察马骢的语气神色,并无少许特异之处,心里很觉奇怪。过了一段时间,听说马骢得了病,不到十天就死了。又据给事李忠敏说,此人是陶天活,是个有道术的人,朝中奉道之人大多归附他。天活本是安南人,不是闽人,他能在入静的时候神游各处山岳。马公的事情,人们都知道。出自《集异》。

## 白　皎

河阳从事樊宗仁长庆年间在鄂渚游览,因为要去江陵,途中大受船夫王升的侮辱。宗仁刚刚举为进士,没有能力制服他,只好总是宽容他。到江陵后,他就把这件事告诉了在任的官员,王升于是受到重重的鞭笞。宗仁用别的船上三峡,从荆州出发不到十天,所乘的船就丢失了缆绳,篙杆和桨橹都控制不了。船夫说:"这只船已被仇人施了法术了,要不昨天在水上哪能总出故障呢?现在无法往前走了,不到五百米处要经过石滩,其艰难险阻为一江之最。估计仇人的险恶用心在此,揣度我们的船到那里时,必然触礁,船碎沉水。我们还是预先有所准备为好。"宗仁便跟仆人下船上岸,用一条大绳子牵着船,沿岸顺流而行。第二天到了石滩的地方,船只果然颠簸冲撞,恣意升沉,很快就破碎了。因为有那条大绳子,人员幸无伤亡,但是船上的物品却荡然无存。峡岸上的道路幽深偏僻,上下数百里都没有人烟,宗仁只好与仆从们暂蔽于林荫之下。他们吃的用的一无所有,又经历险恶劳累,忧闷备至。虽然派人报告了当地官员,但去了两天也未见返回来。他们饥饿困顿,已临绝境。

那天夜里,他们堆柴升火,宗仁与僮仆都围着火堆和衣而睡。夜深时他猛然醒来,看见五个山里的猎人坐在那里。猎人们相貌奇特,都拿着利器、瞪着眼睛张望,言语鲁莽。假如他们挥刀上来,宗仁他们只有束手等死而已。宗仁见他们要到跟前来,便高声说道:"你们的家业应该就在这山里。我不幸船只破碎,全部物品都沉没了,困在岸上,等着豺狼来收拾我们。你们圆头横目,

曾不伤急，而乃腼然笑侮，幸人危祸，一至此哉！吾今绝粮已逾日矣，尔家近者，可遽归营饮食，以济吾之将死也。"山獠相视，遂令二人起，未晓，负米肉盐酪而至。宗仁赖之以候回信。因示舟破之由，山獠曰："峡中行此术者甚众，而遇此难者亦多。然他人或有以解，唯王升者，犯之非没溺不已，则不知果是此子否。南山白皎者，法术通神，可以延之，遣召行禁。我知皎处，试为一请。"宗仁因恳祈之，山獠一人遂行。

明日，皎果至，黄冠野服，杖策蹑履，姿状山野，禽兽为祖。宗仁则又示以穷寓之端。皎笑曰："琐事耳，为君召而斩之。"因薙草剪木，规地为坛，仍列刀水，而皎立中央。夜阑月晓，水碧山青，杉桂朦胧，溪声悄然，时闻皎引气呼叫召王升，发声清长，激响辽绝，达曙无至者。宗仁私语仆使曰："岂七百里王升而可一息致哉？"皎又询宗仁曰："物沉舟碎，果如所言，莫不自为风水所害耶？"宗仁暨舟子又实告。皎曰："果如是，王升安所逃形哉？"又谓宗仁所使曰："然请郎君三代名讳，方审其术耳。"仆人告之。皎遂入深远，别建坛埠，暮夜而再召之，长呼之声，又若昨夕。良久，山中忽有应皎者，咽绝，因风始闻。久乃至皎处，则王升之魄也。皎于是责其奸蠹，数以罪状。升求哀俯伏，稽颡流血。皎谓宗仁曰："已得甘伏，可以行戮矣。"宗仁曰："原其奸凶尤甚，实为难恕，便行诛斩，则又不可，宜加以他苦焉。"皎乃叱王升曰："全尔腰领，当百日血痢而死。"

也不为我们难受着急，却公然笑侮，幸灾乐祸以至如此。我现在断粮已经一天多了，你们家住附近的可赶快回去做饭，拿来救救我们这些快死的人。"猎人们互相看了看，便叫二人起来回去做饭。不到天亮他俩就带着米肉盐酪之类回来了。宗仁借这些东西维持生命，以等待回信。他向他们说明船撞碎的原由，猎人说："在峡里施行此术的人很多，所以遭遇此难的也多。但是，别人施行此术或者还能解除，唯独王升施行此术时，非沉船不可。不知究竟是不是这小子干的。南山上有个叫白皎的人，法术通神，可以请他来，传呼施行禁咒术。我知道白皎的住处，试着替你们去请一下。"宗仁诚恳地相求于他，那个猎人就去了。

第二天，白皎果然来到。他头戴黄冠身穿野服，手拄拐杖脚穿草鞋，一副山野之人的样子，如同禽兽是他的祖宗。宗仁又将这次历险遭困的缘由跟他说了一遍。白皎笑道："小事一件。我替你把他召来杀了。"他清除草木，划地为坛，摆上刀和水，自己站在中间。夜深月明，水碧山青，树影朦胧，溪水潺潺，不断听到白皎在引气呼叫召唤王升的声音。发声清晰悠长，回音辽远飘渺，远达曙光到不了的地方。宗仁悄悄对仆使说："难道七百里远的王升这一声叫唤就能召来吗？"白皎又询问宗仁："物沉船破，真如你说的那样？莫不是因为风大浪急才出了事么？"宗仁与船夫又把真实经过告诉了他。白皎说："果真如此，王升怎么能跑没影了呢？"又对宗仁的手下人说："既然这样，请把郎君三代的名字告诉我，我才能推断王升用的是什么法术。"仆人便如实告诉了他。白皎就到山林深远处另建了一个坛台，晚上再召王升，长呼的声音跟昨天一样。过了很长时间，山里面忽然有人应答白皎，呜咽之声低微，借着风才能听到。很久，这个人才来到白皎面前，原来是王升的魂魄。白皎斥责他奸凶狠毒，历数他的罪状。王升跪在地上叩头求饶，额头都叩破了流出血来。白皎对宗仁说："他已甘愿服罪，可以把他杀了。"宗仁说："论他的奸诈凶残之严重，实在难以宽恕。要是就把他斩杀了，则又不可以，应该给他增加别的痛苦。"白皎便呵叱王升道："保全你的躯体，要你身染血痢，百日而死。"

升号泣而去。皎告辞，宗仁解衣以赠皎，皎笑而不受。有顷，舟船至，宗仁得进发江陵。询访王升，是其日皎召致之夕，在家染血痢，十旬而死。出《异闻集》。

## 贾　耽

　　唐宰相贾耽秉政，直道事君，有未萌之祸，必能制除。至于阴阳象纬，无不洞晓。有村人失牛，诣桑国师卜之，卦成，国师谓曰："尔之牛，是贾相国偷将置于巾帽笥中。尔但候朝时突前告之。"叟乃如其言所请。公诘之，具以卜者语告公。公于马上笑，为发巾笥，取式盘，据鞍运转以视之。良久，谓失牛者曰："相公不偷尔牛，要相公知牛去处，但可于安国观三门后大槐树之梢鹊巢探取之。"村叟径诣三门上，见槐树杪果有鹊巢，都无所获，乃下树。低头见失牛在树根，系之食草，草次是盗牛者家。出《芝田录》。

## 茅安道

　　唐茅安道，庐山道士，能书符役鬼，幻化无端，从学者常数百人。曾授二弟子以隐形洞视之术，有顷，二子皆以归养为请。安道遣之，仍谓曰："吾术传示，尽资尔学道之用，即不得盗情而炫其术也。苟违吾教，吾能令尔之术临事不验耳。"二子授命而去。时韩晋公滉在润州，深嫉此辈。二子径往修谒，意者脱为晋公不礼，则当遁形而去。及召入，不敬，二子因弛慢纵诞，摄衣登阶。韩大怒，

王升哭泣着去了。白皎告辞,宗仁脱下自己的衣服赠送给他,白皎笑而不接受。过了一会儿,船只到了,宗仁得以乘船向江陵进发。打听王升的下场,王升就在被白皎召去的那天晚上,在家里染上了血痢,一百天后就死了。出自《异闻集》。

## 贾　耽

唐朝宰相贾耽在执政期间以忠直磊落的态度辅佐皇上,凡有尚未萌发的灾福,他定能想法消除。至于阴阳星相占卜之类,他也无不通晓。有个农民丢失了一头牛,到桑国师那里占卜。卦成之后,桑国师对他说:"你的牛是贾相国偷了去放在巾帽盒里了。你只要在等候上朝时突然到他面前将此事告诉他就行。"这个老农就按国师的话去见相国。相国盘问他,他便将算卦人的话告诉了相国。相国在马上大笑,为他打开巾盒,取出式盘,在马鞍上运转给他看。过了一段时间,对丢牛的说:"我没偷你的牛,要想知道牛的去处,只要在安国观三门后面大槐树梢上的鹊窝去取就行。"老农径直来到三门,见槐树梢上果然有个鹊巢。他爬上去毫无所获,便从树上下来。低头看时,丢失的那头牛正在树根下,用绳拴着吃草,草的旁边就是偷牛人的家。出自《芝田录》。

## 茅安道

唐朝有个茅安道,是庐山的道士。他能写符降鬼,又能变化成各种形态,跟他学习的有几百个人。他曾经教两个弟子隐形和透视的法术。教了一段时间,两个弟子都以回去抚养老人为由请求回家。安道打发他们上路,但仍对他们说:"我教给你们的法术,只供你们学道之用,不要为了取得名声而炫耀你们的法术。如果违背我的教诲,我能叫你们的法术遇事不灵验。"两人领命而去。那时,晋国公韩滉住在润州,他深深痛恨懂得法术的这些人。这两个人直接去拜见韩晋公,心里想如果韩晋公不以礼相待,那就遁形而去。等把两人召进去时,韩晋公毫不客气。两人就傲慢随便,提着衣服走上台阶,并不下跪行礼。韩晋公大怒,

即命吏卒缚之,于是二子乃行其术,而法果无验,皆被擒缚。将加诛戮,二子曰:"我初不敢若是,盖师之见误也。"韩将并绝其源,即谓曰:"尔但致尔师之姓名居处,吾或释汝之死。"二子方欲陈述,而安道已在门矣。卒报公,公大喜,谓得悉加戮焉。遽令召入,安道庞眉美髯,姿状高古。公望见,不觉离席,延之对坐。安道曰:"闻弟子二人愚骏,干冒尊严。今者命之短长,悬于指顾,然我请诘而愧之,然后俟公之行刑也。"公即临以兵刀,械系甚坚,召致阶下,二子叩头求哀。安道语公之左右曰:"请水一器。"公恐其得水遁术,因不与之。安道欣然,遽就公之砚水饮之,而噀二子。当时化为双黑鼠,乱走于庭前。安道奋迅,忽变为巨鸢,每足攫一鼠,冲飞而去。晋公惊骇良久,终无奈何。出《集异记》。

## 骆山人

唐田弘正之领镇州,三军杀之而立王廷凑,即王武俊之支属也。廷凑生于别墅,尝有鸠数十,朝集庭树,暮集檐下,有里人骆德播异之。及长骁胁,喜《阴符》《鬼谷》之书,历军职,得士心。曾使河阳,回在中路,以酒困寝于路隅,忽有一人荷策而过,熟视之曰:"贵当列土,非常人也。"仆者瘝,以告廷凑。驰数里及之,致敬而问,自云:"济源骆山人也,向见君鼻中之气,左如龙而右如虎,

就命令吏卒把他俩捆绑起来。两人见状便要施行法术逃脱，但法术果然不灵验，两人都被捉住绑起来了。韩晋公要他俩杀死，两人说："我们本来不敢这样，这都是我们师父的错误啊！"韩晋公要把传授法术的人也杀绝，便对他俩说："你们只要将你们师父的姓名和住处告诉我，我就可能免除你们的死刑。"两人刚要说，安道已来到门前。吏卒向韩晋公传报，晋公大喜，认为可以把他们统统杀掉了。他立即令人把安道召进来。只见安道有两道宽宽的眉毛和漂亮的胡须，形貌高远古奥。晋公看后，不由自主地离开座席，请他与自己对面而坐。安道说："听说我的两个弟子愚昧无知，冒犯了您的尊严。现在他俩的死活，掌握在您的手中。但我想责难他们令他们羞愧，然后等您施行刑罚。"晋公便令兵士举着兵器围了上来。那两个人被捆绑得很紧，他们被召到阶下时，叩头哀求。安道对晋公身边的人说："请给我一杯水。"晋公害怕他施行水遁之术，就没给他。安道并不在乎，当即把晋公砚石的水喝了一口，然后喷向那两个弟子。两个弟子当时就化为两只黑老鼠，在庭前乱跑。安道动作迅速，忽然变成一只大鹰，一脚抓一只老鼠，冲天飞去。晋公吃惊地看了好长时间，终究无可奈何。出自《集异记》。

## 骆山人

唐代田弘正统领镇州时，被三军杀死而拥立王廷凑。王廷凑是王武俊的后代，他生于别墅之中。当时曾有几十个斑鸠早晨停留在院里树上，傍晚则栖息在房檐下面。村人骆德便把这当作异闻到处传布他。他长大之后，肋骨紧紧地联在一起，喜爱《阴符》《鬼谷》之类的书籍；在军队里任职，深得士卒之心。一次他出使河阳，返回途中因为酒喝多了睡倒在路旁。忽有一个手拿马鞭的人从他身边走过，仔细看了看他说道："此人大富大贵，当被封疆列土，绝非寻常之人。"仆人是醒着的，便把这件事告诉了廷凑。廷凑策马跑了几里路追上这个人，向他表示敬意之后便询问刚才的事情。此人自称济源骆山人，说："刚才见您鼻孔里的气息，左面如龙右面如虎，

二气交王,应在今秋,子孙相继,满一百年。"又云:"家之庭合有大树,树及于堂,是其兆也。"是年果为三军扶立。后归别墅,而庭树婆娑,暗庇舍矣。墅有飞龙山神,廷凑往祭之。将及祠百步,有人具冠冕,恭要于中路,廷凑及入庙,神像已侧坐,因而面东。庙宇至今尚存。廷凑清俭公正,勤于朝廷,惠于军民,子孙世嗣为镇帅。至朱梁时,王镕封赵王,为部将张文礼灭之。出《北梦琐言》。

## 石　旻

　　唐石旻有奇术,在扬州。段成式数年不隔旬必与之相见。至开成初,在城亲故间往往说石旻术不可测。盛传宝历中,石随尚书钱徽至湖州学院,子弟皆在,时暑月,猎者进一兔,钱命作汤。方共食,旻笑曰:"可留兔皮,聊志一事。"遂钉皮于地,叠塈涂之,上朱书一符,独言曰:"恨校迟,恨校迟。"钱氏兄弟诘之,石曰:"欲共请君共记卯年也。"至太和九年,钱可复凤翔遇害,岁在乙卯也。出《集异记》。

二气相交为王,应验的日子就在今秋。以后将由子孙代代相继,一直延续一百年。"又说:"您家的院里当有大树,树冠笼罩到正面的房子,这就是你家富贵的兆头。"这一年王廷凑果然被三军扶立。后来他回到别墅,见庭院里树木枝叶扶疏,树荫笼罩着房舍。别墅中有飞龙山神,廷凑前去祭祀。走到离祠庙百步远时,有人冠冕整齐地恭候在路上迎接。等廷凑进入庙时,神像已经面东侧坐。这座庙宇至今尚存。廷凑为官清廉俭朴公正,勤政于朝廷,施惠于军民,他的子孙世代相继为镇州统帅。到朱氏建立的后梁时,王镕被封为赵王,后来被部将张文礼灭掉。出自《北梦琐言》。

## 石 旻

　　唐代石旻有奇异之术。他家住扬州。段成式一连数年隔不上十天必定与他相见。到了开成初年,在城里的亲友故旧之间,都说石旻的法术妙不可测。盛传宝历年间,石旻随同尚书钱徽到湖州学院。当时是暑季,后辈们都在。猎人进献了一只兔子,钱徽令人把它做成汤。大家刚要坐下来一块儿吃,石旻笑着说:"可把兔子皮留下来,用它标记一件事。"他便把兔子皮钉在地上,垒起土堆涂抹好了,在上面用朱砂写了一道符。咒语只有一句话:"恨校迟,恨校迟。"钱氏兄弟问他是什么意思,石旻说:"想与各位共同记着卯年。"到了太和九年,钱徽的儿子钱可复在凤翔遇害,这一年正是乙卯年。出自《集异记》。

# 卷第七十九
## 方士四

### 慈恩僧

　　唐王蒙与赵憬布衣之旧,知其吏才。及赵入相,自前吉州新淦令来谒,大喜,给恤甚厚。时宪府官颇阙,德宗每难其授,而赵将授之。一日偶诣慈恩,气色僧占之曰:"观君色,殊无喜兆。他年当得一年边上御史矣。"蒙大笑而归。翌日,赵乘间奏御史府殊阙人,就中监察尤为急要,欲择三数人。德宗曰:"非不欲补此官,须得孤直茂实者充,料卿只应取轻薄后生中朝子弟耳,不如不置。"赵曰:"臣之愚见,正如圣虑,欲于录事参军县令中求。"上大喜曰:"如此即是朕意,卿有人未?"遂举二人。既出,逢裴延龄。时以度支次对,曰:"相公奏何事称意,喜色充溢?"赵不之对,延龄悒悒而去云:"看此老兵所为得行否!"奏事毕,因问赵憬向

## 慈恩僧

唐朝王蒙与赵憬为布衣之交,赵憬知道王蒙有做官的才能。等到赵憬入朝当了宰相,王蒙以前吉州新淦县令的身份来拜见赵憬,赵憬大喜,赠给他丰厚的礼物。当时,宪府的官员有不少空额,德宗皇帝常为难找不到合适的人选加以委任,赵憬想要委任几个。有一天,王蒙偶然来到慈恩寺,善观气色的僧人为他占卜道:"察看您的气色,一点也没有可喜的兆头。以后您能得到一个任期一年的边镇御史职位而已。"王蒙大笑着回去了。第二天,赵憬找机会奏禀皇上御史府非常缺人,其中监察官尤为急需,自己想挑选几个人。德宗说:"不是我不想补任这些官位,应当挑选耿直诚实的人来担任才是。估计你只会挑选轻薄的年轻人和朝廷子弟,这样还不如空着。"赵憬说:"我的想法,正像皇上所顾虑的一样,我打算在录事参军和县令当中挑选。"皇上大喜道:"这么办正合我的心意,不知你物色好人选没有?"赵憬便举出两个人来。赵憬出来后,遇见裴延龄。当时裴延龄要向皇上汇报财政收支,说:"相公奏报了什么称心如意的事情,这么满脸喜色?"赵憬没有回答他,延龄生气地骂着走了,说:"看这个老兵的事情能不能办成!"延龄向皇上奏事之后,便问赵憬刚才

论请何事。上曰："赵憬极公心。"因说御史事。延龄曰："此大不可，陛下何故信之？且赵憬身为宰相，岂谙州县官绩效？向二人又不为人所称说，憬何由自知之？必私也，陛下但诘其所自，即知矣。"他日果问云："卿何以知此二人？"曰："一是故人，一与臣微亲，知之。"上无言。他日延龄入，上曰："赵憬所请，果如卿料。"遂寝行。蒙却归故林，而赵薨于相位。后数年，边帅奏为从事，得假御史焉。出《因话录》。

## 朱　悦

唐鄂州十将陈士明，幼而俊健，常斗鸡为事。多畜于家，始雏，知其后之勇怯，闻其鸣必辨其毛色。时里有道者朱翁悦，得缩地术，居于鄂，筑室穿池，环布果药，手种松桂，皆成十围，而未尝游于城市。与士明近邻为佑，因与之游。而士明褒狎于翁，多失敬。翁曰："尔孺子无赖，以吾为东家丘，吾戏试尔可否？"士明之居相去三二百步，翁以酒饮之，使其归取鸡斗。自辰而还，至酉不达家，度其所行，逾五十里，及顾视，不越百步。士明亟返，拜翁求恕，翁笑曰："孺子更侮于我乎？"士明云："适于中途已疲，讵敢复尔？"因垂涕，翁乃释之。后敬事翁之礼与童孙齿焉。士明至元和中，戍于巴丘，遂别朱翁。出《广德神异记》。

谈论请示的什么事。皇上说："赵憬完全是出以公心。"便说了关于补任御史的事。延龄说："这件事万万不可,陛下凭什么相信他?况且赵憬身为朝廷宰相,怎么能了解州县官员的政绩如何?这两个人过去又不被人们所称赞,赵憬凭什么说自己了解他们?这一定是他自己的人,陛下只要问一下他是怎么了解这两个人的,就知道了。"又一天,皇上果然问道:"你怎么了解这两个人的情况呢?"赵憬说:"一个是过去的朋友,一个与我稍微有点亲戚,所以了解他们。"皇上没说什么。又有一天延龄入见,皇上说:"赵憬请示的那件事,果然像你预料的那样。"于是,这件事便没能办成。王蒙告别赵憬返回原地,赵憬死在宰相位上。过了几年,边防统帅奏请王蒙任为从事,王蒙才得到一个代理御史职衔。出自《因话录》。

## 朱 悦

　　唐朝鄂州十将陈士明,年轻而英俊健壮,常常斗鸡玩。他在家里养了许多鸡,还是鸡雏的时候,他就知道以后哪只勇敢哪只怯弱,听到鸡叫声就能判断那只鸡的毛是什么颜色。当时,村里有个会道术的老翁叫朱悦,会缩地术,也住在鄂州,他建了房屋修了池塘,四周种满果树和药用植物,亲手栽植的松树和桂树,都有十抱粗了,他却未曾到城里游玩过。他与陈士明是近邻,便与士明一起交游。可是士明对朱翁轻慢放肆,很不尊重。朱翁说:"你小子真无赖,把我当作没本事的老头,我和你开个玩笑可以吗?"士明住的地方离这里二三百步远,朱翁给他喝了酒,让他回去拿鸡斗。从早上七八点士明就回去了,到下午六七点还没到家,估计他走的路,超过五十里了,但等他回头一看,却不过一百步远。士明急忙返回来,拜倒在朱翁面前求饶,朱翁笑着说:"小子还戏弄我不?"士明说:"刚才在路上我已经很累了,哪敢再那样?"说着便流下泪来,朱翁就放了他。后来,士明恭敬侍奉朱翁的礼节,就像小孙子一样。到了元和年间,士明应征戍守巴丘,于是跟朱翁告别。出自《广德神异记》。

## 王　生

　　唐韩晋公滉镇润州,以京师米贵,进一百万石,且请敕陆路观察节度使发遣。时宰相以为盐铁使进奉,不合更烦累沿路州县,帝又难违滉请,遂下两省议。左补阙穆质曰:"盐铁使自有官使勾当进奉,不合更烦累沿路州县。为节度使乱打杀二十万人犹得,何惜差一进奉官?"坐中人密闻,滉遂令军吏李栖华就谏院诘穆公。滉云:"不曾相负,何得如此?"即到京与公廷辩。遂离镇,过汴州,挟刘玄佐俱行,势倾中外。

　　穆惧不自得,潜衣白衫诣兴赵王生卜,与之束素。王谢曰:"劳致重币,为公夜蓍占之。"穆乃留韩年命并自留年命。明日,令妹夫裴往请卦。王谓裴曰:"此中一人,年命大盛,其间威势盛于王者,是谁?其次一命,与前相刻太甚,颇有相危害意。然前人必不见明年三月。卦今已是十一月,纵相害,事亦不成。"韩十一月入京,穆曰:"韩爪距如此,犯著即碎,如何过得数月?"又质王生,终云不畏。

　　韩至京,威势愈盛,日以橘木棒杀人,判案郎官每候见皆奔走,公卿欲谒,逡巡莫敢进。穆愈惧,乃历谒韩诸子皋、群等求解,皆莫敢为出言者。时滉命三省官集中书视事,人皆谓与廷辩,或劝穆称疾,穆怀惧不决。及众官毕至,乃曰:"前日除张严常州刺史,昨日又除常州刺史。缘张严曾犯赃,所以除替。恐公等不谕,告公等知。"诸人皆贺穆,非是廷辩。

# 王　生

　　唐代晋公韩滉镇守润州时,因为京都米价昂贵,进奉一百万石米,并且请皇上敕令陆路观察节度使押运。当时宰相认为盐铁使进奉物品,不宜再烦累沿路各个州县,皇帝又难以违背韩滉的请求,便将此事交给两省议决。左补阙穆质说:"盐铁使自己有官吏办理进奉的事,不应再烦累沿途各个州县。身为节度使随意打杀二十万人都办得到,为何舍不得派一名进奉官?"座中有人将穆质的话秘密告诉了韩滉,韩滉便令军吏李栖华到谏院责问穆公。韩滉说:"过去不曾有负于你穆质,为什么这样做?"要马上进京与穆公进行廷辩。于是离开镇守的地方,经过汴州时,挟持着刘玄佐一起去,势倾朝廷内外。

　　穆质害怕得不得了,偷偷穿上百姓衣服到兴赵王生那里占卜,送给王生一捆丝布。王生称谢道:"劳您送我这么重的报酬,我今夜就用蓍草给您占卦。"穆质便留下韩滉和自己的生辰年岁。第二天,让妹夫裴某前去请卦。王生对裴某说:"这里面有一个人,命相特别旺盛,一生的威势胜过为王的,这个人是谁?另外一个人的命相,与前面那个人相克得太厉害,大有互相危害的意思。但前面那个人一定到不了明年三月。如今卜卦已经是十一月了,纵然相害,事情也办不成。"韩滉于十一月入京,穆质说:"韩的势力如此之大,冒犯他就立即粉身碎骨,怎么能拖过好几个月?"他又去问王生,王生一直告诉他不要畏惧。

　　韩滉到京城后,威势更盛,天天用橘木棒杀人,判案郎官一见到他都逃跑了,公卿大臣本想去拜见他,也犹豫迟疑不敢登门。穆质更加恐惧,便多次拜见韩滉的儿子韩皋、韩群等请求和解,但他们谁都不敢为此事出面讲情。当时韩滉命令三省官员集中到中书省办公,人们都说韩滉要与穆质进行廷辩,有人劝说穆质称病不要出面,穆质心存恐惧拿不定主意。等官员们都到了,韩滉便说:"前天我任命张严为常州刺史,昨天又解除了他常州刺史的职务。因为张严曾经犯过贪赃的罪,所以撤换他。恐怕你们不理解,今天特意告诉你们。"大家都祝贺穆质,并不是与他廷辩。

无何，穆有事见混，未及通，闻阁中有大声曰："穆质争敢如此！"赞者不觉走出，以告质，质惧。明日，度支员外齐抗五更走马谓质曰："公以左降邵州邵阳尉，公好去。"无言握手留赠，促骑而去。质又令裴问王生，生曰："韩命禄已绝，不过后日。明日且有国故，可万全无失矣。"至日晚，内宣出，王蕟辍朝，明日制书不下。后日韩入班倒，床舁出，遂卒。时朝廷中有恶韩而好穆者，遂不放穆敕下，并以邵阳书与穆。出《异闻集》。

## 贾　笼

穆质初应举，试毕，与杨凭数人会。穆策云："防贤甚于防奸。"杨曰："公不得矣，今天子方礼贤，岂有防贤甚于防奸？"穆曰："果如此是矣。"遂出谒鲜于弇，弇待穆甚厚。食未竟，仆报云："尊师来。"弇奔走具靴笏，遂命彻食。及至，一眇道士尔。质怒弇相待之薄，且来者是眇道士，不为礼，安坐如故。良久，道士谓质曰："岂非供奉官耶？"曰："非也。"又问："莫曾上封事进书策求名否？"质曰："见应制，已过试。"道士曰："面色大喜，兼合官在清近。是月十五日午后，当知之矣，策是第三等，官是左补阙。故先奉白。"质辞去。

至十五日，方过午，闻扣门声即甚厉，遣人应问。曰："五郎拜左补阙。"当时不先唱第三等便兼官，一时拜耳，故有此报。后鲜于弇诣质，质怒前不为毕馔，不与见。

没过多久，穆质有事必须去见韩滉，没等到通报，便听阁中有人大声说："穆质胆敢如此！"一位赞官不觉走了出来，把刚才的事告诉了穆质，穆质听了十分害怕。第二天，度支员外齐抗一大早骑马疾驰来对穆质说："您已降职为邵州邵阳尉，只管好好地去吧。"两人没说什么便握手告别，齐抗匆忙骑马离开了。穆质又叫裴某去问王生，王生说："韩滉的寿命和官运已经完了，不超过后天。明天国家将有大变故，您就可以万全无失了。"到了这天晚上，宫内宣布出来：帝王逝世，停止朝拜。第二天，穆质降职的文书没有下达。又过了一天，韩滉入朝倒在班内，用床抬了出去，于是就死了。当时朝廷中有厌恶韩滉而喜欢穆质的人，便没把穆质贬官的敕令发下来，并把被贬邵阳的文书给了穆质。出自《异闻集》。

## 贾　笼

穆质起初参加科举时，考试结束，与杨凭等几人聚会。穆质在策论中说："防贤甚于防奸。"杨凭说："你说得不对，当今天子正在礼待贤士，怎么能说防贤甚于防奸呢。"穆质说："果然这样就对了。"于是出门去拜见鲜于弁，鲜于弁对穆质十分礼遇。饭还没吃完，仆人报告说："尊师来了。"鲜于弁急忙跑去穿上朝靴带好笏板，命人撤掉饭菜。等来人到了，原来是一个瞎眼道士。穆质很生气鲜于弁待他轻慢，而且来的又是个瞎道士，所以不向来人行礼，像之前那样安坐不动。过了很久，道士对穆质说："您难道不是供奉官吗？"答道："不是。"又问："莫非是上奏书进策论而求官禄吗？"穆质说："正在应制，已通过考试。"道士说："你的脸色上有大喜。及第的同时，还要在天子身边为官。本月十五日午后，你就知道了，策论是第三等，官位是左补阙。所以我先告诉你。"穆质告辞离开了。

到了十五日，刚过中午，穆质听见敲门声很响很急，打发人应问。报说："五郎官拜左补缺。"当时，不先唱报"第三等"就是同时任了官职，要一块儿拜接喜报，所以才有刚才那样的报法。后来鲜于弁来见穆质，穆质生气先前没让他吃完饭，不与他见面。

弁复来,质见之,乃曰:"前者贾笾也,言事如神,不得不往谒之。"质遂与弁俱往。笾谓质曰:"后三月至九月,勿食羊肉,当得兵部员外郎,知制诰。"德宗尝赏质曰:"每爱卿对扬,言事多有行者。"质已贮不次之望,意甚薄知制诰,仍私谓人曰:"人生自有,岂有不吃羊肉便得知制诰,此诚道士妖言也。"遂依前食羊。

至四月,给事赵憬忽召质云:"同寻一异人。"及到,即前眄道士也。赵致敬如弟子礼,致谢而坐。道士谓质曰:"前者勿令食羊肉,至九月得制诰,何不相取信?今否矣。""莫更有灾否?"曰:"有厄。"质曰:"莫至不全乎?"曰:"初意过于不全,缘识圣上,得免死矣。"质曰:"何计可免?"曰:"今无计矣。"质又问:"若迁贬,几时得归?"曰:"少是十五年。补阙却回,贫道不见。"执手而别,遂不复言。

无何,宰相李泌奏,穆质、卢景亮于大会中,皆自言频有章奏谏。曰:"国有善,即言自己出;有恶事,即言苦谏,上不纳;此足以惑众,合以大不敬论,请付京兆府决杀。"德宗曰:"景亮不知,穆质曾识,不用如此。"又进决六十,流崖州,上御笔书令与一官,遂远贬。后至十五年,宪宗方征入。贾笾即贾直言之父也。出《异闻集》。

## 轩辕集

唐宣宗晚岁,酷好长年术。广州监军吴德鄘离京日,病足颇甚。及罢,已三载矣,而疾已平。宣宗诘之,且言

鲜于弁再来，穆质接见了他，鲜于弁才说："前几天那个道士就是贾笼，他料事如神，你不能不去拜见他。"穆质于是与鲜于弁一起前往。贾笼对穆质说："后三月至九月，不要吃羊肉，你能得到兵部员外郎职位，又有知制诰的官衔。"德宗皇帝曾经很赏识穆质，说："我喜欢你的奏对，所说的事情多有可行的。"穆质已抱有被破格提拔的期待，内心很看轻知制诰的头衔，私下对人说："一个人该做什么官自有定数，哪有不吃羊肉便得知制诰的道理。这纯粹是道士的妖言呀！"于是他还像过去一样吃羊肉。

到了四月，给事赵憬忽然召见穆质说："咱俩一起去找一个异人。"到那里一看，就是以前的那个瞎道士。赵憬像弟子一样致敬行礼，致谢之后方才落座。道士对穆质说："以前不让你吃羊肉，到九月能得制诰。为什么不讲信用？如今不同了。""莫不是还有灾祸吗？""对，你将有厄运！"穆质说："不至于有生命危险吧？"道士说："本来比丢失生命还严重，因为你认识皇上，才能免除一死！"穆质问："有什么办法可以避免吗？"道士答："如今无计可施了。"穆质又问："若遭贬迁，多长时间能够回来？"道士说："最少是十五年。补阙要回去，贫道就看不见了。"于是与他握手告别，不再说什么。

没过多久，宰相李泌奏称，穆质和卢景亮在众人聚会时，都自己说频频有奏章进谏，还说："国家有善政，就说是他们自己出的主意；有坏事，就说是他们苦谏皇上不采纳；这种做法足以迷惑众人，应当以大不敬论处，请交给京兆府裁决斩杀。"德宗说："卢景亮我不了解，穆质我曾经认识，不要这样对待他。"又重判责打六十，流放崖州。皇上御笔亲书命令给他一个官衔，于是把穆质往边远地方贬迁了。后来，到了十五年，宪宗皇帝才把他征召入宫。贾笼就是贾直言的父亲。出自《异闻集》。

## 轩辕集

唐宣宗晚年，酷爱长寿之术。广州监军吴德鄘离京赴任时，脚病很严重。等到卸职时，已过了三年，脚病好了。宣宗盘问他，他说

罗浮山人轩辕集医之。遂驿诏赴京，既至，馆山亭院。后放归，拜朝散大夫广州司马，坚不受。临别，宣宗问："理天下当得几年？"集曰："五十年。"宣宗大悦，及至晏驾，春秋五十。出《感定录》。

### 杜可筠

唐僖宗末，广陵贫人杜可筠年四十余，好饮不食，多云绝粒。每酒肆巡座求饮，亦不见醉。人有怜与之酒，又终不多饮，三两杯即止。有乐生旗亭在街西，常许或阴雨往他所不及，即约诣此，率以为常。一旦大雪，诣乐求饮，值典事者白乐云："既已啮损，即须据物赔前人。"乐不喜其说，杜问曰："何故？"乐曰："有人将衣服换酒，收藏不谨，致为鼠啮。"杜曰："此间屋院几何？"曰："若干。"杜曰："弱年曾记得一符，甚能却鼠，即不知今有验否，请以试之，或有征，当可尽此室宇，永无鼠矣。"乐得符，依法焚之，自此遂绝鼠迹。杜属秦彦、毕师铎重围际，容貌不改，皆为绝粮故也。后孙儒渡江，乃寓毗陵。犯夜禁，为刃死，传其剑解矣。出《桂苑丛谈》。

### 许建宗

唐济阴郡东北六里左山龙兴古寺前，路西第一院井，其水至深，人不可食，腥秽甚，色如血。郑还古曰："可以同诣之。"及窥其井，曰："某与回此水味何如？"还古及院僧曰："幸甚。"遂命朱瓯纸笔，书符置井中，更无他法。

是罗浮山人轩辕集医治的。于是皇上通过驿使传诏轩辕集进京，到京后，轩辕集住在山亭院。后来皇上放他回去，授职朝散大夫广州司马，轩辕集坚决不接受。临别时，宣宗问："我管理天下能有多少年？"轩辕集说："五十年。"宣宗十分高兴。到他驾崩时，整好是五十个春秋。出自《感定录》。

## 杜可筠

唐僖宗末年，广陵穷人杜可筠四十多岁了，爱喝酒不吃东西，许多人都说他会辟谷术。他常常到酒肆挨个座位要酒喝，也不见他醉。有人同情他送给他酒，最后又不多喝，每次三两杯就停止。有位乐生在街西开了个酒亭，常允许他阴雨天没别处可去时，就到他那里去，这已经是常事了。有一天下大雪，杜可筠又到乐生那里要酒喝，赶上一个官事的人对乐生说："既然已经咬坏了，就应根据物的价钱赔偿那个人。"乐生不高兴他这么说，杜可筠问道："什么情况？"乐生说："有人拿衣服换酒，因为收藏不谨慎，导致被老鼠咬破了。"杜可筠说："这里有几间房子多大的院落？"乐生说："有许多。"杜可筠说："小时候曾记得一个符咒，特别能驱除老鼠，不知道现在是否灵验，请试试看，或许有效果，那就可以彻底使这座宅院永无老鼠。"乐生拿到符咒后，照法焚烧了，从此绝了鼠迹。杜可筠在被秦彦、毕师铎层层包围之时，容貌不改变，都是因为他会辟谷术的缘故。后来孙儒过了江，他便客居在毗陵，因为违犯了宵禁的规定，被刀杀死了，人们传说他的那把剑也分解了。出自《桂苑丛谈》。

## 许建宗

唐代济阴郡东北方向六里左山龙兴古寺前面，路西边第一个院有口井，里面的水特别深，人不能饮用，又腥又臭，颜色如血一样。郑还古对许建宗说："我们一同去看看。"等看过井后，许建宗说："我给你们恢复这井水的味道怎么样？"郑还古和院里僧人说："太好了。"便叫人拿来红盆和纸笔，写了一道符放进井里，再没有用别的方法。

遂宿此院，二更后，院风雨黯黑。还古于牖中窥之，电光间，有一力夫，自以钓索于井中，如有所钓，凡电三发光，洎四电光则失之矣。及旦，建宗封其井。三日后，甘美异于诸水，至今不变。还古意建宗得道者，遂求之，云："某非道者，偶得符术。"求终不获。后去太山，不知所在。出《传异记》。

## 向　隐

唐天复中，成汭镇江陵，监军使张特进元随温克脩司药库，在坊郭税舍止焉。张之门人向隐北邻，隐攻历算，仍精射覆，无不中也。一日，白张曰："特进副监小判官已下，皆带灾色，何也？"张曰："人之年运不同，岂有一时受灾，吾不信矣。"于时城中多犬吠，隐谓克脩曰："司马元戎，某年失守，此地化为丘墟，子其志之。"他日复谓克脩曰："此地更变，且无定主。五年后，东北上有人，依稀国亲，一镇此邦，二十年不动，子志之。"他日又曰："东北来者二十年后，更有一人五行不管，此程更远，但请记之。"温以为凭虚，殊不介意。复谓温曰："子他时婚娶无男，但生一队女也。到老却作医人。"后果密敕诛北司，张特进与副监小判官同日就戮，方验其事。

成汭鄂渚失律不还，江陵为朗人雷满所据，襄州举军夺之，以赵匡明为留后。大梁伐襄州匡明弃城自固，为梁将贺环所据。而威望不著，朗蛮侵凌，不敢出城，

他们就在这个院里住下了，二更天后，院里风雨交加漆黑一团。郑还古从窗缝里往外瞧，电光之间，看到有一健壮男子，自己把钓鱼绳放进井里，好像有什么东西要钓，一连发了三道电光，到第四道电光时这个人就不见了。等到天亮，建宗把这口井封严了。三天后，井水甘美异常，其他水都比不上，至今仍未改变。郑还古认为许建宗是得道之人，于是求他传授法术，建宗说："我不是得道之人，偶然学会了写符的法术而已。"还古的请求最终没有得到满足。建宗后来到太山去了，不知具体住在什么地方。

出自《传异记》。

## 向　隐

　　唐朝天复年间，成汭镇守江陵，监军使张特进亲随温克脩看管药库，在坊边租房居住。张特进的门人向隐住在他们的北边，向隐钻研历算，还精通射覆游戏，没有猜不中的时候。一天，向隐对张特进说："你和副监以及小判官以下，都面带灾难的神色，这是怎么回事呢？"张特进说："每个人的命运各有不同，哪有同一时间受灾的，我不相信。"这时，城里有许多狗叫的声音，向隐对温克脩说："司马元戎，某年失守，这个地方就化为废墟。你可要记着这件事。"另一天又对温克脩说："此地要发生变化，又没有固定的主人。五年后，东北方向来一个人，好像是位国亲，一度镇守这块地方，二十年内不变。你记着这件事。"过了几天又说："东北来的那个人镇守二十年后，接替他的一个人不相信阴阳五行。这段时间更长。请把这些记着。"温克脩以为这些话全无实际凭据，根本不放在心上。向隐又对温克脩说："你以后结婚娶妻不生男孩，只生一群女孩子。到年老时你却从医。"后来，朝廷果然密令诛杀北司，张特进与副监小判官同一天被杀，这才应验了那件事。

　　成汭在鄂渚失利没回来，江陵被朗州人雷满占据，襄州又发兵夺了回来，用赵匡明为留后。大梁攻打襄州，赵匡明弃城自保，襄州被梁将贺环据守。但他威望不高，朗州蛮人侵凌时，他不敢出城，

自固而已。梁主署武信王高季昌自颖州刺史为荆南兵马留后。下车日,拥数骑至沙头,朗军慑惧,稍稍而退。先是武信王赐姓朱,后复本姓,果符国亲之说。

克脩失主,流落渚宫,收得名方,仍善修合,卖药自给,亦便行医。娶妇后,唯生数女。尽如向言。唐明宗天成二年丁亥,天军围江陵,军府怀忧,温克脩上城白文献王,具道此,文献未之全信。温以前事累验,必不我欺。俄而朝廷抽军。来年,武信薨,凡二十一年。而文献嗣位,亦二十一年。迨至南平王,即此程更远,果在兹乎! 出《北梦琐言》。

## 赵尊师

赵尊师者,本遂州人,飞符救人疾病,于乡里间年深矣。又善役使山魈,令挈书囊席帽,故所居前后百里内,绝有妖怪鬼物为人患者。有民阮琼女,为精怪所惑,每临夜别梳妆,似有所伺,必迎接忻喜,言笑自若。召人医疗,即先知姓名。琼乃奔请尊师救解,赵曰:"不劳亲去,但将吾符贴于户牖间,自有所验。"乃白绢朱书大符与之。琼贴于户,至一更,闻有巨物中击之声,如冰坠地,遂攒烛照之,乃一巨鼋,宛转在地,逡巡而死,符即不见。女乃醒然自悟,惊骇涕泣。琼遂碎鼋之首,弃于壑间,却诣尊师,备陈其事。赵慰劳之,又与小符,令女吞之,自后无恙。大符即却归于案上。出《野人闲话》。

只能固守。大梁君主派武信王高季昌从颍州刺史改为荆南兵马留后。高季昌下车那天，带领数人骑马来到沙头，朗州军害怕了，稍稍撤退。在这之前武信王被梁主赐姓朱，后来又恢复了本姓，果然符合向隐所谓"国亲"的说法。

温克脩失去主人后，流落在渚宫，收集到许多有名的药方，精心整理修补，靠卖药维持生活，顺便行医看病。娶了老婆后，只生了几个女孩。上述情况都跟向隐当初所说的一样。唐明宗天成二年，天子的军队围攻江陵，军府担忧，温克脩上城把前面自己的经历都告诉了文献王，文献王并未完全相信这些。温克脩认为前面的事屡屡应验，必定不是欺人之谈。不久，朝廷抽调军队，放弃了对江陵的围攻。第二年，武信王高季昌去世，在位共二十一年。文献继承其位，也统治了二十一年，直到南平王，就是向隐所说的"这段时间更长"，果然如此。出自《北梦琐言》。

## 赵尊师

赵尊师，本是遂州人，能用符箓给人治病，在乡里住了多年。又善于驱使山鬼，令其给自己提着书袋席帽，所以在他的住处周围一百里之内，几乎没有妖怪鬼魅伤害人的事。乡民阮琼有个女儿，被精怪所迷惑，每到夜晚就特别梳妆打扮一番，好像等待什么人，必定高兴地迎接，又说又笑坦然自若。请人到家给她治疗，她预先就知道人家的姓名。阮琼便赶来请赵尊师解救，赵说："用不着我亲自去，只要把我的符贴在门窗之间，自会灵验。"他便在白绢上用红笔写了一道大符给阮琼。阮琼回去后将符贴在门上，到一更天，听到有巨大的物体被击中之声，像大冰块落地一样，他便举着烛火去照，原来是一只大鳄鱼在地上辗转蠕动，折腾一会儿就死了，贴在门上的符也不见了。女儿也像睡醒一样明白过来，吓得直哭。阮琼便把鳄鱼的脑袋砸碎，将它扔进沟壑，然后去见赵尊师，向他讲述了事情的经过。赵安慰他，又给他一道小符，让他叫女儿吞下去，此后就不会有病灾了。这时，大符飞回来落在桌子上了。出自《野人闲话》。

## 权　师

唐长道县山野间,有巫曰权师,善死卜。至于邪魅鬼怪,隐伏逃亡,地秘山藏,生期死限,罔不预知之。或人请命,则焚香呼请神,僵仆于茵褥上,奄然而逝,移时方喘息,瞑目而言其事。奏师之亲曰郭九舅,豪侠强梁,积金甚广,妻卧病数年,将不济。召令卜之,闭目而言曰:"君堂屋后有伏尸,其数九。"遂令剧之,依其尺寸,获之不差其一,旋遣去除之。妻立愈,赠钱百万,却而不受,强之,方受一二万,云神不令多取。又一日,卧于民家,瞑目轮十指云:"算天下死簿,数其遐迩州县死数甚多,次及本州村乡,亦十余人合死者,内有豪士张夫子名行儒与焉。"人有急告行儒者,闻而惧,遂命之至。谓张曰:"可以奉为,牒阎罪出免之。"于是闭目,于纸上书之,半如篆籀,祝焚之。既讫,张以含胎马奔奉之,巫曰:"神只许其母,子即奉还。"以俟异日,所言本州十余人算尽者,应期而殁,惟张行儒免之。及牝诞驹,遂还其主。其牝呼为和尚,云:"此马曾为僧不了,有是报。"自尔为人廷算者不少,为人掘取地下隐伏者亦多,言人算尽者,不差晷刻。以至其家大富,取民家牛马资财,遍山盈室。出《玉堂闲话》。

# 权　师

　　唐朝长道县山野之间，有个巫师叫权师，能预卜生死。至于邪魅鬼怪，隐藏的逃亡的，地下的秘宝山里的宝藏，以及人的生死期限等，没有他不能预先知道的。有人请他占命，他焚香请神，直挺挺地倒在床垫上，忽然像死了一样，过了一会儿才又喘气，闭着眼睛便告诉你要问的事。奏师的亲戚叫郭九舅，豪侠强壮，积累了许多钱，妻子卧病多年，眼看没救了。招来权师请他占卜，权师闭着眼说："你家堂屋后面埋有死尸，共有九具。"于是郭家令人去掘，按他说的尺寸方位，一点儿不差地都找到了，紧接着又派人将尸体除掉了。他的妻子便立即痊愈了，主人赠钱百万，权师推却不受，硬要给他，他才只收了一二万，并说神灵不让多拿。又一天，权师躺在一个村民家里，闭着眼睛转动十个手指说："推算天下死人的账簿，数着附近州县死人的数目最多，其次是本州的村乡，也有十多个该死的人，其中有豪士张夫子名叫行儒的。"有人急忙告诉了张行儒，张行儒听了非常害怕，便把权师叫来了。权师对张说："我可以为您效劳，写个通牒请阎王爷把您免了。"于是闭上眼睛，在纸上写，写的字一半像篆文一半像籀文。写完后，祷告着烧了。事情结束后，张行儒将一匹怀胎的马奉送给他，权师说："神只许我要母马，小马很快就奉还给您。"过了几天，权师所说本州十多个命数已尽的人，到时间就都死了，唯独张行儒幸免。等到母马生下小马，便送还给了主人。那匹母马被称为"和尚"，权师说："这匹马前世曾经做过和尚，中途还俗，所以有此报应。"从那时起，权师在家里给人算卦的时候不少，替人家挖取地下隐藏物的时候也很多，预言谁寿命已尽的，保证不差一时半刻。因而家里富裕了起来，从村民家里挣来的牛马资财，放了满山堆了满屋。出自《玉堂闲话》。

# 卷第八十
## 方士五

### 周隐克

唐道士周隐克，有术数，将相大僚咸敬如神明，宰相李宗闵修弟子礼，手状皆云然。前宰相段文昌镇淮南，染疾，曰："尊师去年云我有疾，须卧六日。"段公与宾客博戏饮茶，周生连吃数碗，段起旋溺不已。良久，惊语尊师曰："乞且放，虚惫交下不自持。"笑曰："与相公为戏也，盖饮茶慵起，遣段公代之。"出《逸史》。

### 张士政

唐王潜在荆州，百姓张士政善治伤折。有军人损胫，求张治之。张饮以一药酒，破肉，取碎骨一片，大如两指，涂膏封之，数日如旧。经二年余，胫忽痛，复问于张。张曰：

## 周隐克

　　唐代道士周隐克，会阴阳五行之术，将相大臣都对他敬若神明，宰相李宗闵对他行弟子之礼，手势都要规矩。前宰相段文昌镇守淮南，得了病，说："尊师去年就说我要得病，必须卧床休息六天。"段公跟宾客们一边博戏一边喝茶，周隐克一口气喝了好多碗，段公便起床没完没了去撒尿。过了很久，段公才明白过来，吃惊地对尊师说："求您暂且放了我吧，我现在已经是虚弱疲惫交加，不能支持了。"周隐克笑着说："跟相公开开玩笑，因为喝多了茶又懒得起来，便让段公替代我。"出自《逸史》。

## 张士政

　　唐代王潜在荆州时，有个老百姓叫张士政，善治外伤和骨折。有个士兵小腿受伤，求张士政医治。张士政给他一种药酒喝了，剖开肉，取出碎骨头一片，像两个手指那么大，便涂上药膏将伤口封好。几天后伤口就长得跟原来一样了。过了两年多，这条小腿忽然痛起来，又去问张士政。张士政说：

“前君所出骨寒则痛，可遽觅也。”果获于床下，令以汤洗，贮于絮中，其痛即愈。王子弟与之狎，尝祈其戏术。张取草一掬，再三揉之，悉成灯蛾飞去。又画一妇女于壁，酌满杯饮之，酒无遗滴。逡巡，画妇人面赤半日许。其术终不传人。出《逸史》。

## 陈休复

唐李当镇兴元，襄城县处士陈休复号陈七子，狎于博徒，行止非常。李以其妖诞械之，而市井中又有一休复。无何，殒于犴牢，遽都腐败，所司收而瘗之。尔后宛在襄城，李惊异不敢复问。一旦爱女暴亡，妻追悼成疾，无能疗者。幕客白曰：“陈处士真道者，必有少君之术，能祈之乎？”李然之，因敬而延召，陈曰：“此小事尔。”于初夜，帷裳设灯炬，画作一门，请夫人下帘屏气。至夜分，亡者自画门入堂中，行数遭，夫人愊忆，失声而哭，亡魂倏然灭矣。然后戒勉，令其抑割。李由是敬之。出《北梦琐言》。

## 费鸡师

唐蜀有费鸡师，目赤无黑睛，本濮人。段成式长庆初见之，已年七十余。或为人解疾，必用一鸡设祭于庭，又取江石如鸡卵，令疾者握之，乃踏步作气嘘叱，鸡旋转而死，

"这是因为从前给你取出来的那块骨头遇到寒冷所以疼痛,可立即找到它。"果然在床下找到了那块骨头,叫他用热水洗了洗,藏在棉絮里面,这个人的腿痛便立即痊愈了。王潜的子弟们与张士政很亲近,曾请求看他的戏术。张士政拿来一把草,用手反复揉搓,都变成小灯蛾飞走了。又在墙上画一个女人,倒一杯满酒给她喝,酒喝得一滴也不剩。过了一会儿,画上女人的脸红了半天。张士政的法术始终不传授给别人。<small>出自《逸史》。</small>

## 陈休复

唐朝李当镇守兴元时,襄城县有个处士叫陈休复,又称陈七子,整日跟赌徒们狎玩,行为举止异常。李当因为他怪异荒诞给他带上枷锁关了起来,大街上却又出现一个陈休复。没过多久,关起来的陈休复就死在监牢里,很快都腐烂了,主管的人收拾他的尸首埋掉了。以后,陈休复好像仍然活动在襄城,李当十分惊异,不敢再问这件事。一日,李当的爱女突然死了,妻子也因思念伤心过度得了病,没有人能治。有个幕客跟李当说:"陈处士是个真有道术的人,一定有汉代方士李少君摄人魂魄的法术,能去请他吗?"李当同意去请,便把陈休复恭恭敬敬地请来,陈说:"此乃小事一件而已。"入夜,在帷幛里陈设灯烛,画了一个门,让夫人放下帘子屏住呼吸。到了半夜,死去的女儿便从画的那个门进入堂屋,走了几圈,夫人忧伤郁结,放声大哭,亡魂一下子就不见了。然后,好一番劝诫安慰,让她节制割舍思念之情。李当因此很敬重陈休复。<small>出自《北梦琐言》。</small>

## 费鸡师

唐代蜀地有个费鸡师,两眼通红没有黑眼珠,本来是濮地人。段成式在长庆初年见到他时,已经七十多岁了。有时给别人治病,一定要用一只鸡放在院里设祭,又取一枚鸡蛋大小的江石,让病人握在手里,他就踏步运气作声,那只鸡旋转挣扎而死,

石亦四破。成式旧家人永安初不信。尝谓曰:"尔有大厄。"因丸符逼令吞之,复去其左足鞋及袜,符展在足心矣。又谓奴沧海:"尔将病。"令祖而负户,以笔再三画于外,大言曰:"过过。"墨迹遂透著背焉。出《酉阳杂俎》。


## 岳麓僧

唐广南节度下元随军将锺大夫,忘其名,晚年流落,旅寓陵州,多止佛寺。仁寿县主簿欧阳衎愍其衰老,常延待之,三伏间患腹疾,卧于欧阳舍,逾月不食。虑其旦夕溘然,欲陈牒州衙,希取锺公一状,以明行止。锺曰:"病即病矣,死即未也。既此奉烦,何妨申报。"于是闻官,尔后疾愈。孙光宪时为郡倅,锺惠然来访,因问所苦之由,乃曰:"曾在湘潭,遇干戈不进,与同行商人数辈就岳麓寺设斋,寺僧有新合知命丹者,且云:'服此药后,要退,即饮海藻汤,或大期将至,即肋下微痛,此丹自下,便须指挥家事,以俟终焉。'遂各与一缗,吞一丸。他日入蜀,至乐温县,遇同服丹者商人,寄寓乐温,得与话旧,且说所服之效。无何,此公来报肋下痛,不日其药果下。急区分家事,后凡二十日卒。某方神其药,用海藻汤下之,香水洗沐,却吞之。昨来所苦,药且未下,所以知未死。"兼出药相示。然锺公面色红润,强饮啖,似得药力也,他日不知其所终,以其知命有验,故记之焉。出《北梦琐言》。

那块石头也四分五裂。段成式先前的家人永安开始并不相信。费鸡师曾对他说："你将有大难。"于是将一道符咒做成丸状逼迫他吞下去，又脱掉他左脚上的鞋和袜子，便见那道符咒已张贴在他脚心上了。费鸡师又对家奴沧海说："你要生病。"便让他光着膀子背靠门站立，费鸡师用笔在门外反复画咒，大声说道："过！过！"墨迹便透过门板印在沧海的背上了。出自《酉阳杂俎》。

## 岳麓僧

　　唐朝广南节度使帐下元随军将钟大夫，忘记他叫什么名字了，晚年到处流浪，旅居在陵州，大多时候住在佛寺里。仁寿县主簿欧阳衍可怜他年老体弱，经常把他请到家中招待，有一年三伏天钟大夫坏肚子，躺在欧阳衍家里，一个多月不吃东西。欧阳衍担心他马上就会咽气，想向州衙呈具公文，希望得到钟公的一份自述状，以表明他的经历。钟公说："病是病了，却还没有死。这件事既然要麻烦你，不妨申报一下。"于是，欧阳衍就把钟公病重的事报告了官府。后来钟公的病痊愈了。当时孙光宪任郡守的副职，钟公感谢他的来访，孙便问他为何如此苦恼，他说："我过去在湘潭，遇上战乱不能行进，与同行的几个商人到岳麓寺设斋，寺僧有新制的知命丹，并说：'吃下这知命丹之后，要想把它打掉，就服用海藻汤，或者到寿命将完结时，感觉肋下微微作痛，此丹就会自行排泄下来，那就必须赶紧安排家事，等着临终时刻到来。'于是每人给了寺僧一千文钱，吃了一丸。后来进入蜀地，到了乐温县，遇到一起服丹的商人，暂住乐温，有机会与他叙谈往事，并且谈到服丹的功效。没过多久，这个商人来报告说肋下痛，不几天那吞下去的知命丹果然排泄下来了。他急忙安排家事，二十天后死了。我才感到此药神奇，用海藻汤把它打下来，用香水洗涤干净，再吞下去。前几天病得很苦，药还没有下来，所以知道没到死的日子。"他同时拿出药来给孙光宪看。但钟公面色红润，饮食很好，好像得到药力相助，后来不知道他的结局如何，因为这知命丹的功效很灵验，所以记在这里。出自《北梦琐言》。

## 强　绅

唐凤州东谷有山人强绅,妙于三戒,尤精云气。属王氏初并秦凤,张黄于通衢,强公指而谓孙光宪曰:"更十年,天子数员。"又曰:"并汾而来悠悠,梁蜀后何为哉。"于时蜀兵初攻岐山,谓其旦夕屠之。强曰:"秦王久思妄动,非四海之主,虽然,死于牖下,乃其分也。蜀人终不能克秦,而秦川亦成丘墟矣。"尔后大卤与王凤翔不羁,秦王令终,王氏绝祚,果叶强生言。有鹿卢跻术,自云老夫耄矣,无人可传,其书藏在深隐处古杉树中。因与孙光宪偕诣,开树皮,发蜡缄,取出一通绢书,选吉辰以授,为强妪止之。谓孙少年矣,虑致发狂,俾服膺三年,方议可否。出《北梦琐言》。

## 彭钉筋

唐彭濮间,有相者彭克明,号彭钉筋。言事多验,人以其必中,是有钉筋之名。九陇村民唐氏子,家富谷食。彭谓曰:"唐郎即世,不挂一缕。"唐氏曰:"我家粗有田陇,衣食且丰,可能裸露而终哉?"后一日,江水泛涨。潭上有一兔,在水中央,唐谓必致之。乃脱衣洄水,无何,为泛波漂没而卒。所谓一缕不挂也。其他皆此类,繁而不载。出《北梦琐言》。

## 崔无斁

伪王蜀先主时,有道士李喜,亦唐之宗室,生于徐州,

## 强 绅

　　唐代凤州东谷有个山人叫强绅，妙于三戒之道，尤精云气之术。时值王氏刚刚兼并秦凤之地，大街上的人都很慌张，强绅指着他们对孙光宪说："再过十年，就会出现好几个天子。"又说："并汾地位悠久绵长，梁蜀以后还有什么作为呢？"当时蜀兵开始攻打岐山，自称早晚就会荡平秦地。强绅说："秦王早就想妄动，不是能统一天下的霸主，即便如此，但他却寿终正寝，这是他命中注定的。蜀人最后攻不下秦地，而秦川也要变成荒丘的。"后来，大卤与王凤翔不受约束，秦王善终，王氏也地位断绝，果然应了强绅的话。有一种鹿卢跻术，强绅自称年纪已老无人可传，把那书藏在了深山隐蔽处的古杉树里。便与孙光宪一起到了那里，剥开树皮，打开蜡封，取出一册绢子书，选择吉日良辰要向他传授，被强绅的老伴制止了。她说孙光宪太年轻了，担心他会因为掌握此术而发狂，等他衷心奉持三年之后，才能考虑是否可以向他传授。出自《北梦琐言》。

## 彭钉筋

　　唐朝彭城濮阳一带，有个相命人叫彭克明，绰号彭钉筋。他说的事情多数能应验，人们由于他说的话差不多句句言中，所以才有"钉筋"的绰号。九陇村民有个唐家子弟，家里富足有的是粮食。彭钉筋对唐氏说："唐公子死的时候，一丝不挂。"唐氏说："我家有许多良田，衣食也很丰裕，他怎么可能赤裸着离开人世呢？"后来有一天，江水涨潮。水潭上漂着一只兔子，在水的中央，唐氏的儿子说一定要捉到它，便脱掉衣服泅水游过去，不一会儿，便被泛滥的江水冲走淹死了。正是所说的一丝不挂。关于彭钉筋的其他事都与这件事类似，就不一件件记载了。出自《北梦琐言》。

## 崔无致

　　前蜀先主时，有个道士李暠，也是唐朝皇帝的宗室，生于徐州，

而游三蜀，词辩敏捷，粗有文章。因栖阳平化，为妖人扶持，上有紫气，乃聚众举事而败，妖辈星散，而嵩独罹其祸。先是李嵩有书，召玉局仙杨德辉赴斋。有老道士崔无敩自言患聋，有道而托算术，往往预知吉凶。杨德辉问曰："将欲北行，如何？"令崔书地作字，乃书"北、千"两割字，崔公以"千"插"北"成"乖"字，曰："去即乖觉。"杨坐不果去，而嵩斋日就擒，道士多罹其祸。杨之幸免，由崔之力也。出《北梦琐言》。


## 蜀　士

伪王蜀有王氏子承协，幼承荫，有文武才，性聪明，通于音律。门下常养一术士，潜授战阵之法，人莫知之。术士褴缕弊衣，亦不受承协之资镪。承协后因蜀主讲武于星宿山下，忽于主前呈一铁枪，重三十余斤，请试之。由是介马盘枪，星飞电转，万人观之，咸服其神异。及入城，又请盘城门下铁关，五十余斤，两人舁致马上，当街驰之，亦如电闪。大赏之，擢为龙捷指挥使。其诸家兵法，三令五甲，悬之口吻。以其年幼，终不付大兵柄。奇异之术，信而有之。出《王氏见闻录》。


## 陈　岷

后唐庄宗世子魏王继岌伐蜀，回军在道，而有邺都之变。庄宗与刘后命内臣张汉宾赍急诏，所在催魏王归阙。张汉宾乘驿，倍道急行，至兴元西县逢魏王，宣传诏旨。王以本军方讨汉州，康延孝相次继来，欲候之出山，以陈凯歌，汉宾督之。

到蜀地游历。他口齿伶俐，能言善辩，精通文章。因栖居在阳平化，被妖人扶持，说上有紫气，他便聚众起兵，结果失败了，妖人们纷纷逃散，唯独李嵩罹祸被杀。事先，李嵩曾经写信，召集玉局仙杨德辉前去参加斋会。有位老道士崔无敩自称耳聋，他道业很深却假托是算命的，往往能预知吉凶。杨德辉问道："我要到北面去，吉凶如何？"他让崔无敩在地上写字，崔便写了"北"和"千"两个分割开的字，崔公把"千"字插入"北"字中变成了"乖"字，说："去了一定要灵敏机警，要见机行事。"杨德辉果然没有去。李嵩在斋会那一天被擒，许多道士也同时遇难。杨德辉能够幸免于难，是由于崔无敩的帮助。出自《北梦琐言》。

## 蜀　士

前蜀有个姓王的子弟承协，自幼承袭荫封，兼有文武之才，天资聪明，通晓音律。他在门下经常供养着一个术士，暗中传授他战阵之法，人们都不知道。这位术士衣衫褴褛，也不接受承协送给他的物品钱财。承协后来因为蜀主在星宿山下讲武，突然有人向蜀主呈上一杆铁枪，重三十余斤，请承协试练一下。因此，承协便勒马舞枪，星飞电转神出鬼没。万人看了他的表演，都佩服他武艺神异。等到进了城门，又让他舞动城门下的铁门闩，重五十多斤，两个人抬到马上之后，承协就在大街上勒马飞舞起来，依然快如闪电。蜀主大为赞赏，提拔他为龙捷指挥使。至于诸家兵法，三令五甲，他都能口若悬河地熟练背诵。因为他年幼，最终没有交给军事大权。奇异法术，相信他是有的。出自《王氏见闻录》。

## 陈　岷

后唐庄宗的嫡长子魏王继岌讨伐蜀地，回军途中，邺都发生兵变。庄宗与刘后命令内臣张汉宾带着急诏，到魏王驻军之地催他回朝。张汉宾乘着驿马，加速急行，到兴元西县碰到魏王，宣读诏书旨意。魏王说自己正率军讨伐汉州，康延孝接着也要到来，要等他出山之后，再回朝报告胜利的消息，张汉宾督促他赶快回朝。

有军谋陈岷,比事梁,与汉宾熟,密问张曰:"天子改换,且是何人?"张色庄曰:"我当面奉宣诏魏王,况大军在行,谈何容易。"陈岷曰:"久忝知闻,故敢谘问。两日来有一信风,新人已即位矣,复何形迹?"张乃说:"来时闻李嗣元过河,未知近事。"岷曰:"魏王且请盘桓,以观其势,未可前迈。"张以庄宗命严,不敢迁延,督令进发。魏王至渭南遇害。出《王氏见闻录》。

## 郑山古

伪蜀王先主时,有军校黄承真就粮于广汉绵竹县,遇一叟曰郑山古,谓黄曰:"此国于五行中少金气,有剥金之号,曰金炀鬼。此年蜀宫大火,至甲申、乙酉,则杀人无数,我授汝秘术,诣朝堂陈之。傥行吾教以禳镇,庶几减于杀伐。救活之功,道家所重,延生试于我而取之。然三陈此术,如不允行,则止亦不免。盖泄于阴机也,子能从我乎?"黄亦好奇,乃曰:"苟禀至言,死生以之。"乃赍秘文诣蜀。三上不达,乃呕血而死。其大火与乙酉亡国杀戮之事果验。孙光宪与承真相识,窃得窥其秘纬,题云《黄帝阴符》,与今《阴符》不同,凡五六千言。黄云受于郑叟,一画一点,皆以五行属配,通畅亹亹,实奇书也。然汉代数贤生于绵竹,妙于谶记之学,所云郑叟,岂黄扶之流乎?出《北梦琐言》。

有个军中参谋陈岷，不久前曾在大梁做官，与汉宾熟识，所以悄悄地问张汉宾道："天子已经改换，新登基的是什么人呢？"张汉宾神色庄重地说："我当面奉皇命宣诏魏王回京，况且大军正在行进之中，谈何容易！"陈岷说："因为过去与您熟识，所以才敢向您打听情况。这两天传来风声，说新人已经即位了。另外还有什么情况？"张汉宾便说："来的时候听说李嗣元已经过了河，不知道近况如何？"陈岷说："应当请魏王暂时原地不动，以观察形势的变化。不可再前进了。"张汉宾因为庄宗皇帝的命令紧急，不敢拖延，所以督令魏王立即进发。魏王到渭南时便被杀害了。出自《王氏见闻录》。

## 郑山古

前蜀王先主时，有个军校黄承真到广汉绵竹县筹集军粮，遇见一个老头叫郑山古，对黄承真说："这个国家在五行之中缺少金气，有剥金之称，叫金炀鬼。今年蜀国王宫要起大火，到甲申年、乙酉年，则有无数人被杀害，我教给你秘密的法术，到朝廷上去陈述。倘若施行我教的法术除祸去灾，可能会免除杀伐的灾难。救人活命的功劳，本是道家所看重的，请您从我这里试行。但是三次陈述我教您的法术，如果他们仍然不允许施行，那么你不能免死，因为你泄露了天机呀！您能按我说的去办吗？"黄承真也好奇，便说："如果能秉承至言，生死不惧。"他便带着秘密文书到了蜀宫。三次呈报都没有达到目的，黄承真便吐血而死。那些宫中起火与乙酉亡国杀戮的事情果然都应验了。孙光宪跟黄承真认识，曾私下偷看到那件秘术的大概，题为《黄帝阴符》，与现在的《阴符》不同，共有五六千字。黄承真说是从郑翁那里得到的，上面的一画一点，全用阴阳五行对应搭配，通畅流利，实在是一部奇书啊！但是汉代许多贤能之人生于绵竹，精通谶纬这门学问，所说的郑老翁，难道不是黄扶之流吗？出自《北梦琐言》。

## 马处谦

伪王蜀叶逢,少明悟,以词笔求知,常与孙光宪偕诣术士马处谦,问命通塞。马曰:"四十已后,方可图之;未间,苟或先得,于寿不永。"于时州府交辟,以多故参差,不成其事。后充湖南通判官。未除官之前,梦见乘船赴任,江上候吏,旁午而至,迎入石窟。觉后,话于广成先生杜光庭次。忽报敕下,授检校水部员外郎。广成曰:"昨宵之梦,岂小川之谓乎?"自是解维,覆舟于犍为郡青衣滩而死,即处谦之生知。叶逢之凶梦,何其效哉!光宪自蜀沿流,一夕梦叶生云:"子于青衣亦不得免。"觉而异之,泊发嘉州,取阳山路,乘小舟以避青衣之险。无何篙折,为泛流吸入青衣,幸而获济。岂鬼神尚能相戏哉! 出《北梦琐言》。

## 赵圣人

伪蜀有赵温圭,善袁许术,占人灾祥,无不神中,蜀谓之赵圣人。武将王晖事蜀先主,累有军功。为性凶悍,至后主时,为一二贵人挤抑,久沉下位,王深衔之。尝一日,于朝门逢赵公,见之惊愕,乃屏人告之曰:"今日见君面有杀气,怀兵刃,欲行阴谋。但君将来当为三任郡守,一任节制,自是晚达,不宜害人以取殃祸。"王大骇,乃于怀中探一匕首掷于地,泣而言曰:"今日比欲刺杀此子,便自引决,不期逢君为开释,请从此而止。"勤勤拜谢而退。王寻为郡,迁秦州节度。蜀亡,老于咸阳。宰相范质亲见王,话其事。出《玉堂闲话》。

## 马处谦

前蜀时有个叶逢，年少时聪明颖悟，想凭诗词文章求得知己，曾与孙光宪一起拜见术士马处谦，卜问命运通达与否。马处谦说："四十岁以后，你才能有官运；不到那个时候，如果提前得到官位，你的寿命就不长。"当时州府先后征召，叶逢因为种种原因耽误了，升官的事情没有办成。后来担任湖南通判官。未任命之前，他梦见乘船赴任，江上有迎候差吏，快中午时便到了，把他迎到一个石洞里。睡醒以后，他在广成先生杜光庭处说起此事。忽然敕命传下来，封他为检校水部员外郎。广成说："昨天晚上的梦，难道不是说山川吗？"叶逢于是解缆发船，走到犍为郡青衣滩时，船翻身亡，这就是马处谦的预见。叶逢做的凶梦，如此有效验！孙光宪从四川沿着长江顺流而下，一天夜间梦见叶逢说："你在青衣滩也不能幸免。"睡醒之后非常惊异，他停下船来不再沿江直奔嘉州，而取道阳山旱路，然后换乘小船避开青衣滩之险阻。不久船篙断了，被激荡的水流吸进青衣滩，幸而又被救了出来。难道鬼神也能开玩笑吗？出自《北梦琐言》。

## 赵圣人

前蜀有个赵温圭，擅长袁天纲许迈之流的法术，给别人占卜吉凶，没有不灵验的，蜀人称他为赵圣人。武将王晖在蜀国先主手下效力时，战功累累。他为人凶悍，到了后主执政时，被一两个权贵大臣排挤，长时间沉没在低下的职位上，王晖怀恨在心。有一天，王晖在朝门遇见赵公，赵公看见他十分惊愕，便屏退左右告诉他说："今天看见你面带杀气，怀里藏着刀，想施行阴谋。但是，你将来会成为三任郡守，一任节制，只是晚一些显达罢了，不应害人而招致灾祸。"王晖十分吃惊，便从怀里掏出一柄匕首扔在地上，哭泣说道："今天本想刺杀这小子，然后引颈自杀，不料遇到您为我开导解脱，我从此以后再不这么蛮干了。"频频拜谢，向赵公告退。王晖很快就当了郡守，又迁升为秦州节度使。前蜀灭亡后，他老死于咸阳。宰相范质亲眼看见过王晖，王晖跟他说了自己的这些事。出自《玉堂闲话》。

## 黄万户

伪王蜀时，巫山高唐观道士黄万户本巴东万户村民，学白虎七变术，又云学六丁法于道士张君。常持一铁鞭疗疾，不以财物介怀。然好与乡人争讼，州县不之重也。戎州刺史文思辂亦有戏术，曾剪纸鱼投于盆内而活，万户投符化獭而食之。其铁鞭为文思辂收之，归至涪州亡其鞭，而却归黄矣。有杨希古，欲传其术，坐未安，忽云："子家中已有丧秽。"不果传，俄得家讣母亡。又蜀先主召入宫，列示诸子，俾认储后，万户乃指后主。其术他皆仿此。唯一女，为巫山民妻，有男传授秘诀。将卒，戒家人勿殓，经七八日再活，不久却殒也。青城县旧有马和尚，宴坐三十五年，道德甚高。万户将卒，谓家人曰："青城马和尚来，我遂长逝也。"是年，马师亦迁化。出《北梦琐言》。

## 何 奎

伪王蜀时，阆州人何奎，不知何术，而言事甚效，既非卜相，人号何见鬼，蜀之近贵咸神之。鬻银肆有患白癞者，传于两世矣，何见之谓曰："尔所苦，我知之矣，我为嫁聘，少镮钏钗篦之属，尔能致之乎？即所苦立愈矣。"癞者欣然许之，因谓曰："尔家必有他人旧功德，或供养之具在焉，亡者之魂所依，故遣为此祟，但去之必瘳也。"患者归视功德堂内，本无他物，忖思久之，老母曰："佛前纱窗，乃重围时他人之物，曾取而置之，得非此乎？"

## 黄万户

前蜀时,巫山高唐观道士黄万户,本是巴东万户村民,学过白虎七变术,又说跟道士张君学过六丁法。他常拿着一条铁鞭给别人治病,从不把财物放在心上,然而好与乡邻们打官司,所以州衙县府并不看重他。戎州刺史文思辂也有戏术,他曾剪了纸鱼放到盆里就变成活鱼,黄万户则把一道符投进去化成一只水獭把鱼吃了。黄万户的铁鞭被文思辂收了去,文思辂往回走到涪州时铁鞭不见了,结果却到了黄万户手里。有个叫杨希古的,想请黄万户向他传授法术,还没坐好,黄万户忽然说:"你家里出丧事了。"还没向他传授,很快他就得到母亲死亡的讣告。还有一次蜀国先主召黄万户入宫,让几个儿子站在一起,让他认认谁是将来王位继承人,万户便指定是后主。有关其他的法术都与这相仿佛。他只有一个女儿,嫁给巫山平民为妻。有个儿子,学到秘诀。黄万户快死时,劝诫家人不要入殓,过七八天复活了,不久又死了。青城县过去有个马和尚,打坐了三十五年,道行非常高。黄万户快死时,对家人说:"青城马和尚要来,我要与世长辞了。"这一年,马和尚也去世了。出自《玉堂闲话》。

## 何　奎

前蜀时,阆州人何奎,不知道会什么法术,但预言事情却非常灵验,又不是占卜相面之类,人们都叫他"何见鬼",蜀地近臣贵戚都把他奉为神明。一家卖银饰铺子有患白癞的,已经流传两代了,何奎见到他时说:"你的苦处我知道,我因为嫁女儿的事,正缺少耳环钏钗篦梳之类的用品,你能送给我这些东西吗?如果能办到,你的苦处就立即痊愈。"那个患白癞的人欣然答应了,何奎便跟他说:"你家里肯定有别人念佛布施的东西,或者有供奉用具留在那里,死人的魂灵依附在上面,所以用这种病来作祟,只要把它除去必定消除病患。"患者回家仔细察看供佛的殿堂,没发现什么别人的东西,想了很久,他老母亲便说:"佛像前面的纱窗,原来是重围时别人的东西,我曾拿来放在那里的,莫非就是这件东西?"

遽彻去，仍修斋忏，疾遂痊。竟受其镮钏之赠。何生未遇，不汲汲于官宦，末年祈于大官，自布衣除兴元小尹，金紫，兼妻邑号，子亦赐绯，不之任，便归阆州而卒，显知死期也。虽术数通神，而名器逾分，识者知后主政悉此类也。出《北梦琐言》。

## 孙　雄

嘉州夹江县人孙雄，号孙卯斋，其言事亦何奎之流。伪蜀主归命时，内官宋愈昭将军数员，旧与孙相善，亦神其术。将赴洛都，咸问将来升沉。孙俯首曰："诸官记之，此去无灾无福，但行及野狐泉已来税驾处，曰：'孙雄非圣人耶，此际新旧使头皆不见矣。'"诸官咸疑之。尔后量其行迈，合在咸京左右。后主罹伪诏之祸，庄宗遇邺都之变，所谓新旧使头皆不得见之验也。出《北梦琐言》。

## 李汉雄

李汉雄者，尝为钦州刺史，罢郡，居池州。善风角推步之奇术，自言当以兵死。天祐丙子岁，游浙西，始入府而叹曰："府中气候甚恶，当有兵乱，期不远矣。吾必速回。"既见，府公厚待之，留旬日，未得遽去。一日晚出逆旅，四顾而叹曰："祸在明日，吾不可留。"翌日晨，入府辞，坐客位中，良久曰："祸即今至，速出犹或可。"遂出，至府门遇军将周交作乱，遂遇杀害于门下。出《稽神录》。

急忙把它撤掉，还斋戒忏悔，患者的病于是痊愈了。何奎也最终接受了耳环手镯之类的赠品。何奎年轻时没有做官的机遇，他也不追求官宦之途，晚年才祈求于大官，从平民百姓封为兴元县府尹，佩戴金印紫绶，他的妻子也得到封号，儿子也赐穿红色品服，他并没去上任，回到阆州便死了，显然他是预先就知道死期的。何奎虽然法术通神，但晚年的名位超过了本分。有见识的人知道蜀后主为政就与这事类似。出自《玉堂闲话》。

## 孙　雄

嘉州夹江县人孙雄，号孙卯斋，他料事如神也属于何奎之流。前蜀主归顺后唐时，内官宋愈昭将军等几人，过去都跟孙雄很友好，也佩服他的法术。他们要去洛阳，便都去询问将来命运升沉如何。孙雄俯首道："各位官人记着我说的话，这次你们去洛阳，无灾祸也无福气，但是走到野狐泉歇驾住宿之处，你们会说：'孙雄并非圣人呀，这时新旧使头都见不到了。'"各位官员都对此疑惑不解。后来他们估量了自己的行程，当时应该在咸京前后。那时正好是前蜀后主因为伪诏而遭祸，后唐庄宗又遇上邺都兵变，所说的"新旧使头皆不得见"正好应验了。出自《玉堂闲话》。

## 李汉雄

李汉雄，曾经担任过钦州刺史，免除郡守官职后，住在池州。他擅长风角推步的奇异法术，自称将来一定死于兵祸下。天祐丙子年，李汉雄游历浙西，他刚走进府衙就叹息道："府内气氛太恶劣，肯定要出现兵乱，为期不远了。我必须迅速回去。"见到府公后，府公以厚礼招待他，留他住了十天，所以没能立即离开这里。一天晚上，他走出客店，向周围看了看叹道："灾祸就在明天，我不能再留在这里了。"第二天早上，他到府内辞行，坐在客位上过了很久说："灾祸今天马上就到了，赶快出去或许还可避过。"于是往外走，到府门时遇到军将周交作乱，便被杀害于府衙门前。出自《稽神录》。

# 卷第八十一
## 异人一

韩 稚　　幸 灵　　赵 逸　　梁四公

### 韩 稚

汉惠帝时，天下太平，干戈偃息，远国殊乡，重译来贡。时有道士韩稚者，终之裔也，越海而来，云是东海神君之使，闻圣德洽于区宇，故悦服而来庭。时东极扶桑之外，有泥离国，亦来朝于汉。其人长四尺，两角如茧，牙出于唇，自腰已下有垂毛自蔽。居于深穴，其寿不可测也。帝云："方士韩稚解绝国言，问人寿几何，经见几代之事。"答云："五运相因，递生递死，如飞尘细雨，存殁不可论算。"问："女娲已前可问乎？"对曰："蛇身已上，八风均，四时序。不以威悦，搅乎精运。"又问燧人以前，答曰："自钻火变腥以来，父老而慈，子寿而孝。牺轩以往，屑屑焉以相诛灭，浮靡器薄，淫于礼，乱于乐，世欲浇伪，淳风坠矣。"稚具以闻，帝曰："悠哉杳昧，非通神达理者难可语乎斯道矣。"稚亦以斯而退，莫知所之。出《王子年拾遗记》。

# 韩　稚

汉惠帝在位时,天下太平,战争平息,远国异乡的使者,通过辗转翻译前来朝贡。当时有个叫韩稚的道士,是方士韩终的后代,越过大海来到汉朝,自称是东海神君的使者,听说汉皇帝的圣明德政遍施天下,所以心悦诚服来到汉庭。当时,在东极扶桑以外的地方,有个泥离国,也派人来向汉帝朝拜。泥离国的人身高四尺,头上有两个角像蚕茧形状,长牙齿露在嘴唇外面,从腰部往下生着长长的毛遮蔽着,住在深洞里,他的寿命没法推算。惠帝说:"方士韩稚懂得远方国家的语言,问问这个人有多大岁数,经历过几代的事情。"此人答道:"五行运行相生相克,人类不断生不断死,就像飞尘细雨一样,生存和死亡是无法计算的。"问:"女娲以前的事知道吗?"他回答说:"女娲以前,八方风调雨顺,四季变化有序。他们从不用武力或讨好的手段,把持世间万物的运转。"又问他燧人氏以前的事情,答道:"自从钻木取火改变腥膻以来,父老慈祥和善,子辈年壮孝敬。自从伏牺氏、轩辕氏以后,就因各种琐屑之事互相杀伐,侈靡浮薄,礼乐淫乱无序,世俗浮薄虚伪,淳朴自然之风丧失了。"韩稚把听到的话全告诉了皇帝,皇帝说:"这些事情过去太久太远了,不是与神灵相通又通情达理的人,很难讲清这些道理的。"韩稚在这件事过去之后也隐退了,不知道去哪里了。出自《王子年拾遗记》。

## 幸　灵

　　晋幸灵者，豫章建昌人也，立性少言。与人群居，被人侵辱而无愠色，邑里皆号为痴，父兄亦以为痴。常使守稻，有牛食稻，灵见而不驱，待牛去，乃整理其残乱者。父见而怒之，灵曰："夫万物生天地之间，各得其意，牛方食禾，奈何驱之？"父愈怒曰："即如汝言，复用理坏者何为？"灵曰："此稻又得终其性矣。"时顺阳樊长宾为建昌令，发百姓作官船，令人作楫一双。灵作讫而未输，俄而被人窃。窃者心痛欲死，灵曰："尔无窃吾楫子乎？"窃者不应，须臾痛甚。灵曰："尔不以情告我者死。"窃者急，乃首应。灵于是以水饮之，病乃愈。船成，以数十人引一艘，不动。灵助之，船乃行。从此人皆畏之，或称其神。有龚仲儒女，病积年，气息才属，灵以水噀之，应时大愈。又吕猗母黄氏，痿痹一十余年。灵去黄氏数尺而坐，瞑目寂然，有顷，谓猗曰："扶夫人起。"猗曰："得疾累年，不可卒起。"灵曰："试扶起。"于是两人扶以立，又令去扶人，即能自行，乃留水一器令饮之。高悝家内有鬼怪言语，器物自行，大以巫祝厌之，而不能绝。灵至门，见符甚多，曰："以邪救邪，岂得已乎？"并使焚之，其鬼怪遂绝。从尔已后，百姓奔赴如云。灵救愈者，多不敢报谢。立性至柔，见人即先拜，辄自称名。凡草木之夭伤于山林者必起埋之，器物倾覆于途路者必举正之。出《豫章记》。

# 幸　灵

　　晋代有个叫幸灵的,是豫章建昌人,生性寡言少语。与人们在一起时,被别人侮辱了也不生气,乡里人都称他痴人,父亲和哥哥也认为他痴呆。家里人常让他看守稻田,有牛吃稻子,幸灵看见了也不驱赶,等牛走了之后,才去整理剩下的乱了的稻子。父亲见了很生气,幸灵却说:"万物生长于天地之间,应各自得到满足,牛刚才吃庄稼,凭什么去赶它?"父亲更加愤怒道:"如果像你这么说,还去整理被踏坏的稻子干啥?"幸灵说:"这踏坏的稻子也应该终其性命呀!"当时,顺阳人樊长宾是建昌县令,他征发百姓制造官船,命令每人做一对船桨。幸灵做完后还没交上去,很快就被人偷走了。偷的人心痛得要死,幸灵说:"你没偷我的桨吗?"偷的人没回答,顿时痛得更厉害了。幸灵说:"你不把实情告诉我,就会死的。"偷的人着急了,便点头承认。幸灵于是拿水来给他喝,他的病便好了。船造成后,用十多人拉一艘船都拉不动,幸灵伸手相助,船才往前走。从此,别人都对他表示敬畏,有人称他是神仙。龚仲儒有个女儿病了很多年,奄奄一息。幸灵拿水来喷她,结果立时大愈。吕猗的母亲黄氏,瘫痪十多年了。幸灵在离黄氏几尺远处坐着,闭目运气,过了一会儿,对吕猗说:"把夫人扶起来。"吕猗说:"得病多年了,不能马上起来。"幸灵说:"试着扶起来看看。"于是两人扶她站起来了,幸灵又让扶她的人离开,黄氏便能自己走路了。幸灵又留下一杯水让病人喝了。高悝家里有鬼怪说话,屋里的器物能自己移动,老人用巫术大加镇压,也不能断绝。幸灵来到他门前,看见门上贴了许多符,说:"以邪救邪,哪能根绝呢?"叫他把符统统烧了,家里的鬼怪便绝迹了。从那以后,来见他的百姓如云涌般源源不断。幸灵救治了的人,大都不许他们报答酬谢。幸灵生性特别柔顺和气,见到人就先行礼,往往自报姓名。凡山林中有被摧残的草木,他一定扶起整理好;凡有器物翻倒在路上的,他见了一定去扶正它们。<small>出自《豫章记》。</small>

### 赵　逸

后魏崇义里有杜子休宅，地形显敞，门临御路。时有隐士赵逸者，云是晋武时人，晋朝旧事，多所记录。正光初，来至京师，见子休宅，叹息曰："此是晋朝太康寺也。"时人未之信，问其由，答曰："龙骧将军王濬平吴后，立此寺，本有三层浮图，用砖为之。"指子休园曰："此是故处。"子休掘而验之，果得砖数万，并有石铭云："晋太康六年，岁次乙巳，九月甲戌朔，八日辛巳，仪同三司襄阳侯王濬敬造。"时园中果菜丰蔚，林木扶疏，乃服逸言，号为圣人。子休遂拾宅为灵应寺，所得之砖，造三层浮图。

好事者问晋朝京师何如今日，逸曰："晋朝民少于今日，王侯第宅与今日相似。"又云："自永嘉已来，二百余年，建国称王者，十有六君，吾皆游其都鄙，目见其事。国灭之后，观其史书，皆非实录，莫不推过于人，引善自向。苻生虽好勇嗜酒，亦仁而不杀，观其治典，未为凶暴。及详其史，天下之恶皆归焉。苻坚自是贤主，贼君取位，妄书生恶，凡诸史官，皆此类也。人皆贵远贱近，以为信然。当今之人，亦生愚死智，惑已甚矣。"问其故。逸曰："生时中庸之人耳，及其死也，碑文墓志，莫不穷天地之大德，生民之能事。为君共尧舜连衡，为臣与伊尹等迹。牧民之官，浮虎慕其清尘；执法之吏，埋轮谢其梗直。所谓生为盗跖，

# 赵　逸

　　北魏时,崇义里有一座杜子休的宅院,地形开阔宽敞,门临官道。当时有个叫赵逸的隐士,说是晋武帝时代的人,有关晋朝的旧事,他大部分都做了记录。正光初年,他来到京都,看见杜子休的宅院,叹息道:"这是晋朝的太康寺呀!"当时人们都不相信,问他来由,他回答道:"当年龙骧将军王濬平定吴国后,建立了这座寺,本来有三层佛塔,用砖砌的。"他指着子休的园子说:"这就是原来的地址。"子休掘土检验他说的话,果然挖到几万块砖,并有块石头上刻着铭文道:"晋太康六年,岁次乙巳,九月甲戌朔,八月辛巳,仪同三司襄阳侯王濬敬造。"当时园中果蔬丰茂,更有林木枝叶扶疏,人们便信服了赵逸的话,称他为圣人。杜子休便施舍出自己的这所宅院建立灵应寺,并用挖到的砖头,建造了三层佛塔。

　　有好事的人问赵逸晋朝时的京都与现在比怎么样,赵逸说:"晋朝时居民比现在少,王侯们的宅第与现在相似。"又说:"自从西晋永嘉年以来,二百余年间,建国称王者,共有十六个君主,我都游历过他们的京都,亲眼看见各朝代的事情。每个国家灭亡之后,翻看他们的史书,都不是据实记录,没有一部不是将过失推卸给别人,把好事引到自己身上。前秦国君苻生虽然好勇嗜酒,但也懂得仁政而不轻易杀人,观察他治理国家的政策法律,不可以算作凶暴。等到详看记载他的史书,天下所有的坏事都归在他身上。苻坚自称是贤明的君主,但他却杀害苻生,窃取君位,随意杜撰苻生的恶名。历史上许多史官,都是这样的。人们都贵远贱近,真是这样。现在的人们,也认为活着的就愚蠢,死了才聪明,实在是被迷惑得太厉害了。"有人问他为什么会是这样,赵逸说:"一个人活着时不过是平庸之辈而已,等他死后,碑文墓志里,无不穷尽天地间的大德和活着的人能办到的好事。如果是君主,则说他能与尧、舜抗衡;如果是大臣,就说他与伊尹有同等的政绩。凡是管理臣民的官,就说连浮虎都会仰慕其清尘;凡是执法的官吏,就用张纲埋轮的典故来称谢他的耿直。所谓活着时是盗跖,

死为夷齐。妄言伤正,华词损实。"当时作文之士,惭逸此言。步兵校尉李登问曰:"太尉府前砖浮图,形制甚古,未知何年所造。"逸云:"晋义熙十二年,刘裕伐姚泓军人所作。"

汝南王闻而异之,因问何所服饵以致延年。逸云:"吾不闲养生,自然长寿。郭璞常为吾筮云:'寿年五百岁。'今始余半。"帝给步挽车一乘,游于市里,所经之处,多说旧迹,三年已后遁去,莫知所在。出《洛阳伽蓝记》。

## 梁四公

梁天监中,有蜀闿、上音携,下琛去。麨杰、上万,下杰。尲𬸣、上蜀,下湍。仉肹上掌,下睹。四公谒武帝,帝见之甚悦,因命沈隐侯约作覆,将与百僚共射之。时太史适获一鼠,约匣而缄之以献。帝筮之,遇《蹇》☵☶艮下,坎上。之《噬嗑》☲。震下,离上。帝占成,群臣受命献卦者八人,有命待成俱出。帝占决,置诸青蒲,申命闿公揲著,对曰:"圣人布卦,其象吉矣,依象辩物,何取异之,请从帝命卦。"时八月庚子日巳时,闿公奏请沈约举帝卦上一著以授臣,既撰占成,置于青蒲而退。读帝占曰:"先蹇后噬嗑是其时,内艮外坎是其象。坎为盗,其鼠也。居蹇之时,动其见嗑,其拘系矣。《噬嗑》六爻,四无咎,一利艰贞,非盗之事,上九荷校灭耳,凶是因盗获戾,必死鼠也。"群臣蹈舞呼万岁。

死后也夸称为伯夷、叔齐。虚妄之言中伤正气，华丽辞令损害真实。"当时写文章的文士，听闻赵逸的这番言论都很惭愧。步兵校尉李登问道："太尉府前砖砌的佛塔，形制很古老，不知是何年建造的。"赵逸说："那是东晋安帝义熙十二年，刘裕讨伐后秦君主姚泓时，由军人建造的。"

汝南王听说了赵逸的事非常惊异，便问他服用了什么药品才使他如此长寿。赵逸说："我不熟悉什么养生之道，而是自然长寿的。郭璞曾经为我占卦说：'我可以活五百岁。'现在还剩下一半。"皇帝给了赵逸一辆步挽车，让他在市里游历，所经过的地方，大都能说出旧迹，三年之后，他隐遁而去，没人知道他在什么地方。<sub>出自《洛阳伽蓝记》。</sub>

## 梁四公

南朝梁武帝天监年间，有蜀闿、<sub>上音携，下音琰去声。</sub>䴘杰、<sub>上音万，下音杰。</sub>㲉䵎、<sub>上音蜀，下音湍。</sub>与仉肾<sub>上音掌，下音睹。</sub>四公前来拜见武帝，武帝见到他们四人十分高兴，便令沈隐侯沈约作覆，要与群臣一起射覆。当时太史正好抓获一只老鼠，沈约便将老鼠装在匣子里封好呈给武帝。武帝用蓍草占卦，占到了《蹇》<sub>下卦为艮，上卦为坎。</sub>变为《噬嗑》<sub>下卦为震，上卦为离。</sub>武帝占卜完后，群臣受命献卦的还有八个人，让他们占卜完一起拿出来。武帝写出说明占卜结果的占词后，放在青蒲垫上，又命闿公用蓍草占卦，闿公说："圣人设卦，卦象本是吉卦，依照卦象辨别事物，何必选取不同的卦象呢？请允许我按皇上的卦占卜。"这时正是八月庚子日巳时，闿公奏请沈约将武帝卦上的一支蓍草交给自己，写完占词后，将占词放在青蒲垫上后退回原处。于是开读武帝的占词说："先《蹇》后《噬嗑》说的是时机，内艮外坎说的是卦象。坎为盗，盗应该是老鼠。处于困蹇之时，动辄被咬，是说老鼠被抓住了。《噬嗑》六爻之中，四爻的爻辞是'无咎'，另一爻是'利艰贞'，都与盗无关；上九是'荷校灭耳'，意为肩上戴的刑具伤了耳朵，这种凶事是因为老鼠盗窃而遭了罪，一定是只死老鼠。"群臣手舞足蹈高呼万岁。

帝自矜其中,颇有喜色。次读八臣占词,或辩于色,或推于气,或取于象,或演于爻,或依鸟兽龟龙,阴阳飞伏,其文虽玄远,然皆无中者。末启闿公占曰:"时日王相,必生鼠矣。且阴阳晦而入文明,从静止而之震动,失其性必就擒矣。金盛之月,制之必金。子为鼠,辰与艮合体,坎为盗,又为隐伏,隐伏为盗,是必生鼠也。金数于四,其鼠必四。离为文明,南方之卦,日中则昃,况阴类乎?《晋》之繇曰,死如弃如,实其事也,日昃必死。"既见生鼠,百僚失色,而尤闿公曰:"占辞有四,今者唯一,何也?"公曰:"请剖之。"帝性不好杀,自恨不中。及至日昃,鼠且死矣,因令剖之,果妊三子。是日,帝移四公于五明殿西阁,示更亲近,其实囚之,唯朔望伏腊,得于义贤堂见诸学士。然有军国疑议,莫不参预焉。

大同中,盘盘国、丹丹国、扶昌国、高昌国遣使献方物,帝令有司设充庭法驾,雅乐九阕,百僚具朝服如元正之仪。帝问四公:"异国来廷,爵命高下,欲以上公秩加之。"黮公曰:"成王太平,周公辅政,越裳氏重译来贡,不闻爵命及之。《春秋》郯楚之君,爵不加子。设使其君躬聘,依《礼经》,位止子男。若加以上公,恐非稽古。"帝固谓黮公更详定之。俄属暴风如旋轮,曳帝裙带。帝又问其事,

武帝因自己猜中了而得意,面露喜悦之色。接着又看那八位大臣的占辞,有的从颜色分辨,有的从气数推求,有的从形象判断,有的从爻辞推演,有的依据鸟兽龟龙,卦象的飞伏(易学术语)关系,文辞虽玄妙幽远,但都没有猜对。最后打开闰公的占辞说:"庚子日对老鼠是吉日,一定是只活老鼠。从暗处走到明处(指上卦由坎变为离),从静伏变为骚动(指下卦由艮变为震),老鼠迷失本性必然被擒。八月是金盛的月份,克制它的必定是金。子为鼠,时辰与艮卦正好合体,坎为盗,又是隐藏,隐藏也是盗,这一定是活老鼠。金在五行之中位于第四,老鼠必有四只。离为光明,是南方的卦,太阳过了中午就会偏西,何况是阴类老鼠呢?晋卦的爻辞说'死如弃如'(实为离卦九四爻辞),就是死了没有了,确实如此,太阳偏西老鼠就一定会死。"发现是活老鼠后,文武百官大惊失色,于是责怪闰公道:"你占词中说有四只老鼠,现在只有一只,这是怎么回事?"闰公说:"请把这只老鼠剖开。"武帝禀性不好杀生,又恼恨自己没猜中。等到太阳偏西时,那老鼠快要死了,便令人将它剖开,果然发现大老鼠还怀着三只小老鼠。这一天,武帝令四公搬到五明殿西阁,表示与他们更为亲近,其实是将他们拘禁了,只有每月的初一、十五以及伏腊等祭祀之日,他们才能到义贤堂与学士们见面。当然,有军国大事疑难问题进行议决,他们也都参与。

　　大同年间,盘盘国、丹丹国、扶昌国、高昌国派遣使者献来地方特产,武帝令主管部门设充庭法驾,排演雅乐九阙,文武百官都穿上朝服就像元旦朝会仪式一样。武帝问四公道:"异国使臣前来朝拜,赐予的爵位应该高还是低,我想以上公之爵位加给他们。"黮公说:"周成王时代天下太平,周公辅佐朝政,越裳氏通过辗转翻译前来周朝献贡,没听说加给他们爵位。《春秋》中邦楚的国君,连子爵都没有加给。假使这些国家的国君亲自来受聘,依照《礼经》,爵位也只能是子爵或男爵。如果加给上公爵位,恐怕不符合先例。"武帝坚持让黮公重新仔细考虑一下再定。不一会儿暴风如旋转的轮子,拖住武帝的裙带。武帝又问这是怎么回事,

公曰:"明日亦未果,请他日议之。"帝不怿,学士群诽之。向夕,帝女坠阁而死,礼竟不行。后诘之,对曰:"旋风袭衣,爱子暴殒,更何疑焉?"

高昌国遣使贡盐二颗,颗如大斗,状白似玉。干蒲桃、刺蜜、冻酒、白麦面,王公士庶皆不之识。帝以其自万里绝域而来献,数年方达。文字言语,与梁国略同。经三日,朝廷无祗对者,帝命杰公迓之。谓其使曰:"盐一颗是南烧羊山月望收之者,一是北烧羊山非月望收之者。蒲桃七是涝林,三是无半。冻酒非八风谷所冻者,又以高宁酒和之。刺蜜是盐城所生,非南平城者。白麦面是宕昌者,非昌垒真物。"使者具陈实情:"面为经年色败,至宕昌贸易填之;其年风灾,蒲桃、刺蜜不熟,故驳杂;盐及冻酒,奉王急命,故非时尔。"因又问紫盐医珀,云自中路遭北凉所夺,不敢言之。帝问杰公群物之异,对曰:"南烧羊山盐文理粗,北烧羊山盐文理密。月望收之者,明彻如冰,以毡橐煮之可验。蒲桃涝林者皮薄味美,无半者皮厚味苦。酒是八风谷冻成者,终年不坏,今臭其气酸,涝林酒滑而色浅,故云然。南平城羊刺无叶,其蜜色明白而味甘;盐城羊刺叶大,其蜜色青而味薄。昌垒白麦面烹之将熟,洁白如新,今面如泥且烂。由是知蜜麦之伪耳。交河之间平碛中,掘深数尺,有末盐,如红如紫,色鲜味甘,食之止痛。更深一丈,下有礜珀,黑逾纯漆,或大如车轮,末而服之,攻妇人小肠症瘕诸疾。

黯公说:"明天也不会有结果,请改日议论。"武帝不高兴,学士们也非难他。快到傍晚时,武帝的女儿坠楼身亡,接待外国使者的礼仪终究没举行。事后武帝追问他,他回答说:"旋风吹你的衣服,就证明你的爱女要暴亡,还有什么疑虑呢?"

高昌国派来使臣献给朝廷两大颗咸盐,每颗如斗一般大,形状洁白如玉。还有干葡萄、刺蜜、冻酒、白麦面粉等,王公士庶都不认识这些东西。武帝认为使臣是从万里之外极遥远处前来献这些东西的,经过好几年才到达这里。他们的文字和言语,与梁国大致相同。过了三天,朝廷无人能够与他交谈,武帝便令杰公去接待他。杰公对使者说:"这两颗咸盐,一颗是在南烧羊山于月中十五日收取的,一颗是在北烧羊山月中十五日以外的日子收取的。葡萄七分产于浐林,三分产于无半。冻酒不是八风谷冻制的,掺进了一些高宁酒。刺蜜是盐城产的,不是南平城的。白面粉是宕昌的,不是昌垒真货。"使者把真实情况详细讲了出来:"白麦面经过一年颜色坏了,所以到宕昌换了面粉来充抵。这年闹风灾,葡萄与刺蜜成熟得不好,所以混杂不纯。盐与冻酒,因为接到了国王的紧急命令,所以都不是新鲜的。"杰公又问他怎么没有带来紫盐与医珀,使者说途中被北凉人掠夺去了,没敢告诉你们。武帝问杰公这些东西有什么差异,杰公答道:"南烧羊山盐纹理粗,北烧羊山盐文理细密。十五日那天收的盐,明彻如冰,用毡袋子加水一煮就可检验出来。浐林的葡萄皮薄味美,无半产的葡萄皮厚味苦。酒如果是八风谷冻制的,就会终年不变质,如今送来的酒闻起来有酸味,浐林产的酒滑腻而颜色清浅。所以我才这么说。南平城的羊刺树没有叶子,结的刺蜜果颜色透明而味道甘甜;盐城的羊刺树有大叶子,结的刺蜜果颜色发青而味道淡薄。昌垒产的白面粉,烹煮快熟时,洁白如新,而现在的白面粉,则像泥一样烂。由此可知刺蜜和白麦面是假冒的。交河之间的沙石浅滩里,往下挖几尺深,有末盐,如红如紫,色彩鲜艳,味道甘美,吃了能够止痛。再往下挖一丈深,就有醫珀,颜色比纯漆还黑,有的像车轮那样大,研成粉末服下去,能治妇人小肠症瘕等疾病。

彼国珍异,必当致贡,是以知之。"

杰公尝与诸儒语及方域云:"东至扶桑,扶桑之蚕长七尺,围七寸,色如金,四时不死。五月八日呕黄丝,布于条枝,而不为茧。脆如绽,烧扶桑木灰汁煮之,其丝坚韧,四丝为系,足胜一钧。蚕卵大如燕雀卵,产于扶桑下。赍卵至句丽国,蚕变小,如中国蚕耳。其王宫内有水精城,可方一里,天未晓而明如昼,城忽不见,其月便蚀。西至西海,海中有岛,方二百里,岛上有大林,林皆宝树。中有万余家,其人皆巧,能造宝器,所谓拂林国也。岛西北有坑,盘坳深千余尺,以肉投之,鸟衔宝出,大者重五斤,彼云是色界天王之宝藏。四海西北,无虑万里,有女国,以蛇为夫,男则为蛇,不噬人而穴处。女为臣妾官长,而居宫室。俗无书契,而信咒诅,直者无他,曲者立死。神道设教,人莫敢犯。南至火洲之南,炎昆山之上,其土人食蝎蟹髯蛇以辟热毒。洲中有火木,其皮可以为布,炎丘有火鼠,其毛可以为褐,皆焚之不灼,污以火浣。北至黑谷之北,有山极峻造天,四时冰雪,意烛龙所居。昼无日,北向更明。夜直上观北极。西有酒泉,其水味如酒,饮之醉人;北有漆海,毛羽染之皆黑;西有乳海,其水白滑如乳。三海间方七百里,水土肥沃,大鸭生骏马,大鸟生人,男死女活,鸟自衔其女,

这是那个国家最珍奇的产物,是一定会送的贡品,因此知道他们肯定带了这两样东西。"

杰公曾经跟儒生们谈到四方的地理情况道:"东到扶桑,扶桑的蚕有七尺长,七寸粗,颜色像金子,一年四季都不死。五月八日吐黄色丝,分布在枝条上,而不结茧。蚕丝像线一样脆弱易断,用扶桑木燃烧后的灰汁煮过后,蚕丝就变得坚韧了,把四根细丝系在一起,足能吊起一钧重的东西。蚕的卵像燕雀卵那样大,产在扶桑树下面。把蚕卵带到句丽国去,生出的蚕就变小了,就像中国的蚕那么大。扶桑国的王宫里有座水精城,大概方圆一里,天还没亮时水精城就像白天一样明亮,如果水精城忽然不见了,当月就会出现月食。向西而至西海,海中有岛,方圆二百里,上面有大片的树林,树林里全是宝贵的树木。岛上住着万余户人家,那里的人都很手巧,能够制造宝器,这就是所说的拂林国。海岛的西北部有个大坑,弯弯曲曲到底有一千多尺深,用一块肉扔下去,就有鸟衔着宝物飞出来,大的宝物有五斤重,他们说是色界天王的宝藏。四(疑为西)海的西北方,大约离海一万里的地方,有个女儿国,把蛇当做丈夫,男人则是蛇,不咬人,住在洞穴里。女人当臣妾官长,住在房屋里。当时的习俗是没有文字契约,而是相信诅咒,坦率正直的人没有什么,不忠诚不公正的人立即就死。利用鬼神来教化,谁也不敢违犯。南方至火洲之南,在炎昆山之上,当地人吃蝟蟹与髳蛇来消除热毒。在火洲之中有火树,树皮可以做布;炎丘有种火鼠,鼠毛可以做衣服,这样的布与衣服都用火烧不坏,脏了之后用火来清洗。北方至黑谷以北,那里的山特别高大,直顶云天,一年四季都是冰雪覆盖,猜想是烛龙居住的地方。白天没有太阳,往北去更明亮。夜间在正上方能看到北极星。西边有酒泉,泉水的味道像酒一样,喝了能使人醉;北边有漆海,毛发与羽毛染过都会成为黑色;西(应为南)边有乳海,海水白色滑腻就像乳汁一样。在这三个海之间方圆有七百里,水土肥沃,大鸭子生骏马,大鸟生人;男的都死女的能活,鸟自己衔着它的女儿,

飞行哺之，衔不胜则负之，女能跬步，则为酋豪所养。女皆殊丽，美而少寿，为人姬媵，未三十而死。有兔大如马，毛洁白，长尺余。有貂大如狼，毛纯黑，亦长尺余，服之御寒。"

朝廷闻其言，拊掌笑谑，以为诳妄，曰："邹衍《九州》、王嘉《拾遗》之谈耳。"司徒左长史王筠难之曰："书传所载，女国之东，蚕崖之西，狗国之南，羌夷之别种，一女为君，无夫蛇之理，与公说不同，何也？"公曰："以今所知，女国有六，何者？北海之东，方夷之北，有女国，天女下降为其君，国中有男女，如他恒俗。西南夷板楯之西，有女国，其女悍而男恭，女为人君，以贵男为夫，置男为妾媵，多者百人，少者匹夫。昆明东南，绝徼之外，有女国，以猿为夫，生男类父，而入山谷，昼伏夜游，生女则巢居穴处。南海东南有女国，举国惟以鬼为夫，夫致饮食禽兽以养之。勃律山之西，有女国，方百里，山出石虺之水，女子浴之而有孕，其女举国无夫，并蛇六矣。昔狗国之南有女国，当汉章帝时，其国王死，妻代知国，近百年，时称女国，后子孙还为君。若犬夫猿夫鬼夫水之国，博知者已知之矣，故略而不论。"

俄而扶桑国使使贡方物，有黄丝三百斤，即扶桑蚕所吐，扶桑灰汁所煮之丝也。帝有金炉，重五十斤，系六丝以悬炉，丝有余力。又贡观日玉，大如镜，方圆尺余，明彻如琉璃，映日以观，见日中宫殿，皎然分明。帝令杰公与使者论其

在飞翔时喂养它，衔不动了就用背驮着，到女人能走路了，则被畜豪养育着。女人都相貌美丽而寿命短，给人做妻妾，不到三十岁就死了。有兔大如马，兔毛洁白，毛长一尺多。有貂大如狼，毛色纯黑，也是一尺多长。穿上它的皮能御寒。"

满朝文武听了他这番议论，都拍着巴掌直笑，认为他这是信口雌黄，都说："这纯属邹衍《九州》与王嘉《拾遗》里的谈论而已。"司徒左长史王筠质疑道："书传中记载，女儿国东面，蚕崖以西，狗国以南，有羌夷族的分支，由一个女人做君主，但没有把蛇当丈夫的道理，与您说的不一样，这是为什么呢？"杰公说："根据现在所了解的情况，女儿国有六个。哪六个呢？北海东面与方夷北面有一个女儿国，天女下凡做她们的君主，国内有男有女，生活习俗与其他国家一样。西南少数民族聚居的板楯以西，有个女儿国，那里女人悍勇而男人恭顺，女人做国君，把尊贵的男人作为丈夫，宫中蓄养男人当做侍妾嫔妃，多的时候有上百人，少的时候也有一个丈夫。昆明东南，极边之外，有个女儿国，女人以猿为丈夫，生下男孩像父亲，就进入山谷，昼伏夜出，生下的女孩则住在洞穴里。南海东南有个女儿国，全国的女人都以鬼为丈夫，丈夫抓捕禽兽准备饮食供养她们。勃律山的西面，有个女儿国，方圆一百里，山里流出石砒之水，女人在河水里洗浴之后就怀孕，这个国家的女人都没有丈夫，加以蛇为丈夫的女儿国，总共是六个。从前狗国以南还有个女儿国，在汉章帝时，国王死了，国王的妻子代替丈夫管理国家，执政近百年，当时称为女儿国，后来国王的子孙又重新做了君主。诸如以狗为丈夫、以猿为丈夫、以鬼为丈夫以及在河里洗澡怀孕的几个女儿国，知识丰富的人都已经熟知，所以我便略而不论。"

不久，扶桑国也派遣使臣来梁国进贡地方物产，有黄丝三百斤，就是扶桑蚕所吐、又用扶桑木灰汁煮过的那种蚕丝。武帝有一只金香炉，重五十斤，将六根扶桑蚕吐的黄丝系在一起来挂这只香炉，丝的承受能力绰绰有余。扶桑使臣还进贡了观日玉，玉大如镜，方圆一尺多，明彻如琉璃，用它照着太阳观看，能把太阳里的宫殿看得清清楚楚。武帝令杰公与扶桑使臣谈论他们的

风俗土地物产,城邑山川,并访往昔存亡。又识使者祖父伯叔兄弟,使者流涕拜首,具言情实。

间岁,南海商人赍火浣布三端,帝以杂布积之。令杰公以他事召,至于市所,杰公遥识曰:"此火浣布也,二是缉木皮所作,一是续鼠毛所作。"以诘商人,具如杰公所说。因问木鼠之异,公曰:"木坚毛柔,是何别也?以阳燧火山阴柘木爇之,木皮改常。"试之果验。

明年冬,扶南大舶从西天竺国来,卖碧玻黎镜,面广一尺五寸,重四十斤,内外皎洁,置五色物于其上,向明视之,不见其质。问其价,约钱百万贯文。帝令有司算之,倾府库偿之不足。其商人言,此色界天王有福乐事,天澍大雨,众宝如山,纳之山藏,取之难得,以大兽肉投之藏中,肉烂黏宝,一鸟衔出,而即此宝焉,举国不识,无敢酬其价者。以示杰公,公曰:"上界之宝信矣。昔波罗尼斯国王有大福,得获二宝镜,镜光所照,大者三十里,小者十里。至玄孙福尽,天火烧宫,大镜光明,能御灾火,不至焚爇;小镜光微,为火所害。虽光彩昧暗,尚能辟诸毒物,方圆百步,盖此镜也。时王卖得金二千余斤,遂入商人之手。后王福薄,失其大宝,收夺此镜,却入王宫。此王十世孙失道,国人将谋害之,此镜又出,当是大臣所得,其应入于商贾。其价千金,

风俗土地物产，城邑山川，并且问及他们过去的兴亡变迁。杰公还认识扶桑国使者的祖父伯叔兄弟等，使者感动得流着眼泪叩头跪拜，详细介绍了本国的真实情况。

隔了一年，南海商人带来三端（六丈为一端）火浣布，武帝用别的杂布和它掺杂一起。武帝命人用别的理由把杰公招来，到了市场上，杰公远远就认出来说："这是火浣布，其中两端是缉木皮造的，一端是续鼠毛织造的。"走到跟前向商人一打听，果然与杰公说的一样。便问他缉木皮布与续鼠毛布有什么不同，杰公说："缉木皮织的坚硬，续鼠毛织的柔软，怎么区分呢？如果用阳燧火山阴柘木一烧，缉木皮织的就会变形。"试验了一下，果然如他所说。

第二年冬天，扶南国的一艘大船从西天竺国驶来，卖碧玻黎镜，镜面宽一尺五寸，重四十斤，正反都皎洁透亮，把五色物放在镜子上面，向明处一看，所照的东西就看不见了。问这面镜子要多少价钱，那人说要一百万贯钱左右。武帝令主管人员核算了一下，倾尽府库里所有钱也不够这面镜子的价钱。那位商人说，这是色界天王有福乐，天降大雨，众宝如山，把它们都收藏在山上库府里，别人很难得到，用大块的兽肉扔到山中，肉腐烂后粘住宝物，一只大鸟衔着飞了出来，就是这面宝镜，全国上下都不认识，无人能够出得起这个价钱。把这面镜子拿给杰公看，杰公说："这确实是天上的宝物。从前波罗尼斯国王有大功德，能够得到两只宝镜，镜的亮光照到的距离，大镜是三十里，小镜是十里。到他的玄孙功德没了，天火焚烧宫殿，大宝镜的光很明亮，能够抵御灾火，没有被焚烧；小宝镜的光明微弱，被火烧坏。小宝镜虽然光彩黯淡了，仍能抵御各种毒物的侵害，能照亮方圆百步的地方，这可能就是那面被烧坏的小镜。当时国王卖了得金两千余斤，宝镜便到了商人手里。后来国王功德极少，大宝镜丢失了，便把这面小镜夺了回去，藏进王宫。这位国王的第十世孙子无道，国人要杀害他，这面宝镜又出来了，应该是被大臣得到了，这镜子应该是到了商人手里。它价值千金，

倾竭府库不足也。"因命杰公与之论镜,由是信伏。更问:"此是瑞宝,王令货卖,即应大秦波罗奈国、失罗国诸大国王大臣所取,汝辈胡客,何由得之,必是盗窃至此耳。"胡客逡巡未对,俄而其国遣使追访至梁,云其镜为盗所窃,果如其言。

后有魏使频至,亦言黑貂白兔鸭马女国,往往入京。梁朝卿士始信杰公周游六合,出入百代,言不虚说,皆为美谈。故其多闻强识,博物辩惑,虽仲尼之详大骨,子产之说臺骀,亦不是过矣。

后魏天平之岁,当大同之际,彼此俗阜时康,贤才鼎盛。其朝廷专对,称人物士流。及应对礼宾,则睯公独预之为问答,皆得先鸣。所以出使外郊,宴会宾客,使彼落其术内,动挫词锋,机不虚发,举无遗策,睯公之力也。魏兴和二年,遣崔敏、阳休之来聘。敏字长谦,清河东武城人,博学赡文,当朝第一,与太原王延业齐名,加以天文、律历、医方、药品、卜筮。既至,帝选硕学沙门十人于御对百僚与之谈论,多屈于敏,帝赐敏书五百余卷,他物倍之。四公进曰:"崔敏学问疏浅,不足上轸冲襟,命臣睯敌之,必死。"帝从之。初,江东论学,有《十二沙门论》以条疏征核,有《中观论》以乘寄萧然,言名理者,宗仰其术。北朝有《如实论》质定宗礼,有《回诤论》借机破义。敏总南北二业皆精。又桑门所专,唯在释氏,若儒之与道,蔽于未闻。

倾尽府库的全部积蓄也不够。"武帝便命杰公与这位商人谈论这面镜子的来历,商人由此非常信服。杰公又问商人:"此乃稀世国宝,国王如果同意出卖,就应该是大秦波罗奈国、失罗国诸大国王大臣所有,你一位别国的客人,怎么能有这面宝镜呢?一定是盗窃来的吧。"胡客含糊半天也回答不上来,不久那个国家便派使者追查到梁国,说他们那面宝镜被盗贼偷走了,果然像杰公说的一样。

后来有北魏使者屡次来到梁朝,也说到黑貂白兔鸭马女国等,常常到京都去。梁朝的公卿士人才相信杰公周游天地四方,历经百代,不说谎话,全是美谈。所以杰公能如此多闻强识,博物辨惑,即使孔子知道大骨的详情,子产能够谈论臺骀的来历,也不能超过异人杰公。

东魏天平年间,正当梁朝大同年间,南北二朝,彼此民俗淳厚时世康平,贤才济济。他们在朝廷上议论时世,评说人物士流。等到应对礼宾时,则由腎公单独提前预备好问答之词,每次都能获胜。让他出使外郊,宴会宾客,能使对方落入自己的计谋之内,动不动就挫伤对方的词锋,战机绝不虚发,从无漏洞和失策,这些全是腎公之力。东魏兴和二年,东魏派遣崔敏与阳休之来访问梁朝。崔敏字长谦,清河东武城人,学识渊博又极富文才,是当世第一,与太原王延业齐名,加以天文、律历、医方、药品、卜筮等学问,他样样精通。他们到达梁朝后,梁武帝选拔了十名学识丰富的高僧,在朝廷上对着文武百官与崔敏谈论,多数都说不过崔敏,武帝赏赐崔敏五百多卷书,其他礼物加倍。四公对武帝进言道:"崔敏学识疏浅,不值得让您挂怀,命臣仇腎与他较量,他肯定败下阵来。"武帝听从了他们的建议。起初,江东论辩学,有《十二沙门论》以条理清晰逻辑严谨著称,有《中观论》以长于表达寄托与描述著称,谈论名理者,师法他们的论辩技巧。北朝有《如实论》长于质定宗礼,有《回诤论》擅长借机破义。崔敏综合南北两方的论辩之学,都能精通。又僧侣所长,只在佛学,对于儒家与道家的学说,往往缺乏了解。

敏兼三教而擅之，颇有德色。腎公尝于五天竺国以梵语精理《问论》《中分别论》《大无畏论》《因明论》，皆穷理尽妙。腎公貌寝形陋，而声气清畅。敏既频胜群僧，而乃傲形于物。其日，帝于净居殿命腎公与敏谈论至苦，三光四气，五行十二支，十干八宿，风云气候，金丹玉液，药性针道，六性五蕴，阴阳历数，韬略机权，飞伏孤虚，鬼神情状。始自经史，终于老释，凡十余日，辩扬六艺百氏，与敏互为主客，立谈绝倒，观者莫不盈量忘归。然敏词气既沮于腎，不自得，因而成病，舆疾北归，未达中路而卒。出《梁四公记》。

崔敏同时对于儒、释、道三教都很擅长，颇有得意之色。胥公曾于五天竺国通过梵语精心研究《问论》《中分别论》《大无畏论》《因明论》，都能穷尽这些学问的理论与奥妙。胥公形貌丑陋，而说话的声音气息却清亮流畅。崔敏因为已屡次战胜各位高僧，于是恃才傲物。那天，武帝在净居殿命胥公与崔敏论战，两人论得口干舌燥，十分疲劳。谈论范围极其广泛，三光四气、五行十二支、十干八宿、风云气候、金丹玉液、药性针道、六性五蕴、阴阳历算、韬略机权、飞伏孤虚、鬼神情状等无所不及。起自经史，终于老释，连续十余天，辩论阐扬六艺百家之学，胥公与崔敏互相驳难，立论绝妙令人倾倒，观者无不感到充分满足，以致忘记了回家。然而崔敏的词气既已不及胥公，所以不能顺心自得，因而酿成疾病，抱病乘车匆忙北归魏国，没有走到中途就死了。出自《梁四公记》。

# 卷第八十二
## 异人二

### 陆法和

陆法和隐于江陵百里洲。衣食居处，与沙门同，自号居士，不至城郭，容色常定，人莫测也。

侯景始降于梁，法和谓南郡朱元英曰："贫道应共檀越击侯景，为国立效。"元英问："击之何也？"法和曰："正自如此。"及景渡江，法和时在清溪山，元英往问之曰："侯景今图城，其事云何？"法和曰："宜待熟时，不撩自落。檀越但待侯景熟，何劳问也。"因问："克不？"乃曰："亦克，亦不克。"

景遣将任约，众号五万，伐湘东王于江陵。兵将逼，法和乃出诣湘东云："自有兵马，乞征任约。"召诸蛮弟子八百人，在江津，二日便发，王遣胡僧祐，领千余人与之同行。法和登舰大笑曰："无量兵马。"江陵多神祠，人俗常所祈祷，

## 陆法和

陆法和隐居在江陵百里洲。衣食住行等生活方式都与僧侣相同，自称居士，不到城市里去，面容神色总是很平静，谁也猜不透他的心理活动和感情变化。

侯景刚投降梁国时，法和对南郡朱元英说："贫道我应当与施主一起打击侯景，为国效力。"元英问："打击侯景干什么？"法和说："正该这样。"等到侯景过江，法和当时正住在清溪山，元英前去问他道："侯景现在要攻城，这件事怎么办？"法和说："应当等到时机成熟的时候，他会不打自败。施主只管等待侯景给予一个好机会，何必费心问我呢？"元英又问："能不能攻下来？"他说："也可能攻下来，也可能攻不下来。"

侯景派遣部将任约，率领五万人马，进军江陵讨伐湘东王。当任约的军队逼近江陵时，法和才出见湘东王说："我自有兵马，向您请命征讨任约。"他召集诸蛮夷弟子八百人，驻扎在江津，两天之后便出发了，湘东王又派遣胡僧祐，带领一千余人与法和同行。法和登上兵船大笑说："我们有无法估量的兵马。"江陵一带有很多神殿寺庙，当地人的风俗是经常去这些地方祈祷，

自法和军出，无复一验，人以为诸神皆从行故也。至赤洲湖，与任约相对。法和乘轻舟，不介胄，沿流而下。去约军一里，乃远谓将士曰："观彼龙睡不动，吾军之龙甚自踊跃，即攻之。"纵火舫于前，而逆风不便，法和执白羽扇以麾风。风势即反，约众皆见梁兵步于水上，于是大溃，皆投水。约逃窜不知所之。法和曰："明日午时当得。"及期未得。人问之，法和曰："吾前于此洲水干时，建一刹，语檀越等，此虽为刹，实是贼摽，今何不白摽下求贼也。"如其言，果见任约在水中，抱刹柱头，才出鼻，遂擒之。约言求就师目前死，法和曰："檀越有相，必不死，且于王有缘，决无他虑，王于后微得檀越力。"果释，用为郡守。及西军围江陵，约以兵赴救，力战焉。

法和既平任约，乃还谓湘东王曰："侯景自然平矣，一无可虑。"蜀贼将至，法和乃请守巫峡待之，乃总诸军而往。先运石以填江，三日，水遂分流，横之以铁锁。萧纪果遣蜀将渡峡口，势蹙，进退不可。王琳与法和经略，一战而歼之。

山中多毒虫猛兽，法和授其禁戒，不复噬螫。所近江湖，必于岸侧结草，云此处放生，渔者皆无得。时将兵，犹禁诸军渔捕，有窃为者，中夜猛兽必来欲噬之，有弟子戏截蛇头，来诣法和，法和曰："汝何意杀蛇？"因指以示之，弟子乃见蛇头齚裤裆而不落。又有人以牛试刀，一下而头断，

自从法和的军队出发之后,祈祷不再灵验了,人们认为诸神灵都跟从法和出兵打仗去了。到了赤洲湖,法和与任约的军队形成对峙。法和乘坐轻便小船,不披戴盔甲,顺流而下,到离任约军队一里远的地方,便远远地对将士们说:"看到对方的龙旗像睡了一样并不飘动,而我军的龙旗挥舞特别踊跃时,要立即发起进攻。"法和的军队放火烧了前面的大船,因为逆风不便于行动,法和便手持白羽扇指挥风向。风向顿时反移过来,任约的部下都看见梁国的士兵行走在水上,立即溃败,纷纷跳进水里。任约不知逃窜到了什么地方。法和说:"明日中午就能抓到他。"到了第二天中午并没有抓到任约。人们便问法和,他说:"我以前在这个洲水干时,修建了一座佛塔,我对施主们说,这虽是一座佛塔,实际上是贼人的标志。现在何不现从佛塔下抓贼呢。"像他说的一样,果然看见任约正在水里,抱住佛塔的柱头,刚刚露出鼻孔,便捉住了他。任约请求让他死在法和大师面前,法和说:"施主面有吉相,肯定不会死的,而且与湘东王有缘分,请不要有任何顾虑,湘东王以后还要稍稍借助施主的力量呢。"任约果然被释放了,被任用为郡守。待西军围江陵时,任约出兵援救,与敌军奋力作战。

法和平息了任约的军队后,才回来对湘东王说:"侯景自然而然就会平息的,用不着有什么忧虑。"蜀贼快要攻上来了,法和就请命镇守巫峡等待贼军。他统领各路军队前往巫峡,先运石头填到江里,三天后,江水终于分流,他们又在江上拉上了铁锁链。萧纪果然派蜀将渡峡口,形势险急,陷于进退两难的境地。王琳与法和运筹谋略,一战歼灭了他们。

巫峡山中多有毒虫猛兽,法和教给兵士如何防范,他们便不再遭受咬伤中螫的痛苦。在靠近江湖的地方,他让兵士一定在岸边结草,说此处放生,捕鱼的人都得不到它们。那时快要打仗了,仍然禁止士兵们随意捕杀,有偷着捕杀的,半夜猛兽必来咬他。有个弟子砍掉蛇的脑袋玩耍,来见法和时,法和说:"你为什么杀蛇?"便指给这个人看,弟子才看见蛇的脑袋咬住自己的裤裆不掉下来。又有个人拿牛试刀锋利与否,一刀下去牛头被砍断了,

来诣法和,法和曰:"有一断头牛,就卿征命殊急,若不为作功德,一月内报至。"其人不信,数日果死。其言多验。

元帝以法和为郢州刺史,法和不称臣,其启文印名上自称居士。后乃自称司徒,帝谓仆射王褒曰:"我来未尝有意用陆为三公,而自称何也?"褒曰:"彼即以道术自命,容是先知。"帝曰:"法和功业稍重。"遂就拜为司徒。后大聚兵舰,欲袭襄阳而入武关,帝使止之,法和乃尽致其兵,谓使者曰:"法和求道之人,尚不希释梵天王,岂窥人主之位,但与主有香火因缘救援耳。今既被疑,是业定不可改也。"于是设供养,具大馄薄饼。

及西魏举兵,法和赴江陵,帝使人逆之曰:"此自能破贼,但镇郢州,不须动也。"法和乃还州,垩其城门,着粗白布衫布裤,邪巾,大绳束腰,坐苇席,终日乃脱之。及闻梁灭,复取前凶服着之,受吊。梁人西入魏,果见馄饼焉。出《渚宫旧事》。

## 王梵志

王梵志,卫州黎阳人也。黎阳城东十五里,有王德祖,当隋文帝时,家有林檎树,生瘿大如斗,经三年朽烂,德祖见之,乃剖其皮,遂见一孩儿抱胎,而德祖收养之。至七岁,能语,曰:"谁人育我,复何姓名?"德祖具以实语之,因名曰"林木梵天",后改曰"梵志"。曰:"王家育我,可姓王也。"梵志乃作诗示人,甚有义旨。出《史遗》。

来见法和时，法和说："有一头断了脑袋的牛，十分着急向你索命。你如果不为它做功德，一月之内必有报应降临。"那个人不相信，几天之后果然死了。法和的话大多都很灵验。

元帝任命法和为郢州刺史，法和不在皇帝面前称臣，他在启文印名上自称居士。后来又自称司徒，元帝对仆射王褒说："我从未有意任用陆法和为三公，他却以司徒自称，这是怎么回事？"王褒说："他既然以道术自命，可能这是他的先见。"元帝说："法和的功业确实比较大。"于是就拜他为司徒。之后，他大量聚集兵船，准备袭击襄阳而挺进武关。元帝派人制止他，法和便把兵船撤回来，对使者说："法和是求道的人，对佛道天王尚不希求，岂能把人主的位子放在眼里，我只因与君主有香火的缘分才来援救他罢了。现在既然被怀疑，这番功业是肯定成就不了了。"于是，他就设了供养，准备了大馄薄饼。

等到西魏举兵讨伐梁国时，法和赶赴江陵，元帝派人迎接他说："我自然能打破贼人，你只要镇守郢州就行，不必出动了。"法和便返回郢州，用白色垩粉涂刷城门，身穿白色粗布大衫和裤子，扎着孝巾，腰上束着大麻绳，坐在苇席上，整整一天才脱掉这身守丧孝衣。后来听说梁国灭亡了，他又取出前面的凶服穿上，去吊丧。梁人进入西魏时，果然看到当初法和所摆放的馄饼。
出自《渚宫旧事》。

## 王梵志

王梵志，是卫州黎阳人。黎阳城东十五里处，有个人叫王德祖，隋文帝时，家有林檎树，树上生了个斗大的瘤子，过了三年腐烂了，德祖看见了，便剖开这个瘤子的外皮，看到里面有个胎儿，德祖便把他收养了起来。长到七岁时，这个小孩会说话了，说："谁生养了我？我又叫什么名字？"德祖便将实情跟他说了，便起名叫"林木梵天"，后来改叫"梵志"。小孩说："王家养育了我，我就姓王吧。"梵志于是作诗给人看，诗写得很有义理和旨趣。出自《史遗》。

## 王守一

唐贞观初,洛城有一布衣,自称终南山人,姓王名守一,常负一大壶卖药。人有求买之不得者,病必死,或急趁无疾人授与之者,其人旬日后必染沉痼也。柳信者,世居洛阳,家累千金,唯有一子。既冠后,忽于眉头上生一肉块。历使疗之,不能除去。及闻此布衣,遂躬自祷请。既至其家,乃出其子以示之。布衣先焚香,命酒脯,犹若祭祝,后方于壶中探一丸药,嚼傅肉块,复请具樽俎。须臾间,肉块破,有小蛇一条突出在地,约长五寸,五色烂然,渐渐长及一丈已来。其布衣乃尽饮其酒,叱蛇一声,其蛇腾起,云雾昏暗。布衣忻然乘蛇而去,不知所在。出《大唐奇事》。

## 李子牟

李子牟者,唐蔡王第七子也,风仪爽秀,才调高雅,性闲音律,尤善吹笛,天下莫比其能。江陵旧俗,孟春望夕,尚列影灯。其时士女缘江,轷阗纵观。子牟客游荆门,适逢其会,因谓朋从曰:"吾吹笛一曲,能令万众寂尔无哗。"于是同游赞成其事。子牟即登楼,临轩独奏,清声一发,百戏皆停,行人驻愁,坐者起听。曲罢良久,众声复喧。而子牟恃能,意气自若。忽有白叟,自楼下小舟行吟而至,状貌古峭,辞韵清越。子牟泪坐客,争前致敬。叟谓子牟曰:"向者吹笛,岂非王孙乎?天格绝高,惜者乐器常常耳。"子牟则曰:"仆之此笛,乃先帝所赐也,神鬼异物,则仆不知,

## 王守一

唐朝贞观初年,洛阳城有个平民百姓,自称终南山人,叫王守一,经常背着一个大壶卖药。有人求他买药买不到的,一定病重而死;如果他急忙赶着没病的人送给他药,这人十天后必定染上重病。有个叫柳信的,祖祖辈辈住在洛阳,家有万贯财产,却只有一个儿子。儿子成年后,忽然在眉头生出一个肉块。多次让人治疗,肉块也不能除掉。等到听说有这么个王守一,便亲自登门祈求。把他请到家里后,便叫出儿子让他看。王守一先焚香,叫人摆上酒肴果脯,就像祭奠什么一样,然后才从药壶里取出一丸药。用嘴嚼一嚼傅在肉块上,又请准备酒肉器具。片刻间,肉块破了,有一条小蛇出来掉在地上,长约五寸,五彩斑斓,渐渐长到一丈左右。王守一把筵席上摆的酒喝光了,对着蛇呵斥一声,那条蛇便腾空跃起,云雾缭绕天色昏暗。王守一怡然自得地骑着蛇飞走了,不知飞到了什么地方。出自《大唐奇事》。

## 李子牟

李子牟,是唐朝蔡王的第七个儿子,风度仪表清爽俊秀,才学格调高雅,爱好音乐精通音律,尤其善于吹笛子,天下没有能比上他的。江陵一带的旧俗,每逢正月十五日夜晚,江边挂起一排排的彩灯。那时两岸挤满了前来观灯的男男女女和他们乘坐的彩车。子牟客游于荆门,正赶上这个热闹的场面,便对同游的朋友说:"我吹笛一曲,能叫万人寂静无声。"于是同游者赞成他这么做。子牟就登上楼,临窗独奏,清脆悦耳的笛声一响,各种戏曲活动都停止了,行人不再发愁,坐者站立起来洗耳恭听。一曲吹罢很久,各种声音才恢复了喧哗。而子牟也依杖自己的才能,意态和气概仍和平常一样。忽然有个白发老头儿,从楼下小船边行边吟来到面前,他相貌古朴严峻,辞韵清亮激越。子牟及在座的客人,争着上前致敬。老翁对子牟说:"刚才吹笛子的莫不是王孙么?天资实在高绝,可惜的是乐器太平常了。"子牟则说:"我这支笛子乃是先帝所赐的,要说神鬼异物,我不了解是什么样子,

音乐之中，此为至宝，平生视仅过万数，方仆所有，皆莫之比，而叟以为常常，岂有说乎？"叟曰："吾少而习焉，老犹未倦，如君所有，非吾敢知，王孙以为不然，当为一试。"子牟以授之，而叟引气发声，声成而笛裂。四座骇愕，莫测其人，子牟因叩颡求哀，希逢珍异。叟对曰："吾之所贮，君莫能吹。"即令小僮，自舟赍至。子牟就视，乃白玉耳。叟付子牟，令其发调，气力殆尽，纤响无闻。子牟弥不自宁，虔恭备极。叟乃授之微弄，座客心骨泠然。叟曰："吾愍子志尚，试为一奏。"清音激越，遐韵泛溢，五音六律，所不能偕。曲未终，风涛喷腾，云雨昏晦，少顷开霁，则不知叟之所在矣。出《集异记》。

## 吕　翁

开元十九年，道者吕翁，经邯郸道上邸舍中，设榻施席，担囊而坐。俄有邑中少年卢生，衣短褐，乘青驹，将适于田，亦止邸中。与翁接席，言笑殊畅。久之，卢生顾其衣装弊褺，乃叹曰："大丈夫生世不谐，而困如是乎？"翁曰："观子肤极腴，体胖无恙，谈谐方适；而叹其困者，何也？"生曰："吾此苟生耳，何适之为？"翁曰："此而不适，而何为适？"生曰："当建功树名，出将入相，列鼎而食，选声而听，使族益茂而家用肥，然后可以言其适。吾志于学而游于艺，自惟当年，朱紫可拾。今已过壮室，犹勤田亩，

但乐器之中，这支笛子算是至宝，有生以来我见到的乐器超过一万种，像我现在拥有的这支笛子，没有什么能比得上的。而您却认为这很平常，莫非有什么说法呢?"老翁说:"我从小就学习吹笛子，老了仍不觉得倦怠。像您所用的这支笛子，不是我敢知道的，王孙如不这样认为，应让我为您试一试。"子牟把笛子递给他，老翁吸气发声，声音刚刚发出来笛子便破裂了。周围的人见了十分惊讶，猜不透他是什么人，子牟也急忙叩头请求，希望能见到珍贵奇异的笛子。老翁回答说:"我保存的笛子，您都不能吹。"当即令小僮，从船里拿了来。子牟上去一看，乃是一支白玉笛子。老翁交给子牟，叫他吹出声调，他用尽气力，却一丝声响听不到。子牟更加心情不宁，虔诚恭敬到了极点。老翁便教给他一点小技巧，在座的人感到透心彻骨的寒冷。老翁说:"我怜惜您的志趣和爱好，为您试奏一下。"只听到清亮的笛音激昂腾越，余韵飞扬充溢，五音六律，不能比拟。一曲未终，只见风涛喷腾，云雨迅至，天空昏暗，一会儿云散天晴，却不知老翁去了哪里。出自《集异记》。

## 吕　翁

　　开元十九年，道士吕翁，经过邯郸道上的一个客店，设床铺席，背着口袋坐下来休息。一会儿有个县邑少年卢生，身穿短袄，骑一匹青马，要到乡下田庄去，也住在客店里。与吕翁的铺位紧挨着。两人谈笑自如特别畅快。过了很久，卢生看看自己的衣着打扮破旧寒酸，便叹道:"大丈夫生在世上不合时宜，而困顿潦倒到如此地步!"吕翁说:"看你容貌极好，体魄强健无病，言谈畅快;却慨叹自己困顿，这是为什么?"卢生说:"我这不过是苟且活着罢了，有什么舒适可言呢!"吕翁说:"像你这样都不感到舒适，怎样才叫舒适呢?"卢生道:"应当建功立业名声四扬，出将入相，吃丰盛食物，选好听的音乐，使亲族更加兴旺发达而家用富裕，然后才可以谈舒适。我本有志于经学而遍习六艺，自认为在年富力强时就可得到高官厚禄，无奈如今已经过了壮年，却仍然奔波于田亩之间，

非困而何?"言讫,目昏思寐。是时主人蒸黄粱为馔,翁乃探囊中枕以授之曰:"子枕此,当令子荣适如志。"其枕瓷而窍其两端,生俯首就之。

寐中,见其窍大而明朗可处,举身而入,遂至其家。娶清河崔氏女,女容甚丽而产甚殷。由是衣裘服御,日已华侈。明年,举进士,登甲科,解褐授校书郎。应制举,授渭南县尉,迁监察御史起居舍人,为制诰。三年即真。出典同州,寻转陕州。生好土功,自陕西开河八十里以济不通。邦人赖之,立碑颂德。迁汴洲岭南道采访使,入京为京兆尹。是时神武皇帝方事夷狄,吐蕃新诺罗、龙莽布攻陷爪沙,节度使王君㚟新被叙投河隍战恐,帝思将帅之任,遂除生御史中丞河西陇右节度使,大破戎虏七千级,开地九百里,筑三大城以防要害,北边赖之,以石纪功焉。归朝策勋,恩礼极崇,转御史大夫吏部侍郎。物望清重,群情翕习,大为当时宰相所忌,以飞语中之,贬端州刺史。三年征还,除户部尚书。未几,拜中书侍郎同中书门下平章事,与萧令嵩、裴侍中光庭同掌大政。十年,嘉谋密命,一日三接,献替启沃,号为贤相。同列者害之,遂诬与边将交结,所图不轨,下狱。府吏引徒至其门,追之甚急,生惶骇不测,泣其妻子曰:"吾家本山东,良田数顷,足以御寒馁,何苦求禄,而今及此,思复衣短褐,乘青驹,行邯郸道中,不可得也。"

这不是困顿又是什么?"说完,两眼朦胧,昏昏欲睡。这时店主人已蒸上黄粱要做饭,吕翁便从自己包裹里拿出一个枕头递给他,说:"你枕上它,就可以叫你得到荣华舒适。"那个枕头是瓷的,两端有孔洞,卢生接过来倒头便睡。

睡梦中,他见枕头两端的孔洞大了起来,里面明朗可以进人,便抬起身来走了进去,于是到了自己的家。他娶了清河崔家女儿为妻,其妻姿容美丽而且家产殷实。从此,他穿裘衣驾车马,日益奢华,第二年,参加科举考试,中了进士,脱掉布衣换上官服授职校书郎。又参加皇帝特召的制举考试,授渭南县尉,迁任监察御史起居舍人,为皇帝起草诏令。三年后即为实职。出典同州,又转陕州。卢生喜好治理水土的工事,自陕西开运河八十里用来接济水利不通的地方。当地居民由此获益不浅,便为他立碑颂德。之后迁任汴州岭南道采访使,又入京为京兆尹。这时玄宗神武皇帝正同夷狄交战,吐蕃的新诺罗与龙莽布发兵攻陷爪洲和沙洲,节度使王君奠跟他们在河隍交战失败。皇帝正想任命新的将帅,便封卢生为御史中丞河西陇右节度使,他统兵大破戎虏七千多人,开拓疆土九百里,筑起三座大城镇守边关要塞,北部边境的居民得以休养生息,便为他刻石记功。回到朝廷后记功行赏,皇帝以恩礼相待,任命他为御史大夫吏部侍郎。他在朝廷中位显权重名望渐高,文武群臣追随拥护他,大为当时宰相所忌恨,便以流言蜚语中伤他,结果被贬为端州刺史。三年后又被召回朝廷,任户部尚书。没过多久,又拜中书侍郎同中书门下平章事,与中书令萧嵩、侍中裴光庭共同执掌国家大政。十年间,他参与了大政方针及机密要令的策划制定工作,一日之中,屡次接旨,进退人才,辅佐君王,号称贤相。同朝官员嫉恨他,就诬告他与边镇守将互相勾结图谋不轨,结果他被关进监狱。衙役领着随从到他门前,追究盘问逼得很紧,他惧怕有不测之祸就要临头,哭着对妻子说:"我家本住山东,有良田数顷,足够抵御寒饿,何苦去追求高官厚禄,如今落到这个地步,再想过那种穿短袄、骑青马、走在邯郸道上的自在日子,已经不可能了。"

引刀欲自裁，其妻救之得免。共罪者皆死，生独有中人保护，得减死论，出授骧牧。数岁，帝知其冤，复起为中书令，封赵国公，恩旨殊渥，备极一时。

生有五子，俦、偶、俭、位、倚。俦为考功员外，俭为侍御史，位为太常丞。季子倚最贤，年二十四，为右补阙。其姻媾皆天下族望。有孙十余人。凡两窜岭表，再登台铉，出入中外。回翔台阁，三十余年间，崇盛赫弈，一时无比。

末节颇奢荡，好逸乐，后庭声色皆第一。前后赐良田甲第、佳人名马，不可胜数。后年渐老，屡乞骸骨，不许。及病，中人候望，接踵于路，名医上药毕至焉。将终，上疏曰："臣本山东书生，以田圃为娱，偶逢圣运，得到官序。过蒙荣奖，特受鸿私，出拥旄钺，入升鼎辅，周旋中外，绵历岁年，有忝恩造，无裨圣化。负乘致寇，履薄战兢，日极一日，不知老之将至。今年逾八十，位历三公，钟漏并歇，筋骸俱弊，弥留沉困，殆将溘尽。顾无诚效，上答休明，空负深恩。永辞圣代，无任感恋之至。谨奉表称谢以闻。"诏曰："卿以俊德，作余元辅，出雄藩垣，入赞缉熙，升平二纪，实卿是赖。比因疾累，日谓痊除，岂遽沉顿，良深悯默。今遣骠骑大将军高力士就第候省，其勉加针灸，为余自爱，燕冀无妄，期丁有喜。"其夕卒。

卢生欠伸而寤。见方偃于邸中，顾吕翁在傍，主人蒸黄粱尚未熟，触类如故，蹶然而兴曰："岂其梦寐耶！"

说完，抽刀要自杀，他的妻子救了他才得以免死。与他一起受牵连的人都被处死了，唯独卢生有宦官保护，得以免除死刑，出授驩牧，逐出朝廷。数年之后，皇帝了解到他冤枉，又起任他为中书令，封为赵国公，皇恩极重，为一时之最。

他有五个儿子：俭、俶、俭、位、倚。俭任考功员外，俭任侍御史，位任太常丞。小儿子倚最为贤能，年仅二十四，为右补阙。他们的姻亲都是天下望族。卢生有孙子十余人。卢生共两次远放岭南，又重登宰相职位，出入于朝廷内外，回翔于台阁之间，三十多年以来，高官厚禄，恩崇显赫，一时荣耀无比。

卢生的生活细节颇为奢侈放荡，喜欢玩乐，家里歌伎女色都是第一流的。皇帝先后赐给他的良田甲第、美人名马等，不计其数。后来年纪渐渐老了，他屡次请求告老还乡，均未得到应允。到有病的时候，前来看望问候的官宦络绎不绝，站满了门前的道路，名医纷纷登门诊治，名贵药品应有尽有。临终之前，卢生给皇帝上书道："臣本是山东一介书生，以种田为乐，偶逢圣朝时运，得列官宦之序。过分蒙受圣上荣宠奖掖，特受吾皇鸿恩偏爱，出为将帅得拥重兵，入登相位荣升首辅，周旋于朝廷内外，延续了很多年。深感有愧于圣人的栽培，无益于圣化。唯恐因才不称职而招致祸患，终日如履薄冰战战兢兢，如此日甚一日，不觉老之将至。今已年过八十，官位高到三公，年老衰残，筋骨疲惫，病重之力，几乎是要死的人了。考虑到没有诚效，以报答明君，白白辜负了皇帝的恩宠。永远告别这个时代，不胜感念留恋之至。谨奉表称谢以闻。"皇帝传下诏书说："卿以俊才贤德，为我的重要辅佐，出师称雄于藩国，入朝相赞于缉熙，我朝二世升平，实赖爱卿之力。近来疾病绕身，每日听说即将痊愈，不料突然如此严重，我深感同情怜悯。现特派遣骠骑大将军高力士前往府上慰问，你要勉加针灸，为我自爱，希望没有无妄之灾，盼望你的病情有转机！"那天晚上卢生就死了。

这时卢生打个呵欠伸个腰就醒过来了，发现自己正躺在客店里，又看到吕翁也在自己身边，店主人蒸着的黄粱米饭尚未做熟，周围的东西也都依然如故，这才顿然醒悟道："这不是做了一场梦么！"

翁笑谓曰:"人世之事,亦犹是矣。"生然之。良久谢曰:"夫宠辱之数,得丧之理,生死之情,尽知之矣。此先生所以窒吾欲也,敢不受教。"再拜而去。出《异闻集》。

## 管子文

李林甫为相初年,有一布衣诣谒之,阍吏谓曰:"朝廷新命相国,大僚尚未敢及门,何布衣容易谒之耶?"布衣执刺,待于路傍,高声自称曰:"业八体书生管子文,欲见相国伸一言。"林甫召之于宾馆,至夜静,月下揖之。生曰:"仆实老于书艺,亦自少游图籍之圃,尝窃见古昔兴亡,明主贤臣之事,故愿谒公,以伸一言。"林甫曰:"仆偶备位于辅弼,实非才器,已恐不胜大任,福过祸随也。君幸辱玉趾,敢授教于君,君其无惜药石之言,以惠鄙人。"生曰:"古人不容易而谈者,盖知谈之易听之难也。必能少览容易之言,而不容易而听,则涓尘皆可以裨海岳也。况圣哲云:'一言可以兴邦,一言可以丧邦。'公若闻一言即欲奉而行之,临一事即恣心徇意,如此,则虽日纳献言之士,亦无益也。"林甫乃容恭意谨而言曰:"君但一言教仆,仆当书绅而永为箴诫。"生曰:"君闻美言必喜,闻恶言必怒。仆以美言誉君,则无裨君之事;以恶言讽君,必犯君之颜色。既犯君之颜色,君复怒我,即不得尽伸恶言矣。美言徇而损,恶言直而益,

吕翁笑着说:"人世间的事,也跟你梦里的情况一个样呀!"卢生点头称是。沉思良久向吕翁致谢道:"人生在世,宠辱之际遇,得失之道理,生死之情感,通过这场梦,我全都知道了。这就是先生用来克制我欲望的办法吧,晚生岂敢不接受您的教诲!"说罢,拜了几拜离开了。出自《异闻集》。

## 管子文

李林甫刚当宰相时,有一个布衣登门拜见他,守门人对他说:"朝廷新任命的相国公,连文武大臣都还没敢登门,你一个平民百姓要见他谈何容易啊?"书生拿着名帖,站在路旁等待,高声自报来意说:"专修八体书法的书生管子文,想见相国公说一句话。"林甫把他召到宾馆里,到夜深人静时,在月色之下作揖召见。书生说:"我其实熟悉的是书法艺术,也从小漫游在图书堆里,曾看过涉及历代兴亡和明君贤臣的事情,所以很想拜见相国公,向您申述一句话。"林甫说:"老臣偶然列入宰相之位,实在不是我的才器够当宰相的资格,我曾深恐不能胜此大任,担心福过头了灾祸就会跟随而来。有幸见到您不辞劳苦前来赐教,我才敢向您请教,请您不惜以药石之言,赐恩于我这鄙薄之人。"管生说:"古人之所以认为不容易与别人谈话,是因为他们知道谈话容易而听话难。一定要能少看容易的话,而多听不容易的话,才能使轻如灰尘的话也可以对重如海岳的事都有所裨益。况且圣哲早已说过:'一言可以兴邦,一言可以丧邦。'相国公如果每听到一句话就想去奉行,每面临一件事情就全心全意地去对待;那么,即使天天接纳向您进献意见的人士,也是无补于事的。"听到这里,林甫变得神情恭顺态度庄重起来,说:"请您只将一句话赐教于我,我当写在衣带上永远作为警诫之言。"管生说:"您听到美言必然欢喜,听到恶语必定生气。我用美言赞誉您,对您的事情毫无裨益;用恶语讽劝您,必然冒犯您的神色。既然冒犯您的神色,您更生我的气,就不能尽说不好听的话了。美言曲折而有损害,恶言直率而有裨益,

君当悉察之。容我之言,勿复加怒。"林甫不觉膝席而听。

生曰:"君为相,相天子也,相天子,安宗社保国也。宗社安,万国宁,则天子无事。天子无事,则君之无事。设或天下有一人失所,即罪在天子,罪在天子,焉用君相?夫为相之道,不必独任天下事,当举文治天下之民,举武定天下之乱,则仁人抚疲瘵,用义士和斗战。自修节俭,以讽上,以化下,自守忠贞,以事主,以律人,固不暇躬勤庶政也。庶政得人即治,苟不得人,虽才如伊吕,亦不治。噫,相国慎之。"林甫听之骇然,遽起拜谢之。生又曰:"公知斯运之通塞耶?"林甫曰:"君当尽教我,我当终身不忘。"生曰:"夫治生乱,乱生治,今古不能易也。我国家自革隋乱而治,至于今日,乱将生矣。君其记之。"林甫又拜谢。

至曙,欲闻于上,縻以一爵禄,令左右潜守之。坚求退曰:"我本只欲达一言于公,今得竭愚悃,而又辱见纳,又何用阻野人之归也。"林甫坚留之不得,遂去。林甫令人暗逐之,生至南山中一石洞,其人寻亦入石洞,遽不见生,唯有故旧大笔一。其人携以白林甫,林甫以其笔置于书阁,焚香拜祝。其夕,笔忽化为一五色禽飞去,不知所之。出《大唐奇事》。

您要详尽观察分析之。既然让我说话，就请不要生我的气。"林甫不知不觉地双膝跪席洗耳恭听。

管生说："您为宰相，相的是天子，相天子就是安定宗社保护国家。宗社安，万国宁，则天子无事。天子无事，您就无事。假设天下有一个人不能得其所，其罪过就在于天子；罪过在天子，还用您去辅佐他干什么？为相之道，不一定独自承担天下之事，应当推举通晓文治的人去管理天下之民，推举通晓武略的人去平定天下之乱，仁德之人能够体恤和解除天下的痛苦，义勇之士能够和解与平息天下的争斗。您只管自修节俭，以此讽劝皇上，教化百姓；只要自守忠贞，用以侍奉君主，用以管理别人，这样您就没有时间去亲自管理政务了。政务只要选好恰当的人就能管理好，如果没有合适的人，即使才如伊吕，也管理不好。好了，相国您要好好想想我说的这些。"林甫听了这些话，很是惊讶，立即起来拜谢管生。管生又说："您知道当今时运通达与闭塞的变化规律吧。"林甫说："您应当全都教给我，我一定终生不忘。"管生说："治久生乱，乱久生治，这是古往今来不变的规律。我大唐国家通过革除隋朝的动乱走上了安定的局面，到了今天，动乱将要发生了。您可一定要记住这件事啊！"林甫又一次拜谢他。

到天亮时，李林甫想把情况奏禀皇上，给管生一个爵位以挽留他，便让左右的人暗中守着他。管生坚决要求回去，说："我本来只是想送一句话给您，现在已将愚思竭诚奉告，而又承蒙您屈尊采纳，怎么还不让我回去呀。"林甫强留不得，管生便走了。林甫派人暗中跟着他，管生走进南山中的一个石洞里，跟他的人马上也进入石洞，突然就看不到管生了，只有过去用过的一支大毛笔。这个人便带着笔回去把情况报告给李林甫，林甫把这支毛笔放在书房里，焚香叩拜祷告。当天夜晚，那支毛笔忽然化为一只五彩斑斓的禽鸟飞走了，不知飞到了什么地方。出自《大唐奇事》。

## 袁嘉祚

唐宁王傅袁嘉祚,为人正直不阿,能行大节,犯颜悟主,虽死不避。后为盐州刺史,以清白尤异升闻。时岑羲、萧至忠为相,授嘉祚开州刺史,嘉祚恨之,频言其屈。二相大怒,诟嘉祚曰:"愚夫,叱令去。"嘉祚方惆怅,饮马于义井。有一人背井坐,以水濯手,故溅水,数惊嘉祚马,嘉祚忿之,骂曰:"臭卒伍,何事惊马!"其人顾嘉祚曰:"眼看使于蠮蠛国,未知死所,何怒我焉?"嘉祚思其言不能解,异之。明复至朝,果为二相所召,迎谓曰:"知公迹素高,要公衔朝命充使。今以公为卫尉少卿,往蠮蠛国报聘,可乎?"嘉辞以不才,二相日行文下。嘉祚大恐,行至义井,复遇昨惊马人,谓嘉祚曰:"昨宰相欲令使远国,信乎?"嘉祚下马拜之,异人曰:"公无忧也,且止不行。其二相头已悬枪刃矣,焉能怒公。"言毕不知所之。间一日,二相皆诛,果如异人言矣。其蠮蠛国在大秦国西数千里,自古未尝通。二相死,嘉祚竟不去。

## 郑相如

郑虔工诗嗜酒,性甚闲放。玄宗爱其旷达,欲致之郎署,又以其不事事,故特置广文馆,命虔为博士,名籍甚著。门庭车马,无非才俊。有郑相如者,沧州人,应进士举入京,闻虔重名,以宗姓因谒。虔因之叙叔侄,见其老倒,

## 袁嘉祚

　　唐宁王府内有位属官袁嘉祚，为人正直不阿，能够奉行大节，敢于直言犯上，虽死也不回避。后来成为盐州刺史，因异常清白而闻名。当时，岑羲与萧至忠当宰相，任命嘉祚为开州刺史，嘉祚心里很不高兴，一再声明自己委屈。二相大为恼怒，辱骂嘉祚说："愚蠢的人，把他赶出朝廷！"嘉祚正惆怅失意，一天他去义井饮马。有个人背对井坐着，用水洗手，故意溅起水来，几次惊吓嘉祚的马。嘉祚气坏了，骂道："臭当兵的，为什么惊吓我的马！"那人回头看了看嘉祚说："眼看你就要出使去蠮蝖国，不知道将来死在何处，还对我发火呢！"嘉祚思来想去不能理解他的话，感到奇怪。第二天嘉祚上朝，果然被两个宰相所召见，二相迎上前来说："我们知道您的行为功绩一向很高，所以让您带上朝廷的使命去充当使节。现在命您为卫尉少卿，前往蠮蝖国报到上任，可以吗？"嘉祚以自己没有才能为由极力推辞，两位宰相便在当天下达了公文。嘉祚非常恐惧，走到义井，又遇见昨天惊吓他马的那个人，对嘉祚说："昨天我就知道宰相要命令你出使遥远的国家，相信了吧？"嘉祚下马向他行礼，这个异人说："您不用担忧，只停在这里不走就是了。那两个宰相的脑袋已经悬挂在枪刃上了，哪里还能对您发火呢？"说完便不知去向了。隔了一天，两个宰相都被杀死了，果然像那个异人所说的一样。那蠮蝖国远在大秦国以西数千里，自古以来未曾通问过。两个宰相死了，嘉祚终究没有去。

## 郑相如

　　郑虔工于诗而嗜于酒，性格非常闲散豪放。唐玄宗喜爱他的旷达，想把他召到郎署，又因他不善于管理事务，所以就专门设置广文馆，授给他博士头衔，名声很显著。门庭上来往出入的车马，都是当时才子学者的。有个叫郑相如的，是沧州人，参加进士考试来到京城，听说郑虔的赫赫大名，便以同宗同姓的名义去拜见他。郑虔便与他以叔侄相称，见他老气横秋，

未甚敬之。后数日谒，虔独与坐，问其艺业，相如笑谓虔曰："叔未知相如，应以凡人遇，然人未易知。既见问，敢不尽其词？相如若在孔门，当处四科，犹居游、夏之右，若叔在孔门，不得列为四科。今生不遇时而应此常调，但销声晦迹而已。"虔闻之甚惊，请穷其说。相如曰："孔子称其或继周者，虽百世可知之也，今相如亦知之。然国家至开元三十年，当改年号，后十五年，当有难。天下至此，兵革兴焉，贼臣篡位。当此时，叔应授伪官，列在朝省，仍为其累。愿守臣节，可以免焉。此后苍生涂炭未已。相如今年进士及第，五选得授衢州信安尉，至三考，死于衢州。官禄如此，不可强致也。"其年果进士及第，辞虔归乡，及期而选，见虔京师，为吏部一注信安尉，相如有喜色，于是辞虔赴任。初一考，问衢州考吏曰："郑相如何？"曰："甚善。"问其政，曰："如古人。"二考又考之，曰："无恙。"三考又问之，考吏曰："相如校考后，暴疾不起。"虔甚惊叹，方思其言。又天宝十五年，禄山反，遣兵入京城，收诸官吏赴洛阳。虔时为著作郎，抑授水部郎中。及克复，贬衢州司户，至任而终。竟一如相如之言也。原缺出处，明抄本作出《广异记》。

并不怎么敬重他。过了几天相如又来拜见郑虔，郑虔一个人与他对坐，问他技艺学业，相如笑着对他说："叔叔并不了解相如，所以用平常眼光看待我，但一个人确实不容易被别人了解。既然问我，怎敢不把话说透彻呢？相如如果是孔门弟子，就该处在四科之列，居于子游、子夏之上；如果叔叔是孔门弟子，就不能列入四科。我现在因为生不逢时才应付这种流行的科举考试，只不过为了让自己销声匿迹而已。"郑虔听了非常惊讶，请他把话说完。相如说："孔子称继承周朝大业的人，即使一百年后也会知道，如今相如也知道以后的事情。然而大唐国家到开元三十年，就会改变年号，再往后十五年，国家当有灾难。天下到这时，会有战争兴起，贼臣篡夺皇位。到那时，叔叔就会被任为叛贼政权的官员，列在朝廷省署之中，仍然为此事受到牵连。愿您恪守为臣的节操，以免除重罚。从今以后，黎民百姓将无休止地遭受涂炭践踏。相如今年能够考中进士，五选被授为衢州信安尉，到了三考，我将死于衢州。官禄命定如此，不能强求呀！"那年相如果然考中了进士，辞别郑虔返回故乡，到了考期参加选拔，在京师又见到郑虔，为吏部一注信安尉，相如面带喜色，于是辞别郑虔前去赴任。初一考，郑虔询问衢州考官道："郑相如怎么样？"答道："非常好。"问其政绩，答道："跟古人一样。"二考又考之，考官说："身体没病。"三考时郑虔又打听他的情况，考官说："相如考试之后，暴病不起。"郑虔很惊叹，才想起相如原先说的话。又天宝十五年，安禄山造反，派兵进入京城，收罗朝廷官吏送到了洛阳。郑虔当时是著作郎，被强行授予水部郎中职位。等安史之乱被平定后，唐肃宗收复长安，郑虔被贬为衢州司户，到了任上就死了。这些情况竟然都像相如所说的一样。原缺出处，明抄本作出自《广异记》。

# 卷第八十三
## 异人三

## 续　生

　　濮阳郡有续生者，莫知其来，身长七八尺，肥黑剪发，留二三寸，不着裈裤，破衫齐膝而已。人遗财帛，转施贫穷。每四月八日，市场戏处，皆有续生。郡人张孝恭不信，自在戏场，对一续生，又遣奴子往诸处看验，奴子来报，场场悉有，以此异之。天旱，续生入泥涂，偃展久之，必雨，土人谓之猪龙。市内有大坑，水潦停注，常有群猪止息其间，续生向夕来卧。冬月飞霜着体，睡觉则汗气冲发。无何，夜中有人见北市灶火洞赤，径往视之，有一蟒蛇，身在灶里，首出在灶外，大于猪头，并有两耳。伺之平晓，乃是续生，拂灰而出，后不知所之。出《广古今五行记》。

## 续　生

　　濮阳郡有个叫续生的，没人知道他是从哪里来的，身高七八尺，又黑又胖，留着二三寸长的头发，连裈裤都不穿，一件破衣衫垂到膝盖而已。别人送给他财物衣服，他转而送给贫穷的人。每逢四月八日浴佛节，市场上有戏场之处，都有续生在那里。郡人张孝恭不相信这是真的，自己在一个戏场里面，对着一个续生，又派仆人往各处去察看，仆人回来向他报告，说场场都有个续生，由此人们认为续生确实是个奇异的人。天旱时，续生钻到泥土里，伸展一阵子，肯定就下雨，当地人称他为猪龙。市内有个大坑，雨水积聚，常有许多猪躺在里面休息，续生到了夜晚也来躺着。冬天时，寒霜落在他的身上，就被他睡觉时的汗气融化蒸发了。没过多久，夜间有人看见北市灶火洞发出红光，走到跟前一看，有一条大蟒蛇，身子在灶里，脑袋在灶外，脑袋大于猪头，并且长着两个耳朵。等到天亮一看，原来是续生，只见他拂去身上的灰就出来了，后来，不知续生到什么地方去了。出自《广古今五行记》。

## 张 佐

开元中，前进士张佐常为叔父言，少年南次鄂杜，郊行，见有老父，乘青驴，四足白，腰背鹿革囊，颜甚悦怿，旨趣非凡。始自斜径合路，佐甚异之，试问所从来，叟但笑而不答。至再三，叟忽怒叱曰："年少子乃敢相逼，吾岂盗贼椎埋者耶，何必知从来？"佐逊谢曰："向慕先生高躅，愿从事左右耳，何赐深责？"叟曰："吾无术教子，但寿永者，子当嗤吾潦倒耳。"遂复乘促走，佐亦扑马趁之，俱至逆旅。叟枕鹿囊，寝未熟，佐乃疲，赍白酒将饮，试就请曰："筻醪期先生共之。"叟跳起曰："此正吾之所好，何子解吾意耶？"

饮讫，佐见翁色悦，徐请曰："小生寡昧，愿先生赐言，以广闻见，他非所敢望也。"叟曰："吾之所见，梁隋陈唐耳，贤愚治乱，国史已具，然请以身所异者语子。吾宇文周时居岐，扶风人也，姓申名宗，慕齐神武，因改宗为观。十八，从燕公于谨征梁元帝于荆州，州陷，大将军旋，梦青衣二人谓余曰：'吕走天年，人向主，寿不千。'吾乃诣占梦者于江陵市，占梦者谓余曰：'吕走回（廻）字也，人向主住字也，岂子住乃寿也。'时留兵屯江陵，吾遂陈情于校尉拓跋烈，许之。

"因却诣占梦者曰：'住即可矣，寿有术乎？'占者曰：'汝前生梓潼薛君胄也，好服术蕊散。多寻异书，日诵黄老一百纸，

# 张 佐

　　开元年间,前科进士张佐曾跟叔父讲,他年少时南行到鄠县杜陵,一次在郊外走路,看到一个老头儿,骑着四蹄雪白的青驴,腰上背着鹿皮包,面带喜色,气质非凡。老头儿刚从小路走上大道,张佐对他很好奇,试探着问他是从什么地方来的,老头儿听了只是笑而不答。张佐再三询问,老头儿忽然愤怒地呵斥道:"好你个少年小子,竟敢如此相逼! 我难道是盗贼和杀人犯不成,何必要知道我是从哪里来的?"张佐道歉说:"只因一向仰慕先生行迹高超,甘愿在您身边服侍而已,为什么如此严厉地责备我呢?"老头儿说:"老朽并无什么法术可以教你,我只能说说长寿之术,恐怕你要嘲笑我年迈潦倒吧。"说完又骑上驴催促着奔去,张佐也跳上马去追赶他,两人都到客店里住下来。老头儿枕着鹿皮包,还没睡熟,张佐很疲劳,买了白酒要喝,试探着邀请老头儿说:"有一壶酒请先生与我共饮。"老头儿跳起来说:"这正是我的爱好。你怎么了解我的心意呢!"

　　酒喝完后,张佐见老翁满脸喜悦,便慢慢请求道:"小生愚昧寡闻,愿听先生赐教,以增长我的见闻,不敢有什么别的非分之想。"老头儿说:"我所见到的,不外是梁、陈、隋、唐几代的事情罢了,每个朝代的贤愚和治乱,国史上已记载得很详尽,我只把与史书不同的亲身经历讲给你听听吧。我在宇文周时居住于岐山,是扶风人,姓申名宗,因仰慕齐代神武帝,改宗为观。十八岁时,跟从燕公于谨到荆州去征伐梁元帝,荆州攻陷后,大将军凯旋。有一天,梦见穿着青衣的两个人对我说:'吕走天年,人向主,寿不干。'我便到江陵街上去找占梦的,占梦的对我说:'"吕走","回"字也;"人向主","住"字也。岂不是说你住在这里便能长寿吗?'当时要留下的士兵驻扎在江陵,我便向校尉拓跋烈诉说想留下来的想法,被批准了。

　　"我又到占梦的那里说:'住下就应验了,要想长寿还有什么方法呢?'占梦的说:'你的前生是梓潼的薛君胄,喜好服用术蕊散,多方寻找奇异之书,每天诵读黄老道教之书一百卷,

徙居鹤鸣山下，草堂三间，户外骈植花竹，泉石萦绕。八月十五日，长啸独饮，因酣畅大言曰："薛君胄疏澹若此，岂无异人降止？"忽觉两耳中有车马声，因颓然思寝。头才至席，遂有小车，朱轮青盖，驾赤犊，出耳中，各高三二寸，亦不觉出耳之难。车有二童，绿帻青帔，亦长二三寸。凭轼呼御者，踏轮扶下，而谓君胄曰："吾自兜玄国来，向闻长啸月下，韵甚清激，私心奉慕，愿接清论。"君胄大骇曰："君适出吾耳，何谓兜玄国来？"二童子曰："兜玄国在吾耳中，君耳安能处我？"君胄曰："君长二三寸，岂复耳有国土，傥若有之，国人当尽焦螟耳？"二童曰："胡为其然，吾国与汝国无异。不信，请从吾游，或能便留，则君离生死苦矣。"一童因倾耳示君胄，君胄觇之，乃别有天地，花卉繁茂，甍栋连接，清泉萦绕，岩岫杳冥。因扪耳投之，已至一都会，城池楼堞，穷极壮丽。君胄彷徨，未知所之，顾见向之二童，已在其侧，谓君胄曰："此国大小于君国？既至此，盍从吾谒蒙玄真伯。"蒙玄真伯居大殿，墙垣阶陛，尽饰以金碧，垂翠帘帷帐，中间独坐。真伯身衣云霞日月之衣，冠通天冠，垂旒，皆与身等。玉童四人，立侍左右，一执白拂，一执犀如意。二人既入，拱手不敢仰视，有高冠长裾缘绿衣人，宣青纸制曰："肇分太素，国既有亿。尔沦下土，贱卑万品，聿臻于如此，

迁居于鹤鸣山下,有草堂三间,门外遍植奇花修竹,有泉水与山石萦绕。有一年的八月十五日,薛君胄长啸独饮,喝到酣畅时高声喊道:"薛君胄疏淡若此,难道没有异人降临到我的面前?"忽然觉得两只耳朵里有车马的声音,于是萎靡不振想睡觉。脑袋刚刚沾席,便见眼前出现了小车,红色车轮青色车盖,前面红色的牛犊驾着,这些都从自己的耳朵里出来,各高两三寸,也不觉得从耳朵里出来时怎么困难。车上有两个小童,绿头巾青帔衣,也是长两三寸,扶着车前横木呼唤车夫,踏着车轮扶下车后,对君胄说:"我们从兜玄国来,刚才听到您长啸于月下,声韵十分清澈激越,内心深表敬慕,愿意接受您的清高之论。"君胄大惊道:"你们刚才从我的耳朵里出来,怎么说是从兜玄国来呢?"两位童子说:"兜玄国是在我们的耳朵里面,您的耳朵里哪能住下我们?"君胄说:"你们的身长只有二三寸,难道耳朵里又有国土?就算有的话,国人也该都是微不足道的小虫罢了。"两位童子说:"怎么可能那个样?我们国家与你的国家并无不同。如果不信,就请跟着我们去看看,有可能就留在那里,那您就脱离生死之苦了。"一个小童便侧过耳朵来让君胄观看,君胄往里面一瞧,但见别有天地,花卉繁茂,屋栋连接,清泉萦绕,山崖高耸入云。于是按着自己的两个耳朵走了进去,很快便来到一座城市,只见城池楼阁,无比壮观华丽。君胄正彷徨,不知道该往哪里走,回头看见原先那两个小童已经站在自己身边,小童对君胄说:"这个国家与你的国家相比,到底哪个大哪个小?既然到了这里,为何不跟我们去拜见蒙玄真伯?"蒙玄真伯居住在一座大宫殿里,墙壁与台阶都装饰得金碧辉煌,室内挂着翠帘帷帐。蒙玄真伯端坐在正殿中央,身穿绣满云霞日月的锦绣衣服,头上戴着通天冠,冠上下垂的玉串可与身体等长。四个玉童侍立在真伯左右,一对手执白拂尘,一对手执犀角如意。二童子走进大殿之后,拱手行礼不敢抬头仰视,一个头戴高帽身穿镶边长裙的绿衣人,高声宣读青纸文书道:"自有天地以来,国家出现了几百亿个。你们沦落到下流国家,非常卑贱,现在到了这里,

实由冥合，况尔清乃躬诚，叶于真宰，大官厚爵，俾宜享之，可为主策大夫。"君胄拜舞出门，即有黄帔三四人，引至一曹署。其中文簿，多所不识，每月亦无请受，但意有所念，左右必先知，当便供给。因暇登楼远望，忽有归思，赋诗曰："风软景和煦，异香馥林塘。登高一长望，信美非吾乡。"因以诗示二童子，童子怒曰："吾以君质性冲寂，引至吾国，鄙俗余态，果乃未去，乡有何忆耶？"遂疾逐君胄，如陷落地，仰视，乃自童子耳中落，已在旧去处。随视童子，亦不复见。因问诸邻人，云失君胄已七八年矣。君胄在彼如数月，未几而君胄卒。生于君家，即今身也。'

"占者又云：'吾前生乃出耳中童子，以汝前生好道，以得到兜玄国，然俗态未尽，不可长生，然汝自此寿千年矣。吾受汝符，即归。'因吐朱绢尺余，令吞之，占者遂复童子形而灭。自是不复有疾，周行天下名山，迨兹向二百余岁。然吾所见异事甚多，并记在鹿革中。"

因启囊，出二轴书甚大，字颇细，佐不能读，请叟自宣，略述十余事，其半昭然可纪。其夕将曙，佐略寝，及觉已失叟。后数日，有人于灰谷湫见之，叟曰："为我致意于张君。"佐遽寻之，已复不见。出《玄怪录》。

实因造化而成。况且你高洁诚实,和谐于上天,高官厚爵,你能够享受,可以做主箓大夫。"君胄拜舞出门,就有三四个身着黄帔的人,把他引领到一处官署。这里有文牍簿册,上面的字他大都不认识,每月也没有请命受命之说,只要他心里有什么意念,身边的侍从必定预先知道,当即来满足他的需求。一日闲暇无事,他便登楼望远,忽然产生了回归故乡的念头,赋诗道:"风软景和煦,异香馥林塘。登高一长望,信美非吾乡。"并送给两个童子看,不料童子愤怒地说:"原以为你性情冲淡平静,所以引渡到我们国家,没想到你的鄙俗余态,至今仍未除去。故乡有什么值得怀念的呢?"说完急忙驰逐君胄。君胄觉得好似从什么地方落到了地上,抬头一看,原来是从童子的耳朵里掉落下来,依然回到了原来的地方。回头再看童子时,已经踪影全无。询问各位邻居,都说君胄已失踪七八年了,君胄在那边仅仅住了几个月,没过多久便去世了。后来又出生在你家,也就是现在的你。'

　　"占梦的又说:'我的前身就是从耳朵里出来的那个童子,因为你的前身爱好道术,所以到了兜玄国,但因你俗态尚未脱尽,不可长生不老,然而自此以后你可长寿一千年。我交给你符箓,立即回去。'说完,从嘴里吐出一尺多长的红绢子,令我吞下,占梦的随即恢复童子之形,幻化而去。从此之后我不再生病,周游天下的名山,至今已经活了二百多岁。但我见到的奇异事情非常多,都记载在鹿皮包里呢。"

　　说着,老头儿就去打开鹿皮包,取出特别大的两轴书,字极细小,张佐不能认读,便请老头儿自己念,老头儿约略讲述了十余件事,其中一半还能清楚地记着。那天夜里即将天亮时,张佐略有睡意,等到醒来老头儿已失踪了。过了几天,有人在灰谷湫见过他,老头儿说:"替我向张佐致意。"张佐急忙去找他,但已再也看不到了。出自《玄怪录》。

### 陆鸿渐

竟陵僧有于水边得婴儿者，育为弟子。稍长，自筮得《蹇》之《渐》，繇曰："鸿渐于陆，其羽可用为仪。"乃姓陆，字鸿渐，名羽。羽有文学，多意思，状一物，莫不尽其妙，茶术最著。巩县陶者多为瓷偶人，号陆鸿渐，买十器，得一鸿渐。市人沽茗不利，辄灌注之。羽于江湖称竟陵子，于南越称桑苎公。贞元末卒。出《国史补》。

### 贾　耽

贾耽相公镇滑台日，有部民家富于财，而父偶得疾，身体渐瘦。糜粥不通，日饮鲜血半升而已。其家忧惧，乃多出金帛募善医者，自两京及山东诸道医人，无不至者，虽接待丰厚，率皆以无效而旋。后有人自剑南来，诊候旬日，亦不识其状，乃谓其子曰："某之医，家传三世矣，凡见人之疾，则必究其源。今观叟则惘然无知，岂某之艺未至，而叟天降之灾乎？然某闻府帅博学多能，盖异人也。至于卜筮医药，罔不精妙，子能捐五十千乎？"其子曰："何用？"曰："将以遗御，候公之出，以车载叟于马前，使见之，傥有言，则某得施其力矣。"子如其言，公果出行香，见之注视，将有言，为监军使白事，不觉马首已过。医人遂辞去。

其父后语子曰："吾之疾是必死之征，今颇烦躁，

## 陆鸿渐

竟陵有个和尚在河边拾到一个婴儿,把他养育起来作为自己的弟子。渐渐长大之后,自己占卜得蹇卦变为渐卦,卦辞是:"鸿渐于陆,其羽可用为仪。"于是姓陆,字鸿渐,名羽。陆羽颇具文学天赋,思想很活跃,每描述一件事物,无不淋漓尽致地表达出它的微妙,尤其精通茶术。巩县的陶瓷匠人大都会制作瓷人玩偶,称为陆鸿渐,每买十件陶器,就可以得到一个。市人卖茶叶如不能获利,就用水浇一下瓷人。陆羽在江湖上号称竟陵子,在南越则称他为桑苎公。他于唐德宗贞元末年去世。<sub>出自《国史补》。</sub>

## 贾　耽

贾耽相公镇守滑台的时候,有所辖部民的家里财富很多,而老父亲偶然得了病,身体逐渐消瘦。粥米不进,只靠每天喝半升鲜血维持生命而已。家里人十分忧惧,多出钱财招募良医,从东西两京到山东各道的医生,没有不来的。尽管他给予医生的待遇丰厚,却大都因诊治无效而告退。后来有个从剑南来的人,诊断观察了十天,也不能识别是什么症状,便对患者的儿子说:"我的医术已经家传三代了,凡是给人看病,必定探究清楚患病的根源。现在观察老翁的病则什么也看不明白,难道是我的医术不成熟吧? 还是老人的病属于天降的灾难呢? 不过我听说府帅博学多能,他是个异人啊。他对于卜卦医药等学问,没有不精通的。你能捐钱五十千吗?"老头儿的儿子说:"干什么用?"这位医生说:"用来送给他的下属官,等到相公出门时,用车子载着老人到他的马前面,使他能看见,如果他能对老人的病说点什么,我就可以施展我的能力了。"老头儿的儿子照他的话办了,相公果然出门烧香祭祀,看到老头儿时注视了一下,刚要说什么,恰好监军使报告事情,不知不觉间相公的马就走过去了。这位医生也只好告辞而去。

老人后来对儿子说:"我的病是必死的征兆,今天心里很烦躁,

若厌人语,尔可载吾城外有山水处置之,三日一来省吾,如死则葬之于彼。"其子不获已,载去。得一磐石近池,置之,悲泣而归。其父忽见一黄犬来池中,出没数四,状如沐浴。既去,其水即香,叟渴欲饮,而气喘力微,乃肘行而前。既饮,则觉四体稍轻,饮之不已,即能坐。子惊喜,乃复载归家,则能饮食,不旬日而愈。

他日,贾帅复出,至前所置车处,问曰:"前度病人在否?"吏报今已平复。公曰:"人病固有不可识者。此人是虽症,世间无药可疗,须得千年木梳烧灰服之,不然,即饮黄龙浴水,此外无可治也,不知何因而愈。"遣吏问之,叟具以对。公曰:"此人天与其疾,而自致其药,命矣夫。"时人闻之,咸服公之博识,则医工所谓异人者信矣。出《会昌解颐》。

## 治针道士

德宗时,有朝士坠马伤足,国医为针腿,去针,有气如烟出,夕渐困惫,将至不救,国医惶惧。有道士诣门云:"某合治得。"视针处,责国医曰:"公何容易,死生之穴,乃在分毫,人血脉相通如江河,针灸在思其要津。公亦好手,但误中孔穴。"乃令舁床就前,于左腿气满处下针曰:"此针下,彼针跳出,当至于檐板。"言讫,遂针入寸余,旧穴之针拂然

好像讨厌听人说话，你可把我载到城外有山有水的地方，把我安置在那里，三天去看我一次。如果死了，就安葬在那个地方。"他儿子不得已，只好把他载了去。找到一块靠近水池的大石头，就把老头儿安置下来，悲痛哭泣着回了家。老头儿忽然看见一只黄毛狗来到水池中，几出几没，好像在洗澡的样子。黄毛狗走了之后，池水就有了香味，老头儿口渴了想去喝水，但因气力微弱站不起来，只好用两肘支地爬行到池边。喝了几口水之后，便觉得四肢渐渐轻松起来，又喝了很多，不久就能够坐起来了。儿子看他时惊喜不已，于是又把他载回家里。回家之后就能正常饮食了，不到十天便痊愈了。

过了几天，贾帅又出来了，走到原来停车子的地方，便问道："前几天那个病人还在不在？"随行官吏告诉他那个人现在已经康复了。贾公说："人的疾病确实有不可识别的。这个人患的是虱症，世上没有药能治，必须用千年的木梳烧成灰服下去，不然，就得饮用黄龙洗澡的水，此外无法可治。不知他是怎么治愈的。"派人去询问，老头儿便将详细情况告诉了他。贾公说："这个人是天降疾病给他，而他自己又找到了解药。这就是命运呀！"当时的人听了，都佩服贾公学识广博，原先那位医生说他是异人，果然如此呀。出自《会昌解颐》。

## 治针道士

唐德宗在位时，有位朝廷官员从马上跌下来伤了脚，国医为他针灸，针扎下去，见有气流像烟一样冒了出来，到晚上他渐渐困乏疲惫，眼看不可救药了，国医惊慌恐惧。有一位道士走进门来说："我正好能治。"他看了看扎针的地方，责备国医道："您这针下得多么轻率！死穴与活穴只差分毫，人的血脉就像江河一样互相联通，针灸时要仔细准确地辨认要害部位。您也是针灸好手，只是扎错了穴位。"便叫人把病床抬到跟前，在病人左腿气流饱满的地方下针，说："这一针下去，那根针就能跳出来，能跳到天花板上。"说完，针扎下去一寸多，旧穴位的那根针振动着一下子

跃至檐板，气出之所，泯然而合，疾者当时平愈。朝士与国医拜谢，以金帛赠遗，道士不受，啜茶一瓯而去，竟不知所之矣。出《逸史》。

## 贞元末布衣

贞元末，有布衣，于长安中游酒肆，吟咏以求酒饮，至夜，多酣醉而归，旅舍人或以为狂。寄寓半载，时当素秋，风肃气爽，万木凋落，长空寥廓，塞雁连声。布衣忽慨然而四望，泪下沾襟，一老叟怪而问之，布衣曰："我来天地间一百三十之春秋也，每见春日煦，春风和，花卉芳菲，鹦歌蝶舞，则不觉喜且乐，及至此秋也，未尝不伤而悲之也。非悲秋也，悲人之生也。韶年即宛若春，及老耄即如秋。"因朗吟曰："阳春时节天地和，万物芳盛人如何。素秋时节天地肃，荣秀丛林立衰促。有同人世当少年，壮心仪貌皆俨然。一旦形羸又发白，旧游空使泪连连。"老叟闻吟是诗，亦泣下沾襟。布衣又吟曰："有形皆朽孰不知，休吟春景与秋时。争如且醉长安酒，荣华零悴总奚为。"老叟乃欢笑，与布衣携手同醉于肆。后数日，不知所在，人有于西蜀江边见之者。出《潇湘录》。

## 柳 城

贞元末，开州军将冉从长轻财好士，儒生道者多依之。有画人甯采，图为《竹林会》，甚工。坐客郭萱、柳城二秀才，每以气相轧。柳忽眄图，谓主人曰："此画巧于体势，失于意趣，今欲为公设薄伎，不施五色，令其精彩殊胜，

跳到天花板，原来出气的那个地方，自然合上了，患者当时就恢复了健康。患者与国医向道士频频致谢，患者赠送他金银丝帛，道士不接受，喝了一杯茶就走了，终究不知到底去了什么地方。出自《逸史》。

## 贞元末布衣

贞元末年，有个布衣，在长安城里逛酒店，靠着吟咏诗歌跟人家要酒喝，到了夜晚，常常大醉而归，旅店里有人认为他是个疯子。他已在这里寄住半年了，时令正是深秋，风肃气爽，万木凋落，长空寥廓，塞雁连声。这位布衣忽发感慨，四顾周围一片秋色，不觉泪下沾襟。一个老头儿见他这副模样儿，觉得奇怪，问他何以如此。布衣说："我来到天地间一百三十年了，每见春日和煦，春风柔和，花草芳香，鹦歌蝶舞，就不自觉欢喜快乐起来。等到这样的秋天，没有不感到伤怀与悲愁的。这不是悲秋，而是悲叹人生呀。青春年华就好像明媚的春天，到了八九十岁的暮年就如脱尽芳华的秋天。"说到这里，他便朗声吟道："阳春时节天地和，万物芳盛人如何。素秋时节天地肃，荣秀丛林立衰促。有同人世当少年，壮心仪貌皆俨然。一旦形羸发白，旧游空使泪连连。"老头儿听他吟完这首诗后，也不觉泪下沾襟。布衣又吟道："有形皆朽孰不知，休吟春景与秋时。争如且醉长安酒，荣华零悴总奚为。"老头儿听罢这一首才开怀大笑起来，与布衣携手同醉于酒肆。过了几天，这位布衣不知到哪里去了，有人曾在西蜀的江边看见过他。出自《潇湘录》。

## 柳　城

贞元末年，开州军将舟从长轻财好士，有许多儒生道士纷纷去投靠他。有位画师叫宵采，画了一幅《竹林会》，非常精致。坐客中有郭萱和柳城两个秀才，经常互不服气而互相贬损。柳城忽然斜眼看了看《竹林会》图，对主人说："这幅画巧于布局，缺乏意趣，我现在为您略施小技，不用五色，就让画更为精彩异常，

如何?"冉惊曰:"素不知秀才此艺。然不假五色,其理安在?"柳叹曰:"我当出入画中治之。"萱抵掌曰:"君欲绐三尺童子乎?"柳因要其赌,郭请以五千抵负,冉亦为保。柳乃腾身赴图而灭,坐客大骇。图表于壁,众摸索不获。久之,柳忽语曰:"郭子信未?"声若出画中也。食顷,瞥自图上坠下,指阮籍像曰:"工夫祇及此。"众视之,觉阮籍图像独异,唇若方啸,甯采睹之,不复认。冉意其得道,与郭俱谢之。数日竟他去。宋存寿处士在冉家时,目击其事。出《酉阳杂俎》。

### 苏州义师

苏州贞元中,有义师状如风狂。有百姓起店十余间,义师忽运斤坏其檐,禁之不止。主人素知其神,礼曰:"弟子活计赖此。"顾曰:"尔惜乎?"乃掷斤于地而去。其夜市火,唯义师所坏檐屋数间存焉。常止于废寺殿中,无冬夏常积火,烧幡木像悉火之。好活烧鲤鱼,不具汤而食。垢面不洗,洗之辄雨,其中以为雨候。将死,饮灰汁数斛,乃念佛坐,不复饮食,百姓日观之,坐七日而死。时盛暑,色不变,支不摧。出《酉阳杂俎》。

怎么样?"冉公惊奇地说:"从来不知道秀才有这种技艺。但不借助五色,哪有这种道理?"柳城叹道:"我要出入画中去修改。"郭萱拍掌说:"你想欺骗三岁小孩吗?"柳城便请他与自己赌胜负,郭萱表示自己输了可以五千钱相抵,冉公也愿为他们担保。柳城便腾空而起奔向图画,然后消失了,坐客大惊。图画仍然挂在墙上,大家去摸索了半天什么也没找到。过了好长时间,柳城忽然发话道:"郭君,你到底相信不相信?"声音好像从画里出来的。又过了一顿饭的工夫,忽然瞥见柳城从画上落了下来,指着画中阮籍的像说:"我刚才的功夫只涉及他。"众人一看,都感到阮籍的画像特别不一样,嘴角好像要张口长啸,冉采仔细看了看,也认不出是自己画的了。冉公认为柳城是得了道的人,便与郭萱都向他致谢。过了几天,柳城辞别冉公而去了别处。宋存寿处士住在冉公家里的时候,亲眼看到这件事。出自《酉阳杂俎》。

## 苏州义师

贞元年间,苏州有一位义师,模样儿就像个疯子。有百姓盖起十余间店铺,义师忽然抢起斧子砍坏店铺的房檐,阻拦也拦不住。主人一向知道他有神力,向他施礼道:"弟子的生计全靠这几间店铺呢。"义师看了看他,说:"你感到惋惜吗?"于是把斧子扔到地上走了。那天夜里街上起了火,只有被义师砍坏房檐的那几间屋子保存了下来。义师经常住在废弃的寺庙神殿里,无论冬夏殿堂里总点着火,供神用的纸幡和木像他都拿来当柴烧了。他喜欢活烧鲤鱼,一点汤也不备就吃。他脸脏了也不洗,一洗脸就下雨,他洗不洗脸就成为下雨与否的征兆。临死前,他喝了几斛灰汁,便坐下来念佛,再也不进饮食,当地百姓天天去看他,坐了七天就死了。当时正值盛夏,但他死后面色毫无变化,肢体也没有断折。出自《酉阳杂俎》。

## 吴　堪

常州义兴县，有鳏夫吴堪，少孤无兄弟，为县吏，性恭顺。其家临荆溪，常于门前以物遮护溪水，不曾秽污。每县归，则临水看玩，敬而爱之。积数年，忽于水滨得一白螺，遂拾归，以水养。自县归，见家中饮食已备，乃食之，如是十余日。然堪为邻母哀其寡独，故为之执爨，乃卑谢邻母。母曰："何必辞，君近得佳丽修事，何谢老身？"堪曰："无。"因问其母，母曰："子每入县后，便见一女子，可十七八，容颜端丽，衣服轻艳，具馔讫，即却入房。"堪意疑白螺所为，乃密言于母曰："堪明日当称入县，请于母家自隙窥之，可乎？"母曰："可。"明旦诈出，乃见女自堪房出，入厨理爨。堪自门而入，其女遂归房不得，堪拜之，女曰："天知君敬护泉源，力勤小职，哀君鳏独，敕余以奉媲，幸君垂悉，无致疑阻。"堪敬而谢之。自此弥将敬洽。闾里传之，颇增骇异。

时县宰豪士闻堪美妻，因欲图之。堪为吏恭谨，不犯笞责。宰谓堪曰："君熟于吏能久矣，今要虾蟆毛及鬼臂二物，晚衙须纳，不应此物，罪责非轻。"堪唯而走出，度人间无此物，求不可得，颜色惨沮，归述于妻，乃曰："吾今夕殒矣。"妻笑曰："君忧余物，不敢闻命，二物之求，妾能致矣。"堪闻言，

# 吴 堪

　　常州义兴县,有个鳏夫吴堪,少年丧父又没有兄弟,在县衙当小官吏,为人性情恭顺。他家面临荆溪,常常在门前用障碍物遮护着溪水,使这里的溪水从不污染。每当他从县衙回来,就到溪水边观赏游玩儿,对待溪水敬而爱之。过了几年,他忽然在水边拾到一只白螺,便带回家里,用水养起来。他从县里回来,看到家里饭菜已经备好了,就吃了起来,这样过了十多天。但吴堪以为是邻居大妈可怜他是个单身汉,特意为他烧火做饭,便客客气气地感谢邻居大妈。大妈说:"用不着说这些客气话,你近日得到一个好女子为你收拾家务,为什么来谢我?"吴堪说:"没有的事。"便问大妈是怎么回事,大妈说:"你每天进了县衙后,便看到一个女子,有十七八岁,模样端庄秀丽,穿戴轻薄鲜艳,饭菜都准备好后,就退到卧房里去。"吴堪心里怀疑是那只白螺做的,便悄悄对大妈说:"我明天照常说要去县里,请让我在大妈家里从门缝中暗中瞧瞧到底是怎么回事,可以吗?"大妈说:"可以。"第二天早上吴堪假称出门上班去了,便见一个女子从他卧房里出来,进入厨房料理做饭的事。吴堪突然从门口闯入,那个女子想回房去已来不及,吴堪对她行礼,女子说:"上天知道你敬重保护泉源,勤勤恳恳当个小差吏,可怜你鳏夫孤独,叫我来做你的伴侣侍奉你,望你能够理解,不要有什么怀疑,不要拒绝我。"吴堪恭敬地表示感谢。自此之后,两人相处得更为融洽,互敬互爱。这件事在乡里邻居中传开了,大家都颇感惊异。

　　这时,豪横霸道的县令听说吴堪有个漂亮妻子,便想图谋占有她。吴堪为官谦恭勤谨,从不会犯被打骂的罪责。县令对吴堪说:"你对于官吏职能早就很熟悉了,今天我向你要蛤蟆毛和鬼胳膊这两样东西,限你晚上回衙交纳。拿不出这些东西,罪责不轻。"吴堪答应着走出大门,心想人间并没有这些物件,根本求不到。他神情沮丧,回家把这件事告诉了妻子,然后叹道:"我今天晚上就要死了!"妻子笑着说:"你为别的东西而犯愁,我不敢听命。要求这两件东西,我能给你找到。"吴堪听了这话,

忧色稍解,妻曰:"辞出取之。"少顷而到。堪得以纳令,令视二物,微笑曰:"且出。"然终欲害之。

后一日,又召堪曰:"我要蜗斗一枚,君宜速觅此,若不至,祸在君矣。"堪承命奔归,又以告妻,妻曰:"吾家有之,取不难也。"乃为取。良久,牵一兽至,大如犬,状亦类之,曰:"此蜗斗也。"堪曰:"何能?"妻曰:"能食火,奇兽也,君速送。"堪将此兽上宰,宰见之怒曰:"吾索蜗斗,此乃犬也。"又曰:"必何所能?"曰:"食火,其粪火。"宰遂索炭烧之,遣食,食讫,粪之于地,皆火也。宰怒曰:"用此物奚为?"令除火扫粪,方欲害堪,吏以物及粪,应手洞然,火飚暴起,焚爇墙宇,烟焰四合,弥亘城门。宰身及一家皆为煨烬,乃失吴堪及妻。其县遂迁于西数步,今之城是也。出《原化记》。

忧郁的神情稍稍宽解。妻子说:"我现在就出去取这两件东西。"不大一会儿她就取回来了。吴堪拿到后就回去交给县令,县令看着这两件东西,微笑道:"你暂且出去吧。"但县令终归想着加害于他。

后来有一天,又召见吴堪说:"我要一枚蜗斗,你要速速找到此物,如果找不到,当心灾祸落到你的头上!"吴堪秉承命令急忙跑回家,又把此事告诉了妻子。妻子说:"我家有这件东西,取来并不难。"说完就给他去取。过了好久,牵回来一只兽,大小像只狗,形状也与狗类似。妻子说:"这就是蜗斗。"吴堪说:"能做什么?"妻子答道:"能吃火。这是一只奇兽,你赶快送去。"吴堪把此兽奉送给县令,县令见到此兽愤怒地说:"我跟你要的是蜗斗,这乃是一只狗!"又说:"要它能干什么?"答道:"吃火。其粪便也是火。"县令便要来木炭点着,让那只兽去吃,吃完之后,大便拉在地上,都是火。县令恼怒道:"用这东西做什么?"并命令清除火堆打扫粪便,正要加害吴堪,差吏拿着扫除器具走近粪堆,空荡荡的什么也没有,火与风暴起,烧着了墙壁和房子,浓烟与火焰从四面合拢过来,弥漫到了城门。县令本人及全家都化为灰烬,吴堪和他妻子也走失了。这个县城于是往西边迁移了许多步,如今的县城就是迁移之后新建的。出自《原化记》。

# 卷第八十四
## 异人四

### 苗晋卿

苗晋卿困于名场。一年似得，复落第。春景暄妍，策蹇卫出都门，赍酒一壶，籍草而坐，酣醉而寐。久之既觉，有老父坐其傍。因揖叙，以余杯饮老父。愧谢曰："郎君萦悒耶？宁要知前事耶？"晋卿曰："某应举已久，有一第分乎？"曰："大有事，但更问。"苗曰："某困于穷，然爱一郡，宁可及乎？"曰："更向上。""廉察乎？"曰："更向上。"苗公乘酒，猛问曰："将相乎？"曰："更向上。"苗公怒，全不信，因肆言曰："将相更向上，作天子乎？"老父曰："天子真者即不得，假者即得。"苗都以为怪诞，揖之而去。后果为将相。德宗升遐，摄冢宰三日。出《幽闲鼓吹》。

## 苗晋卿

　　苗晋卿在科举考试方面很不顺利。这一年眼看要考中了,结果还是落了榜。时值阳光和煦春色明丽的好日子,他骑着瘦弱的毛驴出了都门,赊了一壶酒,坐在草地上喝起来,喝得大醉便睡在那里。过了好长时间醒来一看,有个老人正坐在自己身旁。他便拱手施礼邀他叙谈,把剩下的酒也送给老人喝了。老人致谢,说:"郎君心里很郁闷吧? 是想知道以后前程的事吗?"晋卿说:"我参加科举考试已有好多年了,不知有没有考中一次的份儿?"老人说:"大有机会,您还想知道什么?"晋卿说:"我很穷,然而很想做一郡之首,能做得了吗?"老人说:"比这还要高。""廉察使吗?"老人说:"比这还要高。"晋卿借着酒劲儿,猛然问道:"做将相吗?"老人仍然说:"比这还要高。"苗晋卿气坏了,根本不相信他的话是真的,便放肆地说:"你说我比将相还要高,难道能做天子不成?"老人说:"真天子你做不成,假的还是可以做几天的。"苗晋卿以为这些话全是无稽之谈,便向老人拱拱手就走了。后来他果然成为将相。德宗逝世后,曾经代理过三天众官之首的冢宰之职。出自《幽闲鼓吹》。

### 义宁坊狂人

元和初,上都义宁坊有妇人风狂,俗呼为五娘,常止宿于永穆墙下。时中使茹大夫使于金陵。金陵有狂者,众名之信夫。或歌或哭,往往验未来事。盛暑拥絮,未尝沾汗;冱寒袒露,体无跔坼。中使将返,信夫忽扣马曰:"我有妹五娘在城,今有少信,必为我达也。"中使素知其异,欣然许之。乃探怀中一襆,纳中使靴中。仍曰:"谓语五娘,无事速归也。"中使至长乐坡,五娘已至,拦马笑曰:"我兄有信,大夫可见还。"中使遽取信授之。五娘因发襆,有衣三事,乃衣之而舞,大笑而归,复至墙下。一夕而死,其坊率钱葬之。经年,有人自江南来,言信夫与五娘同日死矣。出《酉阳杂俎》。

### 张 俨

元和末,盐城脚力张俨递牒入京,至宋州,遇一人,因求为伴。其人朝宿郑州,因谓张曰:"君受我料理,可倍行数百。"乃掘二小坑,深五六寸,令张背立,垂踵坑口。针其两足,张初不知痛,又自膝下至骭,再三捋之,黑血满坑中。张大觉举足轻捷,才午至汴。复要于陕州宿,张辞力不能。又曰:"君可暂卸膝盖骨,且无所苦,当行八百。"张惧辞之。其人亦不强,乃曰:"我有事,须暮及陕。"遂去,行如飞,顷刻不见。出《酉阳杂俎》。

## 义宁坊狂人

唐宪宗元和初年，长安义宁坊有个妇人疯疯癫癫的，民间都叫她"五娘"，经常住宿在永穆墙下。当时中使茹大夫出使到金陵去。金陵有个疯子，大家叫他"信夫"。他有时唱歌有时哭泣，往往能预测未来要发生的事情。盛夏酷暑围着棉絮，他也不出一点汗；严寒冰冻季节光着身子，他也不抽筋或者缩手脚。中使要返回京都时，信夫忽然拦住他的马说："我有个妹妹叫五娘，住在京城，现在有件小小的信物，你一定要替我捎给她呀！"中使一向知道他有点怪异，欣然答应了他。他便从怀里掏出一个包袱，塞进中使的靴筒里，又说："替我转告五娘，没事就快回来吧。"中使刚到长乐坡，五娘已经先到那里了，拦住他的马笑着说："我哥哥托你捎的信，大夫可以交给我了。"中使立刻取出信交给了她。五娘便打开包袱，有衣服三件，她就穿上衣服跳起舞来，大笑着又回到原来的墙下面。过了一宿五娘就死了，街坊们纷纷出钱把她安葬了。过了一年，有人从江南来到京都，说信夫与五娘是同一天死的。出自《酉阳杂俎》。

## 张俨

唐宪宗元和末年，盐城脚夫张俨往京城传递文书。走到宋州，遇到一个人，便求他与自己做伴儿。那个人早晨还在郑州，便对张俨说："你听我安排，一天可以多走几百里路。"于是挖了两个小坑，有五六寸深，叫张俨背向小坑站着，脚后跟悬在坑口，用针扎他的两只脚，张俨开始并不知道痛，那人又从他膝盖顺着小腿再三地捋，直到黑色的血液淌满了土坑。张俨一下觉得抬脚特别轻快，走起路来轻捷如飞，才中午他们便到了汴州。那个人又邀他到陕州去住，张俨推辞说自己体力不行。那个人又说："你可以暂时卸下膝盖骨，并没什么痛苦，这样就能日行八百里。"张俨害怕，便拒绝了。那人也不勉强他，便说："我有事，必须在天黑之前赶到陕州。"说完便上路了，走得像飞一样快，顷刻之间就看不见了。出自《酉阳杂俎》。

## 奚乐山

上都通化门长店，多是车工之所居也。广备其财，募人集车，轮辕辐毂，皆有定价。每治片辋，通凿三窍，悬钱百文。虽敏手健力器用利锐者，日止一二而已。有奚乐山也，携持斧凿，诣门自售。视操度绳墨颇精，徐谓主人：“幸分别辋材，某当并力。”主人讶其贪功，笑指一室曰：“此有六百片，可任意施为。”乐山曰：“或欲通宵，请具灯烛。”主人谓其连夜，当倍常功，固不能多办矣，所请皆依。乐山乃闭户屏人，丁丁不辍。及晓，启主人曰：“并已毕矣，愿受六十缗而去也。”主人洎邻里大奇之，则视所为精妙，锱铢无失，众共惊骇。即付其钱，乐山谢辞而去。主人密候所之。其时严雪累日，都下薪米翔贵。乐山遂以所得，遍散与寒乞贫婆不能自振之徒，俄顷而尽。遂南出都城，不复得而见矣。出《集异记》。

## 王居士

有常乐王居士者，耄年鹤发，精彩不衰。常持珠诵佛，施药里巷。家属十余口，丰俭适中。一日游终南山之灵应台，台有观音殿基。询其僧，则曰：“梁栋栾栌，悉已具矣，属山路险峻，辇负上下，大役工徒，非三百缗不可集事。”居士许诺，期旬日，赍镪而至。入京，乃托于人曰：“有富室危病，医药

## 奚乐山

长安通化门长店,多是车工的住所。店主们准备了大量资金,招募工匠制作各种车上的零件,车轮车辕车辐车毂等,每样都有定价。每制作一片车辋,在上面凿通三个孔,悬赏工钱一百文。即使力气大手头快工具锋利的人,一天也只能做一两片。有个叫奚乐山的人,带着斧凿之类的工具,登门来卖手工。他见这里划线用的绳墨标尺之类的用具非常精良,便不慌不忙地对店主人说:"希望你把做辋的材料都挑出来,我要竭尽全力。"主人惊讶他如此贪功,笑着指着一间房子说:"这里面有六百片辋的材料,你可以随意施展你的本领。"乐山说:"可能要打通宵,请准备一下灯火蜡烛。"主人认为他连夜干活,应当会做出两倍的活,一定不能再多做了,就答应了他的请求。乐山就关上房门屏退他人,一个人在屋里叮叮当当不住手地干了起来。到天亮时,告诉主人说:"已经全部做完了,希望给我六十缗钱,我就走了。"主人及邻里们大为惊奇,检视他干的活,件件都那么精细,没有一点微小的差错,大家都惊呆了。主人立即付给了他钱,乐山辞谢而去。主人偷偷观察他的去向。当时天气严寒连日下雪,京都内柴米价格飞涨。乐山便将自己刚刚得到的工钱,散发给那些在大冷天里沿街乞讨苦苦挣扎的穷苦人,钱很快就分光了。他从南门走出京都,后来再也没有见过他。出自《集异记》。

## 王居士

有个常乐王居士,八九十岁的高龄,满头白发,仍然神采奕奕。他经常手拿串珠口诵佛经,沿街串巷地施舍药物。家里有十余口人,不太富裕也不太贫穷,属于中等人家。一天,他到终南山灵应台游览,灵应台有一座观音殿的地基,他询问这里的僧人,僧人说:"造殿的梁栋栾栌之类的材料,都已备齐了,只是这里山路险峻,推车挑担上上下下,很费人力,没有三百缗钱是建不起来的。"居士答应支付费用,约定十天为期,就把钱串带来。居士来到京城,就委托别人说:"如果有富贵人家得了重病,医药

不救者,某能活之。得三百千,则成南山佛屋矣。"果有延寿坊鬻金银珠玉者,女岁十五,遘病甚危,众医拱手不能措,愿以其价疗之。居士则设盟于笺,期之必效。且曰:"滞工役已久,今留神丹,不足多虑,某先驰此锸付所主僧,冀获双济。"鬻金者亦奉释教,因许之。留丹于小壶中,赍缗而往。涉旬无耗,女则物化。其家始营哀具,居士杖策而回。乃诟骂,因拘将送于邑。居士曰:"某苟大妄,安敢复来?请入户视之。"则僵绝久矣。乃命密一室,焚槐柳之润者,涌烟于其间,人不可迩。中平一榻,藉尸其上,褫药数粒,杂置于顶鼻中。又以铜器贮温水,置于心上,则谨户屏众伺之。及晓烟尽,薰黔其室,居士染指于水曰:"尚可救。"亟命取乳,碎丹数粒,滴于唇吻,俄顷流入口中。喜曰:"无忧矣。"则以纤纩蒙其鼻,复以温水置于心。及夜,又执烛以俟,铜壶下漏数刻,鼻纩微嘘。又数刻,心水微溢。则以前药复滴于鼻,须臾忽嚏,黎明胎息续矣。一家惊异,愧谢王生。生乃更留药而去,或许再来,竟不复至。后移家他适,不知所从。女适人,育数子而卒。出《阙史》。

救治不了的，我能把他治好。他们必须给我三百千钱，我就可以成全终南山的观音殿了。"果然有家在延寿坊卖金银珠宝的，有个女儿十五岁，得了一种十分危急的病，请来的医生都拱手告辞表示不能治，他愿意花三百千的价钱让居士给女儿治疗。居士则在纸笺上立下保证，说到期一定有效果。并且说："观音殿工程已经停工多日了，我把神丹留在这里，你不要多虑，我先赶快把这些钱送给那里的僧人，这样可以两边都不耽误。"这位卖金银的人也信奉佛教，便同意了。居士把神丹留在小壶里，带上酬金就去了。过了十天也没有居士的消息，那个生病的女儿却死了。这家正在置办丧具，居士挂着拐杖回来了。主人见了厉声痛骂，要把他抓起来送到衙门。居士说："我要是欺骗你们，哪里还敢再回来？请让我进门看看。"进屋一看，已经僵死好长时间了。他便叫人封闭一间屋子，焚烧鲜润的槐树和柳树枝条，在屋里放烟，任何人都不要靠近。屋子中间放一张床，让死尸躺在上面，将福药数粒，放在死人头顶和鼻孔里，又用铜器装上温水，放在心窝处，然后关紧门窗屏退众人，静静地守候着。到天亮时烟已没了，屋内被熏得黑黑的，居士把手指伸到水里说："还可以救活。"急忙命人取来乳汁，把几粒神丹弄碎放在里面，然后滴在死者嘴唇上，乳汁很快流进死者的嘴里。居士高兴地说："不用担忧了。"又将细棉絮蒙在她的鼻子上，换了温水放在心窝处。到了晚上，王居士又拿着蜡烛守候着，钟漏滴过几刻后，就见鼻子上的细棉絮被嘘气微微吹动。又过了几刻，心窝上放的水也发生了轻微的波动。居士将前面用的那种药又滴在鼻孔中，没多久忽然见她打起喷嚏来，黎明时接连呼吸起来。全家人无比惊异，惭愧地向王居士表示衷心感谢。居士又给他们留了药物就走了，可能还答应过再来，但一直没有再来过。后来他搬家到别处去了，也不知到底去了什么地方。这个女子后来嫁了人，生了几个儿子之后去世了。出自《阙史》。

## 俞　叟

江陵尹王潜有吏才，所在致理，但薄于义。在江陵日，有京兆吕氏子，以饥寒远谒潜，潜不为礼。月余在逆旅，未果还。有市门监俞叟者，见吕生往来有不足色，召而问之。吕曰："我居渭北，贫苦未达，无以奉亲。府帅王公，中表丈也。以亲旧自远而来，虽入谒，未尝一问，亦命之所致耶？"叟曰："我亦困者，无以赒吾子之急，今夕可泊我宇下，展宿食之敬。"吕诺之。既延入，摧檐破牖，致席于地，坐语且久，所食陶器脱粟而已。叟曰："吾尝学道于四明山，偶晦于此。适闻王公忘旧，甚讶之。"因覆一缶于地。俄顷，乃举以视之，有一紫衣人，长五寸许。叟指之谓吕曰："此王公也。"吕熟视，酷类焉。叟因戒曰："吕生，尔之中表侄也，以旨甘无朝夕之给，自辇下千里而至。尔宜厚其馆谷，当金帛为赠，何恃贵忘故之如是耶？"紫衣者卑揖，若受教之状，遂不复见。及旦，叟促吕归其逆旅。潜召吕馆之，宴语累日。将戒途，助以仆马囊装甚厚。出《补录记传》。

## 衡岳道人

衡岳西原，近朱陵洞，其山嶮绝，多大木猛兽。人到者率迷路，或遇巨蛇不得进。长庆中，有头陀悟空，常裹粮持

## 俞叟

　　江陵府尹王潜有当官的才能,所管辖的工作条条有理,但为人不重情义。他在江陵的时候,有个京兆远亲吕某的儿子,迫于饥寒远道来见王潜,王潜没有以礼相待。吕生在旅店里住了一个多月,没有经费回家。有个看守城门的俞老头儿,看见吕生出来进去脸色蜡黄肌瘦,招呼到跟前询问他。吕生说:"我家住在渭北,家里穷又没有出路,无以奉养双亲。本府元帅王相公,是我的中表叔伯。靠着这层旧关系我才远道而来,我虽然进府拜见他,但他从未关注过我。这也是我命运不好才落到这个地步呵!"老头儿说:"我也是个穷人,没什么东西来救济你的急难,今晚你就住在我家,让我提供食宿以表达我的敬意。"吕生接受了他的请求。被请到他家后,看到的是残损的房檐和破旧的门窗,他们席地而坐,对谈良久,吃的是用陶碗盛的粗米饭。老头儿说:"我曾在四明山学过道,暂时在这里藏身。刚才听说王相公不念旧情义,叫我很惊讶。"说完,便把一只瓦盆扣在地上。不一会儿又把瓦盆拿了起来,只见瓦盆底下有一个穿着紫色衣服的人,身长五寸左右。老头儿指着这个人对吕生说:"这就是王公。"吕生仔细看了看,果然特别相像。老头儿便教训这个人说:"吕生是你的中表侄儿,因为无力奉养双亲,才从京都不远千里来到这里。你应该供给他优厚的食宿,并且送给他钱财,为什么仰仗着自己富贵就不念旧的情义呢?"紫衣人谦卑地作揖致礼,就像接受了教导的样子,然后就不见了。到第二天早上,老头儿催促吕生回到他的客店。王潜召见吕生把他安置在客馆里,设宴招待,说话一连好多天。吕生要登程回家,王潜送给马匹和仆人,行李包也装满了贵重的东西。出自《补录记传》。

## 衡岳道人

　　衡山西原,靠近朱陵洞一带,那里山势险峻奇绝,多有大树猛兽。人到了这里大概都会迷路,有时会遇上巨蛇挡住道路而不能前进。长庆年间,有个叫悟空的头陀,曾经带着干粮拿着

锡,夜入山林,越尸侵虎,初无所惧。至朱陵原,游览累日,扪萝垂蹱,无幽不迹。因是蹎拆,憩于岩下,长吁曰:"饥渴如此,不遇主人。"忽见前岩有道士坐绳床,僧诣之,不动。遂责其无宾主意,复告以饥困。道士欻起,指石地曰:"此有米及镬。"劀石深数寸,令僧探之,得陈米斗余。即置于釜,承瀑水,敲火煮饭。观僧食一口未尽,辞以未熟,道士笑曰:"君餐止此,可谓薄食,我当毕之。"遂吃硬饭。又曰:"我为客设戏。"乃处木裒枝,投盖危石,猿悬鸟跂,真捷闪目。有顷,又旋绕绳床,蓬转甚急,但睹衣色成规。倏忽失所。僧寻路归寺,数月不复饥渴。 <sub>出《酉阳杂俎》。</sub>

## 李　业

李业举进士,因下第,过陕虢山路,值暴雷雨,投村舍避之。邻里甚远,村家只有一小童看舍,业牵驴拴于檐下。左军李生与行官杨镇亦投舍中,李有一马,相与入止舍内。及稍霁,已暮矣。小童曰:"阿翁即欲归,不喜见宾客,可去矣。"业谓曰:"此去人家极远,日势已晚,固不可前去也。"须臾,老翁归,见客欣然,异礼延接,留止宿。既晓恳留,欲备馔,业愧谢再三,因言曰:"孙子云阿翁不爱宾客,某又疑夜前去不得,

锡杖,在夜间进入山林,越过死尸侵扰老虎,毫不害怕。到了朱陵原,游览了好几天,他攀援藤萝飞越沟壑,幽深僻静的地方都有他的足迹。因此脚底生茧开裂,便在岩石下面休息,长叹道:"如此又饿又渴,却见不到此地的主人!"忽见前面山崖上有个道士坐在绳床上,僧人拜见他,他也一动不动。僧人责备他未尽宾主之礼,又告诉他自己又饿又累。道士忽然起身,指着地上的石头说:"这里有米和镬。"用镬头在石头上挖了几寸深,叫僧人伸手去拿,得到一斗多陈米,道士立即将米放在锅里,接了瀑布的水,敲石取火煮饭。道士见僧人一口饭没全咽下去,就说饭没熟不吃了,笑道:"你这顿饭就吃这么多,可谓福分太浅;我把其余的全吃了。"说完便去吃那硬邦邦的饭。道士又说:"我为您玩几手把戏。"说完,便跃到柔软的树枝上荡来荡去,又张开双臂覆盖危石,像悬挂的猿猴,又像跳来跳去的山鸟,灵巧轻捷,令人看了眼花缭乱。过了一会儿,又绕着那个绳床旋转,像飞蓬一样急速转动,只能看到衣服颜色和大体形状。突然之间道士就不见了。僧人寻找道路走出山林回到了寺庙,一连几个月都不觉得饥渴。出自《酉阳杂俎》。

## 李 业

李业参加进士考试,因为没有考中,往回走的时候路过陕虢一带的山路,正赶上暴风雷雨,便到附近的村舍去躲避。这里的邻居互相离得很远,这家只有一个小孩在家看门,李业牵驴把它拴在了房檐下。左军李生与行官杨镇也为避雨来到这一家,李生有一匹马。三人一块儿进屋休息。等到天气稍微转晴时,已经天黑了。小孩说:"爷爷马上就要回家了,他不喜欢接待客人,你们还是走吧!"李业对他说:"这里离别的人家也很远,天色已晚,真不能往前走了。"过了一会儿,爷爷回来了,见到客人很高兴,以特殊的礼节接待他们,留他们在家住宿。第二天早上,又诚恳地挽留他们,还要准备饭。李业再三表示歉意和感谢,便说道:"您孙子说爷爷不喜欢客人,我又疑惑夜里不能再往前走了,

甚忧怪及。不意过礼周旋,何以当此?"翁曰:"某家贫,无以仁宾,惭于接客,非不好客也。然三人皆节度使,某何敢不祇奉耶?"业曰:"三人之中,一人行官耳,言之过矣。"翁曰:"行官领节钺在兵马使之前,秀才节制在兵马使之后。然秀才五节钺,勉自爱也。"既数年不第,业从戎幕矣。明年,杨镇为仇士良开府擢用,累职至军使,除泾州节度使。李与镇同时为军使,领邠州节度。业以党项功除振武邠泾,凡五镇旄钺。一如老翁之言。出《录异记》。

## 石旻

会昌中,有石旻者,蕴至术。尝游宛陵,宿雷氏林亭。时雷之家僮网获一巨鱼,以雷宴客醉卧,未及启之。值天方蒸暑,及明日,其鱼已败,将弃去。旻曰:"吾有药,可令活,何弃之有?"雷则请焉。旻遂以药一粒,投鱼口中。俄而鳞尾皆动,鲜润如故。雷大奇之,因拜请延年之饵。旻曰:"吾之药,至清至洁。尔曹嗜欲无节,脏腑之内,诸秽委集。若遽食之,若水火相攻,安能全其人乎?但神仙可学,人自多累。如笼禽槛猿,徒有骞翔腾跃之志,安可致焉!"出《补录记传》。

## 管涔山隐者

李德裕尝云:三遇异人,非卜祝之流,皆遁世者也。

很担心您怪罪。不料您竟以这么重的礼节招待我们，我们有什么资格担得起呢？"爷爷说："我家贫穷，没有条件招待客人。我是不好意思接待客人，并非不喜欢客人。但是你们三位都是节度使，我哪敢不恭恭敬敬地侍奉呢？"李业说："我们三人之中，只有一个人是个行官而已，您说过头了！"爷爷说："行官管领节钺在兵马使之职以前，秀才你当节度使管领节钺则在兵马使之职以后，但秀才能统辖五个节钺，你要自勉自爱呀！"此后又好几年应举没有考中，李业便从戎作了幕僚。第二年，杨镇被仇士良开府提拔使用，逐级提拔到军使，授为泾州节度使。李业与杨镇同时为军使，管领邠州节度。李业因党项之功被任命为振武邠泾节度使，管辖五个重镇的军务。这些都跟当年那位老翁所说的一致。出自《录异记》。

## 石旻

唐代会昌年间，有个叫石旻的人，身怀绝技。他曾经到宛陵游历，住在雷氏别墅。当时雷的家僮用网捕获一条大鱼，因为雷氏宴请宾客喝醉睡着了，没有来得及收拾。正赶上炎热的暑季，到第二天，那条鱼已腐败了。要拿出去扔掉时，石旻说："我有药，可以使它活过来，为什么要扔掉呢？"雷氏便请他处置。石旻便将一粒药丸，放进鱼嘴里。不一会儿就见鱼鳞和鱼尾都活动起来，新鲜滋润跟原来一样。雷氏大为惊奇，便向石旻请求延年益寿的药物。石旻说："我的药，是极为清洁干净的，你们这些人嗜好欲望毫无节制，五脏六腑之内，什么污秽东西都有。如果骤然间吃下我的药，就像水与火互相攻克一样，哪能保全你这个人呢？求仙长寿虽然可以学，但是人自身有太多的幸累。正像樊笼中的鸟和栏杆里的猴子一样，空有飞翔腾跃的愿望，又怎么能实现呢！"出自《补录记传》。

## 管涔山隐者

李德裕曾说：三次遇到异人，不是卜祝之流，都是隐居的人。

初掌记北门,有管涔山隐者,谓德裕曰:"君明年当在人君左右为文翰之职,然须值少主。"德裕闻之愕眙,洒然变色。隐者似悔失言,避席求去。德裕问曰:"何为而事少主?"对曰:"君与少主已有累世因缘,是以言之。"德裕其年秋登朝。至明年正月,穆宗纂绪,召入禁苑。及为中丞,有闽中隐者叩门请见,德裕下榻,与语曰:"时事非久,公不早去,冬必作相,祸将至矣。若亟请居外,代公者受患。公后十年,终当作相,自西而入。"是秋出镇吴门,经岁入觐,寻又杖钺南燕。秋暮,有邑子于生引邠郡道士而至,才升宾阶,未及命席,谓德裕曰:"公当授西南节制,孟冬望舒前,符节至矣。"三者皆与言协,不差岁月。自宪闱竟十年居相,由西蜀而入。代德裕执宪者,俄亦窜逐。唯再调南服,未尝有前知之士为德裕言之。岂祸患不可前告,神道所秘,莫得预闻乎? 出《穷愁志》。

## 宋师儒

宋师儒者,累为盐铁小职,预知吉凶之事。淮南王太尉璠甚重之。时淮南有僧常监者,言事亦有中。常监在从事院话道,师儒续入,常监甚轻之,微不为礼。师儒不乐曰:"和尚有重厄,厄在岁尽。"常监瞋目曰:"有何事?莫相恐吓,某还自辨东西。"师儒曰:"和尚厄且至,但记取去岁数日莫出城,莫骑骏马子。"常监勃然而去。后数月,从事郑侍御新买一骏马,甚豪骏,将迎常监。

他当初掌管北门时，有个管淠山的隐士，对他说："你明年要在君主身边担任文秘职务，但是必须等到少主登基。"德裕听了这话惊得目瞪口呆，顿时改变了脸色。隐士好像后悔自己刚才失言，离开座位要走。德裕问道："为什么要侍奉少主？"答道："你与少主已有几代因缘，因此我这么说。"德裕在那年秋季被召入朝廷，到第二年正月，穆宗登上皇位，召他入皇宫。到他任中丞时，有一位闽中的隐士叩门求见，德裕以礼相见，隐士对他说："眼前的局面不会长久。你如果不尽早离开这里，冬季必定做宰相，但同时灾祸也要降临了！如果赶紧请求去外地任职，代替你的人就会受害。十年之后，你终会当上宰相的，而且是从西边进京入宫的。"这一年秋季德裕出镇吴门，过了一年入朝拜见皇上，接着又被派到南燕镇守。秋末，县邑里有个于生领着一位邺郡的道士来见德裕，才走上台阶，没等到让座，就对德裕说："你要被任命为西南节制。十月十五日之前符节就能送到。"以上三个异人说的事情后来都与实际情况相吻合，连时间都没有出入。李德裕在宪宗一朝，居相位十年之久，而且是由西蜀入京的。代替德裕执政的人，很快就被放逐了。只有后来德裕又调出朝廷到了南边，未曾有先知道的人预先告诉过德裕。这难道是祸患的事情不可提前告知，神道保持秘密，不能预先知闻吧？ 出自《穷愁志》。

### 宋师儒

宋师儒，多年担任管理盐铁的小官，能够预知吉凶之事。淮南太尉王璠非常器重他。当时淮南有个和尚叫常监，预言未来的事情有时也能说中。常监在从事院说法，师儒是后去的，常监很看不起他，对他有点不大礼貌。师儒不高兴地说："和尚有重大灾难，灾难就在年末。"常监怒目圆睁说："有啥大难？不要恐吓我，我还能够自己辨认东西！"师儒说："你的灾难快到了，只要记住临近春节的几天不要出城，不要骑骏马。"常监气冲冲地走了。过了几个月，从事郑侍御新买了一匹骏马，非常豪俊，要用这匹马迎接常监。

常监曰:"此非宋师儒之言骏马子,且要骑来。"未行数里,下桥,会有负巨竹束者,掷之于地,正当马前,惊走入隘巷中。常监身曳于地,足悬于镫,行数里,人方救得。脑破,血流被体,食顷不知人事,床舁归寺。太尉及从事召宋君曰:"此可免乎?"曰:"彼院竹林中,有物未去,须慎空隙之所。"常监饮药酒,服地黄太多,因腹疾。夜起如厕,弟子不知,被一黑物推之,陷于厕中。叫呼良久,弟子方来。自颈已下,悉被沾污,时正寒,淋洗冻凛,又少顷不知人事。王太尉与从事疾召宋君,"大是奇事,今复得免否?"曰:"须得邻近有僧暴卒者,方可。"王公专令人伺之。其西屋老僧疾困而毙。王公曰:"此免矣。"曰:"须得强壮无疾者,此不得免。"数日,有少僧剃头,伤刀中风,一疾而卒。宋君曰:"此则无事也。"王公益待以厚礼,常监因与宋君亲善。出《逸史》。

## 会昌狂士

会昌开成中,含元殿换一柱,敕右军采造,选其材合尺度者。军司下鳌屋山场,弥年未构,悬重赏。有工人贪赏,穷幽扪险,人迹不到,猛兽成群,遇一巨材,径将袤丈,其长百余尺,正中其选。伐之倒,以俟三伏潦水涧流,方及谷口,千百夫运曳,始及砥平之处。两军相贺奏闻矣。净材

常监说:"这不是宋师儒所说的骏马吧,我偏要骑。"他骑马走了没几里路,要下桥,恰巧有人背着一大捆竹子走过来,把竹子扔在地上,正好就扔在马的跟前,马受惊跑进一条狭窄的胡同。常监的身子倒在地上,一只脚还挂在马镫里,拖出几里远,人才被救下来。脑袋破了,血流了全身,不一会儿就不省人事了,人们把他抬回了寺庙。太尉与从事召见宋师儒,说:"这回他的灾难可以免除了吧?"师儒说:"在他们寺院的竹林里,有个东西没有除去,他必须小心留神空隙的地方。"常监饮用药酒,服用的地黄太多了,所以坏了肚子。夜间起来上厕所,弟子不知道,他被一个黑乎乎的东西一推,掉进厕所坑里。呼叫了很久,弟子才来。常监从脖子往下,全被弄脏了,当时正是寒冷季节,淋洗的时候冻坏了,又有一阵子不省人事。王太尉与从事急忙召见宋师儒,又问道:"今天又出了这桩奇事,他的灾难能不能免除?"师儒说:"必须得有邻近的和尚突然死去了,他的灾难才能免除。"王太尉专门派人注意这件事。西屋一个老和尚病重而死,王太尉说:"这回常监的灾难可以免除了!"师儒说:"必须是身体强壮没有疾病的。这一个不算数。"过了几天,有一个年轻的和尚剃头,被刀割伤头皮中了风,一下子死去了。宋师儒说:"这一回就没有事了。"王太尉由此更加以厚礼相待宋师儒,常监也因此跟他亲近友好了。 出自《逸史》。

## 会昌狂士

在唐朝开成与会昌年间,含元殿要更换一根柱子,皇上命令右军负责采伐和制作,要选择合乎原柱尺寸的木材。军司们下到盩厔一带的山场,整整一年也没采伐到这样的树,便悬重赏广泛征求。有工人贪图重赏,不惜探幽历险,在人迹不到猛兽成群的地方,遇到一棵大树,直径有将近一丈粗,高一百余尺,正符合要求。先把它砍倒,等到三伏天雨季水大时,才被水流冲到山谷出口处,又由成百上千个人牵拉,才到河床平坦的地方。两军为找到这样的柱材欢呼庆贺,并且奏禀皇上。在刨净木材

以俟有司选日之际，欻有一狂士，状若术人，绕材太息愧咨，唧唧声甚厉。守卫者叱责，欲縻之。其人略无所惧。俄顷，主者执之，闻于君主，中外异之。听其所说："须当中锯解，至二尺见验矣。"解一尺八寸，但讶霏色红殷，至二寸血流矣。急命千百人推曳渭流听下。其人云："深山大泽，实生龙蛇。此材中是巨蟒，更十年，当出树杪而去，未闻长养于中。若为殿柱，十年后，必载此殿而之他国，吁可畏也。"言讫，失人所在。出《芝田录》。

## 唐　庆

寿州唐庆中丞栖泊京都，偶雇得月作人，颇极专谨，常不言钱，冬首暴处雪中。亲从外至，见卧雪中，呼起，雪厚数寸，都无寒色。与唐君话，深异之。唐后为榷盐使，过河中，乃别归。唐曰："汝极勤劳，吾方请厚俸，得以报尔。"又恳请，唐固留不许。行至蒲津，酒醉，与人相殴，节帅令严，决脊二十。唐君救免不得，无绪便发，厚恤酒肉。才出城，乃至，唐曰："汝争得来？"曰："来别中丞。"唐令祖背视之，并无伤处，惊甚。因语雪卧之事。遂下马与语曰："某所不欲经河中过者，为有此报。今已偿了，别中丞去。"与钱绢皆不受，置于地，再拜而逝。出《逸史》。

以等主管人员验收的时候，突然来了一个狂士，状貌好像是个懂得法术的人，他绕着木材叹息感慨，发出很大的唧唧声。守卫人员呵斥并想用绳子绑他，他却一点儿也不惧怕。过了一会儿，主管官员令人把他抓起来，报告皇上，朝廷内外的人无不感到惊异。只听他说："这棵树必须从中间锯开，锯到二尺深时就会看出端倪。"当锯到一尺八寸深时，人们惊讶地发现飞出来的木屑竟是深红色的，再往下锯二寸，便见流出来的全是血了。主管官员急忙命令千百人把它推到渭水里面，任它顺水漂去。那个狂人说："深山大川，确实生长着龙和蛇。这棵树里生长着一条巨蟒，再过十年，它就会从树梢飞出去，没听说长久养活在这里面的。如果拿它来做殿堂的柱子，十年之后，它必定会载着这座殿堂飞到别的地方去。多么可怕呀！"说完，此人就不见了。出自《芝田录》。

## 唐　庆

　　寿州唐庆中丞住在京都，偶然雇佣到一个打短工的仆人，这个人十分勤劳用心，从来不提钱的事，冬天赤身躺在风雪之中。唐庆的亲随从外面回来，看见他躺在积雪之中，便招呼他起来，地下的雪有几寸厚，他却一点儿也看不出冷的样子。亲随告诉唐君，唐庆深感惊异。唐庆后来当了榷盐使，要经过河中，此人便要告辞回家。唐庆说："你做事特别勤劳，我正要给你优厚的报酬，借以报答你。"此人又向唐庆恳求离开，唐庆坚决挽留，没有允许。走到蒲津时，此人喝醉了酒，与别人打架，节帅律令极为严格，决定打他脊背二十大板。唐君救他而不得，不高兴地出发了，给了他很多酒肉表示安慰抚恤。刚出城门，他又来见唐君，唐君说："你怎么还来？"他说："我来跟您道别。"唐君让他露出后背仔细一看，并无任何伤痕，非常惊讶。于是又说起那次躺在雪里的事。此人便下马告诉唐君说："我之所以不愿意经过河中，为的就是有此一报。如今已经偿还完毕，来告别中丞而去。"唐君送给他钱和丝绢他都不要，把这些东西放在地上，拜了两拜便消失了。出自《逸史》。

## 卢 钧

卢相国钧初及第,颇窘于牵费。俄有一仆,愿为月佣,服饰鲜洁,谨干不与常等。睹钧之乏,往往有所资。时俯及关宴,钧未办醵率,挠形于色。于是仆辄请罪,钧具以实告。对曰:"极细事耳。几郎可以处分,最先合勾当何事?"钧初疑其妄,既而将觇之,绐而命之曰:"尔若有技,吾当主宴。第一要一大第,为备宴之地。次即徐图。"其仆唯然而去,顷刻乃回,白钧曰:"已税得宅矣,请几郎检校。"翌日,钧强为观之,既而朱门甲第,拟于宫禁。钧不觉忻然,又曰:"会宴处即大如法,此尤不易张陈。"对曰:"第请选日启闻,待郎张陈,某请专掌。"钧始虑其为非,反覆诘问,但微笑不对;或意其非常人,亦不固于猜疑。暨宴除之日,钧止于是,俄睹幕帘茵毯,华焕无比,此外松竹花卉皆称是。钧之醵率毕至,由是公卿间靡不夸诧。诘朝,其仆请假给还诸色假借什物,因之一去不反。始去旬日,钧异其事,驰往旧游访之。则向之花竹,一无所有,但颓垣坏栋而已。议者以钧之仁感通神明,故为曲赞一春之盛,而成终身之美也。出《摭言》。

# 卢　钧

相国卢钧刚刚及第时，对初仕应酬之费穷于应付。不久有一个仆人，愿意给他当按月雇佣的人，这个人服饰整洁，勤谨干练都与一般仆人不同。他见卢钧贫乏无资，常常给予帮助。当时下及关试后的宴会，卢钧无法按规定的标准凑钱聚饮，急得抓耳挠腮。仆人见状便向他请罪，并问何事如此犯难，卢钧把实际情况都跟他说了。仆人说："这是件很容易的小事情。你可以计划一下，最先应该做什么事？"卢钧起初怀疑他说大话，后来则想考验一下他，便骗他道："你若有办法，我就主宴。首先要有一处大的宅院，作为置备酒宴的场所。其他事情都在其次，可以慢慢想办法。"仆人答应之后就走了，过了不长时间他就回来了，对卢钧说："宅院已经借到了，请郎官去检阅一下。"第二天，卢钧勉强去看房子，竟是一所朱漆大门的华贵宅第，可与皇宫比拟。卢钧非常高兴，又说："宴会的处所这样符合标准，这就更加不容易布置。"仆人说："请把选好的开宴日期告诉我，我可以帮助你布置，我也请求专管这件事。"卢钧开始担心他为非作歹，反复盘问，仆人只是微笑并不回答；卢钧猜测他一定是个不寻常的人，也就不再猜疑了。到了宴会那天，卢钧站在这座宅院，看见窗帘帷幕坐垫地毯之类一应俱全，华丽无比；此外，松竹花卉等装点物品也都布置得各得其所。卢钧举办的宴会都达到了规定标准，因此公卿大臣们无不夸说这次宴会办得成功，并表示惊诧。宴会的第二天早晨，仆人向卢钧请假去退还所借的各种用具物品，借机一去不回。到了第十天，卢钧对此事感到奇怪，急忙到举办宴会的旧地方查访。但原先的花竹，已经一无所有，只有一堆残破的墙壁和断折的房梁而已。议论这件事的人认为是卢钧的仁厚感动了神明，是神明暗中帮助他成全了这次盛会，而这件事便成就了他的终生美名！出自《摭言》。

# 卷第八十五

## 异人五

### 赵知微

　　九华山道士赵知微乃皇甫玄真之师，少有凌云之志，入兹山，结庐于凤皇岭前，讽诵道书，炼志幽寂，蕙兰以为服，松柏以为粮。赵数十年，遂臻玄牝，由是好奇之士多从之。玄真即申弟子礼，殷勤执敬，亦十五年。

　　至咸通辛卯岁，知微以山中炼丹须西土药者，乃使玄真来京师，寓于玉芝观之上清院。皇甫枚时居兰陵里第，日与相从，因询赵君事业。玄真曰："自吾师得道，人不见其惰容。常云：'分杯结雾之术，化竹钓鲻之方，吾久得之，固耻为耳。'去岁中秋，自朔霖霪，至于望夕。玄真谓同门生曰：'堪惜良宵而值苦雨。'语顷，赵君忽命侍童曰：'可备酒果。'遂遍召诸生谓曰：'能升天柱峰玩月否？'诸生虽唯应，而窃议以为浓阴骈雨如斯，若果行，将有垫巾角折屐齿之事。

## 赵知微

九华山道士赵知微是皇甫玄真的师傅，年轻时就怀有凌云之志，进了这座山，结庐于凤凰岭前面，整日诵读道书，锻炼心志使其幽远静寂，以蕙兰作衣服，以松柏作粮食。赵知微就这样苦修数十年，终于达到道家滋生万物的最高境界。于是天下好奇之士多跟他学道。玄真就行弟子之礼，在赵知微身边殷勤服侍，恭敬学习，也十五年了。

到唐懿宗咸通辛卯年，赵知微因为山里炼丹须用西方的药，便派玄真来到京师，住在玉芝观的上清院。皇甫枚当时住在兰陵里第，天天与玄真来往，便打听起赵知微的修道情况。玄真说："自从我师傅得了道，谁也看不见他脸上有困倦的神情。他常说：'分杯结雾之术，化竹钓鳣之方，我早就掌握了，只是不屑去干这些玩意儿罢了。'去年八月，从初一开始下大雨，直下到十五那天晚上。我对师兄弟们说：'可惜中秋良宵偏赶上苦雨下个没完。'我说完不久，师傅忽然吩咐侍童说："可以准备些酒果。"又把学生们都召到面前，问道：'能登上天柱峰去赏月吗？'大家虽然都答应了，私下里却议论，认为如此浓荫骤雨，如果真的要去，肯定有垫巾角折屐齿的事。

少顷,赵君曳杖而出,诸生景从。既辟荆扉,而长天廓清,皓月如昼。扪萝援筱,及峰之巅。赵君处玄豹之茵,诸生藉芳草列侍。俄举卮酒,咏郭景纯《游仙诗》数篇。诸生有清啸者、步虚者、鼓琴者,以至寒蟾隐于远岑,方归山舍。既各就榻,而凄风飞雨宛然,众方服其奇致。"玄真棋格无敌,黄白术复得其要妙,壬辰岁春三月归九华,后亦不更至京洛。出《三水小牍》。

### 击竹子

击竹子不言姓名,亦不知何许人,年可三十余。在成都酒肆中,以手持二竹节相击,铿然鸣响,有声可听,以唱歌应和,乞丐于人,宛然词旨皆合道意。得钱多饮酒,人莫识之。如此则十余年矣。一旦,自诣东市卖生药黄氏子家,从容谓曰:"余知长者好道,复多气义,有日矣。今欲将诚素奉讫,得否?"黄氏子曰:"君有事,但得言之。"击竹子谓曰:"我乞丐之人也,在北门外七里亭桥下盘泊。今病甚,多恐不济。若终焉之后,敢望特与烧爇。今自赍钱两贯文,充买柴用。慎勿触我之心肝,是所托也。阴骘自有相报。"因留其钱,黄氏自不取,则固留而去。

黄氏子翌日至桥下,果见击竹子卧于蒹葭之上。见黄氏子来,忻然感谢,徐曰:"余疾不起。"复与黄氏子金二斤,又曰:"昨言不用令人触我心肝则幸也,珍重且辞。"言讫而逝。黄氏子亦悯然出涕,太息者久之。遂令人易衣服,备棺敛,

不一会儿，赵君拄着拐杖出门了，众学生如影随形地紧跟在后面。打开院门，只见天空豁然晴朗，明月高照，亮如白昼。大家牵萝援竹，登上天柱峰顶。赵君坐在玄色豹皮垫子上，各位弟子分列两旁坐在芳草地上。一会儿，大家举杯饮酒，吟咏郭景纯的几篇《游仙诗》。弟子中有的清音长啸，有的唱经礼赞，有的鼓琴奏乐，直至月亮隐没在远山后面，大家才返回山舍。等各自全都躺上床榻之后，外面风雨交加，像之前一模一样，大家这才敬服师傅的奇妙道术真已登峰造极。"玄真的棋艺没有敌手，炼丹术也深得师傅的精要奥妙。他于壬辰春季三月回到九华山，以后再也没有到京师和洛阳去。出自《三水小牍》。

## 击竹子

击竹子不说姓名，也不知道他是哪里人，年龄大约有三十多岁。在成都的酒肆中，他手拿两节竹子互相敲击，铿然鸣响，有声可听，唱着歌应和，向人家乞讨，好像歌词的含义都合乎道家的意思。讨到的钱多数买酒喝了，没人了解他到底是个什么样的人。就这样已经有十多年了。有一天，他自己到东市卖药材的黄氏子家，从容地说："我知道您喜爱道家的思想，又颇重义气。今天我想把自己的心愿告诉您，不知可以吗？"黄氏子说："你若有事，只管说。"击竹子说："我是个讨饭的人，在北门外七里亭桥下落脚。现在病得很厉害，大概治不好了。如果我死在那里，万望您费心把我的尸体烧了。现在我带来的两贯钱，留作买柴用。火化的时候，当心不要碰我的心肝，这就是我对您的拜托。到了阴间自有相报。"说完便留下他的钱，黄氏自然不肯收，但他一定要留下，然后才走了。

黄氏子第二天来到桥下，果然看见击竹子躺在芦苇上。他见黄氏子来了，高兴地感谢，慢慢地说："我已经病得起不来了。"又递给黄氏子二斤金子，又说："昨天说不要叫人碰我的心肝就是我的幸运了，请你珍重所说的话。"说完就去世了。黄氏子也伤心地流了泪，叹息了好长时间：于是令人帮他换衣服、备棺材入殓，

将出于郊野,堆积柴炭,祭而焚之。即闻异香馥郁,林鸟鸣叫。至晚,只余其心,终不燃烬,复又其大如斗。黄氏子收以归城,速语令人以杖触之,或闻炮烈,其声如雷,人马皆骇。逡巡,有人长尺余,自烟焰中出,乃击竹子也。手击其竹,嘹然有声,杳杳而上。黄氏子悔过作礼,众人皆叹奇异。於戏!得非不触其心,复在人间乎?触其心,便可上宾乎?复欲于黄氏子显其蜕化乎?始知成都乃神仙所聚之处,如击竹子者,亦以多矣。大凡不可以贫贱行乞之士而轻易者焉。出《野人闲话》。

## 张 濬

黄巢犯阙,僖宗幸蜀。张濬白身未有名第,时在河中永乐庄居。里有一道人,或麻衣,或羽帔,不可亲狎。一日张在村路中行,后有唤:"张三十四郎,驾前待尔破贼。"回顾,乃是此道人。濬曰:"一布衣尔,何阶缘而能破贼乎?"道者勉其入蜀。时濬母有疾,未果南行。道者乃遗两粒丹曰:"服此可十年无恙。"濬得药奉亲,所疾痊复。后历登台辅,道者亦不复见。破贼之说,何其验哉! 出《北梦琐言》。

## 金州道人

金统水在金州。巢寇犯阙之年,有崔某为安康守,大驾已幸岷峨。惟金州地僻,户口晏如。忽有一道人诣崔言事曰:"方今中原版荡,乘舆播迁,宗社陵夷,鞠为茂草,

将要抬到郊外，堆好柴炭，祭奠之后点火焚化。这时立即闻到一股奇异的香味，招引得林中禽鸟叫个不停。烧到晚上，只剩下心脏，一直烧不化，又膨胀得像斗那样大。黄氏子把它收拾起来要回城，急忙叫人用棍子去碰那个心脏，有人忽然听到像炮火爆炸一样，发出雷鸣般的声响，人马皆惊。过了一会儿，有个身高一尺多的人，从烟火里走了出来，原来就是击竹子。他敲着手里的竹子，发出响亮的声音，飘飘然飞上天空。黄氏子后悔不已，忙叩头行礼；众人都惊叹奇异。呜呼！如果不去碰他的心脏，他还能在人间吗？碰了他的心脏，他就可以升天成仙吗？还是他要通过黄氏子来显示和实现自己蜕化升天的愿望呢？我们才知道成都乃是神仙汇集的地方。像击竹子一样的人，实在多得很。大概人们不应因为是贫贱乞讨的人而去轻视他们呵！ 出自《野人闲话》。

## 张 濬

黄巢起事攻占长安时，唐僖宗逃难到了蜀地。张濬当时是个没有及第没有官位的平民，当时住在河中永乐庄。村里有个道人，有时身穿麻衣，有时身着羽帔，都不敢接近他。一天，张濬在村路上行走，背后有人喊道："张三十四郎，皇上那边等你去破贼寇呢！"回头一看，原来是那个道人。张濬说："我只是一个平民百姓，哪有什么机缘去破贼呢？"道人勉励他去蜀地，当时张濬的母亲正有病，所以没有去成。道士送给他两粒丹药，说："吃了这两粒药，可以保证十年之内不生病。"张濬得了药送给母亲，吃了后立即痊愈了。后来张濬历登三公、宰相之位，这个道人再也没有见到了。当时道人的破贼之说，多么灵验啊！ 出自《北梦琐言》。

## 金州道人

金统河在金州境内。黄巢的军队进犯京城的那一年，有个崔某镇守安康，皇帝已避难到了四川岷山峨眉山一带。只有金州因地处偏僻，居民仍和以前一样。忽然有个道人到崔某那里说："眼下中原动荡不定，皇上的车驾已经迁移，宗社遭受践踏，祖坟上长了荒草。

使君岂无心殄寇乎？"崔曰："泰山既颓，一木揭之可乎？"客曰："不然，所言殄者，不必以剑戟争锋，力战原野。"崔曰："公将如何？"客曰："使君境内有黄巢谷金统水，知之乎？"曰："不知，请询其州人。"州人曰："有之。"客曰："巢贼禀此而生，请使君差丁役，赍畚锸，同往掘之，必有所得。"乃去州数百里，深山中果有此名号者。客遂令寻源而剧之，仍使断其山冈，穷其泉源。泉源中有一窟，窟中有一黄腰人，既逼之，遂举身自扑，呦然而卒。穴中又获宝剑一。客又曰："吾为天下破贼讫。"崔遂西向进剑及黄腰，未逾剑利，闻巢贼已平，大驾复国矣。出《王氏见闻录》。

## 李　生

中和末，有明经李生应举如长安，途遇道士同行宿，数日，言意相得。入关相别，因言黄白之术。道士曰："点化之事，神仙浅术也。但世人多贪，将以济其侈，故仙道秘之。夫至道不烦，仙方简易，今人或贵重其药，艰难其事，皆非也。吾观子性静而寡欲，似可教者。今以方授子，趣以济乏绝而已。如遂能不仕，亦当不匮衣食。如得禄，则勿复为，为之则贪也，仙道所不许也。"因手疏方授之而别。方常药草数种而已。每遇乏绝，依方为之，无不成者。

使君难道无心去平灭贼寇吗?"崔某说:"泰山都倒了,一根柱子能顶起来吗?"道人说:"不是这个意思。我所说的平灭贼寇,不一定就是持剑拿戟去争高低,与敌人征战在疆场上。"崔某说:"那你要我怎样呢?"道人说:"你管辖的地区内有一条黄巢谷金统河,知道吗?"崔某说:"不知道。请询问一下金州人。"金州人说:"有这么条金统河。"道人说:"黄巢逆贼依靠它才能生存。请你差遣壮丁和差役,带上畚箕和铁锹,一块儿去挖掘,肯定会有收获。"他们便带人到了离金州城几百里的地方,在深山中果然有一条叫金统河的。道人便让大家寻找源头把它断掉了,再让人挖断山冈,一直挖到泉源。在泉源中发现有一个洞,洞里有一个黄腰人,当人们靠近后,他就自己纵身扑倒在地,"呦"的叫了一声就死了。在洞穴里还找到一把宝剑。道人说:"我为天下破除贼寇的事情,现在已经完成了。"崔某于是向西进献宝剑及黄腰人,还没走到剑阁和利州,便听到黄巢贼寇已被平定,皇上已经恢复了天下。出自《王氏见闻录》。

## 李　生

唐僖宗中和末年,有个李生要到长安去参加明经科考试,途中遇见一个道士与他一同赶路住宿,相处多日,两人言语脾气很投机。入关相别时,顺便说起炼丹术。道士说:"炼丹点化金银一事,在神仙看来是小技。但世上的人大都很贪婪,用它来满足过分的欲望,所以成仙得道的人便对此严守秘密。事实上,最高的道术并不烦琐,神仙的妙方也很简易,当今人们或以为炼丹之药多么贵重,或认为炼丹技术如何艰难,都是不对的。我看你的性情恬淡寡欲,好像可以教授。现将秘方教给你,希望以此方解救你的困乏而已。如果不能及第享受官禄,靠了此方也不会缺少衣食。如能得到官位利禄,就不要再使用此方,再用就是贪婪,这是仙道不允许的。"道士在手上将秘方一条条教授给他,然后分手告别。药方只有平平常常的几种药草而已。每当陷入困境时,李生按照此方配制,没有不成功的。

后及第,历州县官,时时为之,所得转少。及为南昌令,复为之,绝不成矣。从子智脩为沙门,李以数丸与之,智脩后游钟离,止卖药家。烧银得二十两,以易衣。时刘仁轨为刺史,方好其事,为人所告,遁而获免。出《稽神录》。

## 徐明府

金乡徐明府者,隐而有道术,人莫能测。河南刘崇远,崇龟从弟也,有妹为尼,居楚州。常有一客尼寓宿,忽病劳,瘦甚且死。其姊省之,众共见病者身中有气如飞虫,入其姊衣中,遂不见。病者死,姊亦病。俄而刘氏举院皆病,病者辄死。刘氏既函崇远求于明府。徐曰:"尔有别业在金陵,可致金陵绢一匹,吾为尔疗之。"如言送绢讫。翌日,刘氏梦一道士执简而至,以简遍抚其身,身中白气腾上如炊。既寤,遂轻爽能食,异于常日。顷之,徐封绢而至,曰:"置绢席下,寝其上即差矣。"如其言遂愈。已而视其绢,乃画一持简道士,如所梦者。出《稽神录》。

## 华阴店妪

杨彦伯,庐陵新淦人也,童子及第,天复辛酉岁,赴选,至华阴,舍于逆旅。时京国多难,朝无亲识,选事不能如期,意甚忧闷。会豫章邸吏姓杨,乡里旧知,同宿于是,因教己云:"凡行旅至此,未尝不祷金天,必获梦寐之报。

后来考试及第，历任州县官吏，李生还时常运用此方，但是所得变少了。等他做了南昌县令时，再运用此方，一次都没成功过。李生的侄儿智脩是出家修道的人，李生曾把几丸仙丹给他，智脩后来云游到钟离，住在卖药的家里。炼丹得到二十两银子，用来换了几件衣服。当时刘仁轨当刺史，正喜好炼丹这件事，智脩被人告发了，后因潜逃才未被捉到。出自《稽神录》。

## 徐明府

　　金乡徐明府，有道术但不显露，别人都捉摸不透他。河南的刘崇远，是崇龟的堂弟，有个妹妹出家为尼，住在楚州。曾有个外地的尼姑寄住在她那里，忽然患了痨病，非常消瘦，快要死了。她的姐姐看望她，大家都看到病人体内有一缕气体像飞虫一样，钻进她姐姐的衣服里便不见了。病人死后，姐姐也病了。不久刘氏所在尼姑庵的人都病了，得了病就死了。刘氏写信给崇远让他去求徐明府，徐明府说："你有座别墅在金陵，可以送给我金陵的绢一匹，我给你治疗。"照他说的送了丝绢。第二天，刘氏梦见一个道士拿着书简来到面前，道士用书简在她身上抚动，她的体内有一股白气往上升腾，好像炊烟。睡了一觉醒来后，便觉得轻松清爽，能吃饭了，与往日大为不同。没多久，徐明府拿着送来封好的丝绢来到刘氏身旁，说："把丝绢放在床席下面，睡在上面病就会痊愈。"刘氏按他的话办，疾病果然好了。后来看看那块丝绢，上面画的是一个手持书简的道士，就像梦里看见的那个道士一样。出自《稽神录》。

## 华阴店姬

　　杨彦伯，庐陵新淦人，童子及第，唐昭宗天复辛酉年，赴京候选，到华阴后，住在客店里。当时京城多难，朝中没有亲朋熟人，选用的事不能按期举行，彦伯心里颇为忧闷。恰好有个豫章邸吏姓杨，是彦伯的同乡旧识，也在这家客店住宿，便教给彦伯说："凡行旅之人到了这里，没有不祈祷金天的，之后必能得梦寐之报。

纵无梦,则此店之姬亦能知方来事,苟获一言,亦可矣。"彦伯因留一日,精意以祠之,尔夕竟无梦。既曙,店姬方迎送他客,又无所言。彦伯愈怏怏,将行,复失其所着鞋,诘责童仆甚喧。既即路,姬乃从而呼之曰:"少年何其喧耶?"彦伯因具道其事。姬曰:"嘻,此即神告也。夫将行而失其鞋,是事皆不谐矣。非徒如此而已也,京国将有乱,当不可复振,君当百艰备历,然无忧也,子之爵禄皆在江淮,官当至门下侍郎。"彦伯因思之,江淮安得有门下侍郎?遂行至长安。适会大驾西幸,随至岐陇。梁寇围城三年,彦伯辛苦备至。驾既出城,彦伯逃还吉州。刺史彭珍厚遇之,累摄县邑。伪吴平江西,复见选用,登朝至户部侍郎。会临轩策命齐王,彦伯摄门下侍郎行事。既受命,思店姬之言,大不悦,数月遂卒。出《稽神录》。

## 李　客

李客者,不言其名,常披蓑戴笠,系一布囊,在城中卖杀鼠药,以一木鼠记。或有人买药,即曰:"此不惟杀鼠,兼能疗人众病。但将伴餐之,即愈。"人恶其鼠药,少有服饵者。有百姓张赞,卖书为业。父年七十余,久患风疾。一日因鼠啮其文字数卷,赞甚怒,买药将以饲鼠。赞未寝,灯下见大鼠数头出,争食之,赞言必中其毒,倏忽俄见皆有羽翼,望门飞出。赞深异之,因就李客语之。客曰:"应不是鼠,汝勿诞言。"

即使没有梦，这家客店的老板娘也能知道未来的事，如能从她那里得到一句话，也可以。"彦伯便在客店留了一天，诚心诚意地做了祈祷，但那天晚上竟然没有做梦。天亮后，老板娘正忙着迎送其他客人，又没对他说什么话。彦伯更加郁闷，正要起程，又丢失了穿的鞋，便大声吵着责问童仆。上路后，老板娘才跟在后面喊他道："年轻人因什么事情这样吵闹？"彦伯便把自己的事情都告诉了她。老板娘说："噢，这是神灵在告诫你呀。要出门而丢失了自己的鞋，就是诸事都不顺利。不只是这样，京城里面将要发生祸乱，应该不能重新振兴；你会历经千难万险，然而不必担忧，你的官爵利禄都在江淮，官位会升到门下侍郎。"彦伯便想，江淮哪会有什么门下侍郎？于是登程到了长安。正赶上皇帝避乱西迁，他随着到了岐陇。梁军围城三年之久，彦伯备尝艰难困苦。皇帝出城之后，彦伯逃回了吉州。刺史彭珍给他优厚的待遇，屡次让他充任县令。伪吴国平定江西后，彦伯又被选用，进入朝廷当了户部侍郎。恰逢临轩策命齐王，彦伯又代理门下侍郎行事。受命之后，彦伯想起客店老板娘所说的话，极不愉快，几个月之后便死了。出自《稽神录》。

## 李 客

有个姓李的流浪人，不说自己叫什么名字，常常身披蓑衣头戴斗笠，腰里拴着个布口袋，在城里卖灭鼠药，用一个木老鼠作标记。如有人来买药，他就说："此药不仅能杀死老鼠，同时还能治疗人的百病。只要将它伴着饭一起吃下去，就能药到病除。"人们厌恶它是耗子药，很少有服用的。有个老百姓叫张赞，以卖书为业。父亲七十多岁了，久患风湿病。一天，因为老鼠咬坏了几卷书，张赞气坏了，就去买药准备来喂老鼠。晚上张赞还没有睡觉，在灯光下看见几只大老鼠从洞里钻出来，争着去吃鼠药，张赞心说这几只老鼠肯定中毒，但转眼之间便见它们都生出翅膀，朝着门口飞出去了。张赞对此事深感惊异，便去找李客说了这件事。李客说："该不是老鼠，你不要胡说。"

赞更求药,言已尽矣,从此遁去。其父取鼠残食之,顿觉四体能屈伸,下床履步如旧日。出《野人闲话》。

## 蜀城卖药人

前蜀嘉王颀为亲王镇使,理廨署得一铁镜,下有篆书十三字,人莫能识。命工磨拭,光可鉴物,挂于台上,百里之内并见。复照见市内有一人弄刀枪卖药,遂唤问此人。云:"只卖药,元不弄刀枪。"嘉王曰:"吾有铁镜,照见尔。"卖药者遂不讳,仍请镜看。以手劈破肚,内镜于肚中,足不著地,冉冉升空而去,竟不知何所人。其篆列之如左:

"䫆䫮丗𤣻㳂水䶮龖𰅜鈘刅辿鱻。"出《玉溪编事》。

## 刘处士

张易在洛阳,遇处士刘某,颇有奇术。易恒与之游。刘尝卖银与市中人,欠其直。刘从易往索之,市人既不酬直,且大骂刘。刘归,谓易曰:"彼愚人不识理于是,吾当小惩之。不尔,必将为土地神灵之所重谴也。"既夜,灭烛就寝。刘床前炽炭烧药。易寐未熟,暗中见一人,就炉吹火。火光中识其面,乃向之市人也,迨曙不复见。易后求之,问市人,云:"一夕梦人召去,逼使吹火,气殆不续,既寤,唇肿气乏,旬日乃愈。"刘恒为河南尹张全义所礼,会与梁太祖食,思鱼鲙。全义曰:"吾有客,能立致之。"即召刘。刘使掘小坎,汲水满之,垂钓良久,即获鱼数头。

张赞再跟他求药,他说已经卖完了,从此这个人就消失不见了。张赞的父亲把老鼠吃剩的药拿来吃了,顿时感觉四肢能够屈伸了,像原来那样能下床走路了。<sub>出自《野人闲话》。</sub>

## 蜀城卖药人

前蜀嘉王刚被任为亲王镇使,在修理官署时得到一面铁镜,镜下有十三个篆字,没有人能认识。嘉王命人擦拭干净后,光亮得可以照见东西,把它挂在高台上,一百里之内都能照得见。再照就看见市内有个人正在舞弄刀枪卖药,于是召唤盘问此人。这个人说:"他只是卖药,没有玩弄刀枪。"嘉王说:"我有铁镜子,照见你了。"卖药人于是不再隐瞒,向嘉王要镜子看看。镜子递给他后,他用手掌劈开自己的肚子,便把镜子放进肚子里,脚不着地,慢慢升空而去,终究不知道他是什么地方的人。那些篆文列在下面:"𩦡𩦶𠀟𨑹𣲗𣱱𣺟𣺫𦋻𠋽𨑵𨒪𧰼。"<sub>出自《玉溪编事》。</sub>

## 刘处士

张易在洛阳,遇到处士刘某,刘处士颇有奇异的法术。张易总跟他一起游玩。刘处士曾经卖银子给一个商人,那人欠他的钱。刘跟着张易去要钱,这个商人不但不还钱,还破口大骂刘处士。刘处士回来后,对张易说:"那个笨蛋如此不懂道理,我应当小小地惩罚他一下。不这样的话,他必将受到本地神灵严重的谴责。"到了夜晚,吹灭蜡烛上床就寝。刘在床前烧炭熬药。张易没有睡着,黑暗中他见有一人对着炉子吹火,借着火光能识别这个人的面孔,乃是原先的那个商人,到天亮时这个人就看不见了。张易后来找到了他,问这个商人,他回答说:"一天晚上梦见被人召唤了去,逼着让我吹火,吹得喘不上气,醒来之后,嘴唇肿胀气力贫乏。过了十天才痊愈了。"刘处士经常受到河南尹张全义的礼遇,有一次赶上张全义与梁太祖一起就餐,他们想吃鱼鲙。张全义说:"我有位客人,他能马上弄到。"就把刘处士招呼了去。刘让人掘了个小坑,提水把坑灌满,垂钓了很久,得到几条鱼。

梁祖大怒曰："妖妄之甚者也。"即杖背二十，械系于狱，翌日将杀之，其夕亡去。刘友人为登封令，其日至县，谓令曰："吾有难，从此逝矣。"遂去，不知所之。出《稽神录》。

## 张 武

张武者，始为庐江道中一镇副将，颇以拯济行旅为事。尝有老僧过其所，武谓之曰："师年老，前店尚远，今夕止吾庐中可乎？"僧忻然。其镇将闻之怒曰："今南北交战，间谍如林，知此僧为何人，而敢留之也。"僧乃求去。武曰："吾业已留师，行又益晚，但宿无苦也。"武室中唯有一床，即以奉其僧，己即席地而寝。盥濯之备，皆自具焉。夜数起视之。至五更，僧乃起而叹息，谓武曰："少年乃能如是耶？吾有药，赠子十丸，每正旦吞一丸，可延十年之寿，善自爱。"珍重而去，出门忽不见。武今为常州团练副使，有识者计其年已百岁，常自称七十，轻健如故。出《稽神录》。

## 茅山道士

茅山道士陈某，壬子岁游海陵，宿于逆旅。雨雪方甚，有同宿者，身衣单葛，欲与同寝，而嫌其垢弊，乃曰："寒雪如此，何以过夜？"答曰："君但卧，无以见忧。"既皆就寝。陈窃视之，见怀中出三角碎瓦数片，炼条贯之，烧于灯上。俄而火炽，一室皆暖，陈去衣被乃得寝。未明而行，

梁太祖大怒道:"你这种妖术太狂妄了!"当即在刘的背上打了二十棍子,又给他戴上枷锁关在牢狱里,第二天就要把他杀掉,他却在当天夜里逃走了。刘处士有个朋友是登封县令,那天他来到县里,对县令说,"我现在有灾难,从此要消失了。"说完便离开了,不知去了什么地方。出自《稽神录》。

## 张　武

张武,起初是庐江道中一个镇的副将,他把拯救和接济行旅之人看成事业。曾经有个老和尚路过他的住所,张武对他说:"师傅年纪大了,前面的客店离这里还很远,今晚上就住在我家里可以吗?"和尚很高兴。这个镇的镇将听说后气愤地说:"当今南北交战,到处都是间谍。你知道这个和尚是什么人,竟敢把他留下!"和尚听后便请求离去。张武说:"我已经留下了师傅,再说现在要走又太晚了。只管睡在这里,不要苦恼。"张武卧室里只有一张床,他便把这张床让给和尚,自己就睡在地上。洗漱用具,都亲自为他准备好。夜间几次起来照看他。到五更时,和尚便起来在那里叹息,他对张武说:"年轻人竟能这样子,实在难得。我有药,赠给你十丸,每年正月初一吞一丸,可以延长十年的寿命。你要好好地爱护自己。"道一声珍重便走了,出了房门忽然不见了。张武现在是常州团练副使,有认识他的人估计他的年龄已有百岁了,他常常自称七十岁,跟过去一样轻捷矫健。出自《稽神录》。

## 茅山道士

茅山道士陈某,在壬子年云游海陵时,住在客店里。天正下大雪,有个与他同住的人,身上还穿着单衣,想与陈某在一块儿睡,陈某嫌他身上太脏太破,便说:"寒雪这么大,怎么熬过这一夜呢?"那个人回答道:"您只管躺下,用不着担忧。"两人都睡下之后,陈某偷偷地看那个人,见他从怀里掏出几片三角形碎瓦片,用链子串起来它们,拿到灯上烧烤。一会儿火便燃烧得很旺,整个屋里都暖和和的,陈某掀掉身上的衣被才能入睡。没到天亮这个人就走了,

竟不复也。出《稽神录》。

### 逆旅客

　　大梁逆旅中有客,不知所从来。恒卖皂荚百茎于市,其荚丰大,有异于常。日获百钱,辄饮而去。有好事者知其非常人,乃与同店而宿。及夜,穴壁窥之。方见锄治床前数尺之地甚熟,既而出皂荚实数枚种之。少顷即生,时窥之,转复滋长,向曙则已垂实矣。即自采掇,伐去其树,锉而焚之。及明携之而去。自是遂出,莫知所之。出《稽神录》。

### 教坊乐人子

　　教坊乐人有儿年十余岁,恒病,黄瘦尤甚。忽遇一道士于路,谓之曰:"汝病食症耳,吾能疗之。"因袖中出药数丸使吞之。既而复视袖中曰:"嘻,误矣。此辟谷药也。自此当不食,然病亦瘳矣。尔必欲食,尝取少木耳食之。吾他日复以食症药遗尔也。"遂去。儿归一二日,病愈。然其父母恒以不食为忧,竟逼使饵木耳,遂饭啖如故。已而自悔曰:"我饵仙药而不自知。道士许我复送药来,会当再见乎?"因白父母,求遍历名山,寻访道士。母不许,其父许之曰:"向使不愈,今亦死矣。既志坚如此,或当有分也。"遂遣之,今不知所在。出《稽神录》。

一直没有再回来。出自《稽神录》。

## 逆旅客

大梁一家客店里住着一个客人，不知是从哪里来的。经常在集市上卖皂荚百茎，他的皂荚特别丰满肥大，跟平常皂荚不一样。每天能卖一百个钱，买了酒喝完就走。有好事者知道他不是寻常人，便跟他到同一个客店里住宿。到了夜晚，在墙上掏了个小洞偷偷地观察他。只见他非常熟练地用锄头整治床前几尺见方的土地，然后拿出几颗皂荚种子种在土里。不大一会儿就生长出皂荚小苗，他不断地观察这幼苗，幼苗迅速生长，天亮时就已挂满了果实。他立即动手采摘，把皂荚树伐倒，劈碎烧了。到天亮便带上皂荚出了门。从此他就走了，没人知道他去了什么地方。出自《稽神录》。

## 教坊乐人子

教坊乐人有个儿子十多岁了，总生病，长得又黄又瘦。有一天，他忽然在路上碰见一个道士，对他说："你的病属于食症，我能治疗它。"便从袖中拿出几丸药叫他吞了下去。然后又看了看袖筒里说："嘚！弄错了。给你吃的是辟谷药。从此你不应当再吃饭了，但你的病也好了。你如果一定要吃东西，就试着取少许木耳吃。我改日再来送给你治食症的药。"说完就走了。儿子回家后一两天，病就好了。但他的父母总是为他不吃饭担忧，竟逼着他吃木耳，于是又跟从前一样地吃起饭来。过了一段时间，儿子自己悔悟道："我吃了仙药自己还不知道。道士答应我还送药来，能够再见到他吗？"想到这里便告诉父母，自己要遍求名山，去寻访那位道士。母亲不允许，父亲同意他这样做，说："原先如果病治不好，到现在也死了。既然志向如此坚定，或许应该是有缘分吧！"于是就让儿子出去寻找道士，现在也不知道他在什么地方。出自《稽神录》。

## 蒋舜卿

光州检田官蒋舜卿,行山中,见一人方采林檎一二枚,与之食,因尔不饥。家人以为得鬼食,不治将病。求医甚切,而不能愈。后闻寿春有叟善医,乃往访之。始行一日,宿一所旅店,有老父问以所患,具告之。父曰:"吾能救之,无烦远行也。"出药方寸匕服之,此二林檎如新。父收之去,舜卿之饮食如常。既归,他日复访之,店与老父俱不见矣。出《稽神录》。

## 蒋舜卿

光州检田官蒋舜卿,在山里行走,碰见一个人刚摘了一两枚林檎果,给他吃了。从此他就不饿了。家里人认为他是吃了鬼食,不治疗就会得病。他求医很迫切,但是一直治不好。后来听说寿春有个老头儿医道高明,蒋舜卿就去拜访他。刚走了一天,晚上住宿在一家旅店里,有个老翁问他患的是什么病,舜卿把病情告诉了他。老翁说:"我能救你,用不着走那么远。"他拿出一寸见方的药让舜卿用汤勺服了下去,这两个林檎果便吐了出来,就跟新的一样。老人将这两个林檎果收了起来,舜卿的饮食又恢复原状。舜卿回家后,过了几天又去看望老人,旅店与老翁都不见了。出自《稽神录》。

# 卷第八十六
## 异人六

### 黄万祐

　　黄万祐修道于黔南无人之境，累世常在。每三二十年一出成都卖药，言人灾祸无不神验。蜀王建迎入宫，尽礼事之。问其服食，皆秘而不言。曰："吾非神仙，亦非服饵之士。但虚心养气，仁其行，鲜其过而已。"问其齿，则曰："吾只记夜郎侯王蜀之岁，蚕丛氏都郫之年，时被请出。尔后乌兔交驰，花开木落，竟不记其甲子矣。"忽一日，南望嘉州曰："犍为之地，何其炎炎，请遣人赴之。"如其言，使至嘉州，市肆已为瓦砾矣。后坚辞归山，建泣留不住，问其后事，皆不言之。既去，于所居壁间见题处曰："莫交牵动青猪足，动即炎炎不可扑。鸳兽不欲两头黄，黄即其年天下哭。"智者不能详之。至乙亥年，起师东取秦、凤诸州。报捷之际，

## 黄万祐

　　黄万祐在贵州南部没有人烟的地方修道，经过几代人了一直在那个地方。每隔二三十年出来到成都去卖药。他说起人的灾祸，没有不神奇地应验的。前蜀王建把他迎接进宫，尽一切礼节来侍奉他。问他服用的是什么药物，他都秘而不言，说："我不是神仙，也不是服用药饵的道士。只是虚心寡欲地养气，行仁事，少做过错的事而已。"问他多大岁数了，他则说："我只记得夜郎侯做蜀国国王的那年，蚕丛氏以郫为都城的那年，当时曾经被请去。从那以后，太阳与月亮交替出现，花开叶落，到底有多少年也记不得了。"忽然有一天，他朝南远望着嘉州说："犍为那个地方，怎么那么热啊，请派人赶去看看！"照他说的话，派人到了嘉州，城里店铺已被烧成一片瓦砾了。后来他坚持要告辞回山，王建哭着挽留也留不住，问他以后的事，他什么也不说。黄万祐走了之后，在他住处的墙上发现题着下面几句诗："莫交牵动青猪足，动即炎炎不可扑。鸷兽不欲两头黄，黄即其年天下哭。"聪明的人也不能详细弄懂其中的含义。到了乙亥年，蜀国兴兵东伐，攻占了秦、凤各个州。正在报告胜利消息的时候，

宫内延火，应是珍宝帑藏并为煨烬矣。乃知太岁乙亥，是为青猪，为焚爇之期也。后三年，岁在戊寅土而建姐。方知寅为鹜兽，干与纳音俱是土，土黄色，是以言鹜兽两头黄，此言不差毫发。出《录异记》。

## 任三郎

凤州宾祐王鄜员外，时在相国满存幕中筹画，宾佐最为相善。有客任三郎者在焉，府中僚属咸与之相识，而独亲于王。居无何，忽谓王曰："或有小失意，即吾子之福也。"又旬月，王忽失主公意，因称疾百余日。主公致于度外，音问杳绝。任亦时来，一日谓王曰："此地将受灾，官街大树自枯，事将逼矣。叶堕之时，事行也。速求寻医，以脱此祸。"王以主公之怒未息，深以为不可。任曰："但三贡启事，必有指挥。"如其言，数日内三贡启，乞于关陇已来寻医。

果使人传旨相勉，遽以出院例钱匹段相遗，倍厚于常。王乃入谢，留宴，又遗彩缬锦绣之物及其家。不旬，即促行北去。满相于郊外宴饯。临歧之际，仅二百余人。五六日至吴山县偶居，又十日至凤州。人言已军变矣，满公归褒中，同院皆死于难，王独免其祸。又其年至长安开化坊西北角酒肆中，复见任公。问其所舍，再往谒之，失其所在矣。出《录异记》。

宫内连续起火，一应珍宝钱财等收藏的国宝，统统化为灰烬了。这才知道太岁纪年乙亥之年，正是青猪年，是起火焚烧的日期。过了三年，岁在戊寅土，王建逝世。这才知道寅（生肖为虎）为鸷兽，天干"戊"和纳音"戊寅"五行都属土，土是黄色的，因此说鸷兽两头黄。黄万祐的预言，分毫不差。出自《录异记》。

## 任三郎

凤州宾祐王鄷员外，当时在相国满存的幕府中做事，幕僚们跟他处得很好。有个门客任三郎也在相国幕府，府中幕僚们都跟他相识，但他只亲近王鄷。住了不多久，任三郎忽然对王鄷说："你可能要有小失意的事，这正是你的福分呀！"又过了一个月，王鄷忽然失去主公的关照，便请了一百余天病假。满相国已把此事置之度外，也不追问他的消息。任三郎仍然常到他这里来，一天他对王鄷说："此地要遭受灾难，大街上的大树要自行干枯，祸事快要发生了。落叶的时候，就要出事。快去请求相国找人医治，以解除这场灾祸。"王鄷以为相国的气还没消，认为这时跟他说此事太不合适。任三郎说："这次是三贡起事，一定有人指挥。"果然像他说的，几天之内三贡请求救于关陇，已来寻救治之方。

果然派人传旨勉励他，又急忙拿出院例钱匹赠给他，比平常加倍厚待他。他到相府道谢，相国设宴招待他，又赠各种珍贵的丝织品给他家人。不到十天，就催他立即启程往北方去。满相国在郊外设宴为他饯行。分手的时候，送行的有二百人之多。走了五六天来到吴山县租房子住了下来，又走了十天到达凤州。人们都说已经发生军变了，满相国已经回到襄中老家。与王鄷同院的人都死于战乱，只有王鄷一人免祸。那一年他来到长安开化坊西北角的酒店里，又见到了任公。王鄷打听了他的住处，再去拜访他时，已不知道他到哪里去了。出自《录异记》。

## 黄 齐

黄齐者,蜀之偏裨也。常好道,行阴功有岁年矣。于朝天岭遇一老人,髭发皎白,颜色㰅孺,肌肤如玉。与之语曰:"子既好道,五年之后,当有大厄,吾必相救。勉思阴德,无退前志。"其后齐下峡,舟船覆溺,至滩上,如有人相拯,得及于岸。视之,乃前所遇老人也,寻失所在。自是往往见之。忽于什邡县市中相见,召齐过其所居。出北郭外,行栖林中,可三二里,即到其家。山川林木,境趣幽胜。留止一宿,及明,相送出门,已在后城山内,去县七十余里。既归,亦话于人。出《录异记》。

## 王处回

王侍中处回常于私第延接布素之士。一旦有道士,庞眉大鼻,布衣缞缕,山童从后,擎柱杖药囊而已,造诣王公。于竹叶上大书"道士王挑杖奉谒"。王公素重士,得以相见,因从容致酒。观其谈论,清风飒然。处回曰:"弟子有志清闲,愿于青城山下致小道院,以适闲性。"道士曰:"未也。"因于山童处取剑,细点阶前土广尺余,囊中取花子二粒种子,令以盆覆于上。逡巡去盆,花已生矣,渐渐长大,颇长五尺已来,层层有花,烂然可爱者两苗。尊师曰:"聊以寓目适性,此则仙家旌节花也。"命食不餐,唯饮数杯而退。曰:"珍重,善为保爱。"言讫而去,出门不知所之。

## 黄　齐

黄齐是蜀国的一员偏将，爱好道家学说，善积阴德已有很多年了。他在朝天岭遇见一个老人，此人须发雪白，脸色像小孩，肌肤如玉。他对黄齐说："你既然爱好道学，五年之后，会有大难，我一定会救你。你要尽力积阴德，不要改变原来的志向。"后来，黄齐沿江路过巫峡，船翻了掉到水里，被水冲到石滩上，好像有人相救一样，很顺利地到了岸边。睁眼一看，救自己上岸的正是过去遇见的那个老人。转眼之间，老人就在原地不见了。从此之后，黄齐又常常见到他。有一天，两人偶然在什邡县城里相见，老人招呼黄齐到自己住的地方去。出北城外，穿过桤木林，走了约二三里，便到了老人的家。那里山川林木，环境幽静别致。老人留他在家里住了一宿，到天亮后，送他走出家门，却已站在后城山里了，这里离县城有七十多里远。回去之后，黄齐也把自己的这次见闻告诉了别人。出自《录异记》。

## 王处回

侍中王处回常常在自己家里接待一些没有官禄的读书人。一天有一位道士，浓眉毛大鼻子，穿着破旧的衣服，背后跟着个山童，举着柱杖药囊之类，来拜见王公。在竹叶上写道："道士王挑杖前来拜见！"王处回一向看重读书人，便与道士相见，从容饮酒。看这个道士的言谈，清爽洒脱。王处回说："弟子有志于清闲，想在青城山下修造一座小小的道院，以满足自己闲适的心性。"道士说："不要这样做。"他便从山童处取过一把剑，仔细地翻动阶前一尺多见方的土地，从口袋里取出两粒花籽种下去，叫人用盆扣上。过了一会儿把盆拿走后，花已经长出来了，只见它渐渐长大，足有五尺来高，每层叶子都开出花朵，其中有两朵灿烂夺目，格外可爱。这位道士说："聊以寓目适性，这是仙家的旌节花。"王处回命人给道士摆上饭，他也不吃，只喝了几杯酒就告退，说："请你多多保重，好好保全爱护自己。"说完就走了，出了门不知去了什么地方。

后王公果除二节镇,方致仕。自后往往有人收得其花种。出《野人闲话》。

## 天自在

利州市廛中,有一人,被发跣足,衣短布襦。与人语,多说天上事。或遇纸笔,则欣然画楼台人物,执持乐器,或云龙鸾凤之像。夜则宿神庙中。人谓之天自在。州之南有市,人甚阗咽。一夕火起,烟焰亘天。天自在于庙中独语曰:"此方人为恶日久,天将杀之。"遂以手探阶前石盆中水,望空浇洒。逡巡有异气自庙门出,变为大雨,尽灭其火。掌庙者往往与人说之,天自在遂潜遁去。其后居人果为大火漂荡,始信前言有征。出《野人闲话》。

## 掩耳道士

利州南门外,乃商贾交易之所。一旦有道士,羽衣缦缕,来于稠人中,卖葫芦子种。云:"一二年间,甚有用处。每一苗只生一颗,盘地而成。"兼以白土画样于地以示人,其模甚大。逾时竟无买者,皆云:"狂人不足可听。"道士又以两手掩耳急走,言:"风水之声何太甚耶?"巷陌孩童,竞相随而笑侮之,时呼为掩耳道士。至来年秋,嘉陵江水一夕泛涨,漂数百家。水方渺渺,众人遥见道士在水上,坐一大瓢,出手掩耳,大叫:"水声风声何太甚耶?"泛泛而去,莫知所之。出《野人闲话》。

后来王处回果然被任为两个节镇的节度使,才辞官退休。自此之后,常常有人收到那"旌节花"的种子。出自《野人闲话》。

## 天自在

在利州市区内,有一个人,披头散发赤着脚,穿着短布衣。跟人说话时,说的多是天上的事。有时遇到纸和笔,他就高高兴兴地画上楼台宫阙,里面的人物都拿着乐器;或者画上云龙鸾凤之图像。夜晚他睡在神庙里。人们都称他为天自在。利州的南边有个集市,人声鼎沸。有一天晚上集市起了火,浓烟与火焰直冲天空。天自在在庙里自言自语道:"这个地方的人长期为非作歹,老天将要杀灭他们。"于是用手伸进阶前石盆的水里面,望着天空浇洒,一会儿有一股特殊的气体从庙门飞了出去,变成瓢泼大雨,把正在熊熊燃烧的大火全部浇灭了。掌管这座神庙的人,常常跟别人讲起这天晚上他在庙里看到的种种事情,天自在便悄悄地逃走了。后来这里的居民果然被一场大火烧得空荡荡的,这才相信天自在原先说的话是有根据的。出自《野人闲话》。

## 掩耳道士

利州南门外,是个商户交易市场。一天,有一个衣衫褴褛的道士,来到人多的地方卖葫芦种子。嘴里喊着:"一二年间,很有用处。每棵苗只结一只葫芦。藤蔓盘在地上就成,不用搭架子。"同时用白土在地上画样子给人看,样子特别大。过了好长时间,一直没人买,人们都说:"这是个疯子,他的话不能听。"道士又用两手捂着耳朵急急地跑,边跑边说:"风声和水声怎么响得这么厉害呀?"街巷里玩的孩子,都跟在他后面起哄嘲笑他,当时都称呼他为掩耳道士。到了第二年秋天,嘉陵江水在一夜之间泛涨起来,淹没了几百户人家。水刚上涨时,人们远远地看见道士正在水上,他坐着一只大瓢,伸出两手捂住耳朵,大声喊着:"水声和风声怎么响得这么厉害呀!"只见他在水上漂漂荡荡地远去了,也不知道他去了什么地方。出自《野人闲话》。

## 抱龙道士

灌口白沙有太山府君庙。每至春三月，蜀人多往设斋，乃至诸州医卜之人，亦尝集会。时有一人，鹑衣百结，颜貌憔悴，亦往庙所，众人轻之。行次江际，众人憩于树阴，贫士亦坐石上。逡巡谓人曰："此水中有一龙睡。"众不之应。旁有一叟曰："何得见？"贫士曰："我则见。"众曰："我等要见如何？"贫士曰："亦不难。"遂解衣入水，抱一睡龙出，腥秽颇甚，深闭两目，而爪牙鳞角悉备。云雾旋合，风起水涌。众皆惊走遥礼，谓之圣人。遂却沉龙于水底，自挂鹑衣而行。谓众人曰："诸人皆以医卜为业，救人疾急，知人吉凶，亦近于道也。切不得见贫素之士便轻侮之。"众人惭谢而已。复同行十里，瞥然不见。出《野人闲话》。

## 何昭翰

伪蜀度支员外郎何昭翰，尝从知于黔南。暇日，因闲步野径，于水际见钓者，谓翰曰："子何判官乎？"曰："然。"曰："我则野人张涉也。余比与子交知久矣，子今忘我也。"翰懵然不醒，因籍草坐，谓翰曰："子有数任官，然终于青城县令。我则住青城山也，待君官满，与君同归山中，今不及到君公署也。"遂辞而去。翰深志之。后累历官，及出为青城县令，有忧色。钓者亦常来往，何甚重之。一旦大军到城，劫贼四起，钓者与翰相携入山，何之骨肉尽在城内。

## 抱龙道士

灌口白沙有一座太山府君庙。每逢春天三月时,蜀人大都前去设斋祭奠,至于各州医卜之人,也曾到庙上去集会。当时有一个人,穿着打了许多补丁的破衣服,容貌憔悴,也往庙那边走,众人都没把他放在眼里。他走到江边时,众人正在树荫下休息,这位贫士也在石头上坐下。坐了一会儿,他对别人说:"这条江里有条龙在睡觉。"大家都不理睬他。旁边有个老头儿说:"怎么见得?"贫士说:"我能看到。"大家说:"我们要见一见,怎么办?"贫士说:"也不难。"于是脱掉外衣跳进水里,抱着一条睡龙出来了,腥味特别大,那条龙深深地闭着两眼,龙爪龙牙龙鳞龙角全都完好。云雾顿时聚拢上来,风起水涌。众人都吃惊地跑出很远,远远地向这位贫士行礼,说他是圣人。贫士把龙沉入水底,披起衣服就走,对着众人说:"各位都以看病占卜为职业,专门解救别人的病痛,预知别人的吉凶祸福,差不多也是在行道。千万不要见到贫寒的人就轻视侮辱他们!"众人听了,只有惭愧称谢而已。大家又跟他一同走了十里路,一眨眼他就不见了。出自《野人闲话》。

## 何昭翰

前蜀度支员外郎何昭翰,曾经在黔南当过知县。闲暇日,他便到野外散步,在河边看见一个钓鱼的,这个人对何昭翰说:"你是何判官吗?"答:"是。"这个人说:"我是山野之人张涉。我过去与你交往了很长时间呢,你现在忘记我了。"何昭翰懵懵懂懂没弄明白,便在草地上坐下来,这个人又对何昭翰说:"你有好几任官职,但最后止于青城县令。我则住在青城山里,等你的官期满了,我与你一起回山里,今天来不及到你官署里去了。"说完便告辞走了。何昭翰对这件事印象特别深。后来他接连做了几任官员,等出任青城县令时,心里颇为忧虑。那个钓鱼的人也常来常往,何昭翰对他非常尊重。一天,大军压城,贼寇四起,钓鱼人与何昭翰结伴逃到青城山中,何的家属都留在城里。

贼众入县，言杀县令，脔而食之。贼首之子自号小将军，其日寻觅不见。细视县宰之首，即小将军之首也。贼于是自相残害，莫知县令所之。后有人入山，见何与张同行。何因寄语妻子曰："吾本不死，却归旧山。尔等善为生计，无相追忆也。"自此人不复见，莫知所之。出《野人闲话》。

## 卢延贵

卢延贵者，为宣州安仁场官，赴职中涂阻风，泊大江次数日。因登岸闲步，不觉行远，遥望大树下若有屋室。稍近，见室中一物，若人若兽。见人即行起而来，延贵惧而却走。此物连呼："无惧，吾乃人也。"即往就之，状貌奇伟，裸袒而通身有毛，长数寸。自言商贾也，顷岁泛舟，至此遇风，举家没溺。而身独得就岸，数日食草根，饮涧水，因得不死。岁余，身乃生毛。自尔乃不饮不食，自伤孤独，无复世念。结庐于此，已十余年矣。因问："独居于此，得无虎豹之害乎？"答曰："吾已能腾空上下，虎豹无奈何也。"延贵留久之，又问："有所须乎？"对曰："亦有之。每浴于溪中，恒患身不速干，得数尺布为巾，乃佳也。又得小刀，以掘药物，益善。君能致之耶？"延贵延之至船，固不肯。乃送巾与刀而去。罢任，复寻之，遂迷失路。后无有遇之者。出《稽神录》。

贼寇进入县城之后，扬言要杀死县令，剁成肉酱吃。贼寇首领的儿子自称小将军，有一天突然找不到了。细看县令的脑袋，就是小将军的脑袋。于是，贼寇便互相残杀起来，谁也不知道县令究竟在什么地方。后来有人进山，看见何昭翰与张涉在一起走路。何便托他捎信告诉家属，说："我并没有死，已经逃回原来的山里，你们要好好过日子，不要想念我。"从此，人们再也没看见他，不知他到哪里去了。出自《野人闲话》。

## 卢延贵

卢延贵，被任命为宣州安仁场官员，在上任的途中为大风所阻，船停泊在大江里已有几天了。闲暇无事便登岸散步，不知不觉间便走出去很远，遥望大树底下好像有一所房子，走近一看，见屋里有个东西，像人又像野兽，见了人便行动起来。卢延贵非常害怕，急急忙忙逃走。此物却连连呼叫："不要害怕，我是个人！"延贵走到他跟前，见他状貌奇伟，裸露着身子，遍身有毛，毛长有好几寸。他自己说是个商人，近几年行船，走到这里遇上大风，全家都沉到水里淹死了，只剩下自己活着上了岸，天天吃草根，喝山沟里的水，所以才没死。过了一年多，身上就长出了毛。从那以后便不吃不喝，自伤孤独，再没有尘俗之念。就在这个地方盖了茅庐，已经十多年了。延贵便问："你一个人住在这里，难道没有虎豹等猛兽来侵害吗？"他答道："我已经能够飞上飞下地腾空飞越，虎豹对我没有办法了。"延贵在那里呆了很久，又问："有没有需要的东西？"他回答说："也有。每次在水里洗澡，总为洗完后身上不能很快干燥而犯愁，如果能有几尺布做浴巾，那就好了。再有一把小刀，用来采掘药物，那更好。您能送给我这两样东西吗？"延贵请他到自己船上去，他坚决不肯去。延贵于是给他送去浴巾和小刀就离开了。卸任之后，卢延贵又去找那个人，结果迷了路，后来没人再碰见过那个人。出自《稽神录》。

## 杜鲁宾

建康人杜鲁宾，以卖药为事。尝有客自称豫章人，恒来市药，未尝还直，鲁宾善待之。一日复至，市药甚多，曰："吾欠君药钱多矣，今更从君求此。吾将还西，天市版木。比及再求，足以并酬君矣。"杜许之。既去，久之乃还，赠杜山桃木十条，委之而去，莫知所之。杜得之，不以介意，转移亲友，所存三条。偶命工人剖之，其中得小铁杵臼一具，高可五六寸，臼有八足，间作兽头，制作精巧，不类人力。杜亦凡人，不知所用，竟为人取，今失所在。杜又常治舍，有卖土者，自言金坛县人，来往甚数，杜亦厚资给之。治舍毕，卖土者将去，留方尺之土曰："以此为别。"遂去不复来。其土坚致，有异于常。杜置药肆中，不以为贵。数年，杜之居为火所焚，屋坏土裂。视之，有小赤蛇在其隙中，剖之，蛇萦绕一白石龟，大可三二寸。蛇去龟存，至今宝于杜氏。出《稽神录》。

## 建州狂僧

建州有僧不知其名，常如狂人。其所言动，多有征验。邵武县前临溪，有大磐石，去水犹百步。一日忽以墨画其石之半，因坐石上，持竿为钓鱼之状。明日山水大发，适至其墨画而退。癸卯岁，尽斫去临路树枝之向南者。人问之，曰："免碍旗幡。"

## 杜鲁宾

　　建康人杜鲁宾，以卖药为业。曾有个顾客自称是豫章人，常来买药，没给过钱，鲁宾对他很友善。一天，他又来了，要买很多药，说："我欠你的药钱已经很多了，今天还要从你这里拿药。我要回到西边去，上天蒙许买卖版木。等我再回来买药时，我就有足够的钱一起还你了。"鲁宾答应了他。他走了以后，很长时间才回来，送给鲁宾十根山桃木，放在地上就走了，也不知去了什么地方。杜鲁宾得到这十根山桃木，并没有放在心上，又转手给了亲友，自己还剩下三根。有一天，他偶然让工人把山桃木劈开。竟然在里面得到一具铁制的小杆白，长约有五六寸。白有八只脚，每隔一只做成兽头的形状，做工精巧，好像不是人工所能做的。杜鲁宾也是一个凡人，不知道这东西有什么用途，后来被别人拿走了，现在已不知道下落了。杜鲁宾又经常修理房子，有个卖土料的，自己说是金坛县人，与杜来往很频繁，杜鲁宾以高价买地的土料。房子盖完了，卖土的要走，他留给杜鲁宾一尺见方的白土，说了声："以此赠别。"便走了，再也没有回来。这块白土质地坚硬细密，跟普通的不一样。杜把它放在药店里，不以为贵。过了几年，杜鲁宾家的房子被火烧了，房屋烧坏了，这块白土也被烧裂了。仔细一看，在土的裂缝里有一条红色小蛇，把土剖开后，发现小蛇缠绕着一只白石龟，有二三寸大。蛇去龟存，至今还当作珍宝珍藏在杜氏家里。出自《稽神录》。

## 建州狂僧

　　建州有个僧人，不知道叫什么名字，经常跟疯子一样。他说的话和做的事，多数为后来的事实所验证。邵武县城前面靠近一条河，有块大磐石，距离河水有一百步远。一天，这个僧人忽然用墨在磐石上画画，占了磐石一半的地方，接着则坐在石头上，拿着鱼竿做出钓鱼的样子。第二天山洪暴发，河水正好涨到他画的地方就退了。癸卯年，狂僧将路旁向南生长的树枝都砍掉了。人们问他为什么这样做，他说："免得阻碍旌旗幡幢通过。"

又曰："要归一边。"及吴师之入，皆行其下。又城外僧寺，大署其壁，某等若干人处书之。及军至城下，分据僧寺，以为栅所，安置人数，一无所差。其僧竟为军士所杀。初王氏之季，闽建多难，民不聊生。或问狂僧曰："时世何时当安？"答曰："侬去即安矣。"及其既死，闽岭克平，皆如其言。出《稽神录》。

## 刘 申

有人姓刘，在朱方。不得共语，若与之言，人必遭祸难，或本身死疾。唯一士谓无此理，偶值人有屯塞耳。刘闻之，忻然而往，自说被谤，君能见明。答云："世人雷同，何足恤？"须臾火发，资畜服玩荡尽。于是举世号为鸺鹠。脱遇诸涂，皆闲车走马，掩目奔避。刘亦杜门自守。岁时一出，则人惊散，过于见鬼。出《异苑》。

## 卢 婴

淮南有居客卢婴者，气质文学，俱为郡中绝，人悉以卢三郎呼之。但甚奇蹇，若在群聚中，主人必有横祸，或小儿堕井，幼女入火。既久有验，人皆捐之。时元伯和为郡守，始至，爱其材气，特开中堂设宴，众客咸集。食毕，伯和戏问左右曰："小儿堕井乎？"曰："否。""小女入火乎？"曰："否。"伯和谓坐客曰："众君不胜故也。"顷之合饮，群客

又说:"路过这里时,要靠一边走。"等到吴国军队进入建州时,果然都从被他砍掉树枝的树下走过。他还在城外寺庙的墙上,到处写下"某等若干人处"的字样。等军队来城下时,分据寺庙,以为营地;在这里安置的人数,与狂僧在墙上写的人数,一点儿也不差。后来这个狂僧竟然被兵士杀害了。起初,在王氏统治闽地的后期,闽州建州一带多有灾难,民不聊生。闽王问狂僧道:"什么时候局势能够安定呢?"他答道:"你走了局势就安定了。"等闽王死了之后,闽岭一带克复平定,都跟他说的一样。出自《稽神录》。

## 刘 申

有个人姓刘,住在朱方。别人不能跟他一起说话,如果谁跟他说话,这个人肯定要遭受灾祸,或者他本人得病死掉。只有一个人说断无这种道理,只是碰巧赶上那个人有厄运堵滞就是了。刘申听说后,高高兴兴地去找他,说是自己被别人诽谤,只有您的见解高明。他答道:"世上的人都一个样,用不着忧虑。"须臾之间便起了火,他的全部积蓄衣物古玩等烧得荡然无存。从此,大家都称刘申为不吉祥的鸺鹠。人们如果在道上碰见他,都丢下车马捂起眼睛拼命逃避。刘申也只好关起门来守在家里。一年之中只要他一出来,人们就都惊慌逃散,比看见鬼还要害怕。出自《异苑》。

## 卢 婴

淮南郡住着一个叫卢婴的人,他的气质和文学才能,都是郡中绝无仅有的,人们都叫他卢三郎。但他的命运极不顺利。如果与众人相聚时,主人必有飞来之祸,不是小儿掉到井里,就是幼女困在火中。很久以来都应验了,所以人们就都嫌弃他。当时元伯和为郡守,他刚到这里时,喜爱卢婴的才气,特意在中堂之上设宴招待客人。各位客人都来了。吃完点心之后,伯和戏问侍奉的人说:"我的小儿子掉到井里了吗?"答:"没有。""我的小女儿走进火坑里了吗?"答:"没有。"伯和对在座的客人说:"是你们的命运敌不过的缘故呵!"过了一会儿,大家一起饮酒,客人们

相目惴惴然。是日，军吏围宅，擒伯和弃市。时节度使陈少游，甚异之，复见其才貌。谓曰："此人一举，非摩天不尽其才。"即厚以金帛宠荐之。行至潼关，西望烟尘，有东驰者曰："朱泚作乱，上幸奉天县矣。"出《独异志》。

## 赵燕奴

赵燕奴者，合州石镜人也，居大云寺地中。初其母孕，数月产一虎，弃于江中。复孕，数月产一巨鳖，又弃之。又孕，数月产一夜叉，长尺余，弃之。复孕，数月而产燕奴，眉目耳鼻口一一皆具，自项已下，其身如断瓠。亦有肩脾，两手足各长数寸，无肘臂腕掌，于圆肉上各生六指，才寸余，爪甲亦具。其下布两足，一二寸，亦皆六指。既产，不忍弃之。及长，只长二尺余。善入水，能乘舟，性甚狡慧，词嗥辩给，颇好杀戮，以捕鱼宰豚为业。每斗船驱傩，及歌《竹枝词》较胜，必为首冠。市肆交易，必为牙保。常发髡缁衣，民间呼为赵师。晚岁但秃头白衫而已。或拜跪跳跃，倒踏于地，形裸露，人多笑之。或乘驴远适，只使人持之，横卧鞍中，若衣囊焉。有二妻一女，衣食丰足。或击室家，力不可制。乾德初，年仅六十，腰腹数围，面目如常人无异。其女右手无名指长七八寸，亦异于人。出《录异记》。

互相对望，个个心里惴惴不安。这一天，军吏包围了郡守的宅院，抓住伯和后将他处死。当时节度使陈少游听说后十分惊异，后又看到他的才貌，对别人说："此人一旦被推举，不到最高位置不能充分发挥他的才能。"便给他许多钱财并极力举荐他。陈少游走到潼关时，遥望西方烟尘滚滚，有骑马往东跑的人说："朱泚起兵叛乱了，皇上出奔奉天县了。"出自《独异志》。

## 赵燕奴

赵燕奴，合州石镜县人，居住在大云寺这个地方。当年，他母亲怀孕后，过了几个月生下一只老虎，扔在江里。第二次怀孕，几个月后生下了一只巨鳖，又扔了。第三次怀孕，几个月后生了一个夜叉，一寸来长，又扔掉。第四次怀孕，几个月后生下燕奴。燕奴眉毛眼睛耳朵鼻子和嘴样样都有，从脖下往下，身子就像切断的葫芦。也有肩脾，两只手臂各有几寸长，分不出肘臂腕掌来，在圆肉上各生出六个指头，才一寸多长，都有指甲。身子下边有两只脚，一二寸长，也都有六个脚趾。母亲觉得既然生下来了，就不忍心再把他扔了。等长大后，身高只有二尺多点儿，擅长游泳，能划船，生性刁滑聪明，能言善辩，喜好杀戮，以捕鱼和杀猪为业。每逢赛船驱傩以及唱《竹枝词》等较量胜负的活动，他肯定是冠军得主。在市场店铺的交易中，他总充当掮客和保人的角色。因为他常常剃光头发，穿着黑色衣服，当地都称呼他赵师。到了晚年，他仍然是秃头，只是黑衣服改换了白大衫。有时候跪拜跳跃，跌倒地上，形体裸露，人们见了就笑话他。有时候骑着毛驴走远路，他只让别人牵着驴，自己则横躺在鞍子上，好像一个衣服包搭在驴背上。他有两个妻子一个女儿，过着丰衣足食的生活。他有时候打妻子，力气很大难以抵制。乾德初年，燕奴只有六十岁，腰粗有几围，面目与一般人没有不同之处。他女儿的右手无名指有七八寸长，也跟别人大为不同。出自《录异记》。

# 卷第八十七
## 异僧一

释摩腾　　　竺法兰　　　康僧会　　支　遁

### 释摩腾

　　释摩腾,本中天竺人也,美风仪,解大小乘经,常游化为任。昔经往天竺附庸小国,讲《金光明经》,会敌国侵境,腾惟曰:"经云:'能说此法,为地神所护,使所居安乐。'今锋镝方始,曾是为益乎?"乃誓以磬身,躬往和劝,遂二国交欢,由是显誉。逮汉永平中,明帝夜梦金人飞空而至。乃大集群臣以占所梦,通事傅毅奏曰:"臣闻西域有神,其名曰佛。陛下所梦,将必是乎?"帝以为然,即遣郎中蔡愔、博士弟子秦景等使往天竺,寻访佛法。愔等于彼,遇见摩腾,要还汉地。腾誓志弘通,不惮疲苦,冒涉流沙,至乎雒邑。明帝甚加赏接,于城西门外立精舍以处之。汉地有沙门之始也。但大法初传,人未皈信,故蕴其深解,无所宣述。后少时,卒于雒阳。有记云:腾译《四十二章经》一卷,

## 释摩腾

　　释摩腾,本是中天竺人,仪表俊美,通晓大乘与小乘的经义,经常到各地游化弘法。他过去路过天竺的附属小国,在那里宣讲《金光明经》,时值敌国侵犯这个小国的边境,摩腾便说:"佛经说:'能够宣讲此佛法的教义,就能受到此地神灵的护佑,使人们安居乐业。'如今战争正在兴起,做它是有益的吗?"便决心以自己的全部精力,亲自前往敌国劝和,终于使这两个国家成为友邻,摩腾由此得到很高的声誉。到汉朝永平年间,汉明帝夜里梦见有个金人从天上飞到他面前。第二天便召集群臣推测这个梦的含义,负责外交事务的通事傅毅启奏道:"我听说西域有一位神,名字叫佛。陛下梦到的那个金人,想必就是他了?"明帝认为他说得很对,立即派遣郎中蔡愔、博士弟子秦景等人出使天竺,寻访佛法。蔡愔等人到天竺后,遇见了摩腾,邀请他到汉邦。摩腾发誓立志弘扬佛法,不怕疲劳辛苦,经过流沙,长途跋涉来到洛阳。汉明帝非常赏识并盛情接待了他,在洛阳城西门外建筑精舍将他安顿在里面。这是中土有出家修道的人的开始。但是因为佛法刚刚传播,人们都不信奉,因此摩腾只好将自己对佛教的深刻理解蕴藏在心里,没有地方宣讲。过了不久,他便死在洛阳。有记载说:摩腾翻译了一卷《四十二章经》,

初缄在兰台石室第十四间中。腾所住处,今雒阳城西雍门外白马寺是也。相传云,外夷国王尝毁破诸寺,唯招提寺未及毁坏,夜有一白马绕塔悲鸣。即以启王,王即停坏诸寺,因改招提以为白马。故诸寺立名,多取则焉。出《高僧传》。

## 竺法兰

竺法兰,中天竺人也。自言诵经论数万章,为天竺学者之师。时蔡愔既至彼国,兰与摩腾共契游化,遂相随而来。会彼学徒留碍,兰乃间行而至之。既达雒阳,与腾同止。少时便善汉言,愔于西域获经,即为翻译。所谓《十地断结》《佛本生》《法海藏》《佛本行》《四十二章》等五部。会移都寇乱,四部失本,不传江左。唯《四十二章经》今见在,可二千余言。汉地见存诸经,唯此为始也。愔又于西域得画释迦倚像,是优田王旃檀像师第四作。既至雒阳,明帝即令画工图写置清凉台中及显节陵上,旧像今不复存焉。又昔汉武穿昆明池底,得黑灰,问东方朔,朔云:"可问西域梵人。"后法兰既至,众人追问之。兰云:"世界终尽,劫火洞烧,此灰是也。"朔言有征,信者甚众。兰后卒于雒阳,春秋六十余矣。出《高僧传》。

## 康僧会

康僧会,其先康居国人,世居天竺,其父因商贾移于交趾。会年十余岁,二亲并亡,以至性奉孝。服毕出家,厉行甚峻。

最初藏在兰台石室的第十四间里面。摩腾住的地方，就是现在洛阳城西雍门外的白马寺。相传说，异族国王曾经要毁坏所有的寺庙，只有招提寺还没来得及被毁坏，夜间有一匹白马绕着寺塔转来转去，发出悲惨的鸣叫声。有人立即把这件事禀报了国王，国王便停止了毁坏各个寺庙的行动，并把招提寺改名为白马寺。所以其他各寺取名时，大都效仿白马寺。出自《高僧传》。

## 竺法兰

竺法兰，是中天竺人。自称诵读经论几万章，是天竺许多学者的老师。当时汉朝使者蔡愔已经到了他们国家，法兰与摩腾一起游化，便一块儿跟随汉朝使者前往中国。因为他的学生阻止他来，法兰便秘密起程来到中国。到达洛阳后，与摩腾住在一起。过了不久，他就通晓汉语，蔡愔从西域带来许多经书，他就动手翻译。他翻译的经书有《十地断结经》《佛本生经》《法海藏经》《佛本行经》《四十二章经》等五部。赶上迁都与贼寇作乱，有四部丢失，未在江东流传。唯有《四十二章经》至今仍在，约有两千余字。中国现存各经书中，只有它是最早的一部。蔡愔还从西域带回一幅释迦牟尼倚坐着的画像，是优田王旃檀像师第四所作。画像带到洛阳后，汉明帝就让画师描画，收藏在清凉台中和显节陵上，原来的画像现在已经不存在了。另外，过去汉武帝挖掘昆明池底，得到了黑灰，问东方朔，东方朔说："可以询问西域佛教徒。"后来法兰来到洛阳后，人们都追问他。法兰说："世界毁灭时，被劫火之灾烧穿了，这黑灰就是被烧穿的灰烬。"东方朔当年所说的话被验证了，相信的人特别多。法兰后来死在洛阳，享年六十余岁。出自《高僧传》。

## 康僧会

康僧会，他的祖先是康居国人，世代居住在天竺，父亲因为经商移居交趾。康僧会十余岁时，父母双亡，他以至孝之心侍奉父母。服孝期满后他就出了家，修道期间，严格遵守教规。

为人弘雅有识量,笃志好学,明解三藏,博览六经,天文图纬,多所综涉,辨于枢机,颇属文翰。时孙权已制江右,而佛教未行。先有优婆塞支谦字恭明,一名越,本月支人,来游汉境。初汉桓、灵之世,有支谶译出众经。有支亮,字绝明,亮学于谶。谦又受业于亮。博览经籍,莫不谙究,世间伎艺,多所综习,遍学异书,通六国语。其为人细长黑瘦,眼多白而睛黄。时人为之语曰:"支郎眼中黄,形躯虽细是智囊。"

汉末遇乱,避地于吴。孙权闻其才慧,召见之日,拜为博士,使辅导东宫。与韦曜诸人共尽匡益,但生自外域,故《吴志》不载。谦以大教虽行,而经多梵文,未尽翻译,己妙善方言,方欲集众本,译为汉文。从吴黄武元年至建兴中,所出《维摩》《大般若》《泥洹》《法句》《瑞应》《本起》等四十九经,曲得圣仪,辞旨文雅。又依《无量寿》《中本起》,制菩萨连句梵呗三契,并注《了本先死经》等,皆行于世。时吴地初染大法,风化未全。僧会欲使道振江左,兴立图寺,乃杖锡东游。以吴赤乌十年,初达建业,营立茅茨,设像行道。时吴国以初见沙门服形,未及其道,疑为矫异。有司奏曰:"有异人入境,自称沙门,容服非恒,事应察检。"权曰:"昔汉明梦神,号称为佛。彼之所事,岂其遗风耶?"即召会诘问:"有何灵验?"会曰:"如来迁迹,忽逾千载,遗骨舍利,神曜无方。

为人儒雅有识度,笃志好学,通晓三藏,博览六经,对于天文图纬,他也有所涉猎,对佛法教义他能把握精神实质,还有很好的文字功底。当时孙权已经控制了江东,但佛教尚未流行。在这之前有优婆塞支谦,字恭明,一名越,本是月支人,后来到了汉地游化。早在汉桓帝、汉灵帝时,有支谶翻译出许多佛经。有支亮,字绝明,就学于支谶。支谦又受业于支亮。支谦博览佛教经籍,无不有着精深的研究;对于世间的种种技艺,他也多有学习,大量阅读各种奇异的书籍,通晓六国语言。他长得细长黑瘦,眼白特别多,眼珠呈黄色。当时的人们为他编了一句话:"支郎眼中黄,形躯虽细是智囊。"

汉朝末年发生战乱时,支谦躲避动乱到了吴地。孙权听说他聪明有才,在召见的那天封他为博士,让他辅导太子。他与韦曜等许多人一起尽力匡扶东吴,但因他来自外国,所以《吴志》并未记载。支谦认为佛教虽然已经流传开来,但经书多是用梵文写的,尚未全部译成汉文,而自己又精通汉语,开始打算收集各种佛经著作,译成汉文。从吴国黄武元年到建兴年间,译出了《维摩诘经》《大般若经》《泥洹经》《法句经》《瑞应经》《本起经》等四十九种经书,这些译书能够委婉圆满地传达原著的风采,文辞旨趣流畅典雅。他还依据《无量寿经》《中本起经》,创作了菩萨连句梵呗三契,并且注译《了本先死经》等,这些译著都流行在世上。当时吴地刚开始传播佛法,影响并不普遍。康僧会想使佛教振兴于江东,要在那里兴建寺庙,便持着锡杖东游。在吴国赤乌十年,他第一次到达建业,营建茅屋,摆设佛像开始传道。当时吴国人因为初次看到沙门的服装打扮,来不及了解佛教的道理,都怀疑他是乔装的异类。有关官吏奏禀孙权道:"有奇特的人进入我们吴国境内,自称是沙门,容貌服饰都与常人不同,这件事应该认真调查。"孙权说:"过去汉明帝梦见一位神,号称为佛。那沙门所行之事,莫不是佛的遗风?"他立即召见康僧会盘问道:"你所行的道,有什么灵验?"康僧会说:"如来涅槃,忽然之间已过千年,但其遗骨舍利,永远光照无极。

昔阿育王起塔,及八万四千。夫塔寺之兴,以表遗化也。"
权以为夸诞,乃谓会曰:"若能得舍利,当为造塔,苟其虚
妄,国有常刑。"会请期七日。乃谓其属曰:"法之兴废,在
此一举,今不至诚,后将何及?"乃共洁斋静室,以铜瓶加
几,烧香礼请。七日期毕,寂然无应。求申二七,亦复如
之。权曰:"此欺诳。"将欲加罪。会更请三七日,权又特
听。会请法侣曰:"宣尼有言:'文王既没,文不在兹乎?'
法云应降,而吾等无感,何假王宪?当以誓死为期耳。"三
七日暮,犹无所见,莫不震惧。既入五更,忽闻瓶中铿然有
声,会自往视,果获舍利。明旦,权自手执瓶,泻于铜盘。
舍利所冲,盘即破碎。权大肃然惊起,而曰:"希有之瑞
也。"会进而言曰:"舍利威神,岂直光相而已?乃却烧之,
火不能焚,金刚之杵不能碎。"权命令试之。会更誓曰:"法
云方被,苍生仰泽,愿更垂神迹,以广示威灵。"乃置舍利
于铁砧锤上,使力者击之,于是砧锤俱陷,舍利无损。权大
嗟伏,即为建塔。以始有佛寺,故号建初寺,因名其地为陌
里。由是江左大法遂兴。

　　至孙皓即位,法令苛虐,废弃淫祠,及佛寺并欲毁坏。
皓曰:"此又何由而兴?若其义教贞正,与圣典相应者,当
存奉其道;如其无实,皆悉焚之。"诸臣佥曰:"佛之威力,
不同于神。康会感瑞,大皇创寺。今若轻毁,恐贻后悔。"

从前阿育王建立寺塔，多达八万四千。塔寺的兴旺，正表明佛祖留下的影响之大。"孙权以为这是夸大荒诞之辞，便对康僧会说："如果能得到舍利，我就为你建塔，如果以谎言骗人，国家有刑法制裁。"康僧会要求给他七天期限。回去后便对从属们说："佛法的兴废，在此一举，现在若不至诚祭佛，将来还能做什么呢？"他们就一起把斋房打扫得干干净净，把铜瓶供在香案上，然后烧香施礼，虔诚地祈祷佛祖显灵。七天的期限到了，仍然毫无响应。请求再延长七天，也如前七天一个样。孙权说："这是诈骗。"将要加罪惩罚。康僧会又请求延长七天，孙权又特别应允了。康僧会请来法侣们说："孔子说过：'文王死了以后，文王的文化精神就不存在了吗？'佛法广大，普度众生，可是我们没有感应到，为什么依靠王法呢？我们誓死也要守住这个约定。"三七最后一天的傍晚，仍然是什么也没见到，大家无不震惊恐惧。到了五更天，忽然听到铜瓶里铿然有声，康僧会亲自走过去一看，果然得到了舍利。第二天一早，孙权亲手拿着瓶子，往铜盘上倾倒。在舍利的冲击下，铜盘即刻破碎了。孙权肃然惊起，说道："这是稀世之宝啊。"康僧会走到跟前说："舍利的神威，哪里仅仅是光相而已？拿了去烧炼，烈火不能烧化它，金刚杵不能把它捣碎。"孙权命人去试验，康僧会又祝祷道："佛法刚刚开始泽被天下，苍生仰仗恩泽，愿您再降神迹，更多地显示威灵。"便把舍利放在铁砧锤上，让有力气的人用力去砸，结果铁砧与铁锤都陷下去一个坑，舍利却丝毫无损。孙权大为叹服，就为他营建寺塔。东吴因此开始有了佛寺，所以称为建初寺，便把那个地方称为陌里。从此，佛教便在江东兴盛起来了。

到孙皓即位之后，法令苛刻暴虐，要废除滥建的祠庙，连佛寺都要一起毁坏。孙皓说："佛法因什么缘由而兴起？如果他们的教义是教化人们忠贞正直，与儒家经典一致，那就应奉行其道；如果不是这样，都应该全部烧掉！"大臣们都说："佛的威力，与神仙不一样。康僧会当年因感应而降下舍利瑞宝，大皇才创建了佛寺。现在如果轻易毁坏，恐怕日后会留有悔意。"

皓遣张昱诣寺诘会。昱雅有才辩,难问纵横。会应机骋辞,文理锋出。自旦之夕,昱不能屈。既退,会送于门。时寺侧有淫祠在,昱曰:"玄化既敷,此辈何故近而不革?"会曰:"震霆破山,聋者不闻,非音之细。苟在理通,则万里悬应,如其阻塞,则肝胆楚越。"昱还,叹会材明,非臣所测,愿天鉴察之。皓大集朝贤,以车马迎会。会既坐,皓问曰:"佛教所明,善恶报应,何者是耶?"会对曰:"夫明主以孝慈训世,则赤乌翔而老人见;仁德育物,则醴泉涌而嘉苗出。善既有瑞,恶亦如之。故为恶于隐,鬼得而诛之;为恶于显,人得而诛之。《易》称'积善余庆',《诗》咏'求福不回'。虽儒典之格言,即佛教之明训。"皓曰:"若然,则周、孔已明,何用佛教?"会曰:"周、孔所言,略示近迹,至于释教,则备极幽微。故行恶则有地狱长苦,修善则有天宫永乐。举兹以明劝沮,不亦大哉?"皓当时无以折其言。

皓虽闻正法,而昏暴之性,不胜其虐。后使宿卫兵入后宫治园,于地得一金像,高数尺,呈皓。皓使著不净处,以秽汁灌之,共诸群臣笑以为乐。俄尔之间,举身大肿,阴处尤痛,叫呼彻天。太史占言:"犯大神所为。"即祈祝诸庙求福,命彩女即迎像置殿上,香汤洗数十遍,烧香忏悔。皓叩头于地,

孙皓派遣张昱到寺庙去诘问康僧会。张昱文雅而有辩才,诘问辩驳纵横。康僧会机智应对,言语自如,文理纷出。从早晨一直争论到晚上,张昱未能使对方屈服。张昱告退,僧会送他出门。当时佛寺旁边仍有滥建的祠庙没有废除,张昱说:"佛法教化既已铺开,这些人为什么离得这么近而没受感染?"康僧会说:"炸雷能把山劈开,但是聋者却听不到,这不是因为雷的声音太细小。如果道理相通,就是远在万里之外也能遥相呼应,如果阻塞不通畅,虽然很近却相距遥远。"张昱回去后,赞叹康僧会才识聪敏,不是他能预估的,愿上天能够明鉴考察他。孙皓召集朝中的贤能之士,用车马把康僧会接了来。康僧会坐下后,孙皓问道:"佛教宣传的,是善恶报应,什么是善恶报应呢?"康僧会答道:"贤明的君主以孝慈训育天下,于是瑞鸟飞翔而老人健在;以仁德化育万物,则甘泉喷涌而嘉苗长出。善行既然有祥瑞呈现,恶行也是如此。所以作恶隐蔽的,鬼神知道后就把他杀了;作恶显露的,众人得知后就把他杀了。《易经》说'积善余庆',《诗经》咏唱'求福不回'。这虽是儒学经典的格言,也是佛教的明训。"孙皓说:"如果是这样,那么周公、孔子已经说得很明白了,还要佛教做什么?"康僧会说:"周公、孔子所说的话,大体向世人揭示了眼前的物象,至于佛教,则极为幽深微妙。所以佛教认为,行恶则下地狱忍受长久的痛苦,行善则升天宫享受永久的快乐。用这样的道理来劝世,不是更好吗?"孙皓当时没有什么更好的道理来反驳他的话。

　　孙皓虽然听闻了佛法,但他的昏暴性情节制不了他的暴虐。后来,康僧会让值宿守卫的士兵到后宫收拾花园,在地下挖到一尊高数尺的金身佛像,拿去献给孙皓。孙皓让人放到肮脏的厕所里去,用粪汤往上面浇灌,与大臣们一起嬉笑取乐。过了一会儿,孙皓全身肿痛,阴处尤为疼痛,痛得他叫呼声冲天。太史占卜道:"这是冒犯大神而招致的灾祸。"立即到各个寺庙去祈祷许愿以求福佑,并让彩女马上迎取金身佛像供在殿堂上,用香汤洗了几十遍,然后烧香忏悔。孙皓跪在地下连连叩头,

自陈罪状。有顷痛间，遣使至寺，请会说法。会即随入，皓具问罪福之由。会为敷析，辞甚精要。皓先有才解，忻然大悦，因求看沙门戒。会以戒文禁秘，不可轻宣，乃取本业百三十五愿，分作二百五十事，行住坐卧，皆愿众生。皓见慈愿广普，益增善意，即就会受五戒，旬日疾瘳。乃于会所住，更加修饰，宣示宗室，莫不毕奉。会在吴朝，亟说正法，以皓性凶粗，不及妙义，唯叙报应近事，以开其心。

会于建初寺译出众经，所谓《阿难念弥陀经》《镜面王》《察微王》《梵皇经》等，又出《小品》及《六度集》《杂譬喻》等经。并妙得经体，文义允正。又传泥洹呗声，清摩哀亮，一代模式。又注《安般守意》《法镜》《道树》等三经。并制经序，辞趣雅俊，义旨微密，并见行于世。

吴天纪四年四月，皓降晋。九月，会遘疾而终。是岁晋武太康元年也。至晋成帝咸和中，苏峻作乱，焚会所建塔，司空何充复更修造。平西将军赵诱世不奉法，傲蔑三宝，入此寺，谓诸道人曰："久闻此塔屡放光明，虚诞不经。所谓能信，若必目睹，所不能耳。"言竟，塔即出五色光，照耀堂刹。诱肃然毛竖，由此信敬，于寺东更立小塔。远由大圣神感，近亦康会之力也，故图写厥像，传之于今尔。出《高僧传》。

自己陈述罪状。不一会儿，孙皓身上的疼痛便减轻了，他派人到寺庙，请求康僧会给他讲授佛法。康僧会跟着使者入宫后，孙皓详细询问获罪和赐福的缘由。僧会为他敷陈解说，言辞精要。孙皓因刚经历过所以听得很明白，十分高兴，便向康僧会请求看看沙门戒。康僧会因为戒文属于佛门秘籍，不能轻易给别人看，便选取本业一百三十五愿给他看，这一部分又分作二百五十事，包括行住坐卧各个方面，都愿众生福乐。孙皓看到佛法慈悲，普度众生，更增加了行善的想法，便到康僧会那里接受五戒，十天之后疾病就痊愈了。孙皓便将在康僧会住处的见闻经历，大加修饰，讲给宗室听，他们也都信奉了佛教。康僧会在东吴朝廷里，努力宣讲佛法，因为孙皓性情凶蛮粗鲁，不能领悟幽深微妙的佛法教义，只好跟他讲关于因果报应的眼前事例，借以开导他的心窍。

康僧会在建初寺里翻译出多部经书，诸如《阿难念弥陀经》《镜面王》《察微王》《梵皇经》等，还有《小品》及《六度集》《杂譬喻》等经。译文的体制颇具经文体式的妙处，文辞的意义也允当平正。又有泥洹呗声传世，音律清峻哀婉宏亮，成为当时的模式。他又注释《安般守意》《法镜》《道树》等三种经书。他还为经书作序，言辞典雅隽永，义旨微妙严密，都流传于世。

东吴天纪四年四月，孙皓投降晋朝。九月，康僧会染病去世。这一年也是晋朝太康元年。到了东晋成帝咸和年间，苏峻作乱，烧毁了康僧会所建的佛塔，后来司空何充又重新修造。平西将军赵诱世代从不信奉佛教，蔑视佛、法、僧三宝。他闯入这座寺庙，对各位僧人说："久闻此塔屡放光明，实属荒诞不经。所谓可信，就必须能让人亲眼看到，这是塔不能做到的。"说完，此塔顿时射出五色光芒，照耀着整个殿堂及佛寺。赵诱不觉肃然起敬，惊得毛发都竖立起来，从此开始虔诚信奉佛教，并在这座佛寺的东面又建立了小塔。这一切，从远处说是由于佛祖神威的感化；从近处说，也是康僧会长期传教布道的努力，所以有人画了他的画像，一直流传到今天。出自《高僧传》。

## 支　遁

支遁字道林，本姓关氏，陈留人。或云河东林虑人。幼有神理，聪明秀彻。晋时初至京师，太原王濛甚重之，曰："造微之功，不减辅嗣。"陈郡殷融尝与卫玠交，谓其神情隽彻，后进莫有继之者。及见遁叹息，以为重见若人。家世事佛，早悟非常之理。隐居余杭山，沉思道行之品，委曲惠印之经，卓焉独拔，得自天心。年二十五出家，每至讲肆，善标宗会，而章句或有所遗，时为守文者所陋。谢安闻而喜之曰："乃比古人之相马也，略其玄黄而取其骏也。"时谢安、殷浩等，并一代名流，皆著尘外之狎。

遁尝在白马寺，与刘系之等谈庄子《逍遥》云："各适性以为逍遥。"遁曰："不然。夫桀、跖以残害为性，若适性为得者，彼亦逍遥矣。"为是退而注《逍遥篇》，群儒旧学，莫不叹伏。后还吴，住支硎山寺。晚欲入剡，谢安在吴，与遁书曰："思君日积，计辰倾迟。知欲还剡自治，甚以怅然。人生如寄耳，顷风流得意之事，殆为都尽。终日戚戚，触事惆怅。唯迟君来，以晤言消之，一日当千载耳！此多山水，山县闲静，差可养疾。事不异剡，而医药不同。必思此缘，副其积想也。"王羲之时在会稽，素闻遁名，未之信。谓人曰："一狂僧耳，何足言！"后遁既还剡，径游于郡，王故诣遁，观其风力。既至，王谓遁曰："《逍遥篇》可闻乎？"遁乃作数千言，摽揭新理，才藻警绝。

# 支　遁

　　支遁字道林，本姓关，陈留人。也有人说是河东林虑人。幼有神理，聪明通达。晋时初到京都，太原王濛非常器重他，说："精妙之功，不亚于王弼。"陈郡殷融曾与卫玠有交往，称卫玠神情隽永，后来者没有能超过他的。等他见到支遁就感叹，以为重新见到了卫玠本人。支遁的家族世代奉佛，他早早就领悟了不寻常的佛理。后来隐居余杭山，他沉思《道行般若》的深奥，探究《惠印三昧》的智慧，卓越超拔，得自天心。他二十五岁时出家，每到讲所讲经，善于阐发佛法大义，但章句上会有所遗漏，当时被固守文句的人所轻视。谢安听说之后欣喜地说："这好比古人相马，忽略其皮毛之玄黄而取其骏逸。"当时谢安、殷浩等人，都是一代名流，都是超脱尘俗的名士。

　　支遁曾经在白马寺，与刘系之等人谈论庄子的《逍遥游》，大家说："各适其性即为逍遥。"支遁说："不对。夏桀与盗跖以残害为其本性，如果适应其残害之性就能逍遥，他们也能逍遥了。"为此，他退隐注释了《逍遥游》，群儒旧学，对他的见解无不叹服。后来他回到吴地，住在支硎山寺。晚年他想去剡地，当时谢安在吴地，给支遁写信说："思君之情日积月累，时间过得太慢。知道你要回剡地自己独处，心情十分惆怅。人生如寄居天地间，当年相聚时的风流得意，几乎都已消逝了。如今终日忧愁，触事伤怀。只盼君能速速前来，当面交谈以消解愁苦，一日可以抵得上千年！此处多山水，山区的县邑十分幽静，尚可养病。这里虽与剡地无异，但是两地的医药不同。希望你一定要顾及这等缘分，以满足我的凤愿。"王羲之当时在会稽，久闻支遁的大名，但不相信外界的传颂。他对别人说："一个狂僧而已，有什么值得称道的！"后来支遁回到了剡地，径直去会稽游览，王羲之特意去迎接，借机看看他的风骨。到了之后，王羲之对支遁说："《逍遥游》这篇文章你可听说过？"支遁当即发表了几千言的长篇大论，揭示了独到新颖的见解，才华横溢，辞藻惊绝。

王遂披襟解带，留连不能去，仍请住灵嘉寺，意存相近。

俄又投迹剡山，于沃州小岭立寺行道。僧众百余，常随禀学。时或有堕者，遁乃著座右铭以勖之。时论以遁才堪经赞，而洁己拔俗，有违兼济之道。遁乃作《释矇论》。晚过石城山，又立栖光寺。宴坐山门，游心禅苑，木餐涧饮，浪志无生。乃注《安般》《四禅》诸经及《即色游玄论》。遁淹留建业，涉将三载。乃还东山，上书告辞，优诏许之。资给发遣，事事丰厚。一时名流，并饯离于征虏亭。时蔡子叔前至，近遁而坐，谢万石后至，值蔡暂起，谢便移就其处。蔡还，复欲据谢坐地，谢不以介意。其为时贤所慕如此。

既而收迹剡山，毕命林泽。人尝有遗遁马者，遁受而养之。时或有讥之者，遁曰："爱其神骏，聊复畜耳。"后有饷鹤者，遁曰："尔冲天之物，宁为耳目之玩乎？"遂放之。遁幼时，尝与师共论物类，谓鸡卵生用，未足为杀。师不能屈。师寻亡，忽见形，投卵于地，壳破雏行，顷之俱灭。遁乃感悟，由是蔬食终身。

遁先经余姚坞山中住，至于晚年，犹还坞中。或问其意，答云："谢安石昔数来见，辄移旬日。今触情举目，莫不兴想。"后病甚，移还坞中，以晋太和元年闰四月四日终于所住，春秋五十有三。即窆于坞中，厥冢存焉。

王羲之听后便披襟解带放下了骄矜的架势，流连不想离开，还请支遁住在灵嘉寺，很想与支遁亲近。

支遁很快又回到剡山，在沃州小岭上营建寺庙宣讲佛法。有僧众百余人，常常跟他学习佛法。当时有些僧侣修习有些懈怠，支遁便撰写座右铭勉励他们。当时的人议论说，支遁的才学足可以辅佐朝廷，他却洁身自好，超尘脱俗，这有违"兼济天下"之道。支遁于是撰写了《释矇论》加以解释。晚年路过石城山时，又建立了栖光寺。他平日里静坐山门，游心禅学，以草木为食山泉为饮，放怀于尘寰之外。他注释了《安般》《四禅》等各种经书和《即色游玄论》等著作。支遁曾应晋帝之请，在京都建业停留了将近三年。后来他要返回东山，上书向晋帝告辞，晋帝下诏特许，给了他优厚的馈赠。当时的许多名流，都到征虏亭为他饯行。蔡子叔来得早，靠近支遁坐着，谢万石后来，趁蔡子叔暂起之机，谢万石便移到蔡的座位上去。等到蔡子叔回来，又把谢万石赶出座位推到地上，而谢万石毫不介意。支遁为时贤名流仰慕，竟然到了这种程度。

后来，他便归隐于剡山，终老林泽。有人曾赠给支遁一匹好马，支遁接受并养了起来。当时有人讥笑他，支遁说："我因爱其神骏，姑且就养养他。"后来，又有人送给他一只仙鹤，支遁说："你是冲天翱翔之物，怎么能供人悦目赏玩呢？"于是把仙鹤放了。支遁年幼时，曾与师父在一起辩论事物，他说生吃鸡蛋算不上是杀生。师父一时说服不了他。师父不久之后圆寂了，转眼之间又现了形，只见他把一只鸡蛋扔在地上，蛋壳破碎走出来一只鸡雏，顷刻之间蛋壳与鸡雏又都消失了。支遁于是感悟，从此终生只吃素食。

支遁原先曾在余姚坞山中居住，到晚年时，还要回到坞中。有人问他为什么要回去，他回答说："谢安石从前几次来这里相见，一住就是十多天。如今见物生情，无不勾起对往事的怀念。"后来支遁病重，迁回了余姚坞，于晋太和元年闰四月四日死在他的住处，享年五十三岁。遗体埋葬在坞中，坟墓现在仍然保存在那里。

或云终剡,未详。郗超为之序传,袁宏为之铭赞,周昙宝为之作诔焉。 出《高僧传》。

也有人说他死于剡地,不知有什么依据。支遁去世后,郗超为他撰写了序传,袁宏为他作了铭赞,周昙宝为他作了诔文。出自《高僧传》。

# 卷第八十八
## 异僧二

佛图澄

### 佛图澄

佛图澄者,西域人也,本姓帛氏。少出家,清真幼学,诵经数百万言。以晋怀帝永嘉四年来适洛阳,志弘大法。善念神咒,能役使鬼物。以麻油杂烟灰涂掌,千里外事,皆彻见掌中,如对面焉,亦能令洁斋者见。又听铃音以言事,无不效验。欲于洛阳立寺,值刘曜寇斥洛台,帝京扰乱,澄立寺之志遂不果,乃潜身草野,以观世变。

时石勒屯兵葛陂,专以杀戮为威,沙门遇害者甚众。澄悯念苍生,欲以道化勒,于是杖策到军门。勒大将郭黑略素奉法,澄即投止略家。略从受五戒,崇弟子之礼。略后从勒征伐,辄预克胜负,勒疑而问曰:"孤不觉卿有出众智谋,而每知行军吉凶,何也?"略曰:"将军天挺神武,幽灵所助。有一沙门,术智非常,云将军当略有区夏,已应为师。臣前后所白,皆其言也。"勒喜曰:"天赐也。"召澄问曰:

## 佛图澄

佛图澄,西域人,本姓帛氏。年轻时出家,俭朴纯真自幼好学,能背诵经书数百万言。于晋怀帝永嘉四年来到洛阳,立志弘扬佛法。擅长念诵神咒,能驱使鬼神。他把麻油混合烟灰涂在手掌上,千里之外发生的事,都能在掌心中看得清清楚楚,就像看见对面的事物一样,也能让净洁身心、诚敬斋戒的人看见。他还能根据佛塔上的铃声预言吉凶祸福,没有不应验的。他本想在洛阳建立寺院,正值刘曜攻打洛阳,京都扰乱,佛图澄建立寺院的志愿便未能实现,于是隐遁于草野之间,以观察时局的变化。

当时刘曜的大将军石勒屯兵葛陂,专靠杀戮的残暴手段维持威严,遇害的佛门弟子很多。佛图澄怜悯苍生,想以佛道感化石勒,于是拄杖来到军门。石勒的大将郭黑略一向信奉佛法,佛图澄就投宿到他家里。郭黑略跟着他接受了五戒,拜他为师父行弟子之礼。郭黑略后来跟随石勒征战时,佛图澄就为他预卜胜负,石勒疑惑地问道:"我不觉得你有出众的智谋,可每次出兵你都能预知吉凶,这是怎么回事?"郭黑略说:"将军天赋神威,为神灵所助。有一个沙门,法术智慧非同寻常,说将军您能够一统华夏,他应该会成为国师。我先后告诉您的关于吉凶的预测,都是他说的。"石勒高兴地说:"真是上天恩赐我。"他召见佛图澄问道:

"佛道有何灵验?"澄知勒不达深理,正可以道术为教,因言曰:"至道虽远,亦可以近事为证。"即取器盛水,烧香咒之。须臾生青莲华,光色曜日。勒由此信伏。澄因谏曰:"夫王者德化洽于宇内则四灵表瑞,政弊道消则彗孛见于上。恒象著见,休咎随行。斯乃古今之常理,天人之明戒。"勒甚悦之。凡应被诛残蒙其益者,十有八九,于是中州之胡皆愿奉佛。时有痼疾,世莫能知者,澄为医疗,应时瘳损。阴施默益者,不可胜记。

勒自葛陂还河北,过坊头,人夜欲斫营,澄语黑略曰:"须臾贼至,可令公知。"果如其言,有备故不败。勒欲试澄,夜冠胄衣甲执刃而坐,遣人告澄云:"夜来不知大将军所在。"使人始至,未及有言,澄逆问曰:"平居无寇,何故夜严?"勒益敬之。勒后因忿,欲害诸道士,并欲苦澄。澄乃避至黑略舍,语弟子曰:"若将军使至,问吾所在者,报云不知所之。"使人寻至,觅澄不得,使还报勒,勒惊曰:"吾有恶意向圣人,圣人舍我去矣。"通夜不寝,思欲见澄。澄知勒意悔,明旦造勒,勒曰:"昨夜何行?"澄曰:"公有怒心,昨故权避;公今改意,是以敢来。"勒大笑曰:"道人谬耳。"

襄国城堑水源,在城西北五里。其水源暴竭,勒问澄:"何以致水?"澄曰:"今当敕龙取水。"勒字世龙,谓澄嘲己,答曰:

"佛道有什么灵验?"佛图澄知道石勒不懂深奥的佛理,正适合用道术教化他,便说道:"精深微妙的佛道虽然很精深,但也可以用眼前的事来证明。"他就拿来一个容器盛上水,烧香念咒。一会儿只见容器内生出一枝青莲花,光芒耀日。石勒由此表示信服。佛图澄便劝谏说:"王者以德化遍施天下,则四灵出现表示祥瑞;如果政治黑暗道德衰败,则彗星当现天上以示警告。经常出现的预示吉凶的天象显著出现,吉凶福祸也随之而来。这是古往今来的常理,天人相通的明鉴。"石勒听了心悦诚服。此后,凡属应被杀害的人,十有八九因佛图澄的劝谏而免于被害,于是中原境内的胡人都愿意信奉佛教。当时有人患了疑难杂症,天下医生都不知道怎么办,佛图澄为他们治疗,很快就能痊愈。他暗中施恩使其受益的人,不可能全都记下来。

石勒从葛陂回河北时,路过坊头,有人想乘夜间偷袭军营,佛图澄对郭黑略说:"一会儿贼寇要来,你可去通知主公。"果然像他说的一样,因为有了防备所以没有吃败仗。石勒想试探一下佛图澄的本领,一天夜晚,他戴上头盔,披上铠甲,手持大刀坐在那里,派人去告诉佛图澄:"夜里不知大将军哪里去了?"派的人刚到,还没来得及开口,佛图澄反而冲他问道:"平日里无贼,大将军为什么夜里全身披挂?"石勒对他更为敬重了。后来石勒为一件事非常恼火,便想加害各位道士,并想叫佛图澄吃点苦头。佛图澄便躲到郭黑略家里,告诉弟子说:"如果大将军派人来,问我在什么地方,就说不知道我去哪里了。"派的人很快就来了,没找到佛图澄,回去报告了石勒。石勒惊讶地说:"我对圣人有恶意,圣人舍我而去了。"他一宿没睡觉,很想见到佛图澄。佛图澄知道石勒心里后悔,第二天早上去拜访石勒,石勒说:"昨天晚上去哪里了?"佛图澄说:"因为您有恼怒之心,昨晚上暂时躲起来了;现在您已经回心转意,所以敢来见您。"石勒大笑道:"您想错了!"

襄国城壕的水源,在城西北五里处。有一次水源突然枯竭了,石勒问佛图澄:"用什么方法弄到水?"佛图澄说:"现在当下令让龙取水。"石勒的字是"世龙",以为佛图澄嘲弄自己,便回答说:

"正以龙不能致水,故相问耳。"澄曰:"此诚言,非戏也。水泉之源,必有神龙居之,往以敕语告之,水必可得。"乃与弟子法首等数人,至故泉源上。其源故处,久已干燥,坼如车辙。从者心疑致水难得。澄坐绳床,烧安息香,咒愿数百言。如此三日,水泫然微流,有一小龙,长五六寸许,随水来出。诸道士竞往视之,澄曰:"龙有毒,勿临其上。"有顷,水大至,隍堑皆满。

澄闲坐叹曰:"后二日,当有一小人惊动此下。"既而襄国人薛合,有二子,既小且骄,轻侮鲜卑奴。奴忿,抽刃刺杀其弟,执兄于室,以刀拟心,若人入屋,便欲加手,谓薛合曰:"送我还国,我活汝儿。不然,共死于此!"内外惊愕,莫敢往观。勒乃自往视之,谓薛合曰:"送奴以全卿子,诚为善事。此法一开,方为后害,卿且宽情,国有常宪。"命人取奴,奴遂杀儿而死。鲜卑段末波攻勒,其众甚盛。勒惧问澄,澄曰:"昨日寺铃鸣云:'明旦食时,当擒段末波。'"与勒登城望波军,不见前后,失色曰:"岂可获?是公安我辞耳。"更遣夔安问澄,澄曰:"已获波矣。"时城北伏兵出,遇波执之。澄劝勒宥波,遣还本国,勒从之,卒获其用。

时刘载已死,载从弟曜篡袭伪立,称元光初。光初八年,曜遣从弟中山王岳将兵攻勒,勒遣石虎率步骑拒之,大战洛西,岳败,保石梁坞,虎坚栅守之。澄与弟子自官寺至中寺,始入寺门,

"正因为我这条龙不能找来水，所以才问您呀。"佛图澄说："我说的是实话，不是开玩笑。水泉的源头，一定有神龙住在那里，前去用咒语敕令它，水一定能得到。"便与弟子法首等数人，来到了原来的水源处。那水源处，干燥枯竭已久，裂开一条像车辙般的口子。同去的人心里怀疑很难取到水。佛图澄坐在绳床上，点燃安息香，口发咒愿数百言。这样连续三天，出现了潺潺细流，还有一条小龙，长约五六寸，也随着水出来了。各位道士抢着去看，佛图澄说："龙有毒，不要靠近它。"过了一会儿，水流变得特别大，城壕沟与护城河全都灌满了。

有一次，佛图澄闲坐叹息道："过两天，会有一个小人在这里惹事。"不久，襄国有个叫薛合的，他有两个儿子，长得既矮小又骄横，哥俩侮辱一个鲜卑奴。鲜卑奴被激怒了，抽刀刺死弟弟，把哥哥抓进一间房子，用刀抵着他的胸口，如若有人进屋，就动手杀他，对薛合说："送我回国，我就放你儿子。不然，我们俩一块儿死在这里！"众人都惊呆了，谁也不敢到跟前去看。石勒便亲自到跟前看他，对薛合说："送回鲜卑奴以保全你的儿子，实在是件好事。但开了这个先例，就会造成后患，你且放宽心，国家有固定的法令。"他命人抓捕那个鲜卑奴，鲜卑奴便杀了薛合的儿子，自己也死了。鲜卑族段末波出兵攻打石勒，兵势很猛。石勒十分恐惧，去问佛图澄，图澄说："昨天寺庙上的铃鸣声说：'明天早上吃饭的时候，就能擒获段末波。'"他与石勒登城遥望段末波的军队，前不见头后不见尾，石勒大惊失色说："怎么可能捉到他呢？这是您安慰我的话罢了。"他又让夔安去问佛图澄，佛图澄说："已经捉到段末波了。"当时城北的伏兵出动后，正遇上段末波，就把他抓住了。佛图澄劝石勒宽宥段末波，遣送回国，石勒听从了他的建议，最终得以利用段末波。

当时刘载已死，他的堂弟刘曜篡袭帝位，年号称为"光初"。光初八年，刘曜派堂弟中山王刘岳带兵攻打石勒，石勒派石虎率领部队迎击，两军大战于洛西，刘岳兵败，退守石梁坞，石虎安营扎寨围守刘岳。佛图澄与弟子从官寺来到中寺，刚踏进寺门，

叹曰："刘岳可悯！"弟子法祚问其故,澄曰："昨亥时岳已被执。"果如所言。光初十一年,曜自率兵攻洛阳,勒欲自往拒曜,内外僚佐无不毕谏。勒以访澄,澄曰："相轮铃音云:'秀支替戾冈,仆谷劬秃当。'此羯语也。'秀支替戾冈'出也,'仆谷'刘曜胡位,'劬秃当'捉也,此言军出捉得曜也。"时徐光闻澄此言苦劝。勒乃留长子石弘,共澄以镇襄国,自率中军步骑直指洛城。两阵才交,曜军大溃,曜马没水中,石堪生擒之送勒。澄时以物涂掌观之,见有大众,中缚一人,朱丝约其肘。因以告弘。当尔之时,正生擒曜也。时平之后,勒乃僭称赵天王行皇帝事,改元建平,是岁晋成皇帝咸和五年也。

勒登位已后,事澄益笃。时石葱叛,其年,澄戒勒曰:"今年葱中有虫,食必害人,可令百姓无食葱也。"勒颁告境内,慎无食葱。到八月,石葱果走。勒益加尊重,有事必咨而后行,号大和尚。石虎有子名斌,后勒以为子。勒爱之甚重,忽暴病而亡,已涉二日。勒曰:"朕闻虢太子死,扁鹊能生。大和尚国之神人,可急往告,必能致福。"澄乃取杨枝咒之,须臾能起,有顷平复。由是勒诸稚子多在佛寺中养之。每至四月八日,勒躬自诣寺,观佛像而发愿。

至建平四年四月,天静无风,而塔上一铃独鸣。澄谓众曰:"铃音云:'国有大丧,不出今年矣。'"是岁七月勒死,

就感叹道:"刘岳可怜!"弟子法祚问他缘故,佛图澄说:"昨日亥时刘岳已被抓获。"果然像他说的一样。光初十一年,刘曜亲自率兵攻打洛阳,石勒想亲自领兵前去拒敌,内外部属都劝他不要去。石勒因此问佛图澄,佛图澄说:"寺塔上相轮的铃声说:'秀支替戾冈,仆谷劬秃当。'这是一句羯族语。'秀支替戾冈'是个'出'字,'仆谷'是刘曜的胡位,'劬秃当'是个'捉'字,这句话是说军队出击能捉到刘曜。"当时徐光听到佛图澄的这番话后也来苦劝。石勒就留下长子石弘,与佛图澄共同镇守襄国,亲自率领中军人马直指洛阳。两军刚刚交战,刘曜的军队就溃败了,刘曜的马掉入水中,石堪将他生擒了送到石勒面前。佛图澄当时把烟灰涂在手掌上观看洛阳的战况,见在大群人马中,捆缚着一个人,用红色绳索从背后捆缚着他的双肘。佛图澄便把看到的情景告诉了石弘。这个时候,正是生擒刘曜的时候。时局平定之后,石勒僭越称赵天王,行皇帝事,改年号为建平,这一年是晋成帝咸和五年。

　　石勒登位之后,对佛图澄更加器重。当时石葱反叛,那一年,佛图澄告诫石勒说:"今年葱中有虫子,吃葱一定会对人有害,可以让百姓别吃葱。"石勒布告境内,千万不要吃葱。到了八月,石葱果然逃走了。石勒更加尊重佛图澄,有事必先征求他的意见后再行动,尊称他为"大和尚"。石虎有个儿子叫石斌,后来石勒把他当作自己的儿子。石勒非常喜爱石斌,可石斌突然暴病身亡,已死了两天了。石勒说:"我听说虢国太子死后,扁鹊能让他复生。大和尚是我们国家的神人,赶快去告诉他,他一定能招来福音。"佛图澄便拿来杨枝,口诵神咒,过了一会儿石斌能坐了起来,一段时间后便恢复健康了。从此,石勒的几个小儿子多在佛寺里寄养着。每到四月八日浴佛节,石勒亲自到佛寺浴佛,对着佛像祷告许愿。

　　到建平四年四月的一天,天气很平静,没有一点风,佛塔上的一只铜铃却独自响了起来。佛图澄对大家说:"铃的声音说:'不出今年,国家要有大的丧事。'"果然这年七月石勒去世,

太子弘袭位。少时，虎废弘自立，迁都于邺，改元建武。倾心事澄，又重于勒。乃下书曰："和尚国之大宝，荣爵不加，高禄不受，荣禄匪颁，何以旌德。从此已往，宜衣以绫锦，乘以雕辇。朝会之日，和尚升殿，常侍已下，悉助举舆，太子诸公，扶辇而上。主者唱大和尚，众座皆起，以彰其尊。"又敕伪司空李农旦夕亲问，太子诸公五日一朝，表朕敬焉。

澄时止邺城内中寺，遣弟子法常北至襄国，弟子法佐从襄国还，相遇，在梁塞城下共宿。对车夜谈，言及和尚，比旦各去。法佐至，始入觐澄。澄逆笑曰："昨夜尔与法常交车共说汝师耶？先民有言：'不曰敬乎？幽而不改；不曰慎乎？独而不怠。'幽独者敬慎之本，而不识乎？"佐愕然愧忏。于是国人每共相语曰："莫起恶心，和尚知汝。"及澄之所在，无敢向其方面涕唾便利者。

时太子石邃有二子在襄国，澄语邃曰："小阿弥比当得疾，可往迎之。"邃即驰信往视，果已得疾。太医殷腾及外国道士自言能治，澄告弟子法常曰："正使圣人复出，不愈此疾，况此等乎？"后三日果死。石邃荒酒，将图为逆，谓内竖曰："和尚神通，傥发吾谋，明日来者，当先除之。"澄月望将入觐虎，谓弟子僧慧曰："昨夜天神呼我曰：'明日若入，还勿过人。'我傥有所过，汝当止我。"澄常入，必过邃。知澄入，要候甚苦。澄将上南台，僧慧引衣，澄曰："事不得止。"

太子石弘继位。不久，石虎废除石弘自立为帝，迁都于邺，改元建武。石虎尽力敬奉佛图澄，比石勒程度更深。他发布文书说："和尚乃国之大宝，荣爵他不要加，高禄他不接受，不给他荣爵和高禄，怎样表彰他的仁德呢？从此以后，应当让他穿绫锦，乘宝车。朝会之日，和尚升殿时，常侍以下，都要帮忙抬轿，太子诸公，要扶车上朝。主事者喊声'大和尚到'，在座者都要起立，以彰显他的尊贵。"他又下令伪司空李农每天早晚要亲自登门问候，太子诸公五天一次前往朝谒，以表达皇上对他的敬意。

佛图澄当时住在邺城内的中寺，他派弟子法常北到襄国，而弟子法佐正从襄国回邺城，两人途中相遇，一起住在梁塞城下。两人车并列着夜谈，谈话中提到和尚佛图澄，等天亮后各自上路。法佐回到邺城后，首先入见佛图澄。佛图澄迎着他笑道："昨夜你与法常并列着车一起谈你师父了吧？先人曾说过：'不是说敬吗？幽居时而不放松；不是说慎吗？独处时而不懈怠。'幽居独处时，是做到敬慎最根本的时候，难道你们不懂得这个道理吗？"法佐听了十分惊讶，既惭愧又忏悔。从此，国人每每互相告诉对方说："不要起什么坏心思，和尚会知道你的。"佛图澄所在的地方，没有人敢朝那个方向吐唾沫、甩鼻涕和大小便。

当时，太子石邃有两个儿子住在襄国，一天，佛图澄对石邃说："你的小儿子近来会生病，应该去接回来。"石邃立即派亲信骑马前去看望，儿子果然得了病。太医殷腾与外国道士都说自己能治好病，佛图澄告诉弟子法常说："纵使圣人复出，也不能治愈这种病，何况是这些人呢？"过了三天石邃的小儿子果然死了。石邃沉溺于酗酒，要图谋反叛，对宫内太监说："和尚有神通，倘若发觉我的计划，明天来时，应当先除掉他。"这个月十五日佛图澄要入朝见石虎，对弟子僧慧说："昨夜天神招呼我说：'明日如果入朝，回来的时候不要探望别人。'如果我要去探望，你就要制止我。"佛图澄平常入朝时，一定要去探望石邃。石邃知道佛图澄今天要入朝，苦苦等了他很长时间。佛图澄要上南台看望石邃时，僧慧拉他的衣服制止，佛图澄说："按常礼必须打个招呼，这件事你不能制止我。"

坐未安,便起,邃固留不住,所谋遂止。还寺叹曰:"太子作乱,其形将成。"欲言难言,欲忍难忍,乃因事从容箴虎,虎终不解。俄而事发,方悟澄言。

后郭黑略将兵征长安北山羌,堕羌伏中。时澄在堂上座,弟子法常在侧,澄忽惨然改容曰:"郭公陷狄!"令众生咒愿,澄又自咒愿,须臾更白:"若东南出者活,余向则困。"复更咒愿,有顷曰:"脱矣!"后月余日,黑略还说,随羌围中东南走,马乏,正遇帐下人推马与之,曰:"公乘此,小人乘公马,济与不济,任命也。"略得其马,故获免。推验日时,正是澄咒愿时也。

伪大司马燕公石斌,虎以为幽州牧,镇有群凶凑聚,因以肆暴。澄戒虎曰:"天神昨夜言:'疾牧马还。至秋,齐当瘫烂。'"虎不解此语,即敕诸处牧马送还。其秋,有人谮斌于虎,虎召斌,鞭之三百,杀其所生齐氏。虎弯弓捻矢,自视行斌罚。罚轻,虎乃手杀五百人。澄谏曰:"心不可纵,死不可生。礼不亲杀,以伤恩也。何有天子亲行罚乎?"虎乃止。

后晋军出淮泗,陇北瓦城皆被侵逼,三方告急,人情危扰,虎乃瞋曰:"吾之奉佛,而更致外寇,佛无神矣!"澄明旦早入,虎以事问澄,因让虎曰:"王过世经为大商主,至罽宾寺,尝供大会,中有六十罗汉,吾此身亦预斯会。时得道人谓吾曰:

上南台后还没等坐稳,佛图澄就起身告辞了,石遵坚决挽留也没留住,原来的预谋只好作罢。佛图澄回到寺院后叹道:"太子将要作乱,其势已成。"他想告诉石虎又难于开口,想忍着不说又忍不住,便借着别的事情很委婉地提示石虎,石虎一直没有明白他的示意。不久石遵谋反的事情暴露了,石虎才明白佛图澄的意思。

后来,郭黑略领兵征伐长安北部山中的羌人,陷入羌兵的埋伏中。当时佛图澄正在佛堂上打坐,弟子法常在他身边,佛图澄忽然脸色凄惨地说:"郭公陷入狄兵的包围了!"他令弟子们念经祝祷,自己也唱诵愿文,过了一会儿又说:"如果从东南方向突围就能逃命,其他方向就危险了。"说完之后又念咒祝祷,过了一会儿他说:"逃脱了!"一个多月后的一天,郭黑略回来说,陷入羌兵包围后,他跟着人群往东南方向跑,自己的马跑累了,正好遇到一个手下人推过一匹马给他,说:"您乘这匹马,我骑您的马,能不能逃脱,只能由命了。"郭黑略得到那匹马,所以才能逃脱。推算时间,正是佛图澄为他念咒祝祷的时候。

石虎任命伪大司马燕公石斌为幽州牧,那里有许多凶徒聚结在一起,肆意妄为骄横残暴。佛图澄告诫石虎说:"天神昨夜说:'快把牧马收回来。到秋天,齐当瘫烂。'"石虎不理解这句话,就令各处将牧马送回来。那年秋天,有人向石虎告发石斌,石虎召回石斌,打了他三百鞭子,杀死其生母齐氏。石虎弯弓捻箭,亲自监督石斌受罚。罚得轻了,石虎便亲手杀死五百人。佛图澄劝石虎说:"祸心不可纵容,死者不可复生。以礼说不宜亲自惩罚亲人,以免伤了恩情。哪有天子亲手执行刑罚的呢?"石虎才罢手。

后来,晋军从淮泗出击,陇北瓦城都受到侵凌围困,三方告急,人心惶惶,石虎便生气地说:"我现在奉佛,反而又招致更多的外寇侵凌,佛实在没有神威呀!"第二天早上佛图澄入朝时,石虎以此事问佛图澄,佛图澄便责备石虎说:"你前世曾经是个大商人,到罽宾寺,曾给寺院设斋供养众僧,其中有六十个罗汉,我也参加了这个大会。当时有个得道的人对我说:

'此主人命尽,当更化身,后晋王地。'今王为王,岂非福耶?疆场军寇,国之常耳,何为怨谤三宝,夜兴毒念乎?"虎乃信悟,跪而谢焉。

虎常问澄:"佛法不杀,朕为天下之主,非刑杀无以肃清海内,既违戒杀生,虽复事佛,谁获福耶?"澄曰:"帝王事佛,当在体恭心顺,显扬三宝。不为暴虐,不害无辜。至于凶暴无赖,非化所迁,有罪不得不杀,有恶不得不刑,但当杀可杀,当刑可刑耳。若暴虐恣意,杀害非罪,虽复轻刑事法,无解殃祸。愿陛下省欲兴慈,广及一切,则佛教永隆,福祚方远。"虎虽不能尽从,而为益不少。

虎尚书张离、张良,家富事佛,各起大塔。澄谓曰:"事佛在于清静无欲,慈矜为心。檀越虽仪奉大法,而贪吝未已,游猎无度,积聚不穷,方受玩世之罪,何福报之可希耶?"离等后并被戮灭。

时又久旱,自正月至六月,虎遣太子诣临漳西釜口祈雨,久而不降。虎令澄自行,即有白龙二头降于祠所,其日大雨,方数千里,其年大收。戎貊之徒,先不识法,闻澄神验,皆遥向礼拜,并不言而化焉。

澄常遣弟子向西城中市香,既行,澄告余弟子,掌中见买香弟子在某处被劫,垂死。因烧香咒愿,遥救护之。弟子后还,云某月某日某处,为贼所劫,垂当见杀,忽闻香气,贼无故自惊曰:"救兵已至。"弃之而走。

虎于临漳修治旧塔,少承露盘,澄曰:"临淄城内有

'这位施主寿命完结后,会转化成另一个人,后来又投生晋身为王。'现在你已当了国王,难道不是福分吗?战场上打仗御寇,这是国家的常事,为什么要抱怨毁谤佛法三宝,夜里兴起恶毒的念头呢?"石虎听了他的话方才省悟,跪在地上谢罪。

石虎时常问佛图澄:"佛法不准杀生,我为天下之主,不用刑杀无法肃清天下,既然已经违戒杀生,即使又来信奉佛教,谁还能获得佛主的保佑呢?"佛图澄说:"帝王奉佛,应当是谦恭虔诚显扬佛法三宝。不为暴虐之事,不杀无辜之人。至于凶徒无赖,并非教化所能改变的,有罪不得不杀,有恶不得不用刑,那么该杀就杀,该用刑就用刑。如若暴虐恣意,妄杀无罪者,即使再去减轻刑罚信奉佛法,也不能免除灾祸。愿陛下减少欲望兴发慈悲,广做善事,惠及一切,如此则佛教永远兴盛,福运才能久远。"石虎对这些意见虽然不能全部采纳,但也从中获益不少。

石虎的尚书张离、张良,家里富有但都供奉佛教,各自建立起大的佛塔。佛图澄对他们说:"供奉佛教在于清静无欲,以慈悲为怀。施主虽然表面上供奉佛法,却又贪得无厌,游猎无度,大肆敛聚财富,正受玩世不恭的罪过,又怎么能求得福报呢?"张离等人后来都被杀死了。

当时又久旱不雨,从正月一直到六月,石虎派遣太子到临漳西釜口求雨,很长时间也没有求下雨来。石虎就令佛图澄亲自去祈雨,当即有两条白龙降临他祈雨的祠堂,那天大雨普降,方圆几千里解除了旱情,这一年获得了大丰收。许多落后民族,原先不懂佛法,后来听说佛图澄如此神验,便都遥向礼拜,佛图澄并未对他们宣讲佛法而用行动感化了他们。

佛图澄曾派弟子到西城中买香,出发后,佛图澄对其余弟子说,他在手掌上看见这个买香的弟子在某处被抢劫,生命垂危。他便烧香诵咒祝祷,远远地救护他。这个弟子回来后,说某月某日于某处,被贼打劫,眼看就要被杀死,忽然闻到一股香气,盗贼无故自惊道:"救兵已经来了!"扔下他就跑了。

石虎在临漳修治佛塔,缺承露盘,佛图澄说:"临淄城内有

古阿育王塔,地中有承露盘及佛像,其上林木茂盛,可掘取之。"即画图与使,依言掘取,果得盘像。虎每欲伐燕,澄谏曰:"燕国运未终,卒难可克。"屡行败绩,方信澄戒。

　　澄道化既行,以人多奉佛,皆营造塔庙,相竞出家,真伪混淆,多生愆过。虎下书问中书曰:"佛号世尊,国家所奉。里闾小人无爵秩者,为应得事佛与不?又沙门皆应高洁贞正,行能精进,然后可为道士。今沙门甚众,或有奸宄避役,多非其人。卿可同议。"伪中书著作郎王度奏曰:"夫王者郊祀天地,祭奉百神,载在祀典,礼有常飨。佛出西域,外国之神,功不施民,非天子诸华所应祠奉。往者汉明感梦,初传其道,唯听西域人得立寺都邑,以奉其神,汉人皆不得出家。魏承汉制,亦循前轨。今大赵受命,率由旧章,华戎制异,人神流别,飨祭殊礼。荒下服礼,不宜杂错。国家可断赵人,悉不听诣寺烧香礼拜,以尊典礼。其百辟卿士,下逮众隶,例皆禁之。其有犯者,与淫祀同罪。赵人为沙门者,还从四民之服。"伪中书令王波同度所奏。虎下书曰:"度议云:'佛是外国之神,非天子诸华所可宜奉。'朕生自边壤,忝当期运,君临诸夏,至于飨礼,应兼从本俗。佛是戎神,正所应奉。夫制由上行,永世作则,苟事克无亏,何拘前代。其夷赵百蛮,有舍其淫礼乐事佛者,悉听为道。"于是慢戒之徒,因之以厉。黄河中旧不生鼋,忽得一以献虎,

古阿育王塔,地下埋有承露盘和佛像,上面生有茂盛的林木,可以去挖取它。"他就画了一张位置图给使者,使者按照他说的去挖取,果然挖到了承露盘和佛像。石虎经常想征伐燕国,佛图澄规劝道:"燕国的运数未尽,很难攻克。"石虎屡攻不克,连吃败仗,才相信佛图澄的劝诫。

佛图澄的道化既已普遍传扬,因此信佛的人越来越多,都建造寺塔,竞相出家,结果真伪混杂,多生弊端。石虎致书问中书令说:"佛称世尊,乃国家所信奉。至于没有爵位官职的平民百姓,也应当能够奉佛吗? 沙门都应该高洁纯正,才能精诚进取,然后可成为得道高士。如今佛徒太多,有的是犯法作乱或逃避刑役之徒,多非真心奉佛之人。此事你可同我一起商议。"伪中书著作郎王度上奏道:"为王者祭祀天地,供奉百神,都记载在祀典里,祭祀都有固定的礼仪。佛出自西域,是外国之神,于人民无益,不是天子与诸国应当供奉的。过去汉明帝因感应梦境,佛教才开始传布,当时只让西域人在都城建立佛寺,以供奉其神,汉人都不能出家。魏承汉制,也遵循旧规。如今大赵受命立国,一律应遵照旧章行事,华夏与胡戎制度不同,族类不同,信奉的神明不同,外不同于内,祭祀的对象差别更大。华夏之服饰礼教,不应当错杂不一。国家可以明令百姓,一律不许到佛寺烧香礼拜,以维护旧有典礼的规定。上自公卿士人,下至平民百姓,一律禁止奉佛。如果有违犯的,与不合礼制的祭祀同罪。汉人已经出家成为沙门的,要恢复士、农、工、商原来的身份。"伪中书令王波同意王度的奏议。石虎下诏书说:"王度议称:'佛是外国之神,不是天子和华夏诸国人应当供奉的。'我生于边境西域,有幸遇上天运,得以统治诸夏,至于祭奉礼仪,应当兼顾我们原来的习俗。佛是西域之神,正好是应当信奉的。制度礼仪由上层颁行,成为永久的法则,只要于政治、教化无害,何必固守前代的规定。赵国各族百姓,有舍弃乱杂礼仪而愿意信奉佛教的,都听任他们自由选择。"于是,怠慢佛教戒规的人越来越多,越来越随便。黄河里原来不生大鼋,一天突然抓到一只,献给了石虎,

澄见而叹曰："桓温其入河不久。"温字元子。后果如言也。

时魏县有一流民,莫识氏族,恒著麻襦布裳,在魏县市中乞丐,时人谓之麻襦。言语卓越,状如狂病,乞得米谷不食,辄散置大路,云饲天马。赵兴太守藉拔收送诣虎。先是澄谓虎曰:"国东二百里某月某日当送一非常人,勿杀之也。"如期果至。虎与共语,了无异言,唯道:"陛下当终一柱殿下。"虎不解此语,令送以诣澄。麻襦谓澄曰:"昔在元和中会,奄至今日。有戎受玄命,绝历终有期。金离销于壤,边荒不能尊。驱除灵期迹,莫已己之懿。裔苗叶繁,其来方积,休期如何斯?永以叹之!"澄曰:"天回运极,否将不支。九木水为难,无可以术宁。玄哲虽存世,莫能基必馥。久游阎浮利,扰扰多此患。行登凌云宇,会于虚游间。"澄与麻襦,讲语终日,人莫能解。有窃听者,唯得此数言,推计似如论数百年事。虎遣马驿送还本县,既出城外,辞能步行,云:"我当有所过,未便得发。至合口桥,可留见待。"使如言驰去,未至合口,而麻襦已在桥上。考其行步,有若飞也。

澄有弟子道进,学通内外,为虎所重。尝言及隐士,虎谓进曰:"有杨轲者,朕之民也,征之十余年,不恭王命,故往省视,傲然而卧。虽不得君临万邦,乘舆所向,

佛图澄看见后叹息道："桓温这个人不久就要进攻黄河流域了。"桓温的字为"元子"。后来果然像佛图澄所预测的一样。

当时魏县有一个流浪汉，不知他是何方人氏，总穿着麻布短衣，在魏县街头乞讨，时人称他为麻襦。他言语非凡，状如疯狂，讨得的干粮不吃，就撒在大道上，说是喂天马。赵兴太守藉拔将他收押后送给了石虎。在这之前佛图澄曾对石虎说过："国都东面二百里处在某月某日会送给你一个不一般的人，不要杀他。"到了这天果然送来了这个"麻襦"。石虎与他谈话，他没有很特别的话，只是说："陛下当死于一柱殿下。"石虎不懂这句话的意思，让人把他送到佛图澄那里。麻襦对佛图澄说："从前我们在汉灵帝元和年间相会，忽然就到了今天。西戎接受天命称王中原，亡国的日子也快到了。西方金火将灭于中央之土，边疆蛮夷将不能继续称尊。驱除了西戎的统治痕迹后，也不要停止修行自己的美德。但其苗裔尚且根深叶茂，正积聚着未来的势力，吉祥之期究竟何时到来？令我们长久地叹息！"佛图澄说："天道循环物极必反，否运已经不能支撑太久。东北方（指前燕）已呈现极阳之势，就要发难，没有办法加以平息。即使玄圣仍然在世，也无起死回生之力。我已久留人世，熙熙攘攘有很多忧患。所幸即将登入天堂，那时我们再相会于虚无世界。"佛图澄与麻襦，一整天都在谈话，别人不知道他们讲了些什么。有偷听的人，也只记得上面几句，推想起来他们似乎在谈论前后几百年的事。石虎派人通过驿道把麻襦送还本县，刚走出城外，他就下马说能步行，并说："我要去拜访一个人，不能马上就走。到了合口桥时，你可以在那里等着我。"使者遵从他的话，上马飞驰而去，没等使者到达合口，麻襦已经站在桥上等他了。推测他走路的速度，就像飞一样。

佛图澄有个弟子叫道进，学问贯通中外，为石虎所看重。有一次曾经谈到隐士，石虎对道进说："有个叫杨轲的，是我们的百姓，征调十多年了，他一直不听从王命，所以我亲自去探望，他竟然傲然而卧，连臣礼都不行。我虽不能君临万邦，但车马所到之处，

天沸地涌。虽不能令木石屈膝，何匹夫而长懒耶？昔太公之齐，先诛华士。太公贤哲，岂其谬乎？"进对曰："昔舜优蒲衣，禹造伯成，魏饰干木，汉美周党，管宁不应曹氏，皇甫不屈晋世，二圣四君，共嘉其节，将欲激厉贪竞，以峻清风。愿陛下遵舜、禹之德，勿效太公用刑。君举必书，岂可令赵史遂无隐遁之传乎？"虎悦其言，即遣轲还其所止，遣十家供给之。进还，具以白澄，澄皖然笑曰："汝言善也，但轲命有所县矣！"后秦州兵乱，轲弟子以牛负轲西奔，戍军追擒，并为所害。

虎尝昼寝，梦见群羊负鱼，从东北来。寤已访澄，澄曰："不祥也。鲜卑其有中原乎？"慕容氏后果都之。澄尝与虎共处中堂，澄忽惊曰："幽州当火灾！"仍取酒洒之，久而笑曰："救已得矣。"虎遣验幽州，云："尔日火从四门起，西南有黑云来，骤雨灭之，雨亦颇有酒气。"

至虎建武十四年七月，石宣、石韬将图相杀。宣时到寺，与澄同坐。浮图一铃独鸣，澄谓宣曰："解铃音乎？铃云：'胡子落度。'"宣变色曰："是何言与？"澄谬曰："老胡为道，不能山居无言，重茵美服，岂非落度乎？"石韬后至，澄熟视良久，韬惧而问澄，澄曰："怪公血臭，故相视耳。"至八月，澄使弟子十人斋于别室，澄时暂入东阁。虎与后杜氏问讯，澄曰："胁下有贼，不出十日，自佛图从西，北殿以东，

无不天沸地涌。我虽不能让木石屈膝，为何他一介匹夫却是这么傲慢呢？从前齐太公吕尚到齐国，先杀华而不实之士。太公是贤能之人，难道他这么做不对吗？"道进回答说："从前舜帝礼待蒲衣，禹帝造访伯成，魏文侯敬重段干木，汉光武帝赞美周党，管宁不响应曹魏征召，皇甫谧不屈身仕晋，两位圣贤与四位君主，都嘉许他们的节操，以此激励贪竞之人，用以端正清明之风。愿陛下遵从舜、禹之仁德，不要效法太公滥用刑罚。您的举措行为将来一定记载于史册，难道能让赵国的史书上竟无隐遁之士的传记吗？"石虎听了他的话十分高兴，立即派人送杨轲回到原来的住处，并派十户人家供给他衣食。道进回去后，把此事详细告诉了佛图澄，佛图澄开朗地笑道："你的话很好，但是杨轲的生命很危险呀！"后来秦州发生战乱，杨轲的弟子用牛驮着他往西逃奔，被守兵追上擒获，一起被杀害了。

石虎曾在白天睡觉时，梦见一群羊驮着鱼，从东北方向走来。醒后访问佛图澄，佛图澄说："这个梦不吉祥。鲜卑有人要统治中原吗？"慕容氏后来果然建都于中原。佛图澄有一次曾与石虎共同坐在正厅中间，佛图澄忽然惊讶道："幽州应该起火了！"他就拿酒来泼洒出去，过了很久又笑道："已经救下来了。"石虎派人去幽州查验，回来说："那天大火从四门烧起来，西南方向有一股黑云飘来，骤然降雨把大火浇灭了，雨水也有一股很浓的酒气。"

到石虎建武十四年七月，石宣、石韬图谋要互相残杀。一天，石宣来到佛寺，与佛图澄坐在一起。寺塔上有一铜铃单独响了起来，佛图澄对石宣说："能听懂铃音吗？铃音说：'胡子落度。'"石宣脸色大变说："这话说的是什么意思？"佛图澄撒谎道："我这个老胡人修道，不能像山居之人那样隐遁潜修，在都市锦衣玉食，难道这不是落度吗？"石韬后到，佛图澄仔细地盯着他看了好久，石韬感到恐惧，便问佛图澄为什么那样盯他，佛图澄说："我奇怪你身上充满血腥味，所以一直盯着你。"到了八月，佛图澄让弟子十人移到另一间屋里去做斋事，自己暂时进了东阁。石虎与皇后杜氏一起看望佛图澄，佛图澄说："你身边有贼，不出十天，自佛寺以西，北殿以东的范围，

当有流血。慎勿东行也。"杜后曰:"和尚耄耶,何处有贼?"澄即易语云:"六情所受,皆悉是贼。老自应耄,但使少者不愍。"遂便寓言,不复章的。后二日,宣果遣人害韬于佛寺中,欲因虎临丧,仍行大逆。虎以澄先戒,故获免。及宣事发被收,澄谏虎曰:"既是陛下之子,何为重祸耶?陛下若忍怒加慈者,尚可六十余岁。如必诛之,宣当为彗星,下扫邺宫也。"虎不从,以铁镢穿宣领,牵上薪积而焚之,收其官属三百余人,皆车裂支解,投之漳河。澄乃敕弟子罢别室斋也。


后月余日,有一妖马,鬣尾皆有烧状,入中阳门,出显阳门,东首东宫,皆不得入,走向东北,俄尔不见。澄闻而叹曰:"灾其及矣!"至十一月,虎大飨群臣于太武前殿,澄吟曰:"殿乎殿乎,棘子成林,将坏人衣。"虎令发殿石下视之,有棘生焉。澄还寺,视佛像曰:"怅恨不得庄严。"独语曰:"得三年乎?"自答:"不得不得。"又曰:"得二年、一年、百日、一月乎?"自答:"不得。"乃无复言,还房,谓弟子法祚曰:"戊申岁祸乱渐萌,己酉石氏当灭。吾及其未乱,先从化矣。"既遣人与虎辞曰:"物理必迁,身命非保,贫道焰幻之躯,化期已及。既荷恩殊重,故逆以仰闻。"虎怆然曰:"不闻和尚有疾,乃忽尔告终。"即自出至寺而慰谕焉。澄谓虎曰:"出入生死,道之常也。修短分定,非所能言。夫道重行全,德贵无怠,苟业操无亏,虽亡若在。违而获延,非其所愿。今意未尽者,以国家心存佛理,奉法无斁,兴起寺庙,

会有流血事件。你千万不要往东面去。"杜皇后说:"和尚老糊涂了,哪里来的贼呢?"佛图澄立即改变话风说:"人的七情六欲,都是贼。我和尚老糊涂了,只要你们不糊涂就行。"他于是便借题暗示,不再直说。过了两天,石宣果然派人在佛寺里杀害了石韬,本想借石虎前去吊丧之机,把石虎也杀掉。石虎因为佛图澄预先有劝诫,所以得以免此一劫。等到石宣事情败露被收监,佛图澄劝谏石虎道:"既然是陛下的儿子,为什么要加给他重刑呢?陛下如果忍住怒气而施以慈悲,还可活到六十余岁。如果一定要杀死他,石宣会成为扫帚星,下扫邺宫。"石虎没有听从他的劝告,用铁锁链穿过石宣的脖子,牵到柴堆上烧死了,又将其官属三百多人抓起来,全部车裂分尸,扔到漳河里。佛图澄便令弟子停下在另一件屋里的斋事。

　　一个多月后的一天,有一匹妖马,鬃毛与马尾都有被烧的痕迹,进中阳门,出显阳门,头冲着东宫,哪里也进不去,向东北方向跑了,眨眼之间就不见了。佛图澄听说这件事情后叹息道:"灾难到来了!"到了十一月,石虎在太武前殿大宴群臣,佛图澄吟唱道:"殿乎殿乎,棘子成林,将坏人衣。"石虎令人挖开殿前石头一看,见有棘子生在石下。佛图澄回到寺院,看着佛像说:"很遗憾没能够维护佛祖的庄严。"又自言自语道:"还能有三年吗?"自答道:"不能不能。"又说:"有二年、一年、一百天、一个月吗?"自答:"都不能。"于是不再说话,默默走回房间,对弟子法祚说:"戊申年祸乱兴起,己酉年石氏就会灭亡。我要在未乱之前,先坐化升仙了。"他即刻派人向石虎告辞道:"万物之理一定会变迁,身体生命不能永保,贫道是一幻化之躯,坐化之期已到。既往蒙恩深重,所以特来奉告让你知道。"石虎悲伤地说:"没听说和尚有病,却突然告终。"他立即出宫亲自到寺院慰问。佛图澄对石虎说:"出入生死,是正常的规律。寿长寿短皆由命定,不是谁能说了算的。道重在行为圆满,德贵在永无懈怠,如果事业操守无亏于大道,虽死犹存。违背这些而去延长寿命,非我所愿。如今意犹未尽的,是国家心存佛理,全力奉法,兴起寺庙,

崇显壮丽，称斯德也，宜享休祉，而布政猛烈，刑酷罪滥，显违圣典，幽背法戒，以不自惩革，终无佛祐。若降心易虑，惠此下民，则国祚延长，道俗庆赖。毕命就尽，没无遗恨！"虎悲动呜咽，知其必逝，即为凿圹营坟。至十二月八日，卒于邺宫寺，是岁晋穆帝永和四年也。士庶悲哀，号赴倾国。春秋一百一十七年矣。仍窆于临漳西紫陌，即虎所创冢也。

俄而梁犊作乱，明年虎死，冉闵篡弑，石种都尽。闵小字棘奴，澄先所谓"棘子成林"者也。澄左乳旁先有一孔，围四五寸，通彻腹内，有时光从中出。或以絮塞孔，夜欲读书，辄拔絮，则一室洞明。又斋日辄至水边，引肠洗之，还复内中。澄身长八尺，风姿甚美，妙解深经，旁通世论。讲说之日，正标宗致，使始末文言，昭然可了。加复慈洽苍生，拯救危苦。二石凶强，虐害非道，若不以与澄同日，孰可言哉！但百姓蒙益，日用而不知耳。

佛调、须菩提等数十名僧，出自天竺、康居，不远数万之路，足涉流沙，诣澄受训。樊沔释道安、中山竺法雅，并跨越关河，听澄讲说。皆妙达精理，研测幽微。澄自说生处去邺九万余里，弃家入道一百九年，酒不逾齿，过中不食，非戒不履，无欲无求。受业追随，常有数百，前后门徒，几且一万。所历州郡，兴立佛寺八百九十三所，弘法之盛，莫与先矣。

宏伟壮丽,堪称德政,应享福祉,然而施政苛刻,刑酷罪滥,显然有违于圣典,暗中有悖于法戒,如果自己不鉴于前失有所改变,终当没有佛的保佑。若能改变心思,施惠于民,国运就能得以延长,出家之人与世俗之人都会庆幸有了依靠。贫道命尽寿终,死无遗憾!"石虎悲恸呜咽,知道他一定会死,立即为他营造墓穴。十二月八日,佛图澄卒于邺宫寺,这一年是晋穆帝永和四年。士人百姓无不悲哀,举国哭丧。世寿一百一十七岁。遗体葬于临漳西紫陌间,就是石虎为他修造的墓地里。

不久梁犊作乱,第二年石虎死了,冉闵篡位杀戮,石氏一家全被杀尽。闵的乳名叫"棘奴",佛图澄原先所说的"棘子成林",指的就是他。佛图澄左乳房旁边原先有个小孔,周长约有四五寸,直通胸腔,有时有光亮从里面透出来。他有时候用棉絮将小孔堵塞上,夜晚想读书时,就把棉絮掏出来,就满屋通明。又,每逢斋戒之日,他就到水边,将肠子从这个小孔里拉出来清洗,洗完后再放回去。佛图澄身高八尺,风姿很美,妙解深奥的经书,兼通治世之论。每逢讲经说法的时候,他能正确阐明教义的宗旨和细微的意思,使经典的古奥原文,变得清晰易懂。他能以慈悲大度的襟怀对待苍生,竭诚拯救世人的危难困苦。石勒、石虎凶暴强横,杀害无辜,残忍无道,若不是与佛图澄生活在同一时代,谁能劝说得了他们两个啊! 只是百姓蒙恩受益,每天享用成果却不知道是佛图澄的功劳。

佛调、须菩提等数十位名僧,出自天竺、康居,不远数万里之路,足涉流沙,前来追随佛图澄受学。樊沔释道安、中山竺法雅等本土名僧,也跋山涉水,来听他讲道。他们都能通经明理,研究教义幽微之处。佛图澄自己说他出生的地方离邺城九万余里,他弃家入道一百零九年,平生酒不入口,过了中午不再吃东西,不符合戒规的不做,无欲无求。跟他受业追随的弟子,常有数百名之多,前后门徒,几近一万。他到过的州郡,兴立的佛寺多达八百九十三所,他弘扬佛法的盛况,没有人比得上。

初,虎殁澄,以生时锡杖及钵内棺中。后冉闵篡位,开棺唯得钵杖,不得见尸。或言澄死之日,有人见澄于流沙。虎疑其不死,因发墓开棺视之,唯见一石,虎曰:"石者朕也,师葬我而去矣。"未几虎死。后慕容隽都邺,处石虎宫中,每梦见虎啮其臂,意谓石虎为祟。乃募觅虎尸,于东明馆掘得之,尸僵不毁。隽踬之骂曰:"死胡敢怖生天子!汝作宫殿成,而为汝儿所图,况复他耶!"鞭挞毁辱,投之漳河。尸倚桥柱不移,秦将王猛乃收而葬之,麻襦所言"一柱殿"也。后苻坚征邺,隽子晖为坚大将郭神虎所执,实先梦虎之验也。田融《赵记》云:"澄未亡数年,自营冢圹。"澄既知冢必开,又尸不在中,何容预作?恐融之谬矣。澄,或言佛图澄,或言佛屠澄,皆取梵音之不同耳。出《高僧传》。

当初，石虎装殓佛图澄，把生前的锡杖及钵盂收纳在棺材里面。后来冉闵篡位，开棺时只见有钵子和锡杖，没有见到尸体。有人说，佛图澄死的那天，有人在流沙看见过他。石虎怀疑他没有死，便打开坟墓和棺材看一看，只见到一块石头，石虎说："石头就是我呀，大师埋葬了我而他却走了。"没过多久石虎就死了。后来慕容隽建都于邺城，住在原先石虎的宫里，每每梦见老虎咬他的胳膊，心里想一定是石虎作祟。便寻找石虎的尸体，后来在东明馆挖到了，尸体僵硬没有腐坏。慕容隽踢着尸体骂道："死胡人竟敢吓唬活天子！你把宫殿建成后，被你儿子算计，更何况其他人呢！"他把石虎的尸体鞭打侮辱够了，又让人扔进了漳河。尸体倚着桥柱不再移动，秦将王猛便将他收起来安葬了，这桥柱，就是那个"麻襦"所说的"一柱殿"。后来符坚攻打邺城，慕容隽的儿子慕容晔，被符坚的大将郭神虎抓获，这才是慕容隽之前梦见虎的真实验证。田融在《赵记》中说："佛图澄在未死之前数年，自己营造墓圹。"佛图澄既然知道坟墓一定被掘开，他的尸体又不在里面，为什么还要预先营造呢？恐怕是田融搞错了吧。澄，有人写作佛图澄，有人写作佛屠澄，都是梵文音译时的不同而已。出自《高僧传》。

# 卷第八十九
## 异僧三

释道安　　鸠摩罗什　　法　朗　　李恒沙门

### 释道安

释道安姓魏氏，常山扶柳人也。家世为儒，早失覆荫，为外兄孔氏所养。年七岁，读书再览能诵，乡邻嗟异。至年十二出家，神性聪敏，而形貌甚陋，不为师之所重。数岁之后，方启师求经，与《辩意经》一卷，可五千言。安赍经入田，因休息就览。暮归，以经还师，更求余者。师曰："昨经未读，今复求耶？"答曰："即以暗诵。"师虽异之，而未言也，复与《成具光明经》一卷，不减一万言。赍之如初，暮复还师。师执覆之，不差一字。师大惊嗟，敬而异之。

后为受具戒，恣其游学。至邺，遇佛图澄，因事澄为师。及石氏将乱，与弟子惠远等四百余人渡河南游，夜行值雷雨，乘电光而进。前行得人家，见门里有一马桩，桩之间悬一马兜，可容一斛。安使呼林百升，百升谓是神人，

## 释道安

　　释道安本姓魏,常山扶柳人。家里世代都是读书人,早年父母双亡,由表兄孔氏抚养。七岁时,读书读两遍就能背诵,乡邻感叹他与众不同。到十二岁剃度出家,天性聪敏,但因形貌丑陋,不被师父重视。几年之后,才开始给老师要经书学习,师父给他一卷《辩意经》,约五千字。道安带上经书下地干活,休息的时候就看经书。晚上收工回来,把经书还给师父,再借别的经书看。师父说:"昨天给你的经书还没读完,今天怎么又要别的呢?"道安回答道:"昨天那经书已能默诵了。"师父虽然对此感到惊异,但也没说什么,又给他一卷《成具光明经》,不少于一万字。他拿过来,还像当初一样,晚上收工回来又还给师父。师父把经书盖上让他背诵,结果一字不差。师父大为惊讶,敬重他的才华,认为他是个不同寻常的人。

　　后来为他受具足戒,允许他可以任意出外游学。道安到了邺都,遇见佛图澄,便拜佛图澄为师。等到石氏政权要发生内乱,道安与弟子惠远等四百多人渡过黄河南下,一天晚上赶路时遇到雷雨,他们借着闪电的光亮行进。往前走看到一户人家,只见大门里面有个拴马桩,两桩之间挂着个马兜,能盛一斛(一百升为一斛)东西。道安让人呼唤林百升,林百升认为道安是个神人,

厚相赏接。既而弟子问:"何以知其姓字?"安曰:"两木为林,兜容百升也。"

既达襄阳,复宣佛法。时襄阳习凿齿锋辩天逸,笼罩当时。其先藉安高名,及闻安至止,即往修造。既坐,称言:"四海习凿齿。"安曰:"弥天释道安。"时人以为名答。时苻坚素闻安名,每云:"襄阳有释道安,是神器,方欲致之,以辅朕躬。"后遣苻平南攻襄阳,安与朱序俱获于坚。坚谓仆射权翼曰:"朕以十万之师取襄阳,唯得一人半。"翼曰:"谁耶?"坚曰:"安公一人,习凿齿半人也。"既至,住长安五重寺。

初,坚承石氏之乱,至是户民殷富,四方略定。唯建业一隅,未能克伏。每与侍臣谈语,未尝不欲平一江左。坚弟平阳公融及朝臣石越、原绍等并切谏,终不能回。众以安为坚所信敬,乃共请曰:"主上将有事东南,公何能不为苍生致一言耶?"会坚出东苑,命安外辇同载。仆射权翼谏曰:"臣闻天子法驾,侍中陪乘。道安毁形,宁可参厕?"坚勃然作色曰:"安公道德可尊,朕以天下不易,舆辇之荣,未称其德。"即敕仆射扶安登辇。俄尔顾谓安曰:"朕将与公南游吴越,整六师而巡狩,陟会稽以观沧海,不亦乐乎?"安对曰:"陛下应天御世,有八州之富,居中土而制四海,宜栖神无为,与尧、舜比隆。今欲以百万之师,求厥田下之土,且东南一隅,地卑气厉,禹游而止,舜狩而殂,秦王适而不归。

用厚礼接待了他们。不久弟子问："怎么知道主人的姓名？"道安说："二木为林，那个马兜可以盛下'百升'的东西。"

到达襄阳后，道安又在那里宣讲佛法。当时襄阳有个习凿齿，辩锋天然超绝，名噪一时。他原先是借助道安使自己出了名，等听说道安到了襄阳，便去拜访他。落座之后，习凿齿自己介绍说："四海习凿齿。"意思是自己名扬四海之间。道安则说："弥天释道安。"意思是普天之下无人不知释道安的名字。时人认为这是巧妙的对答。当时符坚久闻释道安的大名，常跟人说："襄阳有个释道安，是神才，正想把他招来，让他辅佐我。"后来他派符平南下攻打襄阳，道安与朱序都被抓获送给了符坚。符坚对仆射权翼说："我以十万大军攻取襄阳，只为得到一个半人。"权翼问道："是谁？"符坚说："道安是一个人，习凿齿是半个人。"道安到了后，住在长安五重寺。

起初，符坚继承的是石氏遗留下来的混乱江山，到现在已经民众富足，四方平定。唯独建业一地，未能攻克。他每与大臣们谈论，未尝不想平定江东一带。符坚的弟弟平阳公符融与朝廷大臣石越、原绍等，一起竭力劝阻他，但一直不能改变他的主意。大家认为道安是符坚所信服和敬重的人，便一起请求道："主上要向东南出兵，您怎么能不为了天下苍生劝谏他一句呢？"恰好符坚出游东苑，让道安和自己同坐一辆车。仆射权翼劝谏道："我听说天子的车驾，只能由侍中陪乘。道安剃度毁形，哪能坐在您旁边？"符坚勃然变色道："道安公的道德令人尊重，我用天下都换不过他，让他与我同车的荣誉，也不能与他的道德相称。"就敕令仆射扶着道安上车。一会儿符坚回头对道安说："我将要与你南游吴越，统领六军南下巡视，登上会稽山以观沧海，不也是件很惬意的事吗？"道安回答说："陛下顺应天命而管理天下，拥有八州之多的富庶疆土，居于中原而统治四方，应当凝神专一而休养生息，与尧、舜一样德垂千古。现在想以百万之师，争夺那块田地，况且那东南一带，地势低下气候恶劣，当年禹帝巡游到那里就停止不前，舜帝巡狩死在那里，秦王到了那里也没有回来。

以贫道观之,非愚心所同也。平阳公懿戚,石越重臣,谓并不可,犹尚见距。贫道轻浅,言必不允。既荷厚遇,故尽丹诚耳。"坚曰:"非为地不广,民不足治也,将简天心,明大运所在耳。顺时巡狩,亦著前典。若如师言,则先帝王无省方之文乎?"安曰:"若銮驾必动,可先幸洛阳,抗威蓄锐,传檄江南,如其不伏,伐之未晚。"坚不从,遣平阳公融等精锐二十五万为前锋,坚躬率步骑六十万,至须城。晋遣征虏将军谢石、徐州刺史谢玄距之。坚前军大溃于八公山,晋军遂北三十余里,坚单骑而遁,如所谏焉。

安注诸经,恐不合理,乃誓曰:"若所说不甚远理,愿见瑞相。"乃梦见道人,头白眉长,语安云:"君所注经,殊合道理。我不得入泥洹,住在西域,当相助通,可时时设食。"后《十诵律》至,远公乃知和尚所梦宾头卢也。

后至秦建元二十一年正月二十七日,忽有异僧,形甚庸陋,来寺寄宿。寺房既窄,处之讲堂。时维那值殿,夜见此僧从窗而出入,遽以白安。安惊起礼讯,问其来意,答云:"特相为来。"安曰:"自惟罪深,讵可度脱?"答云:"甚可以度耳。"安请问来生所生之处,彼乃以手虚拨天之西北,即见云开,备睹兜率妙胜之报。安至其年二月八日忽告众曰:"吾当去矣。"是日斋毕,无疾而卒,葬城内五级寺中,是岁晋太元元年也。出《高僧传》。

以贫道之见，不同意出兵吴越。平阳公是至亲，石越是重臣，他们一致说不可以，尚且被拒绝。贫道如此轻浅，我的话一定不能应允。但既然承蒙陛下厚遇，所以理当竭尽赤诚而已。"符坚说："不是因为地盘不大，人口不多，不值得治理，为的是承受天意，彰明天运无处不在罢了。朕应天时而巡狩四方，也符合前人的法则。如果像大师所说的那样，那么先前的帝王岂不是没有视察四方的举动和文字记载了吗？"道安说："如果銮驾一定要出巡，可以先到洛阳，在那里抗御强敌的威胁，积蓄自己的力量，向江南下一道征讨的文书，如果他们不顺服，兴兵讨伐也不算晚。"符坚没有听从，便派遣平阳公符融等精锐部队二十五万为前锋，符坚亲自率步骑六十万，挥师南下到了须城。东晋派遣征房将军谢石、徐州刺史谢玄统兵迎战。符坚的前锋部队大败于八公山，晋军便向北推进了三十余里，符坚单人独骑落荒而逃，正像道安劝谏他说的那样。

道安注解了许多佛经，唯恐自己的注解不合于教义，便发誓说："如果我所说的与佛理相差不大，祈愿佛祖显现吉祥之相。"于是梦见一位道人，满头白发，眉毛很长，告诉道安："你注解的经书，非常符合佛理。我不能入涅槃，住在西域，会帮助你通达佛经的，你可时时摆设供食。"后来《十诵律》传到中土，慧远法师才知道道安梦到的是宾头卢。

后来到了前秦建元二十一年正月二十七日，忽然有个异僧，形貌很平庸丑陋，来到寺庙寄宿。因为寺房狭窄，便他安置在讲经堂上。当时维那值班守殿，夜里看见此僧从窗口出入，赶快报告了道安。道安慌忙起床，按照礼节去询问致意，问及他的来意时，答道："特意为你而来。"道安说："自觉罪孽深重，怎么可以度脱？"答道："完全可以超度了。"道安请问来生会生在什么地方，他便用手在空中拨了拨天的西北方向，顿时看见那边云雾散开，完完整整地看见兜率妙胜之境。道安于这年二月八日突然告诉大家说："我要离开了！"这一天用斋过后，他无疾而终，安葬在城内五级寺中，这一年是晋太元元年。出自《高僧传》。

## 鸠摩罗什

鸠摩罗什,此云童寿,天竺人也。善经律论,化行于西域。及东游龟兹,龟兹王为造金狮子座一处之。

时苻坚僭号关中,有外国前部王及龟兹王弟并来朝坚。坚引见,二王说坚云:"西域多产珍奇,请兵往定,以求内附。"至坚建元十三年正月,太史奏云:"有星见外国分野,当有大德智人入辅中国。"坚曰:"朕闻西戎有鸠摩罗什,襄阳有沙门道安,将非此耶?"即遣使求之。至十七年二月,鄯善上前部王等又说坚,请兵西伐。十八年九月,坚遣骁将吕光、凌江将军姜飞将前部王及车师王等率兵七万西伐龟兹。临发,坚饯光于建章,谓光曰:"夫帝王应天而治,以子爱苍生为本,岂贪其地而伐之?正以怀远之人故也。朕闻西域有鸠摩罗什,深解法相,善闲阴阳,为后学之宗,朕甚思之。贤哲者,国之大宝,若克龟兹,即驰驿送什。"光军未至,什谓龟兹王白纯曰:"国运衰矣,尚有劲敌从东方来,宜恭承之,勿抗其锋。"纯不从而战,光遂破龟兹,杀纯,立纯弟震为主。

光既获什,未测其智量,见年齿尚少,及以凡人戏之,强妻以龟兹王女。什拒而不受,辞甚苦至。光曰:"道士之操,不逾先父,何所因辞?"乃饮以醇酒,同闭密室。什被逼既至,遂亏其节。或令骑牛及乘恶马,欲使堕落。什常怀忍辱,曾无异色,光惭愧而已。光还中路,置军于山下,将士已休。什曰:"不可在此,必见狼狈,宜徙军陇上。"

# 鸠摩罗什

鸠摩罗什，意译为童寿，天竺人。通晓经、律、论三藏佛典，游化于西域。等东游龟兹时，龟兹王为他建造了一金狮子宝座安置他。

当时符坚统治关中，有外国前部王和龟兹王弟一起来朝见符坚。符坚召见他们，二王劝说符坚道："西域多出产珍奇之物，请出兵征伐，让其归附。"到符坚建元十三年正月，太史上奏道："有一个星座在外国边界出现，要有大德贤能的人物前来辅助中国。"符坚说："朕听说西域有个鸠摩罗什，襄阳有个沙门道安，莫不就是他们吗？"立即派使者去求。到了建元十七年二月，鄯善国原先那个前部王等人又来游说符坚，请他出兵西伐。十八年九月，符坚派遣猛将吕光、凌江将军姜飞，由前部王与车师王等陪同，领兵七万西征龟兹。出发前，符坚在建章宫为吕光饯行，对吕光说："帝王顺应天命而治，以慈爱苍生为根本，岂能为了贪占土地而攻伐他们？正是因为怀念远方得道高人的缘故。朕听说西域有个人叫鸠摩罗什，精通佛家教义，擅长娴熟于阴阳之学，是后学者的宗师，朕非常想见到他。贤哲之人，是国家的珍宝，如果攻克了龟兹，要立即把鸠摩罗什送回来。"吕光的军队还没到达龟兹时，鸠摩罗什就对龟兹国王白纯说："国家的气运已经衰微了，又有强敌从东方打来，应当恭顺地服从他们，不要与他们正面交锋。"白纯不听他的劝告，出兵应战，吕光于是攻破龟兹，杀死白纯，立他的弟弟白震为龟兹国王。

吕光得到鸠摩罗什后，不知道他有多大的才智，见他年纪尚轻，把他当成常人戏弄他，强迫他娶龟兹王的女儿为妻。鸠摩罗什拒不接受，向吕光苦苦哀求。吕光说："道士的操行，不会超过你父亲，为什么要拒绝？"吕光给他喝了醇酒，把他与龟兹王之女关到一间密室。鸠摩罗什被逼着同房之后，便损失了操守。吕光有时让他骑牛或乘劣马，想让他摔下来出丑。鸠摩罗什常常忍受这些屈辱，竟然毫无怨怒之色，吕光只好惭愧作罢。吕光在返回关中的途中，把军队安置在山下，将士们已经休息了。鸠摩罗什说："不可在此，在这里一定会有狼狈的事，应该把军队转移到山坡上。"

光不纳。至夜,果有大雨,洪潦暴起,水深数丈,死者数千。光始密而异之。什谓光曰:"此凶亡之地,不宜淹留,推迁揆数,应速言归,中路必有福土可居。"光从之。至凉州,闻苻坚已为姚苌所害,光三军缟素,大临城南。于是窃号关外,年称太安。

太安二年正月,姑臧大风。什曰:"不祥之风,当有奸叛,然不劳自定也。"俄尔梁谦、彭晃相系而反,寻亦殄灭。至光龙飞二年,张掖临松卢水胡沮渠男成及从弟蒙逊反,推建康太守段业为主。遣庶子秦州刺史太原公纂,率众五万讨之。时论谓业等乌合,纂有威声,势必全克。光以访什,什曰:"观察此行,未见其利。"既而纂败绩于合黎。俄有郭廦作乱,纂委大军轻还,为廦所败,仅以身免。光中书监张资,文翰温雅,光甚器之。资病,光博营救疗。有外国道人罗叉,云能差资疾,光喜,给赐甚重。什知叉诳诈,告资曰:"叉不能为,徒烦费耳。冥运虽隐,可以事试也。"乃以五色丝作绳,结之,烧为灰末投水中,灰若出水还成绳者,病不可愈。须臾,灰聚浮出,复绳本形。既叉治无效,少日资亡。顷之,光又卒,子绍袭位。数日,光庶子纂杀绍自立,称元咸宁。

咸宁二年,猪生子,一身三头,龙出东箱井中,到殿前蟠卧,比旦失之。纂以为美瑞,号大殿为龙翔殿。俄而有

吕光没有采纳他的意见。到了夜间，果然下起了大雨，山洪暴发，水涨数丈，淹死了几千人。由此，吕光才暗中发现他是个不寻常的人。鸠摩罗什对吕光说："这是个凶险的地方，不宜久留，推算时运和定数，应该赶紧往西走，去关中的路上一定有好地方可以住下。"吕光听从了他的话。到了凉州，听说符坚已被姚苌杀害，吕光三军都穿上了孝服，兵临城南。吕光于是占领关外，自立为凉王，年号称太安。

太安二年正月，姑臧刮起了狂风。鸠摩罗什说："这是不祥之风，会有奸贼叛乱，然而不用出兵叛敌就会自动平息的。"不久梁谦与彭晃接连谋反，很快就被扑灭了。到了吕光龙飞二年，张掖临松卢水的胡人沮渠男成及其堂弟蒙逊反叛，推举建康太守段业为国主。吕光派遣庶子秦州刺史太原公吕纂，率兵五万前去讨伐。当时的舆论认为段业的人马乃是乌合之众，吕纂又素有声威，按形势一定获全胜。吕光因此事去问鸠摩罗什，鸠摩罗什说："我看这次行动，不会胜利。"不久吕纂败于合黎。很快又有郭黁作乱，吕纂轻率地让大军往回行进，又被郭黁打败，只有他一人逃了回来。吕光的中书监张资，文才很好，温文尔雅，吕光十分器重他。张资病了，吕光不惜代价多方治疗。有个外国道人罗叉，说能治好张资的病，吕光非常高兴，送给他很多东西。鸠摩罗什知道罗叉撒谎骗人，告诉张资说："罗叉根本不能治你的病，白白浪费钱财而已。人的命运虽然幽隐难测，但可用一件事来试试你的病能不能治好。"他用五色丝线搓成绳，打成结，烧成灰末投到水里，说如果灰末从水里浮出来还原成绳子，病就不能治愈。不一会儿，只见灰末聚拢在一起浮出水面，又变成了绳的原形。后来，罗叉治疗果然无效，没过几天张资就死了。不久，吕光又死了，他的儿子吕绍承袭其位。过了几天，吕光的庶子吕纂杀死吕绍，自立为王，年号为咸宁。

咸宁二年，有口猪生了崽，一个身子上长了三个脑袋，一条龙从东箱井中飞出，飞到宫殿前面盘曲地卧在那里，第二天早上又不见了。吕纂认为这是吉祥之兆，命名大殿为龙翔殿。没过多久，又有

黑龙升于当阳九宫门,纂改为龙兴门。什奏曰:"此日潜龙出游,豕妖来异。龙者阴类,出入有时,而今屡见,则为灾眚。必有下人谋上之变,宜克己修德,以答天戒。"纂不纳,与什博戏,杀棋曰:"斫胡奴头。"什曰:"不能斫胡奴头,胡奴将斫人头。"此言有旨,而纂终不悟也。光弟保,有子名超,超小字胡奴。后果杀纂斩首,立其兄隆为主,时人方验什之言也。

什住凉积年,吕光父子既不弘道教,故蕴其深解,无所宣化。苻坚已亡,竟不相见。及姚苌僭有关中,亦挹其高名,虚心要请。吕以什智计多解,恐为姚谋,不许东入。及苌卒,子兴袭位,复遣敦请。兴弘始三年三月,有树连理,生于庙庭逍遥园,葱变为茝,以为美瑞,谓智人应入。至五月,兴遣陇西公硕德西伐吕隆,隆军大破。至九月,隆上表归降,方得迎什入关,以其年十二月二十日至于长安。兴待以国师之礼,甚见优宠。

自大法东被,始于汉明,涉历魏晋,经论渐多,而支竺所出,多滞文格义。兴少崇三宝,锐志讲集,什既至止,仍请入西明阁及逍遥园译出众经。什既率多谙诵,无不究尽,转能汉言,音译流便。既览旧经,义多纰僻,皆由先度失旨,不与梵本相应。于是兴使沙门僧䂮、僧迁、法钦、道流、道恒、道标、僧叡、僧肇等八百余人,谘受什旨,更令出《大品》。

一条黑龙飞到当阳九宫门上,吕纂改名为龙兴门。鸠摩罗什上奏道:"这几天潜藏着的龙飞了出来,猪妖也生下来奇异之物。龙属于阴类,出入有一定的时间,如今却连续出现,说明要有灾祸降临。肯定有人谋划犯上作乱,应当克制自己,修养仁德,以回应上天的警戒。"吕纂没有采纳他的建议,他与鸠摩罗什下棋,拿棋开玩笑说:"我要砍掉胡奴的头。"鸠摩罗什说:"不能砍掉胡奴的头,胡奴反要砍掉别人的头。"这句话是有所指的,而吕纂始终不领悟。吕光的弟弟吕保,有个儿子叫吕超,小名叫胡奴。胡奴后来果然杀死吕纂砍下了他的头,立他的哥哥吕隆为凉王,这时人们才验证了鸠摩罗什所说的那句话。

鸠摩罗什在凉地住了很多年,因为吕光父子不弘扬佛教,他只能藏起自己对佛理的深刻见解,没有机会进行宣化。符坚已经死了,一直没有见到他。等姚苌在关中称帝之后,也仰慕鸠摩罗什的高名,曾经虚心邀请。吕光父子因为鸠摩罗什足智多能,怕他为姚苌出谋划策,不放他东行。到了姚苌逝世,其子姚兴继位,又派人多次邀请。姚兴弘始三年三月,庭庭的逍遥园长了一棵连理树,葱变为苣,人们都认为这是吉祥之兆,要有才智之人应召入关。到了五月,姚兴派遣陇西公硕德西征讨伐吕隆,吕隆的军队被打败。到了九月,吕隆上表归降,姚兴才能够迎接鸠摩罗什入关,于当年十二月二十日来到长安。姚兴以国师之礼待他,罗什备受尊宠。

自从佛教东传以来,从汉明帝开始,历经魏晋,流传在中国的经论日渐增多,而支竺诸公所译出的佛经,大都艰涩难懂。姚兴年轻时就崇信佛法三宝,有志于收罗通晓经典的人进行讲解,鸠摩罗什来到长安后,便请他到西明阁与逍遥园翻译各种经书。罗什过去熟读诸多经书,没有不精通的,后渐渐掌握了汉语,翻译起来流畅便利。他翻阅旧译本时,发现文义有许多错误之处,都是由于当时译者理解上的偏差,与梵文原著不相符合。姚兴于是让佛教徒僧䂮、僧迁、法钦、道流、道恒、道标、僧叡、僧肇等八百余人,都来请教接受罗什的见解,又让他们重新译出《大品经》。

什持梵本，兴执旧经，以相雠校。其新文异旧者，义皆圆通，众心惬伏，莫不欣赞。

什为人神情鉴彻，傲岸出群，应机领会，鲜有其匹。且笃性仁厚，泛爱为心，虚己善诱，终日无倦。姚兴常谓什曰："大师聪明超悟，天下莫二。若一旦后世，何可使法种无嗣？"遂以妓女十人，逼令受之。自尔已来，不住僧坊，别立廨舍，供给丰盈。每至讲说，常先自说譬，譬如臭泥中生莲华，但采莲华，勿取臭泥也。

什初在龟兹，从卑摩罗叉律师受律。卑摩后入关中，什闻至欣然，师敬尽礼。卑摩未知被逼之事，因问什曰："汝于汉地，大有重缘，受法弟子，可有几人？"什答云："汉境经律未备，新经及诸论等，多是什所传出。三千徒众，皆从什受法。但什累业障深，故不受师敬耳。"又杯渡比丘在彭城，闻什在长安，乃叹曰："吾与此子戏，别三百余年，杳然未期。迟有遇于来生耳。"

什未终少日，觉四大不愈，乃口出三番神咒，令外国弟子诵之以自救，未及致力，转觉危殆，于是力疾。与众僧告别曰："因法相遇，殊未尽心。方复后世，恻怆何言！自以暗昧，谬充传谭。凡所出经论三百余卷，唯《十诵》一部，未及删繁。存其本旨，必无差失。愿凡所宣谭，传流后世，咸共弘通。今于众前，发诚实誓：若所传无谬者，当使焚身之后，舌不焦烂。"

以伪秦弘始十一年八月二十日卒于长安，是岁晋义熙五年也。即于逍遥园依外国法以火焚尸，薪灭形碎，唯舌不灰耳。出《高僧传》。

鸠摩罗什手持梵文原著,姚兴拿着旧译的经书,互相校订。新的译文与旧译不同之处,意义都更圆满通达,众人称心佩服,莫不赞赏。

鸠摩罗什为人神情开朗,傲岸出群,对于佛理能够应机领会,很少有人比得上。而且他宅心仁厚,心存博爱,虚怀若谷,循循善诱,终日不倦。姚兴曾跟鸠摩罗什说:"大师聪明颖悟,天下第一。一旦百年之后,怎能使法种后继无人?"便给他妓女十人,强令他接受。从那之后,鸠摩罗什不再住僧舍,另外有了宅院,日常供给十分丰盈。每到讲说佛经教义的时候,常常拿自己做譬喻,譬如臭泥中生莲花,只是采莲花之高洁,不取臭泥之污浊。

鸠摩罗什当初在龟兹时,跟从卑摩罗叉律师学习音律。卑摩后来来到长安,鸠摩罗什听说后非常高兴,对他极尽师敬之礼。卑摩不知道罗什被逼接受妓女的事,便问罗什道:"你在汉地,极有缘分,跟你受法的弟子,能有多少人?"鸠摩罗什答道:"汉地经律尚未完备,新译的经书与许多论著,大多是我所传译。三千徒弟,都跟我学习佛法。但我积累了很深的业障,所以得不到他们对我师父般的敬重。"僧人杯渡住在彭城,听说鸠摩罗什在长安,便叹道:"我要跟这小子开开玩笑,我们已分别三百多年了,一直没再见面。看来只有等来世再见了。"

罗什在临终前几天,感到身体不舒服,便口念三遍神咒,让外国弟子念诵借此救治自己,没等咒语生效,又觉生命危殆,病情日渐加重。他与众僧告别道:"因缘佛法与诸位相遇,深感情念未尽。只好等到来世,悲痛伤感之怀何以表达!我本愚昧不明,错误地承担了传译之任。一共译出经论三百余卷,只有《十诵律》一部,没来得及删订。存其本来旨意,一定没有差错。愿我平生所宣讲的教义,流传后世,大家共同弘扬。现在在诸位面前,我发诚实誓:如果我译传的经义没有错误,应当让我身死火化后,舌头烧不烂。"

伪秦弘始十一年八月二十日,鸠摩罗什死于长安,这年是东晋义熙五年。逝世后就在逍遥园依照外国法予以火化,柴火熄灭后形体粉碎,唯独舌头没有变成灰烬。出自《高僧传》。

## 法　朗

晋沙门康法朗学于中山。永嘉中，与一比丘西入天竺。行过流沙千有余里，见道边败坏佛图，无复堂殿，蓬蒿没人。法朗等下拜瞻礼，见有二僧，各居其旁。一人读经，一人患痢，秽污盈房。其读经者，了不营视。朗等恻然兴念，留为煮粥，扫除浣濯。至六日，病者稍困，注痢如泉，朗等共料理之。其夜，朗等并谓病者必不起，至明晨往视之，容色光悦，病状顿除。然屋中秽物，皆是华馨。朗等乃悟是得道之士以试人也。病者曰："隔房比丘，是我和尚，久得道惠，可往礼觐。"法朗等先嫌读经沙门无慈爱心，闻已，乃作礼悔过。读经者曰："诸君诚契并至，同当入道。朗公宿学业浅，此世未得愿也。"谓朗伴云："惠若植根深，当现世得愿。"因而留之。法朗后还山中，为大法师，道俗宗之。出《冥祥记》。

## 李恒沙门

晋李恒字元文，谯国人。少时，有一沙门造恒谓曰："君福报对至，而复对来随之。君能守贫修道，不仕宦者，福增对灭。君其勉之。"恒性躁，又寒门，但问仕宦当何所至，了不寻究修道意也。沙门与一卷经，恒不肯取，固问荣途贵贱何如。沙门曰："当带金紫，极于三郡。若能于一郡止者，亦为善道。"恒曰："且当富贵，何顾后患！"因留宿。恒夜起，见沙门

## 法　朗

　　晋沙门康法朗,修学佛道于中山。永嘉年间,与一个比丘一起西游去天竺。走过一千余里大沙漠,看见道旁有一座破败的寺庙,殿堂已经没有了,杂草有一人高。法朗等人走下路来前去拜谒,看见有两个僧人,分别坐在一边。一人正在读经书,一人患了痢疾,满屋子都是粪便。那个读经的人,不闻不问。法朗等人出于怜悯之心,留下来为那个病人煮粥吃,并为他打扫洗涮。到第六天,病人有些困乏,痢泻不止,法朗等人一块儿收拾料理。这天夜里,法朗等人都说病人恐怕好不了了,到第二天早上去看他,见他容光焕发,病状全消失了。而屋里的粪便,都变成了香花。法朗等人才省悟,此人是个得道之士,原来那副样子是用来试验他们的。病人说:“隔壁房里那个僧人,是我师父,他已久得佛法的恩惠,你们可去拜见他。”法朗等人原先嫌恶那个读经的僧人毫无慈爱之心,听了这番话,便向他赔礼道歉。读经和尚说:“诸位真心相合一起来到这里,都应当得道。但法朗平日学业尚浅,今生不能如愿了。”对法朗的那个同伴说:“你的佛心植根很深,现世即可如愿。”于是把他留了下来。法朗后来返回山中,成为一位大法师,出家人和世俗人都尊他为宗师。出自《冥祥记》。

## 李恒沙门

　　晋李恒,字元文,谯国人。年轻时,有一个和尚到李恒家里对他说:“你的福报和与福报相对的灾祸都会来临,而灾祸的来临是跟随在福报后的。你若能甘心贫寒而专心修学佛道,不走仕宦之路,祥福就会增加而灾祸可以消失。希望你勉力为之。”李恒生性急躁,又出身寒门,只询问仕宦之途会到什么程度,毫无研究修学佛道的兴趣。和尚送给他一卷经书,李恒不愿意接收,坚持询问他的官位高低到底怎么样。和尚说:“你将来能身披金紫,最高可到三郡之守。如能当了一郡之守就停止,也是善道。”李恒说:“只要眼前能够富贵,谁还顾虑以后的祸患。”这天晚上便留和尚住在家里。李恒夜间起来时,看见和尚

身满一床，入呼家人窥视。复变为大鸟跱屋梁上，天晓而形如旧。恒送出门，忽不复见。知是神人，因此事佛，而亦不能精至。后为西阳、江夏、庐江太守，加龙骧将军。太兴中，预钱凤之乱，被诛。出《法苑珠林》。

一个人躺了满满一床，进屋招呼家人来偷看。只见和尚又变成一只大鸟蹲在大房梁上，天亮时他又恢复了原来的样子。李恒送他出门，眨眼之间就看不到他了。李恒知道他是个神人，因此便信奉佛教，但是也不能专心致志。后来他曾为西阳、江夏、庐江三郡的太守，又加封为龙骧将军。太兴年间，因为参与钱凤之乱，被杀掉了。出自《法苑珠林》。

# 卷第九十
## 异僧四

杯　渡　　　释宝志

### 杯　渡

　　杯渡者，不知姓名，常乘木杯渡水，因而为号。初在冀州，不修细行，神力卓越，世莫测其由。尝于北方，寄宿一家，家有一金像，渡窃而将去。家主觉而追之，见渡徐行，走马逐之不及。至于孟津河，浮木杯于水，凭之渡河，不假风棹，轻疾如飞。俄而渡岸，达于京师。见时可年四十许，带索褴缕，殆不蔽身。言语出没，喜怒不均。或剖冰扣冻而洗浴，或著履上山，或徒行入市。唯荷一芦圈子，更无余物。尝往延贤寺法意道人处，意以别房待之。后欲往瓜步，至于江侧，就航人告渡，不肯载之。复累足杯中，顾眄言咏，杯自然流，直渡北岸，向广陵。

　　遇村舍李家八关斋，先不相识，乃直入斋堂而坐，置圈于中庭。众以其形陋，无恭敬之心。李见芦圈当道，

## 杯　渡

　　杯渡这个人，不知道他的姓名，常常乘一只木制杯子渡水，所以有了杯渡的称号。当初他住在冀州，行为举止不拘小节，神力超凡，世人都不知他是什么地方来的。他曾在北方，寄住在一户人家，这家有座金身佛像，杯渡偷走后要带着出走。主人发觉后便去追他，见他走得很慢，但是跑马也追不上他。到了孟津河，杯渡把木杯漂在河水上，凭着杯子过河，不用借着风力与船桨，行驶起来轻快如飞。一会儿就到了对岸，来到了京都。当他在京都建康出现时，大概有四十来岁，穿得破破烂烂，真可谓衣不蔽体。言谈举止，喜怒无常。有时凿开冰用冰水洗澡，有时穿着草鞋爬山，有时赤着两脚逛闹市。他只带着一个芦团子，身上别无他物。他曾到延贤寺法意道人那里居住过，法意把他安置在别房内。后来他要去瓜步，到了江边，跟船夫说自己要渡江，船夫不愿意让他上船。他又将双脚叠起来放在木杯里，顾盼自如言谈吟咏，杯子自然地向前飘行，一直渡到北岸，登岸之后向广陵走去。

　　路上遇到一个村庄，李家正在进行八关斋戒，杯渡过去并不认识李家，他进院之后直奔斋堂里面坐下，把那个芦团子放在厅堂中间。大家因为他形貌丑陋，都无恭敬之心。李见芦团子挡道，

欲移置墙边，数人举不能动。渡食竟，提之而去，笑曰："四天王李家。"于时有一竖子，窥其圖中，有四小儿，并长数寸，面目端正，衣裳鲜洁，于是追觅，不知所在。后三日，乃见在西界蒙龙树下坐，李礼拜请还家，日日供养。渡不甚持斋，饮酒啖肉，至于辛脍，与俗不殊。百姓奉上，或受不受。沛国刘兴伯为兖州刺史，遣使要之，负圖而来。兴伯使人举视，十余人不胜。伯自看，唯见一败衲及一木杯。后李家复得二十余日，清旦忽云："欲得一袈裟，中时令办。"李即经营，至中未成。渡云暂出，至暝不返。合境闻有异香，疑之为怪。处处觅渡，乃见在北岩下，敷败袈裟于地，卧之而死。头前脚后，背生莲华，极鲜香，一夕而萎。邑共殡葬之。后日有人从北来云："见渡负芦圖，行向彭城。"乃共开棺，唯见败衣。

既至彭城，遇有白衣黄欣，深信佛法，见渡礼拜，请还家。至贫，但有麦饭而已，渡食之怡然。止得半年，忽语欣云："可觅芦圖三十六枚，吾须用之。"答云："此间止可有十枚，贫无以买，恐不尽办。"渡曰："汝但检觅，宅中应有。"欣即穷检，果得三十六枚，列之庭中。虽有其数，亦多破败。命欣次第執视，皆已新完。渡密封之，因语欣令开，乃见钱帛皆满，可堪百许万。识者谓杯渡分身他土，所得赇施，回以施欣。

想移到墙边,好几个人举都举不动。杯渡吃完饭,提起来就走,笑着说:"四天王李家。"这时有个仆人,瞧见芦团里有四个小孩,都是几寸高,面目端正,衣服鲜洁,于是李家的人追了出去,但不知杯渡到哪里去了。三天后,见他坐在西边的蒙龙树下,李某便向他行礼请他到家里去,天天供养。杯渡不太讲究戒规,喝酒吃肉,以至于辛辣腥荤,都跟平常人没有什么区别。百姓送给他东西,他有时接受有时不接受。沛国人刘兴伯任兖州刺史,派人邀请杯渡,杯渡带着芦团子就来了。刘兴伯叫人把芦团子举起来给他看,十多人也举不动。刘兴伯自己看时,只看到一件破僧衣与一只木杯。后来李家又请他回去住了二十多天,一天早上,他忽然说:"想要一件袈裟,中午时必须办到。"李某立即令人赶紧操办,到了中午也没办成。杯渡说要暂时出去一会儿,结果到了晚上也没回来。全村到处都闻到有一股奇异的香味,人们怀疑杯渡在作怪。大家四处寻找杯渡,才见在北岩下面,铺着一件破破烂烂的袈裟在地上,他躺在上面死了。在他的头前脚后以及背上生出莲花,极为鲜艳芬芳,经过一个晚上又枯萎了。村里的人一起把他殡葬了。第三天有人从北边回来说:"看见杯渡背着芦团子,正往彭城走。"大家去打开棺材一看,只看到了那件破袈裟。

杯渡到了彭城后,遇到一个叫黄欣的平民百姓,黄欣深信佛教,见到杯渡后向他行礼拜见,把他请到自己家里。他家里极穷,只有糊口的米饭而已,但杯渡吃得很有滋味。住了半年后,杯渡忽然对黄欣说:"你去找三十六只芦团子,我必须要用。"黄欣答道:"我家里只能有十只,家穷没钱去买,恐怕弄不到这么多。"杯渡说:"你只管去找一找,家里应该有。"黄欣就去搜检,果然找到了三十六只,都摆在院子里。数量虽然够了,只是大都破败了。杯渡让黄欣挨个仔细看看,竟全都变成崭新完整的了。杯渡将团子一个个密封好,告诉黄欣去打开,便见里面都装满了金钱布帛,能值一百来万。有见识的人认为这是杯渡使用分身法,到别的地方化缘得来的馈赠,回来送给了黄欣。

欣受之，皆为功德。经一年许，渡辞出，欣为办粮食。明晨，见粮食皆存，不知渡所在。

经一月许，复至京师。时潮沟有朱文殊者，少奉佛法。渡多来其家，文殊谓渡云："弟子脱舍身没后，愿见救济，脱在好处，愿为法侣。"渡不答。文殊喜，佛法默默，已为许矣。后东游入吴郡，路见钓鱼师，因就乞鱼。鱼师施一倭者，渡手弄反覆，还投水，游活而去。又见网师，更从乞鱼。网师瞋骂不与，渡乃拾取两石子掷水中。俄而有两水牛斗其网中，网碎败，不复见牛，渡亦已隐。行至松江，乃仰盖于水中，乘而渡岸。经涉会稽剡县，登天台山。数月而反京师。少时，游止无定，请召或往不往。

时南州有陈家，颇有衣食，渡往其家，甚见迎奉。闻都下复有一杯渡，陈父子五人，咸不信，故下都看之，果于其家杯渡形相一种。陈设一合蜜姜及刀子陆香等伺渡，渡即食蜜姜都尽，余物宛在膝前。其父子五人，恐是其家杯渡，即留二弟停都守视，余三人还家。见杯渡如旧，膝前亦有香刀子等，但不啖蜜姜为异尔。乃语陈云："刀子钝，可为磨之。"二弟还都，云："杯渡已移灵鹫寺。"其家忽求黄纸两幅，作书不成字，合同其背。陈问上人作何券书，渡不答，竟莫测其然。

黄欣接受了这些东西,都捐给了寺庙。过了一年多,杯渡向黄欣辞行,黄欣便为他准备了粮食。第二天早晨,见粮食都放在那里,不知杯渡去了哪里。

　　过了一个多月,杯渡又到了京都。当时潮沟有个叫朱文殊的人,年轻时就信奉佛法。杯渡经常来到他家,文殊对杯渡说:"弟子离弃世间身死之后,望您能救度我,托生到一个好地方,但愿能成为僧侣。"杯渡没有应答。文殊很高兴,以为佛法沉默,就是已经应允了。后来杯渡东游到了吴郡,路上遇见一个钓鱼的人,便向他要鱼。钓鱼的给了他一条臭烂鱼,杯渡放在手上翻来覆去弄了几下,又把它放在水里,这条鱼便摇头摆尾地游走了。又看到一个用网打鱼的,又跟他要鱼。打鱼的骂了他一顿不给他鱼,杯渡便捡起两块石子扔到河里。一会儿就有两头水牛在那个人的渔网里打起架来,网碎了,水牛不见了,杯渡也已经不见了踪影。杯渡走到松江,便将一个盖子仰放在水上,乘着它到了对岸。路过会稽剡县,登上了天台山。几个月后又返回了京都。停留了一些时候,他又行踪不定,有人邀请他时,有时去有时不去。

　　当时南州有一家姓陈的,衣食丰足,杯渡到了他家,很受欢迎与优待。听说京都城里也有一个杯渡,陈家父子五人,都不相信,便到京都去看个究竟,果然看到与自己家里的杯渡形态相貌一模一样。陈家父子买了一盒蜜姜还有刀子与陆香之类,伺候杯渡,杯渡就把蜜姜全吃光了,其余的东西仍然放在膝前。父子五人怀疑他就是自己家里那个杯渡,便留下其中兄弟二人住在京都看着这个杯渡,其余三人赶回了家,看到家里的杯渡还与过去一样,膝前也有陆香与刀子等,不同的地方只是他没吃蜜姜。他便对陈氏说:"刀子太钝了,给我磨一磨。"哥儿俩从京都回来,说:"城里那个杯渡已迁移到灵鹫寺去了。"家里这个杯渡忽然要了两幅黄纸,在上面写东西,但看不出字,把纸的背面做成合同的样式。陈氏问他写的是什么券书,杯渡没有回答,最终都不知他这是什么意思。

　　时吴部民朱灵期使高丽还,值风,舶飘经九日,至一洲边。洲上有山,山甚高大,入山采薪,见有人于路,灵期乃将数人随路告乞。行千余里,闻磬声香烟,于是共称佛礼拜。须臾,见一寺甚光丽,多是七宝庄严,又见十余石人,乃共礼拜。还反行少许,闻唱道声,还往更看,犹是石人。灵期等相谓:“此是圣僧,吾等罪人,不能得见。”因共竭诚忏悔。更往,乃见真人,为期等设食,食味是菜,而香美不同。众食竟,共叩头礼拜,乞速还至乡。有一僧云:“此间去都乃二十余万里,但令至心,不忧不速也。”因问期云:“识杯渡道人不?”答言:“甚识。”因指北壁,有一壶,挂锡杖及钵,云:“此是杯渡住处,今因君以钵与之。”并作书著函中,别有一青竹杖,谓期言:“但掷此杖置舫前水中,闭目静坐,不假劳力,必令速至。”于是辞别,令一沙弥送至门上,语曰:“此道去行七里至船,不须从先路去也。”如言西转,行七里许,至船。即具如所示,唯闻舫从山顶树木上过,都不见水,经三日,至石头淮而住,亦不复见竹杖所在。舫入淮,至朱雀,乃见杯渡骑大航兰,以捶捶之曰:“马何不行?”观者甚多。灵期等在舫,遥礼之。渡乃自下舫,取书并钵,开书视之,字无人识者。渡大笑曰:“使我还耶。”取钵掷云中,还接之曰:“我不见此钵,四千年矣。”渡多在延贤寺法意处,

当时吴郡人朱灵期出使高丽后返回,途中遇上大风,航船漂荡了九天,到了一个洲边。洲上有山,山很高大,朱灵期等上山捡柴,见路上有人家,灵期便领着几个人沿路乞讨。走了一千多里远,听到敲钟磬的声音,又见香烟缭绕,于是一起念佛,礼拜。不一会儿,便见有座寺庙辉煌壮丽,多由金银玛瑙等七宝镶嵌而成,极为庄严,又见有十多个石人,便一起进行礼拜。又快步走了不多远,听到诵经的声音,回去一看,诵经的好像就是那几个石人。朱灵期等人互相说:"这一定是得道的僧人,我们是有罪的人,所以看不见他们。"于是便一起竭诚忏悔了一番。再往前走,便见到了真的人,他们为朱灵期等准备好了饭,吃起来味道就是普通的菜,但比普通的菜味香美多了。大家吃完了,一起叩头礼拜,请求帮他们尽快返回故土。有一个僧人说:"这个地方距离京都有二十多万里,但是只要心诚,就不用担心不能快速回去。"他便问朱灵期说:"你认识杯渡道人吗?"答道:"非常熟识。"他便指着北墙,那里有一把壶,还挂着锡杖与钵子,说:"这是杯渡住的地方,现在托你把钵子带给他。"还写了封信装在信封里,另外还有一根青竹杖,一并交给朱灵期,对他说:"只要把这一根青竹杖扔到船前面的水里,闭眼静坐,不用费力,一定能叫你们很快到家。"朱灵期等人于是告辞离开,叫一个小和尚送他们到门口,告诉说:"沿着这条道走七里就能到你们停船的地方,不用从原先的路回去了。"他们照他的话往西转,走了七里左右,便到了船上。就按他的提示一一照办后,只听到船从山顶树上飞过的声音,根本听不到水的响声,过了三天,到了石头城下的淮水便停了下来,也看不到那根竹杖哪里去了。船入了淮水,行驶到朱雀门,便见杯渡骑在大船栏杆上,用马鞭敲着它说:"马儿呀,你为什么不走?"围在岸上看热闹的人非常多。朱灵期等人站在船上,远远地向他行礼。杯渡便自行下到船上,取走书信和钵子。他打开信来看,上面的字没有人认识。杯渡大笑道:"要我回去吗?"他拿起钵子抛向天空,又接住说:"我没看见这个钵子已有四千年了!"杯渡多半住在延贤寺法意那里,

时世以此钵异物,竞往观之。一说云:灵期舫漂至一穷山,遇见一僧来,云是渡弟子,昔持师钵而死冶城寺,今因君以钵还师,但令一人擎钵舫前,自安隐至也。期如所教,果获全济。至南州杯渡,期当骑兰之日。尔日早出,至晚不还,陈氏明但见门扇上有青书六字云:"福径门,灵人降。"字劲可识,其家杯渡遂绝迹矣。

都下杯渡往来山邑,多行神咒。时庾常婢偷物而叛,四追不擒,乃问渡,云:"已死,在城江边空冢中。"往看果如所言。孔甯子时以黄门侍郎在家患痢,遣信请渡,咒竟云:"难差。见有四鬼,皆被伤截。"甯子泣曰:"昔孙恩作乱,家为军人所破,二亲及叔,皆被痛酷。"甯子果死。

又有齐谐妻胡母氏病,众治不愈,被请僧设斋。坐有僧,劝迎杯渡。渡既至,一咒,病者即愈。齐谐伏事为师,因为作传,记其从来神异,不可备纪。元嘉三年九月,辞谐入东,留一万钱物寄谐,请为营斋,于是别去。行至赤山湖,患痢而死。谐即为营斋,并接尸还,葬建康覆舟山。

至四年,有吴兴邵信者,甚奉法,遇伤寒病,无人敢看,乃悲泣念观音。忽见一僧来,云是杯渡弟子,语云:"莫忧,家师寻来相看。"答云:"渡久已死,何容得来?"道人云:"来复何难。"便衣带头出一合许散,与服之,病即差。又有

当时人们认为这只钵子是奇异之物，都争着去看。还有一种说法是，朱灵期的船漂到一座穷山下面，遇见一位僧人走来，自称是杯渡的弟子，从前拿着师父的钵子死在冶城寺里，现在托灵期把钵子送还师父，只要叫一个人拿着钵子坐在船的前面，就能安安稳稳到家。朱灵期照他教的办，果然全船人都安全地回来了。至于那个南州杯渡，在京师杯渡骑着大船栏杆的那天。早上从陈家出来，直到晚上也没回去，第二天天亮，陈氏只见门上写着六个黑体字："福径门，灵人降。"笔体苍劲有力，可以辨识是杯渡写的，陈家那个杯渡于是绝迹了。

京都那个杯渡往来于深山与城邑之间，经常念诵神咒。当时庾常家的婢女偷了东西逃跑了，四处抓不到，便去询问杯渡，杯渡说："此人已经死了，在城外江边的一座空坟里。"过去一看，果然像他说一样。孔宵子当时是黄门侍郎，因患痢疾呆在家里，他派人送信请杯渡治病，杯渡念完咒语后说："很难治愈。我看见有四个鬼，都是被砍残了的。"孔宵子哭着说："当初孙恩作乱，我家被军人攻破，父母及叔叔都被砍死了。"孔宵子果然死了。

又有齐谐的妻子胡母氏病了，许多人为她治疗都没治好，他便请僧人设斋祈祷。座中有个僧人，劝他去请杯渡。杯渡请来后，念了一遍神咒，病人立即痊愈了。齐谐把他当师父服侍，于是为他作传，传记中写他生平的神异，具体事例无法一件件全都记下来。元嘉三年九月，杯渡辞别齐谐要到东边去，留下一万钱物放在齐谐家，请他为自己营斋，于是告别离开了。走到赤山湖时，因患痢疾死了。齐谐立即为他设斋食以供僧道，为他超度灵魂，并把他的尸体接回来，安葬在建康覆舟山上。

到了元嘉四年，有个吴兴人叫邵信，非常虔诚地信奉佛法，他染上了伤寒病，没有人敢给他看病，他便悲泣着念观音菩萨。忽然看见有个僧人走来，自称是杯渡的弟子，跟他说："不要忧虑，我师父一会儿就来给你看。"邵信答道："杯渡早已死了，怎么能够来呢！"僧人说："他要来又有什么难的？"便从衣带头里取出一盒左右的药面，给他服了下去，他的病顿时就好了。又有

杜僧哀者，住在南冈下，昔经伏事杯渡。儿病甚笃，乃思念，恨不得渡与念神咒。明日，忽见渡来，言语如常，即为咒，病者便愈。

至五年三月，渡复来齐谐家。吕道惠、闻人怛之、杜天期、水丘熙等并见，皆大惊，即起礼拜。渡语众人，言年当大凶，可勤修福业。法意道人甚有德，可往就之。修立故寺，以禳灾祸也。须臾，门上有一僧唤，渡便辞去，云："贫道当向交广之间，不复来也。"齐谐等拜送殷勤，于是绝迹。顷世亦言时有见者。出《高僧传》。

### 释宝志

释宝志本姓朱，金城人。少出家，止江东道林寺，修习禅业。至宋大始初，忽如僻异，居止无定，饮食无时，发长数寸，常跣行街巷。执一锡杖，杖头挂剪刀及镜，或挂一两匹帛。齐建元中，稍见异迹，数日不食，亦无饥容。与人言，始苦难晓，后皆效验；时或赋诗，言如谶记。江东士庶皆共事之。

齐武帝谓其惑众，收驻建康。既旦，人见其入市，还检狱中，志犹在焉。志语狱吏："门外有两舆食来，金钵盛饭，汝可取之。"既而齐文惠太子、竟陵王子良并送食饷志，果如其言。建康令吕文显以事闻，武帝即迎入宫，居之后堂，一时屏除内宴，志亦随众出。既而景阳山上，犹有一志，与七僧具。帝怒，

叫杜僧哀的人，住在南冈下面，过去曾经服侍杯渡。他的儿子病得很厉害，思念起杯渡来，遗憾不能请杯渡来为他儿子念神咒。第二天，忽然看见杯渡来了，说话像平常一个样儿，当即给他念起了神咒，病重的儿子便痊愈了。

到了元嘉五年三月，杯渡又来到齐谐家。吕道惠、闻人恒之、杜天期、水丘熙等一起见到了他，都很惊讶，立即站起来向他行礼。杯渡告诉众人，说年内会有大灾祸，要殷勤奉佛积累功德。法意道人很有德行，可以去找他。修缮原来的旧寺庙，以求免除灾祸。不一会儿，门口有个僧人召唤他，杯渡便告辞而去，临行时说："贫道将要去交州、广州之间，不再来了。"齐谐等人频频致礼，依依送别，杯渡从此绝迹。近来，世间也有传说偶尔有人看见他的。出自《高僧传》。

## 释宝志

释宝志本姓朱，金城人。年轻时出家，住江东道林寺，修习禅学。到了南朝宋太始初年，忽然变得怪异起来，行止不定，饮食无时，头发长到几寸，经常赤着脚在大街小巷里走。拿着一根锡杖，杖头上挂着剪刀与镜子，有时还挂一两匹布帛。南齐建元年间，他稍稍显示出神异之处，一连几天不吃饭，也没饥饿的神色。与人说话，人们开始很难理解其含义，后来都能应验；有时作诗，语言像谶言咒语一样。江东的士人与百姓都对他非常尊敬，一起供奉他。

齐武帝认为他迷惑群众，将他收押在建康监狱里。第二天，有人见他在街市上游逛，回到监狱里察看，宝志却仍然在牢房里。宝志对狱卒说："门外有两驾车子给我送饭来了，用金钵子装着饭，你可去给我拿来。"不久，齐文惠太子、竟陵王子良一块儿来给宝志送饭，果然像他说的那样。建康令吕文显将此事上奏武帝，武帝当即将宝志接到了宫里，让他住在皇宫的后堂，当时正驱除外人准备宫宴，宝志也随众人一起出去了。后来景阳山上还有个宝志，与七个僧人在一起。武帝十分生气，

遣推检其所。关吏启云："志久出在省，方以墨涂其身。"时僧正法献欲以一衣遗志，遣使于龙光罽宾二寺求之，并云昨宿且去。又至其常所造属侯伯家寻之，伯云："志昨在此行道，旦眠未觉。"使还以告，献方知其分身三处宿焉。志常盛冬袒行，沙门宝亮欲以衲衣遗之，未及发言，志忽来引衲而去。后假齐武帝神力，使见高帝于地下常受锥刀之苦，帝自是永废锥刀。武帝又常于华林园召志，志忽著三重布帽以见。俄而武帝崩，文惠太子及豫章王相继而薨。永明中，常住东宫后堂。一旦平明，从门出入，忽云："门上血污衣。"褰衣走过。及郁林见害，车载出此，帝颈血流于门限。

齐卫尉胡谐疾，请志，志注疏云明日，竟不往。是日谐亡，载尸还宅。志曰："明日尸出也。"齐太尉司马殷齐之随陈显达镇江州，辞志，志画纸作树，树上有鸟，语云："急时可登此。"后显达逆节，留齐之镇州。及败，齐之叛入庐山，追骑将及。齐之见林中有一树，树上有鸟，如志所画，悟而登之，鸟竟不飞。追者见鸟，谓无人而反，卒以见免。齐屯骑桑偃将欲谋反，往诣志。遥见而走，大呼云："围台城，欲反逆，斫头破腹。"后有旬事发，偃叛往朱方，为人所得，果斫头破腹。梁鄱阳忠烈王尝屈志至第，忽令觅荆子甚急，

派人去搜查宝志的所在地。守门人报告说："宝志早已出来在宫禁之中,正在用黑墨涂抹他的身体呢。"当时,僧正法献打算赠给宝志一件衣服,便派人到龙光和罽宾二寺找他,两个寺庙的人都说他昨天晚上住在寺里,刚刚走了。又到他常去的侯伯家寻找,侯伯说："宝志昨天在这里行道,早上才睡还没醒呢。"使者回去把打听到的情况告诉了法献,法献才知道宝志昨晚分身在三处睡觉。宝志常常在隆冬数九光着身子走路,僧人宝亮想要送给他一件衲衣,没等开口,宝志忽然到来,伸手拿过那件衣服就走了。后来,宝志赋予齐武帝以神力,让他见到父王齐高帝正在地下备受锥刺刀割之苦,齐武帝从此永远废除了锥刀之酷刑。武帝又常在华林园召见宝志,宝志忽然戴着三层布帽来相见。不久武帝死,文惠太子及豫章王相继死去。永明年间,宝志经常住在东宫的后堂。一天黎明,他从大门出入时,忽然说道:"门槛上的血会弄脏衣服。"于是提着衣服跨了过去。等到郁林王萧昭业被害时,车驾载着尸体从这里出去,皇帝脖子上的血流到门槛上。

南齐卫尉胡谐患了病,派人请宝志,宝志解释说明天,结果没有去。这一天胡谐死了,用车载着尸体回了家。宝志说:"我说的明天是指尸体被载出去。"南齐太尉司马殷齐之将跟随陈显达去镇守江州,临行前向宝志辞别,宝志在纸上画了棵树,树上画了一只鸟,告诉他说:"急难之时可以登上这棵树。"后来显达背叛朝廷,留下齐之镇守江州。等叛乱失败后,齐之叛逃进了庐山,追杀他的骑兵眼看就要追到跟前了。齐之看到林中有一棵树,树上有鸟,跟宝志所画的一样,他顿时省悟过来爬到树上,树上的鸟竟然没有飞走。追的人看到树上有鸟,以为树上不会有人就返回了,结果齐之就这样逃脱了。南齐屯骑桑偃想要谋反,他前去拜见宝志。宝志远远看见他就跑了,边跑边大喊道:"要围台城,想反叛,砍头破肚。"过了十来天,叛乱终于发生,桑偃叛逃到朱方那里,被人捉住,果然被砍头破肚。南梁的鄱阳忠烈王曾经把宝志请到自己的府第,宝志忽然让人急忙去寻找荆果,

既得,安于门上,莫测所以。少时王出为荆州刺史。其预鉴之明,此类非一。

志多往来兴皇、净名两寺。及梁武即位,下诏曰:"志公迹均尘垢,神游冥漠,水火不能焦濡,蛇虎不能侵惧。语其佛理,则声闻无上;谈其隐沦,则道行高著。岂得以俗士凡情,空相拘制,何其鄙陋一至于此?自今行来,随意出入,勿得复禁。"志自是多出入禁中。长于台城,对梁武帝吃鲙,昭明诸王子皆侍侧。食讫,武帝曰:"朕不知味二十余年矣,师何谓尔?"志公乃吐出小鱼,依依鳞尾,武帝深异之。如今秣陵尚有鲙残鱼也。天监五年冬旱,雩祭备至,而未降雨。忽上启云:"志病不差,就官乞活,若不启白官,应得鞭杖。愿于华光殿讲《胜鬘经》请雨。"梁武即使沙门法云讲《胜鬘》竟,夜更大雨。志又云:"须一盆水,加刀其上。"俄而天雨大降,高下皆足。

梁武尝问志云:"弟子烦惑未除,何以治之?"答云:"十二。"识者以为十二因缘,治惑药也。又问十二之旨,答云:"在书字时节刻漏中。"识者以为书之在十二时中。又问:"弟子何时得静心修习?"答云:"安乐禁。"识者以为禁者止也,至安乐时乃止耳。后法云于华林讲《法华经》,至假使黑风,志忽问之有无。答云:"世谛故有,第一义则无也。"志往复三四番,便笑云:"若体是假有,此亦不可解,难可解。"其辞旨隐没,类皆如此。

找到之后，他放在了门上，谁也不知道这是什么意思。不久，忠烈王出任为荆州刺史。宝志的先见之明，诸如此类的并非一次两次。

宝志大多往来于兴皇与净名这两座寺院里。等梁武帝即位后，下诏说："宝志公虽然身处世俗凡尘之中，却能神游于幽远无极之境，水火不能使其焦湿，蛇虎不能使其惧怕。论其佛理造诣，则声誉无比；论其隐居韬晦之志，则道行高绝。怎么能用对待俗士凡情之举，将他拘束限制，怎能愚蠢浅陋到如此地步呢！从今以后，准其自由出入，不得再行限制。"宝志自此经常出入于皇宫。有一次在台城，他对着梁武帝吃鱼肉，昭明太子等各位王子都侍立在旁边。吃完之后，武帝说："我有二十多年不知鱼味了，师父有何高见？"宝志便从嘴里吐出一条小鱼，鱼鳞鱼尾都完好清晰，武帝见了深感惊异。如今在秣陵仍有一条切剩的鱼。天监五年冬，天大旱，各种祭祀方式都用到了，也没求下雨来。宝志忽然启奏皇帝道："我现在患病未愈，靠官府供养着，如果我不来禀告官府求雨的办法，就应受到惩罚。希望在华光殿宣讲《胜鬘经》求雨。"梁武帝立即让人法云宣讲完《胜鬘经》，夜间便下起了大雨。宝志又说："须用一盆水，上面放一把刀。"一会儿大雨普降，高处与低洼处都得到充足的雨水。

梁武帝曾经问宝志说："弟子的烦忧困惑尚未解除，用什么办法根治呢？"答道："十二。"有识之士认为他是用"十二因缘"作为根治困惑的良药。皇上又问他"十二"的含义是什么，答道："在写字时的刻漏中。"有识之士认为他说的是"写在十二个时辰之中"。又问他："弟子什么时候能够静心修习？"他答道："安乐禁。"有识之士认为"禁"者"止"也，到了"安乐"的时候，就可以停止了。后来，法云在华林寺讲说《法华经》，讲到"假使黑风"处，宝志忽然问他"有"与"无"的问题。法云答道："按世谛自然是'有'（即存在），按第一义谛则为'无'（即一切皆空）。"宝志与他往复几次进行辩难，便笑道："若说'体'是假有，这也不可解，很难解。"宝志的辞意隐晦，都与此类似。

有陈征虏者，举家事志甚笃。志尝为其见真形，光相如菩萨像焉。志知名显奇四十余载，士女供事者不可胜数。然好用小便濯发，俗僧暗有讥笑者。志亦知众僧多不断酒肉。讥之者饮酒食猪肚，志勃然谓曰："汝笑我以溺洗头，汝何为食盛粪袋？"讥者惧而惭服。晋安王萧纲初生日，梁武遣使问志，志合掌云："皇子诞育幸甚，然冤家亦生。"于后推寻历数，与侯景同年月日而生也。

会稽临海寺有大德，常闻扬州都下有志公，语言颠狂，放纵自在。僧云："必是狐狸之魅也。愿向都下，觅猎犬以逐之。"于是轻船入海，趋浦口。欲西上，忽大风所飘，意谓东南，六七日始到一岛中。望见金装浮图，干云秀出，遂寻径而往。至一寺，院宇精丽，花卉芳菲，有五六僧，皆可年三十，美容色，并著员绯袈裟，倚杖于门树下言语。僧云："欲向都下，为风飘荡，不知上人此处何州国？今四望环海，恐本乡不可复见。"答曰："必欲向扬州，即时便到。今附书到钟山寺西行南头第二房，觅黄头付之。"僧因闭目坐船，风声定开眼，如言奄至西岸。入数十里，至都。径往钟山寺访问，都无有黄头者。僧具说委曲，报云："西行南头第二房，乃风病道人志公。虽言配在此寺，在都下聚乐处，百日不一度来。房空无人也。"问答之间，不觉志公已在寺厨上，乘醉索食。人以斋过日晚，未与间，便奋身恶骂。

有个叫陈征虏的人，全家人都很虔诚地事奉宝志。宝志曾为他显出真形，相貌像菩萨的塑像一样。宝志知名显奇四十多年，崇敬信奉他的男男女女不计其数。但他喜欢用小便洗濯头发，俗众与僧人暗中有讥笑他的。宝志也知道许多僧人大都没有断绝喝酒吃肉。讥笑他的人喝酒吃猪肚时，宝志愤怒地对他们道："你们讥笑我用尿洗头，那你们为什么吃装猪粪的袋子呢？"讥笑他的人惧怕他，自感惭愧而更佩服他了。晋安王萧纲刚出生的时候，梁武帝派使者询问宝志，宝志合起两只手掌来说："皇子诞生了，好得很！然而冤家也出世了。"后来推算年月日，萧纲与侯景是同年同月同日生的。

　　会稽临海寺有个高僧，曾听说扬州建康城里有个宝志，语言癫狂，放纵自在。这位高僧说："一定是狐狸的鬼魅。我要到都城去，找一只猎狗把他赶跑。"他乘上快船下海，直奔浦口。正要往西行驶时，小船忽然被大风鼓荡起来，他心里知道是往东南方向漂荡，过了六七天才漂到一座海岛上。望见前面有一座用金箔装饰的寺塔，高耸入云，他便寻路前往。走到寺庙前一看，只见庭院与庙宇精美壮丽，到处是芳香的鲜花，有五六个僧人，都有三十来岁，个个容貌秀美，都穿着圆领红色袈裟，正倚着法杖在门前大树下谈话。高僧说："我想到都城去，被大风吹荡到此处，不知你们这里是什么州什么国？如今四面环海，恐怕再也见不到自己的故乡了。"那几个僧人答道："一定要去都城的话，即刻便能到。现在有封信托你捎到钟山寺西排南头第二间僧房，找到一个黄头交给他。"高僧便按照众僧吩咐，闭上两眼坐在船上，等风声休止时睁开眼一看，果如其言不知不觉间便到了西岸。往里行驶几十里，来到都城。他径直去钟山寺访问，都说没有一位叫黄头。高僧把事情的原委说了一遍，有人报告说："西排南头第二间房子，住的是疯病道人宝志。他虽说分配在这座寺院，但总在都城的热闹地方，一百天也不回来一趟。那间房子空无一人。"正在问答的时候，谁也没发觉宝志已经来到寺庙的厨房里，他乘着酒醉回来要饭吃。众僧因为已经开过饭时间太晚，没有理他，他就跳起来乱骂。

寺僧试遣沙弥绕厨侧，漫叫黄头。志公忽云："阿谁唤我？"即逐沙弥来到僧处，谓曰："汝许将猎狗捉我，何为空来？"僧知是非常人，顶礼忏悔，授书与之。志公看书云："方丈道人唤我，不久亦当自还。"志公遂屈指云："某月日去。"便不复共此僧语。众但记某月日。

至天监十三年冬，于台城后堂谓人曰："菩萨将去。"未及旬日，无疾而终。尸体香软，形貌熙悦。临亡，燃一烛以付后阁舍人吴庆。庆即启闻，梁武叹曰："大师不复留。以烛者，将以后事属我乎？"因厚加殡送，葬于钟山独龙之阜，仍于墓所立开善寺，敕陆倕制铭于冢内，王筠勒碑文于寺门。传其遗像，处处存焉。初志显迹之始，年可无五六十许，而终亦不老，人诚莫测其年。有徐捷道者，居于京师九日台北，自言是志外舅弟，小志四年。计志亡时，应年九十七矣。

又后魏有沙门宝公者，不知何处人也，形貌寝陋，心识通达，过去未来，预睹三世。发言似谶，不可得解。事过之后，始验其实。胡太后问以世事，宝公把粟与鸡，唤"朱朱"，时人莫解。建义元年，后为尔朱荣所害，始验其言。时有洛阳人赵法和，请占早晚当有爵，宝公曰："大竹箭，不须羽。东厢屋，急手作。"时人不晓其意。经月余，法和父亡。"大竹箭"者，苴杖；"东厢屋"者，倚庐。初造《十二辰歌》，终其言也。此宝公与江南者，未委是一人也两人也。出《高僧传》及《洛阳伽蓝记》。

寺僧听说后，打发小和尚绕到厨房旁边，乱喊着"黄头"。宝志忽然说："谁在叫我？"立即追着小和尚来到高僧跟前，对他说："你发誓要找猎狗捉我，为什么空手来了？"高僧知道他不是寻常人，对他行礼忏悔，把书信交给了他。宝志看完书信说："方丈托人召唤我，不久我也该自行回去了。"宝志于是屈指一算说："某月某日就去。"便不再与这位高僧说话。众人只记得他说的某月某日。

到天监十三年冬天，宝志在台城后堂对别人说："菩萨要走了。"不到十天，他无病而终。尸体香软，容貌安详愉悦。临死时，他点上一支火烛，交给了后阁守门人吴庆。吴庆立即奏禀了皇帝，梁武帝叹道："大师不再留在人间了。这支'烛'的用意，是要把后事嘱咐给我吗？"于是厚加殡葬，遗体安葬在钟山独龙岗上，又在墓地建开善寺，敕令陆倕写了铭辞置于坟内，王筠在寺门外立碑刻文。还传其遗像，各处收存。宝志开始显露神迹时，年龄大约不过五六十岁，直到临终也不见他衰老，人们实在看不出究竟有多大年纪。有个叫徐捷道的人，住在京师九日台的北面，自称是宝志的表弟，比宝志小四岁。推算宝志死的年龄，应该有九十七岁了。

后魏也有个称作宝公的僧人，不知是什么地方的人，形貌丑陋，心识通达，能通晓过去、现在和未来三代的事。说的话像谶语预言，无法理解。事过之后，才被验证句句属实。胡太后问他世事，宝公抓一把米给鸡，嘴里发出"朱朱"的唤鸡声，当时人们都不解其意。到了建义元年，胡太后被尔朱荣杀害，这才验证了宝公的预言。当时有个洛阳人赵法和，请宝公占卜什么时候能有爵位，宝公说："大竹箭，不须羽。东厢屋，急手作。"当时谁也不懂是什么意思。过了一个多月，赵法和的父亲死了。所谓"大竹箭"，是指服父丧所用的粗竹杖；"东厢屋"，是在中门东侧搭建的守丧的房子。当初宝公所作《十二辰歌》歌诀，是他最后的遗言。这个宝公与江南那个宝志公，尚未查明是一个人还是两个人。出自《高僧传》及《洛阳伽蓝记》。

# 卷第九十一
## 异僧五

永那跋摩　法　度　　通　公　　阿专师　　阿秃师
稠禅师　释知苑　法　喜　　法　琳　　徐敬业
骆宾王

### 永那跋摩

永那跋摩者,西域僧也。宋元嘉中,东游渡江,居于金陵祇园寺。宋文帝常谓之曰:"弟子恒愿持斋,不杀生命,以身徇物,不获其志。法师不远万里,来化此国,将何以教之?"对曰:"道在心,不在事;法由己,非由人。且帝王与凡庶,所修亦有殊矣。若凡庶者,身贱名微,德不及远,其教不出于门庭,其言不行于仆妾。若不苦身刻己,行善持诚,将何以用其心哉?帝王以四海为家,万民为子,出一嘉言,则士庶咸悦,布一善政,则人神以和。刑清则不夭其命,役简则无劳其力。然后辨钟律,正时令。钟律辨则风雨调,号令时则寒暑节。如此则持斋亦已大矣,不杀亦已众矣。安在乎缺一时之膳,全一禽之命,然后乃为弘济也。"

## 永那跋摩

永那跋摩,是个西域的僧人。宋文帝元嘉年间,东游渡过长江,住在金陵祇园寺中。宋文帝曾经对他说:"弟子常想持戒,不杀生命,以身殉物,然而一直不能实现这愿望。法师您不远万里,前来我国游化,将怎样教导我呢?"永那跋摩答道:"道贵在心地虔诚,不在具体做什么事情;法在于自己领会,不在别人如何劝导。况且帝王与平民百姓,修行的方式与要求也不一样。凡属平民百姓,由于身份卑贱名声微小,德不能达于远方,教化只限于门庭之内,他们的言论又不被仆婢与妻妾采纳。如果他们不严格要求自己,行善事而守戒规,信奉佛教的心愿还怎么实现呢?帝王则以四海为家,以万民为子,每说一句有利于众生的话,天下百姓都感到高兴,每颁布一项有益于社会的政令,就会得到众人与神灵的拥护。刑罚清明了就能使百姓不会无辜丧生,徭役减轻了就能使百姓不会劳累无度。这样之后再分辨钟律,端正时令。钟律分清了就能风调雨顺,号令适时就能寒暑有节。如能做到这样,就是最大的遵守戒律了,不被杀害的生命也已经相当多了。哪里还在乎少吃一两顿斋饭,能否保全一只禽鸟的生命呢?这才是普济众生之举呀!"

文帝抚几嗟叹，称善者良久，乃曰："俗人迷于远理，沙门滞于近教；迷远理者谓为虚说，滞近教者拘恋章句。如法师者，真所谓开悟明达，可以言天人之际矣。"出《剧谈录》。

## 法　度

　　释法度，黄龙人也。南齐初，游于金陵。高士齐郡名僧绍，隐居琅琊之摄山，挹度清真，待以师友。及亡，舍所居山为栖霞寺。先是有道士欲以寺地为观，住者辄死。后为寺，犹多恐惧。自度居之，群妖皆息。经岁余，忽闻人马鼓角之声，俄见一人投刺于度曰："靳尚。"度命前之。尚形甚闲雅，羽卫亦众。致敬毕，乃言："弟子主有此山，七百余年矣。神道有法，物不得干。前后栖托，或非真实。故死病继之，亦其命也。法师道德所归，谨舍以奉给，并愿受五戒，永结来缘。"度曰："人神道殊，无容相屈，且檀越血食世祀，此最五戒所禁。"尚曰："若备门庭，辄先去杀。"于是辞去。明旦，一人送钱一万，并香烛等，疏云："弟子靳尚奉供。"至其月十五日，度为设会，尚又来，同众礼拜行道，受戒而去。既而摄山庙巫梦神告曰："吾已受戒于度法师矣，今后祠祭者勿得杀戮。"由是庙中荐献菜饭而已。出《歙州图经》。

文帝抚案赞叹，称善不已，就说："俗人迷惑于佛教的深远道理，僧人们则滞碍于眼前的说教；迷惑于深远道理的人称佛教是虚妄之说，滞碍于眼前说教的人则拘泥于佛经的个别章句。像法师您这样的见解，真称得上是理解透彻、融会贯通，可以与您谈论天人之际的事情了。"<sub>出自《剧谈录》。</sub>

## 法　度

　　佛教僧侣法度，黄龙人。南齐初年，云游于金陵。有位叫僧绍的齐郡高士，隐居于瑯琊的摄山，敬慕法度清明真纯，以师友相待。他死的时候，将自己居住的摄山上的宅院，施舍出来作栖霞寺。在这之前，有个道士想把寺院的地方作为道观，结果是谁住在这里谁就死。后来这个地方建成佛寺，仍有许多令人恐惧的现象发生。自从法度住在这里之后，各种妖魔现象都平息了。过了一年多，忽然听到人马鼓角之声，接着见一人跑过来投名片谒见法度，自称："靳尚。"法度叫他靠近些。靳尚形貌闲雅，仪卫随从也很多。他向法度致敬完毕，便说道："我们占有此山，七百多年了。神道有法规，他物不能侵犯。此前在此栖住的僧道，有的并非真心修道。所以死的病的相继出现，这也是他们命中注定的。法师您道德高尚，谨以此山奉送给您，并且我本人愿意接受佛教五戒，与佛教永结未来之缘。"法度说："人与神仙所信奉的道理不一样，不能容忍互相屈从，况且施主您以血肉食品当作祭礼，这是佛门五戒之中最为禁忌的。"靳尚说："如能皈依门下，我首先去掉杀生。"于是告辞而去。第二天，有个人送来一万钱，还有香烛之类，上面注明："弟子靳尚奉供。"到了这个月十五日那天，法度为他举办法会，靳尚来到后，与众僧一起礼拜行道，受完戒就走了。后来摄山庙里的庙祝梦见山神告诉他说："我已经在法度法师门下受戒了，今后祭祀时不要杀生了。"从此，庙中的祭品只有菜蔬饭食而已。<sub>出自《歙州图经》。</sub>

## 通　公

梁末有通公道人者,不知其姓氏。居处无常,所语狂谲,然必有应验。饮酒食肉,游行民间。侯景甚信之。扬州未陷之日,多拾无数死鱼头,积于西明门外,又拔青草荆棘栽市里。及侯景渡江,先屠东门,一城尽毙。置其首于西明门外,为京观焉。市井破落,所在荒芜。通公言说得失,于景不便。景恶之,又惮非常人,不敢加害。私遣小将于子悦将武士四人往候之。景谓子悦云:"若知杀,则勿害;不知则密捉之。"子悦立四人于门外,独入见。通脱衣燎火,逆谓子悦曰:"汝来杀我,我是何人?汝敢辄杀!"子悦作礼拜云:"不敢。"于是驰往报景。景礼拜谢之,卒不敢害。景后因宴召僧通,僧通取肉捏盐,以进于景,问曰:"好否?"景曰:"大咸。"僧通曰:"不咸则烂。"及景死数日,众以盐五石置腹中,送尸于建康市。百姓争屠脍羹,食之皆尽。后竟不知所去。出《广古今五行记》。

## 阿专师

侯景为定州刺史之日,有僧不知氏族,名阿专师。多在州市,闻人有会社斋供嫁娶丧葬之席,或少年放鹰走狗追随宴集之处,未尝不在其间。斗争喧嚣,亦曲助朋党。如此多年。

后正月十五日夜,触他长幼坐席,恶口聚骂。主人欲打死之,市道之徒救解将去。其家兄弟明旦捕觅,正见阿专师骑一破墙上坐,嘻笑谓之曰:"汝等此间何厌贱我?

## 通　公

　　梁末有个通公和尚,不知他姓什么。没有固定的居所,说话癫狂怪诞,然而一定能应验。他饮酒吃肉,整天在民间游荡。侯景非常信服他。扬州未被侯景攻陷时,他就拾了无数死鱼头,堆放在西明门外,还拔了许多青草与荆棘栽在市区内。等侯景渡过长江后,首先屠杀了东门,后来全城都被杀光了。并把砍下的头颅堆置在西明门外,当作炫耀武功的京观。城内破落,一片荒芜。通公诉说这件事的得失,对侯景不利。侯景憎恨他,又忌惮他不是平常人,不敢加害于他,于是暗中派了小将于子悦带领四名武士去监视他。侯景对于子悦说:"他若知道是去杀他,就不要杀害他;如果不知道,就偷偷捉住他。"于子悦让四名武士守候在门外,自己单独进去见通公。通公脱下衣服正在烤火,冲着于子悦说:"你是来杀我的,我是何许人? 你竟敢杀我!"于子悦施礼拜道:"不敢。"于是跑回去报告了侯景。侯景只好向他赔礼道歉,直到最后也没敢害他。侯景后来在宴会上召见通公和尚,通公夹起一块肉捏上一把盐,送给侯景,问道:"好不好吃?"侯景说:"太咸了!"通公则说:"不咸就会腐烂。"等到侯景死后几天,众人将五石盐放在他的肚子里,把尸体送到建康街上。百姓争着割肉片作汤吃,把他的尸体全吃光了。后来通公不知到什么地方去了。出自《广古今五行记》。

## 阿专师

　　侯景任定州刺史的时候,有个僧人不知姓什么,名叫阿专师。经常在定州街市中,听到人家有什么会社、斋供、婚丧、嫁娶之类的宴席,或者有少年放鹰走狗在外野宴,没有他不在场的。争斗喧嚣,他也总是帮助同伙推波助澜。就这样过了许多年。

　　后来有一年正月十五日夜晚,因长幼座次冒犯了他,他立即破口聚骂。主人想打死他,那帮市井无赖之徒把他救走了。这家兄弟第二天仍不罢休,到处找他,见阿专师骑在一堵破墙上坐着,嬉皮笑脸地对他们说:"你们这伙儿人为什么这么讨厌轻视我?

我舍汝去。"捕者奋杖欲掷，前人复遮约。阿专师复云："定厌贱我，我去。"以杖击墙，口唱叱叱。所骑之墙一堵，忽然升上，可数十仞。举手谢乡里曰："好住。"百姓见者，无不礼拜悔咎。须臾，映云而灭。可经一年，闻在长安，还如旧态。于后不知所终。出《广古今五行记》。

## 阿秃师

北齐初，并州阿秃师者，亦不知乡土姓名所出。尔朱未灭之前，已在晋阳，游诸郡邑，不居寺舍，出入民间，语谲必有征验。每行市里，人众围绕之，因大呼，以手指胸曰："怜你百姓无所知，不识并州阿秃师。"人遂以此名焉。齐神武迁邺之后，以晋阳兵马之地，王业所基，常镇守并州，时来邺下，所有军国大事，未出帷幄者，秃师先于人众间泄露。末年，执置城内，遣人防守，不听辄出，若其越逸，罪及门司。当日并州时三门，各有一秃师荡出，遍执不能禁。未几，有人从北州来云："秃师四月八日于雁门郡市舍命郭下，大家以香花送之，埋于城外。"并州人怪笑此语，谓之曰："秃师四月八日从汾桥过，东出，一脚有鞋，一脚徒跣，但不知入何巷坊。人皆见之，何云雁门死也？"此人复往北州，报语乡邑。众共开冢看之，唯有一只鞋耳。后还游并州，齐神武以制约不从，浪语不出，虑动民庶，遂以妖惑戮之。沙门无发，以绳钩首。

我就要离开你们了!"抓他的人举起木棍就要打他,之前救他的人又上去阻挡拉劝。阿专师又说:"既然真的这么厌烦轻视我,我走就是了。"他用木棍敲着破墙,口中啧啧有声,像在念诵什么。只见他骑的那堵墙忽然往上升了起来,升到几十仞高。阿专师举起手来向乡亲致谢道:"各位保重!"看见这事的百姓,无不向他礼拜谢罪。转瞬之间,他就消失在云彩间,不见踪影了。大约一年之后,听说阿专师在长安,还和原来一个样子。再往后就不知其结局如何了。出自《广古今五行记》。

## 阿秃师

北齐初年,并州有个阿秃师,也不知道他籍贯何地姓甚名谁。尔朱氏未灭之前,他就已经在晋阳了,游历各郡县,不在寺庙里居住,总出入民间,说话怪诞但总能应验。每当他在街上走的时候,总有许多人围着他看热闹,他就大声呼叫,用手指着胸脯说道:"怜你百姓无所知,不识并州阿秃师。"人们便因此叫他"阿秃师"。北齐神武皇帝迁都邺城之后,因为晋阳是屯集兵马的军事重地,又是开创基业的地方,所以他常在并州镇守,有时来到邺都主持朝政,所有的军国大事,没等运筹决策者公布,秃师就先在民间传扬起来。在最后一年,秃师被拘进城内,派人管起来,不允许他任意出去,如果让他逃出去了,要向看守城门的人问罪。当时并州有三座城门,每座城门都有一个阿秃师闯出去,到处捉拿,也限制不住他。不久,有人从北州来说:"秃师四月八日在雁门郡的郭下去世了,大家用香花给他送殡,埋葬在城外。"并州人听了这话都感到可笑,便对这个人说:"秃师四月八日从汾水桥上走过,往东去了,一只脚穿着鞋,一只脚光着,只是不知他进了哪个坊巷。很多人都看见了,怎么说他在雁门死了呢?"此人又前往北州,把这些话告诉了乡亲们。大家一起去挖开坟墓查看,只有一只鞋而已。后来,秃师又回到并州游逛,北齐神武皇帝因为制约不住他,流言不断出现,担心民情浮动,就以妖言惑众的罪名杀害他。和尚没有头发,斩首时便用绳索套住脑袋。

伏法之日，举州民众诣寺观之。秃师含笑，更无言语。刑后六七日，有人从河西部落来云："道逢秃师，形状如故，但背负一绳，笼秃师头，与语不应，急走西去。"出《广古今五行记》。

## 稠禅师

北齐稠禅师，邺人也。初落发为沙弥，时辈甚众。每休暇，常角力腾趠为戏，而禅师以劣弱见凌。绐侮殴击者相继，禅师羞之，乃入殿中闭户，抱金刚足而誓曰："我以羸弱，为等类轻负，为辱已甚，不如死也。汝以力闻，当祐我。我捧汝足七日，不与我力，必死于此，无还志。"约既毕，因至心祈之。初一两夕恒尔，念益固。至六日将曙，金刚形见，手执大钵，满中盛筋。谓稠曰："小子欲力乎？"曰："欲。""念至乎？"曰："至。""能食筋乎？"曰："不能。"神曰："何故？"稠曰："出家人断肉故耳。"神因操钵举匕，以筋视之，禅师未敢食。乃怖以金刚杵，稠惧，遂食。斯须入口，神曰："汝已多力，然善持教，勉旃。"神去且晓，乃还所居。诸同列问曰："竖子顷何至？"稠不答。须臾，于堂中会食，食毕，诸同列又戏殴。禅师曰："吾有力，恐不堪于汝。"同列试引其臂，筋骨强劲，殆非人也。方惊疑，禅师曰："吾为汝试。"因入殿中，横蹋壁行，自西至东，凡数百步。又跃首至于梁数四，乃引重千钧。其拳捷骁武，动骇物听。先轻侮者，俯伏流汗，莫敢仰视。

问斩那天，全州民众都到寺庙观看。只见阿秃师面带笑容，一句话也不说。刑后六七天，有人从河西部落来说："在道上遇见了秃师，还是原来那个样子，只是后背上拖着一条绳索，套着秃师的光头，与他说话也不应答，急忙往西走去。"出自《广古今五行记》。

## 稠禅师

北齐年间有个稠禅师，是邺城人。当初落发为沙弥时，同辈的和尚非常多。每到闲暇时间，常在一起摔跤跳跃比赛玩，而禅师因为身弱无力常被欺侮。欺骗、侮辱与殴打他的人相继来袭，禅师恼羞至极，便躲进殿堂关起门来，抱着金刚塑像的脚发誓道："我因瘦弱，被同伴轻视欺负，受辱太过，不如死了的好。你以强壮有力闻名，应当保护我。我要连续七天捧着你的脚，如不给我力气，一定死在这里，决不反悔！"立誓完毕，便以至诚之心向金刚祈祷。头两天与平常一样毫无效应，但他的信念更加坚定。到第六天黎明前夕，金刚现形，手里端着大钵子，满满盛着肉筋，对稠禅师说："小伙子想有力气吗？"答："想！""心诚吗？"答："诚！""能吃肉筋吗？"答："不能。"金刚神说："为什么？"禅师说："因为出家人杜绝吃肉。"金刚神便一手端钵一手举着匕首，拿着肉筋让禅师看，禅师仍然没敢吃。金刚神又举起金刚杵威吓他，稠禅师害怕，就吃了。一会儿就都吃完了，金刚神便说："你已经很有力气了，但要好好信奉佛法，你要善自为之。"金刚神离开时天也亮了，禅师便回到自己的住处。同伴们询问他道："你小子这些天到哪里去了？"稠禅师没有回答。不一会儿，他们都去饭堂一起吃饭，吃完饭，同伴们又戏谑殴打他。禅师说："我有力气了，恐怕不能再忍受你们。"同伴试着拉他的胳臂，发现他的筋骨强劲有力，根本不像人的胳膊。同伴们正自惊疑，禅师说："我给你们试试看。"便来到大殿里面，只见他横踩在墙壁行走，自西往东，走几百步远。他又连续几次跳到房梁那么高，能提千钧重的东西。他的拳脚迅疾敏捷，雄武有力，令人见了心惊胆战。先前轻视欺侮他的人，都俯伏流汗，不敢抬眼看他。

禅师后证果,居于林虑山。入山数千里,构精庐殿堂,穷极土木。诸僧从其禅者,常数千人。齐文宣帝怒其聚众,因领骁勇数万骑,躬自往讨,将加白刃焉。禅师是日,领僧徒谷口迎候。文宣问曰:"师何遽此来?"稠曰:"陛下将杀贫道,恐山中血污伽蓝,故至谷口受戮。"文宣大惊,降驾礼谒,请许其悔过。禅师亦无言。文宣命设馔,施毕请曰:"闻师金刚处祈得力,今欲见师效少力,可乎?"稠曰:"昔力者,人力耳。今为陛下见神力,欲见之乎?"文宣曰:"请与同行寓目。"先是禅师造寺,诸方施木数千根,卧在谷口。禅师咒之,诸木起空中,自相搏击,声若雷霆,斗触摧拆,缤纷如雨。文宣大惧,从官散走。文宣叩头请止之,因敕禅师度人造寺,无得禁止。

后于并州营幢子,未成遘病,临终叹曰:"夫生死者,人之大分,如来尚所未免。但功德未成,以此为恨耳。死后愿为大力长者,继成此功。"言终而化。至后三十年,隋帝过并州,见此寺,心中涣然记忆,有似旧修行处,顶礼恭敬,无所不为。处分并州,大兴营葺,其寺遂成。时人谓帝为大力长者云。出《纪闻》及《朝野金载》。

## 释知苑

唐幽州沙门知苑,精练有学识。隋大业中,发心造石室一切经藏,以备法灭。既而于幽州西山凿岩为石室,即摩四壁而以写经。又取方石,别更摩写,藏诸室内。每一

禅师后来修得证果,住在林虑山。他在入山几千里处,建造精舍殿堂,穷尽大量土石木材。跟他修习禅理的僧徒,多达几千人。北齐文宣帝恼怒他聚集僧众,便统领几万精锐人马,御驾亲征,想要杀掉他。这一天,禅师带领僧徒来到山口迎候,文宣帝问他:"法师为何突然来到这里?"禅师说:"陛下要杀贫道,我担心在山里流血会玷污僧院,所以来到山口听凭杀戮。"文宣帝大惊,下车施礼拜见,请求允许自己悔过。禅师也不说话。文宣帝命人安排饭菜,吃过饭后,向禅师请求道:"听说法师从金刚神那里祈求得到了大力气,今天想见识一下法师稍稍施展法力,可以吗?"禅师说:"往昔有的力气,只是人力而已。今天要为陛下显显神力,您乐意看吗?"文宣帝道:"愿意与同行的部下一饱眼福。"先前禅师建造佛寺,各处施舍了几千根木材,正堆放在山口。如今禅师口诵咒语,便见所有的木材腾空而起,互相撞击,声音宛如雷霆轰鸣,摧拆冲撞,木屑像雨点一样纷纷降落。文宣帝大为惊惶,随从的官员四散奔逃。文宣帝叩头请求停止,于是敕令禅师度人建造寺院,不许任何人阻止。

后来禅师在并州建造石刻的经幢,没等竣工就病倒了,临终前叹道:"生死本属命中有定,如来佛尚且不免一死。只是建造寺庙的功德尚未完成,以此为憾而已。死后愿成为大力长者,继续完成此项功业。"说完就圆寂了。过了三十年,隋文帝路过并州,见到这座寺庙,心中恍惚回忆起了什么,好像这是他过去修行的地方,于是顶礼膜拜,无所不至。他立即传旨并州府衙,令其全力营造修缮,这座寺庙于是建成。当时人们称隋文帝就是大力长者。出自《纪闻》及《朝野佥载》。

## 释知苑

唐代幽州有个僧人叫知苑,精练又有学识。隋炀帝大业年间,他就发愿修造石屋收藏所有的佛经,防备佛法灭绝。接着便在幽州西山上开凿岩壁为石室,凿成之后就磨平四壁用以刻写经文。又取方石,另外刻写经文,存放在石室中。每当一间

室满，即以石塞门，镕铁固之。时隋炀帝幸涿郡，内史侍郎萧瑀，皇后弟也，性笃信佛法。以其事白后，后施绢千匹，瑀施绢五百匹。朝野闻之，争共舍施，故苑得成功。苑常以役匠既多，道俗奔凑，欲与岩前造木佛堂并食堂。寐而念木瓦难办，恐繁经费，未能起作。忽一夜暴雷震电，明旦既晴，乃见山下有大木松柏数千万，为水所漂，积于道次。道俗惊骇，不知来处，于是远近叹服。苑乃使匠择取其木，余皆分与邑里。邑里喜悦而助造堂宇，顷之毕成，如其志焉。苑所造石经，已满七室，以贞观十三年卒。弟子继其功焉。出《冥报录》。

## 法　喜

隋炀帝时，南海郡送一僧，名法喜，帝令宫内安置。于时内造一堂新成，师忽升堂观看，因惊走下阶，回顾云："几压杀我。"其日中夜，天大雨，堂崩，压杀数十人。其后又于宫内环走，索羊头。帝闻而恶之，以为狂言，命镣著一室。数日，三卫于市见师，还奏云："法喜在市内慢行。"敕责所司，检验所禁之处，门镣如旧。守者亦云："师在室内。"于是开户入室，见袈裟覆一丛白骨，镣在项骨之上。以状奏闻。敕遣长史王恒验之，皆然。帝由是始信非常人也，敕令勿惊动。

石室装满,就用石块塞门,再熔化铁水浇灌封闭起来。当时隋炀帝驾幸涿郡,内史侍郎萧瑀是萧皇后的弟弟,生性笃诚,信奉佛教。他把知苑凿石室藏佛经的事禀报皇后,萧后施舍了一千匹丝绢,萧瑀也施舍丝绢五百匹。朝廷内外听说之后,争先恐后来施舍,所以成全了知苑的功德。知苑常常因为工匠这么多,僧人与俗众混杂在一起不方便,就想在山岩前建造供僧人住的木佛堂与供俗众工匠用的食堂。晚上睡觉时想到所需大量木石难以办到,恐怕要耗费太多的经费,所以不能动工。一天夜里突然电闪雷鸣,第二天早上天晴之后,便见山下有成千上万根粗大的松柏树干,被山洪漂荡下来,堆积在道路两旁。僧人与俗众都惊呆了,不知道是从哪里漂来的,于是远近各处的人们纷纷叹服。知苑便叫工匠挑出合用的木材,其余的都分给附近的乡亲。乡里人十分欢喜,便来协助建造佛殿庙宇,不久就全部建成了,终于实现了知苑的心愿。知苑刻造的石头经文已经装满了七间石室,他于贞观十三年去世。弟子们继续完成他的功业。出自《冥报录》。

## 法 喜

　　隋炀帝时,南海郡守送来一名僧人,名字叫法喜,炀帝让人把他安置在皇宫内。这时宫内刚刚建好一座殿堂,法喜忽然要升堂观看,之后便惊慌地跑下台阶,回头看着说:"差一点压死我。"当天半夜,下起了大雨,殿堂崩塌了,压死几十个人。之后,他又在宫内四处走,跟人索求羊头。隋炀帝听说后非常厌恶他,以为他是在说疯话,命人把他锁在一间屋子里。几天之后,宫内三卫在街上见到了法喜,回来报告皇帝说:"法喜正在街市漫步。"皇帝责令主管人员检查关他的那间房子,门锁如故。看守人员也说:"法喜在屋里。"于是开门进屋,只看见一件袈裟盖着一堆骨头,锁头还在颈骨上。把这些情况报告了皇帝。皇帝又派长史王恒前来查验,检查结果与报告的完全一样。皇帝这才相信法喜并非寻常人,下令不要惊动他。

至日暮，师还室内，或语或笑。守门者奏闻，敕所司脱镣，放师出外，随意所适。有时一日之中，凡数十处斋供，师皆赴会，在在见之，其间亦饮酒啖肉。俄而见身有疾，常卧床，去荐席，令人于床下铺炭火，甚热。数日而命终，火炙半身，皆焦烂，葬于香山寺。至大业四年，南海郡奏云："法喜见还在郡。"敕开棺视之，则无所有。 出《拾遗记》。

## 法　琳

　　唐武德中，终南山宣律师修持戒律，感天人韦将军等十二人自天而降，旁加卫护。内有南天王子张玙，常侍于律师。时法琳道人饮酒食肉，不择交游，至有妻子。律师在城内，法琳过之，律师不礼焉。天王子谓律师曰："自以为何如人？"律师曰："吾颇圣也。"王子曰："师未圣，四果人耳，法琳道人即是圣人。"律师曰："彼破戒如此，安得为圣？"王子曰："彼菩萨地位，非师所知。然彼更来，师其善待之。"律师乃改观。后法琳醉，猝造律师，直坐其床，吐于床下，臭秽虽甚，律师不敢嫌之。因以手攫造功德钱，纳之袖中径去，便将沽酒市肉。钱尽复取，律师见即与之。后唐高祖纳道士言，将灭佛法。法琳与诸道士竞论，道士惭服。又犯高祖龙颜，固争佛法。佛法得全，琳之力也。佛经护法菩萨，其琳之谓乎？ 出《感通记》。

到了傍晚,法喜回到锁他的那间屋子里,又说又笑的。守门人把这事奏报了皇帝,皇帝命令主管人员去掉了锁头,把法喜放出来,让他随意到自己要去的地方。有时候一天之内,有几十处斋会,法喜都去赴会,处处能见到他,在那里也喝酒吃肉。不久,他身患疾病,经常躺在床上,去掉铺在床上的草席,让人在床下铺烧炭火,烧得很热。过了几天他就死了,炭火烘烤的那半边身子,都焦烂了,被安葬在香山寺。到了大业四年,南海郡守奏禀隋炀帝道:"法喜现已回到南海郡。"皇帝命人开棺检查,发现棺内空无所有。出自《拾遗记》。

## 法　琳

唐高祖武德年间,终南山宣律师修习佛法严守戒律,感动了天人韦将军等十二人自天而降,守护在他的身旁。其中有南天王子张玙,经常侍立在律师身边。当时法琳和尚既喝酒又吃肉,随意和人交往,甚至有老婆孩子。律师住在城里,法琳去看望他,律师并不以礼相待。南天王子对律师说:"你自认为是怎样的人?"律师说:"我是圣人。"王子说:"师父还未成圣,只是遵奉佛教四谛达到'四果'境界的人而已,法琳道人才称得上是圣人。"律师说:"他这样破坏戒律,怎么能称得上圣人?"王子说:"他的菩萨地位,不是师父所能知道的。等他再来的时候,师父一定要善待他。"律师于是改变了对法琳的看法。后来法琳喝醉了酒,突然造访律师,径直坐到律师的床上,呕吐在床下,气味非常难闻,但律师也不敢嫌恶他。他又伸手抓了一把施主捐赠的功德钱,放到袖子里径直离开了,出门就用这些钱买酒买肉。花完了再来拿,律师见了就给他。后来,唐高祖采纳一个道士的进言,要灭绝佛法。法琳与各位道士辩论,道士终于服输。法琳又冒犯唐高祖的龙颜,为维护佛法据理力争。佛法得以保全,都是法琳的功劳。佛经上说的护法菩萨,指的不就是法琳这样的人吗? 出自《感通记》。

## 徐敬业

唐则天朝,徐敬业扬州作乱,则天讨之,军败而遁。敬业竟养一人,貌类于己,而宠遇之。及敬业败,擒得所养者,斩其元以为敬业。而敬业实隐大孤山,与同伴数十人结庐,不通人事。乃削发为僧,其侣亦多削发。天宝初,有老僧法名住括,年九十余,与弟子至南岳衡山寺访诸僧而居之。月余,忽集诸僧徒,忏悔杀人罪咎,僧徒异之,老僧曰:"汝颇闻有徐敬业乎? 则吾身也。吾兵败,入于大孤山,精勤修道。今命将终,故来此寺,令世人知吾已证第四果矣。"因自言死期。果如期而卒,遂葬于衡山。出《纪闻》。

## 骆宾王

唐考功员外郎宋之问以事累贬黜,后放还,至江南。游灵隐寺,夜月极明,长廊行吟,且为诗曰:"鹫岭郁岧峣,龙宫锁寂寥。"第一联搜奇覃思,终不如意。有老僧点长命灯,坐大禅床,问曰:"少年夜久不寐,而吟讽甚苦,何耶?"之问答曰:"弟子业诗,适遇欲题此寺,而兴思不属。"僧曰:"试吟上联。"即吟与之,再三吟讽,因曰:"何不云'楼观沧海日,门对浙江潮?'"之问愕然,讶其遒丽。又续终篇曰:"桂子月中落,天香云外飘。扪萝登塔远,刳木取泉遥。霜薄花更发,冰轻叶未凋。待入天台路,看余度石桥。"僧所赠句,乃为一篇之警策。迟明更访之,则不复见矣。寺僧有知者曰:"此骆宾王也。"之问诘之,答曰:"当徐敬业之败,与宾王俱逃,捕之不获。将帅虑失大魁,得不测罪,

## 徐敬业

　　唐代武则天临朝执政时,徐敬业在扬州作乱,武则天派兵讨伐,徐敬业兵败潜逃。敬业平日收养了一个人,相貌酷似自己,待他极好。等到敬业兵败,官兵抓获了这个人,把他当作敬业斩杀了脑袋。而敬业本人实际上已经隐藏到了大孤山。他与同伴数十人结庐住在山里,与世隔绝。敬业削发为僧,同伴也多数削发出了家。天宝初年,有一老僧法号叫住括,年已九十多岁,与弟子到南岳衡山寺庙访问各位僧人并住在那里。过了一个多月,他忽然召集各位僧徒,忏悔自己杀人的罪过,僧徒们非常惊异,这位老僧说:"你们都听说过徐敬业吗?我就是他!当年我兵败之后,逃进大孤山,精勤修道。如今生命将终,所以来到贵寺,让世人知道我已参证第四果(阿罗汉果)了。"于是他自己说出了死亡期。果然到那天就死了,便安葬在衡山。出自《纪闻》。

## 骆宾王

　　唐代考功员外郎宋之问因事屡次被贬,后来释免还朝,经过江南。游览灵隐寺,这天夜晚明月当空,他在长廊漫步吟诗,作道:"鹫岭郁岧峣,龙宫锁寂寥。"第一联挖空心思,总感不如意。有个老僧点着长命灯,坐在大禅床上,问道:"年轻人深夜不睡觉,却在这里苦苦吟诗,到底为什么?"宋之问答道:"弟子以作诗为业,正想赋诗以题此寺,无奈兴思不来,苦吟不得佳句。"老僧道:"请你吟一下上联。"宋之问就给他吟诵,老僧反复吟唱了几遍,便说:"为何不说'楼观沧海日,门对浙江潮'呢?"宋之问十分惊讶,惊叹其遒劲壮丽。他又接着把这首诗吟到终篇说:"桂子月中落,天香云外飘。扪萝登塔远,刳木取泉遥。霜薄花更发,冰轻叶未凋。待入天台路,看余度石桥。"老僧所赠的诗句,是全篇中最精辟的地方。到天明宋之问再去拜访他时,就见不到了。寺僧中有知道底细的人说:"这位老僧就是骆宾王。"宋之问盘问他,他回答道:"当年徐敬业兵败后,与骆宾王都潜逃了,没有抓到他们。将帅们担心漏掉大头目,会获无法预料的罪名,

时死者数万人,因求类二人者函首以献。后虽知不死,不敢捕送。故敬业得为衡山僧,年九十余乃卒。宾王亦落发,遍游名山,至灵隐,以周岁卒。当时虽败,且以兴复唐朝为名,故人多获脱之。"出《本事诗》。

当时死者数万人,便从中寻求到两个相似的,砍下他们的脑袋来装在盒里呈送朝廷。后来虽然知道他俩没有死,也不敢再抓捕送给朝廷。所以徐敬业能够成为衡山的僧人,九十多岁才死。骆宾王也落发为僧,遍游名山,到了灵隐寺,一年之后就死了。当年他们虽然失败了,但因以兴复唐朝为名,所以人们大多抓到也放了他们。"出自《本事诗》。

# 卷第九十二
## 异僧六

玄奘　万回　一行　无畏　明达师
惠照

### 玄　奘

沙门玄奘俗姓陈，偃师县人也。幼聪慧，有操行。唐武德初，往西域取经，行至罽宾国，道险，虎豹不可过。奘不知为计，乃镮房门而坐。至夕开门，见一老僧，头面疮痍，身体脓血，床上独坐，莫知来由。奘乃礼拜勤求，僧口授《多心经》一卷，令奘诵之。遂得山川平易，道路开辟，虎豹藏形，魔鬼潜迹。遂至佛国，取经六百余部而归。其《多心经》至今诵之。

初，奘将往西域，于灵岩寺见有松一树。奘立于庭，以手摩其枝曰："吾西去求佛教，汝可西长；若吾归，即却东回。使吾弟子知之。"及去，其枝年年西指，约长数丈。一年忽东回，门人弟子曰："教主归矣！"乃西迎之，奘果还。至今众谓此松为摩顶松。出《独异志》及《唐新语》。

# 玄奘

僧人玄奘俗姓陈,偃师县人。自幼聪慧,有操守。唐高祖武德初年,前往西域取经,走到罽宾国时,因为道路险峻,又有虎豹出没,无法通过。玄奘想不出什么好办法,便锁上房门在屋里静坐。到了晚上开门时,见有一个老僧,满脸疮痍、浑身是脓血,一个人坐在床上,不知是从哪里来的。玄奘就施礼拜见恳求,老僧向他口授《多心经》一卷,又让玄奘自己吟诵一遍。于是顿见山川平坦,道路开阔,虎豹隐形,魔鬼匿迹。玄奘便到达了佛教圣地天竺国,取回经书六百多部。那《多心经》至今仍被吟诵。

当初,玄奘要去西域时,在灵岩寺看见一棵松树。玄奘站在庭院里,用手抚摸松树的树枝说:"我去西方求取佛教,你可以朝着西面生长;如果我往回走,你就掉转方向往东生长。以便使我的弟子们知道我的行踪。"等玄奘离开西去,这棵松树的枝条年年向西方生长,长约几丈。有一年,忽然转向东方,玄奘的门徒弟子们说:"教主回来了!"便向着西方迎接他,玄奘果然返回了大唐。直到今天,人们都叫这棵松树为摩顶松。出自《独异志》及《唐新语》。

## 万　回

　　万回师,阌乡人也,俗姓张氏。初,母祈于观音像而因娠回。回生而愚,八九岁乃能语,父母亦以豚犬畜之。年长,父令耕田,回耕田,直去不顾,口但连称"平等"。因耕一垄,耕数十里,遇沟坑乃止。其父怒而击之,回曰:"彼此总耕,何须异相。"乃止击而罢耕。


　　回兄戍役于安西,音问隔绝。父母谓其死矣,日夕涕泣而忧思焉。回顾父母感念之甚,忽跪而言曰:"涕泣岂非忧兄耶?"父母且疑且信,曰:"然。"回曰:"详思我兄所要者,衣裘糗粮巾履之属,请悉备焉,某将往之。"忽一日,朝赍所备而往,夕返其家,告父母曰:"兄平善矣。"视之,乃兄迹也,一家异之。弘农抵安西,盖万余里。以其万里回,故号曰"万回"也。


　　先是,玄奘法师向佛国取经,见佛龛题柱曰:"菩萨万回,谪向阌乡地教化。"奘师驰驿至阌乡县,问此有万回师无,令呼之。万回至,奘师礼之,施三衣瓶钵而去。后则天追入内,语事多验。时张易之大起第宅,万回常指曰:"将作。"人莫之悟。及易之伏诛,以其宅为将作监。常谓韦庶人及安乐公主曰:"三郎斫汝头。"韦庶人以中宗第三,恐帝生变,遂鸩之,不悟为玄宗所诛也。又睿宗在藩邸时,或游行人间,万回于聚落街衢中高声曰:"天子来。"或曰:"圣人来。"其处信宿间,睿宗必经过徘徊也。惠庄太子,即睿宗第二子也,初则天曾以示万回,万回曰:

# 万 回

　　万回法师，阌乡人，俗姓张。当初，母亲向观音像祈祷才怀了他。万回生下来就愚笨，八九岁时才会说话，父母也把他当作猪狗养活着。年龄大了，父亲叫他耕田，万回耕田时，一直往前走，不知道回头，嘴里只是连称"平等"。所以，耕一垄能耕出去几十里远，直到遇上沟坎坑穴才停止。父亲气得直打他，万回说："不管哪里都得耕，何必还要分彼此。"父亲便停止打他，也不再让他耕田了。

　　万回的哥哥在安西当兵服役，一点音讯也没有。父母以为他死了，日夜涕泣，忧伤思念。万回看到父母感伤之极，忽然跪在地上说："你们整天啼哭，莫不是为哥哥担忧吧？"父母半信半疑，说："正是。"万回说："细想我哥哥所需要的东西，不外是衣服干粮鞋帽之类，请你们都准备好了，我要给他送去。"忽然有一天，他早上带着准备好的东西出发，晚上就返回了家，告诉父母说："哥哥平平安安的，各方面都很好！"看他捎来的信，正是他哥哥的笔迹，全家人都感到惊异。从他家弘农到安西，约有一万多里。因为他能日行万里而返回，所以称他为"万回"。

　　在这之前，玄奘法师去西域佛国取经时，见一佛龛的柱子题道："菩萨万回，谪往阌乡地方教化。"玄奘法师乘驿马到阌乡县，打听此地有没有万回法师，叫人去招呼他。万回到后，玄奘法师给他施礼，送给他三件僧衣和瓶钵就走了。后来武则天把万回召入宫内，万回说的事情多数能应验。当时张易之大规模兴建宅院，万回曾指着说："将作。"人们都不明白是什么意思。等到张易之被杀，就用他新建的宅第当成将作监办公地。万回曾对韦庶人与安乐公主说："三郎砍你们的头。"韦庶人因为唐中宗排行第三，害怕皇帝生变故，便用鸩酒毒死了中宗，没想到最后为玄宗所杀。又一次，睿宗还在藩王府第时，有时游行人间，万回在村落街道上高声喊道："天子来了！"一会儿又说："圣人来了！"万回住的地方过一两天，睿宗一定会经过万回喊叫的地方。惠庄太子，也就是睿宗的第二个儿子，当初武则天曾把他领给万回看，万回说：

“此儿是西域大树精，养之宜兄弟。”后生申王，仪形瑰伟，善于饮啖。景龙中，时时出入，士庶贵贱，竞来礼拜。万回披锦袍，或笑骂，或击鼓，然后随事为验。

太平公主为造宅于己宅之右。景云中，卒于此宅。临终大呼，遣求本乡河水，弟子徒侣觅无，万回曰：“堂前是河水。”众于阶下掘井，忽河水涌出，饮竟而终。此坊井水，至今甘美。出《谈宾录》及《西京记》。

## 一　行

僧一行姓张氏，钜鹿人，本名遂。唐玄宗既召见，谓曰：“卿何能？”对曰：“唯善记览。”玄宗因诏掖庭，取宫人籍以示之。周览既毕，覆其本，记念精熟，如素所习。读数幅之后，玄宗不觉降御榻，为之作礼，呼为圣人。

先是，一行既从释氏，师事普寂于嵩山。师尝设食于寺，大会群僧及沙门。居数百里者，皆如期而至，且聚千余人。时有卢鸿者，道高学富，隐于嵩山。因请鸿为文，赞叹其会。至日，鸿持其文至寺，其师授之，致于几案上。钟梵既作，鸿请普寂曰：“某为文数千言，况其字僻而言怪。盍于群僧中选其聪悟者，鸿当亲为传授。”乃令召一行。既至，伸纸微笑，止于一览，复致于几上。鸿轻其疏脱而窃怪之。俄而群僧会于堂，一行攘袂而进，抗音兴裁，一无遗忘。鸿惊愕久之，谓寂曰：“非君所能教导也，当纵其游学。”

一行因穷《大衍》，自此访求师资，不远数千里。尝

"这个儿子是西域的大树精,抚养他有益于兄弟。"后来生下了申王,仪表魁伟,善于饮酒吃肉。中宗景龙年间,万回时常出入于宫廷,达官贵人与平民百姓,争着向他礼拜。万回身披锦绣长袍,有时候笑骂,有时候击鼓,但这些举动与言论后来都能应验。

太平公主在自己的宅院右边专门为他建造了宅子。睿宗景云年间,万回就死在这座房子里。临终时他大声喊叫,让人去取家乡的河水,弟子门徒们无处可觅,万回说:"堂前就是河水。"众人在阶下掘井,忽然河水涌出来,他喝完水就死了。这街坊的井水,至今还是甜美的。出自《谈宾录》及《西京记》。

## 一　行

僧人一行俗姓张,钜鹿人,本名遂。唐玄宗召见后,对他说:"你有什么本领?"答道:"只是善于记诵阅览。"玄宗便诏令掖庭,取出宫人的名册给他看。看完一遍后,合上簿册,背念得十分熟练,就像平日就熟记一样。背了几页之后,玄宗不禁走下御座,向他施礼,称他是圣人。

在这之前,一行信奉佛教,在嵩山跟随普寂师父修习。师父曾在寺内设斋,大会群僧。周围几百里内的僧人,都如期而至,聚集了有一千多人。当时有个叫卢鸿的,道业高学识广,隐居在嵩山。普寂便请他写文章,咏赞这次盛会。到了这天,卢鸿带着这篇文章来到寺院,普寂师父接过来,放到案子上。钟声敲响,卢鸿请求普寂道:"我写的这篇文章长达数千言,况且用字生僻语句险怪。何不在群僧之中挑选聪明颖悟的,我要亲自向他传授。"普寂便让人召唤一行。一行到后,打开文章微笑着,只看了一遍,又放到案子上。卢鸿看不惯他这种轻率态度,暗暗责怪他。不一会儿,群僧集会于佛堂,一行扬着衣袖走了进来,高声背了一遍这篇文章,一个字也没忘。卢鸿惊愕了很久,对普寂说:"这个人不是你所能教导的,应当让他随意到各地游学。"

一行为了穷究《大衍》,从此访求师资,不远数千里。他曾

至天台国清寺,见一院,古松数十步,门有流水。一行立于门屏间,闻院中僧于庭布算,其声簌簌。既而谓其徒曰:"今日当有弟子求吾算法,已合到门,岂无人导达耶?"即除一算,又谓曰:"门前水合却西流,弟子当至。"一行承言而入,稽首请法,尽授其术焉。而门水旧东流,忽改为西流矣。

邢和璞尝谓尹愔曰:"一行其圣人乎?汉之洛下闳造历云:'后八百岁,当差一日,则有圣人定之。'今年期毕矣,而一行造《大衍历》,正在差谬,则洛下闳之言信矣。"一行又尝诣道士尹崇借扬雄《太玄经》,数日,复诣崇还其书。崇曰:"此书意旨深远,吾寻之积年,尚不能晓。吾子试更研求,何遽见还也?"一行曰:"究其义矣。"因出所撰《大衍玄图》及《义诀》一卷以示崇,崇大嗟伏。谓人曰:"此后生颜子也。"

初,一行幼时家贫,邻有王姥,前后济之约数十万,一行常思报之。至开元中,一行承玄宗敬遇,言无不可。未几,会王姥儿犯杀人,狱未具。姥诣一行求救,一行曰:"姥要金帛,当十倍酬也。君上执法,难以情求,如何?"王姥戟手大骂曰:"何用识此僧!"一行从而谢之,终不顾。

一行心计浑天寺中工役数百,乃命空其室内,徙一大瓮于中央。密选常住奴二人,授以布囊,谓曰:"某坊某角有废园,汝向中潜伺,从午至昏,当有物入来,其数七者,

到达天台国清寺,见有一个院落,长着古松数十棵,门前有流水。一行站在门内屏风墙外,听到院内有个僧人在庭前布筹计算,簌簌作响。接着僧人对他徒弟说:"今天应当有个弟子向我求教算法,已该到门口了,怎么没人领进来呢?"说完,便去掉了一个算码,又对徒弟说:"门前的流水,算起来该往西流了,这位弟子应当到了。"一行接着他的话就进入院内,跪拜叩头向他请教算法,此僧便将算法全部传授给了他。门前的流水原来是往东流的,忽然改为往西流了。

那和璞曾经对尹愔说:"一行真是一位圣人吗? 汉朝洛下闳制作历法说:'再过八百年,历法当少一天,那时就会有位圣人来改定。'今年八百年的期限已经满了,而一行制定的《大衍历》,把原来历法的差谬纠正过来,可见洛下闳的预言应验了。"一行还曾到道士尹崇那里借过扬雄的《太玄经》,几天之后,又到尹崇那里还这本书。尹崇说:"此书意旨深远,我研讨多年,还不能明白。你应尝试做进一步的研究,怎么这么快就还我了呢?"一行说:"我已经弄明白其中的意义了。"他便拿出自己撰写的《大衍玄图》和《义诀》一卷来给尹崇看,尹崇大为叹服。他对别人说:"这个年轻人简直就是颜回呀!"

起初,一行年幼时家境贫寒,邻居有位王姥,前后接济他家约几十万钱,一行常常想着报答她。到了开元年间,一行受到玄宗的器重赏识,他说的话皇帝没有不满足的。没过多久,赶上王姥的儿子犯了杀人罪,关在狱中尚未判刑。王姥拜访一行求他救儿子,一行说:"您若跟我要金银布帛,我会十倍酬报给您。皇上执法严明,很难靠情面求免,怎么办呢?"王姥手指一行大骂道:"认识你这个和尚有什么用!?"一行跟随在她身后向她谢罪,王姥最终没有回头。

一行在心里盘算,浑天寺里有几百名工人,便叫他们空出一间房子,把一只大瓮搬到中间。又暗中挑选了两名常住在这里的仆人,每人送给一个布口袋,叮嘱道:"某街坊某角落有个荒废的园子,你们到里面藏起来等着,从中午到黄昏,会有东西进去,数量是七个,

可尽掩之。失一则杖汝。"如言而往。至酉后,果有群豕至,悉获而归。一行大喜,令置瓮中,覆以木盖,封以六一泥,朱题梵字数十。其徒莫测。诘朝,中使叩门急召。至便殿,玄宗迎问曰:"太史奏'昨夜北斗不见',是何祥也?师有以禳之乎?"一行曰:"后魏时失荧惑,至今帝车不见,古所无者,天将大警于陛下也。夫匹妇匹夫,不得其所,则殒霜赤旱。盛德所感,乃能退舍。感之切者,其在葬枯出系乎?释门以瞋心坏一切喜,慈心降一切魔。如臣曲见,莫若大赦天下。"玄宗从之。又其夕,太史奏北斗一星见。凡七日而复。

至开元末,裴宽为河南尹,深信释氏,师事普寂禅师,日夕造焉。居一日,宽诣寂,寂云:"方有少事,未暇款语,且请迟回休憩也。"宽乃屏息,止于空室,见寂洁涤正堂,焚香端坐。坐未久,忽闻扣门,连云:"天师一行和尚至矣。"一行入,诣寂作礼,礼讫,附耳密语,其貌绝恭。寂但领云:"无不可者。"语讫礼,礼讫又语,如是者三。寂唯云:"是是,无不可者。"一行语讫,降阶入南室,自阖其户。寂乃徐命弟子云:"遣钟!一行和尚灭度矣。"左右疾走视之,一如其言。灭度后,宽乃服衰绖葬之,自徒步出城送之。出《开天传信记》及《明皇杂录》《酉阳杂俎》。

你们要全部抓住。漏掉一个就用棍子打你们。"两人照他说的去了。到了酉时后，果然有一群猪进了园子，两人全都抓回来了。一行十分高兴，让他们把猪放在瓮里，扣上木盖，用六一泥封好，又用红笔题上几十个梵字。门徒们不知他要干什么。第二天早晨，宫中使者叩门说皇上紧急宣召一行。到了便殿，玄宗迎着他问道："太史奏称'昨夜北斗星没有出现'，这是什么征兆？法师有办法消除吗？"一行说："后魏时荧惑星失踪，如今帝车星又不出现，这是自古以来所没有的现象，上天要严厉地警示陛下呀！如果天下百姓不能得其所，就会发生霜冻与大旱。只有以盛德来感化，灾祸才能消退。最能感化上天的，大概是埋葬枯骨而放出被拘囚的人吧？佛门以为嗔怒之心会毁坏一切好事，慈悲之心能降服一切邪魔。若依我的意见，不如大赦天下。"玄宗听从了他的建议。到了晚上，太史上奏说北斗七星中有一星出现了。过了七天，七颗北斗星才全部重现了。

到了开元末年，裴宽担任河南府尹，笃信佛教，以师父之礼对待普寂禅师，白天晚上都去拜访他。有一天，裴宽又到了普寂处，普寂说："我正有件小事，无暇与你漫谈，暂请留下来休息一下。"裴宽便屏住声息，住在一间空房子，见普寂清扫完正堂，焚香端坐。没坐多久，突然听到敲门声，连声说道："天师一行和尚到了。"一行走了进来，到普寂跟前行礼，行完礼之后，贴近普寂的耳朵悄悄说话，样子极其恭敬。普寂只是点头说："没有不可以的。"一行说完了又行礼，行礼完了又说，如此反复多次。普寂只说："是是，没有不可以的。"一行说完，走下台阶进了南屋，自己把门关好。普寂才慢慢吩咐弟子道："派人敲钟！一行和尚死了！"身边的人急忙跑过去查看，果然像普寂法师说的一样。一行灭度后，裴宽便披麻戴孝，徒步出城送葬。出自《开天传信记》及《明皇杂录》《酉阳杂俎》。

## 无　畏

　　唐无畏三藏初自天竺至，所司引谒于玄宗。玄宗见而敬信焉，因谓三藏曰："师不远而来，故倦矣，欲于何方休息耶？"三藏进曰："臣在天竺，常时闻大唐西明寺宣律师持律第一，愿往依止焉。"玄宗可之。宣律禁戒坚苦，焚修精洁。三藏饮酒食肉，言行粗易。往往乘醉喧竞，秽污绷席，宣律颇不能甘之。忽中夜，宣律扪虱，将投于地，三藏半醉，连声呼曰："律师律师，扑死佛子耶？"宣律方知其异人也，整衣作礼而师事焉。宣律精苦之甚，常夜后行道，临阶坠堕，忽觉有人捧承其足，宣顾视之，乃一少年也。宣遽问："弟子何人，中夜在此？"少年曰："某非常人，即毗沙门天王子那吒太子也。以护法之故，拥护和尚，时已久矣。"宣律曰："贫道修行，无事烦太子。太子威神自在，西域有可以作佛事者，愿太子致之。"太子曰："某有佛牙，宝事虽久，然头目犹舍，敢不奉献。"宣律得之，即今崇圣寺佛牙是也。出《开天传信记》。

## 明达师

　　明达师者，不知其所自，于阌乡县住万回故寺。往来过客，皆谒明达，以问休咎。明达不答，但见其旨趣而已。曾有人谒明达，问曰："欲至京谒亲，亲安否？"明达授以竹杖，至京而亲亡。又有谒达者，达取寺家马，令乘之，使南北驰骤而去。其人至京，授采访判官，乘驿无所不至。又有谒达者，达以所持杖，画地为堆阜，以杖撞筑地为坑。

## 无 畏

唐玄宗时,无畏三藏刚刚从天竺来到大唐,主管人员把他引见给玄宗皇帝。玄宗见到后很尊重信任他,便对三藏说:"法师不远万里而来,应该很疲倦了,你打算在哪里休息呢?"三藏说:"我在天竺时,常常听说大唐西明寺的宣律师持戒最严,我想去跟他住在一起。"玄宗答应了他的要求。宣律师禁戒极严极苦,对焚香修业等佛事活动精诚专心。无畏三藏则饮酒吃肉,言行粗率。他常常喝醉了酒吵闹喧哗,呕吐物弄脏了床铺,宣律师很难忍受。有一天深夜,宣律师摸捉到虱子,正要往地下扔,三藏半醉半醒地连声叫道:"律师律师,你要扑死佛子吗?"宣律师由此才知道他不是平常人,于是整衣礼拜他为师。宣律师刻苦修炼,常常在深夜行路,有一次上台阶时失足,往下摔落,忽然感觉有人接住了他的双脚,宣律师回头一看,原来是一位少年。宣律师急忙问:"你是什么人,为何深夜到此?"少年说:"我不是平常人,而是毗沙门天王的儿子那吒太子。为了保护佛法,特来拥护和尚您,已经来了好长时间了。"宣律师说:"贫道在此修行,没有什么事情需要麻烦太子。太子既然如此有威神,西域有可以做佛事的法物,希望太子能帮我得到。"太子说:"我有佛牙,虽然珍藏很久了,但是我连头和眼都舍得,我怎敢不奉献给您呢!"宣律师得到了佛牙,就是如今崇圣寺里的那只佛牙。出自《开天传信记》。

## 明达师

明达法师,不知他来自什么地方,住在阆乡县万回过去住的那座寺庙。路过这里的行人,都去拜访明达,向他卜问吉凶。明达并不明确答话,只略微表达旨趣罢了。曾经有个人拜访明达,问道:"我想要到京城看望父母,不知双亲平安与否?"明达递给他一根竹杖,他到京城时父母都死了。又有个拜访明达的人,明达牵来寺庙里的马,让他骑上,南北往来驱驰一番。这个人到京城后,被授为采访判官,整年骑着驿马到处奔波。还有个拜访明达的人,明达用手里拿的锡杖,在地上画了个土堆,又用锡杖在地上挖了个坑。

其人不晓，至京，背发肿，割之，血流殆死。李林甫为黄门侍郎，扈从西还，谒达，加秤于其肩。至京而作相。李雍门为湖城令，达忽请其小马，雍门不与。间一日，乘马将出，马忽庭中人立，雍门坠马死。如此颇众。达又常当寺门北望，言曰："此川中兵马何多？"又长叹曰："此中触处总是军队。"及后哥舒翰拥兵潼关，拒逆胡，关下阌乡，尽为战场矣。出《纪闻录》。

### 惠　　照

唐元和中，武陵郡开元寺有僧惠照，貌衰体羸，好言人之休戚而皆中。性介独，不与群狎，常闭关自处，左右无侍童。每乞食于里人。里人有年八十余者云："照师居此六十载，其容状无少异于昔时，但不知其甲子。"

后有陈广者，由孝廉科为武陵官。广好浮图氏，一日因诣寺。尽访群僧，至惠照室。见广，且悲且喜曰："陈君何来之晚耶？"广愕然，自以为平生不识照，则谓曰："未尝与师游，何见讶来之晚乎？"照曰："此非立可尽言，当与子一夕静语耳。"广异之。

后一日，仍诣照宿，因请其事。照乃曰："我刘氏子，彭城人，宋孝文帝之玄孙也。曾祖鄱阳王休业，祖士弘，并详于史氏。先人以文学自负，为齐竟陵王子良所知。子良招召贤俊文学之士，而先人预焉。后仕齐梁之间，

这个人不懂是什么意思，他到京城后，背部肿起个大瘤子，割掉后，身上的血几乎流尽而死。李林甫为黄门侍郎时，扈从皇帝向西返回京城，途中拜访明达，明达将一杆秤放在他的肩上。回到京城后，李林甫被拜为宰相。李雍门为湖城县令时，明达突然要他那匹小马，雍门不给他。隔了一天，雍门骑上马要出去，这匹马忽然在院子里像人一样直立起来，雍门从马上坠下，当场死亡。诸如此类的事情非常多。明达又曾经站在寺庙门口向北张望，自言自语道："这平川里怎么会有这么多兵马？"又长叹道："这个地方到处都是军队。"等到后来哥舒翰屯兵潼关，以抗拒叛逆的胡兵，潼关附近的阌乡一带，到处都成战场了。出自《纪闻录》。

## 惠　照

　　唐宪宗元和年间，武陵郡开元寺有个僧人法号惠照，容颜衰老，身体瘦弱，喜好预言人的吉凶福祸而且都能说中。性格狷介孤独，从不跟众人在一起说笑，常常关着门独自一人呆着，身边也没有侍童陪伴。他总跟乡里人讨饭吃。有个八十多岁的乡里人说："惠照法师住在这里虽然已经六十年了，他的容貌跟从前没有一点儿不同，只是不知道他到底有多大岁数了。"

　　后来，有个叫陈广的，从孝廉举为武陵官。陈广爱好佛教，有一天便来寺庙拜谒。他遍访了各位僧人，最后来到惠照的住处。惠照见到陈广后，又悲又喜地说："陈君为什么这么晚才来呢？"陈广十分惊讶，自认为平生从不认识惠照，便对他说："以前从未与法师交往过，法师为何惊讶我来晚了呢？"惠照说："这件事不是马上就能说清楚的，应当与你安安静静地谈一宿才行。"陈广觉得很奇怪。

　　过了一天，他又来到惠照处求宿，向他请教这件事。惠照于是讲道："我是刘氏的后代，彭城人，是刘宋孝文帝的玄孙。曾祖父是鄱阳王刘休业，祖父是刘士弘，他们的生平都详载于史册。先父因有文学才能而负有盛名，为南齐竟陵王子良所熟识。子良招纳优秀的文学人才，先父也都参与其内。后来又在齐梁之间做官，

为会稽令。吾生于梁普通七年夏五月,年三十,方仕于陈。至宣帝时,为卑官,不为人知。与吴兴沈彦文为诗酒之交。后长沙王叔坚与始兴王叔陵皆广聚宾客,大为声势,各恃权宠,有不平心。吾与彦文俱在长沙之门下。及叔陵被诛,吾与彦文惧长沙之不免,则祸且相及,因偕遁去,隐于山林。用橡栗食,衣一短褐,虽寒暑不更。一日,有老僧至吾所居曰:'子骨甚奇,当无疾耳。'彦文亦拜请其药。僧曰:'子无刘君之寿,奈何,虽饵吾药,亦无补耳。'遂告去。将别,又谓我曰:'尘俗以名利相胜,竟何有哉?唯释氏可以舍此矣。'吾敬佩其语,自是不知人事,凡十五年。

"又与彦文俱至建业,时陈氏已亡。宫阙尽废,台城牢落,荆榛蔽路,景阳结绮,空基尚存,衣冠文物,阒无所观。故老相遇,捧袂而泣曰:'后主骄淫,为隋氏所灭,良可悲乎!'吾且泣不能已。又问后主及陈氏诸王,皆入长安。即与彦文挈一囊,乞食于路,以至关中。吾长沙之故客也,恩遇甚厚。闻其迁于瓜州,则又径往就谒。长沙少长绮纨,而又早贵,虽流放之际,尚不事生业。时方与沈妃酣饮,吾与彦文再拜于前,长沙悲恸久之,洒泣而起,乃谓吾曰:'一日家国沦亡,骨肉播迁,岂非天耶?'吾自是留瓜州数年。而长沙殂,又数年,彦文亦亡。吾因髡发为僧,遁迹会稽山佛寺,凡二十年。时已百岁矣,虽容状枯瘠,而筋力不衰,尚日行百里,因与一僧同至长安。时唐帝有天下,

做过会稽县令。我出生于梁朝普通七年夏季五月，三十岁时，才开始在南陈做官。到陈宣帝时，我做过小官，不为人熟知。我跟吴兴沈彦文是诗酒之交。后来长沙王陈叔坚与始兴王陈叔陵都广泛召集宾客，大造声势，各自倚仗权贵的宠爱，互相之间不服气。我与沈彦文都在长沙王的门下。等到兴王陈叔陵被杀害后，我与沈彦文担心长沙王也不能幸免，那灾祸就会殃及我们，于是我们一起潜逃了，躲在山林里。我们用橡栗充饥，穿一件短上衣，无论隆冬盛夏也不更换其他衣服。有一天，一个老僧来到我们住的地方对我说：'你的骨相很奇特，不会患病的。'沈彦文也向他施礼求药。老僧说：'你没有刘君那样长的寿命，有什么法子呢！即使吃了我的药，对你也没有补益呀。'说完就告辞走了。临走时，又对我说：'尘世间因名利争强好胜，到头来能得到什么呢？只有佛教徒可以舍弃这些。'我很敬佩他说的话，从此，一连十五年不问世事。

"后来又与沈彦文一起到了建业，当时陈王朝已经灭亡。宫阙全废，台城冷落，荆棘丛生，景阳宫也挂满了蛛网，只有空荡荡的墙脚还存在，至于衣冠文物之类，全都荡然无存。故老偶然相遇，扯起衣袖哭泣道：'陈后主骄奢淫逸，终于为隋文帝所灭，实在可悲啊！'我更是止不住地悲泣。又询问陈后主与陈氏诸王的下落，得知他们都进了长安。我与沈彦文提着一个布口袋，沿路乞讨，终于到了关中。我是长沙王旧时的宾客，他对我恩遇十分深厚。听说他迁移到瓜州去了，就又径直前往拜见他。长沙王从小生于绮罗丛中，而且很早就封为王爷而显贵起来，所以虽在流放之中，仍然不能自我谋生。当时他正与沈妃畅饮，我与沈彦文再次拜倒在他面前时，长沙王悲痛了很久，然后洒泪而起，对我说：'一日之内家国沦亡，骨肉离散，难道这不是天命吗？'我从此便留在瓜州住了几年。后来长沙王死了，几年后，沈彦文也死了。我便落发为僧，遁迹于会稽山佛寺中，共二十年了。我那时已经一百岁了，虽然容貌枯瘦，但筋骨强健体力不衰，尚能日行百里，便与一位僧人一起到了长安。当时唐高祖占有天下，

建号武德，凡六年矣。吾自此，或居京洛，或游江左，至于三蜀五岭，无不往焉。迨今二百九十年矣，虽烈寒盛暑，未尝有微恙。

"贞元末，于此寺尝梦一丈夫，衣冠甚伟，视之乃长沙王也。吾迎延坐，话旧伤感如平生。而谓吾曰：'后十年，我之六世孙广，当官于此郡，师其念之。'吾因问曰：'王今何为？'曰：'冥官甚尊。'既而泣曰：'师存而我已六世矣，悲夫！'吾既觉，因纪君之名于经笥中。至去岁凡十年，乃以君之名氏，访于郡人，尚讶君之未至。昨因乞食里中，遇邑吏访之，果得焉。及君之来，又依然长沙之貌，然自梦及今，十一年矣，故讶君之晚也。"

已而悲惋，泣下数行，因出经笥示之。广乃再拜，愿执履锡为门弟子。照曰："君且去，翌日当再来。"广受教而还。明日至居，而照已遁去，莫知其适。时元和十一年。

至大和初，广为巴州掾，于蜀道忽逢照，惊喜再拜曰："愿弃官，从吾师为物外之游。"照许之。其夕偕舍于逆旅氏，天未晓，广起而照已去矣。自是竟不知所往。然照自梁普通七年生，按梁史，普通七年，岁在丙午，至唐元和十年乙未，凡二百九十年。则与照言果符矣。愚常以梁陈二史校其所说，颇有同者，由是益信其不诬矣。出《宣室志》。

建年号为武德,已有六年了。我从此之后,有时住在京洛,有时云游江东地区,至于三蜀五岭,无所不往。到今天我已经二百九十岁了,虽然屡经严寒酷暑,却从未有过小疾病。

"德宗贞元末年,我在这座寺庙里曾梦见一个男子,他衣冠伟岸,仔细一看,原来是长沙王。我把他接进屋请他坐下,谈起往事来他非常伤感,就像他在世时那样。他对我说:'十年后,我的六世孙陈广,会到此郡为官,法师好好记着这件事。'我便问他道:'王爷现在干什么?'答道:'在阴间做官,官位很高。'接着他哭泣着说:'法师仍然健在,而我已过了六代了,实在令人悲伤啊!'我梦醒之后,便记下你的名字,放在经书箱子里。到去年已经过了整整十年了,我便以你的姓名,向郡里的人打听,很惊讶你还没来到。昨天因为去乡里讨饭,遇见一位官吏,便向他打听,果然找到你了。等到你来了,又依稀是长沙王的相貌,然而从那次做梦到现在,已经十一年了,所以惊讶你来得晚。"

惠照讲完后,百感交集,老泪纵横,又拿出经书箱子里记下的姓名给陈广看。陈广便再三膜拜,立志奉佛,甘做惠照的门徒弟子。惠照说:"你暂且回去,明天再来。"陈广接受他的教诲回去了。第二天他又来到惠照的住处,而惠照已经逃走了,不知他去了哪里。当时是元和十一年。

到唐文宗大和初年,陈广担任巴州掾,在蜀道上突然碰见惠照,惊喜再拜道:"我愿放弃官职,跟从师父为物外之游。"惠照答应了他。那天晚上,他俩一起住在客店里,天还没亮,陈广起床时惠照已经离开了。从此终究不知道他到什么地方去了。然而,惠照自梁普通七年出生,按照南朝梁代史书,普通七年是丙午年,到唐宪宗元和十年乙未,共计二百九十年。这与惠照自己说的岁数果然相符。我曾用梁和陈两朝的史书核对惠照所说的事,发现颇有相同之处,由此更加相信他的话不是欺人之谈。出自《宣室志》。